나
의
못

나의 몫

파리누쉬 사니이 장편소설

허지은 옮김

북레시피

나의 소설이 한국에서도 공감대를 형성할 수 있기를 바랍니다. 오랜 전통을 가지고 있는 국가의 국민들은 현대적인 삶의 조건과 계속적인 마찰을 빚을 수밖에 없습니다. 사회 전체가 변화를 불가피한 것으로 인식할 때까지, 우리가 겪는 고통과 아픔을 계속 표현해야 합니다.

나는 한국 여성들이 당면한 여러 가지 문제를 공개적으로 광범위하게 토론할 때, 그들이 사회 변화를 주도적으로 이끄는 데에 한 발짝 더 다가갈 수 있다고 생각합니다. 나의 책이 미미하나마 사회적으로 부당한 취급을 받는 여성들의 문제를 공개적으로 다루는 데에 도움이 되고, 그로 인해 결국에는 한국 여성들의 삶에 건설적인 변화와 긍정적인 영향이 도래하기를 진심으로 소망합니다.

파리누쉬 사니이

1장

파르바네를 볼 때마다 나는 늘 조마조마했다. 그런 행동을 하면 사람들이 그 애 아버지에 대해 수군거릴 텐데. 파르바네는 길에서도 목소리를 낮추지 않았고 가게 쇼윈도를 기웃거리는 것도 모자라 사람들이 많은 데서 나에게 저것 좀 보라며 손가락질을 하기도 했다. "이러면 안 돼. 그냥 가자." 내가 몇 번씩 다그쳤지만, 파르바네는 내 말을 들은 척도 하지 않았다.

한번은 길 건너편에서 큰 소리로 내 이름을 부르기까지 했다. "마수메!" 너무 당황한 나는 차라리 내 몸이 그 자리에서 녹아 없어지게 해달라고 신께 기도를 올렸다. 오빠들과 남동생이 그 장면을 봤다면 어떻게 되었을까. 무슨 일이 일어날지 신만이 아시리라.

콤(이란의 수도 테헤란의 동남쪽에 위치한 시아파의 순례지 — 역주)을 떠나 테헤란으로 이사를 온 후, 아버지는 나에게 학교에 다녀도 좋다고 허락해주셨다. 테헤란의 여학생들은 콤에서와는 달리 학교에 올 때 차도르를 입지 않기 때문에 내가 웃음거리가 되고 있다고 말씀드리자, 내가 나쁜 물이 들어 부패하거나 타락한 계집애가 되지 않고 아버지를 부끄럽게 하지 않아야 한다는 조건으로 차도르를 입지 않고 머리를 가리는 스카프만 써도 된다고 허락해주셨다. '부패한 계집애'가 무슨 뜻인지, 잘 이해할 수 없었다. 음식은 부패할 수 있지만, 여자아이가 썩다니? 어쨌거나 나는 아버지께서 부끄러워하지 않으실 만한 행동이 어떤 것인지 잘 알고 있었다. 게다가 내가 정말 좋아하는 압바스 삼촌의 도움이 있었다!

"형님, 정신이 제대로 된 여자아이는 차도르를 입건 입지 않건 얌전하게 행동할 수 있어요. 도덕적인 기초가 없는 계집애들은 차도르를 입고도 그 밑에서 온갖 부끄러운 짓을 하고 제 아버지의 명예에 먹칠을 하지요. 형님도 이제 테헤란에 오셨으니까, 테헤란 사람처럼 사셔야 해요. 여자아이들을 집안에 가둬두던 시절은 지나갔어요. 저 아이를 다른 여학생들처럼 학교에도 보내고 옷도 다른 아이들처럼 입히세요. 안 그러면 오히려 더 눈에 띌 겁니다."

압바스 삼촌은 현명하고 분별력 있는 분이었다. 그럴 수밖에 없었다. 삼촌은 십 년이 넘게 테헤란에서 살았고 친척들의 장례식이 있을 때에나 콤을 찾았다. 우리 할머니(신이시여 할머니의 영혼을 편히 쉬게 하소서!)는 삼촌이 콤에 자주 오지 않는다고 섭섭해하셨다. "압바스, 이 어미를 보러 좀더 자주 와주면 좋겠구나."

그러면 삼촌은 크게 웃으며 말하곤 했다. "저더러 뭘 어쩌라는 말씀이세요? 친척들에게 자꾸 죽으라고 하세요. 그러면 내가 자주 올 테니." 할머니는 불손한 말을 하는 삼촌의 뺨을 자국이 한참이나 남을 정도로 세게 때리고 꼬집으셨다.

압바스 삼촌의 부인은 테헤란 여자였다. 숙모가 콤에 올 때는 늘 차도르를 입었지만 테헤란에서는 히잡도 거의 쓰지 않는다는 사실을 우리 모두는 잘 알고 있었다. 숙모의 딸들인 사촌들도 그런 것에 전혀 신경을 쓰지 않았고 학교 갈 때도 히잡을 쓰지 않았다.

할머니가 돌아가시자 할머니의 자식들이 모여 할머니와 우리가 살던 집을 팔아 각자의 몫을 챙겼다. 압바스 삼촌이 아버지에게 말했다.

"형님, 이제 콤을 떠나실 때가 되었어요. 테헤란으로 가십시다. 우리 둘의 유산을 합쳐서 가게를 엽시다. 저희 집 가까운 곳에 집을 알아봐드릴 테니 같이 일을 하십시다. 형님도 형님 나름대로의 인생을 시작하셔야지요. 돈을 벌려면 테헤란으로 가야 합니다."

큰오빠 마흐무드는 테헤란에 가면 신을 믿지 않게 된다고 반대했다. 반면, 작은오빠 아흐매드는 신이 나서 떠들어댔다.

"테헤란으로 이사를 가야 해요. 우리도 돈을 벌어야 하잖아요."

"여보, 딸들을 생각하셔야죠." 어머니는 걱정을 하셨다. "테헤란에서는 좋은 신랑감을 찾을 수 없어요. 우리 친척들과 친구들은 모두 콤에 있고, 거기에는 우리를 아는 사람이 없어요.

9

마수메는 벌써 6학년을 마치고도 학교를 일 년이나 더 다녔어요. 그 아이를 시집보낼 때가 되었다고요. 파티는 이제 겨우 1학년인데, 그 나이에 테헤란으로 데리고 갔다가 애를 어떻게 망치려고 그러세요. 테헤란에서 자란 여자아이들은 행실이 좋지 않다고들 하잖아요."

"그럴 수는 없을걸요." 4학년짜리 남동생 알리가 끼어들었다. "내가 눈을 이렇게 시퍼렇게 뜨고 있을 거거든요. 독수리처럼 파티를 감시해서 꼼짝도 하지 못하게 하겠어요." 그러고는 바닥에 앉아 놀고 있던 파티를 걷어찼다. 파티가 비명을 질렀지만 아무도 들은 척하지 않았다.

나는 달려가 파티를 품에 안고 말했다. "무슨 말씀들이세요. 테헤란에 사는 여자들은 다 나쁘다는 거예요?"

"넌 입 닥쳐!" 작은오빠 아흐매드가 나에게 소리를 지르고는 다른 식구들을 돌아보며 말했다. "마수메가 문제라면, 여기 콤에서 저 계집애를 결혼시키고 가면 되잖아요. 그렇게 하면 입도 하나 줄어들 테고. 파티는 알리더러 감시하라고 하면 돼요." 오빠는 알리의 등을 두드리며 자랑스럽게 말했다. "이 녀석은 명예를 아는 남자인 데다가 책임감도 있으니까, 여동생을 열심히 돌볼 거예요."

하늘이 무너지는 것 같았다. 처음부터 아흐매드는 내가 학교에 다니는 것에 반대했다. 자기가 공부에 취미가 없어 8학년 때 계속 낙제를 하다가 결국에는 학교를 그만두었는데, 이제는 내가 자기보다 교육을 더 받는 게 싫기 때문이었다.

할머니 역시(신이시여, 할머니의 영혼을 편히 쉬게 하소서!) 내가 학업을 계속하는 것을 못마땅해하셔서 어머니에게 끊임없이 잔소리를 하셨다. "마수메는 할 줄 아는 게 아무것도 없으니, 시집을 보내면 한 달 만에 다시 친정으로 쫓겨올 게다." 그리고 아버지에게도 말씀을 하셨다. "계집애한테 돈을 들이는 이유가 대체 뭐냐? 계집애들은 쓸모가 없어. 어차피 다른 사람에게 줘야 하는걸. 그리고 그렇게 힘들게 일을 해서 저 아이에게 돈을 들여 봤자, 나중에 시집보낼 때 더 많은 돈이 들어갈 뿐이야."

작은오빠 아흐매드는 스무 살이 다 되어가는데도 제대로 된 직업이 없었다. 시장에 있는 아사둘라 삼촌의 가게에서 잔심부름을 맡아 하고 있었는데, 매일 거리를 쏘다니느라 바빴다. 작은오빠보다 두 살밖에 많지 않지만 진중하고 믿음직하며 독실하여 기도나 금식을 빼먹는 적이 없는 큰오빠 마흐무드와는 전혀 딴판이었다. 사람들마다 마흐무드가 아흐매드보다 나이가 열 살 정도 더 많을 것이라고 생각했다.

어머니는 마흐무드가 나의 이종사촌인 에흐테람-사다트와 결혼하기를 진심으로 바라셨다. 어머니 말씀이, 에흐테람-사다트는 예언자 마호메트의 후손인 세이예드라는 것이었다. 그러나 나는 큰오빠가 고종사촌 마흐부베를 좋아한다는 사실을 눈치채고 있었다. 마흐부베가 우리 집에 올 때마다, 마흐무드는 얼굴을 붉히고 말을 더듬었다. 그리고 한구석에 서서 그녀를 바라보곤 했는데, 특히 그녀의 차도르가 머리에서 미끄러져 내릴 때에는 아예 눈을 떼지 못했다. 마흐부베(신이시여, 그녀를 축복하소서!)는 까불이에 덜렁이여서 손목이며 얼굴을 그냥 드러내놓곤 했다. 할머니가 친형제도 아닌 남자 앞에서는 행동거지를 조심해야 한다고 호통을 치시면 그녀는 아무렇지도 않게 대꾸를 했다.

"그만하세요, 할머니. 제 친형제들이나 다름없는 사람들인데요, 뭐." 그러고는 다시 깔깔 웃곤 했다.

마흐부베가 돌아간 후에 마흐무드가 바닥에 앉아 두 시간 동안 기도를 올리는 모습을 본 적이 있었다. 큰오빠는 계속 같은 말을 반복했다. "신이시여, 우리의 영혼에 자비를 베푸소서! 신이시여, 우리의 영혼에 자비를 베푸소서!"

나는 오빠가 마음속으로 죄를 지었나 보다고 생각했다. 그 속마음은 신만이 아시리라.

테헤란으로 이사를 가기 전에 집에서는 오랫동안 싸움과 말다툼이 계속되었다. 온 가족이 동의를 했던 유일한 의견은 나를 시집보내버린다는 것이었다. 우리 가족들은 내가 테헤란에 가면 테헤란의 온 시민이 기다렸다는 듯 나를 타락시킬 것이라고 믿고 있는 것 같았다. 나는 매일 저 성스러운 파티마의 묘소인 마수메 사원을 찾아가 우리 가족이 나를 데리고 가게 해달라고, 그리고 학교에 갈 수 있게 해달라고 빌었다. 남자로 태어나거나, 차라리 자리처럼 아파서 죽었다면 좋았을 것이라며 울기도 했다. 자리는 나보다 세 살이 많던 언니인데 디프테리아에 걸려서 여덟 살 때 죽었다.

감사하게도 신께서 내 기도에 응답을 해주셔서 아무도 나에게 청혼을 하지 않았다. 적절한 때에 아버지는 사업을 정리하셨고 압바스 삼촌은 우리 가족을 위해 고르간 거리 가까운 곳에 있는 집을 임대했다. 어머니는 괜찮다고 생각되는 사람들과 함께 계실 때에는 늘 내 문제를 입에 올리셨다. "마수메를 결혼시킬 때가 되었어요." 그러면 나는 수치심과 분노로 얼굴을 붉혔다.

그러나 성스러운 파티마께서 내 편을 들어주셔서 청혼자가 한 사람도 나타나지 않았다. 결국, 우리 가족은 예전에 나에게 청혼을 했다가 다른 여자와 결혼을 했으나 이혼 후 다시 아내를 구하고 있는 남자에게 말을 넣었다. 돈도 많고 비교적 젊은 편인 그가 왜 몇 달 만에 이혼을 했는지는 아무도 몰랐다. 성미가 포악해 보이는 그가 나는 무서웠다. 나를 기다리는 무서운 일들을 예감한 나는 예의고 격식이고 다 집어치우고 아버지의 발치에 몸을 던지고 눈물을 한 양동이쯤 쏟았다. 결국 아버지는 나를 테헤란에 데리고 가기로 하셨다. 아버지는 정이 많은 분이셨고 딸인데도 불구하고 나를 무척 사랑하셨다. 어머니의 말에 의하면, 자리가 죽은 후로 아버지는 유난히 마른 편이었던 나마저 잃을까봐 안절부절못하셨다고 했다. 아버지는 자리가 태어났을 때, 신께 감사하지 않았기 때문에 신께서 그 벌로 언니를 데리고 가셨다고 믿었다. 어쩌면 내가 태어났을 때에도 아버지가 감사를 하지 않았는지도 몰랐다. 그러나 나는 정말로 아버지를 사랑했다. 아버지는 가족들 중에서 유일하게 나를 이해하는 사람이었다.

매일, 아버지가 일터에서 돌아오시면 나는 수건을 들고 수면이 반짝거리는 앞마당의 샘 옆으로 갔다. 아버지는 내 어깨에 손을 얹으시고 샘에 잠시 발을 담그셨다가 손과 얼굴을 씻으셨다. 그리고 내가 건네는 수건으로 얼굴을 닦으시면서 수건 너머로 나를 바라보시며 사랑한다고, 그리고 나와 있는 시간이 즐겁다고 말씀하시는 듯한 눈길을 보내시곤 했다. 나는 아버지에게 입을 맞추고 싶었으나 다 큰 여자아이가 남자에게 입을 맞추는 것은, 친아버지에게조차도 적절치 못한 행동이었다. 아무튼 아버지는 나를 가여워하셨고 나는 무슨 일이 있어도 타락하거나 아버지를 부끄럽게 만드는 행동을 하지 않겠다고 맹세했다.

테헤란에서 학교에 다니는 것은 또 다른 이야기였다. 아흐매드와 마흐무드는 둘 다 내가 교육을 더 받는 데에 반대를 했고 어머니는 바느질 교실에 다니는 것이 더 급하다고 생각하셨다. 그러나 내가 빌고 또 빌고 눈물을 쏟으며 아버지를 설득한 보람이 있어, 아버지는 다른 가족들의 의견을 무시하고 나를 중학교에 등록시켜주셨다. 아흐매드는 너무나 화가 난 나머지 내 목을 조르려고 했고 온갖 핑계를 만들어 나를 두들겨팼다. 그러나 나는 오빠가 화를 내는 진짜 이유를 알고 있었기 때문에 묵묵히 학대를 받았다. 학교는 집에서 그리 멀지 않아서 십오 분에서 이십 분 정도를 걸으면 갈 수 있었다. 처음 며칠 동안은 아흐매드가 몰래 내 뒤를 밟았지만 나는 차도르로 온몸을 꽁꽁 싸매고 오빠가 트집을 잡을 말미를 주지 않으려고 조심을 했다. 마흐무드는 한동안 나에게 말을 한마디도 건네지 않았고 철저하게 나를 무시했다.

결국, 오빠 둘은 각기 일자리를 찾았다. 마흐무드는 모자파리 씨의 동생이 운영하는 시장거리의 가게에 출근을 하기로 결정되었고 아흐매드는 셰미란 지구에 있는 목공소에서 견습공으로 일을 하게 되었다. 모자파리 씨의 말에 의하면, 마흐무드는 믿을 만한 청년이며 하루 종일 자리를 비우지 않는다고 했다. 아버지는 종종 큰오빠를 칭찬하셨다.

"마흐무드가 없으면 모자파리 씨의 가게는 돌아가지 않을 게다."

반면 아흐매드는 어느새 친구들을 잔뜩 사귀었고 밤이 늦어서야 집에 들어오기 시작했다. 결국, 작은오빠의 몸에서 나는 악취가 술, 정확히는 독한 아라크 주 때문이라는 것을 온 식구가 알게 되었지만 아무도 그에 대해 입을 열지 않았다. 때로 아버지는 인사를 하는 아흐매드를 쳐다보지도 않았고 마흐무드는 고개를 돌리고 "신이시여 자비를 베푸소서. 신이시여 자비를 베푸소서." 하는 기도를 올렸으며 어머니는 남겨둔 음식을 데우며 "우리 둘째아들이 치통 때문에 통증을 잊어버리려고 술을 마셨구나."라고 하셨다. 절대로 낫지 않는 그 치통의 자세한 병명은 끝내 밝혀지지 않았다. 어머니는 습관적으로 아흐매드를 감쌌다. 어쨌거나 그는 어머니가 가장 예뻐하는 자식이었다.

우리의 아흐매드 씨께서는 집에서 시간을 때울 만한 소일거리를 하나 더 찾아냈으니, 그것은 바로 2층 창문에서 이웃집 여자 파르빈을 훔쳐보는 것이었다. 파르빈은 보통 앞마당에서 바쁘게 일을 했는데, 일에 열중하다 보면 늘 차도르가 흘러내렸다. 아흐매드는 거실 창문 앞에서 꼼짝도 하지 않았다. 나는 그 두 사람이 신호와 몸짓으로 무언의 대화를 하는 광경을 목격하기도 했다.

아무튼 아흐매드는 워낙 다사다망하여 나에 관한 일을 모두 잊은 것 같았다. 아버지가 차도르 대신 스카프만 쓰고 학교에 가도 좋다고 하셨을 때에도, 딱 하루 동안만 소리를 지르고 싸웠을 뿐이었다. 그러나 아흐매드는 그 일을 절대 잊지 않았다. 나에게 윽박지르기를 그만두었지만 대신 나에게 일절 말을 하지 않았다. 작은오빠에게 나는 죄의 화신이었다. 그는 나를 쳐다보지도 않았다.

하지만 나는 아무래도 상관없었다. 학교에 다닐 수 있었고, 좋은 점수를 받았으며 모두와 친구가 되었다. 인생에서 더 무엇을 바랄 수 있을까? 나는 정말로 행복했고 파르바네와 제일 친한 친구가 된 후로는 더욱더 그러했다. 우리는 둘 사이에 절대 비밀을 두지 않기로 약속했다.

파르바네 아흐마디는 명랑하고 늘 즐거운 아이였다. 배구를 잘해서 학교 대표 팀에서 활약을 했지만 공부를 그렇게 잘하지는 못했다. 물론 나는 파르바네가 나쁜 애가 아니라는 것을 잘 알고 있었지만, 그 아이는 지켜야 할 법도를 잘 지키지 않았다. 말하자면, 나쁜 것과 좋은 것, 틀린 것과 올바른 것을 구별할 줄 몰랐고 자기 아버지의 이름과 명예에 흠이 가지 않도록 하려면 어떻게 처신해야 하는지 전혀 알지 못했다. 파르바네에게도 남자형제들이 있었지만, 그들을 전혀 무서워하지 않았다. 가끔씩 남자형제들이 자기를 때리면 같이 치고받으면서 싸운다고 했다.

모든 것이 재미있었던 파르바네는 길거리에서건 어디에서건 깔깔거리며 웃었다. 마치 여자가 웃을 때에는 이를 드러내지 말아야 하고 소리를 내서도 안 된다는 것을 아무에게도 들어 보지 못한 것 같았다. 내가 그런 행동은 올바르지 않다고, 그러지 말아야 한다고 할 때마다 그 아이는 내 말을 늘 이상하게 생각하며 놀란 표정으로 물었다. "왜?" 가끔씩 파르바네는 내가 다른 세계에서 온 사람이라도 된다는 듯이 나를 빤히 쳐다보았다. (하긴, 내가 딴 세상에서 온 것 같긴 했다.) 예를 들어, 그 아이는 자동차의 이름을 죄다 알았고 자기 아버지가 까만색 쉐보레를 샀으면 좋겠다고 했다. 나는 쉐보레가 어떤 차인지 몰랐지만 자존심 때문에 그런 이야기를 하지 않았다.

어느 날, 나는 처음 보는 예쁜 차를 가리키며 물었다.

"파르바네, 저 차가 네가 좋아하는 쉐보레지?"

파르바네는 차와 나를 번갈아 쳐다보더니 거의 비명에 가까운 웃음을 터뜨렸다.

"아하하, 웃겨라! 피아트를 보고 쉐보레라고 하네."

그 아이의 웃음에 당황하기도 했지만 무지를 스스로 드러낸 자신이 바보스러워서 내 얼굴은 귀까지 빨갛게 달아올랐다. 창피스러워서 죽고 싶었다.

파르바네의 집에는 라디오와 텔레비전이 있었다. 압바스 삼촌 댁에서 텔레비전을 본 적은 있었지만 우리 집에는 커다란 라디오밖에 없었다. 할머니가 살아 계셨을 때나 큰오빠 마흐무드가 집에 있을 때에는 음악을 듣지 못했다. 음악을 듣는 것이 죄악이고 특히 가수가 여자이거나 박자가 빠른 음악을 듣는 것은 더 큰 죄악이라고 했기 때문이었다.

아버지와 어머니는 두 분 다 독실한 신자였고 음악을 듣는 것이 부도덕하다는 것을 알고는 계셨지만 마흐무드처럼 엄격하지는 않으셨고 노래 듣는 것을 좋아하셨다. 마흐무드가 외출을 하면, 어머니는 라디오를 틀곤 하셨다. 물론 이웃사람들에게 들리지 않도록 볼륨을 최대한 낮추셨다. 노래 몇 곡의 가사를 외우기도 하셨는데, 특히 푸란 샤흐푸리의 노래를 좋아하셔서 부엌에서 나지막이 노래를 부르곤 하셨다.

어느 날, 내가 어머니에게 말했다.

"어머니, 푸란의 노래를 많이 아시네요."

어머니는 폭죽이 터지듯이 펄쩍 뛰시더니 벌컥 화를 내셨다.

"조용히 해라! 그게 무슨 소리냐? 너, 네 오빠 앞에서는 절대로 그런 얘길 하면 안 된다!"

아버지는 점심을 드시러 집에 오셔서 라디오를 틀고 두 시 뉴스를 들으시고 나서 끄는 것을 잊곤 하셨다. 뉴스에 이어 골하 음악 프로그램이 시작되면 아버지는 무심결에 리듬에 맞추어 고개를 끄덕이셨다. 내가 이런 말을 한다고 누가 뭐래도 상관없다. 아버지는 틀림없이 여가수 마르지에의 목소리를 좋아하셨다. 방송에서 그녀의 노래를 틀면 아버지는 절대 "신이여, 자비를 베푸소서! 꺼버려라."라고 말씀하지 않았다. 그러나 비겐의 노래가 나오면, 갑자기 신앙심을 지켜야 한다는 생각이 드시는지, 고함을 치시곤 했다. "저 아르메니아 놈의 노래가 또 나오는구나! 당장 꺼버려라."

아아, 하지만 나는 비겐의 목소리가 좋았다. 이유는 모르겠지만, 그의 목소리를 들으면 하미드 외삼촌이 떠올랐다. 나의 기억으로 하미드 외삼촌은 참 잘생긴 사람이었다. 외삼촌은 우리 어머니나 다른 이모들, 외삼촌들과 달랐다. 외삼촌에게서는 향수냄새가 났는데, 그런 사람은 나의 주변에서 흔히 볼 수 없었다…… 내가 어렸을 때, 외삼촌은 나를 안고 어머니에게 이렇게 말하곤 했다.

"누나, 참 잘 했어요! 이렇게 예쁜 딸을 낳다니. 천만다행으로, 제 오빠들이나 남동생과 다르게 생겼잖아요. 그렇지 않았다면, 누나는 큰 통을 준비해서 애들로 올리브 피클을 담가야 할 뻔했어요."

그 말에 어머니는 소리를 꽥 지르셨다. "그게 무슨 말이냐! 내 아들들이 못생겼다는 거니? 피부가 올리브색이지만 얼마나 잘생긴 아이들인데. 그리고 그런 피부색도 나쁘진 않아. 남자는 잘생기면 못써. 옛말도 있잖니, 모름지기 남자는 좀 못생기고 성격이 불같아야 한다고!" 어머니는 마지막 말에 노랫가락을 붙였고, 그러면 외삼촌은 크게 웃었다.

나는 아버지와 고모들을 닮았다. 사람들은 나와 고종사촌인 마흐부베가 자매인 줄 착각하곤 했다. 하지만 마흐부베는 나보다 더 예뻤다. 나는 빼빼 마른 데 반해, 마흐부베는 몸매가 풍만했고 내 머리는 무슨 짓을 해도 컬이 나오지 않는 직모인데 마흐부베의 머리는 풍성한 곱슬머리였다. 그러나 우리 둘 다 진한 녹색 눈과 매끈한 피부를 가지고 태어났고 그리고 웃을 때 볼에 패는 보조개도 꼭 닮았다. 마흐부베는 나보다 치열이 약간 고르지 않아서 늘 나를 부러워했다. "넌 정말 좋겠다. 이가 새하얗고 치열도 고르잖아."

어머니와 나머지 가족들은 좀 다르게 생겼다. 피부는 올리브색이었고 눈은 까만색이었으며 머리카락은 구불구불했고 몸이 통통했다. 그중에서도 제일 뚱뚱한 사람은 어머니의 언니인 가마르 이모였다. 그렇다고 못생긴 것은 아니었다. 특히 어머니는 인물이 좋았다. 실면도로 얼굴에 난 털을 밀고 눈썹을 뽑아 정리하면, 어머니는 우리 집 접시에 그려진 '햇살 아가씨'와 똑같았다. 어머니의 입술 옆에는 검은 점이 있었는데, 어머니는 그 점에 대해 이렇게 말씀하시곤 했다. "네 아버지가 말이다, 나에게 청혼을 하러 오던 날, 이 입가의 점을 보자마자 나를 사랑하게 되었다고 하더구나."

내가 일곱 살인가 여덟 살 때, 하미드 외삼촌이 멀리 떠났다. 외삼촌은 작별인사를 하러 와서 나를 안아주며 어머니에게 말했다.

"누나, 제발 이 꽃 같은 아이를 너무 일찍 시집보내지 말아요. 학교도 다니게 하고 교육도 시켜서 어엿한 숙녀로 키우세요."

하미드 외삼촌은 우리 집안에서 처음으로 서방세계를 여행한 사람이었다. 나는 바다 건너의 땅을 상상할 수 없었다. 더 멀다는 점만 빼고는 테헤란과 비슷한 곳이라고 생각했을 뿐이었다. 가끔씩 외삼촌은 아지즈 외할머니께 사진을 동봉한 편지를 보내곤 했다. 사진들은 아름다웠다. 나는 왜 외삼촌이 언제나 정원에서 나무와 꽃에 둘러싸여 서 있는지 알 수가 없었다. 나중에, 외삼촌은 히잡을 쓰지 않은 금발머리 여자와 함께 찍은 사진을 보내왔다. 나는 그 여자를 영원히 잊지 못할 것 같았다. 그날, 늦은 오후에 외할머니가 우리 집에 오셔서 아버지에게 편지를 읽어달라고 하셨다. 친할머니와 함께 바닥에 놓은 방석에 앉아 있던 아버지는 먼저 속으로 편지를 읽으시더니 큰 소리로 외치셨다.

"이거 멋진데! 축하드립니다! 하미드 처남이 결혼을 했대요. 편지와 함께 아내 사진을 보낸다는군요."

외할머니의 얼굴이 하얗게 질렸고 외할머니와 사이가 좋지 않던 친할머니는 차도르로 입을 가리고 킬킬 웃으셨다. 어머니는 자기 머리를 마구 때리며 기절한 외할머니를 깨워야 할지, 그대로 둬야 할지 몰라 하셨다. 잠시 후 정신을 차린 외할머니는 뜨거운 물을 한 컵 가득 드시고 각설탕을 씹어 드시고는 겨우 입을 여셨다.

"저 사람들은 죄인이잖아?"

"아니에요! 죄인은 아닙니다." 아버지가 어깨를 으쓱해 보이셨다. "아무튼 글을 많이 읽는 사람들이에요. 아르메니아 인이죠."

외할머니가 자기 머리를 때리기 시작하자 어머니가 외할머니의 손을 붙들어 말렸다.

"제발 그만하세요. 그렇게 슬퍼할 일은 아니에요. 하미드가 아내를 이슬람교도로 개종시켰대요. 아무나 붙들고 물어보세요, 무슬림 남자가 무슬림 아닌 여자와 결혼해서 아내를 이슬

21

람교도로 개종시키면, 그건 신의 보상을 받을 만한 일이라고 할 테니."

외할머니는 맥이 풀린 눈으로 어머니를 바라보셨다. "그래, 우리 예언자들 중에도 무슬림이 아닌 아내를 두었던 분들이 계셨지."

"이것이 신의 뜻이라면, 축복해야 마땅한 일이지요." 아버지가 껄껄 웃으셨다. "그럼 장모님, 언제 축하연을 베푸실 겁니까? 외국인 며느리를 맞으셨으니, 큰 잔치를 여셔야죠."

우리 친할머니가 인상을 쓰셨다. "며느리가 들어오는 것만으로도 골치가 아픈데, 설상가상으로 이슬람교에 대해서는 아는 것이 없는 외국인 며느리를 맞으면서, 잔치는 무슨 잔치."

기운을 차린 외할머니가 집으로 돌아가려고 일어서며 할머니에게 쏘아붙였다. "신부는 한 집안의 축복이에요. 우리는 며느리에게 감사할 줄 모르고 집에 하녀를 들인 것으로 생각하는 사람들하고는 달라요. 우리 집안에서는 며느리들을 아끼고 자랑스러워하지요. 특히나 서구에서 온 며느리들에게는 더욱 그러하답니다!"

친할머니는 외할머니의 말을 그냥 들어 넘기지 않고 비꼬는 말투로 응수했다. "아무렴요, 사돈마님이 아사둘라의 아내를 얼마나 자랑스러워하시는지는 내가 잘 알고 있지요." 그리고 심술맞게 한마디를 덧붙였다. "그 아이가 이슬람교도로 개종했는지 안 했는지를 누가 알겠어요. 어쩌면 하미드를 죄인으로 만들었을 수도 있지요. 사실 하미드의 신앙심이 깊지는 않았잖아요. 신앙심이 깊었다면 죄악의 소굴인 서방으로 가지도 않았겠지요."

외할머니도 지지 않았다. "자네, 똑똑히 들었지? 자네 어머님
께서 내게 뭐라고 하셨는지 다 들었지?"

결국, 아버지가 나서서 두 분의 다툼을 말렸다.

아지즈 외할머니는 서둘러 성대한 잔치를 열고 사람들에게
아르메니아 며느리를 자랑했다. 외삼촌 부부의 사진을 액자에
넣어 벽난로 선반 위에 두고 집에 찾아오는 여자들에게 보여주
기도 했다. 그러나 외할머니는 돌아가시는 순간까지 어머니에
게 묻고 또 물었다. "하미드의 아내가 무슬림이 되었겠지? 하
미드가 아르메니아 정교도가 되었으면 어쩐다니?"

외할머니가 돌아가신 후, 우리는 하미드 외삼촌의 소식을 거
의 듣지 못했다.

어느 날, 나는 외삼촌 부부의 사진을 학교에 가지고 가서 친
구들에게 보여주었다. 파르바네가 삼촌을 무척 마음에 들어
했다.

"정말 잘생겼다. 서양으로 가셨다고? 정말 부럽네. 우리 집도
서양으로 이사를 가면 좋겠는데."

파르바네는 모르는 노래가 없었는데, 특히 델카쉬를 좋아해
서 그녀의 팬을 자처하고 나섰다. 전교생의 반은 델카쉬의 팬
이었고 나머지 절반은 마르지에의 팬이었다. 나도 델카쉬의 팬
이 되어야 했다. 그렇지 않으면, 파르바네가 내 친구로 남아 있
지 않을 테니까. 파르바네는 서양 가수들도 알고 있었다. 파르
바네의 집에는 축음기가 있어서 음반을 들을 수 있었다. 어느
날, 파르바네가 나에게 그 기계를 보여주었다. 빨간색 뚜껑이

달린 작은 옷가방 같은 물건이었다. 파르바네는 그것이 휴대용이어서 그렇게 생겼다고 했다.

한 학년이 끝나려면 아직 한참 더 있어야 했지만, 이미 나는 많은 것을 배웠다. 파르바네는 언제나 내 공책과 강의노트를 빌렸고 가끔 우리는 함께 공부를 했다. 그 아이는 우리 집에 오는 것도 불편해하지 않았다. 수더분하고 착한 파르바네는 우리 집의 변변찮은 살림을 보고도 아무렇지 않아 했다.

우리 집은 좀 작은 편이었다. 대문 앞의 계단 세 단을 올라 문을 통과하면 앞마당이 나왔고 마당 한가운데에는 물을 받아 두는 사각형 샘이 있었다. 샘 한쪽에는 커다란 나무 평상을 놓았고 다른 쪽에는 샘과 나란하게 긴 화단을 만들어두었다. 설명을 덧붙이자면, 화단의 긴 면이 샘의 짧은 면과 수평을 이룬 형태였다. 언제나 어두컴컴한 부엌은 집과 별도로 마당 한쪽 끝에 마련되어 있었고 그 옆에는 욕실이 있었다. 욕실 밖에 개수대가 있어서 손을 씻거나 세수를 할 때 샘에서 펌프질을 할 필요가 없었다. 집의 현관 안으로 들어가면, 왼쪽에 네 단짜리 계단이 있고 그 아래에는 작은 계단참이 있었는데 거기에 있는 문 두 개가 아래층 방 두 개로 통하는 문이었다. 그리고 다른 계단을 오르면 다른 방 두 개로 통하는 문 두 개가 나란히 나 있었다. 앞쪽의 방은 창문이 두 개 달린 거실이었는데, 창문 하나를 통해서는 앞마당과 길의 일부가 내다보였고 다른 창문으로는 파르빈의 집이 보였다. 아흐매드와 마흐무드가 잠을 자는 다른 방에서는 우리 집 뒷마당과 뒷집의 뒷마당이 훤히 내다보였다.

파르바네가 오면, 나는 그 아이를 위층 거실로 데리고 갔다. 거실에는 가구가 별로 없었다. 커다란 빨간색 카펫과 둥근 테이블 하나, 흰 목재로 만든 의자 여섯 개, 구석에 놓아둔 커다란 난로, 그리고 그 옆에 깔아둔 방석 몇 개와 등받이가 전부였다. 벽의 장식이라고는 코란의 구절을 새긴 카펫을 액자에 넣어 걸어둔 것뿐이었다. 벽난로가 하나 있어서 어머니가 그 위 선반에 자수를 놓은 천을 덮고 결혼식 때 썼던 나뭇가지 모양의 촛대를 얹어두었다. 파르바네와 나는 방석에 앉아 속닥거리고 키득거려가며 공부했다. 내가 그 아이의 집에 가는 것은 절대로 있을 수 없는 일이었다.

"그 계집애의 집에 발을 들여놓기만 했단 봐라." 아흐매드가 소리를 질렀다. "그 집에 가지 말아야 할 이유를 말해주지. 우선, 개 동생이 멍청이이기 때문이고, 둘째, 그 계집애가 부끄러워할 줄도 모르고 변덕도 심해서야. 그 애도 그렇지만, 걔 엄마도 히잡을 쓰지 않고 돌아다니더라."

나도 나름대로 할 말을 했다. "테헤란에서 누가 히잡을 써?" 물론 모기만 한 소리로 중얼거릴 뿐이었지만.

하루는, 파르바네가 《우먼스 데이》라는 잡지를 보여주고 싶다고 하는 바람에, 나는 살짝 그 아이의 집에 가서 오 분 정도를 머물렀다. 집이 정말로 깨끗하고 아름다웠으며 예쁜 물건들도 굉장히 많았다. 벽마다 자연 풍경과 여자들을 그린 그림이 걸려 있었고 거실에는 아래쪽에 술이 달린 커다란 네이비블루색의 소파가 놓여 있었으며 앞마당으로 난 창문들에는 같은 색의 벨벳 커튼이 달려 있었다. 식당은 거실의 반대편에 따로 마련되어 있었고 커튼으로 분리가 되어 있었다. 집의 중심인 마루에는 텔레비전과 안락의자, 그리고 소파들이 있었고 그곳에서부터 부엌과 욕실과 화장실이 연결되어 있어서 추운 겨울이나 찌는 듯이 더운 여름에 마당을 가로질러가지 않아도 좋은 구조였다. 침실은 모두 2층에 있었다. 파르바네와 여동생 파르자네가 같은 방을 썼다.

그 집이 얼마나 부러웠는지 모른다! 우리 집은 그렇게 넓지 않았다. 방은 네 개였지만 사실 우리 가족은 아래층의 큰 방에서 거의 모든 것을 해결했다. 그 방에서 밥을 먹었고 겨울에는 코르시(밑에 히터가 달린 평상 비슷한 것―역주)를 놓고 파티와 알리, 그리고 내가 함께 잠을 잤다. 아버지와 어머니가 주무시는 옆방에는 커다란 나무 침대와 우리의 옷과 자질구레한 물건들을 넣어두는 옷장이 하나 있었다. 각자의 책을 보관하는 선반이 하나씩 배정되었지만, 나는 책이 많아서 선반 두 개를 썼다.

어머니는《우먼스 데이》지에 실린 사진들을 좋아하셨다. 그러나 우리는 그 잡지를 아버지와 마흐무드의 눈에 띄지 않도록 감추어야 했다. 나는 〈교차로에서〉란과 연재소설을 읽고 어머니에게 이야기를 들려주었다. 내가 세세한 장면들을 너무나 과장하는 바람에 어머니는 울기 직전의 상태가 되었고 나는 또다시 눈물을 흘렸다. 파르바네는 자기와 그 애의 어머니가 일주일에 한 번씩 나오는 잡지를 다 읽고 나면, 곧 우리에게 빌려주곤 했다.

하루는, 내가 파르바네에게 솔직히 이야기를 했다. "우리 오빠들이 너희 집에 못 가게 해."

파르바네가 깜짝 놀라며 물었다. "왜?"

"나이가 다 찬 네 남동생 때문에."

"다리우쉬? 나이가 다 찼다니, 그게 무슨 말이야? 우리보다 한 살이 어린데."

"그래도, 집에 다 큰 남자가 있으니까 가서는 안 된대."

파르바네가 어깨를 으쓱했다. "너희 집 풍습은 정말 이해할 수가 없어."

그때부터 파르바네는 자기 집에 놀러오라고 하지 않았다.

기말고사에서 나는 굉장히 좋은 점수를 받았고 선생님들로부터 큰 칭찬을 들었다. 그러나 가족들의 반응은 시큰둥했고 어머니는 내 이야기를 잘 이해하지 못했다.

마흐무드 오빠가 퉁명스럽게 말했다. "그래서? 네 점수에 대해서 너는 어떻게 생각하는데?"

아버지도 칭찬을 하지 않으셨다. "왜 반에서 일등을 못했지?"

여름이 시작되자, 파르바네와 나는 헤어져야 했다. 처음 며칠 간은, 오빠들과 남동생이 없는 틈을 타서 파르바네가 우리 집으로 왔고, 그러면 우리는 대문 앞에 서서 이야기를 나누었다. 하지만 어머니가 그런 나를 못마땅해 하셨다. 그리고 매일 오후 내내, 아버지가 집에 돌아오실 때까지 이웃집 여자들과 수박씨를 먹으며 이야기를 하던 콤 시절을 그리워하며 끊임없이 불평을 하셨다. 어머니는 테헤란에 친구나 아는 사람이 없었고 이웃집 여자들은 어머니를 무시했다. 몇 번, 그 여자들이 어머니를 보고 웃어대는 바람에 어머니가 크게 화가 났던 적이 있었다. 시간이 지나면서 어머니는 오후시간의 수다라는 습관을 잊었고, 그랬기 때문에 나 역시 친구와 마음대로 이야기를 나눌 수 없게 되었다.

이런저런 이유로, 어머니는 테헤란으로 이사를 온 것 자체를 후회했다.

"우리는 이 도시에 안 어울리는 사람들이다. 친구들과 친척들이 모두 콤에 있고, 멀리 떨어진 나는 너무나 외롭구나. 네 숙모조차 우리를 무시하고 거들떠보지 않는데, 아무 관계도 없는 사람들에게 뭘 바라겠니?"

어머니는 불평을 늘어놓고 바가지를 긁어 결국에는 아버지로부터 우리를 데리고 콤의 이모 집에 가서 여름을 보내고 와도 좋다는 허락을 받아냈다. 나는 어머니에게 슬쩍 농담을 건넸다.

"모두들 여름을 보내러 시골 별장에 가는데, 어머니는 우리를 콤에 데려가시려는 거예요?"

어머니가 나를 노려보며 말했다. "네가 나고 자란 고향을 벌써 잊었단 말이냐? 빠르기도 하구나. 일 년 내내 콤에 살면서도 불평 한마디 없더니, 이젠 머리가 커졌다고 여름 별장 타령이냐? 나는 불쌍한 네 이모를 일 년이나 못 보고 지냈다. 외삼촌 소식도 못 들었고 친척들 묘지에도 못 갔고…… 친척들 집에 일주일씩만 묵어도 여름이 다 갈 거다."

마흐무드는 우리가 콤에 가는 것에 찬성했지만, 이모 집 대신 고모 집에 묵기를 바랐다. 그러면 자기도 주말에 고모 집을 방문해 마흐부베와 고모를 만날 수 있으니까.

"고모 집에 가 계세요. 친척들을 다 찾아볼 필요는 없어요. 그랬다간 나중에는 다들 테헤란에 와서 우리 집에 있으려고 할 거예요. 문을 아예 열어두고 살아야 할 거라고요. 큰 골칫거리가 될걸요."(큰오빠 최고! 친절하기도 해라!)

"네 말이 맞다!" 어머니가 화가 나서 쏘아붙였다. "고모 집에 묵고, 고모네 식구들이 여기에 오는 것, 나는 괜찮다. 하지만 너는 불쌍한 네 이모가 우리 집에 오는 게 그렇게 싫단 말이냐?" (어머니가 휘두른 주먹에 오빠는 머리를 한 방 얻어맞고 입을 다물었다!)

우리는 콤으로 갔다. 파르바네도 여름을 보내러 골랍-다레(테헤란 북쪽의 알보르즈 산맥에 위치한 도시 — 역주)에 있는 할아버지 소유의 별장으로 갔기 때문에, 나는 별다른 불평을 하지 않았다.

8월 중순이 되어서 다시 테헤란으로 왔다. 알리가 몇 과목에서 낙제점수를 받아 기말시험을 다시 치러야 했다. 오빠들이나 남동생이 공부에 대해서만큼은 왜 그렇게 게으른지, 나는 그 이유를 알 수가 없었다. 가엾은 아버지는 아들들에게 많은 기대를 하셨고 그들이 의사나 엔지니어가 되었으면 하고 바라셨다. 아무튼 나는 집에 돌아온 것이 좋았다. 이모네서 고모네로, 삼촌네서 외삼촌네로 옮겨 다니는 떠돌이 생활은 견디기 힘들었다…… 특히 이모네 집에 가 있는 것이 싫었다. 이모 집은 꼭 사원 같았고 이모는 우리에게 기도를 했느냐고 끊임없이 물었으며 우물쭈물 대답을 잘 하지 못하면 잔소리를 했다. 그리고 자기의 신앙심이 깊다고 자화자찬을 하고 남편의 친척들이 모두 율법학자라고 자랑했다.

몇 주가 지나자, 파르바네와 그 애의 가족들도 테헤란으로 돌아왔다. 그리고 개학을 하면서 나는 다시 즐겁고 행복한 생활을 할 수 있었다. 친구들과 선생님들을 다시 만날 기대에 가슴이 부풀었다. 지난 학년과는 달리, 이제 나는 전학생도 아니었고 모든 것이 낯설어 깜짝깜짝 놀라지도 않았으며 엉뚱한 말을 하지도 않았다. 작문 실력도 많이 늘어서 전보다 더 문학적인 문장을 쓸 수 있었고 테헤란 여학생들만큼이나 요령도 늘어서 내 의견을 당당하게 밝힐 줄 알았다. 그 모든 것이 나의 첫 선생이자 최고로 훌륭한 교사였던 파르바네 덕분이었다.

그해, 나는 교과서 외의 다른 책을 읽는 즐거움에도 눈을 떴다. 우리는 한숨과 눈물을 쏟아가며 연애소설을 돌려 읽었고 몇 시간 동안이나 책 내용에 대한 이야기를 나누었다.

파르바네는 예쁜 독후감 책을 만들었다. 글씨체가 예쁜 파르바네의 사촌이 페이지마다 제목을 적으면 파르바네가 그 옆에 주제와 어울리는 사진을 붙였다. 반 친구들과 파르바네의 친척들과 부모님 친구의 딸들이 각 질문에 대한 답을 달았다. 제일 좋아하는 색, 혹은 제일 좋아하는 책에 대한 답들은 그리 재미있지 않았다. 그러나 사랑에 대해 어떻게 생각하느냐, 혹은 사랑을 해본 적이 있느냐, 내지는 각자가 꿈꾸는 남편감의 이상형을 밝히라는 등의 질문에 대한 답변은 정말 흥미진진했다. 독후감 책이 교장선생님의 손에 들어가든 말든 신경 쓰지 않겠다고 작정하고 노골적인 답변을 적는 아이들도 있었다.

나는 시 노트를 만들어 반듯한 글씨체로 내가 좋아하는 시들을 그 안에 적었다. 가끔은 시 옆에 그림을 그리거나 파르바네가 외국 잡지에서 오려준 사진들을 붙이기도 했다.

어느 맑은 가을날 오후, 학교에서 돌아오던 중에, 파르바네가 반창고를 사야 하는데 약국에 같이 가지 않겠느냐고 했다. 약국은 학교와 집의 중간쯤에 위치해 있었다. 약사인 아타이 선생님은 모두가 인정하고 존경하는 점잖은 분이었다. 우리가 약국으로 들어갔을 때, 카운터는 비어 있었다. 파르바네가 약사 선생님을 부르며 까치발을 들고 카운터 뒤를 흘끔거렸다. 흰 가운을 입은 채 무릎을 꿇고 카운터 밑 선반에 약상자들을 정리하던 젊은 남자가 몸을 일으켰다. "뭘 도와드릴까요?"

파르바네가 말했다. "반창고를 사려고요."

"아, 네. 곧 가져오죠."

파르바네가 내 옆구리를 쿡쿡 찌르며 속삭였다. "누굴까? 정말 잘생겼다!"

젊은 남자가 반창고를 건네자 파르바네는 책가방에서 돈을 꺼내려고 무릎을 굽히면서 다시 내게 속삭였다. "애! 너도 한번 봐. 정말 잘생겼단 말이야."

내가 고개를 든 순간, 우리 둘의 눈이 마주쳤다. 그러자 이상한 느낌이 온몸을 관통했고 얼굴이 빨개지는 것이 느껴져 나는 얼른 바닥으로 시선을 돌렸다. 그런 이상한 느낌은 난생처음이었다.

나는 파르바네를 향해 돌아서서 재촉을 했다. "어서 가자."
그리고 약국을 뛰쳐나왔다.

파르바네도 나를 따라 달려나왔다. "왜 그래? 사람 처음 봐?"

"당황스러워서 그래."

"뭐가?"

"네가 낯선 남자에 대해 이러쿵저러쿵 얘기하는 거."

"그게 뭐가 어때서?"

"뭐가 어떠냐고? 그건 정숙치 못한 행동이야. 저 사람이 다 들었을 것 같아."

"못 들었어. 아무것도 못 들었다고. 그리고 내가 한 말 중에 어떤 말이 정숙하지 못하다는 거야?"

"저 남자가 잘생겼다고 한 거랑, 그리고 또……."

"그만 좀 해! 그 얘길 들었다고 해도, 기분이 좋았을 텐데 뭐. 근데, 우리끼리 하는 얘기지만, 자세히 봤더니 그렇게 잘생기지는 않았더라. 아버지께 아타이 선생님께서 보조약사를 두었다고 말씀드려야지."

다음 날에는 등교가 좀 늦었다. 하지만 약국 앞을 서둘러 지나가면서도, 나는 어제 본 젊은 남자가 우리를 보고 있다는 것을 알 수 있었다. 집에 돌아오는 길에, 우리는 유리 너머로 약국 안을 들여다보았다. 그는 바쁘게 일을 하고 있었으나 우리가 자신을 보고 있다는 사실을 아는 것 같았다. 그날부터, 무슨 암묵적인 약속을 한 것처럼, 우리는 매일 아침과 오후에 얼굴을 마주쳤다. 그리고 파르바네와 나에게는 함께 이야기할 새롭고 신나는 주제가 생겼다. 곧, 그에 대한 소식이 온 학교에 퍼졌다. 전교생이 약국에서 새로 일을 시작한 잘생긴 청년에 관해 수군거렸고 온갖 구실을 찾아 약국에 가서는 그의 관심을 끌려고 했다.

파르바네와 나는 매일 그를 보는 것에 익숙해졌고 장담하건대 그 역시, 우리가 지나가기를 기다리는 것 같았다. 우리는 그가 배우들 중 누구를 닮았는지를 놓고 입씨름을 하다가 결국 스티브 맥퀸과 가장 비슷하다는 결론을 내렸다. 내가 생각해도 나의 발전이 놀라웠다. 전과는 달리, 나도 유명한 외국 배우들의 이름을 외우고 있었다. 한번은 내가 어머니를 졸라 둘이 함께 극장에 가서 영화를 보았다. 어머니는 정말로 즐거워하셨다. 이후로 우리는 일주일에 한 번씩 큰오빠 마흐무드 몰래, 길모퉁이에 있는 극장에 갔다. 그 극장에서는 주로 인도 영화를 상영했는데, 영화를 보며 어머니와 나는 구름이 비를 쏟아내듯 눈물을 펑펑 흘렸다.

파르바네는 재빨리 보조약사에 관한 정보를 입수했다. 파르바네의 아버지와 친구인 아타이 선생님이 아버지에게 하는 이야기를 들었다고 했다.

"사이드는 대학에서 약학을 전공하는 학생이래. 고향은 레자이에인데, 참 건실한 청년이라고 하시더라."

그때부터 우리는 좀더 친근한 눈길을 주고받게 되었고 파르바네는 그를 '근심걱정 씨'라는 별명으로 부르기 시작했다. "늘 뭔가를 기다리고 걱정하는 것 같아 보여. 누군가를 찾고 있는 것 같기도 하고."

그해는 내 생애 최고의 해였다. 모든 것이 내 뜻대로 되어갔다. 공부도 열심히 했고 파르바네와의 우정도 날이 갈수록 깊어갔다. 차츰 우리는 두 개의 몸을 나누어 가진 하나의 영혼이 되어갔다. 나의 밝고도 행복한 나날들을 어둡게 만드는 유일한 공포는 학기말이 다가올수록 집에서 점점 더 자주 듣게 되는 수군거림이었다. 더 이상 학교를 다닐 수 없을지도 모른다는 공포감.

"말도 안 돼. 너한테 그럴 순 없어." 파르바네가 펄쩍 뛰었다.

"네가 몰라서 그래. 우리 가족들한테는 내가 공부를 잘하느냐 못하느냐, 그런 건 하나도 중요하지 않아. 여자가 중학교 교육을 받았으면 됐지, 공부를 더 해서 뭐에 쓰겠느냐고 생각한단 말이야."

"중학교?" 파르바네가 깜짝 놀랐다. "요즘에는 고등학교를 졸업하는 것만으로도 충분하지 않아. 우리 친척집 여자들은 다 대학에 가려고 하는걸. 물론 모두 입학시험을 통과한 건 아니지만. 너는 틀림없이 합격할 거야. 넌 그 언니들보다 훨씬 똑똑하니까."

"대학은 꿈도 못 꿔! 난 고등학교만 졸업할 수 있어도 좋겠어."

"그럼 가족들에게 맞서 이겨야지."

가족들에게 맞서 이기라니! 파르바네는 내 환경이 어떤지를 이해하지 못했다. 어머니에게는 맞설 수 있었다. 말대꾸를 하고 내 입장을 이야기하고. 그러나 오빠들 앞에서 내 생각을 당당히 이야기할 만한 용기는 낼 수 없었다.

학기말에 우리는 기말고사를 보았고 나는 반에서 2등을 했다. 나를 무척 예뻐하시던 문학 선생님이 성적표를 나누어주며 말했다.

"잘했구나! 마수메는 정말 재능이 많아. 앞으로 어떤 분야를 공부하고 싶니?"

"제 꿈은 문학을 공부하는 거예요."

"그래, 잘 생각했다. 사실 나도 네게 그쪽을 권하려고 했어."

"하지만 선생님, 저는 이제 공부를 계속할 수 없어요. 가족들이 반대를 해서요. 저희 가족들은 여자에게는 중학교 삼 년이면 충분하다고 생각해요."

바흐라미 선생님이 인상을 쓰며 고개를 가로젓더니 학교 행정실로 들어갔다. 그리고 몇 분 후에 교장선생님을 모시고 나왔다. 교장선생님이 내 성적표를 보고는 말했다.

"마수메 사데기, 집에 가서 아버님께 내일 학교에 좀 오시라고 말씀드려요. 학생 아버님을 만나 뵈어야겠어요. 그리고 아버님이 오시지 않으면 학생의 성적표를 주지 않겠다고 말씀드려요. 꼭 전해요, 알겠지요?"

그날 저녁, 나는 아버지께 교장선생님이 뵙고 싶어 한다는 말을 전했다. 아버지는 깜짝 놀라셨다. "학교에서 사고를 쳤니?"

"절대 아니에요."

그러자 아버지는 어머니를 돌아다보며 말씀하셨다. "여보, 학교에 가서 선생들이 무엇 때문에 나를 보자는 건지 알아봐요."

"안 돼요, 아버지. 어머니가 가시면 안 돼요. 선생님들이 뵙자는 분은 아버지란 말이에요."

"그게 무슨 소리냐? 난 여학교에 발을 들여놓을 생각이 없다."

"왜요? 다른 아이들 아버지들은 다 오시는데. 선생님들이 아버지가 오시지 않으면 제 성적표를 주지 않겠다고 했어요."

아버지의 미간에 깊은 주름이 파였다. 나는 아버지의 찻잔에 차를 따르면서 아버지의 환심을 사려고 해보았다.

"아버지, 머리가 아프세요? 약을 가져다드릴까요?"

그리고 방석을 아버지의 등 뒤에 받치고 물을 한 잔 가져다드렸다. 결국, 아버지는 다음 날 나와 함께 학교에 가기로 하셨다.

교장실에 들어가자, 책상에 앉아 계시던 교장선생님이 일어나 아버지에게 정중히 인사를 하고 의자를 권했다.

"정말 훌륭한 따님을 두셨습니다. 공부도 잘할 뿐 아니라 상냥하고 예의도 바른 학생이에요."

교장실 문가에 서 있던 나는 고개를 숙이고 나도 모르게 미소를 지었다.

"자, 우리 마수메는 밖에서 기다리세요. 아버님과 이야기를 좀 나누어야 하니까."

교장선생님이 아버지께 뭐라고 하셨는지는 모르겠지만, 밖으로 나온 아버지의 얼굴은 상기되어 있었고 두 눈은 반짝거렸다.

아버지는 내가 대견하다는 듯 나를 따뜻한 눈길로 바라보시며 말씀하셨다.

"내가 나중에 시간을 내어 다시 학교에 올 수 없으니 지금 당장 행정실로 가서 다음 학년에 등록하자꾸나."

나는 너무나 기뻐서 정신을 잃을 것만 같았다. 아버지를 따라가며 계속 같은 말을 반복했다. "아버지, 고맙습니다. 전 아버지가 정말로 좋아요. 꼭 일등을 할게요, 약속드려요. 아버지가 하라고 하시는 건 뭐든 할게요. 아버지를 위해서라면 뭐든지 하겠어요."

아버지가 껄껄 웃으셨다. "됐다, 됐어! 게을러빠진 네 오빠들과 동생이 너의 반의반만 해주어도 좋으련만."

파르바네가 밖에서 나를 기다리고 있었다. 너무나 걱정이 되어서 전날 밤 한숨도 자지 못한 모양이었다. 손짓과 몸짓으로 파르바네가 물었다. '어떻게 됐어?' 나는 슬픈 표정을 짓고 고래를 가로저으며 어깨를 으쓱해 보였다. 눈꺼풀 뒤에서 눈물이 대기하고 있기라도 했던 것처럼, 갑자기 파르바네의 볼을 타고 눈물이 뚝뚝 흘러내렸다.

나는 파르바네에게로 달려가 그 아이를 꼭 껴안고 말했다. "아니야! 거짓말이야. 다 잘 됐어. 나, 다음 학년에도 학교에 다닐 수 있게 되었어."

학교 운동장에서 우리는 눈물을 닦아가며 미친 사람들처럼 펄쩍펄쩍 뛰었다.

아버지의 결정으로 집안에는 난리가 났지만, 아버지는 눈도 꿈쩍하지 않으셨다.

"교장선생님께서 마수메가 재능이 뛰어나서 장차 큰 인물이 될 거라고 하셨다."

나는 너무나 좋아서 가족들이 하는 말이 귀에 들어오지 않았다. 증오에 찬 작은오빠 아흐매드의 눈길도 겁나지 않았다.

여름이 다가왔다. 그것은 즉 파르바네와 다시 떨어져 있어야 한다는 것을 의미했지만 다음 학년에 우리가 다시 함께할 수 있다는 기대감에 나는 행복했다. 우리는 콤에서 일주일 만에 돌아왔고 파르바네는 핑곗거리를 찾아 테헤란에 오는 아버지를 따라와 나를 만났다. 그리고 자기와 함께 골랍-다레에 가서 며칠만 있다가 가라고 나를 졸랐다. 나도 정말 가고 싶었으나 오빠들이 절대 보내주지 않을 것을 알았기에 집에서는 그 이야기를 아예 꺼내지도 않았다. 파르바네가 혹시 자기 아버지가 우리 아버지에게 이야기를 하면, 허락을 받을 수 있을지도 모른다고 했다. 하지만 나는 아버지께 골칫거리를 더 만들어드리고 싶지 않았다. 아버지가 파르바네 아버지의 청을 거절하지는 못하실 테고, 그러면 가족들의 원성과 반대에 맞서야 하실 터였다. 대신 나는, 시집을 가려면 적어도 하나쯤 잘하는 것이 있어야 하지 않겠느냐고 성화를 하시는 어머니의 소원대로 바느질 수업을 듣기로 했다.

공교롭게도 바느질 교실이 약국 옆에 있었다. 이틀에 한 번인 나의 수업 스케줄을 재빨리 눈치챈 사이드는 내가 지나가는 시간이면 열일을 젖히고 약국 문 앞으로 나왔다. 약국까지 한 블록을 남긴 곳에서부터 나의 가슴은 마구 두방망이질치기 시작하고 호흡도 빨라졌다. 우리 둘의 눈이 마주칠 때마다 나는 귀까지 얼굴을 붉히곤 했다. 너무 당황스러웠다. 그는 숫기는 없으나 간절한 눈빛을 보내며 고개를 약간 끄덕여 나에게 인사를 했다.

어느 날, 내가 모퉁이를 도는 순간, 그가 갑자기 내 앞에 나타났다. 나는 너무나 당황한 나머지 바느질용 자를 떨어뜨렸다.

그가 허리를 굽혀 자를 집고는 눈을 들지도 못하고 조그만 목소리로 말했다. "놀라게 해서 미안합니다."

"아니에요." 나는 빼앗듯이 그가 들고 있는 자를 낚아채고 종종걸음을 치기 시작했다. 한동안 나는 정신을 차리지 못했다. 그 순간을 떠올릴 때마다 얼굴이 달아올랐고 가슴속의 미묘한 떨림이 느껴졌다. 왜인지는 몰랐지만, 나는 그 역시 같은 느낌을 경험하고 있을 것이라 확신했다.

*

가을을 알리는 첫 바람이 불었다. 9월 초가 되자 우리의 오랜 기다림은 끝났고 파르바네와 나는 다시 나란히 등교를 했다. 서로에게 들려주고 싶은 것들이 너무 많아, 우리의 이야기에는 끝이 없었다. 우리는 여름 동안 있었던 모든 일들뿐 아니라 서로의 생각마저도 공유했다. 그러나 결국 대화 주제는 늘 사이드로 집중되었다.

"사실대로 말해봐. 내가 테헤란에 없는 동안 약국에 몇 번이나 갔어?"

"한 번도 안 갔어. 정말이야. 너무 당황했었거든."

"왜? 그 사람은 우리가 자기 이야기를 하는 줄도 모를 텐데."

"그건 네 생각이지!"

"그 사람이 뭐라고 했어? 네가 그걸 어떻게 알아?"

"아니, 그냥 내 짐작일 뿐이야."

"그럼 계속 아무것도 모르는 척하면 돼. 다른 얘길 하는 척하면 된다고."

그러나 사실은 변화가 있었다. 사이드와의 만남에서 느껴지는 분위기와 색깔이 달라졌고 어딘가 모르게 진지해졌다. 말은 안 했지만 나는 마음속으로 나와 그가 강하게 묶여 있다는 느낌을 받았고, 그것을 파르바네에게 숨기기는 쉽지 않았다. 새 학년을 시작한 지 일주일 만에, 파르바네는 핑곗거리를 찾아내서는 나를 끌고 약국에 갔다. 나는 남들의 시선이 너무나도 신경 쓰였다. 마치 테헤란의 모든 사람들이 내 속내를 알고 있는 것 같았고 나를 지켜보고 있는 것만 같았다. 우리가 약국으로 들어오는 것을 본 사이드는 그 자리에 얼어붙고 말았다.

파르바네가 아스피린을 달라고 몇 번이나 말했지만, 그에게는 그 말이 들리지 않는 모양이었다. 결국에는 약국 안쪽에 있던 아타이 선생님이 나와서는 파르바네에게 인사를 하고 아버지는 잘 계시느냐고 물었다. 그러고는 사이드를 쳐다보며 말했다.

"왜 그렇게 얼떨떨하게 서 있나? 어서 아가씨에게 아스피린을 드리게."

약국을 나올 때쯤에는 더 이상 아무것도 숨길 수가 없었다.

"그 사람이 너를 어떻게 쳐다보는지, 너도 봤지?" 파르바네가 놀랍다는 듯이 말했다.

나는 아무 대답도 하지 못했다. 파르바네가 내 눈을 똑바로 들여다보았다.

"얼굴이 왜 그렇게 창백해? 금방이라도 쓰러질 것 같아."

"내가? 아냐! 난 아무렇지도 않아." 그러나 내 목소리는 떨리고 있었다. 우리는 잠시 아무 말 없이 걸었다. 파르바네는 깊은 생각에 잠겨 있었다.

"파르바네, 무슨 생각을 하는 거니? 괜찮아?"

파르바네가 펄쩍 뛰더니 평소보다 큰 목소리로 나에게 쏘아 붙였다. "앙큼하기는. 어쩌면 그럴 수가 있니? 난 정말 바보였어. 왜 나에게 말하지 않은 거야?"

"뭘? 난 아무것도 숨기지 않았어."

"숨기지 않긴! 너희 두 사람 사이에 뭔가가 있어. 그걸 못 보다니, 내가 눈이 멀었었나 봐. 솔직히 말해. 어디까지 진행된 거야?"

"어떻게 그런 말을 입에 담을 수가 있어?"

"그만해! 고양이 쥐 다루듯 하는 거, 이제 그만하라고. 그런 스카프를 쓰고 이런 연애질을 하다니. 너에게 불가능한 게 대체 뭐니? 내가 바보지! 난 여태까지 사이드가 나 때문에 우리 앞에 나타난다고 생각했단 말이야. 넌 정말 음흉한 애야. 사람들이 왜 콤 출신들이 약삭빠르다고 하는지, 이제야 알겠어. 넌 제일 친한 친구인 나에게도 아무 말 하지 않았어. 난 네게 숨기는 것이 없는데. 특히나 이렇게 중요한 일을 숨기다니."

목구멍이 콱 막혀왔다. 나는 파르바네의 팔을 붙잡고 애원했다. "제발, 아무에게도 말하지 않는다고 약속해줘. 그리고 길에서 이렇게 큰 소리를 내지 마, 그럼 안 돼. 조용히 해줘, 사람들이 듣는단 말이야. 아버지의 이름을 걸고, 코란에 대고 맹세하지만, 정말 아무 일도 없었어."

그러나 마치 밀려드는 밀물을 감당할 수 없듯이, 파르바네의 분노는 점점 더 거세어져갔다.

"넌 배신자야. 내 스크랩북에다가 네가 뭐라고 썼지? 그런

쪽으로는 아무 생각이 없다고, 네게 중요한 건 공부뿐이라고, 남자는 절대 사절이라고, 그런 이야기를 하는 자체가 잘못된 거라고, 그건 죄악이며…….”

“제발 부탁이야, 그만해. 코란에 대고 맹세한다니까, 그 사람하고는 정말 아무 일도 없었어.”

파르바네의 집이 가까워지자, 나는 더 이상 못 견디고 무너져 울기 시작했다. 내 눈물을 본 파르바네가 이성을 되찾았다. 마치 눈물이 활활 타오르던 분노의 불을 꺼버린 것 같았다.

“왜 울어? 게다가 길거리에서! 내가 화가 나는 이유는 네가 왜 나에게 그 일을 비밀로 했는지 이해할 수가 없어서야. 나는 너한테 모든 걸 다 이야기하잖아.”

나는 아무것도 감춘 적이 없다고, 언제나 나는 그 애의 가장 친한 친구였다고 맹세했다.

*

파르바네와 나는 함께, 사랑의 모든 과정을 경험했다. 나만큼이나 들뜬 파르바네는 질문을 멈추지 않았다. “지금은 기분이 어때?” 그리고 내가 생각에 잠겨 있는 것을 보면, 곧 무슨 생각을 하느냐고 물었다. 그러면 나는 나의 온갖 상상과 걱정과 떨림과 미래에 대한 불안과 다른 사람과 강제로 결혼해야 할지도 모른다는 두려움을 털어놓았다.

파르바네는 눈을 감고 말하곤 했다. “음, 한 편의 시 같은걸! 사랑에 빠지는 게 그런 거구나. 하지만 난 너처럼 섬세하지도 않고 감정적이지도 않아서 말이야. 사랑에 빠진 사람들이 하는 행동이나 말들 때문에 가끔 웃음이 날 때가 있어. 그리고 특히 난 얼굴이 빨개진 적이 한 번도 없는데, 내가 사랑에 빠졌다는 걸 어떻게 알 수 있을까?"

아름답고도 강렬한 가을날들은 가을바람만큼이나 빠르게 지나갔다. 사이드와 나는 여전히 한마디도 나누지 못했다. 그러나 파르바네와 내가 약국 앞을 지나갈 때마다, 그는 모기만 한 소리로 인사를 했고 내 가슴은 무르익은 과일이 광주리에 툭 떨어지는 것처럼 철렁 내려앉았다.

파르바네가 매일 사이드에 관한 새로운 정보를 알려주었다. 이제 나는 그의 고향이 레자이에이고 그의 어머니와 여자형제들은 아직도 그곳에서 살고 있다는 것, 그의 집안이 큰 존경을 받는 집안이고 그의 성은 자레이라는 것, 그의 아버지가 몇 년 전에 돌아가셨다는 것, 그가 약대 3학년에 재학 중이며 굉장히 똑똑하고 공부를 열심히 하는 학생이라는 것, 아타이 선생님이 그를 무조건적으로 신뢰하며 그의 일하는 태도에 무척 만족한다는 등등의 사실을 알았다. 그런 정보 하나하나가 나의 순수하고 순진한 사랑에 확인도장을 받는 것 같았다. 내가 옛날부터 그를 알았던 것만 같았고 나의 남은 생을 그와 함께 보낼 것만 같은 기분이 들었다.

일주일에 한두 번쯤, 파르바네는 구실을 찾아내 나를 약국으로 데려갔고 사이드와 나는 은밀히 시선을 주고받았다. 그의 손이 떨렸고 나의 볼은 발그레해졌다. 파르바네는 우리들의 반응하나하나를 유심히 살폈다. 한번은, 파르바네가 이런 말을 했다.

"눈길을 좇는다는 것이 어떤 건지 늘 궁금했었는데, 아, 이제야 알았어!"

"파르바네! 그게 무슨 소리야?"

"왜? 내가 틀린 말을 했니?"

아침마다 나는 온 정성을 다해 머리를 빗고 나서 앞머리가 흩어지지 않고 긴 머리가 뒤로 살짝 보이도록 스카프를 썼다. 머리카락을 말아보려고 필사적으로 노력했지만, 내 머리카락은 절대 구부러지지 않았다.

어느 날, 그런 나를 보고 파르바네가 혀를 찼다.

"바보야! 네 머리가 얼마나 예쁜데. 요즘에는 스트레이트 스타일이 유행이란 말이야. 학교 애들이 곱슬머리를 펴려고 머리카락에 아예 다리미질을 하잖아."

나는 교복도 자주 빨아 다렸다. 그리고 어머니를 졸라 옷감을 좀더 사서 재봉사에게 부탁해 한 벌을 더 만들었다. 아무래도 어머니가 직접 만들면 촌스럽고 모양이 별로 예쁘지 않았다. 내가 바느질 수업에서 배운 것이라고는 어머니의 바느질 솜씨가 그리 뛰어나지 못하다는 것뿐이었다. 이웃집 여자 파르빈이 유행에 따른 교복을 지어주었는데, 나는 아무도 모르게 그녀에게 치마를 좀 짧게 줄여달라고 부탁했다. 그래도 내 치마가 전교에서 가장 길었다. 틈틈이 모은 돈을 들고 파르바네와 함께 쇼핑을 하러 가서 숲의 색깔 같은 초록색 실크 스카프도 한 장 샀다.

파르바네는 그 스카프가 나에게 정말 잘 어울린다고 했다. "스카프 때문에 네 초록색 눈이 더 돋보이는걸."

그해 겨울은 유난히 추웠다. 길에 쌓인 눈이 채 녹기도 전에 다시 눈이 내렸다. 아침이면 곳곳에 얼음이 얼어서 길을 건널 때 조심해야 했다. 매일 누군가가 미끄러져 넘어졌는데, 그날은 내 차례였다. 파르바네의 집에 거의 다 갔을 때, 얼음 위를 헛디뎌 쿵 하고 넘어지고 말았던 것이다. 나는 일어서려고 애를 썼지만, 발목이 너무나 아팠다. 발로 땅을 디딘 순간, 통증이 허리까지 타고 올라와 나는 다시 주저앉고 말았다. 마침 그때, 집에서 나온 파르바네와 등교 중이던 내 남동생 알리가 나를 일으켜 집으로 데려다주었다. 어머니가 발목에 붕대를 감아주었으나 오후 늦은 시간이 되자 통증과 부기가 더 심해졌다.

집으로 돌아온 아버지와 오빠들이 저마다의 의견을 내놓았다. 아흐매드는 "내버려 둬요. 다 저 계집애가 자초한 건데요, 뭐. 이렇게 추운 날 다른 여자들처럼 얌전히 집에 있었으면, 이런 일도 일어나지 않았을 거라고요." 하고는 술을 마시러 밖으로 나가버렸다.

아버지는 나를 병원으로 데려가자고 하셨다.

"잠깐만요." 마흐무드가 말했다. "에스마일 씨가 골절을 잘 봐요. 집이 셰미란 근처니까, 제가 가서 모시고 올게요. 에스마일 씨가 보고 골절이라고 하면, 그 때 병원으로 데리고 가죠."

에스마일 씨는 아버지와 나이가 비슷한 분이었는데, 골절 부위에 부목을 잘 대는 것으로 유명했다. 그해 겨울, 에스마일 씨의 사업은 호황을 누리고 있었다. 그가 내 발을 보더니 뼈가 부러진 것이 아니라 그냥 발목을 삔 것이라고 했다. 그리고 따뜻한 물에 내 발을 담그고 마사지를 하며 내게 계속 이야기를 시켰다. 내가 대답을 하려는 순간, 그가 갑자기 내 발목을 비틀었다. 나는 고통에 비명을 지르고는 그대로 기절을 했다. 정신을 차렸더니 그가 내 발목에 계란 노른자와 강황에 수천 가지 종류의 기름을 섞은 끈적끈적한 물질을 바르고 있었다. 그 위에 붕대를 감은 다음, 그는 나에게 2주간은 삔 발을 쓰면 안 된다고 주의를 주었다.

날벼락 같은 이야기였다. 나는 훌쩍훌쩍 울면서 말했다. "하지만 전 학교에 가야 해요. 곧 중간고사가 시작된단 말이에요." 물론 중간고사까지는 아직 한 달 반이나 남아 있었다. 내가 우는 이유는 따로 있었다.

며칠 동안 나는 진짜로 움직일 수가 없어서 하루 종일 코르시 아래에 누워 사이드를 생각했다. 모두가 학교에 가는 아침이면, 나는 팔베개를 하고서 희미한 겨울의 햇볕을 얼굴에 받으며 나의 달콤한 공상 속으로 빠져들어 내가 꿈꾸는 도시에서 사이드와 함께 하는 축복받은 미래의 나날들로 여행을 떠났다…….

그런 아침시간을 방해하는 유일한 인물은 온갖 구실로 어머니를 찾아오는 이웃집 여자 파르빈이었다. 그녀의 목소리를 듣는 순간부터 나는 기분이 나빠져서 잠든 척하곤 했다. 신앙과 품위에 목을 매는 어머니가 왜 정숙하지 못하다고 온 동네에 소문이 파다한 그런 여자와 친구가 되었는지 도무지 이해가 가지 않았다. 어머니는 파르빈이 우리 집에 뻔질나게 드나드는 이유가 아흐매드 때문이라는 점을 눈치채지 못했다.

오후가 되어 파티와 알리가 학교에서 돌아오면 조용하고 차분하던 집안 분위기가 깨졌다. 남동생 알리는 혼자서도 온 동네를 아수라장으로 만들 수 있는 악동이었다. 날이 갈수록 점점 더 말을 안 듣고 까부는 데다가 아흐매드를 본받아 오빠만큼이나 나를 괴롭혔다. 특히 내가 학교에 가지 못하는 요즘, 심술이 더 심해졌다. 어머니가 나를 돌보고 아버지가 내 걱정을 하니 질투가 났던 것이다. 알리는 마치 내가 자기 자리를 빼앗은 것처럼 굴었다. 코르시 위로 뛰어올라 파티가 소리를 지를 정도로 괴롭혔고 내 책들을 발로 차버리는 것도 모자라 내 다친 발을 고의적으로 때렸다. 나는 아파서 비명을 지를 수밖에 없었다.

어느 날, 나는 눈물을 흘리며 어머니를 졸라 내 침구를 위층 거실로 옮겼다. 그렇게 하면 알리의 괴롭힘으로부터 벗어나고 공부도 좀 할 수 있을 것 같았다.

"그 발로 어떻게 계단을 오르내리려고 그러니? 게다가 위층이 얼마나 추운데. 큰 히터도 고장이 났고."

"작은 난로면 충분해요."

결국, 어머니는 나를 말리는 것을 포기하셨고 나는 위층으로 거처를 옮길 수 있었다. 드디어 평화가 찾아왔다. 나는 공부를 하고 공상도 하고 시 노트에 글도 쓰고 기나긴 상상 여행도 떠나고 내가 개발한 글자로 공책 여기저기에 사이드의 이름을 썼다. 그의 이름을 아랍어로 바꾸어 사드, 사이이드, 사다트 등의 갖가지 활용형으로 만든 다음 제출할 숙제에 적었던 것이다.

어느 날, 파르바네가 나를 보러 왔다. 어머니가 옆에 계시는 동안에는 학교와 5월 5일에 시작하는 시험 이야기를 했지만, 어머니가 자리를 뜨시자마자 우리는 다른 이야기에 열중했다.

"무슨 일이 있었는지, 넌 상상도 못할 거야."

파르바네가 사이드의 소식을 가져왔을 것이라 짐작한 나는 펄쩍 뛸 기세로 질문을 퍼부었다.

"어서 말해줘, 그 사람은 어떻게 지내? 어서, 누가 들어오기 전에 말해줘."

"요즘, 걱정근심 씨다운 면모를 제대로 보이고 있어. 매일 약국 앞 계단에 서서 주변을 살피다가 혼자 걸어가는 나를 보고는 걱정근심 가득한 얼굴이 되어가지고 어깨를 늘어뜨리고 약국으로 들어간다니까. 그런데 오늘은 무슨 용기가 났는지 내앞을 막고 섰어. 얼굴이 빨개졌다가 하얘졌다가, 난리도 아니었지. 결국 뭐라고 더듬더듬 인사말을 건네더니, 이러는 거야. '저, 친구가 며칠 동안 학교에 안 가던데요. 너무나 걱정이 되네요. 친구는 괜찮습니까?' 그런데, 내 장난기가 발동하더라고. 그래서 못 알아들은 척 되물었지. '제 친구, 누구요?' 그랬더니 깜짝 놀란 표정이 되더라. '항상 같이 다니는 친구 말입니다. 골샨가에 사는 친구요.' 그러니까 그 사람, 네가 어디에 사는지도 다 알고 있었던 거야! 정말 엉큼하지 않니? 아마 우릴 미행했을 거야. 그래서 내가 대답했지. '어머, 마수메 사데기 말이로군요. 불쌍한 마수메는 넘어져서 발목을 삐는 바람에 2주 동안 학교에 못 나오게 되었어요.' 그 사람, 얼굴이 창백해지더라. 그러고는 참 큰일이라며 나를 세워두고는 그냥 가버리는 거야. 내가 그 사람을 불러서 어쩜 그렇게 무례하냐고 말하려는데, 두 발자국 정도 갔을까? 자기가 예의에 벗어나게 행동한 걸 알았는지 나를 돌아보고 다시 말했어. '내가 안부 전하더라고 전해주세요.' 그러고는 나에게 인사를 하고 사라졌어."

내 가슴과 목소리가 함께 떨렸다. "세상에! 내 이름을 말해줬단 말이야?" 나는 거의 기절할 지경이었다.

"바보처럼 굴지 마. 별일도 아닌걸. 그 사람은 이미 네 이름을 알고 있었을 거야. 아니면 적어도 네 성은 알고 있었겠지. 분명히 너희 집안에 대해서도 알아봤을걸. 내 생각에는, 조만간 그 사람이 너에게 청혼을 하러 올 것 같아."

정신이 하나도 없었다. 쟁반에 차를 가지고 오신 어머니가 심하게 흥분한 나를 보고 깜짝 놀라셨다. "무슨 일이냐? 웬 소란이야?"

"아니, 아니에요! 아무것도 아니에요." 나는 말을 더듬었다.

파르바네가 재빨리 끼어들어 둘러댔다. "오늘 시험지를 돌려받았는데 마수메가 일등을 했어요." 그리고 나에게 눈을 찡긋했다.

"그게 무슨 도움이 되겠니? 여자한테는 하나도 쓸모없는 것들이다. 파르바네, 얘는 지금 시간을 낭비하고 있는 거란다. 곧 시집을 가서 기저귀를 빨게 될 텐데."

"어머니, 그렇지 않아요. 나는 그렇게 빨리 시집을 가고 싶지 않아요. 지금은 졸업장을 따는 게 우선이에요."

파르바네가 짓궂게 말했다. "맞아요. 그런 다음에 미시즈 닥터가 되겠죠."

나는 파르바네를 째려보았다.

"그래? 공부를 더 한다고? 학교를 오래 다닐수록 넌 더 뻔뻔해질 게다. 이게 다 네 아버지 탓이야. 특별한 아이처럼 오냐오냐하셔서 버릇이 영 나빠졌어."

어머니가 잔소리를 몇 마디 더 하시고 나가시자마자, 파르바네와 나는 웃음을 터뜨렸다.

"다행히 어머니가 눈치를 못 채셨어. 그렇지 않았다면, 문학 전공으로 어떻게 닥터가 되느냐고 하셨을걸?"

파르바네는 너무 웃는 바람에 볼을 타고 흐르는 눈물을 닦았다.

"바보, 내 말은 네가 미스터 닥터의 사모님이 된다는 뜻이었어."

*

이유 없이 웃음이 나던, 반짝반짝 빛나는 축복의 나날들이었다. 얼마나 행복하던지 발목이 아픈 것도 잊었다. 파르바네가 돌아간 다음, 나는 베개를 베고 다시 누워 생각에 잠겼다. 그 사람이 내 걱정을 한단 말이지, 나를 보고 싶어 한다는 거지. 그렇게 좋을 수가 없었다. 그날은 파르바네를 집에 들어오게 했다고 어머니를 책망하는 아흐매드의 고함소리조차 귀에 거슬리지 않았다. 염탐꾼 알리가 작은오빠에게 다 고해바쳤다는 것을 알았지만, 상관없었다.

아침이면 나는 자리에서 일어나 한 발로 깡충거리며 방을 정리한 다음 한 손으로는 난간을 잡고 다른 손으로는 할머니의 지팡이를 짚고 천천히 계단을 내려가 세수를 하고 아침을 먹고 다시 힘겹게 계단을 올라 위층으로 돌아왔다. 어머니는 내가 그렇게 추운 데에서 지내다 폐렴에 걸리거나 계단을 오르내리다 넘어져 머리를 찧을 거라고 성화를 했지만 나는 들은 척도 하지 않았다. 파라핀 히터로 버틸지언정 나만의 공간을 포기할 수는 없었다. 게다가 내 안이 너무 뜨거워 추운 줄도 몰랐다.

이틀 후에, 파르바네가 다시 우리 집에 왔다. 대문에서 나를 부르는 파르바네의 목소리를 듣자마자, 나는 재빨리 창가로 갔다. 어머니가 시큰둥하게 맞아주었지만, 파르바네는 아무렇지도 않은 표정이었다.

"마수메에게 시험 시간표를 알려주려고 왔어요."

어머니에게 나를 찾아온 이유를 대충 둘러댄 파르바네는 계단을 뛰어올라 거실로 들어와서는 문을 닫고 문에 등을 기대고 서서 가쁜 숨을 몰아쉬었다. 파르바네의 얼굴이 빨간 이유가 추위 때문인지 흥분해서인지, 나는 알 수 없었다. 나는 파르바네에게 시선을 고정시킨 채 난로 옆의 담요를 다시 덮었다. 뭔가를 물어볼 용기가 나지 않았다.

마침내, 파르바네가 입을 열었다. "넌 정말 영악한 아이야. 자리에 누워서 나를 곤경에 빠지게 하다니."

"무슨 일인데?"

"숨 좀 돌리고. 약국에서부터 미친 사람처럼 뛰어왔단 말이야."

"왜? 무슨 일이야? 어서 말해줘!"

"마리암이랑 같이 집에 가다가 약국 앞을 지나가게 되었는데, 사이드가 문에 서 있는 거야. 근데, 머리를 끄덕이면서 뭔가를 말하려는 것 같았어. 너도 마리암이 얼마나 약은지 알지? 그 애가 이러는 거야. '미남 씨가 너한테 사인을 보내고 있어.' 그래서 내가 대꾸했지. '그럴 리가 없어. 그 사람이 나한테 무슨 볼일이 있겠니?' 나는 무시하고 계속 걸었어. 그런데 사이드가 우리를 쫓아와서는 대뜸 말을 거는 거 있지. '실례인 줄은 알지만, 아흐마디 양, 잠시만 약국 안으로 들어와주시겠습니까? 드릴 말씀이 있어서요.' 너의 걱정근심 씨, 얼굴이 당근처럼 빨개졌어. 너무 당황스럽기도 하고, 참견쟁이 마리암을 어떻게 따돌려야 할지도 모르겠는 거야. 그때 갑자기 좋은 생각이 떠오르는 거 있지. '아, 맞다. 아버지 약을 가져가야 하는데, 깜빡했어요. 준비해두셨어요?' 근데, 그 바보가 눈치 없이 멍하니 서서 나를 빤히 보고만 있는 거야. 그 사람이 대답을 하건 말건, 난 재빨리 마리암에게 미안하다고, 아버지의 약을 받아 가야 하는데 잊었다고 말하고 먼저 가라고, 내일 학교에서 만나자고 했지. 하지만 참견쟁이 마리암이 그런 기회를 놓칠 리가 있니? 바쁘지 않으니까 약국에 같이 가서 기다려주겠대. 그럴 필요 없다고 하니까 점점 더 의심을 하더라고. 그러더니 자기도 약국에서 뭘 사야 하는데 잊고 있었다면서 약국 안으로 쑥 들어가는 거야. 다행히 걱정근심 씨가 상황파악을 했는지 약 상자랑 봉투를 주더니 봉투 안에 처방전을 넣었다고, 아버지께 꼭 가져다드리라고 하더라. 나는 마리암이 낚아챌까봐 겁이 나서 얼른 그 봉투를 가방에 넣었어. 걔가 참견이 심하고 뭐든 고자질하는 아이인 건 너도 잘 알지? 특히 전교생이 사이드 이야기를 하고 있잖아. 전교생의 반은 그 사람이 자기를 보려고 밖에 나와 서 있는 줄로 안다니까. 내일 내 얘기가 어떻게 돌고 있는지, 정말 기대된다. 아무튼, 난 약국에서 치약을 사는 마리암을 남겨두고 얼른 여기로 달려왔어."

"어떻게 해! 이제 마리암이 더 의심을 하겠네."

"됐어! 걘 벌써 낌새를 챘어. 멍청한 사이드가 풀로 딱 붙인 봉투를 주면서 안에 처방전이 들었다고 했단 말이야! 처방전을 봉투에 담아서 풀로 붙여주는 약사를 본 적이 있어? 마리암이 얼마나 눈치빠른 앤데. 봉투를 흘끔거리느라 정신이 없더라니까. 그래서 내가 겁을 먹고 약국을 뛰쳐나온 거야."

잠시 동안, 나는 시체처럼 가만히 누워 있었다. 머릿속이 뒤죽박죽이었다. 그러다가 갑자기 봉투 생각이 나서 벌떡 일어나 앉았다.

"편지를 줘봐! 아참, 그 전에 먼저 밖에 아무도 없는지 확인하고 문을 꼭 닫아줘."

나는 부들부들 떨리는 손으로 파르바네에게서 편지를 건네받았다. 봉투에는 아무것도 쓰여 있지 않았다. 봉투를 열 용기가 나지 않았다. 뭐라고 썼을까? 웅얼웅얼 인사말을 건넨 것 외에, 우린 한마디도 주고받지 않았는데. 파르바네는 나만큼이나 흥분해 있었다. 그런데 하필이면 그때, 어머니가 문을 열고 들어오셨다. 나는 얼른 봉투를 이불 아래에 넣었다. 우리는 아무 말 없이 어머니를 쳐다보았다.

"무슨 일이냐?" 어머니가 의심스럽다는 듯이 물으셨다.

"아, 아무것도 아니에요!" 나는 말을 더듬었다.

하지만 어머니는 의심 가득한 눈길로 우리를 쏘아보셨다. 다시 한 번, 파르바네의 재치가 나를 구했다.

"아무것도 아니에요. 마수메는 정말 예민하네요. 과장도 심하고요." 파르바네가 나를 쳐다보며 말을 이었다. "영어 시험을 좀 못 봐도 괜찮아. 너의 어머니는 우리 어머니와 달라. 그런 걸로 널 꾸짖진 않으실 거야." 그리고 다시 어머니를 쳐다보며 말했다. "그렇죠, 어머니? 영어 시험을 못 봐도, 마수메를 혼내지 않으실 거죠?"

어머니는 놀란 표정으로 파르바네를 보시더니 입꼬리를 올리며 말씀하셨다. "그렇게 물어보니 할 말이 없구나. 하긴, 영어 점수가 나쁜들, 어떻겠니. 사실, 나는 네가 전 과목에서 낙제를 했으면 좋겠다. 그럼 공부보다 훨씬 더 중요한 바느질 수업을 다시 들으러 가겠지."

어머니가 차를 담은 쟁반을 놓고 나가시자, 우리는 아무 말 없이 서로를 쳐다보다가 풋 하고 웃음을 터뜨렸다. 파르바네가 나에게 충고를 했다. "넌 왜 그렇게 멍청하게 구는 거니? 너처럼 행동하면 다들 금방 눈치채고 말 거야. 조심해. 들킨단 말이야."

흥분과 걱정으로 속이 울렁거렸다. 나는 최대한 조심스럽게 흰 봉투를 열었다. 심장에서 대형 해머로 뜨거운 쇠를 내려치는 소리가 나는 것만 같았다.

"어휴, 빨리! 빨리 좀 열어!" 파르바네가 안달을 했다.

편지를 펼치자 섬세한 글씨체로 만들어진 가지런한 열들이 내 눈 앞에서 춤을 추었다. 어지러웠다. 나는 파르바네와 함께 빠른 속도로 편지를 읽어 내려갔다. 편지 내용은 몇 줄밖에 되지 않았다. 편지를 다 읽은 우리는 서로를 바라보며 한목소리로 동시에 물었다. "읽었어? 이게 대체 뭐라는 소리니?" 우리는 좀더 차분하게 다시 한 번 편지를 읽었다. 편지는 이렇게 시작되고 있었다.

> 그대의 몸에 의사의 손길이 필요 없길.
> 그대의 섬세한 영혼이 다치지 않길.

그리고 인사말과 내 건강에 대한 걱정, 그리고 빨리 낫길 바란다는 내용이 이어졌다.

어쩌면 이렇게 정중할 수가 있을까. 어쩌면 이렇게 아름다울 수가 있을까. 그의 필체와 문장으로 나는 그가 책을 많이 읽는 사람이라는 것을 알 수 있었다. 파르바네는 자기 어머니에게 우리 집에 온다는 말을 하지 않았기 때문에 오래 있지 못했다. 어쨌거나 나는 파르바네에게조차 신경을 쓸 여유가 없었다. 나는 다른 세상에 가 있었다. 나의 육체마저도 느껴지지 않았다. 나는 공중을 날아다니는 하나의 영혼이었다. 눈을 뜨고 미소를 지은 채 편지를 가슴에 꼭 끌어안고 누워 있는 나 자신을 볼 수 있을 정도였다. 처음으로, 죽은 언니 자리 대신 내가 죽었으면 하고 바랐던 것을 후회했다. 삶은 얼마나 기쁜 것인가. 나는 우주 전체를 끌어안고 입을 맞추고 싶었다.

흥분과 환상 속에 하루해가 다 갔다. 나는 밤이 찾아온 줄도

모르고 있었다. 내가 저녁을 먹었던가? 누가 왔다 갔지? 우리
가 무슨 이야기를 나누었더라? 한밤중에 나는 불을 켜고 편지
를 읽고 또 읽었다. 그리고 그 편지를 가슴에 꼭 끌어안고 아침
까지 달콤한 꿈을 꾸었다. 나의 본능이 내게 이것은 나의 전 생
애를 통틀어 단 한 번밖에, 그것도 열여섯 살에만 경험할 수 있
는 것이라고 속삭였다.

다음 날, 나는 파르바네가 오기를 목이 빠져라 기다렸다. 어
머니가 부엌을 바쁘게 드나들다가 창문가에 앉아 앞마당을 내
다보는 나를 보고는 뭘 기다리느냐는 듯한 제스처를 해 보였다.
나는 창문을 열고 말했다. "아무것도 아니에요…… 그냥, 심
심해서요. 거리를 내다보고 있어요." 몇 분 후, 초인종이 울렸
다. 어머니가 투덜대며 문을 열더니 파르바네가 서 있는 것을
보고는 의미심장한 눈길로 나를 올려다보았다. 친구가 오기를
기다리고 있었군, 하는 눈길이었다.
파르바네가 계단을 뛰어올라오더니 책가방을 방 한가운데에
던져놓고 낑낑거리며 한 발로 다른 발에 신은 신발을 벗었다.
"어서 들어와…… 뭘 하는 거니?"
"이 망할 놈의 끈 매는 신발!"
마침내 신발을 벗은 파르바네는 방으로 들어와 앉았다.
"그 편지, 한 번 더 읽어보게 해줘. 생각이 안 나는 부분이 있
어."
나는 편지를 감추어놓은 책을 파르바네에게 건네며 말했다.
"오늘은 무슨 일이 있었는지 말해줘…… 그 사람을 봤어?"

파르바네가 깔깔 웃었다. "그 사람이 나를 봤지. 약국 앞에서 있었는데, 얼마나 열심히 주위를 두리번거리던지, 아마 그 사람이 누군가를 기다리고 있다는 걸 테헤란 사람 전부가 알았을 거야. 내가 가까이 다가갔더니 이번에는 얼굴을 붉히지 않고 인사를 하더라. 그리고 네 소식을 물었어. '친구는 어떻습니까? 편지를 전해주셨어요?' 내가 대답했지. '네, 마수메는 괜찮아요. 인사를 전해달라고 하던데요.' 그랬더니 안도의 한숨을 쉬고는 네가 화를 낼까봐 걱정을 했다고 하더라고. 그러고는 약간 초조한 표정으로 물었어. '답장은 안 주던가요?' 나는 모르겠다고, 편지를 주고 바로 너희 집을 나왔다고 말했어. 이제 어떻게 할 거야? 그 사람, 네 답을 기다리고 있어."

"내가 그 사람에게 편지를 써야 한다는 거니?" 나는 소심해졌다. "안 돼. 그건 정숙하지 못한 짓이야. 내가 편지를 쓰면, 그 사람은 날 뻔뻔한 여자라고 생각할 거야."

그때 어머니가 들어오셨다. "그래, 넌 정말 뻔뻔한 아이다."

가슴이 철렁 내려앉았다. 어머니가 우리의 대화를 어디까지 들으신 걸까. 나는 파르바네를 쳐다보았다. 파르바네 역시 겁에 질려 있었다. 어머니가 우리를 위해 가져오신 과일 그릇을 내려놓고 앉으셨다.

"드디어 네가 뻔뻔하다는 것을 깨달았다니, 다행이로구나."

파르바네가 얼른 정신을 차리고 말했다. "아니에요, 그건 뻔뻔한 게 아니에요."

"뭐가 말이냐?"

"그러니까 제가요, 제 어머니께 마수메가 제가 매일 찾아와서 복습을 했으면 한다고 말씀드렸거든요. 그랬더니 마수메가, 제 어머니가 자기를 뻔뻔한 아이라고 생각하실 거라고 하잖아요."

어머니는 고개를 가로저으며 의심이 섞인 눈초리로 우리를 보았다. 그러고는 천천히 일어나 거실을 나가더니 방문을 닫았다. 나는 파르바네에게 조용히 하라는 손짓을 했다. 어머니가 문 뒤에서 우리 이야기를 엿듣고 있을 것이 분명했기 때문이었다. 우리는 큰 목소리로 학교와 수업에 관한 이야기를 하고 내가 많이 뒤처져서 걱정이라는 이야기를 했다. 파르바네가 아랍어 교과서를 읽기 시작했다. 어머니는 아랍어를 무척 좋아했다. 아마 지금 우리가 코란을 읽는 중이라고 생각할 터였다. 잠시 후, 어머니가 계단을 내려가는 소리가 들렸다.

"됐다, 가셨어." 파르바네가 작게 말했다. "빨리 어떻게 할지 결정해."

"난 정말 모르겠어!"

"결국 넌 그 사람에게 편지를 쓰거나 이야기를 해야 할 거야. 언제까지나 눈길만 주고받을 순 없잖아. 적어도 그 사람의 속마음은 알아야 할 것 아냐. 너랑 결혼하고 싶은지 아닌지. 그 사람이 우리를 기만하고 타락시킬 수도 있어."

흥미롭게도 어느새 파르바네는 그와의 일에 연루되어 '우리'라는 표현을 쓰고 있었다.

"난 못 해." 내가 소심하게 말했다. "뭐라고 써야 할지 도무지 모르겠어. 네가 써줘."

"내가? 난 편지를 잘 못 쓴다고. 작문은 네가 더 잘 하잖아. 시도 많이 알고."

"머릿속에 떠오르는 대로 써. 나도 그렇게 해볼게. 그런 다음에 우리 둘의 편지를 합쳐서 괜찮은 편지를 완성하자."

그날 오후 늦게, 생각에 잠겨 있던 나는 마당에서 들려오는 아흐매드의 고함소리에 깜짝 놀라 정신을 차렸다.

"그 천박한 계집애가 매일 우리 집에 온다면서요? 대체 왜요? 제가 말했잖아요, 그 계집애의 가식적인 태도가 싫다고. 왜 자꾸 오는 거예요? 대체 원하는 게 뭐래요?"

"그런 게 아니다. 아들아, 왜 이렇게 화를 내는 거니? 그 아이는 마수메에게 숙제를 알려주려고 오는 거란다. 오래 있지도 않아."

"뭘 하러 오든 상관없어요! 그 계집애가 한 번만 제 눈에 더 띄면, 엉덩이를 걷어차 쫓아내버릴 테니, 그런 줄 아세요."

남동생 알리가 옆에 있다면 흠씬 두들겨 패주고 싶었다. 그 나쁜 녀석이 우리를 염탐해서는 아흐매드에게 일러바친 것이었다. 나는 작은오빠가 허풍을 치는 것이라고 스스로를 타이르면서도 파르바네에게 조심하라고, 알리가 없을 때에만 우리 집에 오라고 말해줘야겠다고 생각했다.

나는 편지를 썼다 지우며 밤을 새웠다. 전에 그에게 써둔 편지가 있었으나, 그것은 내가 고안한 암호로 쓴 것이었고 실제로 보내기에는 너무나 감정적이고 격식에도 어긋났다. 암호는 필요에 의해 발명한 것이었다. 우선, 우리 집에는 개인적인 공간이 없었다. 나 혼자 쓸 수 있는 서랍 하나 없었으니. 그리고 나는 글을 쓰고 싶다는 욕망을 던져버릴 수 없었다. 종이 위에 나의 느낌과 꿈들을 적어야 했다. 글쓰기는 나의 생각들을 정리하고 내가 진짜로 원하는 것이 무엇인지 알 수 있는 유일한 방법이었다.

그렇지만 사이드에게 어떤 말을 해야 할지, 알 수가 없었다. 어떤 호칭을 써야 하는지조차 결정하지 못했다. 선생님께? 그건 너무 딱딱했다. 친구에게? 그건 또, 예의에 벗어난 것 같았다. 사이드에게라고 해야 할까? 그럼 너무 허물없어 보일 것 같았다.

목요일 오후가 되어 수업을 마친 파르바네가 우리 집에 왔을 때까지, 나는 단 한 글자도 쓰지 못했다. 막내여동생 파티가 대문을 열어주었는데, 파르바네는 얼마나 흥분을 했는지 파티의 머리를 쓰다듬어주는 것도 잊어버렸다. 파르바네는 계단을 뛰어올라와 가방을 던져놓고 바닥에 주저앉아 신발을 벗으며 이야기를 하기 시작했다.

"있잖아, 학교에서 돌아오고 있는데, 그 사람이 나를 부르는 거 있지. '아흐마디 양, 아버님의 약을 준비해두었으니 가져가세요.' 불쌍한 우리 아버지, 무슨 병에 걸리셨기에 약을 그렇게나 많이 드셔야 하나. 다행히 오늘은 참견쟁이 마리암이랑 같이 있지 않았어. 약국에 들어갔더니 그 사람이 웬 꾸러미를 줬어. 얼른 내 가방을 열어봐. 맨 위에 있어."

가슴이 두방망이질치기 시작했다. 나는 바닥에 앉아 서둘러 파르바네의 책가방을 열었다. 흰 종이로 싼 꾸러미가 있었다. 포장을 벗기니 문고판 크기의 시집이 나왔는데 책갈피 사이에 봉투가 하나 끼워져 있었다. 내 온몸이 땀으로 젖었다. 나는 편지를 꺼내 들고 벽에 등을 기댔다. 어질어질한 것이 곧 기절을 할 것만 같았다. 드디어 신발을 다 벗은 파르바네가 바닥을 기어 내 곁으로 왔다.

"지금 기절하면 안 돼! 어서 읽고 나에게 넘겨줘."

그때 파티가 들어오더니 나에게 찰싹 달라붙으며 말했다. "파르바네 언니, 어머니가 차를 마시겠느냐고 물어보라고 하셨어."

"아냐! 아냐! 고맙긴 한데, 난 곧 가야 해."

파르바네가 파티를 내게서 떼어놓더니 양 볼에 뽀뽀를 해 주었다. "내려가서 어머니께 내가 고마워하더라고 전해줘. 착하지."

그러나 파티는 다시 내게 달라붙었다. 파르바네와 내가 단둘이 있게 하지 말라는 어머니의 지시를 받은 모양이었다. 파르바네가 주머니에서 사탕을 하나 꺼내어 파티에게 주며 말했다.

"착하게 행동해야지. 가서 어머니께 차는 필요 없다고 말씀드려. 아니면 어머니가 계단을 올라오셔야 하잖아. 그럼 어머니 다리가 아파지겠지?"

파티가 나가자마자, 파르바네가 내 손에서 편지를 낚아챘다. "누가 오기 전에 빨리 읽어야 해." 그리고 봉투를 열어 편지를 꺼내더니 읽기 시작했다.

"존경받아 마땅한 숙녀께."

우리는 서로를 바라보며 웃음을 터뜨렸다. "정말 웃기다!" 파르바네는 거의 비명을 질렀다. "요즘 누가 '존경받아 마땅한 숙녀'라는 표현을 쓰니?"

"아마 처음 보내는 편지가 너무 격의 없어 보일까봐 이런 칭호를 썼나봐. 솔직히 나도 같은 고민을 하는 중이야. 편지를 어떻게 시작해야 할지 모르겠어."

"그건 이따가 고민하고, 나머지를 읽어보자."

마음속으로는 하루에도 천 번쯤 당신의 이름을 부르지만, 차마 종이 위에 적을 수는 없네요. 당신처럼 얼굴과 잘 어울리는 이름을 가진 누군가를 나는 처음 보았습니다. 당신의 순진한 눈과 얼굴에 깃든 그 순수함을 바라보는 것이 나의 눈이 누릴 수 있는 최고의 기쁨입니다. 저는 매일 당신을 바라보는 데에 중독되었습니다. 얼마나 심하게 중독되었는지, 그 축복이 사라져버리자 어떻게 살아야 할지 모르겠더군요.

나의 마음은
슬픔으로 얼룩진 거울입니다.
당신의 미소로
이 거울의 먼지를 닦아주세요.

당신을 보지 못하는 요즘, 나는 길을 잃고 헤매고 있습니다. 너무나 외로운 나를 기억해준다는 표시로 소식을 전해주세요. 내가 정신을 차릴 수 있도록. 나의 온 정성을 다해, 당신이 빨리 회복하기를 기도합니다. 부디 몸조리 잘하세요.
사이드.

파르바네와 나는 그 아름다운 편지에 취해 정신을 차리지 못했다. 얼마나 취해 있었던지 알리가 들어오는 것도 알아차리지 못했다. 나는 재빨리 책과 편지를 다리 밑으로 감추었다. 공격적인 표정의 알리가 까칠한 말투로 물었다.

"어머니가 누나 친구가 점심 먹고 갈 건지 물어보라고 하셨어."

"아니, 아니야. 고맙지만 난 지금 돌아갈 거야."

"잘됐네. 그런데, 우린 지금 먹을 거야." 알리가 퉁명스럽게 말하고 거실을 나갔다.

화도 나고 당황스럽기도 했다. 파르바네에게 뭐라고 해야 할지를 도무지 알 수 없었다. 파르바네가 우리 가족들의 냉랭한 태도를 눈치챈 것 같았다.

"내가 너무 자주 왔나 봐. 내가 지겨운가 보다. 언제 다시 학교에 갈 수 있어? 벌써 열흘째 누워 있잖아. 아직 더 있어야 해?"

"나도 미치겠어. 지루하고 지겹고. 아마 토요일에는 다시 학교에 갈 수 있을 거야."

"정말? 괜찮겠어?"

"전보다 훨씬 나아. 토요일까지 발목 운동을 할 거야."

"그럼 우린 자유야. 나도 더 이상은 네 어머니를 뵐 면목이 없어. 그럼, 토요일 아침 일곱 시 삼십 분에 데리러 올게."

파르바네는 내 양 볼에 입을 맞추고 신발끈도 매지 않은 채 계단을 뛰어 내려갔다. 앞마당에서 파르바네가 어머니에게 이야기를 하는 소리가 들려왔다. "죄송해요. 하지만 오늘은 꼭 와야 했어요. 토요일날 시험을 치르기 때문에 마수메에게 준비를 하라고 이야기를 해야 했거든요. 다행히 마수메의 발목이 많이 나은 것 같네요. 토요일에 마수메를 데리러 올게요. 학교까지 천천히 걸어가죠, 뭐."

"그럴 필요 없다. 마수메의 발목은 아직 다 낫지 않았어."

"하지만 시험을 치르는걸요!" 파르바네가 물러서지 않았다.

"너나 잘 치르렴. 시험이 뭐 그리 중요하다고. 그리고 알리가 그러는데, 학교 시험은 한 달 후에나 시작한다고 하더구나."

나는 창문을 열고 소리를 질렀다. "아니에요, 어머니. 저는 꼭 학교에 가야 해요. 토요일에 치르는 시험은 예비시험이에요. 그 점수를 진짜 시험 점수에 더한단 말이에요."

어머니는 화가 난 듯 홱 돌아서서 부엌으로 가버렸고 파르바네는 나를 올려다보고 윙크를 한 다음 대문을 나섰다.

나는 즉시 발목운동을 시작했다. 통증이 심해지면 베개 위에 발을 올렸다. 그리고 달걀 한 개분이 아닌 두 개분의 노른자에 양을 두 배로 늘린 기름을 섞어 발목에 바르고 마사지를 했다. 그리고 틈틈이, 내가 가진 가장 소중하고 값진 물건이 되어버린 사이드의 편지를 읽을 수 있는 기회를 엿보았다.

그리고 계속 생각해보았다. 그의 마음이 슬픔으로 얼룩진 거울이라는 이유가 뭘까? 아마도 그의 삶이 고되어서 그런 것이 겠지. 공부와 일을 병행하고 어머니와 세 명의 여동생을 부양하는 것은 큰 짐일 수밖에 없었다. 어쩌면 그런 책임이 없고, 그의 아버지가 아직 살아 계시다면, 벌써 우리 집으로 와서 나에게 청혼을 하지 않았을까. 약사 선생님의 말에 의하면 그의 집안이 존경받는 집안이라고 했다. 그와 함께라면 나는 어둡고 습한 방에서도 살 수 있었다. 그런데 내 이름이 내 얼굴과 성격에 잘 어울린다고 쓴 이유는 뭘까? 그의 편지를 받는다는 것 자체가, 내가 순진하지 않다는 증거가 아닐까? 하지만 나도 어쩔 수 없었다. 그의 생각을 하지 않으려고 했지만, 그를 볼 때마다 가슴이 쿵쾅거리지 않게 하려고, 얼굴을 붉히지 않으려고 했지만, 내 마음대로 되지 않았다.

토요일 아침에 나는 평소보다 일찍 일어났다. 사실 밤새 잠을 이루지 못했다. 나는 이제 더 이상 병자처럼 누워 있지 않겠다는 것을 증명해 보일 셈으로 옷을 입고 침대를 정리했다. 그리고 열흘이 넘도록 날 지탱해준 할머니의 지팡이를 치우고 난간에 의지해 계단을 내려가 아침상에 앉았다.

"정말로 학교에 가려는 거니? 마흐무드에게 오토바이로 데려다 달라고 하지 그래?"

나를 걱정하는 아버지를 큰오빠 마흐무드가 사나운 표정으로 노려보았다. "아버지, 그게 무슨 말씀이세요? 히잡도 안 쓴 저 아이를 남자가 모는 오토바이 뒷자리에 태워주라니요!"

"대신 스카프를 쓰잖아. 그렇지, 마수메?"

"그럼요. 전 스카프를 쓰지 않고 학교 간 적이 한 번도 없어요."

"신이시여, 자비를! 아버지, 테헤란에 오시더니 아버지마저 타락하신 것 같네요!"

나는 마흐무드의 말을 잘랐다. "걱정 마세요, 아버지. 파르바네가 데리러 오기로 했어요. 파르바네가 도와주면 학교까지 걸어갈 수 있어요."

어머니가 들리지도 않는 소리로 뭐라 중얼거리셨다. 전날 마신 술 때문에 눈이 퉁퉁 부은 작은오빠가 늘 그렇듯 화난 목소리로 고함을 쳤다. "하! 또 파르바네로군. 내가 그 계집애랑 어울리지 말라고 했지? 그런데 그 계집애를 걸어다니는 지팡이로 삼겠다고?"

"왜? 그 애가 어디가 어때서?"

"그럼 걔가 정상이냐?" 아흐매드가 코웃음을 쳤다. "천박하지, 만날 웃고 낄낄거리지, 치마도 너무 짧지. 게다가 걸을 때 엉덩이를 요란하게 흔든단 말이다."

나는 얼굴을 붉히며 아흐매드에게 맞섰다. "파르바네의 치마는 짧지 않아. 전교에서 가장 긴 치마를 입고 다니는걸. 그 애는 운동선수야. 내숭떨고 얌전빼는 다른 여자들하고는 다르단 말이야. 그리고 파르바네가 걸을 때 엉덩이를 흔든다는 걸 오빠가 어떻게 알아? 오빠는 왜 남의 집 딸을 훔쳐보는 거야?"

"닥치지 않으면 입에 주먹이 날아갈 줄 알아. 이가 모두 부서지게 만들어줄 테다! 어머니, 쟤가 얼마나 버릇없어졌는지 보셨죠?"

"그만해라!" 아버지가 호통을 치셨다. "아흐마디 씨는 내가 잘 안다. 존경할 만하고 교양도 높은 분이다. 압바스 삼촌이 이웃 가게의 압볼-가셈 솔라티와 의견충돌이 일어났을 때, 아흐마디 씨에게 중재를 부탁했다. 아무도 아흐마디 씨에게 반대 의견을 내놓지 못했어. 다들 그분의 말을 믿는다."

얼굴이 벌게진 아흐매드가 어머니를 돌아보며 말했다. "이것 보시라니까요! 저 계집애가 왜 저렇게 버릇이 없어지느냐고 하셨죠? 모두가 저 계집애 편을 드는데, 버릇이 나빠지지 않을 수가 있겠어요?" 그러고는 나를 노려보며 으르렁거렸다. "가라,

가. 파르바네인지 뭔지 하는 계집애랑 같이 가버려. 걔야말로 예의범절의 전형이니까. 가서 많이많이 배워와."

그때 다행히도 초인종이 울렸다. 나는 파티에게 일렀다. "파티, 파르바네에게 가서 내가 곧 나간다고 말해." 그리고 말다툼을 끝내기 위해 최대한 빨리 스카프를 쓰고 서둘러 인사를 한 다음 절뚝거리며 밖으로 나갔다.

길에 나서자 차가운 바람이 얼굴을 스쳤다. 나는 잠시 가만히 서서 신선한 공기를 맘껏 들이마셨다. 공기에서 젊음과 사랑과 행복의 냄새가 났다. 그리고 파르바네에게 의지해 걷기 시작했다. 발목이 여전히 아팠지만, 상관없었다. 흥분을 감추기 힘들었다. 우리는 아무 말 없이 천천히 학교를 향해 출발했다. 저 멀리에, 사이드가 약국 앞 계단에 서서 거리를 살피고 있는 모습이 보였다. 우리를 보자마자, 그는 계단을 뛰어내리더니 인사를 하려고 우리에게 다가왔다. 나는 입술을 꼭 깨물었고, 그래서는 안 된다는 것을 깨달은 그는 다시 계단 위에 올라섰다. 반가움에 빛나던 그의 눈이 붕대를 감은 내 발목과 절뚝거리는 내 걸음걸이를 보고 나서는 슬픈 눈으로 바뀌었다. 나의 심장이 몸에서 떨어져나가 그에게로 날아가고 싶어 하는 것만 같았다. 마치 몇 년이나 그를 못 본 것 같은 기분이 들었지만, 마지막으로 보았을 때보다 그가 훨씬 더 친근하게 느껴졌다. 이제 나는 그가 어떤 사람인지 알고 있었고 나에 대한 그의 감정도 확인했다. 나는 전보다 더 그를 사랑하고 있었다.

약국 앞에 다다르자, 파르바네가 말했다. "피곤하지? 잠깐 쉬었다가 가자."

나는 벽을 잡고 서서 조심스럽게 사이드의 인사에 답을 했다. "발목이 많이 아픈가요? 진통제를 드릴까요?" 그가 작은 목소리로 물었다.

"고마워요. 이제 많이 나았어요."

"조심해." 파르바네가 초조한 목소리로 속삭였다. "네 동생 알리가 오고 있어."

우리는 얼른 작별인사를 하고 다시 학교를 향해 걷기 시작했다.

그날은 체육 수업이 있는 날이었는데, 서로에게 할 이야기가 너무나 많았던 파르바네와 나는 체육 시간과 또 다른 시간의 수업을 빼먹었다. 교감선생님이 학교 운동장에 나오시자, 우리는 화장실로 숨었다가 학교 매점 뒤로 가서 자리를 잡고 얇은 2월의 햇볕을 받으며 사이드의 편지를 두세 번 더 읽었다. 우리는 그가 정말로 점잖고, 착하고, 교양이 있으며 글씨도 잘 쓰고 글솜씨도 뛰어난 데다가 학식도 뛰어난 것 같다고 칭찬을 했다.

"파르바네, 나, 아무래도 심장병에 걸린 것 같아."

"그게 무슨 소리야?"

"내 심장이 정상적으로 뛰질 않아. 계속 두근거린단 말이야."

"사이드를 보면 그런 거야, 아님 못 보면 그런 거야?"

"그 사람을 보면 심장이 너무 빨리 뛰어서 숨이 차."

"심장병 증세가 아닌데." 파르바네가 깔깔 웃었다. "그건 사랑 병이야. 그 사람이 앞에 나타나면 심장이 갑자기 쿵 내려앉고 마구 요동친단 말이지? 나야 뭐, 그런 느낌을 상상할 수밖에 없지만."

"우리가 결혼을 해도 그런 느낌이 계속될까?"

"너, 바보니? 결혼을 한 후에도 그런 느낌이 계속되면, 병원에 가봐야 할 거야. 진짜 심장병일 테니까."

"아아, 사이드가 대학을 졸업할 때까지, 아직 이 년이나 더 기다려야 해. 물론 그렇게 나쁘지만은 않아. 그때까진 나도 고등학교 졸업장을 딸 수 있을 거야."

"하지만 군대에도 이 년간 갔다 와야 하잖아. 이미 다녀왔다면 모를까."

"그건 아닌 것 같아. 그가 몇 살이지? 어쩌면 면제일지도 몰라. 외아들인 데다가 아버지가 돌아가셨고 가족을 부양해야 하니까."

"그럴 수도 있겠네. 하지만 대학을 졸업하고 나면 직장을 찾아야지. 사이드가 두 집 생활비를 댈 수 있을까? 약사가 얼마나 벌지?"

"나도 몰라. 하지만 꼭 그래야 한다면, 난 시어머니, 시누이들과 같이 살 거야."

"시골에 내려가서 시어머니와 시누이들과 같이 살겠다고?"

"기꺼이 그럴 거야. 그래야만 한다면 사이드와 지옥에라도 함께 가겠어. 레자이에는 멋진 곳이야. 사람들이 그러는데, 깨끗하고 예쁜 도시래."

"테헤란보다 좋을까?"

"적어도 콤보다는 낫겠지. 내가 어디에서 자랐는지 잊었니?"

정말로 달콤한 환상이었다. 사랑에 빠진 다른 모든 열여섯 살짜리 소녀들처럼, 나는 사이드를 위해서라면 어디에라도 갈 수 있었고 무엇이든 할 각오가 되어 있었다.

파르바네와 나는 그날 대부분의 시간을 그에게 보낼 답장을 다시 읽으며 보냈다. 공책에 쓴 편지를 고치고 또 고친 다음, 정성스러운 글씨로 편지지에 옮겨 적었다. 하지만 손가락이 곱았고 책가방에 종이를 대고 글을 쓰는 게 쉽지 않아서 글씨체가 엉망이었다. 결국, 우리는 집에 돌아가서 밤에 편지를 완성하기로 했고 사이드에게는 내일 편지를 주기로 했다.

그해 겨울은 내 평생에서 가장 기쁘고 빛났던 나날들이었다. 나는 온 세상을 다 가진 것 같았다. 좋은 친구, 진정한 사랑, 젊음, 아름다움과 빛나는 미래. 나는 더 바랄 것이 없었다. 너무나 행복해서 발목의 통증마저도 즐길 수 있었다. 내가 발목을 삐지 않았다면, 세상에서 가장 아름다운 그 편지들을 받지 못했을 테니까.

오후가 되자 하늘에 구름이 끼더니 눈이 내리기 시작했다. 추운 날, 밖에서 몇 시간을 앉아 있었더니 발목이 욱신거려 걷기가 힘들었다. 집으로 돌아가면서는 파르바네의 어깨에 체중을 싣다시피 걷다가 몇 발자국 가지도 못해 멈추어 서서 숨을 돌려야 했다. 우리는 겨우 약국 앞에 이르렀다. 힘들어하는 나를 본 사이드가 달려 나와 내 겨드랑이 밑을 받치고 약국 안으로 데리고 들어갔다.

약국 안은 따뜻했고 밝았다. 부옇게 김이 서린 약국의 키 큰 창으로 내다보이는 거리는 음울하고 추워 보였다. 아타이 선생님은 카운터 앞에 줄을 서 있는 손님들을 한 사람씩 불러 약에 대한 상담을 하느라 바빴다. 약국 안에 있는 모든 사람들의 관심은 약사 선생님에게 쏠려 있었고 아무도 구석에 놓인 소파에 앉은 우리를 쳐다보지 않았다.

사이드가 무릎을 꿇더니 내 발을 들어 올려 소파 앞 낮은 테이블에 얹고 조심스럽게 붕대로 감은 부위를 만져보았다. 붕대를 그렇게 감았는데도 그의 손길이 닿자, 마치 전기가 통하는 전선을 만지기라도 한 것처럼 나는 몸을 떨었다. 이상했다. 그 역시 떨고 있었다. 마침내 그가 부드러운 눈길로 나를 보며 말했다. "염증이 아직 남아 있어요. 이쪽 발에 힘을 주고 걸으면 안 돼요. 내가 연고와 진통제를 준비해두었어요."

나는 카운터 뒤로 들어가는 그를 눈으로 좇아갔다. 그가 물 한 컵과 알약을 가지고 돌아왔다. 내가 약을 삼키고 물컵을 돌려주자 그가 봉투 하나를 내밀었다. 우리 둘의 눈이 마주쳤다. 우리가 말하고 싶은 모든 것들이 그 눈에 전부 비추어져 있었다. 말은 필요 없었다. 나는 아픈 것도 잊었다. 내 눈에는 사이드 외의 다른 사람들은 보이지도 않았다. 주변의 모든 사람들이 안개 속으로 사라져버렸다. 사람들의 목소리도 잦아들어 무슨 소리를 하는지 알아들을 수가 없었다. 내가 정신이 혼미한 채 다른 세상에서 둥둥 떠다니고 있는데, 파르바네가 갑자기 팔꿈치로 나를 쿡쿡 찔렀다.

"왜? 무슨 일이야?"

"저길 봐! 저기!"

파르바네가 눈을 크게 뜨고 고갯짓으로 약국 창문을 가리켰다. 나는 무의식적으로 자세를 바르게 고쳐 앉았다. 가슴이 쿵쿵거리기 시작했다. 알리가 약국 앞에 서서 창문 유리에 얼굴을 붙이고 손차양을 한 채로 안을 엿보고 있었다.

파르바네가 내 쪽으로 고개를 돌렸다. "왜 그래? 왜 갑자기 얼굴이 샛노래지는 거니?" 그러고는 밖으로 나가 알리를 불렀다. "알리, 알리, 이리 와, 와서 나 좀 도와줘. 발목 상태가 안 좋아서 네 누나가 많이 아파해. 나 혼자서는 집까지 데려다줄 수가 없어." 알리는 기분 나쁜 눈초리로 파르바네를 노려보고 그대로 달아나버렸다. 파르바네가 약국 안으로 다시 들어왔다. "너도 나를 쳐다보는 알리의 표정을 봤지? 내 목을 베어버릴 기세이던걸?"

우리가 우리 집 앞에 다 왔을 때에는 이미 해가 지고 날이 어둑어둑했다. 초인종을 누르기도 전에 대문이 벌컥 열리더니 누군가의 손이 나를 덥석 잡아 안으로 끌어들였다. 파르바네는 영문을 모른 채 나를 따라 들어오려고 했다. 그러나 어머니가 파르바네를 가로막고 그 애의 등을 밀쳐 길로 쫓아내며 고함을 쳤다. "다시는 여기에 얼씬도 하지 마라. 우리 가족이 이렇게 고통스러운 게 다 너 때문이다!" 그러고는 문을 쾅 닫아버렸다.

나는 계단을 굴러 마당 한가운데로 떨어졌다. 알리가 내 머리채를 움켜잡고는 집안으로 나를 질질 끌고 들어갔다. 내 머릿속에는 파르바네에 대한 생각밖에 없었다. 너무나 창피했다. 나는 악을 썼다. "이거 놔! 이 바보야!"

뒤를 따라 들어온 어머니가 욕을 하며 내 팔을 마구 꼬집었다.

"대체 왜 그러세요?" 나는 울부짖기 시작했다. "대체 무슨 일이에요? 다들 미쳤어요?"

"무슨 일인 것 같으냐, 이 망할년아! 이젠 사람들이 다 보는 앞에서 낯선 남자와 시시덕거리기까지 하는 거냐?"

"낯선 남자라뇨? 발목이 아파서 약국에 간 것뿐이에요. 약사 선생님이 발목을 살펴보고 약을 줬다고요. 그게 다예요! 아파서 죽을 것 같았단 말이에요. 이슬람법에서도 의사나 약사는 낯선 남자로 치지 않잖아요."

"약사 선생님? 약사 선생님! 언제부터 약국에서 일하는 하인을 선생님이라고 불렀단 말이냐? 넌 이 어미를 바보로 아는 게냐? 요즘에 네가 무슨 짓을 하고 있었는지, 내가 모를 것 같아?"

"제발요, 어머니. 잘못 알고 계신 거예요."

알리가 나를 발로 걷어차더니 목에 핏대를 세우고 목이 터져라 고함을 질렀다. "웃기고 있네! 내가 매일 누나 뒤를 밟았거든. 그 막돼먹은 놈이 누나랑 파르바네가 나타나기를 기다리면서 문간에 서 있는 걸 다 봤어. 내 친구들도 다 알아. 네 누나랑 친구가 그 남자하고 사귄다고들 한단 말이야."

어머니가 자신의 머리를 마구 때리며 통곡을 했다. "알라신께 차라리 너를 데려가시라고 기도했다. 네가 우리 집안의 명예를 더럽히고 우리를 수치스럽게 만들었다. 내가 네 아버지와 오빠들에게 뭐라고 해야 하겠니?" 그러고는 다시 내 팔을 마구 꼬집었다.

바로 그때, 문이 벌컥 열리더니 아흐매드가 들어와 핏발이 선 눈으로 나를 노려보며 주먹을 꽉 쥐었다. 이야기를 들은 모양이었다.

"결국 사고를 쳤군? 그것 보세요, 어머니. 이게 다 어머니 탓이라고요. 저는 얘가 테헤란에 발을 들여놓았을 때, 이미 예상했었어요. 그 계집애랑 어울려 매일 모양을 내고 거리를 쏘다니더니, 결국 우리에게 돌아온 건 수치밖에 없잖아요. 이제 친구들과 이웃들 앞에서 어떻게 고개를 들고 다니시겠어요?"

"내가 뭘 잘못했다는 거야? 아버지의 목숨을 걸고 맹세할 수 있어. 내가 길에서 넘어질 뻔해서, 파르바네와 약사 선생님이 나를 약국 안으로 데리고 들어가 진통제를 준 것뿐이야."

어머니가 베개만큼이나 부어오른 내 발을 쳐다보셨다. 어머니가 살짝 손을 대기만 했는데도 너무나 아파서 비명이 나왔다.

"내버려두세요." 아흐매드가 쏘아붙였다. "그렇게 남부끄러운 짓을 했는데도, 응석을 받아주시려는 거예요?"

"남부끄러운 짓? 누가 남부끄러운 짓을 했다는 거야? 오빠야말로 매일 밤마다 술에 취해 비틀거리고 유부녀와 놀아나면서?"

아흐매드가 나에게 달려들더니 내 입에 주먹을 날렸다. 얼마나 세게 때렸는지 내 입에 피가 고였다. 나는 미친 듯이 고함을 질렀다. "내가 틀린 말 했어? 그 여자 남편이 집에 없을 때 오빠가 그 집으로 몰래 들어가는 걸, 내가 내 눈으로 똑똑히 봤어. 그리고 그게 처음도 아니었다고." 이번에는 내 눈으로 주먹이 날아왔다. 눈앞이 캄캄해지면서 어질어질해지는 바람에, 나는 이대로 눈이 멀어버릴지도 모른다고 생각했다.

어머니가 고함을 쳤다. "입 닥치지 못해! 부끄러운 줄 알아야지."

"내가 그 여자 남편에게 다 말해버릴 거야."

어머니가 달려와 손으로 내 입을 막았다. "입 닥치라니까!"

나는 어머니의 손을 밀쳐내고 펄펄 뛰며 악을 썼다. "오빠가 매일 밤마다 술에 취해 들어오는 걸 모르셨다는 건 아니겠죠? 오빠가 칼로 사람을 찔러서 경찰서에도 두 번이나 불려갔잖아요. 그런 건 남부끄러운 짓이 아니고, 내가 약국에서 약을 먹은 건 남부끄러운 짓이라는 말인가요?"

어머니가 연거푸 두 번이나 따귀를 때리는 바람에 귀가 얼얼했지만, 나는 진정할 수가 없었다.

"입 닥쳐라. 차라리 디프테리아에 걸려버리든지. 다른 점을 모르겠니? 오빠는 남자고 넌 여자야!" 어머니가 눈물을 터뜨리더니 양팔을 하늘로 쳐들고 울부짖기 시작했다. "신이시여, 저를 구해주소서! 제가 누구에게 의지하리까? 마수메, 네가 고통받게 해달라고 기도하겠다. 네 몸이 갈가리 찢어지게 해달라고."

나는 풀이 죽은 채로 구석에 처박혔다. 눈에 눈물이 차올랐다. 알리와 아흐매드가 앞마당으로 나가 귓속말을 했다. 어머니가 울음 섞인 목소리로 그들을 말렸다. "알리, 그만하면 됐다. 이제 아무 말도 말거라."

그러나 알리의 고자질에는 끝이 없었다. 알리가 어떻게 그렇게 많은 정보를 입수했는지, 나로서는 알 수가 없었다.

다시 한 번, 어머니가 고함을 치셨다. "알리, 그만하라고 했지! 가서 빵을 사오너라." 결국, 알리는 어머니에게서 머리를 한 대 얻어맞고 밖으로 뛰어나갔다.

잠시 후, 앞마당에서 집으로 돌아오신 아버지가 인사를 하시는 소리가 났고 아버지를 맞는 어머니의 목소리도 들려왔다.

"어머! 일찍 오셨네요, 여보……."

"날이 추워서 아무도 장에 나오지를 않아. 그래서 가게 문을 일찍 닫았지. 무슨 일이지? 당신 얼굴이 안 좋은데. 아흐매드도 집에 있군. 마흐무드는?"

"마흐무드는 아직 돌아오지 않았어요. 그래서 걱정을 한 거예요. 항상 당신보다 먼저 돌아왔는데."

"마흐무드가 오늘은 오토바이를 타고 가지 않았더군. 지금 길이 엉망이라 택시 잡기가 쉽지 않을 거야. 사방에 눈이 쌓이고 얼음이 얼었어. 올해는 겨울이 쉽게 물러가지 않네…… 그런데, 아르메니아 사람도 가게를 일찍 닫았나 보군. 누가 집에 일찍 온 걸 보니."

아버지는 아흐매드에게 거의 말을 하지 않으셨고, 그에 관한 이야기를 해야 할 때면 언제나 그렇게 남의 이야기를 하듯이 하셨다.

아흐매드가 연못가에 앉아 퉁명스럽게 말했다. "사실을 말씀드리자면, 주인이 문을 일찍 닫은 건 아니에요. 하지만 가족들의 생각을 알아야 하기 때문에, 일찍 들어왔어요."

아버지가 문틀을 붙잡고 신을 벗기 시작하셨다. 복도에 밝힌 불이 방의 일부만을 비추고 있어서, 아버지는 코르시 옆 바닥에 주저앉은 나를 미처 보지 못하셨다. 아버지가 빈정거리셨다.

"그래? 우리 가족이 그 누군가를 어떻게 생각하는지 알아보는 대신, 그 누군가가 가족들의 생각을 알아보려 한다는 말이로군."

"아버지의 생각을 알고 싶은 게 아니에요. 저 사악한 계집애의 꿍꿍이를 알아보겠다는 거예요."

아버지의 얼굴이 분필만큼이나 하얗게 변했다.

"입 조심해라. 네 여동생의 명예는 네 명예이기도 하다. 부끄러운 줄 알거라."

"됐어요! 저 계집애 때문에 우리 명예는 이미 땅에 떨어졌다고요. 제발 눈을 제대로 뜨세요, 아버지. 저를 그만 좀 괴롭히시고요. 아버지의 명예는 이제 지키고 말고 할 것도 없게 되었어요. 아버지의 명예가 땅에 떨어지는 소리를 이웃사람들도 다 들었는데, 아버지만 귀에 솜을 틀어막고 듣지 않으시려 한다고요."

아버지의 몸이 부들부들 떨리는 것이 눈에 보였다. 겁에 질린 어머니가 애원을 했다.

"아흐매드, 내 아들, 아흐매드! 내가 죽어도 좋으니, 네 모든 고통과 괴로움을 내가 다 짊어질 테니, 제발 그런 말은 하지 말거라. 아버지가 쓰러지시면 어쩌려고. 아무 일도 아니라잖니. 마수메가 발목이 아파서 약국에서 약을 얻어먹은 것뿐이야."

마음을 진정시킨 아버지가 말씀하셨다. "내버려둬. 이야기를 들어보게."

"애지중지하시는 딸에게 직접 물어보시지 그러세요?" 방을 가리키는 아흐매드의 손가락을 눈으로 좇은 아버지가 나를 발견하시고는 제대로 보시기 위해 불을 켜셨다. 내 몰골이 어떤지 나는 알 수 없었지만, 나를 본 아버지는 경악을 하셨다.

"세상에! 네게 무슨 짓을 한 거냐?" 아버지가 달려오셔서 나를 일으키고는 주머니에서 손수건을 꺼내시더니 내 입가에 흐르는 피를 닦아주셨다. 아버지의 손수건에서는 시원한 장미수 향기가 났다.

"누가 이랬지?"

아버지가 물으시자, 볼을 타고 내리던 눈물이 더 빨리 흘러 내리기 시작했다.

"천하에 몹쓸 놈, 여자에게 손을 대?" 아버지가 아흐매드에게 호통을 치셨다.

"결국 또 내 잘못이라고 하시는군요." 아흐매드가 대꾸했다. "아버지는 언제나 저만 잘못했다고 하시죠! 순결이고 정숙이고, 이제 다 물 건너갔다고요. 다 더러워졌다니까요. 저 계집애가 누구에게 얻어맞든, 그게 무슨 상관이세요? 어차피 뭇매를 맞을 텐데. 이제 전 얼굴도 못 들고 다니게 되었단 말이에요."

언제부터 있었는지 알 수 없었지만, 마흐무드가 당황한 표정을 지은 채 앞마당에 서 있었다. 어머니가 차도르를 어깨에 걸치시며 상황 정리에 나서셨다. "그만해둬라! 이제 무함마드와 예언자의 후손들에게 기도를 올려라. 나는 저녁을 차려야겠다. 여보, 저리로 가서 쉬세요. 그리고 넌 바닥에 보를 깔아라. 파티? 파티? 요 꼬맹이가 어디로 갔지?"

파티는 처음부터 옆에 있었지만, 아무도 그 아이의 존재를 의식하지 않았다. 파티가 방 한쪽 구석에 쌓아둔 이불더미 뒤에서 나오더니 부엌으로 달려갔다가 잠시 후 접시를 가져와 코르시 위에 조심스럽게 내려놓았다.

아버지가 내 입의 찢긴 자리와 멍든 눈과 피가 나는 코를 다 살펴보시고 다시 물으셨다. "누가 이랬지? 아흐매드가 그랬니?

망할 녀석." 그러고는 앞마당을 향해 소리를 치셨다. "막돼먹은 놈. 내 아내와 자식에게 이런 짓을 하다니, 내가 죽기라도 한 줄 아느냐? 케르벨라에서 이맘 후세인을 무자비하게 살해한 수니파들도 그 아내와 딸들을 이런 식으로 취급하지는 않는다."

"그래요? 그 여자들은 정숙하고 성스러운가 보죠. 이제 전 수니파보다 더 못한 놈이 되었네요. 아버지, 아버지의 딸이 아버지의 명예를 땅에 떨어뜨렸단 말입니다. 아버지는 그래도 상관없으실지 모르겠지만, 전 아니에요. 저는 아직 사람들 사이에서 좋은 평판을 듣고 있거든요. 알리가 오면 물어보세요. 그 아이가 뭘 봤는지. 사람들이 다 보는 데서 저 숙녀인 척하는 계집애가 약국의 하인놈과 놀아났다고요!"

"아버지, 아버지, 오빠의 말은 모두 거짓이에요. 제가 맹세할 수 있어요. 아버지의 생명을 걸고, 할머니의 무덤에 대고 맹세해요. 발목이 처음 삔 날만큼 아파서 길에서 쓰러지려는 저를 파르바네가 약국으로 데리고 들어갔어요. 약국 사람들이 제 발을 살펴보고 진통제를 주었어요. 알리도 밖에서 다 봤어요. 그런데 파르바네가 도와달라고 하니까, 알리가 그냥 도망을 가버렸어요. 겨우 집에 왔더니, 아흐매드와 알리가 저에게 달려들었어요."

나는 흐느껴 울기 시작했다. 어머니가 방으로 들어오셔서 접시들을 자리에 놓으셨다. 마흐무드는 내 위에 달린 선반에 몸을 기대고 평소답지 않게 차분한 표정으로 그 모든 소동을 지켜보았다. 집안으로 달려 들어온 아흐매드는 문간에 서서 문틀을 붙잡고 고래고래 소리를 질렀다.

"그 얘긴 왜 안 해? 그놈이 네 다리를 테이블 위에 올려놓고 주물렀다는 이야기는 왜 빼는 거지? 그러는 내내 넌 교태를 부려가며 웃고 있었다며. 그놈이 매일 길에서 너를 기다렸다가 인사를 하고 농지거리를 한다는 이야기는 왜……."

마흐무드의 표정이 싹 바뀌었다. 얼굴을 붉히더니 뭔가를 중얼거렸는데, 내가 알아들은 말은 '신이시여, 자비를 베푸소서.'라는 말뿐이었다. 아버지가 의문이 가득한 눈길로 나를 쳐다보셨다.

"아버지, 아버지, 제 다친 발에 대고 맹세해요, 그건……."

바로 그때, 알리가 갓 구운 빵을 들고 들어왔다. 구수한 빵 냄새가 방안 가득 퍼졌다.

"오빠가 거짓말을 하는 거예요. 오빠가 이웃집 파르빈의 집에 몰래 들어가는 것을 제가 봤다고, 저를 모함하는 거예요."

아흐매드가 다시 나에게 달려들자, 아버지가 팔로 나를 감싸시며 엄포를 놓으셨다. "이 아이에게 손대지 마라! 네 말이 사실일 리가 없다. 마수메의 학교 교장선생님께서 마수메가 전교에서 가장 예의 바르고 순진한 아이라고 하셨다."

"그래요? 그 학교가 매음굴인가 보죠." 아흐매드가 빈정거렸다.

"입 닥치지 못하겠니? 말조심해라."

"아버지, 형 말이 맞아요." 알리가 끼어들었다. "제가 똑똑히 봤어요. 그 남자가 누나 다리를 들어 테이블 위에 올려놓고 막 주물렀어요."

"아니에요, 아버지. 맹세해요. 그 사람은 제 신발을 잡았어요. 제 발목에는 붕대가 칭칭 감겨 있어서 만질 수도 없어요. 그리고 의사 선생님이나 약사 선생님들은 낯선 남자로 보지 않잖아요. 아닌가요, 아버지? 그 사람이 한 말이라고는 어디가 아프냐고 묻는 말뿐이었어요."

"그랬겠지!" 아흐매드가 말했다. "물론 우리는 널 믿어. 40킬로밖에 안 나가는 삐삐마른 계집애가 우릴 제 마음대로 휘두르려고 하네. 네가 아버지를 속일 수 있을지는 몰라도, 난 못 속여. 난 네가 생각하는 것보다 훨씬 더 똑똑하거든."

"아흐매드, 조용히 해라. 한마디만 더 했다간 그 입에 내 주먹이 날아갈 줄 알아라." 아버지가 말씀하셨다.

"치세요! 당장 때리시라니까요! 아버지가 할 줄 아는 건 우리를 때리는 것밖에 없잖아요. 알리, 넌 왜 아무 말도 안 해? 나에게 했던 이야기를 다 듣는 데에서 하란 말이야."

"약국에서 일하는 남자가 매일 약국 앞에 서서 누나와 친구를 기다리는 걸, 제가 봤어요. 그리고 누나들이 가까이 가면 인사를 했고요, 누나들도 그 사람에게 인사를 했어요. 그리고 같이 낄낄거리면서 쑥덕거렸단 말이에요."

"거짓말이에요. 저는 열흘 동안 학교에 못 갔어요. 알리, 왜 거짓말을 하는 거야? 그 사람이 파르바네에게 인사를 한 건 사실이에요. 파르바네의 아버지가 드실 약을 전해주려고 그랬던 거예요."

"그 아이가 지옥불에 떨어지길." 어머니가 가슴을 치시며 말씀하셨다. "그 애는 그런 짓거리밖에 할 줄 모르는 아이야."

"어머니는 그런 애를 왜 집에 들이셨어요? 제가 그러시지 말라고 했잖아요?" 아흐매드가 빈정거렸다.

"나도 어쩔 수 없었다. 같이 공부를 한다는데 어떻게 말리겠니."

알리가 아흐매드의 팔을 잡아끌더니 귓속말로 무슨 말을 했다.

"왜 귓속말을 하는 거냐? 다들 들을 수 있게 크게 말해라." 아버지가 야단을 치셨다.

"누나랑 누나 친구가 책을 읽은 게 아니에요, 어머니." 알리가 말했다. "다른 걸 읽고 있었어요. 지난번에 제가 누나들이 있는 방에 들어갔더니 종이 몇 장을 급하게 다리 밑에 감췄어요. 제가 어린애인 줄 알았나 보죠!"

"알리, 가서 마수메 책을 뒤져봐. 뭔가가 있을지도 몰라." 아흐매드가 말했다.

"누나가 오기 전에 다 뒤져봤는데 그런 종이는 나오지 않았어."

내 가슴이 마구 두방망이질하기 시작했다. 책가방, 책가방을 뒤져보면 어떻게 하지? 그럼 모든 게 발각될 터였다. 나는 눈으로만 조심스럽게 방 안을 살폈다. 책가방은 내 뒤쪽 바닥에 내동댕이쳐져 있었다. 천천히, 아주 조심스럽게, 나는 코르시에 덮어놓은 담요 밑으로 가방을 밀어 넣었다. 마흐무드의 차가운 목소리가 몇 초간 이어지던 침묵을 깼다.

"그게 뭔지는 모르겠지만, 마수메의 책가방 안에 있어. 지금 방금 책가방을 담요 밑으로 밀어 넣었어."

누가 내 머리 위에 얼음같이 찬 물을 한 양동이 쏟아부은 것 같은 느낌이 들었고 아무 말도 나오지 않았다. 알리가 몸을 날리더니 책가방을 끌어내어 안에 들어 있는 것들을 코르시 위에 쏟아냈다. 내가 할 수 있는 것은 아무것도 없었다. 현기증이 났고 온몸이 마비된 것만 같았다. 알리가 책들을 마구 흔들자 편지들이 바닥으로 떨어졌다. 아흐매드가 단숨에 편지를 집어 들고는 신난 표정으로 접힌 편지지를 펼쳤다. 마치 세상에서 가장 큰 상을 받기라도 한 듯한 얼굴이었다.

흥분을 못 이겨 떨리는 목소리로 그가 말했다. "이것 보시라니까요, 아버지. 잘 들어보세요."

아흐매드는 조롱하는 어조로 편지를 읽기 시작했다.

"존경받아 마땅한 숙녀께, 마음속으로는 하루에도 천 번쯤 당신의 이름을 부르지만……."

나는 수치심과 두려움과 분노로 몸부림을 쳤다. 머리 주위로 세상이 뱅글뱅글 돌고 있었다. 공부를 못했던 아흐매드는 편지를 몇 줄은 읽지도 못했다. 그가 편지의 중간쯤을 읽었을 때, 어머니가 물으셨다. "그게 무슨 뜻이니?"

"그 자식이 마수메의 눈이…… 순수하고 순진하대요. 웃기고 있네!"

"신이시여, 제 목숨을 거두어가소서!" 어머니가 가쁜 숨을 몰아쉬셨다.

"이걸 들어보세요. '내 마음은', 이게 뭐라고 쓴 거야, 아무튼, 슬픔으로 어떻대요. '그대의 미소로……' 부끄러운 줄도 모르는 난잡한 계집애! 그놈이 절대 잊지 못할 미소를 내가 보여주마."

"여기, 여기, 하나가 더 있어. 누나가 답장을 쓴 거야." 알리가 말했다.

아흐매드가 알리의 손에서 편지를 낚아챘다.

"대단한데! 숙녀께서 답장을 쓰셨군 그래."

마흐무드가 시뻘건 얼굴로 목에 핏대를 세우며 고래고래 소리를 질렀다. "아버지, 제가 뭐라고 했어요? 한껏 단장을 하고 늑대들이 득시글거리는 길거리를 돌아다니는 여자애는 타락할 수밖에 없어요. 마수메를 결혼시키고 오자고 했더니, 아니라고, 학교에 보낼 거라고 하셨죠? 네, 학교에 가서 연애편지 쓰는 법을 배웠네요."

나는 아무 말도 할 수 없었다. 내게는 나를 지킬 만한 무기가 아무것도 남아 있지 않았다. 나는 초조하고 두려운 눈길로 아버지를 바라보았다. 아버지의 입술은 떨리고 있었고 얼굴은 하얗게 질려 있었다. 나는 아버지가 쓰러지실까봐 겁이 났다. 아버지가 충격을 받아 멍한 눈으로 나를 쳐다보셨다. 아버지의 눈에는 그림자가 드리워져 있었지만, 내 생각과는 달리, 화가 깃들어 있지는 않았다. 대신, 나는 그 눈에 고여 떨어지지 않는 희미한 눈물에 어른거리는 깊은 슬픔을 보았다.

"네가 나에게 되돌려줄 것이 이것밖에 없었느냐?" 아버지가 낮은 목소리로 말씀하셨다. "약속을 잘 지키는 아이였는데. 내 명예를 지켜주던 아이였는데."

그 어떤 발길질이나 주먹질보다 더 아팠던 그 표정과 그 말이, 마치 단도처럼 나의 마음을 갈가리 찢어놓았다. 나는 눈물을 뚝뚝 흘리며 떨리는 목소리로 말했다. "하지만 맹세코 전 아무런 잘못도 하지 않았어요."

아버지가 내게 등을 돌리시고는 말씀하셨다. "됐다. 입 닥쳐라!"

그러고는 코트도 걸치지 않은 채 밖으로 나가셨다. 아버지가 밖으로 나가신 것이 무엇을 의미하는지, 나는 잘 알고 있었다. 나를 포기하고 오빠들의 손에 맡긴다는 뜻이었다.

아흐매드는 계속 편지를 들여다보았다. 글을 잘 읽지 못하는 그가 사이드의 필기체를 제대로 읽어낼 리 만무했다. 그러나 그는 모든 것을 다 이해했다는 듯 허세를 부렸고 분노의 가면 뒤로 자신의 기쁨을 감추려고 했다. 잠시 후, 아흐매드가 마흐 무드에게 말했다.

"이 일을 어떻게 처리할까? 그 자식이 우릴 허수아비로 아나 본데, 기다리라지. 내가 절대 잊지 못할 교훈을 줄 테니까. 그 자식의 피를 보기 전에는 멈추지 않겠어. 자, 알리. 어서 가서 내 칼을 가져와. 나에게는 그 자식의 피를 볼 권리가 있어, 안 그래, 형? 우리 여동생에게 흑심을 품고 접근한 놈이잖아. 여기 증거가 있어. 직접 쓴 편지가. 어서, 알리. 칼은 위층 옷장 안에 있어⋯⋯."

"안 돼. 그러지 마!" 나는 공포에 사로잡혀 소리를 질렀다. "그 사람은 아무런 잘못도 하지 않았어."

아흐매드가 피식 웃더니 내가 거의 본 적이 없는 차분한 표정으로 어머니를 돌아보며 말했다. "어머니, 보셨죠? 저 계집애가 자기 애인을 감싸고 도는 걸 어머니도 보셨죠? 나에게는 저 계집애의 피를 볼 권리도 있어요. 안 그래, 형?"

어머니가 눈물이 그렁그렁한 채로 가슴팍을 치며 울부짖었다. "맙소사, 이게 웬 날벼락이냐? 이년아, 신께서 네게 고통을 주시기를 빌고 또 빈다. 부끄러운 줄도 모른단 말이냐? 자리 대신 네가 죽었어야 했어. 네가 내게 한 짓을 봐라."

알리가 칼을 들고 계단을 뛰어 내려왔다. 아흐매드는 간단한 심부름을 시킨 것처럼 태연한 표정으로 일어서더니 바지 주름을 펴고 알리에게서 칼을 건네받아 내 앞에 겨누고는 말했다.

"그 자식의 어떤 부분을 가져다줄까?"

그러고는 섬뜩하게 웃었다.

"안 돼! 안 돼!" 나는 그의 발아래에 몸을 던지고 그의 다리를 끌어안고 빌었다. "제발, 어머니의 목숨을 걸고, 그 사람을 다치게 하지 않겠다고 맹세해줘."

아흐매드는 다리에 매달린 나를 질질 끌며 문 쪽으로 걸어갔다.

"제발 부탁이야, 오빠. 내가 잘못했어. 내가 이렇게 뉘우치고 있잖아……."

아흐매드가 쾌감에 들뜬 표정으로 나를 내려다보더니 끔찍한 욕을 퍼붓고는 다리를 털어 나를 떼어냈다. 우리를 따라오던 알리가 나를 발로 힘껏 걷어차 계단 아래로 밀어버렸다.

아흐매드가 대문을 열면서 외쳤다. "녀석의 간을 가져다주마." 그러고는 등 뒤로 문을 거칠게 닫았다.

계단에서 구르면서 갈비뼈가 부러졌는지, 나는 숨을 쉴 수 없었다. 그러나 다친 곳보다 마음이 더 아팠다. 아흐매드가 사이드에게 무슨 짓을 할지 몰라 죽을 만큼 두려웠다. 나는 얼음과 눈으로 덮인 마당 샘가에 주저앉아 흐느껴 울었다. 머리부터 발끝까지, 온몸이 벌벌 떨렸지만, 추위 따위는 느껴지지도 않았다.

어머니가 마흐무드에게 더 수치스러운 일이 생기기 전에 나를 안으로 데리고 들어가라고 말씀하셨지만, 그는 나에게 손도 대려 하지 않았다. 마흐무드가 보기에 나는 더럽고 타락한 여자였다. 결국, 그는 내 옷자락을 잡더니 나를 집안으로 거칠게 끌고 들어가 방에 내동댕이쳤다. 그러는 중에 나는 문 모서리에 머리를 부딪쳤다. 뜨뜻한 피가 얼굴을 타고 흘러내리는 것이 느껴졌다.

어머니가 말씀하셨다. "마흐무드, 아흐매드를 따라가서 문제를 일으키지 않는지 살펴보려무나."

"걱정하지 마세요. 아흐매드가 어떻게 하든, 그 자식에게는 할 말이 없어요. 벌을 받아 마땅하죠. 사실, 우리가 그 자식을 죽여버려야 하는 건데."

말은 그렇게 하면서도 마흐무드는 밖으로 나갔고 집안은 다시 침묵에 잠겼다. 어머니는 울며 혼자 뭐라고 중얼거리셨다. 나는 흐느낌을 멈출 수가 없었다. 파티는 방 한구석에 서서 손톱을 물어뜯으며 나를 빤히 쳐다보았다. 인사불성 상태로, 나는 시간이 어떻게 흘러가는지도 몰랐다. 시간이 얼마나 흘렀을까. 대문이 열리는 소리에 나는 정신을 차리고 흠칫 놀라 고개를 들었다. 아흐매드가 욕지거리를 하며 방으로 들어와 내 눈 앞에 피 묻은 칼을 들이밀었다. "자, 잘 봐둬라. 이게 네 애인의 피다."

방이 팽팽 돌기 시작했고 아흐매드의 얼굴이 일그러지더니 눈앞에 검은 커튼이 내려왔다. 나는 깊은 우물 속으로 빨려 들어가고 있었다. 주변의 소리가 끝나지 않을 불협화음처럼 들리다가 희미해져 갔다. 나는 멈출 희망도 없이 아래로, 더 아래로 추락했다.

　자리 언니가 죽어가고 있었다. 얼굴색이 이상하게 변했고 씩
씩거리며 힘겹게 숨을 들이쉬고 내뱉었다. 가슴과 배가 빠른
속도로 올라갔다 내려가기를 반복했다. 나는 이불더미 뒤에서
손톱을 물어뜯으며 그런 언니를 빤히 쳐다보았다. 마당에서 들
려오는 이야기 소리에 나의 두려움은 커져만 갔다.

　"여보, 상태가 나빠요. 의사를 불러오세요."

　"시끄럽다! 그만해라! 괜한 히스테리를 부리고 있구나. 내 아
들을 힘들게 하지 마라. 자리는 괜찮을 게다. 내가 끓인 탕약을
먹으면 애비가 돌아오기 전에 다 나아 있을 게야. 애비는 어서
출근해라, 어미도 그렇게 서 있지 말고…… 어서 가래도. 안심
해라, 자리는 죽지 않는다."

　자리가 내 손을 잡았고 우리는 어두운 터널 안을 달렸다. 아
흐매드가 손에 칼을 들고 우리를 쫓아왔다. 발을 뗄 때마다 그
가 우리와 점점 더 가까워졌다. 마치 그가 날고 있는 것 같았다.
우리는 비명을 질렀다. 그러나 터널 안에서 메아리치는 소리는
아흐매드의 웃음소리였다.

　"피다. 피야. 저길 봐, 피야."

　할머니가 자리에게 탕약을 먹이겠다고 하셨다. 자리를 무릎
위에 누인 어머니는 자리의 고개를 받치고 손가락으로 자리의
입을 열었다. 자리는 힘이 없어서 축 늘어져 있었다. 할머니가
탕약을 숟가락으로 떠서 자리의 입에 넣었지만 액체는 목구멍
으로 넘어가지 않았다. 어머니가 자리의 얼굴을 입으로 후 부

셨다. 자리가 숨을 못 쉬고 팔다리를 꼼지락거리더니 이상한 소리를 내며 다시 숨을 쉬기 시작했다.

어머니가 울부짖었다. "아즈라 부인이 애를 성지 근처에 있는 병원으로 데려가야 한다고 했어요."

"그 여자가 뭘 안다고!" 할머니가 말했다. "가서 저녁이나 지어. 애비와 아이들이 돌아올 시간이 다 되었다."

할머니는 자리의 곁을 서성이며 기도문을 읊었다. 자리의 얼굴이 시커멓게 변하고 목에서는 이상한 소리가 났다. 그러자 할머니가 앞마당으로 뛰어나가 사람을 불렀다. "타예베, 타예베, 가서 의사를 불러와!"

나는 언니의 손을 잡고 머리를 쓰다듬어주었다. 얼굴이 거의 흙색이었다. 자리 언니가 눈을 떴다. 겁먹은 두 눈이 이상하리만치 커 보였고 흰자위에 피가 맺혀 있었다. 자리가 내 손을 꽉 잡고 베개에서 머리를 들어 올렸다가 다시 내려놓았다. 나는 자리의 손아귀에서 내 손을 빼내고 이불과 베개들 뒤로 달려가 숨었다. 자리의 팔다리가 버둥거렸다. 나는 양손으로 귀를 막고 얼굴을 베개에 묻었다.

할머니가 마당에서 불붙은 석탄을 허공에 대고 빙글빙글 돌렸다. 석탄이 점점 더 커지더니 마당만큼이나 커졌다. 할머니의 목소리가 내 귀에 쟁쟁거렸다. "여자아이들은 죽지 않아. 여자아이들은 죽지 않아."

자리가 잠들었다. 나는 자리의 머리를 매만지며 얼굴에 붙은 머리카락을 떼어내주었다. 그러나 다시 보니, 내가 어루만지고 있는 사람은 사이드였다. 그의 머리가 베개에서 굴러 바닥으로 떨어졌다. 나는 비명을 질렀지만, 목에서는 아무런 소리도 나지 않았다.

나의 악몽은 끝이 나지 않았다. 내 비명소리에 놀라 깨어났다가도 땀에 흠뻑 젖어 다시 깊은 우물로 빠져 들어갔다. 그런 상태가 얼마나 계속되었는지는 알 수 없었다.

어느 날, 발이 불타는 것 같은 느낌에 나는 잠에서 깨어났다. 아침이었다. 방 안에 알코올 냄새가 가득했다. 누군가가 내 얼굴을 돌리더니 말했다. "마수메가 깨어났어요, 타예베, 보세요. 깨어난 게 틀림없다니까요. 나를 보고 있어요."

얼굴들은 희미해 보였지만 목소리들은 또렷하게 들렸다.

"아아, 우리의 소원을 들어주시는 이맘 무사 진-자파르시여, 우리를 구원하소서!"

"이제 정신을 차렸으니까 수프를 끓여서 어떻게 해서든 먹여보세요. 벌써 일주일째 아무것도 먹지 않아서 위가 약해졌을 거예요. 천천히 먹여야 해요."

나는 눈을 감았다. 아무도 보고 싶지 않았다.

"닭 수프가 거의 다 되었어. 신이시여, 천만번 감사드립니다. 일주일 내내 먹이는 족족 토했는데, 괜찮을까?"

"어제 열이 내리는 걸 보고, 오늘쯤에는 깨어나지 않을까 했어요. 불쌍한 것, 얼마나 힘들었을까. 왜 그렇게 열이 나고 헛소리를 했을까?"

"아아, 파르빈, 내가 얼마나 고통스러운지 모를 거야. 지난 며칠 동안 나는 백 번쯤 죽었다 살아났어. 소중한 딸아이가 덜덜 떠는 것을 지켜보는 동시에 아들들이 저런 딸을 낳았다고 조롱하고 비난하는 소리를 들어야 했다고. 내 속은 시커멓게 타버렸어."

나는 아픈 것이 아니었다. 힘이 없어서 침대에 누워 있는 것뿐이었다. 몸을 움직일 수가 없었다. 이불 속에서 손을 빼내는 단순한 동작조차 어마어마하게 힘든 일처럼 느껴졌다. 나는 내가 점점 더 약해져서 죽기를 바랐다. 왜 다시 깨어난 걸까? 이 세상에 더 머무를 이유가 없는데.

내가 다시 정신을 차리자, 어머니는 내 머리를 자기 무릎 위에 누이고 수프를 먹이려고 애를 썼다. 나는 고개를 흔들며 내 볼을 누르는 어머니의 손가락을 밀쳐내려고 했다.

"제발, 내가 대신 죽게 해다오. 한 숟가락만, 딱 한 숟가락만…… 대체 왜 이러고 있는 거니. 네 고통과 괴로움을 내가 대신 다 짊어지고 싶구나."

어머니가 나에게 이렇게 말을 해주는 것은 정말 처음 있는 일이었다. 동생들을 챙기거나 자기 목숨보다 더 사랑하는 큰 아들들의 뒤치다꺼리를 하느라 바빴던 어머니에게, 나를 살갑게 대해줄 여유는 없었다. 중간에 끼인 나에게는 설 자리가 없었다. 나는 첫째도, 막내도 아니었고 아들도 아니었다. 언니인 자리가 죽지 않았다면, 지금쯤 틀림없이 모두 나의 존재를 잊었을 터였다. 늘 구석에 숨어 있는, 그래서 아무도 있는지조차 모르는 파티처럼. 어머니가 파티를 낳은 그날을, 나는 결코 잊을 수 없었다. 할머니는 어머니가 딸을 낳았다는 이야기를 듣고 기절해버렸다. 자라면서도 파티의 삶은 순탄치 않았다. 어머니가 두 번이나 유산을 했는데 그 두 아기가 모두 아들이었다는 이유로, 사람들은 파티가 불길한 아이라고 했다. 유산한 아기들이 아들이었다는 것을 어머니가 어떻게 알았는지, 나로서는 도무지 알 수 없었다.

수프가 시트에 흐르자 어머니는 투덜거리며 방을 나갔고, 그제야 나는 눈을 떴다. 오후 늦은 시간이었다. 파티가 내 곁에 앉아 작은 손으로 내 얼굴에 붙은 머리카락을 떼어내주고 있었다. 나의 어린 여동생은 너무나 순진하고 외로워 보였다. 나는 파티를 바라보았다. 파티 옆에 자리가 앉아 있었다. 나의 양 볼을 타고 흘러내리는 뜨뜻한 눈물이 느껴졌다.

"언니가 깨어날 줄 알았어." 파티가 말했다. "제발 죽지 마."

어머니가 다시 방에 들어오자, 나는 눈을 감았다.

밤이었다. 가족들의 이야기 소리가 들렸다. 어머니가 이야기를 하고 있었다. "오늘 아침에 마수메가 눈을 떴어요. 의식이 돌아왔는데, 제가 아무리 애를 써도 뭘 먹으려 하지 않아요. 너무나 약해져서 움직이지도 못하는 아이가 무슨 힘으로 제 손을 뿌리치는지, 정말 모르겠어요. 오늘 아침에 파르빈이 왔었는데, 마수메에게 더 이상 약을 먹이면 안 된다고 했어요. 마수메가 계속 음식을 안 먹으면, 결국 죽게 될 거예요."

이어 아버지의 목소리가 들렸다. "어머니 말씀이 옳았어. 딸은 낳지 말았어야 했어. 마수메가 회복한다고 해도, 죽은 것이나 다름없지…… 그 수치와 불명예를 어떻게 감당하겠어."

나는 더 이상 듣지 않았다. 마치 내가 보고 싶거나 듣고 싶을 때에만 보고 들을 수 있는 능력이 생긴 것 같았다. 라디오처럼 켜고 끄는 스위치가 있어서 내가 듣고 싶지 않은 이야기가 나올 때에는 그 스위치를 내려버릴 수 있게 된 것 같았다. 하지만 악몽은 내 마음대로 할 수 없었다. 이미지들이 감은 내 눈꺼풀 뒤에서 춤을 추었다.

아흐매드가 피 묻은 칼을 들고 파티의 머리채를 붙잡아 질질 끌며 나를 향해 달려왔다. 파티는 인형만큼 작았다. 나는 절벽 끝에 서 있었다. 아흐매드가 파티를 내 쪽으로 홱 던졌다. 내가 붙잡으려고 했으나, 파티는 내 손에서 미끄러져 절벽 밑으로 떨어졌다. 나는 아래를 내려다보았다. 저 아래에, 피투성이인 자리와 사이드의 몸이 뒤엉켜 있었다. 나는 나의 비명소리에 놀라 눈을 떴다. 베개는 흠뻑 젖어 있었고 입은 심하게 말랐다.

"무슨 일이냐? 잠 좀 자자, 응?"

나는 물을 벌컥벌컥 들이켰다.

평소와 다름없이, 가족들이 아침에 부산을 떠는 소리에 나는 다시 잠에서 깨어났다. 가족들이 아침을 먹고 있었다.

"어젯밤에 마수메가 또다시 고열에 시달렸어. 환상을 보는 것 같더구나. 마수메가 비명 지르는 소리를 들었니?"

"아뇨!" 마흐무드가 말했다.

"어머니, 제발 좀 조용히 먹게 해주실 수 없어요?" 아흐매드가 투덜댔다.

아흐매드의 목소리가 단도처럼 내 마음을 찔렀다. 내게 힘이 있어서 그를 갈기갈기 찢어발길 수 있다면 얼마나 좋을까. 나는 모로 누워 몸을 웅크리고 베개에 얼굴을 묻었다. 차라리 목숨이 끊어져서 저 피도 눈물도 없는 이기적인 인간들로부터 자유로워졌으면.

주사기를 찌르는 느낌에, 나는 반사적으로 눈을 떴다.

"드디어 깨어났구나. 자는 척하지 마. 거울을 가져다줄게, 네 몰골을 좀 볼래? 해골이 따로 없다니까. 자, 내가 너에게 주려고 카라반 패스트리 가게에서 비스킷을 사왔어. 차에 곁들여 먹으면 정말 맛있어…… 타예베!…… 마수메가 깨어났어요. 차를 마시고 싶어 하니까, 큰 잔으로 한 잔 가져다주세요."

나는 흐릿한 눈으로 파르빈을 바라보았다. 그녀의 모습이 잘 보이지 않았다. 이웃사람들이 그녀의 흉을 보면서 그녀가 남편 몰래 남자들과 바람을 피운다고 쑥덕거렸다. 나도 그녀가 추잡한 여자일 것이라고 생각했었지만, 막상 그녀를 보자, 무슨 이유에선지 내가 그래야만 한다고 생각했던 것처럼 그녀를 싫어할 수가 없었다. 파르빈은 추잡스럽지 않았다. 그래도 나는 그녀를 가까이하고 싶지 않았다.

어머니가 큰 잔에 차를 넘치도록 담아가지고 들어왔다.

"신이시여, 감사합니다. 차를 마시고 싶어 해?"

"네." 파르빈이 말했다. "차를 마시면서 비스킷을 좀 먹을 거예요. 자, 일어나봐…… 어서."

파르빈이 내 겨드랑이 밑에 팔을 넣어 나를 일으켰다. 어머니가 내 등에 베개를 몇 개 대고 찻잔을 내 입에 가져다 댔다. 나는 고개를 돌리고 입을 꾹 다물었다. 마치 그렇게 하기 위해 힘을 아껴두었다는 듯이.

"안 되겠어. 안 먹으려 하잖아. 이불에 다 쏟아지겠네."

"이리 주세요. 내가 먹일게요. 여기 앉아서 마수메가 차를 마실 때까지 꼼짝도 하지 않을 테니까, 걱정 말고 집안일을 하세요."

어머니가 짜증스러운 표정을 짓더니 방을 나갔다.

"자, 내 체면을 생각해서라도 눈을 뜨고 한 모금만 마셔. 안 그럼 내가 면목이 없잖니. 그렇게 부드럽던 네 피부가 누렇게 떠버렸어. 살도 얼마나 빠졌는지 파티 몸무게만큼밖에 안 나갈 거야. 너처럼 예쁜 아이는 꼭 살아야 해, 그런데 이렇게 안 먹으면……."

파르빈이 내 눈에서 무엇을 보았는지, 아니면 나의 입술에서 비웃는 듯한 기색을 보았는지 나는 알 수 없었지만, 갑자기 그녀가 입을 다물고 나를 물끄러미 바라보았다. 그러더니 커다란 발견을 한 사람처럼 진지한 표정으로 다시 말했다.

"알겠다! 네가 원하는 게 그거로구나…… 죽고 싶은 거야. 이런 식으로 자살을 하려는 거지? 내가 바보였어! 왜 미리 눈치채지 못했을까? 그래, 너, 죽으려는 거야. 하지만 왜? 그 사람을 사랑하는 게 아니었니? 결국 그 사람과 행복하게 살게 될지, 누가 알아? 왜 스스로 목숨을 끊으려는 거야? 사이드가 얼마나 괴로워하겠니……."

사이드의 이름을 듣자, 나는 나도 모르게 몸을 떨며 눈을 떴다.

파르빈이 나를 들여다보며 말했다. "대체 문제가 뭐야? 사이드가 널 사랑하지 않는 것 같니? 걱정하지 마, 그런 고민 때문에 사랑이 달콤한 거니까."

그녀가 차가 담긴 유리컵을 내 입술에 댔다. 나는 온 힘을 다해 그녀의 손을 붙잡고 몸을 반쯤 일으켰다.

"사실대로 얘기해줘요, 사이드가 살아 있나요?"

"뭐? 당연하지. 왜 그가 죽었다고 생각하는 거야?"

"왜냐하면 아흐매드가……."

"아흐매드가, 뭐?"

"아흐매드가 사이드를 칼로 찔렀어요."

"아, 맞아. 하지만 사이드는 괜찮아…… 아…… 네가 피 묻은 칼을 보고 의식을 잃었지…… 한밤중에 악몽을 꾸면서 비명을 지른 게, 다 그것 때문이었니? 내 침실이 바로 이 벽 뒤에 있거든. 네가 매일 밤마다 지르는 비명을 다 들었어. 계속 '안 돼, 안 돼.'라고 소리 지르더라고. 그게 사이드 때문이었구나. 아흐매드가 사이드를 죽인 줄 알았던 거지? 걱정하지 마, 마수메. 사이드는 다치지 않았어. 길거리에서 누군가를 죽이고 태연하게 집으로 돌아오다니, 그게 가능할 것 같니? 우리나라는 법치국가야. 그렇게 간단하게 사람을 죽일 수는 없다고. 안심해, 그날 밤 아흐매드가 칼을 휘두르긴 했지만, 사이드의 팔과 얼굴이 살짝 긁혔을 뿐이야. 약사 선생님과 다른 가게 주인들이 나서서 말렸지. 경찰서에도 가지 않았는걸. 사이드는 괜찮아. 그다음 날, 내가 사이드를 약국 앞에서 봤어."

일주일 만에 드디어, 숨을 쉴 수 있었다. 나는 눈을 감고 진심으로, 정말 진심으로 말했다. "신이시여, 감사합니다." 그리고 다시 베개에 얼굴을 묻고 펑펑 울었다.

봄이 되어 이슬람 신년 휴가가 다가왔다. 그제야 나의 몸 상태는 겨우 회복되었다. 발목은 완전히 나았으나 몸무게는 예전으로 돌아가지 않았다. 학교 소식은 전혀 들을 수 없었고 학교 이야기를 꺼낼 수조차 없었다. 나는 집 밖으로 나갈 수 없었다. 공중목욕탕에도 갈 수 없어서 어머니가 데워주는 물로 집에서 목욕을 했다. 나를 대하는 주위 사람들의 태도는 냉랭하고 잔인했다. 나는 거의 대부분의 시간 동안 혼자만의 생각에 빠져 있어서 세상이 어떻게 돌아가는지도 몰랐다. 어머니는 사이드와의 일을 거론하지 않으려고 무척 조심했지만 그러면서도 가끔 실수로 말을 흘렸고, 그럴 때마다 나는 마음이 아팠다.

아버지는 내게 눈길도 주지 않으셨다. 마치 내가 존재하지도 않는 양 행동하셨고 다른 가족들에게도 거의 말을 하지 않으셨다. 아버지는 슬퍼 보였고 걱정을 많이 하는 듯했으며 부쩍 늙은 것 같아보였다. 아흐매드와 마흐무드는 가능한 한 나와 얼굴을 맞대지 않으려고 했다. 아침이면, 그들은 급하게 아침을 먹고 집을 나섰다. 날이 갈수록 술을 많이 마시는 아흐매드는 귀가시간도 점점 더 늦어졌고 집에 들어오면 곧장 잠자리에 들었다. 마흐무드는 서둘러 요기를 하고 사원에 가거나 위층 자기 방으로 올라가 기도를 하며 대부분의 밤 시간을 보냈다. 나는 그들을 보지 않아도 되어 좋았다. 그러나 알리는 변함없이 성가신 존재였다. 끈질기게 나를 괴롭히고 때로는 욕도 했다. 어머니는 알리를 혼냈지만, 나는 그냥 무시하는 쪽을 택했다.

가족들 중에서 함께 있고 싶은 사람은 여동생 파티뿐이었고 그 아이만이 나를 따뜻하게 대해주었다. 매일 학교에서 돌아오면, 파티는 나에게 달려와 입을 맞추고 연민 어린 묘한 눈길로 나를 빤히 쳐다보았다. 먹을 것이 생기면 조금 남겨두었다가 나에게 가져와 먹으라고 졸랐다. 가끔은 용돈을 모아 초콜릿을 사다주기도 했다. 파티는 아직도 내가 죽을까봐 무서워하고 있었다.

학교에 다시 다니는 것이 이루지 못할 꿈이라는 사실을 나는 잘 알았다. 그렇지만 신년 휴가가 끝나면 적어도 바느질 수업 정도는 들으러 다녀도 좋다는 허락을 받을 수 있지 않을까 하는 기대를 했다. 나는 바느질을 전혀 좋아하지 않았지만, 약간의 자유를 얻고 집 밖으로 나갈 수 있는 방법은 바느질 교실밖에 없었다.

나는 파르바네가 너무나 보고 싶었다. 파르바네가 더 그리운 것인지, 사이드가 더 그리운 것인지 알 수가 없었다. 참 이상했다. 사이드와의 관계를 비도덕적인 것으로 보는 사람들의 불쾌한 시선과 내가 당하고 받은 엄청난 고통과 모욕에도 불구하고, 나는 우리 사이에 있었던 일들을 후회하지 않았다. 죄책감 대신, 내가 그에 대해 품은 사랑이 가장 순결하고 솔직한 감정이라는 생각이 들었다.

시간이 좀 흐르자, 내 사건에 대한 소문이 퍼져 파르바네의 가족이 큰 영향을 받았다는 이야기를 파르빈이 해주었다. 내가 쓰러지던 날 밤, 아니면 그다음 날 밤에 아흐매드가 술에 잔뜩 취한 채로 파르바네의 집에 찾아가 욕을 퍼부었다고 했다.

파르바네의 아버지에게 "딸 감시나 잘 하시지. 당신 딸이 제멋대로 날뛰는 바람에 내 동생까지 타락해버렸잖아."라고 했다는 것이었다. 그 말끝에 수천 가지 욕을 덧붙였다니, 그 생각만으로도 나의 온몸은 땀으로 흠뻑 젖었다. 파르바네와 파르바네가족들의 얼굴을 어떻게 다시 볼까? 모두가 존경하는 분에게 아흐매드는 어떻게 그런 혐오스러운 짓을 할 수 있단 말인가?

사이드의 소식을 듣지 못하자, 미쳐버릴 것만 같았다. 결국, 나는 파르빈에게 약국에 가서 그의 소식을 알아봐달라고 부탁했다. 그녀는 아흐매드와 남몰래 만나 부적절한 관계를 맺고 있으면서도 늘 무모한 장난에 목말라했다. 여전히 나는 그녀를 좋아하지 않았지만 다른 방법이 없었다. 그녀는 나와 바깥세상을 이어주는 유일한 통로였고 놀랍게도 우리 가족들 중 어느 누구도 내가 그녀와 시간을 보내는 것에 대해 별다른 말을 하지 않았다.

다음 날, 파르빈이 나를 보러 왔다. 어머니는 부엌일을 하고 있었다. 흥분한 나는 초조하게 그녀를 닦달했다. "무슨 소식을 가져왔어요? 약국에 갔었어요?"

"그래, 다녀왔어. 물건을 몇 개 사고 약사 선생님에게 왜 사이드가 안 보이느냐고 물었지. 사이드가 테헤란에 더는 있을 수가 없다면서 고향으로 돌아갔대. '그 불쌍한 젊은이는 이제 명예도 땅에 떨어지고 그 누구의 존경도 받지 못하게 되었어요. 신변도 안전하지 않고 말입니다. 내가 사이드에게 한밤중에 누가 칼로 찌르면 어떻게 하느냐고 했어요. 사이드는 젊음을 낭비했어요. 그 아가씨 가족이 아가씨와 사이드가 결혼하게 내버려두지도 않을 테고…… 게다가 오빠라는 사람은 완전 미친 작자잖습니까! 그러니 잠깐 휴학을 하고 가족이 있는 레자이에로 돌아가기로 결정했지요.' 이러시더라고."

눈물이 내 양 볼을 타고 흘러내렸다.

"됐어! 다시 시작하지 마." 파르빈이 엄하게 말했다. "생각 안 나니? 넌 사이드가 죽었다고 생각했잖아. 그가 살아 있다는 이야기를 듣고 얼마나 마음을 놓았었니. 조금만 더 기다려. 주변이 잠잠해지면 사이드가 네게 연락을 해올 거야. 나야 물론 네가 그를 완전히 잊는 게 나을 것이라고 생각하지만. 네 가족들이 너를 그에게 보내지 않을 테니까. 내 말은, 아흐매드가 가만히 있을 리가 없다는 거야…… 네가 아버지를 설득하지 못하는 한. 아무튼 그가 나타날 때까지 기다려봐야 해."

신년 휴가에 누린 유일한 즐거움은 가족들과 함께 한두 번의 외출이었다. 한 번은 새해 첫날을 맞이하기 위해 그 전날 몸을 씻는 전통에 따라 공중목욕탕에 갔다. 일부러 아침 이른 시간으로 예약을 잡아 놓았기 때문에, 나는 다른 사람을 한 명도 볼 수 없었다. 또 한 번은 새해 인사를 하러 압바스 삼촌 댁에 가느라 외출을 했다. 날씨가 아직 추웠다. 그해에는 봄이 유독 더디게 왔지만 공기 중에는 새해의 신선한 냄새가 가득했다. 집을 벗어난다는 것 자체가 정말로 즐거웠다. 공기가 훨씬 더 깨끗하고 맑은 것같이 느껴졌고 숨을 쉬기가 훨씬 편했다.

숙모와 어머니의 사이는 그다지 좋지 못했고 여자사촌들도 우리와 친하지 않았다. 삼촌의 큰딸인 소라야가 내게 말했다. "마수메, 키가 더 큰 것 같아."

숙모가 끼어들었다. "그리고 몸도 더 말랐어. 솔직히, 난 마수메에게 무슨 병이 있을 것 같아 걱정이야."

"병이라니, 그게 무슨 말씀이세요! 마수메가 공부를 너무 열심히 해서 그런 거예요. 아버지가 그러시는데, 마수메는 공부를 잘한다며? 반에서 일등이라던데?" 소라야가 숙모에게 목소리를 높였다.

나는 고개를 숙였다. 뭐라고 대답해야 할지 알 수가 없었다. 어머니가 나를 구해주었다. "마수메가 다리를 다쳤어. 그래서 몸무게가 많이 줄었지. 아무튼, 우린 모두 건강하니 걱정할 필요 없어."

"사실, 아버지와 함께 큰아버지 댁에 가려고 했었어. 그런데 큰아버지께서 몸이 좋지 않으셔서 누가 오는 걸 그다지 반기지 않으신다더라고. 마수메, 어쩌다가 다리를 다쳤어?" 소라야가 물었다.

"얼음판에서 미끄러졌어." 내가 모기만 한 소리로 말했다.

어머니가 대화 주제를 바꾸려고 숙모를 쳐다보며 말했다. "소라야는 곧 졸업을 하겠네. 이제 남편감을 찾아야지?"

"공부를 더 해서 대학에 가야죠. 결혼은 아직 너무 일러요."

"너무 이르다니! 말도 안 되는 소리. 오히려 이미 너무 늦었지. 어쩌면 마땅한 신랑감을 찾지 못할지도 몰라."

"그게 무슨 말씀이세요? 주위에 좋은 신랑감이 널려 있는걸요." 숙모가 도전적으로 어머니의 말을 맞받아쳤다. "그런데 소라야 눈에 차야 말이죠. 우리 집안 사람들은 남자고 여자고 모두 공부를 해요. 우린 시골에서 온 사람들하고 달라요. 소라야는 공부를 더 해서 의사가 되고 싶어 해요. 자기 외사촌 언니처럼요."

우리 가족은 삼촌 댁에 갈 때마다 바짝 긴장을 해야 했고 비웃음을 샀다. 어머니의 그 거친 말본새 때문에 주위 모든 사람들이 우리에게 등을 돌렸다. 어머니의 혀에 면도칼이 달렸다는 고모의 말은 괜한 소리가 아니었다. 나는 친척들과 친하게 지내고 싶었으나, 나의 그런 소망은 뿌리 깊은 적대감 때문에 이루어지지 못했다.

신년 휴가가 끝났지만, 나는 여전히 집 밖에 나갈 수 없었다. 여러 번, 바느질 수업에 가고 싶다는 뜻을 은근히 비쳤어도 아무런 수확이 없었다. 아흐매드와 마흐무드는 무슨 일이 있어도 나를 집 밖으로 내보내려 들지 않았다. 게다가 아버지도 내 문제에는 관심을 보이지 않으셨다. 아버지에게 나는, 이미 죽은 딸이었다.

하루하루가 지겹고 따분했다. 집안의 허드렛일을 마치고 나면, 나는 위층 거실로 올라가 창밖의 거리를 내다보았다. 그렇게 내다보는 거리의 일부가 나와 바깥세상을 이어주는 유일한 연결점이었다. 그마저도 비밀에 부쳐야 했지만. 오빠들이 그 사실을 안다면, 아마 벽돌로 창문을 막아버릴 테니까. 나는 파르바네나 사이드가 길에 나타나주기를 바랐다.

내가 이 집에서 탈출할 수 있는 단 한 가지 방법은, 시집을 가는 것이었다. 사실 이 딜레마에 대한 해결책으로 온 식구가 환영할 만한 것은 그것뿐이었다. 나는 집 구석구석이 싫었지만 이 감옥을 나가겠다고 다른 감옥으로 뛰어들면서 나의 소중한 사이드를 배신하고 싶지는 않았다. 내 목숨이 다할 때까지 그를 기다리고 싶었다. 가족들이 나를 교수대로 끌고 간다 해도 상관없었다.

어느 집안에서 나에게 관심을 보이며 그 집의 여자 세 명과 남자 한 명이 나를 보러 왔다. 어머니는 분주하게 집을 청소하고 정리했다. 마흐무드는 빨간색 천을 씌운 소파 세트를 사들였고 아흐매드는 과일과 패스트리를 사왔다. 전에 없이 온 가족이 한마음으로 움직이는 것이 이상해 보였다. 물에 빠진 사람이 널빤지에 매달리듯, 그들은 청혼자의 마음을 얻기 위해서라면 뭐든 할 기세였다.

신랑감을 보자마자, 나는 과연 그 남자가 널빤지에 불과하다는 것을 알았다. 서른 살쯤 먹어 보이는, 정수리 부근이 대머리인 통통한 그 남자는 과일을 먹으며 후루룩 소리를 냈다. 시장 거리에서 아흐매드와 같이 일하는 사람이라고 했다. 다행히, 그 남자와 함께 온 세 여자는 통통하고 살집 좋은 여자를 원했기 때문에 나를 마음에 들어 하지 않았다. 그날 밤, 나는 기분 좋게 잠자리에 들 수 있었다. 다음 날 아침, 어머니가 파르빈에게 전날 있었던 일들을 하나도 빼지 않고, 아니 오히려 과장을 해서 이야기해주었다. 나는, 청혼자가 그냥 돌아가서 너무나 실망했다는 어머니의 말에 터져 나오려는 웃음을 참아야 했다.

"이게 무슨 창피람. 불쌍한 것, 복도 없지 뭐야. 그 사람은 부

자인 데다가 좋은 집안 출신이야. 게다가 나이도 젊고 결혼을
한 적도 없어. (내 나이의 곱절이나 먹은 남자가 어머니는 젊다니, 정
말 웃겠다…… 대머리와 튀어나온 배는 또 어떻고!) 하기야, 우리끼
리니까 하는 말이지만, 그 사람의 결정이 옳아. 우리 마수메는
뼈만 앙상하잖아. 신랑감 어머니가 그러더라고. '부인, 댁의 따
님을 병원에 데려가야 할 것 같습니다.' 내 생각엔 저 아이가
더 아파 보이려고 무슨 수를 쓴 것 같아."

"어머, 그 남자가 이십대 청년인 것처럼 말씀하시네요. 내
가 길에서 다 봤어요. 그쪽에서 마수메를 마음에 들지 않아 해
서 오히려 다행이에요. 그런 배불뚝이 난쟁이 똥자루에게 시집
보내기에는 마수메가 너무 아까워요."

"난 정말 할 말이 없어. 저 아이에게 기대를 참 많이 했는데.
나는 둘째치고, 아이들 아버지가 늘 그러셨지. 마수메는 훌륭한
남자와 결혼을 해야 한다고. 그런데 이제 나쁜 소문이 다 났으
니, 누가 저 아이에게 청혼을 하겠어? 남모르게 결혼을 하든가,
후처로 들어가든가 해야지."

"말도 안 돼요! 잠잠해지길 기다려야죠. 사람들은 뭐든 잊어
버리게 되어 있어요."

"뭘 잊는다는 거야? 여기저기 물어보고 알아볼 텐데. 어엿한
신랑감의 누이나 어머니가 온 동네에 행실이 나쁘다고 소문이
파다한 저런 팔자 사나운 아이와 결혼을 하도록 놔둘 것 같아?"

"기다려보세요. 사람들이 잊을 거예요. 왜 그렇게 서두르세
요?"

"쟤 오빠들 때문이야. 마수메가 집에 있는 이상, 마음을 안정

시킬 수가 없고 동네에서 얼굴을 못 들겠다잖아. 사람들은 잊지 않아…… 백 년이 지나도 잊지 않을 거야. 마흐무드도 결혼을 하고 싶어 하는데, 마수메가 시집을 가지 않으면 그럴 수가 없대. 자기 동생을 믿을 수 없다는 거야. 아내를 타락시킬까봐 겁난대."

"별걱정을 다 하네!" 파르빈이 무시하는 듯한 말투로 말했다. "저 불쌍한 것이 얼마나 순진한지 아세요? 지난번에 있었던 일도 그렇게 심각한 일은 아니에요. 저 또래의 예쁜 여자애들에게는 따라다니는 남자가 있기 마련이에요. 누가 좋아한다고, 그런 여자애들을 다 화형에 처할 순 없잖아요…… 게다가, 그 청년의 마음에 든 것이 마수메 잘못도 아닌데."

"맞아, 내 딸은 내가 잘 알아. 마수메가 기도나 금식에 철저하지는 않지만, 저 아이의 마음만은 신께 향하고 있지. 그저께 마수메가 콤의 이맘 압돌라짐 성지로 순례를 가고 싶다고 하더라고. 콤에 살 때, 마수메는 매주 성녀 마수메 성지에 가서 기도를 올리곤 했지. 저 아이가 얼마나 기도를 열심히 하는지, 보지 않은 사람은 몰라. 이게 다 그 몹쓸 파르바네 계집애 때문이야. 그 계집애와 어울리지 않았다면, 내 딸이 이런 일에 말려들 일도 없었을 거야! 암, 그렇고말고!"

"조금만 더 기다려요. 어쩌면 그 청년이 마수메에게 청혼을 하러 올지도 몰라요. 그럼 모든 일이 잘 끝나잖아요. 번듯한 청년인 데다가 둘이 서로 좋아하는걸요. 그 청년에 대한 평판도 아주 좋아요. 그리고 곧 약사 선생님이 되잖아요."

"파르빈, 그게 대체 무슨 소리야?" 어머니가 벌컥 화를 냈다.

"쟤 오빠들이, 그놈에게 여동생을 보내느니 차라리 죽음의 천사인 아즈라엘에게 보내겠다고 난리야. 그리고 그놈이 우리 집에 쳐들어와도 마수메를 줄 수는 없어. 신의 결정을 따라야지. 우리 각자의 운명은 태어나는 날 이마에 새겨지는 거야. 그리고 각자의 몫도 따로 정해져 있지."

"그럼 일부러 어떻게 하려고 하지 말아요. 운명이 제 역할을 할 수 있도록 놔두라고요."

"하지만 쟤 오빠들이 난리인걸. 마수메가 결혼을 해서 다른 남자의 책임이 되기 전까지, 여동생이 저지른 부끄러운 일 때문에 생긴 흉터를 달고 살아야 한다고 말이야. 저 아이를 언제까지 집안에 가두어둘 수 있을 것 같아? 쟤 오빠들은 아버지가 동생을 가엾게 여겨 용서하실까봐 걱정하고 있어."

"불쌍한 것. 동정을 받을 만도 하잖아요? 세상에, 그렇게 예쁜 아이를…… 마수메가 다시 건강해질 때까지 기다리세요. 어떤 남자들이 청혼을 할지, 두고 보시라니까요."

"쌀이며 닭고기며, 내가 마수메를 먹이려고 얼마나 열심히 음식을 하는데. 그뿐이 아니야, 양고기 정강이 수프도 끓이고 고기를 넣은 밀죽도 만들고 있어. 아침에 먹이려고 알리에게 양 머리와 족을 사오라고 해서 수프도 끓인다고. 그게 다 살이 좀 올라서 저렇게 아파 보이지 않기를 바라서야. 그래야 괜찮은 남자한테 시집을 보내지."

어렸을 적에 읽었던 동화가 생각났다. 괴물이 어린아이를 납치했는데, 당장 잡아먹기에는 아이가 너무 말라서 괴물은 아이를 가두어놓고 매일 맛있는 음식을 잔뜩 먹였다. 먹기 좋게 빨리 살이 찌도록. 이제 우리 가족은 나를 살찌워 괴물에게 던져 주려 하고 있었다.

나는 팔려고 내놓은 상품이었다. 신붓감으로 나를 보러 오는 사람들을 대접하는 것이 우리 집의 유일하고도 중요한 이벤트가 되었다. 오빠들과 어머니가 내 남편감을 구한다는 소문을 냈기 때문에 별의별 사람들이 우리 집에 왔다. 아흐매드와 마흐무드가 안 되겠다고 할 정도로 형편없는 사람들도 있었다. 나는 사이드가 나타나게 해달라고 기도를 했고, 일주일에 한 번은 파르빈에게 약국에 가서 사이드의 소식이 있는지 알아봐 달라고 부탁했다. 그녀는 약사 선생님으로부터 사이드에게서 딱 한 번 편지가 왔었는데, 답장으로 보낸 편지가 반송된 것을 보면 일부러 주소를 잘못 쓴 것 같다는 이야기를 듣고 왔다. 사이드는 땅 속으로 녹아들어 사라져버렸다. 한밤중에 나는 가끔 위층 거실로 올라가 신께 기도를 드리고 속내를 털어놓은 다음 창가에 앉아 길을 따라 움직이는 그림자들을 내다보았다. 몇 번쯤 길 건넛집 아치 밑에 익숙한 누군가의 그림자가 나타났지만 내가 문을 열면 그 그림자는 사라지고 없었다.

나는 사이드와 함께 사는 꿈을 꾸기 위해 잠자리에 들었고, 그 꿈만이 내 지루한 일상의 괴로움과 고통을 잊게 해주었다. 머릿속에 우리의 작고 예쁜 집을 그려보았고 각 방에 놓을 가구와 장식들도 상상했다. 그곳은 나의 작은 천국이었다. 상상 속의 그곳에는 예쁘고 건강하고 행복한 우리의 아이들도 있었다. 꿈 속의 나는 영원한 사랑을 약속받은 행복한 아내였고 사이드는 모범적인 남편이었다. 온화하고 다정하고 분별력 있고 지적인. 우리는 한 번도 싸우지 않았고 그는 나를 절대로 무시하지 않았다. 아, 나는 정말로 그를 사랑했다. 내가 사이드를 사랑하는 것만큼 남편을 사랑하는 아내가 어디에 또 있을까? 우리가 이런 상상 속에서처럼 살 수만 있다면 얼마나 좋을까.

학교의 기말고사가 끝난 6월 초, 파르바네의 가족은 동네를 떠나 이사를 했다. 이사 계획이 있다는 것은 나도 알고 있었지만, 이렇게 빨리 떠날 줄은 몰랐다. 나중에 들은 이야기에 의하면, 파르바네 가족은 더 빨리 이사를 하고 싶어 했으나 학기가 끝날 때까지 기다리기로 했던 것이었다. 한동안 파르바네의 아버지는 우리 동네가 더 이상 살기 좋은 곳이 아니라고 이야기했다는 말도 들었다. 맞는 말이었다. 이 동네는 내 오빠들이나 알리 같은 부류에게나 어울리는 곳이었다.

그날은 찌는 듯이 더운 날이었다. 내가 고리버들 발을 그대로 내려놓은 채 방을 쓸고 있는데, 파르바네의 목소리가 들렸다. 나는 마당으로 뛰어나갔다. 파티가 대문을 열고 있었다. 파르바네가 작별인사를 하러 왔다고 하자 어머니가 나오더니 나를 가로막고 대문을 반쯤 닫았다. 그리고 파르바네가 파티에게 건넨 봉투를 낚아채 다시 파르바네에게 돌려주었다. "어서 가거라. 마수메의 오빠들이 보기 전에 어서 가. 아니면 또 한바탕 난리가 날 테니. 그리고 이제 우리 집에 아무것도 가져오지 마라."

파르바네가 울컥했다. "작별인사와 저희 집 새 주소를 적은 편지일 뿐이에요. 아주머니가 읽어보셔도 돼요."

"그럴 필요 없다!" 어머니가 톡 쏘아붙였다.

나는 양손으로 대문을 붙들고 문을 열려고 안간힘을 썼지만 어머니는 문을 붙든 채로 나를 발로 걷어찼다.

"파르바네!" 나는 친구의 이름을 애타게 불렀다. "파르바네!"

"제발 마수메를 아프게 하지 마세요. 맹세하지만 마수메는 아무런 잘못도 하지 않았어요." 파르바네가 어머니에게 애원을 했다.

어머니가 문을 쾅 닫았고 나는 땅바닥에 주저앉아 흐느껴 울었다. 나는 나의 수호천사를, 가장 친한 친구를 잃었다.

마지막 청혼자는 작은오빠 아흐매드의 친구였다. 나는 내 오빠들이 그런 남자들에게 어떻게 접근을 하는 것인지 궁금했다. 예를 들어, 아흐매드는 친구들에게 혼기가 찬 여동생이 있다는 말을 어떤 식으로 꺼내는 것일까? 오빠들이 나를 광고하는 걸까? 어떤 약속을 내거는 걸까? 아니면 시장거리의 상인들처럼 나를 두고 사람들과 흥정을 하는 것일까? 다른 것은 몰라도, 오빠들이 쓰는 방법이 점잖지 못할 것이라는 예상은 나도 할 수 있었다.

푸줏간 주인 아스가는 나이며 막돼먹은 행동거지며 성격까지도 아흐매드와 비슷했고 공부하고도 거리가 먼 부류였다. 그의 평소 주장은 이러했다. "남자는 팔힘으로 일용할 양식을 구해야지, 반쯤 죽은 사람처럼 한구석에 처박혀 앉아 펜대나 굴리고 글이나 끼적이고 있어서는 안 되는 법이죠."

아흐매드가 그를 신랑감으로 추천했다. "돈도 있고 이 막된 애를 바로잡는 방법도 알고 있는 친구예요."

뿐만 아니라 아스가는 내가 마르고 허약한 것에 대해서도 걱정하지 말라고 했다. "그건 문제도 아닙니다. 내가 고기와 기름을 많이 먹여 한 달 안에 드럼통처럼 만들어놓을 테니까요. 한데, 댁의 따님은 눈길이 좀 건방지네요."

그의 어머니는 지독해 보이는 인상의 노파였는데 끊임없이 먹어대며 아들의 말에 일일이 역성을 들었다. 우리 가족은 아스가가 나의 남편감으로 적당하다는 데에 의견을 모았다. 어머니는 그가 젊고 전에 결혼한 적이 없다고 좋아했다. 아흐매드는 그와 친구일 뿐 아니라 자기가 잠시드 카페에서 싸움을 벌였을 때, 그가 증인으로 나서주어 감옥에 가지 않은 과거 때문에 그를 더 지지하고 나섰다. 아버지는 그의 푸줏간 수입이 꽤 괜찮다는 이유로 만족해하셨고 마흐무드도 좋다고 했다.

"잘됐어요. 아스가는 장사꾼이라서 마수메를 다룰 줄 알 것이고, 저 애가 선을 넘지 못하게 단단히 단속할 거예요. 그리고 결혼은 빨리 해치울수록 좋을 겁니다."

내 생각을 묻는 사람은 아무도 없었고 나 역시 가족들에게 청혼을 하러 오는 날조차 생고기와 기름 냄새를 풍기고 나타난 그 더럽고 무식하고 제대로 배우지도 못한 깡패 같은 남자와 같이 살 생각만으로도 몸서리가 쳐진다는 말을 하지 않았다.

다음 날 아침, 파르빈이 공황상태로 우리 집에 달려왔다.

"마수메를 푸줏간 주인 아스가에게 주기로 했다면서요? 제발 그러지 말아요! 그자는 술고래인 데다가 칼을 휘두르는 깡패란 말이에요. 집적거리는 여자도 얼마나 많은데요. 그 사람은 내가 잘 알아요. 그 사람이 어떤 사람인지 주변에 좀 물어봐요."

"여러 말 할 것 없어, 파르빈." 어머니가 말했다. "아흐매드가 그 사람을 더 잘 알겠어, 당신이 더 잘 알겠어? 아흐매드가 그 사람에 대해 자세히 이야기해주었다네. 우리 아흐매드 말마따나, 남자들은 결혼 전에 별짓을 다 하다가도 아내와 아이들이 생겨 책임을 맡게 되면 그런 일들을 싹 그만두기 마련이야. 아스가는 결혼을 한 다음에 절대로 딴짓을 하지 않겠다고 자기 아버지의 목숨을 걸고 맹세를 했어. 그뿐인 줄 알아? 콧수염도 한 가닥 뽑아주었어. 어쨌거나 그보다 더 나은 사람이 마수메와 결혼하겠다고 나설 리도 없고. 젊지, 결혼도 이번이 처음이지, 푸줏간을 두 개나 가지고 있어 부자지, 패기 넘치지. 우리가 더 무엇을 바라겠어?"

파르빈이 사형선고를 받은 죄수를 보듯 동정심 가득한 눈길로 나를 바라보았다.

다음 날, 그녀가 다시 우리 집에 왔다. "내가 아흐매드에게 널 그런 식으로 보내지 말라고 애원했지만, 네 오빠는 들으려고도 하지 않았어. (파르빈이 아흐매드와의 은밀한 관계를 털어놓은 것은 이번이 처음이었다.) 위험해서 더 이상은 너를 집에 둘 수 없대. 그런데 넌 왜 가만히 있는 거야? 어떤 재난이 네게 다가오고 있는지, 모르겠어? 정말 그 깡패 같은 남자와 결혼할 거야?"

"내가 어떻게 한다고, 뭐가 달라지겠어요? 저들이 하고 싶은 대로 하게 내버려둬요. 날 시집보내버리면 끝이라고 생각하겠죠. 하지만 사이드 외에는 그 어떤 남자도 내 몸에 손끝조차 대지 못하리라는 걸, 저들은 모르고 있어요."

"신이시여, 자비를 베푸소서!" 파르빈이 숨이 막히는 듯 헉, 하는 소리를 냈다. "그런 말일랑 다시는 하지 마. 그건 죄를 짓는 거야. 머리에서 그런 생각을 몰아내야 해. 사이드를 대신할 남자는 없겠지만, 모든 남자가 그 깡패 같은 푸줏간 주인처럼 나쁘진 않아. 기다려봐, 좀더 좋은 청혼자가 나타날 거야."

나는 어깨를 으쓱해 보였다. "그래봤자 달라지는 건 없어요."

그녀는 걱정스러운 표정을 짓고 방을 나갔다. 그리고 부엌에 들러 어머니에게 뭔가 이야기를 했다. 그러자 어머니가 자기 뺨을 마구 때렸고 그 순간부터 나에 대한 감시는 더욱 엄중해졌다. 가족들은 약병들을 모조리 치웠고 내가 면도칼이나 칼을 만지지 못하게 했다. 내가 위층으로 올라가면, 한 명이 서둘러 나를 따라왔다. 우스웠다. 내가 2층 창문에서 떨어질 결심을 할 만큼 바보인 줄 알았나 본데, 사실 내게는 더 좋은 계획이 있었다.

결혼해서 케르만샤에 살고 있는 신랑의 누나가 열흘 후에나 테헤란으로 올 수 있었기 때문에 결혼식에 대한 논의가 잠시 수그러들었다. 아스가는 누나가 신부를 보고 동의를 해야 결혼을 할 수 있다고 했다. "제 누님은 어머니만큼이나 제게 큰 은혜를 베풀어준 분입니다."

오전 열한 시쯤, 앞마당에 나가 있는데 누군가가 대문을 쾅쾅 두드렸다. 내가 대문을 여는 것은 금지되어 있었기 때문에, 나는 파티를 불렀다. 그러자 어머니가 부엌에서 큰 소리로 말했다.

"이번 한 번만 허락해줄 테니 대문을 열어라. 대체 누가 이렇게 서두르는 거지?"

내가 대문의 빗장을 열자마자 파르빈이 문을 밀고 들어왔다.

"마수메, 넌 정말 축복받은 아이야. 행운인 줄 알아." 그녀는 거의 고함을 지르고 있었다. "내가 얼마나 훌륭한 남자를 찾았는지 아니? 믿기지가 않을걸. 달처럼, 꽃다발처럼 완벽한 청혼자가 나섰단다……."

나는 그 자리에 서서 입을 딱 벌리고 그녀를 바라보았다. 어머니도 부엌에서 나왔다. "무슨 일이야?"

"타예베, 좋은 소식을 가져왔어요. 마수메에게 완벽한 청혼자를 찾아냈어요. 명망 있는 집안 출신에 교육도 많이 받은 진짜 신사라고요…… 그의 머리카락 한 올이 저 깡패 같은 푸줏간 주인의 머리카락 백 올보다 훨씬 더 값어치 있다고 하면 설명이 될까요? 그분들에게 오늘 오후에 찾아오시라고 해도 되겠어요?"

"잠깐만! 천천히 말해봐. 그분들이 누구야? 어떻게 알게 된 사람들이야?"

"내가 십 년 넘게 알고 지낸 분들인데요, 정말 고상한 분들이에요. 내가 그 신랑 후보 어머니와 누나들, 여동생의 옷을 여러 벌 지어주었거든요. 장녀 모니르는 한참 전에 타브리즈의 지주와 결혼해서 거기에 살고요, 둘째딸 만수레는 대학에 갔는데 이 년 전에 결혼해서 귀여운 아들을 하나 낳았어요. 애가 얼마나 토실토실하던지. 셋째딸은 아직 학교에 다녀요. 신앙심이 두터운 집안이죠. 아버지는 은퇴를 하시고 지금 공장, 아니, 책 만드는 공장을 운영하고 있어요. 책 만드는 데를 뭐라고 하죠?"

"신랑감은 어떤 사람인데?"

"그 사람이 어떤 사람인지 들으면 깜짝 놀랄 거예요. 정말 훌륭한 남자예요. 대학도 나왔고, 무슨 공부를 했는지는 모르겠지만 지금 아버지 회사에서 일을 하고 있어요. 책을 만들고 있죠. 나이는 서른 살쯤 되었는데, 정말 잘생겼어요. 어머니 되시는 분의 가봉 때문에 그 집에 갔을 때 슬쩍 보았지요. 신께서 그를 지켜주시길. 눈은 까맣고 눈썹이 진하고 피부는 약간 올리브색인데 얼마나 잘생겼는지……."

"그 집 사람들이 마수메를 어디서 보았다는 거야?"

"마수메를 직접 보지는 못했고, 내 얘기를 들은 것뿐이에요. 그분들에게 마수메가 얼마나 훌륭한 아가씨인지 설명을 했죠. 예쁘고 좋은 신붓감이라고. 그쪽 어머니가 언젠가 나에게 괜찮은 아가씨들을 알고 있느냐고 묻더라고요. 아들이 결혼을 했으면 좋겠다면서. 그럼, 그분들에게 오늘 오후에 오시라고 할까요?"

"그러지 마! 우리는 이미 아스가에게 약속을 했어. 다음 주에 그 사람 누나가 케르만샤에서 오기로 했다고."

"메수스, 다시 생각해봐요!" 파르빈이 목소리를 높였다. "그 작자에게 아직 아무것도 주지 않았잖아요. 신부가 청혼을 승낙하는 의식도 아직 하지 않았죠? 결혼식을 하다가 마음을 바꾸는 사람들도 있다고요."

"아흐매드는 어쩌고? 그 아이가 난동을 부릴 텐데. 그럴 만도 하지. 얼마나 창피하겠어. 무엇보다 아스가에게 한 약속을 어떻게 되돌리겠냐고."

"걱정하지 말아요. 내가 아흐매드에게 잘 말해볼게요."

"부끄러운 줄 알아!" 어머니가 호통을 쳤다. "그게 대체 무슨 소리야? 신께 용서를 빌어야 해."

"이상한 생각은 하지 말아요. 아흐매드는 내 남편 하지와 친한 친구예요. 남편에게 중간에서 이야기를 잘 해달라고 부탁할 거라고요. 이 순진한 아이 생각도 좀 해야죠. 그 깡패 같은 푸줏간 주인은 여자를 때리고도 남을 인간이란 말예요. 술을 마시면 정신을 못 차리는 데다가 요즘에도 따로 만나는 여자가 있다고요. 그 여자가 그 작자를 그렇게 쉽게 포기할 것 같아요? 어림도 없어요!"

"아스가가, 뭘 어쨌다고?" 어머니가 당황해하며 물었다. "다시 한 번 말해봐."

"다른 여자와 관계를 맺고 있다고요."

"그런데 왜 우리 마수메와 결혼하려는 거지?"

"그야, 아내와 아이들이 필요해서겠죠. 그 여자가 아이를 못 낳으니까."

"당신이 그런 걸 어떻게 알아?"

"타예베, 난 그런 사람들이 어떤 사람들인지 잘 알아요."

"어떻게? 그럼 당신도 마찬가지 부류라는 거잖아? 부끄러운 줄 알라고."

"아주머니는 항상 최악의 경우만 생각하는데요, 내 친오빠가 그런 사람이었어요. 그런 부류와 함께 자랐다고요. 제발 이 불쌍한 아이를 구멍에서 끌어내 우물에 던지지 말아요. 그분들에게 여기로 오라고 할 테니, 사람들이 얼마나 다를 수 있는지 한

번 보란 말이에요."

"우선 애들 아버지에게 이야기를 해봐야 해. 그런데 그렇게 훌륭한 집안이라며, 그들은 왜 친척들 중에서 신붓감을 구하지 않지?"

"그건 나도 몰라요. 마수메가 운이 좋은 거겠죠. 신께서 저 아이를 사랑하시는 거예요."

나는 그토록 열심히 자기 주장을 펴는 파르빈이 놀랍기도 했고 한편으로는 아무 소용이 없을 일에 왜 저렇게 열을 올리나 싶기도 했다. 그녀의 행동들은 모순적이었다. 그녀가 나의 미래를 그렇게까지 걱정하는 이유를, 나는 알 수 없었다. 분명 다른 속셈이 있을 것이라는 생각이 들었다.

아버지와 어머니는 오후 내내 옥신각신하셨다. 잠깐 그 말싸움에 끼어든 큰오빠 마흐무드가 말했다. "마음대로 하세요. 어떻게든 저 아이를 빨리 치워버리시라고요. 어서 보내버려서 우리 마음을 좀 편하게 해주세요."

작은오빠 아흐매드의 반응은 더 놀라웠다. 그날 밤 늦게 귀가한 그는 다음 날 아침 어머니가 그 이야기를 꺼내자 그저 어깨를 한번 으쓱해 보일 뿐, 전혀 반대를 하지 않았다.

"제가 뭘 알겠어요? 어머니가 하시고 싶은 대로 하세요."

아흐매드를 좌지우지하는 파르빈의 영향력이 놀라울 뿐이었다.

며칠 후, 새로운 청혼자의 가족이 우리 집에 왔다. 아흐매드는 집에 오지 않았고 마흐무드는 찾아온 손님들이 모두 여자인 데다가 히잡을 제대로 쓰지 않은 것을 보더니 거실에는 얼씬도 하지 않았다. 아버지와 어머니는 그들을 아래위로 훑어보며 물건을 살 때처럼 자세히 살폈다. 청혼자 당사자는 오지 않았다. 그의 어머니는 검은색 차도르를 입었으나 그의 누이들은 히잡도 쓰지 않았다. 그들은 전에 청혼을 하러 왔던 다른 사람들과는 전혀 다른 세계에 속해 있는 것 같았다.

파르빈이 나서서 적극적으로 나를 홍보했다. 내가 차가 담긴 쟁반을 들고 들어가자, 그녀가 말했다. "얼마나 예쁜지 보세요. 눈썹을 뽑으면 얼마나 더 예뻐질지 상상해보시라고요. 감기에 걸려서 몸무게가 좀 빠졌죠. 지난주에는 열에 시달리느라 고생했고요."

나는 깜짝 놀라 얼굴을 살짝 찡그렸다.

"요즘에는 날씬한 몸매가 유행이에요." 청혼자의 큰누나가 말했다. "여자들이 몸무게를 줄이면서 스스로를 죽이고 있죠. 아무튼 내 동생은 뚱뚱한 여자들을 싫어해요."

어머니의 눈이 기쁨으로 빛났다. 파르빈은 자랑스럽게 미소를 지으며 어머니를 건너다보았다. 마치 그들이 내가 아닌 파르빈을 칭찬한 것 같았다. 어머니의 명령에 따라 나는 차를 대접하고 옆방으로 갔다. 내가 아래층을 오르내리다 자칫 실수라도 할까봐 어머니는 찻잔과 찻주전자를 미리 아래층으로 내려다놓았다. 청혼자의 가족들은 빠른 속도로 말을 했다. 그 사람이 법대를 졸업반까지 다 마쳤으나 아직 학위를 따지 못했다고 했다.

"지금은 인쇄소에서 일을 하고 있어요. 사실 인쇄소의 반은 제 남편의 소유이지요. 우리 아들의 월급은 꽤 괜찮은 편이어서 아내와 아이들을 충분히 부양할 수 있어요. 게다가 집도 한 채 있지요. 사실, 아들 소유의 집은 아니에요. 할머니의 집인데, 할머니는 아래층에 사시고 2층을 하미드를 위해 개조했지요. 젊은 남자들은 혼자만의 공간을 갖고 싶어 하니까요. 외아들이다 보니, 제 남편은 하미드가 원하는 것들을 다 들어준답니다."

"저희가 아드님을 만나보는 영광을 누리고 싶습니다만, 지금 어디에 있습니까?" 아버지가 물었다.

"솔직히 말씀드리자면, 하미드는 저와 제 누이들에게 결혼에 관한 모든 것을 맡겼습니다. '어머니와 누나들이 좋다고 하시면, 저도 마찬가지예요'라고 하더군요. 지금은 출장을 갔지요."

"언제쯤 돌아올 예정인지요?"

제일 나이가 적은 누나가 흠칫 놀라는 듯하더니 서둘러 대답했다. "별일이 없으면 결혼식에 맞추어 돌아올 거예요."

"뭐라고요?" 어머니가 깜짝 놀랐다. "결혼식 때까지 신랑이 신부를 보지도 않는다고요? 그건 좀 이상한 것이 아닌가요? 아내가 될 사람인데, 얼굴이라도 보고 싶어 하지 않는다는 말인가요? 잠깐 보는 것은 종교적으로도 허용이 되어 있는 일인데요."

어머니의 이해를 돕기 위해서인지, 청혼자의 큰누나가 아까와는 다르게 천천히 말했다. "중요한 것은 허락이 되어 있고 말고가 아니라 지금 하미드가 여행 중이라는 것이죠. 우리가 아가씨를 보았고, 우리의 결정은 곧 하미드의 결정이에요. 그리고 아가씨에게 보여주려고 하미드의 사진을 가져왔어요."

"뭐라고요……?" 어머니가 다시 한 번 깜짝 놀랐다. "그건 또 무슨 경우인가요? 만약에 신랑에게 문제가 있거나 결함이 있으면 우리는 어쩌라고요?"

"부인, 말조심하세요! 내 아들만큼 착하고 건강한 사람은 그 어디에도 없을 겁니다. 신랑에게 문제가 있다니, 당치도 않은 소리예요! 그렇지 않아요, 파르빈? 파르빈도 내 아들을 보았지요."

"그래요, 그래요. 내가 보았어요. 문제가 있다니요, 절대 그렇지 않아요. 게다가 잘생기기는 얼마나 잘생겼다고요. 물론, 누이가 된 입장으로 보았지, 딴생각을 품고 이 댁 아드님을 본 건 아니에요."

청혼자의 큰누나가 핸드백에서 사진을 꺼내 파르빈에게 건네자, 그녀가 어머니를 쳐다보며 말했다.

"이 사진을 보세요, 정말 품위 있고 신사답죠? 신께서 이 청년을 축복하시길."

"자, 이제 따님에게 이 사진을 보여주세요." 청혼자의 큰누나가 말했다. "따님께서 내 동생을 마음에 들어 하면, 다음 주까지는 일을 마무리 지을 수 있어요."

"하지만 부인, 이렇게 서두르시는 이유를 이해할 수가 없군요. 아드님이 돌아올 때까지 기다리는 게 어떻겠습니까?" 아버지가 말씀하셨다.

"사데기 씨, 솔직히 말씀드리자면, 저희에게는 시간이 정말 없습니다. 남편과 제가 다음 주에 메카로 순례여행을 떠날 예정인데, 떠나기 전에 우리의 의무와 책임을 다하고 싶습니다. 제 아들 하미드는 자신을 챙기는 데에는 별로 관심이 없어서, 결혼을 시키지 않으면 제가 마음을 놓지 못할 겁니다. 메카 순례를 떠나려는 사람이 마무리를 짓지 못한 일을 남겨둘 수는 없지요. 책임과 의무를 다해야 하는 법입니다. 제가 따님에 대해 이야기를 듣고, 점을 쳐보았는데, 사주가 정말 좋더군요. 아가씨의 사주가 그렇게 좋은 경우는 굉장히 드문 일이지요. 그래서 저는 순례여행을 떠나기 전에 일을 마무리 짓겠다고 결심했습니다. 혹시 제가 돌아오지 못할지도 모르니까요."

"신의 뜻으로 무사히 돌아오시게 될 겁니다."

어머니가 사진을 손에 든 채로 일어나며 말했다. "정말로 운이 좋으시네요. 저 역시 언젠가 신의 집으로 순례여행을 떠나기를 바라고 있답니다."

그러고는 옆방으로 건너와 청혼자의 사진을 내게 내밀었다. "자, 한번 봐라. 우리 마음에 썩 드는 부류는 아니다만, 너는 틀림없이 좋아할 거다."

나는 어머니의 손을 치워버렸다.

순식간에 논의가 이루어졌다. 아버지는 당사자가 당장 모습을 드러낼 필요가 없다는 청혼자 가족의 설득에 넘어가신 것 같았다. 그들은 다음 주에 결혼식을 올리고 싶어 했다. 어머니의 유일한 걱정은 그렇게 짧은 시간 내에 어떻게 모든 준비를 마치느냐는 것이었다. 그러나 파르빈이 도와주겠다고 나섰다. 모든 일을 다 도맡겠다는 것이었다.

"걱정 말아요. 내가 내일 쇼핑을 하러 가겠어요. 웨딩드레스도 이틀이면 만들 수 있어요. 다른 바느질거리도 내가 해줄게요."

"하지만 혼수와 지참금은 어쩌죠? 물론 딸들이 태어났을 때부터 필요한 것들을 하나씩 사들여 준비해놓기는 했지만 아직 더 필요한 것들이 많아요. 그리고 그 물건들 대부분이 콤에 있기 때문에 가서 가져와야 해요."

신랑의 어머니가 말했다. "부인, 걱정하지 마세요. 일단 결혼식을 올리고 신부가 하미드의 집으로 들어가 살다가 저희 부부가 메카에서 돌아온 후에 제대로 신방을 차리도록 하지요. 그때까지 시간을 갖고 필요한 것을 준비하면 되니까요. 하미드가 쓰던 살림도 있고요."

그들은 우리가 다음 날 내 결혼반지를 살 수 있도록 약속을 잡고 한가한 날 저녁에 우리 가족 모두 식사를 하러 오라고 초대했다. 그런 식으로 자신들이 사는 모습도 보고 상견례도 하자는 것이었다. 그런 진지한 일들이 그렇게 빠른 속도로 진행되다니, 나는 도무지 믿을 수가 없었다. 갑자기 나도 모르게 속으로 외치고 있었다. '사이드, 나를 구해줘요! 이 일을 어떻게 막으면 좋지요?' 나는 파르빈에게 너무나 화가 났다.

신랑의 가족이 돌아가자마자 가족들이 말다툼을 벌이며 의논을 하기 시작했다. "신부의 결혼반지를 사는 데 신랑 어머니가 따라가지 않으니, 나도 가지 않겠어요. 파르빈, 당신이 마수메를 데리고 가요."

"그럴게요. 그리고 웨딩드레스를 만들 옷감도 사야 해요. 그건 그렇고, 신랑의 반지도 사야 한다는 걸 잊으면 안 돼요."

"신랑이 왜 나타나지 않는지, 아직도 이해가 안 가네."

"나쁜 생각은 지워버려요. 그 가족을 내가 잘 안다니까요. 얼마나 좋은 사람들인데요. 주소도 알려주었으니까, 정 걱정이 되면 그 동네에 가서 이웃들에게 물어봐요."

"여보, 혼수는 어떻게 하죠? 당신이 애들을 데리고 콤에 가셔서 제가 모아놓은 그릇들이랑 침구를 가져오셔야겠어요. 애들 고모네 집 지하실에 있어요. 하지만 더 필요한 것들이 있는데, 그건 어떻게 하냐고요?"

"걱정 말아요." 파르빈이 말했다. "신랑 가족들이 그런 건 중요하지 않다고 하잖아요. 아무튼 이렇게 서둘러 결혼을 하는 것이 자기들 때문이니까, 차라리 잘되었죠. 준비가 덜 되어도 저쪽을 탓할 수 있잖아요."

"나는 내 딸을 벌거벗겨서 시집보내지는 않겠어." 아버지가 어머니에게 엄하게 말씀하셨다. "필요한 것들을 사서 이번 주말까지는 빠진 것들이 거의 없게 해. 나머지도 빠른 시일 내에 준비하고."

그런 의논에서 아무런 제안도, 질문도 하지 못하고, 의견을 낼 수조차 없는 사람은 바로 나였다. 나는 슬픔과 걱정에 밤을 꼴딱 새웠다. 밤새 신께 나의 목숨을 거두어가셔서 이 강제 결혼에서 구해달라고 빌었다.

다음 날 아침, 몸이 많이 아팠다. 나는 잠든 척하면서 다른 가족들이 나가기를 기다렸다. 아버지가 어머니에게 말씀하시는 소리가 들렸다. 그날은 일하러 가는 대신 아는 사람들을 동원해 신랑 가족들에 대해 알아보겠다는 것이었다. "여보, 반지 살 돈을 벽난로 위 선반에 두었으니, 충분한지 한번 봐."

어머니가 돈을 세었다. "됐어요. 이보다 비싸지는 않을 거예요."

아버지가 알리를 데리고 집을 나서셨다. 다행히 여름이 시작되면서부터 아버지가 알리를 일터에 데리고 가셨는데, 그것은 집안의 안정과 평화를 뜻했다. 아버지가 그렇게 해주시지 않았다면, 내게 무슨 일이 일어났을지는 신만이 아시리라.

어머니가 방으로 들어왔다. "일어나라. 준비를 해야지. 평소보다 더 자게 내버려두었으니 오늘 힘이 좀더 날 게다."

나는 일어나 앉아 무릎을 끌어안고 단호하게 말했다.

"난 안 갈 거예요!"

아버지를 비롯한 남자들이 집에 없을 땐 나도 대담해졌다.

"버릇없는 아이처럼 굴지 말고 어서 일어나."

"난 아무 데도 안 가요."

"누구 맘대로? 이런 행운을 놓치게 두지는 않을 테다. 특히 지금 같은 때에는."

"행운이라뇨? 그 사람들이 어떤 사람들인지, 알기나 하고 말씀하시는 거예요? 그 남자가 어떤 사람인지, 어머니도 모르잖아요? 나타날 생각도 하지 않는 사람이라고요."

그때 초인종이 울리더니 공들여 화장을 하고 검은 차도르를 입은 파르빈이 신난 표정으로 들어왔다.

"혹시 도움이 필요할지도 몰라서 일찍 왔어요. 그리고 웨딩드레스용으로 아주 예쁜 옷본을 찾았어요. 거기에 맞는 옷감을 사야 해요. 보여줄까요?"

"파르빈, 나를 좀 도와줘." 어머니가 애원을 했다. "얘가 또 고집을 부리네. 당신이 설득을 해서 데리고 나가."

파르빈이 굽 높은 신발을 벗고 방으로 들어와 밝게 웃으며 말했다. "좋은 아침이야, 새신부님. 자, 어서 일어나서 세수를 해. 신랑 가족이 언제든 올 수 있으니까. 네가 게으른 신부라고 생각하게 할 수는 없잖아, 안 그래?"

그녀를 보고 있자니 나의 속 저 깊은 곳에서부터 분노가 치밀었다. 나는 소리를 질렀다. "대체 당신이 뭔데? 그 사람들이 중매를 서주는 대가로 얼마를 준다던가요?"

어머니가 자신의 볼을 때리며 울부짖었다. "신께서 벌을 내리시길! 입 닥치지 못해? 계집애가 부끄러운 줄도 모르고 오만방자하게!" 어머니가 급기야는 나를 때리려고 달려들었다.

파르빈이 팔을 뻗어 어머니를 막았다. "제발 그만해요. 난 괜찮아요. 마수메가 화가 나서 그런 거예요. 내가 얘기를 해볼 테니, 아주머니는 비키세요. 삼십 분이면 준비를 다 할 수 있을 거예요."

어머니가 방에서 나가자 파르빈이 방문을 닫고 그 문에 등을 기대고 섰다. 그녀의 차도르가 바닥으로 미끄러져 내려왔다. 분명 내 쪽을 보고 있었으나, 그녀는 나를 보고 있지 않았다. 방에서 아주 먼, 어딘가를 보고 있었다. 침묵 속에 몇 분이 흘렀다. 나는 호기심이 일어 그녀를 바라보았다. 마침내 이야기를 시작한 그녀의 목소리가 낯설게 느껴졌다. 울림이 평소 같지 않았다. 매서우면서도 우울한 목소리였다.

"우리 아버지가 어머니를 내쫓았을 때, 난 열두 살이었어. 6학년 때 갑자기 남동생과 세 명의 여동생을 돌보아야 하는 어머니가 되어버렸다고. 동생들은 내가 진짜 어머니의 역할을 해주기를 바랐어. 나는 살림을 하고 음식을 만들고 빨래를 하고 청소를 하고 아이들을 돌보았지. 아버지가 재혼을 한 다음에도 나의 일은 줄어들지 않았어. 우리 집에 들어온 계모는 다른 계모들과 다를 바가 없었거든. 그 여자가 우릴 괴롭혔다거나 밥을 굶겼다는 말은 아니야. 그냥, 우리보다는 데리고 들어온 자기 자식들을 더 예뻐했다는 뜻이지. 그 여자가 옳았는지도 몰라.

나는 어렸을 때부터, 부모님이 내 탯줄을 자르던 순간부터 내 사촌 아미르-후세인을 사윗감으로 점찍어놓았다는 이야기를 들었어. 그래서 나의 큰아버지는 언제나 나를 자기 아들의 예쁜 신부라고 부르셨지. 언제부터였는지는 모르겠지만, 나에게는 아미르를 사랑한 기억밖에 없어. 어머니가 집에서 쫓겨나신 후, 나를 위로해줄 수 있는 사람은 아미르밖에 없었어. 아미르 역시 나를 사랑했지. 늘 구실을 찾아 우리 집에 와서는 샘가에 앉아 내가 일하는 모습을 지켜보곤 했어. 나를 보며 그렇게 작은 손으로 그런 옷들을 어떻게 다 세탁하느냐고 말하곤 했지. 난 언제나 제일로 하기 힘든 일들을 남겨놓았어. 그가 옆에 있을 때 하려고 말이야. 그가 걱정스럽고도 연민 어린 눈길로 나를 바라보는 것이 좋아서. 아미르는 큰아버지와 큰어머니에게 내가 얼마나 힘들게 사는지 이야기를 하곤 했어. 큰아버지는 우리 집에 오실 때마다 우리 아버지에게 내가 불쌍하다고 말씀하셨지. 아버지가 나에게 너무 심하게 구신다고, 부부 사이가 좋지 않다고 딸을 그렇게 고생시켜서야 되겠느냐고, 가서 어머니를 다시 데리고 오라고. 아버지가 절대 그럴 수 없다고 대답하셨어. 당신 앞에서 그 제멋대로인 여자의 이름을 다시는 꺼내지 말라고. 어머니와 이미 세 번이나 이혼을 했고, 그 결정을 돌이킬 마음은 없다고. 그러자 큰아버지는 내가 날로 쇠약

해져가고 있으니, 뭔가 방법을 생각해야 한다고 하셨지. 우리
집을 나서면서 큰어머니가 나를 꼭 끌어안으셨는데, 그때부터
눈물이 나기 시작하더라. 큰어머니에게서 어머니 냄새가 났거
든. 내가 어리광쟁이 같은 생각을 했던 것인지도 몰라. 여하튼
아버지는 전남편과의 사이에서 자식을 두 명 둔 여자와 재혼을
하는 해결책을 찾아내셨어. 우리 집은 유치원처럼 되어버렸지.
나이도 키도 제각각인 아이들이 일곱 명. 그중에서 내가 제일
나이가 많았어. 내가 모든 일을 다 했다는 건 아니지만, 나는 아
침부터 밤까지 온 집안을 뛰어다녀야 했고 한밤중이 되어도 할
일은 끝나지 않았어. 특히 계모가 율법을 엄하게 지키고 도덕
적인 것, 비도덕적인 것에 대해 엄청나게 신경을 쓰는 사람이
라서 더 힘들었지.

　계모는 큰아버지와 큰어머니가 내 친모 편이라고 생각해서
그분들을 아주 싫어했어. 계모가 우리 집에 들어와서 맨 처음
한 일은 아미르가 오지 못하도록 하는 것이었어. 아버지에게
'그 멍청이가 날이면 날마다 우리 집에 와 죽치고 앉아 집적대
는 걸 언제까지 참아야 하나요? 그리고 당신 큰딸도 다 컸으니
이제 제대로 제 몸을 가려야 해요.' 일 년 후, 계모는 우리를 위
한답시고 큰아버지 집과 연을 끊었어. 나는 큰집 가족들이 못
견디게 그리웠지. 그 집 가족들을 볼 수 있는 유일한 기회는, 우
리가 다 함께 고모의 집에 갈 때밖에 없었어. 나는 사촌들에게
우리 아버지를 설득해 고모 집에서 자고 갈 수 있도록 허락을
받아달라고 애원했어. 계모가 불평할 거리를 만들지 않기 위해,
내 동생들을 데리고 잤지. 또 일 년이 지났어. 아미르는 만날 때

마다 전보다 키가 쑥 커 있었어. 얼마나 잘생겼었는지 몰라. 속눈썹이 정말 길어서 눈에 그림자가 질 정도였어. 파라솔처럼 말이야. 아미르는 나를 위해 시를 써서 내가 좋아하는 노래에 붙여서는 내 목소리가 예쁘다며 자기가 지은 시를 붙인 그 노래를 배워보라고도 했어. 솔직히 난 읽고 쓰기를 잘 못했고 학교에 다닐 때 배운 것들도 거의 다 잊어버렸어. 아미르가 내게 공부를 가르쳐주겠다고 했지. 얼마나 멋진 나날들이었는지 몰라. 하지만 조금씩, 고모는 우리가 늘 와 있는 것을 피곤해하기 시작했어. 고모부도 끊임없이 불평을 했고. 그래서 우리가 만나는 횟수는 줄어들 수밖에 없었지.

그 이듬해 신년 명절 때, 나는 큰아버지 댁에 인사를 드리러 가게 해 달라고 아버지에게 애원을 했어. 아버지가 허락을 하시려고 하는데 계모가 끼어들었지. '난 마녀 같은 여자의 집에 절대 발을 들여놓지 않을 거예요.'라고 하더라고. 계모와 큰어머니가 왜 그렇게 서로를 미워했는지, 나는 알 수가 없었어. 중간에 낀 내 처지만 불쌍해졌지. 그해 신년 명절에 큰아버지 가족을 만난 이후로, 난 다시는 그들을 볼 수 없었어. 고모가 큰아버지와 아버지가 만날 수 있게 자기 집에 자리를 마련했어. 두 분이 서로 오해를 풀었으면 해서. 모두 다 같이 위층 거실에 앉아 있었는데, 어른들이 아이들더러 나가라고 했어. 아미르와 나는 아래층 방으로 갔고 동생들은 정원으로 놀러 나갔지. 고모의 딸들은 부엌에서 차를 끓였고. 아미르와 나는 단둘이 마주 앉았어. 아미르가 내 손을 잡았지. 순간 내 온몸이 얼마나 화끈거리던지. 그의 손은 따뜻했고 손바닥은 촉촉했어. 아미르가 내게 말했어.

'파르빈, 아버지와 이야기를 해봤는데, 올해 내가 졸업을 하면 네게 청혼을 하기로 했어. 아버지께서 내가 군대를 가기 전에 우리가 약혼을 해도 좋다고 하셨어.'

나는 너무나 기뻤던 나머지 그의 품안으로 뛰어들어 울고 싶었어. 제대로 숨을 쉴 수가 없었지.

'이번 여름에?'

'응, 한 과목에서도 낙제를 하지 않으면 졸업을 할 수 있어.'

'제발 단 한 과목에서도 낙제하지 마.'

'약속할게. 너를 위해 열심히 공부할 거야.'

아미르가 내 손을 꽉 잡았는데, 마치 내 심장을 움켜쥔 것만 같았어. 그렇게 그 사람은 내 손을 꽉 잡고서 나와 떨어져 있는 것을 더 이상은 견딜 수 없다고 하더라고.

아아…… 그때의 그 심정을 어떻게 설명할 수 있을까? 그 장면과 그 말들을 얼마나 많이 돌이켜보았는지, 아직도 그때의 순간순간들이 영화처럼 떠오르곤 해. 나는 우리 둘만의 세계에 푹 빠져 있느라 밖에서 싸움이 벌어진 줄도 몰랐어. 밖으로 나갔더니, 아버지와 계모가 큰 소리로 욕을 하며 계단을 내려오고 있었고 큰어머니도 계단 난간에 몸을 기댄 채 질세라 욕을 퍼붓고 계시더라고. 고모가 아버지에게 달려가 그러지 말라고, 이게 무슨 꼴이냐고, 큰아버지와 의견차를 좁혀보라고 애원했어. 큰아버지와 아버지에게 부모님의 넋을 위해서라도 두 분이 형제이고 서로 도와야 한다는 사실을 잊지 말라고 했지. 형제들이 서로의 살을 먹을 수밖에 없는 경우에도 뼈를 버리지는 않는다는 속담까지 들먹이면서. 아버지는 서서히 화를 누그러 뜨리셨지만 계모는 계속 소리를 질렀어. '저들이 우리에게 하는 소리를 못 들었단 말이에요? 형이라는 사람이, 어떻게 저럴 수가 있어요?' 고모가 계모를 진정시키려고 했어. '아그다스, 제발 그만해요. 옳지 않은 행동이에요. 큰오빠 부부가 한 이야기들 중에 모욕적인 것은 없었어요. 큰오빠는 우리 중에서 제일 어른이잖아요. 다 동생을 걱정하는 마음에서 한 소리니까, 화를 내선 안 되죠.'

'나이 많은 게 대수인가요? 나이가 많다고 아무 말이나 막 해도 된다는 거예요? 내 남편은 아주버님의 동생이지 하인이 아니라고요. 무슨 권리로 우리 인생에 간섭을 하려는 거죠? 저 지긋지긋한 형님은 또 어떻고요. 누가 자기보다 잘난 꼴을 못 봐주잖아요. 우리에게는 저런 친척, 필요 없어요.'

계모는 옆에 있던 자기 자식의 팔을 끌고 대문 밖으로 나가버렸어. 큰어머니가 계모의 뒤통수에 대고 고함을 쳤어. '그래, 얼마나 잘 사는지 두고 보자! 자네가 제대로 된 여자였다면, 자네 전남편이 아이 둘을 딸려 내쫓진 않았을 거야!'

나의 달콤한 환상은 한 시간도 채 못 되어 끝나고 말았지. 거품처럼 터져 사라져버렸던 거야. 계모는 한치도 물러나려고 하지 않았어. 큰아버지 가족이 나를 잃은 슬픔으로 평생 고통받게 만들어주겠다고 했어. 그러고는 아버지에게 자기는 내 나이 때 이미 아기 엄마였다며 집안에 과년한 딸이 있다는 것을 더 이상은 용납할 수 없다고 선언했어. 그 무렵에 지금의 남편인 하지가 내게 청혼을 했지. 그는 계모의 먼 친척이었는데 이미 두 번이나 결혼을 한 적이 있는 사람이었어. 전처들이 아기를 못 낳아 이혼을 했다면서 이제 자식을 낳아줄 수 있는 젊고 건강한 아내를 맞고 싶다고 했지. 등신! 그 작자는 자기에게 문제가 있을지도 모른다는 생각을 단 일 초도 하지 않았던 거야. 하긴, 자기에게 문제가 있다거나 부족한 점이 있다고 인정하는 남자들이 어디에 있겠니? 특히 부자들은 그런 착각이 더 심하지. 그때 그의 나이가 내 나이보다 스물다섯 살이나 더 먹은 마흔 살이었어. 아버지는 그에게 재산이 있고 시장에 가게도 몇 개나 있는 데다가 가즈빈 부근에 땅도 있는 부자라고 하셨어. 한마디로, 아버지의 입에 군침이 돌았던 거야. 하지는 만일 내가 자식을 낳아주면, 떼돈을 주겠다고 했어. 그때 결혼식 준비를 하던 내 심정에 비하면, 지금 네 기분은 아무것도 아니야."

먼 곳을 응시하는 파르빈의 눈에서 눈물 두 방울이 흘러나와 그녀의 볼을 타고 내렸다.

"왜 자살을 하지 않았어요?"

"그게 쉬울 것 같니? 나에게는 용기가 없었어. 너도 그런 바보 같은 생각을 머릿속에서 몰아내야 해. 우리에게는 각자의 운명이 있어. 운명과 싸워 이길 수는 없는 거란다. 그리고 자살은 중죄야. 이 결혼이 결국 축복이 될지도 모르는 거잖아."

어머니가 방문을 두드리며 고함을 쳤다. "파르빈! 안에서 뭘 하는 거야? 이러다가 늦겠어. 벌써 아홉 시 반이라고."

파르빈이 눈물을 닦고 대답했다. "걱정 말아요. 늦지 않게 준비할게요." 그리고 내 곁으로 다가와 말했다. "내가 이런 이야기를 왜 했는지 아니? 내가 네 심정을 몰라준다고 해서야."

"그런데 왜 아줌마는 나까지 비참하고 불행하게 만들려고 하는 거예요?"

"너희 가족들은 어떻게 해서든지 널 결혼시킬 거야. 아흐매드가 어떤 계획을 세우고 있는지, 넌 모르지? 그건 그렇고, 아흐매드는 왜 그렇게 널 미워하는 거지?"

"아버지가 작은오빠보다 나를 더 예뻐해서요."

갑자기 나는 내가 불쑥 한 말들 뒤에 숨어 있던 진실을 간파했다. 지금껏 아흐매드가 나를 미워하는 이유를 이렇게 분명하게 알지 못했다. 그랬다. 아버지는 다른 누구보다 나를 사랑하셨다.

아버지의 사랑을 처음으로 느꼈던 때는, 언니인 자리가 죽던 날이었다. 일터에서 돌아오신 아버지가 대문간에 얼어붙은 듯 서서 꼼짝도 하지 않으셨다. 어머니는 울부짖었고 할머니는 코란 구절을 암송했다. 의사가 혐오스럽다는 표정으로 고개를 가로저으며 대문을 나서려고 하다가 아버지와 맞부딪치자 고함을 쳤다.

"지난 사흘간 아이가 사경을 헤매고 있었는데, 이제야 의사를 불러요? 저 죄 없는 딸아이 대신에 아들들이 누워 있었어도 그랬을까요?"

나는 회칠을 한 것처럼 허연 얼굴을 하고 쓰러지기 일보 직전인 아버지에게 달려가 나의 작은 팔로 아버지의 다리를 감싸 안고 할머니를 불렀다. 아버지가 나를 꼭 끌어안고 바닥에 주저앉더니 얼굴을 내 머리에 파묻고 흐느껴 우셨다. 할머니가 호통을 쳤다.

"일어나라, 아들아. 너는 남자다. 여자처럼 울면 안 되는 법이니라. 신께서 주신 것을 거두어가신 것뿐이다. 신의 뜻을 거역해선 안 되지."

"어머니가 그러셨잖아요, 별것 아니라고." 아버지가 고함을 쳤다. "자리가 곧 나을 거라고, 의사를 못 부르게 하셨잖아요!"

"무슨 수를 썼어도 마찬가지였을 게다. 저 아이가 살 운명이었으면 살았겠지. 제아무리 용한 의사라도 별수 없었을 게야. 이게 우리의 운명이다. 딸을 낳아서는 안 되는 것이었어."

"말도 안 되는 소리, 그만하세요. 이게 다 어머니 때문이에요!"

아버지가 할머니에게 소리를 지르는 것을, 나는 그때 처음 보았다. 사실 나는 무척 안심이 되었다. 그날 이후, 아버지는 가끔씩 나를 안고 소리 죽여 우셨다. 아버지의 어깨가 흔들리는 것을 보면 알 수 있었다. 그리고 그때부터 아버지는 자리에게 못 주셨던 사랑과 관심을 내게 퍼부어주셨다. 아흐매드는 단 한 순간도 그런 편애를 잊지도, 용서하지도 않았다. 아흐매드는 성난 눈으로 나를 좇다가 아버지가 외출하시는 즉시 나를 두들겨패곤 했다. 이제 아흐매드는 소원을 이루었다. 나에 대한 믿음이 깨져 실망하고 상심한 아버지가 나에 대한 사랑을 접으셨기 때문이었다. 지금이야말로 아흐매드가 복수를 할 절호의 기회였다.

파르빈의 목소리에 나는 다시 현실로 돌아왔다.

"아흐매드가 무슨 계획을 세우고 있는지, 넌 모를 거야. 네 오빠가 얼마나 무섭고 역겨운 인간인지, 넌 몰라. 누가 널 구해줄 것이라는 생각은 하지도 마. 아흐매드가 그 비열한 푸줏간 주인의 청혼을 거절하고 새 청혼자 가족의 방문을 승낙하게 하기 위해 내가 얼마나 애를 썼는지 아니? 나는 말이야, 널 생각하면 가슴이 아파서 견딜 수가 없었어. 너는 십오 년, 이십 년 전의 나와 똑같아. 너희 가족들은 어떻게 해서든 널 빨리 결혼시키려고 하지, 저 무능력한 사이드에게서는 아무런 소식이 없지. 나는 네가 적어도 결혼식 다음 날 주먹으로 널 때려 시퍼런 멍이 들게 하지 않을 남자와 결혼해야 한다고 생각했어. 품위도 있고, 언젠가는 너도 좋아할 수 있는, 그런 사람과. 네 마음이 열리지 않는다 해도, 네 삶을 살게끔 해줄 수 있는 사람과."

"아줌마처럼 말인가요?" 나는 신랄한 어조로 대꾸했다.

그녀가 나무라는 듯한 눈길로 나를 바라보았다. "글쎄다. 좋을 대로 생각하렴. 하지만 우리 모두는 삶에게 복수할 방법을 찾고 우리 존재를 견딜 만한 것으로 만들 방법을 찾고 있다는 걸 잊지 마."

*

나는 반지를 사러 가는 데에 따라가지 않았다. 파르빈이 신랑 가족들에게 내가 감기에 걸렸다고 둘러대겠다고 하면서 반지 사이즈를 알기 위해 내가 평소에 끼던 은반지를 달라고 했다.

이틀 후, 아버지와 두 오빠가 쾀에 가서 가재도구며 가구들을 한 차 가득 실어왔다. 어머니가 짐을 내려놓으려는 아버지를 말렸다. "잠깐만요, 잠깐만 기다리세요. 짐을 여기에 내리지 마시고 곧장 마수메가 살 집으로 가져가세요. 파르빈이 같이 가면서 길을 가르쳐드릴 거예요." 그러고는 나를 돌아보며 말했다. "마수메, 너도 함께 가서 집을 한번 둘러보고 오너라. 더 필요한 것들이 무엇인지 보고 뭘 어디에 놓아야 할지도 아버지께 말씀드리고. 자, 어서. 고집부리지 말고 일어나."

"됐어요." 나는 어깨를 으쓱했다. "파르빈에게 가라고 하세요. 난 결혼할 마음이 없어요. 제가 보기에는 파르빈 혼자 신이 난 것 같던걸요."

다음 날, 파르빈이 가봉을 하자며 웨딩드레스를 가져왔다. 나는 절대 입지 않겠다고 했다. "뭐, 괜찮아. 네 치수를 아니까. 다른 옷들을 참고해서 만들게. 장담하지만, 정말 예쁘게 맞을 거야."

나는 어찌할 바를 몰랐다. 가만히 있기가 힘들었고 불안해서 견딜 수가 없었다. 먹을 수도, 잠을 잘 수도 없었다. 몇 시간 잠이 들어도 깰 때까지 무수한 악몽에 시달려서 차라리 잠을 자지 않았을 때보다 더 피곤해졌다. 나는 사형선고를 받고 사형집행일까지 남은 날을 헤아리는 사람 같았다. 나는 고심 끝에 아버지께 이야기를 하기로 결심했다. 아버지의 발치에 몸을 던지고 아버지가 나를 불쌍히 여기실 때까지 울음을 멈추지 않기로 작정했다. 그러나 온 가족이 필사적으로 아버지와 나를 단일 분만이라도 둘이서만 있지 못하게 하려고 방해를 했다. 아버지 역시 나를 피하기 위해 애를 쓰셨다. 무의식적으로 나는 기적을 바랐다. 하늘에서 손이 나타나 마지막 순간에 나를 데려가주기를. 그러나 아무 일도 일어나지 않았다.

모든 일이 예정대로 진행되었고 약속한 날이 다가왔다. 아침 일찍부터 대문이 열려 있었고 마흐무드와 아흐매드와 알리가 분주하게 집 안팎을 오가며 앞마당에 의자들을 줄맞추어 놓고 쟁반에 패스트리를 담았다. 물론 오기로 되어 있는 손님은 몇 명밖에 없었다. 어머니는 콤에 있는 그 누구에게도 나의 결혼에 대해 이야기를 하지 말라고 당부했다. 친척들이 나타나 우리 집의 유감스러운 상태를 보는 것이 싫었던 것이다.

고모에게는 결혼식이 몇 주 후로 잡혀 있다고 둘러댔으나 압바스 삼촌을 초대하지 않을 수는 없었다. 사실상, 결혼식에 참석하는 우리 쪽 친척은 압바스 삼촌밖에 없었다. 이웃 사람들 몇 명을 제외하면 하객은 모두 신랑측의 손님이었다.

모두들 나에게 미용실에 가야 한다고 했으나 나는 그 말을 듣지 않았다. 파르빈이 신부화장까지 도맡아 해주었다. 그녀는 내 얼굴의 솜털을 실면도로 제거하고 눈썹을 뽑고 머리에 컬을 말아주었다. 그러는 내내, 눈물이 내 얼굴을 타고 흘러내렸다. 숙모가 도와주려고, 혹은 어머니의 말에 의하면 염탐을 하려고 아침 일찍 우리 집으로 왔다.

"어머나 마수메, 많이 아프니? 참 예민하구나, 그렇게 울 만큼 털이 많지도 않은데 말이야."

어머니가 변명하듯 대꾸했다. "얘가 요즘 몸이 많이 약해져서 그런 거야."

파르빈의 눈에도 눈물이 맺혀 있었다. 눈물이 흐르려고 할 때마다 그녀는 새 실 가닥을 찾는 척 등을 돌리고는 눈가를 닦았다.

결혼식은 낮의 열기가 좀 식기 시작하는 저녁 다섯 시에 시작될 예정이었다. 네 시가 되자 신랑의 가족들이 도착했고 날이 아직 상당히 더웠지만, 남자들은 앞마당의 큰 떡갈나무 아래에 자리를 잡고 앉았다. 사람들이 열을 식히기 위해 마당에 물을 뿌렸다. 여자들은 소프레(이란에서 식사를 하기 위해 바닥에 까는 보자기, 혹은 카펫―역주)를 깔아둔 위층 거실에 모였다. 나는 옆방에 틀어박혀 있었다.

어머니가 내가 있는 방문을 벌컥 열더니 나를 닦달했다. "아직도 웨딩드레스를 입지 않았다니! 자, 서둘러라. 곧 사제께서 오신단 말이다!"

온몸을 떨던 나는 어머니의 발치에 몸을 던지고 제발 이렇게 강제로 결혼을 시키지 말아달라고 빌었다. "저는 결혼하고 싶지 않아요. 누군지도 모르는 남자에게 어떻게 시집을 가요. 제발 저에게 이러지 마세요. 코란에 맹세컨대, 이렇게 시집을 보내버리면, 저는 자살을 할 거예요. 결혼식을 취소해주세요. 제가 직접 아버지에게 말씀드릴게요. 사제가 뭐라고 물어도 대답하지 않겠어요. 두고 보세요! 어머니가 이 결혼을 취소해주지 않으면 하객들이 보는 앞에서 혼인 서약에 동의하지 않겠다고 할 거라고요."

"신이시여, 차라리 제 목숨을 거두어주소서! 입 닥치지 못해? 그게 무슨 소리냐? 저 많은 사람들 앞에서 우리를 또 부끄럽게 만들겠다고? 이번에는 오빠들이 네 몸을 갈가리 찢어버릴 게다. 그날 이후로 아흐매드가 항상 주머니에 칼을 넣고 다니는 것을 모른다는 말이냐? 네가 한 번만 더 불명예스러운 짓을 하면, 널 그 자리에서 끝장내겠다고 벼르고 있다. 제발 불쌍한 네 아버지를 생각해라. 네가 이러면 아버지는 심장마비로 돌아가신다."

"싫어요. 이렇게 강제로 결혼을 할 수는 없어요."

"입 닥치고 목소리 좀 낮추지 못하겠니. 누가 들으면 어쩌려고 그래?"

어머니가 나를 붙잡으려고 했지만 나는 침대 밑으로 기어들어가 몸을 웅크리고 안쪽 벽에 바짝 붙어버렸다. 머리에 말았던 클립이 방바닥에 흩어졌다.

"차라리 죽어버려라! 당장 이리로 나오지 못해! 신이시여, 차라리 저 계집애를 죽여주소서. 어서 나와!" 어머니가 고함을 쳤다.

누군가가 문을 두드렸다. 아버지였다. "여보, 뭐하고 있어, 사제가 곧 오시는데!"

"아니에요. 아무것도 아니에요. 지금 옷을 입고 있어요. 오래 걸리지 않아요. 가셔서 파르빈더러 빨리 이리로 와달라고 해주세요." 어머니가 침대 밑으로 나를 들여다보며 낮은 목소리로 말했다. "이 망할년아, 빨리 나와라. 당장 나오지 않으면 내 손으로 널 죽여버릴 테다. 괜한 구경거리 만들지 말고, 어서!"

"싫어요, 안 나갈 거예요. 어머니 제발, 마흐무드 오빠와 어머니가 그토록 사랑하시는 아흐매드 오빠에게 베푸는 마음의 반의반만이라도 제게 베풀어서, 이 결혼식을 취소해주세요. 사람들에게 가서 생각이 바뀌었다고 말해주세요."

침대 밑으로 기어들어올 수가 없었던 어머니는 결국 손을 뻗어 내 머리채를 휘어잡고 나를 끌어내기 시작했다. 마침 그때, 방으로 들어오던 파르빈이 그 광경을 보고는 비명을 질렀다. "세상에! 지금 뭘 하는 거예요? 머리카락이 다 빠지잖아요!"

어머니는 숨을 헐떡거리며 흐느끼기 시작했다. "저 계집애가 뭐라는 줄 알아? 사람들 앞에서 우리를 망신시키려고 작정을 했어." 나는 방바닥에 웅크린 채 눈물이 가득한 눈으로 어머니를 노려보았다. 어머니의 주먹에는 내 머리카락이 한 움큼 쥐어져 있었다.

결혼식에서 사제에게 '네'라는 대답을 한 기억은 나지 않았다. 어머니가 내 팔을 있는 힘껏 비틀며 계속 속삭였다. "네라고 해, 네라고 대답하란 말이야." 결국 누군가가 '네'라고 했고 하객들이 환호를 했다. 마흐무드와 남자 몇 명이 옆방에 앉아 한목소리로 예언자와 그의 제자들에게 올리는 기도를 드렸다. 물건 몇 개가 오고갔으나 나는 그것이 무엇이었는지 알 수 없었다. 내 눈 앞에 베일이 드리워져 있었다. 모든 것이 안개 속에 있는 것처럼 둥둥 떠 있었다. 여러 사람의 목소리가 한데 섞여 알아들을 수 없는 떠들썩한 소리를 만들어냈다. 나는 얼어붙은 듯 가만히 앉아 먼 곳을 응시했다. 내 옆에 앉아 있는 남자가 이제 내 남편이라는 사실이 실감나지 않았다. 이 남자는 대체 누구란 말인가? 어떻게 생겼을까? 모든 것이 끝났다. 그리고 사이드는 오지 않았다. 나의 희망과 꿈은 쓰디쓴 맛을 남기며 끝났다. 사이드, 나에게 무슨 짓을 한 거예요?

정신을 차려보니, 내가 남자의 집 침실에 와 있었다. 그는 내게 등을 돌린 채로 침대 한쪽에 걸터앉아 넥타이를 풀고 있었다. 넥타이를 매는 것에 익숙하지 않은데 오랫동안 매고 있느라 무척 불편했던 것 같았다. 나는 신혼집에 처음 간다고 어머니와 파르빈이 입혀준, 가슴 부분이 몸에 밀착되는 흰 차도르를 꼭 붙들고 방 한구석에 서 있었다. 내 몸이 가을 낙엽처럼 떨렸고 가슴이 쿵쾅거렸다. 나는 남자가 내 존재를 의식하지 못하도록 아무 소리도 내지 않으려고 애썼다. 완전한 침묵 속에 한 줄기 눈물이 흘러 내 가슴으로 떨어졌다. 아아, 무슨 이런 전통이 다 있단 말인가? 어느 날은, 내가 이 년 동안이나 봐오면서 서로에 대해 알아가고 사랑을 키워 지구 끝까지라도 함께 갈 준비가 된 남자와 몇 마디를 주고받았다고 나를 죽이려 들더니, 이제는 생판 모르는, 두렵기만 한 남자의 침대에 밀어 넣다니.

저 남자의 손이 내게 닿을 것이라는 생각만으로도 소름이 돋았다. 당장이라도 강간을 당할 것만 같았다. 그러나 나를 구해 줄 사람은 아무도 없었다. 방은 어두컴컴했다. 내 눈길에 목덜미가 뜨거웠던지 남자가 나를 돌아보더니 입을 열었다. 놀랍게도 그의 목소리는 차분했다.

"왜 그래? 뭘 겁내고 있어⋯⋯? 내가 무서워?" 그러고는 나를 놀리는 듯한 미소를 지었다. "그런 눈으로 보지 마. 도살장에 끌려가는 양 같은 눈길이잖아."

나는 무슨 말이든 하고 싶었지만 아무 말도 할 수 없었다.

"진정해. 겁내지 말라고. 그러다가 심장마비에 걸리겠어. 당신에게 손끝 하나 대지 않을 거야. 나는 짐승이 아니야!"

바짝 긴장했던 온몸의 근육이 약간 느슨해졌다. 얼마 동안이나 그랬는지 모르겠으나 내 가슴 안에 꼭 갇혀 제대로 쉴 수 없었던 숨도 다시 쉴 수 있게 되었다. 그러나 남자가 일어서자 내 몸은 다시 위축되었다. 나는 구석으로 가서 벽에 몸을 붙였다.

"이봐, 오늘 내가 해야 할 일이 있어. 친구들을 만나야 해서 지금 나갈 거야. 그러니까 편한 옷으로 갈아입고 잠을 좀 자도록 해. 약속하지만, 밤에 돌아와서도 당신 옆에 가진 않을 거야. 내 명예를 걸고 맹세하지."

말을 마친 그가 신발을 집어 들더니 항복한다는 듯 양팔을 들고 한마디 덧붙였다.

"자, 보라고! 나는 나간다니까."

현관문이 닫히는 소리가 들림과 동시에 나는 바닥에 풀썩 주저앉았다. 너무나 지쳐서 더 이상은 다리로 체중을 지탱할 수 없었다. 마치 산을 하나 들어 옮긴 것 같았다. 나는 호흡이 정상 리듬을 되찾을 때까지 그 자세 그대로 앉아 있었다. 화장대 거울에 비친 내 모습이 보였다. 뒤틀린 이미지. 저게 정말 나란 말인가? 부스스한 머리 위에 씌워진 베일은 한쪽으로 기울어져 있었고 역겨울 정도로 진했던 화장이 아직 다 지워지지 않았는데도 얼굴이 너무나 창백했다. 나는 머리를 덮은 베일을 벗겨 내 좍좍 찢어버린 다음 등 쪽에 채운 단추를 풀려고 해보았다. 그러나 아무리 애를 써도 단추를 풀 수 없었다. 칼라를 있는 힘껏 잡아당겼더니 단추가 떨어져나갔다. 옷도 찢어버리고 싶었다. 이 말도 안 되는 결혼을 상징하는 것은 모조리 없애버리고 싶었다.

편하게 입을 만한 옷이 있을까 싶어 주위를 둘러보았다. 침대 위에 주름이 잔뜩 잡힌 진홍색 레이스 잠옷이 고이 놓여 있었다. 파르빈이 사놓은 것 같았다. 구석에는 내 옷가방도 세워져 있었다. 커다랗고 무거운 가방이었다. 나는 낑낑거리며 가방을 옮긴 다음 안에서 평소에 집에서 입던 옷을 꺼내 입고 침실 밖으로 나갔다. 화장실이 어디인지 알 수 없었다. 나는 전등을 모두 켜고 문을 일일이 열어보고 나서야 마침내 화장실을 찾았다. 나는 세면대의 수도꼭지를 틀고 비누세수를 연거푸 했다. 세면대 한쪽에 놓인 면도용품이 낯설었다. 나는 면도칼에서 시선을 떼지 못했다. 그래, 저것이 나의 유일한 탈출구야. 자유로워져야 해. 나는 사람들이 바닥에 쓰러진 생명이 떠난 내 시체를 발견하는 장면을 상상했다. 분명, 내 시체를 처음 발견할 사람은 저 낯선 남자이리라. 충격은 받겠지만 슬퍼하진 않겠지. 하지만 어머니는 내가 죽었다는 사실을 알면, 통곡을 하면서 내 머리채를 잡고 침대 밑에서 끌어냈던 것을 기억하리라. 내가 빌고 애원했던 기억을 떠올리며 양심의 가책으로 고통스러워하리라. 오싹한 기분이 들면서 은근한 쾌감이 느껴졌다. 나는 계속 상상의 나래를 폈다.

아버지는 어떤 반응을 보이실까? 벽을 붙잡고 서서 팔에 얼굴을 묻고 눈물을 흘리시겠지. 내가 얼마나 아버지를 사랑했는지, 내가 얼마나 공부를 하고 싶어 했는지, 결혼하기를 얼마나 싫어했는지, 아버지가 얼마나 잔인하게 나를 괴롭혔는지 떠올리시리라. 어쩌면 앓아누우실지도. 나는 거울을 보며 미소를 지었다. 정말 만족스러운 복수가 되겠지?

그럼 다른 사람들은?

사이드. 아아, 사이드는 충격에 휩싸여 소리를 지르고 울부짖으며 자신에게 욕을 퍼부을 거야. 그러니까 진작 우리 집에 와서 내게 청혼을 했어야지. 한밤중에 아무도 모르게 나를 데리고 도망갔어야지. 그는 남은 생애를 슬픔과 후회 속에 보내게 되리라. 그에게 그렇게 큰 슬픔을 안겨주고 싶진 않지만, 그가 잘못한 게 있으니까. 그러게 왜 혼자 자취를 감추었냐고. 나를 데려갔어야지.

아흐매드! ……작은오빠가 슬퍼할 리는 없겠지만 죄책감 정도는 느끼지 않을까. 내가 죽었다는 소식을 들으면 잠시 정신이 멍해지겠지. 그리고 자신이 부끄러워지겠지. 파르빈의 집으로 달려가 일주일 내내 밤낮으로 술을 퍼마시겠지. 그리고 평생토록 술에 취한 채 나의 원망스러운 시선을 느끼며 매일 밤을 보내겠지. 내 넋이 그를 가만히 두지 않을 테니까.

마흐무드 오빠는 고개를 저으며 이렇게 말하겠지. "그 가증스러운 계집애가 또 죄를 지었어. 지금쯤 지옥 불에 타고 있을 거야." 손톱만큼도 스스로를 책망하진 않겠지만 금요일 밤이 되면 가끔씩 나를 위해 코란 구절을 읽고 기도를 올리며 자신이 그토록 이해심이 많고 너그러운 오빠라는 사실에 자랑스러워하지 않을까. 내가 그렇게 나쁜 여동생인데도, 신께 나를 용서해주시고 자신의 기도로 나의 죄를 가볍게 해달라고 기도를 올린다는 것에 자부심을 느끼겠지.

알리는 어떨까? 어떤 반응을 보일까? 아마 누나가 죽었다는 슬픔에 말수가 좀 줄어들지 않을까. 그렇지만 동네 아이들이 찾아오면 뛰어나가 놀면서 다 잊어버리겠지. 파티, 불쌍한 내 동생 파티만은 아무런 죄책감 없이, 순전히 나를 위해 울어주리라. 자리 언니가 죽었을 때, 내가 느꼈던 심정을 고스란히 느끼게 되겠지. 그리고 나와 비슷한 운명을 맞이해야만 하겠지. 파티를 도와줄 수 없다는 것은 너무나도 슬프구나. 파티도 의지할 데가 없어 외로워질 텐데. 파르빈은 의미 없는 삶을 사느니 차라리 죽음을 택한 나를 대견하게 생각하겠지. 나처럼 할 용기를 내지 못했던 것을, 단 하나뿐이었던 사랑을 포기했던 것을 후회하리라. 파르바네는 나중에야 나의 죽음을 알게 되겠지. 눈물을 흘리며 나와 함께했던 추억을 떠올리겠지. 그리고 평생 동안 슬픔을 떨쳐버리지 못하겠지. 아아, 파르바네, 네가 너무나 보고 싶어. 네가 너무나 필요해.

눈물이 나기 시작했고 환상은 서서히 희미해져갔다. 나는 면도칼을 집어 손목에 댔다. 날이 그리 날카롭지 않아서 세게 눌러야 했다. 용기가 꺾이면서 겁이 났다. 내가 당한 일들과 내가 느꼈던 분노와 절망감을 다시 떠올려보았다. 아흐매드의 칼에 사이드가 입은 상처도. "하나, 둘, 셋." 셋까지 세고 나서 힘을 주어 면도칼을 눌렀다. 그러나 벤 자리가 너무 아팠던 나머지 나는 깜짝 놀라 칼날을 떨어뜨리고 말았다. 피가 솟구쳤다. 나는 흡족해하면서 혼잣말을 했다. '자, 한쪽은 됐어. 그런데 다른 쪽 손목은 어떻게 긋지?" 벤 자리가 너무 아파서 그 손으로는 면도칼을 잡을 수가 없었다. 나는 다시 혼잣말을 했다. "됐어. 좀더 오래 걸릴 뿐이야. 하지만 결국에는 온몸의 피가 이쪽 손목으로 빠져나올 거야."

나는 다시 상상 속으로 빠져 들어갔다. 아픈 느낌이 덜해졌다. 손목을 내려다보았더니 피가 멎어 있었다. 상처 부위를 눌러 짜보았다. 너무 아파서 신음이 나왔다. 피 몇 방울이 세면대에 떨어졌지만 더 이상은 흘러나오지 않았다. 충분히 깊게 베지 않아서 칼날이 혈관까지 닿지 않은 것 같았다. 나는 면도칼을 집어 들었다. 손목의 상처가 부어오르고 있었다. 같은 자리를 어떻게 또 긋지? 나는 이렇게 아프지 않고 피도 덜 흘리는 방법이 생각나길 바랐다.

본능적으로 내 정신이 나를 보호하는 쪽으로 작용하기 시작했다. 여성들을 위한 코란 강독 시간에 연설을 했던 여자의 이야기가 생각났다. 죄에 관한 이야기였는데, 모든 죄 가운데 자살이 가장 큰 죄이고, 신은 자살한 사람을 결코 용서하지 않으시며 지옥 불에 떨어져 송곳니를 세운 뱀들과 죽은 자들의 몸에 고문을 가하는 이들과 함께 영원히 고통받게 하신다는 내용이었다. 거기에서는 썩은 물을 마셔야 하고 뜨겁게 달군 창이 몸을 찌르는 형벌을 받아야 한다고 했다. 그 이야기를 듣고 일주일 동안 악몽을 꾸며 비명을 질렀던 기억이 났다. 지옥에 가고 싶지는 않았다. 그럼 복수는 어쩌지? 그들이 나를 무참히 짓밟았다는 사실을 어떻게 알려주지?

가만히 생각을 하다가 꼭 자살에 성공해야만 한다는 결론을 내렸다. 아니면 미쳐버릴 것만 같았다. 나에게 고통을 준 그들에게 똑같은 방식으로 고통을 되돌려주고 싶었다. 그들이 상복을 입고 남은 평생토록 나를 애도하게 만들어야 했다. 하지만 과연 그들이 남은 평생 동안 나를 생각하며 눈물을 흘릴까? 언니가 죽었을 때, 가족들이 얼마 동안이나 울었던가? 언니는 죄를 짓지도 않았는데, 일 년도 되지 않아 아무도 자리의 이름조차 입에 올리지 않게 되었었다. 장례를 치른 지 일주일 만에, 온 가족이 모여 자리가 죽은 것은 신의 뜻이니 아무도 의문을 가져서는 안 된다는 이야기가 나왔다. 신께서 예정하신 대로 이루어진 것이니, 신을 원망해서는 안 된다고 했다. 신께서 우리를 시험하시는 것이니 감사한 마음으로 그 시험을 통과해야 한다고. 신께서 주신 것을 신께서 거두어가신 것뿐이라고. 결국에는 가족들에게는 아무런 잘못이 없고 자리의 죽음에 아무런 책임이 없다는 것으로 마무리가 지어졌다. 내가 죽어도 마찬가지일 것이라는 생각이 들었다. 몇 주만 지나면 눈물이 마르고 길어야 이 년쯤이면 나에 관해서는 모두 잊겠지. 그러는 중에, 나를 진심으로 사랑했고 나를 필요로 하는 이들만이 외롭게 남아 괴로워할 터였다.

나는 면도칼을 내려놓았다. 도저히 다시 손목을 그을 수가 없었다. 파르빈처럼 나 역시 내 운명에 굴복할 수밖에 없었다.

상처에서 나던 피가 완전히 멈추었다. 나는 손수건으로 손목을 감고 침실로 돌아왔다. 그리고 침대 안으로 들어가 이불을 뒤집어쓰고 울었다. 사이드를 잃었다는 사실을, 그가 나를 원치 않았다는 사실을 받아들여야만 했다. 사랑했던 사람을 땅에 묻은 사람처럼, 나는 사이드를 내 마음 한구석, 가장 깊은 곳에 묻었다. 그리고 그의 무덤 앞에 서서 오래도록 울었다. 이제 나는 그를 떠나야 했다. 시간이 나의 감정을 무디게 만들고, 그의 기억을 지우도록 내버려두어야 했다. 그런 날이 과연 올까?

2장

　꿈도 꾸지 않고 깊은 잠을 자고 나서 눈을 떠보니 해가 하늘 높이 떠 있었다. 나는 내가 어디에 있는지 몰라 당황하면서 주위를 둘러보았다. 모든 것이 낯설었다. 여기가 어디지? 몇 초가 지나고 나서야 나는 그동안 있었던 일들을 기억해냈다. 내가 그 낯선 남자의 집에 와 있는 것이었다. 나는 벌떡 일어나 방 안을 두리번거렸다. 문은 열려 있었지만 아무 소리도 들리지 않는 것으로 미루어보아 집 안에는 나 혼자뿐이었다. 나는 마음을 놓았다. 이상하게도 어떤 무관심과 냉철함이 내 전 존재에 퍼져 있었다. 지난 몇 달 동안 내 안에 일어났던 분노와 반항심이 가라앉은 것 같았다. 슬프지도 않았고 가족들과의 이별도 아쉽지 않았으며 함께 살던 집도 그립지 않았다. 내가 가족의 일원이라거나 그 집에 속해 있다는 느낌이 전혀 없었다. 그들이 밉지도 않았다. 나의 심장은 얼음처럼 차가웠지만 천천히, 아주 규칙적으로 뛰고 있었다. 언젠가는 나를 다시 행복하게 해줄 수 있는 것이 생기게 될까.

나는 침대에서 나왔다. 지난밤에는 방이 그리 커 보이지 않았는데, 다시 보니 상당히 넓었다. 침대와 화장대는 새것이어서 아직 니스 냄새가 났다. 아버지가 새로 사셨다는 가구들 중의 일부인 것 같았다. 열어놓은 내 옷가방 안은 뒤죽박죽이었다. 방 한구석에 종이박스가 하나 세워져 있었다. 열어보니 침대 시트, 베갯잇, 오븐장갑, 식탁보, 수건, 그리고 포장도 미처 벗기지 않은 자질구레한 물건들이 들어 있었다.

나는 침실을 나와 네모난 마루로 갔다. 반대편에 방이 하나 더 있었다. 아마도 창고인 것 같았다. 마루 왼쪽에는 벌집 모양의 판유리로 된 커다란 유리문이 있었다. 유리문 안의 거실에는 빨간 카펫이 깔려 있었고 카펫과 같은 재질로 만든 방석과 등받이가 놓여 있었으며 한쪽 벽면에는 책들로 가득한 책장이 있었다. 유리문 옆에 책장이 하나 더 있었는데, 선반 위에 오래된 설탕 단지와 내가 모르는 사람의 흉상과 책 몇 권이 올려져 있었다.

이어서 부엌 안을 살짝 들여다보았다. 부엌은 비교적 작은 편이었다. 벽돌을 쌓아 만든 카운터 한쪽에 짙은 파란색의 고리버들 램프가 세워져 있었고 다른 쪽에는 화구가 두 개인 새 가스레인지가 놓여 있었다. 가스탱크는 카운터 아래에 있었다. 작은 나무 식탁 위에는 빨간 꽃무늬가 들어간 크고 작은 도자기 접시들도 놓여 있었다. 그 접시들을, 나는 똑똑히 기억하고 있었다. 내가 어렸을 때, 어머니가 테헤란에 여행을 갔다가 언니와 나의 혼수로 사온 것들이었다. 부엌 한가운데에 커다란 종이박스가 놓여 있었다. 그 안에는 갖가지 크기의 반짝반짝 빛나는 새 구리 냄비들과 여러 개의 주걱과 무겁고 거대한 구리 양푼이 들어 있었다. 아버지와 오빠들이 그 물건들을 어디에 두어야 할지 몰라 박스채로 놓아둔 것이 틀림없었다.

새 물건들은 전부 내 물건들이었고 다른 것들은 낯선 남자의 물건들이었다. 나는 내가 태어나던 날부터 차곡차곡 모인 혼수품에 둘러싸인 채로 서 있었다. 내 삶의 목표가 이 부엌 살림살이와 침실 잡동사니 하나하나에 전부 반영되어 있었다. 나는, 부엌에서 일을 하고 침실에서 남편을 섬기도록 태어난 존재였다. 그렇게 힘들고 무거운 책임이 또 있을까. 내가 이렇게 어수선한 주방에서 음식을 만드는 지겨운 일과 침실에서 낯선 남자에게 봉사를 하는 달갑지 않은 일들을, 과연 해낼 수 있을까?

전부가 역겨웠지만, 나에게는 화를 낼 힘조차 남아 있지 않았다.

집안 탐방을 계속하기로 한 나는 유리문을 열었다. 우리 집에서 보았던 카펫 한 장이 바닥에 깔려 있었고 벽난로 위 선반에는 빨간색 펜던트가 달린 나뭇가지 모양의 크리스털 촛대 두 개와 투명한 틀에 들어 있는 거울이 놓여 있었다. 결혼식 때 썼던 물건인 것 같았지만, 처음 보는 것 같았다. 한쪽 구석에는 낡아서 색이 바랜 식탁보가 씌워진 네모난 탁자가 있었고 마치 나를 응시하는 듯한, 툭 튀어나온 두 개의 눈처럼 생긴 커다란 아이보리색 손잡이 두 개가 달린 갈색 대형 라디오가 놓여 있었다.

라디오 옆에 이상하게 생긴 상자가 있었다. 나는 테이블로 다가갔다. 상자 위에 오케스트라의 사진이 담긴 크고 작은 봉투가 몇 개 놓여 있었다. 나는 그 상자가 무엇인지 알아보았다.

파르바네의 집에 있던 것과 같은 축음기였다. 나는 뚜껑을 열고 원 안에 또 원이 들어 있는, 몇 개인지도 가늠이 가지 않는 원들을 손가락으로 더듬어보았다. 안타깝게도 나는 축음기 작동방법을 몰랐다. 나는 봉투들을 쳐다보았다. 낯선 남자가 외국 음악을 듣는다니, 정말로 재미있었다. 마흐무드가 이 사실을 안다면! 이 집에서 유일하게 흥미를 끄는 물건은 책들과 축음기가 전부였다. 나는 이런 몇 가지 물건들과 함께 그 누구의 방해도 받지 않고 나 혼자 있을 수 있기를 바랐다.

집은 그것이 다였다. 현관문을 열자 작은 테라스가 나왔다. 테라스에는 앞마당으로 내려가는 계단과 지붕으로 올라가는 계단이 나 있었다. 나는 아래로 내려가보았다. 벽돌로 포장된 앞마당 한가운데에 깨끗한 물이 고인 샘이 있었다. 샘에 칠해진 파란색 페인트는 빛이 바래 있었다. 길고 좁은 화단 두 개가 샘 양쪽으로 늘어서 있었는데 한쪽 화단 한가운데에는 비교적 큰 체리나무가, 다른 쪽 화단에는 다른 나무가 서 있었다. 가을이 되고 나서야 나는 그 나무가 감나무라는 것을 알게 되었다. 나무 주위에는 목이 말라 보일 정도로 잎이 바싹 마른 다마스쿠스 장미덤불이 자라나 있었다. 담벼락 옆으로는 세월에 닳은 격자구조물을 타고 올라간 시든 포도덩굴이 보였다.

집의 전면과 앞마당을 둘러싼 담은 빨간 벽돌로 되어 있었다. 마당 한구석에 콤에서 살던 집에 있었던, 내가 늘 무서워하던 것과 비슷한 화장실이 있었다. 몇 단 되지 않는 계단이 끝이 둥글게 휘어진 아래층 테라스와 앞마당을 분리해주고 있었는데 테라스에는 키 큰 창문이 나 있었고 창문에 달린 버들고리빛 가리개는 돌돌 말려 올라가 있었다. 여러 개의 창문들 중에 커튼이 열린 창이 하나 있었다. 나는 그 창문으로 다가가 손차양을 하고 안을 들여다보았다. 짙은 빨간색의 카펫과 방석 몇 개, 그리고 접어서 벽에 붙여 쌓아둔 침구가 눈에 들어왔다. 방석 옆에 찻물을 끓이는 큰 주전자와 찻잔들이 놓여 있었다.

아래층의 현관문은 위층 현관문보다 낡아 보였고 커다란 맹꽁이자물쇠가 달려 있었다. 나는 이곳이 낯선 남자의 할머니가 기거하시는 곳이리라 짐작했다. 지금은 외출을 하신 것 같았다. 결혼식 때, 까만색 작은 꽃들이 달린 흰 차도르를 입은, 등이 약간 구부정한 노부인을 본 기억이 났다. 그 노부인이 내 손에 무엇인가를 쥐여주었다. 아마 우리 이란의 전통에 따라 금화를 쥐여주신 것이리라. 낯선 남자의 가족들이 신랑과 신부가 단둘이 며칠을 보낼 수 있도록 할머니를 다른 집으로 모신 것이 틀림없었다. 신랑과 신부! ……나는 풋 하고 터져 나오려는 웃음을 참으며 다시 앞마당으로 갔다.

계단을 따라 내려가니 지하실이 나왔다. 문은 잠겨 있었다. 아래층 베란다 아래로 난 좁은 창문들을 통해 지하실로 빛이 새어들고 있었다. 나는 창문 안을 들여다보았다. 내부는 어수선했고 먼지가 켜켜이 쌓여 있는 것 같아 보였다. 한동안 아무도 지하실에 출입을 하지 않았던 것임에 틀림없었다. 다시 계단을 오르는데, 시들시들한 다마스쿠스 장미덤불이 다시 눈에 들어왔다. 꽃들이 불쌍했다. 샘 옆에 물조리개가 놓여 있었다. 나는 물조리개에 물을 채워 화초에 물을 주었다.

한 시가 가까워오면서 배가 고파졌다. 부엌에 갔더니 상자

속에 결혼식 때 먹다 남은 패스트리가 있었다. 한 개를 꺼내어 맛을 보았다. 패스트리는 바싹 말라 있었다. 나는 시원한 음식이 먹고 싶었다. 구석에 있는 작은 흰색 냉장고를 열어보니 치즈와 버터, 과일 등등이 들어 있었다. 나는 물 한 병과 복숭아를 꺼내어 부엌 창틀에 앉았다. 그리고 복숭아를 먹으며 부엌을 둘러보았다. 너무나도 어수선하고 뒤죽박죽이었다.

복숭아를 다 먹은 다음에는 거실 책장에서 책을 한 권 뽑아 들고 정리도 하지 않은 침대에 드러누웠다. 책을 몇 줄 읽었지만, 무슨 내용인지 알 수 없었다. 도무지 집중을 할 수가 없었다. 나는 책을 옆으로 던져두고 잠을 청했다. 그러나 잠은 오지 않았다. 머릿속에서 생각들이 춤을 추었다. 이제, 뭘 해야 하나? 남은 평생을 저 낯선 남자와 함께 해야 한단 말인가? 그는 한밤중에 어디에 간 걸까? 부모님의 집으로 간 것 같았다. 나에 대한 불평을 했는지도 몰랐다. 시어머니가 아들을 집에서 몰아냈다고 야단치면 어떻게 하나?

이리저리 몸을 뒤척이다가 사이드에게 생각이 머물자 다른 생각들이 머리에서 싹 지워져버렸다. 나는 그를 떠올리지 않으려고 애썼다. 그리고 다시는 그의 생각을 해서는 안 된다고 나 자신을 책망했다. 자살에도 실패했으니, 앞으로는 행동거지에 신중을 기해야 했다. 파르빈도 처음에는 내 심정과 마찬가지의 심정을 느꼈던 것이리라. 그러다가 이제는 아무런 가책 없이 남편을 속이는 것이 아닐까. 그녀처럼 되지 않으려면 더 이상은 사이드를 생각하지 말아야 했다. 그러나 그에 대한 추억이 나를 가만히 내버려두지 않았다. 나는 유일한 해결책은 수면제를 모아두었다가 언젠가 도저히 내 삶이 견디기 힘들어지거나 내가 부도덕한 길에 빠지게 되면, 쉽고도 고통 없는 방법으로 내 목숨을 끊는 것이라는 결론을 내렸다. 분명 신께서도 죄로 인한 끔찍한 벌을 피하려는 나를 이해해주시리라.

침대에서 한참 동안 졸았던 것 같은데, 벽에 걸린 커다란 시계를 올려다보니 겨우 세 시 반이었다. 뭘 해야 할까? 나는 너무나 따분했다. 그 낯선 남자는 어디에 간 것일까? 과연 그는 나와 무엇을 할 생각일까? 나는 이 집에서 그와 아무런 관계없이 살 수 있기를 바랐다. 집에는 음악과 라디오와 많은 책이 있었다. 그러나 그 무엇보다 중요한 것은 평화롭게 혼자 은둔할 수 있다는 점이었다. 가족이 보고 싶은 마음은 털끝만큼도 없었고 가사일도 혼자 다 해낼 자신이 있었다. 그 낯선 남자와 나는 각자의 삶을 살 수 있으리라. 아아, 그도 같은 생각이라면 좋으련만.

파르빈이 했던 말이 생각났다. "어쩌면 너도 그 사람을 좋아하게 될지 몰라. 그렇게 되지 않는다 해도, 적어도 넌 제대로 된 네 삶을 살 수 있잖아." 나는 몸을 떨었다. 그것이 무슨 뜻인지 나는 정확하게 알고 있었다. 하지만 그녀에게 진정 죄가 있다고 할 수 있을까? 딴생각을 품은 나 역시 충실치 못하기는 마찬가지가 아닐까? 하지만 누구에게 충실해야 하는 걸까? 무엇에? 내가 사랑하지도 않는, 나를 만지지 말았으면 하는, 다른 사람의 몇 마디 말을 듣고 덜컥 결혼한 낯선 남자와 자는 것과 나의 전부이며 함께 살기를 간절히 소망하는 사랑하는 남자와 사랑을 나누는 것 중에, 어느 것이 더 충실하지 못한 일일까? 낯선 남자와는 다른 사람의 몇 마디 말을 듣고 결혼을 했고, 결혼서약마저도 내 대신 다른 누군가가 대답을 했다. 그러나 내가 사랑하는 사이드와 결혼하고 싶다는 말은 언급조차 할 수 없었다.

갖가지 이상한 생각들이 내 머릿속을 뱅뱅 돌았다. 뭔가를 해야 했다. 몰두할 뭔가가 필요했다. 그렇지 않으면 미쳐버릴 것만 같았다. 나는 라디오 스위치를 켜고 볼륨을 높였다. 내 목소리가 아닌 다른 사람의 목소리를 들어야만 했다. 나는 침실로 되돌아가 침대를 정리하고 진홍색 잠옷을 구겨 그것이 포장되어 있던 상자 안에 쑤셔 넣었다. 그리고 옷장 안을 들여다보았다. 옷장 안은 어수선했고 옷걸이에서 떨어진 옷들도 여러 벌이 있었다. 나는 옷장 안의 내용물을 모조리 꺼낸 다음 한쪽에는 내 옷을, 다른 한쪽에는 낯선 남자의 옷을 정리해 넣었다. 그리고 서랍 안의 잡동사니들도 정리를 하고 서랍장 위에 올려놓은 물건들도 말끔하게 정리했다. 그리고 무거운 박스들을 질질 끌어 복도 반대편의 창고 방으로 가져갔다. 창고 방에 있는 물건이라고는 책 몇 상자가 다였지만, 나는 그 방 역시 정리를 하고 침실에서 필요 없는 물건들을 가져왔다. 날이 저물고 나서야 두 방의 정리가 끝났다. 이제 나는 무엇이 어디에 있는지 다 알고 있었다.

다시 배가 고파졌다. 나는 손을 씻고 부엌으로 갔다. 부엌은 엉망이었지만, 정리할 기운이 없었다. 나는 물을 좀 끓여 차를 우렸다. 빵이 없어서 바싹 마른 패스트리에 버터를 바르고 치즈를 얹어 차 한 잔과 함께 먹었다. 그리고 책이 있는 복도로 갔다. 몇 권의 책에는 내가 이해할 수 없는 이상한 제목이 붙어

있었다. 낯선 남자가 대학 교재로 썼음에 틀림없는 법률 서적
도 있었고 소설과 시 전집도 많았다. 아카반 살레스(1928~1990,
이란의 뛰어난 시인―역주), 포르흐 파로허저드(1935~1967, 32세의
젊은 나이에 요절한 이란의 여류시인 겸 영화감독―역주), 그리고 내
가 굉장히 좋아하는 다른 시인들의 작품집들이었다. 그것들을
보고 있자니 사이드가 내게 주었던 시집이 생각났다. 화병에
담긴 나팔꽃을 잉크로 그린 겉표지가 있는 나의 작은 시집. 그
시집을 가져왔어야 했는데. 파로허저드의 「사로잡힌 마음」이라
는 시가 실린 부분의 책갈피에 나뭇잎을 끼워놓았는데. 자신의
감정들을 대담하게 표현할 줄 알았던 그녀는 정말로 용감한 여
성이었다. 그녀가 노래한 시들은 나의 영혼을 울렸다. 마치 내
가 그 시를 짓기라도 한 것처럼 공감이 되었다. 나는 나중에 내
시 스크랩북에 옮겨 적을 요량으로 그녀의 시 몇 편에 표시를
해두고 소리 내어 낭송해보았다.

> 태만의 순간이라는 어두운 감옥에서 날개를 펴는 상상을 한다.
> 간수의 얼굴을 보며 한바탕 웃어주고 당신 곁에서 새로운 인생을
> 시작할 수 있다면.

시를 읽다 말고 나는 창피한 줄도 모르고 소리 내어 그런 시
를 읽은 스스로를 나무랐다.

밤 열 시가 넘었다. 나는 소설책 한 권을 뽑아들고 침대로 갔
다. 지쳐서 힘이 하나도 없었다. 소설 제목은 『말파리』였다. 무
시무시하고 끔찍한 사건들을 묘사한 소설이었으나, 도무지 손

에서 내려놓을 수가 없었다. 그 소설을 읽고 있는 동안만큼은 다른 생각을 할 수 없었고 낯선 남자의 집에 혼자 있다는 두려움이 느껴지지 않았다. 몇 시였는지는 모르겠지만, 마침내 나는 잠이 들었다. 손에 들고 있는 책을 떨어뜨리고 불을 켜놓은 채.

다시 눈을 떴을 때, 시간은 이미 정오를 향해 가고 있었다. 집은 여전히 고요하고 적막했다. 그 누구의 방해도 받지 않고 살 수 있다니, 이보다 더 큰 축복은 없을 것 같았다. 늦잠도 실컷 잘 수 있었다. 나는 일어나 세수를 하고 차를 우린 다음 또다시 패스트리를 조금 먹었다. 오늘은 토요일이니까 가게들이 문을 열었을 터였다. 만약에 낯선 남자가 돌아오지 않으면, 나 혼자 장을 봐와야 했다. 하지만 무슨 돈으로? 그가 돌아오지 않는다면, 나는 어떻게 해야 하나? 오늘은 그도 출근을 했을 테고, 그렇다면 별일 없는 한 오후 늦은 시간쯤에는 돌아오지 않을까? 웃음이 나려고 했다. '별일 없는 한'이라니, 그것은 내가 그 사람이 돌아오기를 은근히 바라고 있다는 뜻이었다. 순간, 궁금해졌다. 내가 그 사람에게 일말의 가치를 두고 있는 것일까?

《우먼스 데이》잡지에서 읽었던 이야기가 생각났다. 어떤 여자가 나처럼 강제 결혼을 했다. 첫날 밤, 그녀는 남편에게 자신이 다른 남자를 사랑하고 있어서 그와는 잠자리를 함께 할 수 없다고 말했다. 그러자 남편은 그녀의 몸에 손을 대지 않겠다고 약속했다. 몇 달 후, 여자는 남편이 좋은 사람이라는 것을 깨닫게 되었고 서서히 과거의 사랑을 잊어갔다. 그녀는 그렇게 남편에 대한 사랑을 키워갔으나 약속을 깨기 싫었던 남편은 절대 그녀의 몸에 손을 대지 않았다. 저 낯선 남자도 비슷한 약속을 해줄까? 그래준다면 만사 해결이다! 나는 그에게 아무런 감정이 없었다. 그저 그가 집에 돌아오길 바랄 뿐이었다. 첫째, 서로의 입장을 분명히 해두고 싶었고, 둘째, 돈이 필요했으며 셋째, 어떤 일이 있어도 친정으로 돌아가지 않겠다고 못을 박아두고 싶었다. 사실 나는 피난처를 찾은 셈이었다. 그들로부터 괴롭힘을 당하지 않고 사는 것이 좋았다.

나는 라디오를 크게 켜고 일을 하기 시작했다. 특히 부엌에서 많은 시간을 보냈다. 찬장을 닦고 선반에 신문을 깔아놓은 다음 그 위에 접시며 자질구레한 물건들을 올려 깔끔하게 정리했다. 커다란 구리 냄비들은 가스레인지 곁, 싱크대 아래에 차곡차곡 쌓아두었다. 수건과 식탁보가 들어 있는 박스 안을 뒤졌더니 짜임새가 성긴 천이 나왔다. 나는 그 천을 잘라 여러 사이즈의 식탁보를 만들었다. 재봉틀이 없어서 가장자리를 손바느질로 마무리해야 했다. 그렇게 만든 식탁보들 중에서 한 장은 부엌 식탁 위에 깔고 나머지들로는 싱크대와 찬장 위를 덮었다. 그리고 내 혼수품으로 보이는 새 찻주전자를 찬장 위에 올려두고 그 옆에는 차를 나르는 쟁반을 놓았다. 그다음으로는 때가 낀 가스레인지와 냉장고를 닦고 부엌 바닥이 깨끗해 보일 때까지 걸레로 한참 동안이나 북북 문질러 닦았다. 내 짐 속에 수를 놓은 테이블보가 몇 장 들어 있었다. 나는 그것들을 거실로 가져가 벽난로 위 선반과 책장 위에 깔았다. 음반들과 책들도 높이를 맞추어가며 다시 정리했다. 축음기를 조금 만지작거려보았으나, 켜는 방법을 알아낼 수는 없었다.

나는 주위를 둘러보았다. 집이 달라 보였다. 기분이 좋았다. 앞마당에서 나는 소리에, 창가로 다가가 밖을 내다보았으나 아무도 보이지 않았다. 화단이 바싹 마른 것이 꽃들이 목말라하고 있는 것만 같았다. 나는 밖으로 나가 화단에 물을 주고 앞마당과 계단에도 물을 뿌려가며 청소를 했다. 밖이 어두워지고 나서야 나는 피곤하고 땀에 전 채로 일을 마무리했다. 집안에서 욕조를 본 기억이 났다. 뜨거운 물도 없고 욕실 한구석에 있는 커다란 석유 히터를 켜는 방법도 몰랐지만, 몸을 씻을 수 있다는 것만으로도 큰 상을 받은 것 같았다. 나는 욕조와 세면대를 깨끗하게 닦고 차가운 물로 재빨리 머리를 감고 비누거품을 내 샤워를 하고는 침실로 가서 파르빈이 집에서 입는 옷으로 만들어 준 꽃무늬 원피스를 입고 머리를 하나로 모아 묶은 다음 거울을 보았다. 내가 무척 달라 보였다. 이제 나는 더 이상 어린 여자아이가 아니었다. 며칠 만에 몇 살을 후딱 먹어버린 것만 같았다.

길가로 통한 문이 열리는 소리에 가슴이 철렁 내려앉은 나는 서둘러 창가로 달려갔다. 낯선 남자의 부모와 여동생인 마니제, 그리고 할머니가 앞마당에 서 있었다. 마니제가 아래층 베란다로 이어진 계단을 내려가는 할머니의 겨드랑이 밑에 손을 넣고 부축을 했다. 낯선 남자의 아버지가 앞장서 내려가 잠긴 문을 열었다. 그의 어머니가 헐떡거리며 계단을 올라오는 소리가 들렸다. 나는 떨리는 다리로 현관문에 다가가 역시 떨리는 손으로 문을 열고 숨을 깊이 들이쉰 다음 인사를 했다.

"그래! 그래! 새신부도 잘 있었지? 지내기가 어때? 신랑은 어

디에 있지?" 내가 대답을 채 하기도 전에 낯선 남자의 어머니
가 안으로 들어와 큰 소리로 아들을 불렀다.

"하미드? 아들아, 어디에 있니?"

나는 안도의 한숨을 내쉬었다. 남자의 가족들은 그가 결혼
첫날밤에 외박을 하고 아직도 돌아오지 않았다는 사실을 몰
랐다.

"저, 지금 집에 없는데요." 내가 조심스럽게 말했다.

"어디에 갔지?"

"친구들을 만나러 간다고 했어요."

남자의 어머니가 고개를 가로젓더니 집안을 살펴보기 시작했
다. 이 방 저 방을 기웃거리며 구석구석을 검사하는 것만 같았
다. 나의 시어머니인 남자의 어머니가 계속 고개를 가로젓는 것
을 어떻게 해석해야 할지, 나는 알 수가 없었다. 마치 엄격한 선
생님에게 시험지를 제출한 것만 같았다. 나는 잔뜩 긴장한 채로
시어머니의 최종 판결을 기다렸다. 시어머니는 내가 거실 벽난
로 위 선반에 깔아놓은 수놓인 테이블보를 손으로 쓰다듬었다.

"네가 수를 놓았니?"

"아뇨."

이제 시어머니는 침실로 들어가 옷장 문을 열었다. 깔끔하게
정리된 옷장 안은 내가 보기에도 만족스러웠다. 시어머니는 다
시 고개를 가로젓고 부엌으로 가서 찬장 안을 들여다보고 접시
와 그릇들을 살폈다. 그리고 접시 하나를 들어 뒤집어보았다.

"마수드 제품인가?"

"네!"

마침내 검사를 마친 시어머니가 복도로 나오더니 방석 위에 앉아 등받이에 등을 기댔다. 나는 차를 끓인 다음 패스트리와 함께 쟁반에 담아 복도로 가져갔다.

"아가, 이리로 와서 앉으렴. 나는 정말 기쁘단다. 파르빈이 말한 대로, 넌 예쁘고 꼼꼼하고 취향도 고상한 아이로구나. 단 이틀 만에 집안을 이렇게 말끔히 정리한 것도 대견하고. 네 어머니께서 결혼식을 올리고 하루 이틀쯤 후에 같이 이 집에 와서 정리를 도와주자고 하셨는데, 그럴 필요가 없겠구나. 네 살림솜씨를 보니 마음이 놓인다. 자, 아가, 하미드가 어디에 갔다고 했지?"

"친구를 만나러 갔어요."

"내 말을 잘 들으렴. 아내는 언제까지나 여자로 남아야 해. 남편을 꽉 쥐고 관리해야 하지. 눈을 똑바로 뜨고 있으렴. 우리 하미드에게 골칫거리가 하나 있는데, 그것이 바로 그 애의 친구들이란다. 하미드가 친구들을 멀리할 수 있게 네가 애를 써 주어야 해. 그리고 경고를 하나 하자면, 하미드의 친구들은 온순하지도 않고 고분고분하지도 않아. 사람들 말이, 하미드에게 아내와 자식이 생기면, 친구들에게 흥미를 잃을 거라고들 하더구나. 이제, 하미드가 친구들과 자유롭게 어울려 다니고 말고는 너에게 달렸어. 열 달 후에는 첫아이를 안겨주고 또 열 달이 지나면 둘째를 안겨주어야 해. 간단히 말해, 남편을 바쁘게 만들어서 다른 일에 눈을 돌리지 못하게 만들어야 한다는 것이지. 나는 최선을 다했단다. 눈물을 흘리며 호소해보기도 하고 실신도 해보았고 기도도 했지. 마침내 결혼을 시켰으니, 이제는 네가 애쓸 차례야."

내 눈을 가리고 있던 베일이 한순간에 걷힌 것만 같았다. 아!
그러니까 나와 마찬가지로 저 불쌍한 남자도 그 결혼식에 끌려
왔던 것이로구나. 그는 아내나 결혼 생활에 관심이 없었다. 어
쩌면 그도 다른 여자를 사랑하고 있지 않을까. 하지만 만약 그
렇다면, 남자의 가족은 왜 그 여자에게 청혼을 하지 않았을까?
아무튼 이 가족에게 그 남자와 그의 소망은 굉장히 중요한 비
중을 차지하는 것 같았다. 나와는 달리, 그는 청혼자들을 기다
려야 하는 입장이 아니었다. 원하는 사람을 고를 수 있었다. 그
의 부모는 아들이 결혼하는 것을 너무나도 보고 싶어 했으니,
그가 선택한 여자를 반대할 리 없었다. 어쩌면 그는 결혼 자체
를 거부하고 짐을 짊어지기 싫어했는지도 몰랐다. 하지만 왜?
어쨌거나 그도 나이를 먹을 만큼 먹었는데. 단순히 친구들 때
문일까?

시어머니의 목소리에 나는 생각에서 깨어났다.

"향신료를 듬뿍 넣고 양 정강이 스튜를 만들었단다. 하미드
가 아주 좋아하는 음식이지. 그래서 우리끼리만 먹을 수가 없
어서 냄비에 담아 왔다. 한동안 네가 향신료를 손질할 시간이
없을 것 같기도 하고…… 참, 집에 쌀이 있니?"

나는 깜짝 놀라 어깨를 으쓱했다.

"창고 안에 있을 게다. 매년 아버지께서 우리 가족이 먹을 쌀
을 사시는데, 할머니와 하미드에게도 몇 부대씩 나누어주신단
다. 오늘 저녁에는 압력솥으로 밥을 좀 지으렴. 내가 가져온 양
정강이 스튜와 잘 어울릴 게다. 하미드는 찐 밥을 싫어해. 아버

지와 나는 내일 순례 여행을 떠날 예정이야. 그래서 할머니를 모셔왔지. 여행을 떠날 계획만 없었어도, 할머니를 며칠 더 모셨을 텐데. 할머니는 아주 좋은 분이란다. 가끔씩 할머니를 들여다봐주렴. 보통 식사 준비를 혼자 하시지만, 네가 종종 음식을 가져다드리면 좋겠구나. 신께서도 칭찬을 하실 거야."

그때, 마니제와 시아버지가 현관문을 열고 들어왔다. 나는 발딱 일어나 인사를 했다. 시아버지가 나에게 미소를 지었다.

"아가, 잘 있었니? 지내기가 어떤지 모르겠구나."

그러고는 시어머니를 돌아보며 말했다. "당신 말이 옳구려. 새아기는 결혼식날 본 것보다 훨씬 더 예쁘구려."

"하루 만에 집을 얼마나 깔끔하게 정리했는지, 한번 보세요. 집안 구석구석을 깨끗하게 치우고 정리했어요. 하미드가 이번에는 무슨 평계를 댈지 한번 지켜보자고요."

시누이 마니제가 주위를 둘러보며 물었다. "시간이 없었을 텐데, 언제 이렇게 일을 했어요? 어제는 둘이서 하루 종일 잠을 잤을 테고, 언니 어머님께 인사도 드리러 가야 했을 텐데요?"

"네? 우리 집에 인사를 드리러 가야 했다고요?"

"그래요. 맞죠, 어머니? 신혼부부가 결혼한 다음 날 신부의 어머니를 찾아가야 하는 것이죠?"

"그래, 그렇지. 친정에 다녀왔어야지. 가지 않았니?"

"네. 그런 관습이 있는 줄을 저는 몰랐어요."

시댁 식구들이 웃음을 터뜨렸다.

"하미드가 그런 관습을 알 리 없지. 우리 불쌍한 새아기도 모르는 게 당연하고 말이야." 시어머니가 말했다. "하지만 이제는 알았으니, 하미드와 함께 친정어머니를 찾아뵙고 오너라. 너희를 기다리고 계실 테니까."

"그래요. 선물도 준비하셨을 거예요." 마니제가 말했다. "어머니, 만수레 언니가 결혼식 다음 날 인사를 드리러 왔을 때, 어머니께서 바흐만 형부에게 주신 알라 펜던트를 기억하시죠?"

"그래, 기억하고 있지. 그건 그렇고, 아가. 메카에서 무슨 선물을 사다 줄까? 어려워하지 말고 말해보렴."

"전 됐어요. 감사합니다."

"돌아온 다음에는 머리맡 의식을 올리기로 했으니까, 메카에서 우리가 무슨 선물을 사다 주었으면 좋겠는지, 내일까지 생각을 해두렴."

"여보, 그만 가지. 피곤하군. 하미드가 금방 올 것 같지도 않고. 별일 없으면 내일 우리 집에 오거나 공항에 배웅을 나오겠지. 자, 아가, 작별인사는 내일을 위해 남겨두자꾸나." 시아버지가 말했다.

시어머니가 나를 꼭 안고 입을 맞춘 다음 목멘 소리로 말했다. "네 목숨과 하미드의 목숨을 걸고, 남편을 잘 섬기고 무사히 지내게 해주겠다고 약속해다오. 하미드의 작은누나인 만수레가 돌보아주겠지만, 막내인 마니제에게도 신경을 써주고."

그들이 돌아가자 나는 안도의 숨을 내쉬었다. 찻잔과 패스트리 접시를 거두고 쌀을 찾기 위해 아래층으로 내려가는데, 할머니가 나를 불렀다. 나는 할머니의 집으로 들어가 인사를 했다. 할머니는 조심스럽게 나를 위아래로 훑어보고는 인사를 건넸다.

"예쁜 아가를 보니 반갑구나. 잘 지냈니? 결혼생활이 행복하길 바란다. 그리고 우리 하미드의 버릇도 고쳐주렴."

"죄송한데요, 혹시 창고 열쇠를 가지고 계세요?"

"문틀 위에 있단다."

"감사합니다. 지금 바로 저녁을 지을게요."

"착하기도 하지. 그래, 그렇게 하려무나."

"할머니께도 좀 가져다드릴 테니까, 힘들게 따로 식사 준비하지 마세요."

"아니다, 난 저녁을 먹지 않아. 하지만 혹시 내일 빵을 사러 가게 되면, 내가 먹을 빵도 좀 사오렴."

"네, 그럴게요!"

대답을 했지만, 한편으로는 걱정이 되었다. 만약에 오늘 밤에도 낯선 남자가 집에 오지 않으면 무슨 수로 빵을 사온단 말인가?

구수한 밥 냄새와 신선한 허브 냄새가 내 식욕을 자극했다. 제대로 된 식사를 한 것이 언제였는지 기억이 나지 않았다. 밤열 시쯤, 저녁 준비가 끝났지만, 낯선 남자는 나타나지 않았다. 지금 내 상태로는 그를 기다릴 수도 없었고 그러고 싶지도 않았다. 나는 게걸스럽게 음식을 먹고 설거지를 한 다음 앞으로도 네 번은 충분히 먹을 수 있을 것 같은 양의 남은 음식들을 냉장고에 넣었다. 그러고는 책을 가지고 침대로 갔다. 전날 밤과는 달리, 나는 곧 잠이 들었다.

여덟 시에 눈이 떠졌다. 나의 수면시간은 서서히 정상상태로 회복되고 있었고 침실도 더 이상 낯설게 느껴지지 않았다. 이 집에서 이렇듯 짧은 시간 안에 찾게 된 평화를, 늘 북적거리고 위험이 도사리고 있는 친정집에서는 한 번도 경험해보지 못했었다. 나는 잠시 동안 이불 속에서 느긋하게 몸을 뒤척이다가 일어나 침대를 정리했다. 그리고 침실을 나오다가 그만 그 자리에 얼어붙고 말았다. 낯선 남자가 방석 옆 바닥에 담요를 깔고 자고 있었던 것이다. 나는 전날 밤, 그가 돌아오는 소리를 듣지 못했다.

한동안 나는 꼼짝도 할 수 없었다. 그는 깊은 잠에 빠져 있었다. 팔을 눈과 이마에 대고 잠이 든 그의 모습은 내가 상상했던 것만큼 건장해 보이지 않았다. 무성한 콧수염이 그의 윗입술을 완전히 덮었고 아랫입술도 반쯤 가리고 있었다. 곱슬거리는 머리카락은 마구 헝클어진 상태였다. 피부색은 올리브 색깔에 가까웠고 키는 큰 것 같았다. 이 사람이 내 남편이라고? 길에서 마주치면 알아보지도 못할 것 같은데. 얼마나 우스운 일인가. 나는 조용히 세수를 하고 찻주전자에 물을 담아 끓이기 시작했다. 하지만, 빵은 어쩐다지? 궁리 끝에 해결책이 떠올랐다. 나는 차도르를 입고 발소리를 죽여 가며 집을 빠져나왔다. 할머니가 샘가에 앉아 물뿌리개에 물을 채우고 있었다.

"아가, 잘 잤니? 게으른 하미드는 아직 일어나지 않았구나?"

"네. 저는 빵을 사러 가는 길이에요. 아직 아침 식사 전이시죠?"

"그래. 하지만 서두를 필요는 없다."

"빵집은 어디에 있나요?"

"대문을 나가서 오른쪽으로 가렴. 그런 다음 길 끝까지 가서 왼쪽으로 돌아 백 걸음쯤 걸어가면 바로 빵집이 나온단다."

나는 잠시 머뭇거리다가 어렵게 말을 꺼냈다. "죄송하지만, 잔돈 가지신 것 있으세요? 하미드를 깨우기는 싫고, 빵집에 잔돈이 없을까봐 걱정이 되어서요."

"물론 있지. 벽난로 위 선반에 있어."

내가 돌아왔을 때에도 하미드는 여전히 잠을 자고 있었다. 나는 부엌으로 가서 아침식사를 준비하기 시작했다. 그런데 냉장고에서 치즈를 꺼내려고 돌아섰다가 문간에 서 있는 하미드와 마주보게 되었다. 나는 본능적으로 숨 막히는 소리를 냈다. 그가 항복한다는 듯이 양팔을 들고 재빨리 뒤로 물러섰다.

"그러지 마! 그러지 말라고! 제발 겁내지 마. 내가 귀신같이 생겼어? 정말 내가 그렇게 무서워?"

나는 웃음을 터뜨릴 뻔했다. 나의 웃는 얼굴을 본 그가 안심을 하며 팔을 더 높이 뻗어 문틀 위를 잡았다.

"오늘은 기분이 괜찮아 보이네."

"네, 고마워요. 아침 준비는 금방 끝나요."

"와! 아침식사라고? 그런데 물건들을 옮겼나 봐? 여자가 집에 있으면 구석구석 깨끗하고 깔끔해진다는 어머니의 말이 옳았어. 내가 내 물건들을 찾을 수 있기를 바랄 뿐이야. 새로 정리한 방식이 아직 익숙하지 않거든."

욕실로 들어갔던 그가 잠시 후 큰 소리로 나를 불렀다.

"이봐…… 여기 목욕용 큰 타월이 있었는데, 어디에 두었어?"

나는 잘 개어둔 타월을 들고 욕실 문 앞으로 갔다. 그가 머리를 쑥 내밀며 말했다.

"그런데 참, 이름이 뭐지?"

나는 충격을 받았다. 그는 내 이름조차 모르고 있었다. 결혼식 도중에도 몇 번인가 내 이름이 불렸었는데. 그가 결혼 자체에 철저하게 무관심했던지, 혼자만의 생각에 빠져 있었던 것이 틀림없었다.

내가 차갑게 대답했다. "마숨이에요."

"아, 마숨. 그런데 마숨이야, 아니면 마수메야?"

"그게 그거잖아요. 보통은 다들 마숨이라고 불러요."

그가 내 얼굴을 자세히 들여다보았다. "좋은 이름이네……
당신한테 어울려."

가슴이 아려왔다. 사이드도 같은 말을 했었다. 사이드의 사랑과 이 남자의 무관심은 달라도 너무나 달랐다. 사이드는 내 이름을 하루에도 천 번쯤 불렀다고 했었다. 눈에 눈물이 차올랐다. 나는 몸을 돌려 부엌으로 갔다. 그리고 아침식사를 차린 쟁반을 거실로 들고 나와 바닥에 식사용 보자기를 깔았다. 그가 목에 수건을 두른 채로 욕실에서 나왔다. 그의 곱슬머리가 젖어 있었다. 짙은 색인 그의 눈은 친절해 보였고 생기가 넘쳐 보였다. 이제는 나도 그가 무섭지 않았다.

"굉장한걸! 훌륭한 아침식사야. 갓 구운 빵도 있네. 결혼하면 좋은 점이 또 하나 있었군."

나는 그가 내 기분을 살리기 위해 그런 말을 하는 것이라고 생각했다. 내 이름을 몰랐다는 사실을 무마시키고 싶었던 것이리라. 나는 양반다리를 하고 앉은 그의 앞에 찻잔을 놓았다. 그가 빵에 치즈를 바르며 말했다.

"자, 어디 말해봐. 왜 그렇게 무서워했어? 내가 무서웠어? 아니면 그날 밤 남편이라며 침실에 들어온 사람이라면 누구를 막론하고 모두 무서웠을까?"

"누가 되었건 무서웠을 거예요."

마음속으로 나는 못다 한 말을 다 했다. 사이드만 빼고요. 그 사람이었다면, 나는 기꺼이 그의 품안으로 뛰어들었을 거예요.

"그런데 왜 결혼을 했어?"

"해야만 했어요."

"왜?"

"우리 가족들이, 내가 시집갈 때가 되었다고 생각했으니까요."

"하지만 당신은 아직 어려. 당신도 결혼할 때가 되었다고 생각해?"

"아뇨. 나는 학교를 더 다니고 싶었어요."

"그런데 왜 그러지 않았어?"

"가족들이 여자에게는 육 년 교육이면 충분하다고 했어요. 몇 년만 더 공부를 하게 해달라고 얼마나 빌었는지 몰라요."

"그럼, 당신 가족들이 당신을 강제로 결혼시키고, 마땅히 누려야 할 권리인 교육을 안 시켜주었다는 말이야?"

"그래요."

"왜 맞서 싸우지 않았어? 왜 저항을 하지 않았냐고? 반항을 해봤어야지."

그의 얼굴이 붉어졌다.

"무력을 써서라도 당신의 권리를 주장해야 했어. 사람들이 강압에 굴복하기를 거부하지 않았다면, 이 세상에 압제자가 그렇게 많지는 않았을 거야."

그저 놀라울 따름이었다. 현실을 몰라도 이렇게 모르다니. 나는 웃음을 참느라 애를 쓰면서 비웃음에 가까운 미소를 지으며 말했다. "그런 당신도 강압에 굴복했었잖아요?"

그가 입을 떡 벌리고 나를 바라보았다. "누가? 내가?"

"그래요, 당신. 가족들의 강요로 결혼식에 앉아 있었잖아요. 아닌가요?"

"누가 그런 소리를 했어?"

"눈에 뻔히 보이던걸요. 결혼식날이 다가오기를 손꼽아 기다렸다고 말하지는 못하겠죠. 불쌍한 당신 어머니께서 졸도를 해가면서까지 애원을 하시는데, 더 이상 버틸 수가 없었던 것이겠죠."

"어머니로부터 들은 얘기지? 뭐, 사실이야. 그리고 당신 말이 맞기도 하고. 강요 때문에 결혼한 거야. 압제의 수단은 사람을 때리고 고문하는 것 말고도 더 있어. 때로는 사랑과 연민을 이용해 상대를 무장해제시키지. 하지만 말이야, 내가 결혼을 하겠다고는 했지만 이런 상황에서 나에게 시집 올 여자가 있을 것이라고는 생각하지 못했어."

잠시 동안 우리는 아무 말 없이 빵을 먹었다. 그러다가 그가 찻잔을 들고는 방석에 비스듬히 누웠다.

"당신은 상대의 콧대를 꺾는 방법을 잘 알고 있군…… 마음에 들어. 시간 낭비 없이 상대를 제압할 줄 알아."

그가 웃기 시작했고, 나도 따라 웃었다.

"내가 왜 결혼하기 싫었는지 알아?"

"몰라요. 왜죠?"

"남자가 결혼을 하면, 그 남자의 삶은 더 이상 그의 것이 아니야. 손과 발이 묶이고 인생이 마구 꼬여서 자신의 이상을 꿈꾸거나 그 이상에 다다를 수가 없게 돼. 누가 그러더군. 남자가 결혼을 하면, 한자리에 가만히 서 있게 되고 첫아이가 태어나면 무릎을 꿇게 되고 둘째가 태어나면 엎어지게 되고 셋째가 태어나면 그 자신은 온데간데 없어지게 된다던가, 뭐 그런 비슷한 이야기였어…… 물론 나도 아침식사를 준비해주거나 청소와 빨래를 해주는 사람이 옆에 있다는 게 좋기는 해. 하지만 그건 모두 인간의 이기심에서 비롯된 것이고, 우리가 남성 지배적인 사회에서 교육을 받고 자랐다는 것에 그 근거를 두고 있어. 나는 여자들을 그렇게 취급해서는 안 된다고 생각해. 여자들이야말로 역사상 탄압을 가장 많이 받아온 사람들이야. 다른 집단으로부터 착취를 받은 최초의 집단이라고 할 수 있지. 여자들은 언제나 도구로 사용이 되어왔고 지금도 그 상황은 변하지 않았어."

책에서 그대로 옮긴 것 같기도 했고 그중에 '착취'처럼 내가 이해할 수 없는 단어들도 있었지만, 그가 한 말은 내 마음에 그대로 와 닿았다. '여자들이야말로 역사상 탄압을 가장 많이 받아온 사람들'이라는 이야기가 내 머리에 깊이 새겨졌다.

"그래서 결혼하기 싫었던 거예요?" 내가 물었다.

"그래. 나는 속박당하고 싶지 않았어. 전통적으로 결혼을 하면 가족에게 매이게 되니까. 만약에 우리가 친구라면, 그런 정신과 관점을 가지고 있다면 이야기는 달라질 수 있겠지만."

"그럼, 왜 그런 사람과 결혼하지 않았어요?"

"나와 같은 생각을 하는 여자들은 그렇게 쉽게 결혼을 선택하지 않아. 그들 역시 대의명분에 일생을 걸었으니까. 그리고 어머니는 우리 그룹의 여자들이라면 질색을 하셔. 내가 같이 다니는 여자들 중 한 명과 결혼을 하면, 스스로 목숨을 끊겠다고 입버릇처럼 이야기하셨어."

"그 여자를 사랑해요?"

"사랑하느냐고? 누구를…… 아, 아니야. 오해하지 마. 사랑하는 사람이 있는데 어머니가 반대하셨다는 뜻이 아니야. 우리 부모님이 결혼을 하라고 성화를 하시기에, 우리 그룹의 여자들 중 누군가와 결혼을 해서 그 논란에 종지부를 찍으려고 했던 것뿐이야. 그럼 아내 때문에 활동에 방해를 받지 않을 테니까. 하지만 어머니가 내 의도를 간파하셨지."

"그룹이라고요? 무슨 그룹인데요?"

"공식집단은 아니야. 사회적으로 혜택을 받지 못하는 사람들에게 도움을 주는 가치 있는 행동을 함께 하는 사람들의 모임이야. 사람은 누구나 인생의 목표와 이상이 있고, 그것을 성취하기 위해 노력하잖아? 당신의 목표는 뭐지? 어떤 길로 가고 싶어?"

"나의 목표는 공부를 계속하는 거였어요. 하지만 이제는…… 모르겠어요."

"이 집 바닥을 닦으며 남은 인생을 보내겠다는 건 아니겠지?"

"그렇게 하진 않을 거예요!"

"그런데? 당신의 목표가 공부라면, 해. 왜 포기하려는 거야?"

"고등학교에서 유부녀를 받아주지 않으니까요."

"공부를 계속할 수 있는 다른 방법이 있다는 걸 모른다는 거
야?"

"어떤 방법이 있는데요?"

"야간학교에 다니면서 검정고시를 치르는 거야. 꼭 일반 학
교를 다닐 필요는 없어."

"그건 나도 알아요. 하지만, 당신이 반대할 것 같았어요."

"내가 왜 반대를 해? 사실, 나도 아내가 교육을 받은 지성인인
것이 좋아. 게다가 그건 당신의 권리야. 내가 무슨 자격으로 당
신의 앞길을 가로막겠어? 내가 교도소 간수도 아닌데 말이야."

나는 깜짝 놀랐다. 내 귀가 의심스러울 지경이었다. 대체 이
남자는 어떻게 된 사람이기에 내가 알던 남자들과 이렇게나 다
른 걸까? 태양빛만큼이나 밝은 빛이 내 인생을 비추기 시작한
것 같았다. 너무나 행복해서 말이 나오지 않았다.

"정말이에요? 아아, 학교에 다닐 수 있게만 해준다면⋯⋯."

나의 반응이 우스웠을 텐데도, 그는 웃는 대신 자상한 목소
리로 내게 말했다.

"물론 정말이지. 그건 당신의 권리이니까 고마워하지 않아도
돼. 모든 사람은 원하는 바를 추구해야 하고 옳은 길을 가고 있
다는 믿음을 가져야 해. 결혼을 했다고 해서 배우자의 관심사
에 사사건건 참견을 하는 것도 옳지 않지. 그 반대로, 서로가 서

로를 도와야 하는 거야. 안 그래?"

나는 열심히 고개를 끄덕였다. 그의 말에는 나 역시, 그의 활동을 방해해서는 안 된다는 의미가 담겨 있었다. 그날 이후로 우리의 합의는 우리 부부의 삶에 불문율로 자리잡았다. 그래서 나는 인간답게 살 수 있는 권리를 보장받았지만, 상황이 내게 유리하게만 돌아가지는 않았다.

하미드는 그날 출근을 하지 않았고, 나는 당연히 그 이유를 묻지 않았다. 그가 함께 부모님의 집에 가서 점심을 먹자고 했다. 시부모님은 그날 저녁에 순례여행을 떠나기로 되어 있었다. 금방 집을 나설 수는 없었다. 옷을 어떻게 입어야 할지, 알 수가 없었다. 나는 평소처럼 스카프를 쓰기로 했다. 하미드가 내 옷차림을 못마땅해 하면 차도르를 입을 생각이었다.

침실에서 나온 나를 보고 그가 말했다.

"그게 뭐야? 그런 걸 꼭 써야 해?"

"아버지의 허락을 받은 이후로는 스카프만 써왔는데, 당신이 싫다면 차도르를 입을게요."

"아냐! 그러지 마!" 그가 비명에 가까운 소리를 냈다. "스카프도 너무 과해. 물론 당신이 결정할 일이지만. 당신이 좋은 대로 입어. 그것도 인간의 권리니까."

그날 나는 정말이지 오랜만에 기분이 좋았다. 믿음직한 지원군을 얻은 것 같았고 몇 시간 전까지만 해도 불가능해 보이던 꿈이 곧 이루어질 것만 같았다. 나는 평온한 마음으로 그와 이야기를 나누며 나란히 걸었다. 그가 나보다 말을 좀더 많이 했다. 때때로 그는 딱딱한 문장체로 이야기를 했고 명청한 학생을 가르치는 선생님 같은 말투를 쓰기도 했다. 하지만 기분이 나쁘지는 않았다. 사실 그는 책을 많이 읽었고 경험이나 교육으로 따지자면 나는 그의 학생이 되기에도 자격이 부족했다. 나는 그에게 존경심을 느꼈다.

시부모님의 집에 들어서자, 온 가족이 우리 주위에 몰려들었다. 타브리즈에 사는 그의 큰누나 모니르와 그녀의 두 아들도 와 있었다. 하미드의 조카인 그 소년들은 낯을 좀 가렸고 다른 사람들과 많이 어울리지 않았다. 둘이서는 대부분 터키어로 이야기를 나누었다. 모니르는 다른 여자형제들과 생김새가 많이 달랐고 나이도 훨씬 많아 보였다. 내가 보기에 그녀는 다른 여자형제들의 언니라기보다는 이모 같았다. 모두들 하미드와 나의 사이가 좋아 보인다며 기뻐했다. 하미드는 어머니와 누이들과 끊임없이 농담을 주고받았다. 그들을 놀리는 것도 이상해 보였지만, 더 이상했던 것은 그들의 볼에 입을 맞추는 것이었다. 나에게는 모두 재미있고 놀라운 일들이었다. 내가 자란 집에서는 남자들이 여자들에게 거의 말을 붙이지 않았고 농담을 하거나 함께 웃는 일은 더더욱 드물었다. 나는 시댁의 분위기가 좋았다. 작은누나인 만수레의 아들 아르데쉬르가 바닥을 기어다니기 시작했다. 아기는 정말로 예뻤고 내 품안으로 자꾸만 파고들었다. 기분이 좋아져서 나도 모르게 마음속으로부터 우러나오는 웃음이 나왔다.

"다행히 우리 새아기가 웃을 줄을 아네." 시어머니가 기쁜 표정으로 말했다. "웃는 모습은 처음 보았어."

"웃으니까 보조개가 패서 훨씬 더 예쁘네요." 만수레도 맞장구를 쳤다. "내가 올케라면, 난 매일매일 웃을 거야. 정말이야."

나는 얼굴을 붉히며 바닥을 내려다보았다. 만수레가 말을 이었다. "하미드, 우리가 얼마나 예쁜 색시를 찾아주었는지, 너도 봤지? 어서 고맙다고 말해."

하미드가 웃음을 터뜨렸다. "고마워. 정말 고마워."

"뭐예요? 다들 꼭 사람을 처음 본 것처럼 난리들이네요." 막내여동생 마니제가 부루퉁하게 한마디 내뱉고는 거실을 나갔다. 시어머니가 어색해지려는 분위기를 잡아주었다. "내버려 둬. 제 오빠의 귀여움을 독차지하던 버릇이 있어서 저러는 거란다. 아아, 나는 정말 행복하단다. 너희 둘이 함께 있는 모습을 보니, 마음이 놓이는구나. 신께 수천 번, 수만 번 감사를 드려야겠다. 이제 신의 집에 가서 맹세를 지킬 수 있게 되었어."

그때, 시아버지가 들어왔고 우리는 모두 일어서서 그를 맞이했다. 시아버지는 내 이마에 입을 맞추고 부드럽게 말했다.

"잘 있었니, 새아가? 우리 아들이 널 너무 귀찮게 하지 않았어야 하는데."

나는 얼굴을 붉히고 땅을 내려다보며 모기만 한 소리로 말했다. "아니에요, 그러지 않았어요."

"만약에 하미드가 귀찮게 굴면, 내게 와서 일러라. 녀석의 귀를 세게 비틀어서 다시는 널 괴롭히지 못하게 해줄 테니까."

"아버지, 제발 그러지 마세요." 하미드가 웃으며 말했다. "우리 귀를 하도 잡아당기셔서 우리 귀가 모두 길어졌잖아요."

집으로 돌아가려고 작별인사를 하는데, 시어머니가 나를 한쪽으로 데리고 갔다.

"아가, 잘 들어두렴. 자고로 결혼 생활의 질서는 첫날밤부터 잡아야 한다고 했단다. 남편을 꽉 쥐어야 해. 남편과 싸우라는 말이 아니야. 재치 있고 사근사근하게 남편을 휘어잡으라는 뜻이지. 애교도 부리고 토라지기도 하고, 밀고 당기라는 말이야. 간단히 말하자면, 하미드가 밤늦게까지 밖에 있도록 하지 말고 아침에는 제시간에 출근을 하게 만들어라. 하미드의 친구들이 너희들의 인생에 끼어들지 못하게 해. 그리고 어서 아기를 가져. 하미드에게 틈을 주지 마. 자식이 몇 명 생기게 되면, 멍청한 짓을 곧 그만둘 게야. 그럼 네 활약을 기대하마."

집으로 돌아오는 길에 하미드가 물었다.

"어머니가 뭐라고 하셨어?"

"별로 중요한 말씀을 하지는 않으셨어요. 당신의 뒷바라지를 잘 해야 한다고 하셨어요."

"그러셨겠지. 나를 잘 보살펴서 친구들과 어울리지 못하게 하라고. 맞지?"

"그 비슷한 말씀을 하시긴 했는데……."

"당신은 뭐라고 대답했어?"

"네?"

"당신은 지옥의 파수꾼이 아니라고, 남편의 삶을 비참하게 만들고 싶지는 않다고 대답했어야지."

"시어머니께 첫날부터 어떻게 그런 말씀을 드려요?"

"신이시여, 저 구식 여인네들로부터 우리를 구원하소서." 그가 끙 하고 신음소리를 냈다. "그들은 결혼의 개념을 이해하지 못해. 아내를 불쌍한 남자의 발목에 채워진 족쇄쯤으로 여긴다니까. 사실, 부부는 동료요, 협력자요, 서로를 이해하고 서로가 바라는 것을 인정하고 동등한 권리를 누리는 친구인데 말이야. 당신 생각은 어때? 결혼을 다르게 생각해?"

"아뇨. 당신 말이 전적으로 맞아요." 나는 그의 지혜와 배려를 진심으로 칭찬했다.

"나는 남편에게 어디에 있었느냐, 누구와 함께 있었느냐, 왜 집에 늦게 오느냐고 끊임없이 묻는 여자들을 견딜 수 없어. 우리 그룹에서는 남자와 여자가 동등할 뿐더러 똑같은 권리를 누려. 한쪽이 싫어하는 일을 하도록 다른 한쪽을 강요하거나 구속하지도 않아. 사생활에 대해 꼬치꼬치 캐묻지도 않고."

"정말 멋져요!"

그의 메시지는 분명했다. 나는 그에게 어디, 왜, 누구와라는 질문을 하지 말아야 했다…… 사실, 그때는 그런 것이 나에게 하나도 중요하지 않았다. 어쨌거나 그는 나보다 훨씬 더 나이가 많고 교육도 많이 받았으며 경험도 풍부했다. 사람이 어떻게 살아야 하는지는 그가 더 잘 알고 있을 터였다. 그리고 나는 그가 무엇을 하고 어디에 가는지가 별로 궁금하지 않았다. 그가 여자의 권리를 존중하고 내가 공부를 계속하면서 좋아하는 것들을 할 수 있게 해주는 것만으로도 나는 감사했다.

집에 돌아왔을 때에는 이미 밤이 깊어 있었다. 한마디 말도 없이 그는 베개와 시트를 가지고 잠자리를 준비하기 시작했다. 나는 안절부절못했다. 나만 침대에서 자고 그처럼 좋은 사람이 바닥에서 잔다는 사실에 마음이 편치 않았다. 나는 잠시 망설이다가 어렵게 입을 뗐다.

"이건 공평하지 않아요. 내가 바닥에서 잘 테니까, 침대에서 자도록 해요."

"아냐, 괜찮아. 난 아무 데서나 잘 수 있거든."

"하지만 난 바닥에서 자는 것이 몸에 배었어요."

"나도 그래."

나는 침실로 돌아왔다. 얼마나 더 우리가 이런 식으로 생활을 할 수 있을까? 그와 잠자리를 함께 하고 싶은 마음이 든다거나 본능적인 욕구가 일지는 않았지만, 어쩐지 그에게 빚을 지고 있는 것만 같았다. 그는 우리 부모님의 집에서 나를 구해주었고 다시 공부를 할 수 있도록 큰 친절을 베풀어주었다. 그가 내 몸에 손을 대는 것을 생각하기만 해도 치가 떨리던 첫날밤의 느낌은 이미 사라지고 없었다. 나는 마루로 나가 그를 내려다보며 말했다.

"부탁이니까, 들어와서 당신 자리에서 자요."

그가 이상하다는 듯 탐색하는 눈길로 나를 쳐다보았다. 그러고는 희미한 미소를 지으며 손을 뻗었다. 나는 자리에서 일어나는 그를 도왔다. 그렇게 그는 나의 남편으로서 자리매김을 했다.

그날 밤 하미드가 깊은 잠에 빠진 다음, 나는 몇 시간 동안 집 안을 배회하며 울었다. 왜 눈물이 나오는지는 알 수 없었다. 제대로 생각을 할 수 없었다. 그냥, 슬펐다.

며칠 후, 파르빈이 나를 보러 왔다. 그녀는 신이 나 있었다. "네가 와주기를 목이 빠지도록 기다렸는데, 오지 않더라. 그래서 내가 나서기로 했지. 어떻게 지내는지 궁금해서 말이야."

"난 잘 지내요."

"남편은 어때? 널 괴롭히지는 않아? 첫날밤에 많이 힘들었지? 네 몸 상태로 보아서는 꼭 심장마비를 일으킬 것만 같았어."

"맞아요. 그날 정말 힘들었어요. 하지만 하미드가 이해를 해주었어요. 내 상태를 보더니 외출을 해서 나 혼자 편히 잘 수 있게 해주었죠."

"어머나! 자상하기도 하지!" 그녀가 깜짝 놀라며 말했다. "정말 다행이다. 내가 네 걱정을 얼마나 많이 했는지, 넌 상상도 못할 거야. 하미드가 얼마나 똑똑한지, 너도 이제 알겠지? 푸줏간 주인 아스가와 결혼을 했다면, 어쩔 뻔했니? 그 작자가 네게 무슨 짓을 했을까? 그런데, 하미드는 마음에 들어?"

"네, 마음씨가 아주 좋은 사람이에요. 가족들도 모두 착하고."

"정말 다행이다! 하미드가 다른 청혼자들과 얼마나 다른지, 이제 너도 알겠구나."

"네, 이게 다 아줌마 덕분이에요. 아줌마가 나에게 얼마나 큰 도움을 주었는지, 이제야 알겠어요."

"아, 그런 말은 하지 마…… 아무것도 아닌걸. 네가 착하고 예뻐서 시댁 식구들이 좋아하는 건데 뭐. 네가 편하다니 정말 다행이다. 다 네 복이야. 나는 팔자가 사나워서 그런 행운도 못 누려봤지만……."

"하지만 하지 씨와 아무 문제없이 잘 지내잖아요. 그 불쌍한 아저씨가 아줌마를 외롭게 만드는 것만 빼고요."

"휴! 이제는 늙고 병들어서 힘도 다 빠졌는걸. 그 양반이 얼마나 짐승 같았는지 넌 모를 거야. 첫날밤에 날 어떻게 덮쳤는지, 내가 얼마나 떨면서 울었는지, 그 작자가 날 얼마나 두들겨 팼는지, 상상도 못 할 거라고. 그때만 해도 그가 워낙 부자고 거물이라, 모두가 굽실거렸지. 아기가 생기지 않으면 무조건 여자에게 잘못이 있다고 믿었고, 자기 생각밖에 할 줄 모르는 인간이었어. 나에게 입에 담지도 못할 끔찍한 짓을 했지. 현관문 열리는 소리가 나면, 그가 집에 돌아왔다는 생각에 내 온몸이 부들부들 떨렸어. 난 어렸고 그 사람이 너무나 무서웠거든. 하지만 신의 은혜로 그가 파산을 하면서 재산을 다 잃었고, 의사가 그에게 문제가 있어 임신이 안 되는 것이고 앞으로도 자식을 낳을 수 없다고 말했어. 그랬더니 마치 바늘로 풍선을 찌른 것같이 그의 안에 있던 바람이 다 빠져버리더라고. 그 하룻밤 사이에, 그는 이십 년쯤 훅 늙어버렸고 모두에게서 버림을 받았어. 이제는 나에게마저도 버림을 받아 혼자 남을까봐 두려워하고 있어. 요즘에는 내가 세게 나가고 있지. 하지만 그가 훔쳐간 내 젊음과 건강은 어떻게 보상을 받을까? 영원히 돌려받지 못할 것들인데……."

우리는 잠시 아무 말 없이 앉아 있었다. 이윽고 그녀가 기억을 떨쳐버리고 싶다는 듯 고개를 세차게 저으며 말했다. "그나저나, 왜 친정 부모님을 뵈러 가지 않았어?"

"내가 왜 그 사람들을 만나러 가야 해요? 나에게 어떻게 했는데요?"

"뭐? 아무리 그래도, 네 부모님이잖아."

"나를 집에서 내쫓은 사람들이에요. 다시는 그 집에 가지 않을 거예요."

"그런 말 하면 못써. 죄를 짓는 거야. 가족들이 기다리고 있어."

"아뇨, 난 안 가요. 그 이야기는 더 이상 꺼내지 말아요."

결혼을 하고 나서 3주가 흐른 어느 날 아침, 초인종이 울렸다. 나는 깜짝 놀랐다. 나를 찾아올 사람이 없었다. 달려가 현관문을 열었더니 어머니와 파르빈이 서 있었다. 나는 한 발 뒤로 물러서며 냉랭하게 인사를 했다.

"안녕하세요, 부인!" 파르빈이 농담조로 말했다. "재미있게 사는가 봐, 시집을 가더니 친정에는 한 번도 오지를 않네. 네 어머니가 슬퍼서 죽을 지경이 되었어. 그래서 내가 모시고 왔어. 얼마나 잘 지내는지 직접 보시라고."

"대체 어디에 다녀온 거니?" 어머니가 퉁명스럽게 물었다. "내가 몸져누울 정도로 걱정을 했다. 가족들 모두 지난 3주 동안 네가 오기를 목이 빠져라 기다렸지. 너에게는 부모도 없단 말이냐? 전통이며 관습은 다 무시하기로 한 거냐?"

"기가 막혀! 어떤 전통, 어떤 관습 말인가요?"

파르빈이 고갯짓으로 내게 조용히 하라는 신호를 보내고 분위기를 바꾸려고 했다. "들어오시라고 해야지. 불쌍한 네 어머니가 이 더위 속에 먼 길을 걸어오셨잖아."

"애 많이 쓰셨네요. 들어오세요."

어머니가 계단을 오르며 툴툴거렸다. "결혼식 다음 날, 한밤중까지 신랑이 오기만을 기다렸는데, 아무도 오지 않더구나. 그래서 우리끼리 다음 날 오겠거니, 금요일에 오겠거니, 다음 주 금요일에 오겠거니 했지. 그러다가 무슨 일이 일어나서 네가 죽은 줄 알았다. 시집을 가서 친정에 한 번도 들르지 않다니, 어떻게 그럴 수가 있단 말이냐? 부모 은혜를 몰라도 유분수지."

마루 한가운데에 이르자, 갑자기 더 이상 어머니의 말을 듣고 있을 수가 없었다. "은혜요?" 나는 코웃음을 웃었다. "무슨 은혜요? 나를 낳아준 것 말인가요? 내가 날 낳아달라고 부탁을 했나요? 그래서, 고맙다는 말을 듣고 싶으신 거예요? 두 분이서 실컷 즐겨놓고는, 배 속의 아이가 딸이라는 것을 알고 어떻게 하셨어요? 슬퍼하고 후회하지 않으셨던가요? 어머니와 아버지가 나를 위해 뭘 해주셨어요? 제가 제발 학교에 다니게 해달라고 빌었죠. 허락해주셨던가요? 강제로 결혼을 시키지 말아달라고 애원했죠. 그 청을 들어주셨던가요? 저를 얼마나 많이 때리셨어요? 제가 죽을 고비를 몇 번이나 넘겼죠? 그 집에 몇 달이나 나를 가두어두셨죠?"

어머니는 흐느껴 울기 시작했고 파르빈은 경악한 눈으로 나를 쳐다보았다. 그러나 마음속에 담아두었던 분노와 원망을 한 번 쏟아놓자, 나는 나 자신을 자제할 수 없었다.

"제가 어렸을 적부터, 어머니가 그러셨죠. 딸은 우리 가족이라기보다는 남에게 주어야 하는 식구라고. 그리고 남에게 얼른 주어버리려고 얼마나 서두르셨어요? 저를 치우는 데에 급급해서 어떤 사람들이 청혼을 해오는지에 대해서는, 관심도 없으셨잖아요? 제가 없어져야 마흐매드가 결혼을 한다고 한 사람이 어머니가 아니었던가요? 그렇게 내쳐진 저는 이제 다른 사람에게 속한 몸이 되었어요. 그러셨으면서, 제가 어머니의 손에 입을 맞추기를 바라시나요? 대단하시네요! 정말 대단하세요!"

"그만해, 마수메!" 파르빈이 호통을 쳤다. "부끄러운 줄 알아. 불쌍한 어머니에게 무슨 짓을 하고 있는 거니? 어찌 되었건, 그분들은 네 부모님이고, 너를 길러주신 분들이야. 아버지가 널 얼마나 사랑해주셨니? 네 말은 뭐든 들어주셨잖아? 네가 아파 누웠을 때 네 어머니가 얼마나 괴로워하셨는지, 내가 다 봤어. 매일 밤 네 곁에 앉아 새벽까지 너를 지키며 울면서 기도를 하셨어. 넌 은혜를 모르는 아이가 아니었는데. 모든 부모는, 아무리 나쁜 부모라 해도 자식의 감사를 받을 자격이 있어. 네가 싫든 좋든 넌 부모님의 은혜를 입었고, 그 은혜를 알아야 해. 그렇지 않으면 신께서 진노하셔서 그 화게 네게 미칠 거야."

속이 후련해지면서 진정이 좀 되었다. 고름이 가득 찬 종기처럼 나를 괴롭히던 미움과 앙심이 터져버린 것만 같았고 어머니의 눈물이 연고처럼 내 아픔을 덮어주었다.

"자식으로서의 도리요? 좋아요, 도리를 다 하겠어요. 죄를 뒤집어쓰고 싶지는 않으니까." 나는 어머니를 바라보며 말했다. "어머니를 위해 해야 할 일이 있으면, 다 해드리겠어요. 하지만 어머니가 제게 어떻게 하셨는지, 그것까지 잊을 수는 없으니까 기대하지 마세요."

어머니가 더욱 격하게 흐느껴 울며 말했다. "가서 칼을 가져와 침대 밑에서 너를 끌어내겠다고 네 머리채를 잡은 이 손목을 잘라버려라. 그럼 내 마음이 편하겠다. 마음도 덜 아플 테고. 하루에도 수백 번씩, 신께서 내 팔을 부러뜨려주시기를 바랐다. 그 죄 없는 것을 그렇게 때리다니, 어떻게 그럴 수가 있었느냐고 나 자신을 책망하기도 했다. 하지만 마수메, 내가 그렇게 하지 않았다면, 어떤 일이 벌어졌을지는 너도 잘 알잖니? 네 오빠들이 네 몸을 갈가리 찢어놓았을 게다. 그날 아침 이후로, 아흐매드가 뭐라고 했는지 아니? 네가 못되게 굴기 시작해 가족들을 당황시키니, 네 몸에 불을 지르겠다고 했다. 게다가 그 주 내내 아버지가 가슴이 아프다고 하셨어. 심장마비로 쓰러지실까봐 얼마나 겁이 나던지. 내가 어떻게 해야 했겠니? 맹세하지만, 내 가슴이 찢어지는 것 같았다. 하지만 달리 방법이 없었어."

"하지만 저를 시집보내고 싶어 하셨잖아요?"

"그랬지. 하루에도 수천 번씩 훌륭한 청혼자가 나타나 너를 그 집에서 구해가게 해달라고 기도를 올렸어. 네가 그 감옥에서 얼마나 슬프고 불행했는지, 내가 모르는 줄 알았니? 날이 갈수록 비쩍비쩍 말라가는 너를 보면, 가슴이 미어지는 것만 같았단다. 네가 좋은 남편을 만나 자유를 얻게 해달라고 신께 애원을 했어. 더 이상 널 보며 가슴을 태우다가는 내가 죽을 것만 같았지."

어머니의 따뜻한 말에 사그라질 줄 모르던 나의 분노가 얼음이 녹듯 가라앉았다.

"그만 우세요." 나는 이렇게 말을 하고 부엌으로 가서 과일빙과를 내왔다.

파르빈이 분위기를 바꾸려고 딴 이야기를 꺼냈다. "세상에! 집이 정말 깨끗하고 정리정돈도 잘 되어 있네! 그런데 침대와 화장대는 마음에 들어? 내가 골랐는데."

"그래, 파르빈이 애를 많이 써주었지." 어머니가 말했다. "우리 모두 고마워하고 있어."

"저도 그래요."

"그만들 해요! 내가 무안하잖아요. 애를 쓰긴요, 즐거운 일이었는걸요. 내가 뭔가를 고르기만 하면, 네 아버지는 한순간도 주저하지 않고 값을 치르시더라. 그런 식으로 물건을 사보는 건 정말 처음이었어. 내가 장담하지만 왕이 쓰시던 가구를 사주자고 해도, 선뜻 사주셨을 거야. 네 아버지는 정말로 널 사랑하셔. 아흐매드는 나에게 왜 그렇게 많은 돈을 쓰느냐고 소리를 질렀지만, 네 아버지는 널 위해 모든 것을 다 해주려 하셨지. 계속, 남부끄럽지 않게 준비해서 널 시집보내겠다고 하셨어. 시댁에서 고개를 당당히 들 수 있게 해주고 싶다고. 혼수가 변변찮다는 말을 듣게 하지는 않으시겠다고."

어머니가 코를 훌쩍이며 말했다. "아버지께서 너한테 주려고 주문하신 소파가 준비되었다더라. 아버지는 네가 언제 편하게 배달을 받을 수 있는지 알고 싶어 하신다."

나는 한숨을 쉬었다. "아버지는 요즘 어떠세요?"

"내가 무슨 말을 하겠니? 몸이 좋지 않으시다."

어머니는 스카프 끝자락으로 눈물을 훔쳐냈다. "그 말을 하고 싶었어. 나는 안 봐도 좋다만, 아버지가 슬픔으로 돌아가시려고 해. 집에서는 아무에게도 말씀을 안 하시고 담배도 다시 피우시기 시작하셨어. 줄담배를 피우시고 계속 기침을 하신단다. 저러다가 어떻게 되실까봐 걱정이구나. 나쁜 일이 일어나고 있는 것 같아. 아버지를 위해서라도, 집에 한번 다녀가렴. 나는 네가 아버지를 못 보아서 후회하지 않았으면 한다."

"그런 일은 없을 거예요! 괜한 걱정은 하지 마세요. 제가 갈게요. 이번 주에 들를게요. 하미드가 언제 시간을 낼 수 있는지 알아볼게요. 혹시 하미드가 시간을 못 내면, 저 혼자라도 가겠어요."

"아니다, 얘야. 그럼 못써. 남편이 하자는 대로 해야지. 우리 사위가 화내는 건 싫다."

"아니에요, 하미드는 화를 내지 않을 거예요. 걱정하지 마세요, 제가 알아서 할게요."

하미드는 가족들을 찾아갈 마음도 없고 그런 자리에서 버틸 자신도 없다는 뜻을 분명히 하며 나도 독립적으로 사회생활을 하기 시작해야 한다고 나를 부추겼다. 심지어 다양한 버스 노선을 그려주며 어디에서 택시를 타는 것이 가장 좋은지도 설명해주었다. 며칠 후인 8월 중순의 어느 날 오후, 하미드가 집에 오지 않는다는 것을 확인한 나는 옷을 차려입고 친정에 갔다. 내가 살던 집이 그렇게 빨리 '나의' 집이 아닌 '그들의' 집이 되었다는 것이 신기했다. 다른 여자들도 이렇게 빨리 친정에서 남이 되는 걸까?

혼자 외출을 해서 오랫동안 버스를 타기는 처음이었다. 긴장이 좀 되었지만, 독립적으로 뭔가를 해낸다는 느낌이 좋았다. 어른이 된 느낌이었다. 전에 살던 동네가 가까워지자 여러 가지 감정들이 솟구쳐 올랐다. 사이드가 생각나 가슴이 아팠고 파르바네가 살던 집을 지나쳐 가면서는 옛 친구가 너무나도 그리워졌다. 나는 길 한복판에서 울게 될까봐 걸음을 재촉했다.

그러나 친정 가까이 가면 갈수록 다리에 힘이 풀렸다. 동네 사람들과 마주치고 싶지도 않았다. 갑자기 당혹감이 몰려왔다.

대문을 연 파티가 울음을 터뜨리며 내 품안으로 뛰어들자 내 눈에도 눈물이 차올랐다. 파티는 나에게 가까운 곳으로 이사를 오든지 자기를 데려가달라고 애원을 했다. 집안으로 들어갔더니 알리가 앉아 있었다. 동생은 나를 보고도 일어나지 않고 파티에게 고함을 쳤다. "뚝 그치지 못해? 가서 내 양말을 가져오라고 했잖아!"

해가 질 때쯤이 되어서야 아흐매드가 술에 잔뜩 취해 인사불성이 되어 돌아왔다. 거의 한 달 만에 나를 보았으면서도, 그는 나를 본척만척하고는 필요한 것을 챙겨가지고 다시 밖으로 나갔다. 이어 집에 돌아온 마흐무드는 나를 노려보더니 내 인사에 어물어물 대답을 하고 위층으로 올라갔다.

"어머니, 보셨죠? 제가 오지 말았어야 했어요. 제가 일 년에 한 번 와도, 오빠들과 알리는 반가워하지 않을 거예요."

"그런 게 아니야. 너 때문이 아니란다. 마흐무드는 다른 일 때문에 화가 났어. 일주일째 아무하고도 이야기를 하지 않고 있단다."

"왜요? 무슨 문제인데요?"

"몰랐니? 지난주에 우리가 옷을 차려입고 패스트리며 과일이며 옷감을 사서 마흐무드를 위해 마흐부베에게 청혼을 하려고 콤의 네 고모 집에 갔었단다."

"그런데요?"

"헛일이었지. 일부러 그런 건 아니겠지만, 일주 전에 다른 사람의 청혼을 받아들였다더구나. 악의로 숨긴 건 아니었다더라. 그리고 우리가 네 결혼식에 고모네 가족을 초청하지 않았던 것이 섭섭했었나 봐. 그래도 그것이 최선이었으니, 어쩌겠니. 마흐무드가 마흐부베와 결혼을 하지 못해 안쓰럽지만…… 이게 다 성질이 더러운 네 고모 탓이다. 마흐무드가 안됐지 뭐냐, 사촌 이야기를 끊임없이 했는데, 마흐부베가 이랬고, 마흐부베가 저랬고."

나는 온몸으로 기쁨을 느꼈다. 나의 몸을 이루는 세포 하나하나로 '달콤한 복수'라는 개념을 이해할 수 있었다. 이렇게 앙심이 깊었다는 것이 나 스스로도 놀라웠다. 그러나 내 안의 어떤 목소리가 마흐무드는 그런 일을 당해 마땅하다고 대답했다. 고통을 받는 게 당연하다고.

"네 고모가 마흐부베의 신랑이 될 사람을 자랑하며 얼마나 으스댔는지, 넌 상상도 못 할 게다. 아야톨라의 아들인데 대학 교육을 받아 사고방식이 아주 현대적이라나 뭐라나. 그리고 재산이 얼마나 많은지 끝도 없이 자랑을 늘어놓더라. 불쌍한 우리 마흐무드는 너무나 화가 나서 누가 칼로 찔러도 피 한 방울 나오지 않을 정도였단다. 얼굴이 얼마나 시뻘겋던지 금방이라도 심장마비를 일으킬까봐 걱정이 되었지. 그런데도 고모 가족들은 멈추지를 않더라고. 집에 불을 켜고 칠일 밤낮으로 결혼 축하 잔치를 열겠다면서, 딸을 자랑스럽게 혼인시켜야지, 그렇게 급하게 비밀리에 시집보내서야 되겠느냐고 비꼬더라니까. 그리고 결혼식에 고모를 초대하지 않으면 신부가……"

내가 방에 있는데, 아버지가 돌아오셨다. 나는 아버지의 눈에 띄지 않도록 벽에 바싹 붙어 섰다. 방 안은 바깥보다 어두웠다. 아버지는 한 손으로 문틀을 잡고 왼쪽 발목을 오른쪽 무릎에 대고 신발 끈을 풀기 시작하셨다.

"아버지, 저 왔어요." 나는 다정한 목소리로 아버지에게 인사를 했다.

아버지의 발이 바닥으로 떨어졌다. 아버지는 어두컴컴한 방 안을 둘러보시다가 나를 보시고는 얼굴 한가득 미소를 지으시고서 발을 다시 무릎에 올려놓고 신발을 벗으셨다.

"이런 놀랄 일이 있나! 우리를 잊지 않았구나?"

"늘 생각하고 있었어요."

아버지는 고개를 가로저으시더니 슬리퍼를 신으셨다. 나는 예전처럼 수건을 건네드렸다. 아버지가 나무라는 듯한 눈길로 나를 보시며 말씀하셨다. "네가 이렇게 불효를 할 줄은 몰랐구나."

목구멍이 꽉 막히는 것만 같았다. 아버지가 하실 수 있는 가장 자상한 말씀이었다.

저녁을 먹는 동안, 아버지는 모든 음식을 내 앞으로 밀어주셨다. 나는 아버지가 그렇게 말씀이 많은 분인 줄 몰랐다. 마흐무드는 저녁을 먹으러 내려오지 않았다.

"어디 말해보거라." 아버지가 웃으시며 말씀하셨다. "점심과 저녁 때, 남편에게 어떤 음식을 해주고 있니? 음식을 할 줄은 아니? 우리 사위가 우리 집에 와서 네 흉을 보겠다는 이야기를 들은 것 같은데."

"하미드가요? 가엾은 하미드는 음식 투정을 절대로 하지 않아요. 제가 주는 것은 무엇이든 먹어요. 사실 제가 음식을 하며 시간을 낭비하지 말았으면 좋겠대요."

"그래? 그럼 네가 뭘 하면 좋겠다고 하더냐?"

"제가 공부를 계속했으면 좋겠대요."

침묵이 흘렀다. 아버지의 눈은 반짝 빛났고 다른 가족들은 입을 떡 벌리고 나를 쳐다보았다.

"살림은 어떻게 하고?" 어머니가 반색을 했다.

"문제없어요. 둘 다 할 수 있어요. 하미드는 점심식사고 저녁 식사고 집안일은 신경 쓰지 않는다고 했어요. 제가 좋아하는 일을 하라고요. 특히 공부를 계속하는 것은 굉장히 중요하다고 했어요."

"웃기고 있네!" 알리가 말했다. "학교에서 누나를 받아주지 않을 거야."

"아니, 받아준다고 했어. 내가 가서 상담을 하고 왔어. 나는 야간학교에 다니면서 검정고시를 치를 거야. 참, 잊지 말고 책을 가져가야지."

"참 잘 되었구나!" 아버지가 기뻐하시자 어머니는 놀란 눈으로 아버지를 바라보셨다.

"그런데, 제 책은 어디에 있어요?"

"파란색 천가방에 넣어 지하실에 두었단다." 어머니가 말했다. "알리, 가서 그 가방을 가져오너라."

"왜 제가 그런 일을 해야 해요? 쟤는 팔다리가 없대요?"

아버지가 전에 없이 화난 표정으로 알리를 쳐다보시며 금방이라도 알리의 입을 때릴 듯이 손을 치켜들고 호통을 치셨다.

"입 닥치지 못해! 누나에게 그게 무슨 말버릇이냐? 한 번만 더 그따위로 입을 놀렸다간, 이를 전부 부러뜨릴 테다."

우리의 시선이 아버지에게로 쏠렸다. 알리는 겁먹은 표정으로 벌떡 일어나더니 짜증을 내며 밖으로 나갔다. 파티가 나에게 바싹 다가앉아 소리를 죽여가며 킬킬거렸다. 알리가 야단맞은 것을 고소해하는 동생의 기분이 그대로 느껴졌다.

이만 가보아야겠다고 인사를 하고 일어나자, 아버지가 대문까지 배웅을 하시며 나직이 속삭이셨다. "다시 와주겠니?"

여름 학기 등록 시기를 놓쳐버렸다. 나는 가을 학기에 등록을 해놓고 조바심을 내며 수업이 시작되기를 기다렸다. 자유로이 쓸 수 있는 시간이 넉넉해서 나는 하미드의 책들을 읽으며 대부분의 시간을 보냈다. 처음에는 소설책을 읽다가 시집으로 옮겨가 시 한 편 한 편을 집중해서 읽었다. 다음으로는 철학책에 도전해보았다. 굉장히 지루하고 어려웠다. 달리 할 일이 없었던 나는 결국, 하미드가 예전에 쓰던 교과서까지 모두 읽어치웠다. 독서는 즐거웠지만, 나는 마음 한구석이 늘 허전했다.

하미드가 일찍 귀가하는 경우는 거의 없었고 며칠 동안 나타나지 않는 때도 있었다. 처음에 나는 저녁식사를 준비하고 식탁보를 깔고 의자에 앉아 그를 기다렸다. 기다리다가 잠이 들어버린 적이 많았지만 나는 하나의 일상이 된 그 일을 그만두지 않았다. 나는 혼자 밥 먹는 것이 너무나도 싫었다.

한번은 자정께 집에 돌아온 하미드가 식사용 보자기를 깔아놓고 그 옆의 바닥에서 잠이 든 나를 발견했다. 그는 나를 깨우고 퉁명스럽게 말했다. "음식 만드는 것 말고 다른 할 일은 없는 거야? 시간을 낭비하고 있군." 갑자기 깨우는 바람에 깜짝 놀란 데다가 그의 반응에 상처를 입은 나는 침대로 들어가 소리 죽여 울다가 다시 잠들었다.

다음 날 아침, 하미드는 수준 낮은 청중들을 모아놓고 연설을 하는 강사처럼 사회에서 여성의 역할에 대해 한참 동안이나 설교를 한 다음 화를 억누르며 말했다. "무식한 구식 여자처럼 행동하지 마. 탄압받고 속박받는 여자처럼 행동하지도 말고 어리석은 사랑과 친절로 나를 옭아매려고 애쓰지도 마."

마음의 상처를 받은 나는 화를 내며 그의 말에 반박했다. "내가 뭘 애썼다는 거예요? 난 혼자 있는 게 지겹고 혼자 밥 먹기 싫었을 뿐이에요. 당신이 점심때도 집에 오지 않고 뭘 먹고 다니는지도 몰라서, 저녁식사만이라도 제대로 준비해주고 싶었던 거라고요."

"당신은 날 옭아맬 의도가 없었다고 생각하겠지만, 무의식중에 그런 의도가 자리잡고 있었을 거야. 옛날부터 여자들이 써오던 수법이지. 남자의 배를 불려 그 남자를 자기에게 붙들어매려고 하는 것."

"착각하지 말아요! 누가 당신을 옭아매려 한다는 거예요? 어찌됐건 우린 부부예요. 우리가 서로 사랑하지 않는 건 사실이지만 그렇다고 적도 아니잖아요. 나는 당신과 이야기를 하거나 당신에게서 배우는 게 좋아요. 그리고 집안에서 내 목소리 말고 다른 목소리를 듣고 싶어요. 당신도 하루에 한 번은 집에서 만든 음식을 먹었잖아요. 당신 어머니도 그것을 강조하셨고요. 어머님은 당신이 제대로 된 식사를 하고 있는지 많이 염려하신단 말예요."

"그럼 그렇지! 어머니의 입김이 없었을 리가 없지. 당신 잘못이 아니라는 것 알아. 어머니의 지시를 따랐을 뿐이니까. 첫날부터 당신은 현명하고도 이성적으로 내 인생과 나의 임무와 이상에 걸림돌이 되지 않겠다는 데에 동의했어. 그러니 내 대신 어머니에게 말씀을 드려줘. 나는 잘 먹고 다니니까, 제발 걱정하시지 말라고. 요즘 매일 밤 회의가 있는데, 우리들 중 몇 명이 식사를 책임지고 있어. 그 친구들 음식솜씨가 꽤 괜찮아."

그날 이후로, 나는 그를 기다리지 않았다. 남편은 내 눈에 보이지 않는 친구들과 내가 모르는 곳에서 그의 인생을 살았다. 나는 그의 친구들이 어떤 사람인지, 어디 출신인지 전혀 알지 못했고 그들이 그토록 긍지를 느끼는 그 이상이라는 것이 무엇인지도 몰랐다. 내가 아는 것은 하미드에게 미치는 그들의 영향력이 가족들의 영향력보다 백 배는 더 강력하다는 것뿐이었다.

야간학교가 시작되면서 나는 규칙적인 생활을 할 수 있게 되었다. 많은 시간을 공부에 쏟아부었지만 해가 일찍 지는 춥고도 고요한 가을밤에 텅 빈 집을 지키며 느끼는 외로움을 견디기는 쉽지 않았다. 하미드와 나의 생활은 서로를 존중하는 가운데 말다툼도 한 번 없이 지속되었다. 물론 신나고 재미있는 일도 없었다. 나의 유일한 외출은 금요일마다 하미드와 함께 시댁에 가는 것이었다. 그날만큼은 그도 일찍 집에 돌아왔다.

그는 내가 머리에 스카프를 쓰는 것을 좋아하지 않는 눈치였다. 특히 둘이 함께 외출을 할 때에는 더욱 그랬다. 나를 좀더 자주 데리고 나가주었으면 하는 마음에, 나는 가지고 있던 스카프를 모두 치워버렸다. 그러나 그의 친구들은 그가 나와 시간을 보낼 수 있도록 내버려두지 않았고, 나는 그가 친구들에 관해서만큼은 이상하리만치 예민하게 신경을 곤두세운다는 것을 알았기 때문에 그들에 대한 불평을 늘어놓을 엄두를 내지 못했다.

우리 집 아래층에 사는 하미드의 할머니가 나의 유일한 친구였다. 나는 할머니를 보살피고 식사 준비도 해드렸다. 할머니는 다정하고 말이 없는 분이었고 내가 생각했던 것보다 귀가 훨씬 더 어두웠다. 할머니에게 이야기를 하려면 크게 소리를 질러야 했는데 나중에는 너무 힘들어서 포기해버리고 말았다. 할머니는 매일 내게 같은 질문을 했다.

"아가, 어젯밤에 하미드가 일찍 들어왔느냐?"

그러면 나도 같은 대답을 반복했다. "네."

놀랍게도 할머니는 내 말을 철석같이 믿었고 왜 당신은 하미드의 모습을 한 번도 볼 수 없느냐고 묻지 않았다. 할머니는 귀가 들리지 않았지만, 앞도 보이지 않는 것처럼 행동했다. 이따금씩 기운이 나면, 할머니는 옛 이야기를 들려주었고 선량하고 신앙심 깊던 남편 자랑을 하기도 했다. 남편이 죽자 가슴이 너무 시려 한여름에도 한기를 느끼게 되었다는 이야기며 살기 바빠서 거의 찾아오지 않는 자식들 이야기며 나의 시아버지가 어렸을 적에 말썽을 피운 이야기도 들을 수 있었다. 그는 집안의 장남이자 할머니가 가장 예뻐하는 아들이었다. 가끔씩 할머니는 내가 모르는, 그리고 이제는 대부분 죽고 없는 사람들을 추억했다. 할머니는 다복하게 살던 분이었지만 지금은 죽음을 기다리는 것 외에는 아무런 할 일이 없는 사람이 되어 있었다. 연세가 그렇게 많지도 않은데. 더 이상한 점은 다른 가족들도 할머니의 죽음을 기다리고 있다는 것이었다. 그런 이야기를 직접적으로 하거나 할머니를 무시하지는 않았지만, 가족들의 행동에서 그런 느낌이 전해졌다.

외로움이 깊어지다 보니 거울을 보며 혼자 이야기를 하는 예전 습관이 다시 고개를 들었다. 나는 몇 시간 동안이나 거울에 비친 나에게 이야기를 했다. 어렸을 적에, 오빠들이 거울을 보고 혼잣말을 하는 나를 놀리고 미쳤다고 했지만, 나는 거울 속의 나와 대화하는 것이 좋았다. 이 버릇을 없애기 위해 얼마나 노력을 했는지 몰랐다. 그러나 거울 대화에 대한 욕구는 사라진 것이 아니라 억눌려 있었던 것이었다. 함께 이야기할 사람도 없고 감추어야 할 이유도 없게 되자, 그 욕구가 다시 수면 위로 떠올랐다. 거울 속 그녀라고 해야 할지, 혹은 나 자신이라고 해야 할지 알 수 없었지만, 거울 속의 인물에게 이야기를 하면 생각이 정리되었다. 가끔씩 우리는 함께 옛 추억을 더듬었고 같이 울기도 했다. 거울 속 그녀에게는 파르바네가 얼마나 그리운지도 털어놓을 수 있었다. 파르바네를 찾을 수만 있다면. 할 이야기가 이렇게나 밀려 있는데.

어느 날, 나는 파르바네의 행방을 알아보기로 마음을 먹었다. 하지만 어떻게 하면 좋을지 막막하기만 했다. 이번에도 나는 파르빈에게 도움을 청했다. 친정에 간 차에, 나는 파르빈의 집에 들러 이웃사람들 중에 파르바네의 가족들이 어디에 살고 있는지 아는 사람이 있는지 알아봐달라고 부탁했다. 내가 직접 묻고 다닐 용기는 나지 않았다. 이웃들이 나를 이상하게 쳐다본다는 느낌을 떨쳐버릴 수 없기 때문이었다. 파르빈이 동네를 다니며 수소문을 해보았지만 파르바네의 소식을 안다는 사람은 나타나지 않았다. 어쩌면 그들이 파르빈과 아흐매드의 관계를 알기 때문에 그녀에게 파르바네의 주소를 주지 않으려 했는지도 몰랐다. 심지어 어떤 사람은 아흐매드가 칼을 들고 찾아가려고 하는 것이냐고 물었다. 나는 전에 다니던 학교에 가보았다. 그러나 파르바네에 관한 기록은 남아 있지 않았다. 전학을 가면서 학적부를 가져간 것 같았다. 나에게 문학을 가르치던 선생님이 나를 보고 반가워했다. 내가 공부를 계속하게 되었다고 하자, 그녀는 잘되었다며 열심히 하라고 나를 격려해주었다.

어느 춥고 캄캄한 겨울 저녁, 아무 할 일이 없어 지루해하고 있는데, 하미드가 일찍 들어와 영광스럽게도 나와 함께 저녁식사를 했다. 나는 좋아서 정신을 차릴 수 없었다. 다행히 그날 아침, 친정어머니가 우리 집에 오면서 흰 살 생선을 몇 마리 가져다주었다. "아버지가 생선을 사오셨는데, 네게 나누어주지 않고는 한 입도 못 드시겠다고 하더라. 아버지의 마음을 편하게 해드리려고 몇 마리 가져왔단다."

어차피 혼자 먹을 텐데, 거창하게 생선 요리를 할 기분이 나지 않아서 생선을 냉장고에 그냥 넣어두었는데 하미드가 집에

서 저녁을 먹겠다고 하기에 나는 신이 나서 요리를 하기 시작
했다. 생선을 굽고 생선요리에 곁들일 요량으로 말린 향신료를
섞어 밥을 지어보았다. 처음 시도해보는 메뉴였지만 맛이 그런
대로 괜찮았다. 사실 내 요리솜씨를 총동원해서 만든 음식이었
다. 기름을 넉넉하게 두르고 구운 생선 냄새가 하미드의 식욕을
자극한 것 같았다. 그가 부엌을 어슬렁거리며 음식을 흘끔거리
기에 나는 웃음을 터뜨리고 저리로 가 있으라고 했다. 음식 준
비가 다 되었다. 나는 하미드에게 할머니의 식사를 아래층으로
가져다드리라고 하고는 식사용 보자기를 바닥에 깔고 집에 있
는 음식들을 모두 차렸다. 잔치가 벌어진 것 같았다. 우리 집에
도, 내 마음에도. 아아, 나는 이렇게 쉽게 행복해지는 사람인데,
친정 식구들은 나에게 이런 기회를 한 번도 주지 않았다니.

아래층에서 올라온 하미드가 재빨리 손을 씻고 자리를 잡았
다. 우리는 함께 음식을 먹기 시작했다. 그는 자기가 먹을 생선
뿐 아니라 내가 먹을 생선의 뼈까지 발라주며 말했다. "향신료
밥과 생선은 손가락으로 먹어야 해."

나는 나도 모르게 속마음을 털어놓았다. "아, 정말로 멋진 저
녁이에요! 이렇게 춥고 깜깜한데, 당신이 돌아오지 않았다면
나는 외로워서 미쳐버리고 말았을 거예요……."

하미드가 한동안 침묵을 지키다가 입을 열었다. "너무 힘들
어하지 마. 당신에게 주어진 시간을 잘 이용해보도록 해. 학교
공부도 해야 할 테고, 집안에 읽을 책도 많잖아. 책을 읽을 시간
이 많았으면 하는 게 내 소원이야."

"이미 다 읽어서 이젠 읽을 책이 없어요. 어떤 책은 두 번이

나 읽었는걸요."

"정말이야? 어떤 책을 읽었다는 거지?"

"전부 다요. 당신이 쓰던 교과서까지."

"농담이지? 책 내용을 이해했어?"

"어떤 책은 잘 이해하지 못했어요. 사실 당신에게 시간 여유가 있을 때 물어보려던 게 있어요."

"놀라운걸! 단편소설집은 어땠어?"

"정말 좋았어요. 너무 슬퍼서 읽는 내내 눈물을 멈출 수 없었어요. 세상에는 고통도 너무 많고 비극도 너무 많은 것 같아요."

"책에는 현실의 아주 작은 일부가 묘사되었을 뿐이야. 각국 정부들은 더 큰 권력과 부를 거머쥐려고 가진 것 없고 힘없는 대중들에게 폭력을 행사해 노동을 시키고 그 노동의 열매를 앗아갔어. 사람들에게 남겨진 것은 불의와 가난과 불행뿐이었지."

"가슴이 너무 아파요. 그런 절망적인 상태가 언제 끝날까요? 우리가 어떻게 해야 하나요?"

"저항해야지! 현실을 이해한 사람들은 압제에 저항해 싸워야 해. 자유롭게 태어난 우리 모두가 불의에 맞서 싸운다면 체제는 붕괴될 거야. 그럴 수밖에 없어. 결국에는 전 세계의 억압받은 사람들이 하나로 뭉쳐 모든 불의와 기만을 뿌리 뽑게 될 거야. 우리는 그 단결과 봉기를 위해 길을 닦아야 해."

책을 읽는 것 같은 말투였지만, 나는 그의 이야기에 매료되었다. 그가 하는 모든 이야기에 경외감을 느끼던 나는 나도 모르게 시 한 편을 낭송하기 시작했다.

당신이 일어서면, 나도 일어서고
모두가 일어설 것입니다.
당신이 앉으면, 그리고 나마저도 앉아버리면, 과연 누가 일어날
까요?
누가 적과 싸울까요?

"와! 브라보!" 그가 깜짝 놀라며 외쳤다. "내가 보기에 당신
도 조금 이해를 한 것 같아. 가끔씩 당신이 당신 나이와 교육
수준을 훨씬 뛰어넘는 예상치도 못한 말을 하더라고. 당신을
우리 그룹에 받아들여도 될 것 같아."

그의 말을 칭찬으로 받아들여야 할지 모욕으로 여겨야 할지,
나는 알 수 없었다. 그러나 우리의 아늑한 저녁 시간에 어두운
그림자가 조금이라도 드리워지는 것이 싫어서, 그의 말에 신경
을 쓰지 않기로 했다.

저녁을 다 먹고 나서 하미드가 등받이에 등을 기대며 말했
다. "아주 맛있었고 아주 배부르게 먹었어. 이렇게 맛있는 음식
은 정말 오랜만에 먹어. 불쌍한 친구들, 오늘 밤엔 또 뭘 먹고
있을까. 평소처럼 빵에 치즈를 발라 먹겠지."

하미드의 기분이 좋은 데다가 친구들의 이야기도 나왔기 때
문에, 나는 기회가 좋다 싶어 말을 꺼냈다. "당신 친구들을 저
녁식사에 초대하면 어떨까요?"

그가 생각에 잠긴 표정으로 나를 바라보았다. 마음속으로 이
모저모를 저울질하는 것 같았으나 인상을 쓰지는 않았다. 나는
용기를 내어 이야기를 계속했다.

"매일 밤 친구들 중 몇 명이 식사를 책임진다면서요? 하룻밤 정도는 내가 책임져도 좋잖아요? 불쌍한 당신 친구들에게 한 번이라도 제대로 된 저녁식사를 대접하고 싶어요."

"사실 전에 언젠가, 샤흐자드가 당신을 만나보고 싶다고 했어."

"샤흐자드요?"

"응, 참 좋은 친구야. 똑똑하고 대담하고 신념이 강한 여자지. 많은 이슈들을 정리하는 데 있어서는 우리들 중 가장 뛰어난 친구이기도 해."

"아가씨예요?"

"그게 무슨 소리야? 이름이 샤흐자드라니까. 샤흐자드라는 이름을 가진 남자를 본 적이 있어?"

"그게 아니라 결혼을 한 유부녀인지 결혼을 안 한 아가씨인지를 묻는 거예요."

"아아, 그런 뜻이었군…… 결혼했어. 선택의 여지가 없었다더군. 가족들의 감시를 벗어나 모든 시간과 에너지를 다해 목적에 전념하려면 결혼을 하는 수밖에 없었대. 안타깝게도 이 나라에서는 아무리 번듯한 지위에 오른 여자들이라 해도 사회적 관습과 제한과 의무에서 자유롭지 못해."

"그런데 샤흐자드의 남편은 아내가 친구들과 그렇게 오랜 시간을 함께 보내도 괜찮대요?"

"누구, 메디 말이야? 그럼. 메디도 우리 그룹원인걸. 그룹 내의 결혼이었어. 여러모로 우리 그룹의 목적에 도움이 될 것 같아서, 그렇게 결정했지."

하미드가 그의 친구들과 그룹에 대해 이야기하는 것은 이번이 처음이었다. 나는 내가 경솔하게 반응하거나 거부반응을 보인다면 그가 다시 입을 다물리라는 사실을 잘 알았다. 그의 말에 귀를 기울여야 했고 그렇게 이상한 주제가 나와도 조용히 입을 다물고 있어야 했다.

"나도 샤흐자드를 만나보고 싶어요. 재미있는 사람일 것 같아요. 곧 날을 잡아서 당신 친구들을 초대하겠다고 약속해줘요."

"생각을 해봐야겠어. 친구들하고 의논해볼게."

2주 후, 드디어 하미드의 친구들이 공휴일인 그 주 토요일에 점심식사를 하러 오기로 했다. 나는 일주일 내내 분주하게 준비를 했다. 커튼을 빨고 창문을 닦고 가구들의 위치를 끊임없이 바꾸어놓았다. 우리 집에는 식탁이 없었다. 내가 걱정을 하자 하미드가 말했다. "괜찮아, 식탁이 왜 필요해? 식사용 보자기를 바닥에 깔아 줘. 그게 더 나으니까. 그래야 편하게 식사도하고 자리도 더 넓게 쓸 수 있어."

하미드는 가장 친한 친구들 열두 명만을 초대했다. 잔뜩 들뜬 나는 무슨 요리를 준비해야 할지 알 수가 없어서 몇 번이고하미드의 의견을 물었다.

"당신이 좋아하는 것들로 준비해. 음식은 중요하지 않아."

"아니에요, 중요해요. 나는 당신 친구들이 좋아하는 음식을 준비하고 싶어요. 누가 뭘 좋아하는지 말해줘요."

"내가 그런 걸 어떻게 알아? 다들 좋아하는 음식이 다를 텐데. 그 음식들을 다 준비할 필요는 없어."

"다 준비하겠다는 건 아니에요. 예를 들어, 샤흐자드는 어떤 음식을 좋아해요?"

"향신료 찜. 하지만 메디는 말린 완두콩 찜을 좋아하고 아크바는 내가 향신료 밥을 곁들인 생선구이를 먹었다고 했더니 자기도 먹어보고 싶다고 난리였어. 저녁에 날이 추워지면 국수가 들어간 수프를 먹고 싶어 할 테고. 한마디로, 그 친구들이 좋아하는 음식들은 다양해…… 하지만 너무 수고할 필요는 없어. 당신이 쉽게 할 수 있는 음식을 하라고."

나는 화요일부터 장을 보기 시작했다. 기온이 많이 떨어져 기분 좋게 바람이 불었다. 음식 재료들을 잔뜩 넣은 무거운 장바구니들을 계단 위로 얼마나 끌어올렸는지, 할머니마저도 기가 막힌다는 듯이 나를 놀렸다.

"아가, 일곱 왕을 접대하는 잔치를 벌인대도 그렇게 준비를 많이 하지는 않을 게다."

목요일에는 재료를 손질하면서 기본적인 준비를 했고 금요일에는 시댁에서 조금 일찍 돌아와 또 음식을 만들었다. 음식을 너무 많이 하는 바람에 데우는 데에만도 정오 가까이 아침나절을 다 들여야 할 것 같았다. 다행히 날씨가 추워서 음식을 담은 냄비들과 프라이팬들을 베란다에 내놓을 수 있었다. 오후 늦게 하미드가 나갈 차비를 하며 말했다. "혹시 너무 늦게 되면, 내일 정오쯤 친구들과 함께 올게."

다음 날, 나는 아침 일찍 일어나 집안 구석구석을 다시 한 번 청소하고 쌀을 끓여 찬물에 헹구었다. 그렇게 준비를 마친 다음에는 얼른 샤워를 했다. 머리는 어젯밤에 감고 클립을 말아두었기 때문에 새로 감지 않았다. 그리고 내가 가진 옷 중에 가장 좋은 옷인 노란색 원피스를 입고 립스틱을 약간 바른 다음 클립을 풀었다. 그러자 굽실거리는 아름다운 머리카락이 폭포처럼 등 뒤로 흘러내렸다. 나는 어디 하나 나무랄 데 없어 보이고 싶었다. 그래야 하미드가 곤란하지 않을 것 같았다. 완벽해져서 그가 더 이상은 지진아나 사생아처럼 나를 집안에 숨기지 않게 만들고 싶었다. 그의 친구들로부터 그들의 그룹에 들어와도 좋다는 인정을 받고 싶었다.

정오경에 초인종 소리가 나자 가슴이 철렁 내려앉았다. 하미드는 늘 열쇠를 가지고 다녔으니까, 초인종은 하나의 신호였다. 나는 재빨리 앞치마를 벗고 계단으로 달려 나가 손님들을 맞았다. 찬바람이 불었지만 상관없었다. 그렇게 거기, 계단 맨 꼭대기 단에서 하미드가 모두에게 나를 소개했다. 네 명이 여자였고 나머지는 모두 남자였는데 나이는 거의 비슷해 보였다. 나는 그들을 집 안으로 안내한 다음 코트를 받아 걸며 호기심 어린 눈길로 여자들을 살폈다. 그녀들은 남자들과 별로 달라 보이지 않았다. 다들 바지와 헐렁한 스웨터를 입고 있었는데 옷들이 대부분 낡았고 상의와 하의가 어울리지도 않았다. 긴 머리카락이 성가셨는지 뒤에서 보면 남자라고 착각을 할 만큼 짧게 자르거나 고무줄로 묶어놓았다. 화장을 한 여자는 한 사람도 없었다.

모두 예의바르고 정중했지만 샤흐자드 말고는 아무도 나에게 그리 많은 관심을 보이지 않았다. 내 볼에 입을 맞추고 나를 아래위로 살피며 아름답다고 말해준 사람은 그녀뿐이었다.

"정말 아름답네요! 하미드, 아내가 정말 멋지네. 이렇게 매력적이고 옷맵시가 좋은 아내를 한 번도 자랑하지 않다니, 어떻게 그럴 수가 있어?"

그제야 다른 친구들도 고개를 돌려 나를 보며 관심을 보였다. 그중 몇 명이 알듯 말듯 비웃는 듯한 미소를 짓는 것이 느껴졌다. 아무도 예의에 벗어나는 말을 하지는 않았지만, 어딘지 모르게 적대적인 그들의 태도에 나는 얼굴이 달아올랐고 당혹스러워졌다. 하미드도 불편해하는 것 같았다. 그가 대화 주제를 바꾸려고 했다.

"됐으니까 그만해! 자, 다들 거실로 들어가. 차를 가져갈게." 몇 명은 소파에 앉았고 나머지는 바닥에 자리를 잡았다. 그들 중 거의 반이 담배를 피웠다. 하미드가 나를 재촉했다. "재떨이. 우리 집에 있는 재떨이를 다 가져와."

나는 부엌으로 달려가 재떨이들을 챙겨 하미드에게 준 다음 다시 부엌으로 가서 차를 준비하기 시작했다. 하미드가 나를 따라왔다. "차림새가 그게 뭐야?"

"왜요? 내 차림새가 어때서요?" 나는 영문을 몰라 물었다.

"왜 그런 원피스를 입었어? 서양 인형 같잖아. 단순한 옷으로 갈아입어. 셔츠에 바지를 입든지 치마를 입으란 말이야. 화장도 지우고 머리도 묶어."

"화장을 한 게 아니에요. 립스틱을 조금 발랐을 뿐이에요. 그것도 굉장히 옅은 색으로요."

"당신이 뭘 했는지, 난 모르겠어. 하지만, 그렇게 튀지만 말아 줘. 알겠어?"

"차라리 얼굴에 재를 바를까요?"

"그러든지!" 그가 차갑게 대답했다.

눈물이 차올라 눈앞이 흐려졌다. 나는 그가 마음에 들어 하는 것, 싫어하는 것을 도무지 구별할 수 없었다. 갑자기 온몸의 힘이 빠져나가는 것만 같았다. 일주일 내내 쌓인 피로가 한순간에 몰려오는 것 같았다. 며칠 전에 시작되었지만 무시하고 넘어가려던 코감기가 갑자기 심해지는 것 같았고 현기증이 났다. 누군가가 외치는 소리가 들렸다.

"차는 어떻게 됐어?" 나는 마음을 가라앉히고 차를 마저 따랐다. 하미드가 쟁반을 거실로 가져갔다.

그 길로 침실로 달려가 원피스를 벗고 잠시 침대에 앉아 있었다. 별다른 생각이 나지는 않았다. 그냥, 슬펐다. 나는 평소에 집에서 입던 긴 주름치마를 입고 옷장에서 눈에 처음 띈 셔츠를 입었다. 그리고 목구멍을 꽉 막은 응어리를 삼키려고 애썼다. 눈물이 날까봐 걱정이 되어 거울을 보고 다른 생각을 해보려고 했다. 쌀에 녹인 버터를 붓지 않았다는 것이 기억났다. 황급히 부엌으로 달려가다가 거실에서 나오던 여자와 부딪칠 뻔했다. 그 여자가 나를 보고 말했다. "어? 왜 옷을 갈아입었어요?"

손님들이 모두 목을 빼고 나를 쳐다보았다. 내 얼굴이 귀까지 빨갛게 달아올랐다. 하미드가 부엌에서 고개를 쑥 내밀었다. "편한 옷으로 갈아입은 거야."

손님들이 차를 마시는 내내 나는 부엌에 있었다. 아무도 나에게 관심을 두지 않았다. 두 시쯤, 식사 준비가 다 되었다. 나는 마루에 식사용 보자기를 깔았다. 거실 문 가까이에서 준비를 했기 때문에, 손님들이 큰 소리로 이야기하는 내용을 들을 수 있었다. 이야기 중 반은 이해가 가지 않는 내용이었다. 마치 그들이 외국어로 대화하는 것 같았다. '변증법'에 관한 이야기가 나왔고 '민중'이며 '인민'이라는 용어가 자주 사용되었다. 그냥 '사람들'이라고 하면 될 것을, 왜 그렇게 어렵게 표현하는지 알 수가 없었다.

드디어 식사 준비가 끝났다. 허리가 끊어질 듯이 아팠고 목이 타는 것만 같았다.

하미드가 차린 음식을 살펴보고는 친구들을 불렀다. 다들 음식의 가짓수며 색깔이며 냄새에 감탄을 하면서 어떤 음식부터 먹어야 할지 모르겠다고 했다.

샤흐자드가 말했다. "너무 힘들게 준비한 것 아녜요? 정말 힘들었겠어요. 우린 빵과 치즈만 있어도 되는데. 괜히 폐를 끼친 게 아닌가 싶네요."

"그게 무슨 소리야?" 한 남자가 외쳤다. "빵과 치즈는 매일 먹잖아. 부르주아의 집에 왔으니, 뭘 먹고 사는지 한번 보자고."

모두가 웃음을 터뜨렸지만, 하미드의 귀에는 그 말이 거슬렸을 것 같았다. 점심식사를 마친 후, 손님들은 다시 거실로 갔다. 하미드가 접시 더미를 부엌으로 가져오더니 짜증스럽게 말했다.

"왜 이렇게 음식을 많이 했어?"

"왜요? 내가 뭘 잘못했어요?"

"그만하지. 하지만 난 세상이 끝나는 날까지 저 친구들의 놀림을 받게 생겼어."

하미드는 차를 몇 번 더 대접했고 나는 보자기를 치우고 설거지를 하고 남은 음식을 보관했다. 부엌을 정리하고 보니 시간은 네 시 반을 넘어가고 있었다. 허리가 계속 아팠고 열도 나는 것 같았다. 아무도 나를 부르지 않았다. 나는 잊힌 존재였다. 내가 그들과 어울리지 않는다는 것을, 나는 너무나도 분명하게 깨달을 수 있었다.

차를 한 잔씩 더 따르고 접시에 슈크림을 담아가지고 거실로 갔지만 역시 아무도 고맙다는 인사를 하지 않았다. 그런데 샤흐자드가 내게 말을 건넸다.

"피곤하겠어요. 아무도 설거지를 도와주지 않았네요. 미안해요. 사실, 우리는 그런 일에 서툴러요."

"괜찮아요. 힘든 일도 아닌데요."

"힘든 일이 아니라고요? 우리들 중 아무도 당신처럼 큰일을 치러내지 못할 거예요. 자, 이리로 와서 내 옆에 앉아요."

"네. 금방 올게요. 너무 늦기 전에 기도를 올리고 마음 편하게 앉을게요."

다시 한 번, 손님들이 이상하다는 듯한 표정으로 나를 보았고 하미드는 인상을 썼다. 이번에도 나는 내가 무슨 실수를 했는지 알 수 없었다. 아까 하미드에게 부르주아라고 했던 아크바르가 말했다. 하미드와 그와의 사이에 어떤 긴장이 느껴졌고 두 사람이 서로 경쟁하는 듯한 느낌이 들었다. "굉장한걸! 아직도 기도를 올리는 사람이 있었네. 정말 감동적이야! 조상들의 신앙을 물려받은 부인, 왜 기도를 하는지, 그 이유를 설명해줄래요?"

나는 당황해서 쩔쩔 매며 대답했다. "왜냐고요? 내가 무슬림이기 때문이죠. 모든 무슬림은 기도를 해야 해요. 신께서 그렇게 하라고 하셨으니까요."

"그럼, 저 위에 누가 앉아서 신의 명령을 받아 적어 예언자의 품안에 던져주었다는 말인가요?"

점점 더 화가 나고 당혹스러워졌다. 나는 도움을 바라는 눈길로 하미드를 쳐다보았으나 그는 동정하기는커녕, 분노한 눈길을 되돌려줄 뿐이었다.

여자들 중의 한 명이 말했다. "그럼, 기도를 올리지 않으면 어떻게 되나요?"

"그건…… 죄를 짓는 거예요."

"죄를 지으면 어떻게 되는데요? 당신 말에 의하면, 기도를 하지 않는 우리는 죄인이네요. 우리가 어떤 일을 당하게 되나요?"

나는 어금니를 악물고 대답했다. "사후에 고통을 받겠죠. 지옥에 갈 거예요."

"아하! 지옥. 그 지옥이라는 데가 어떤 곳이죠?"

온몸이 부들부들 떨렸다. 그들이 나의 신앙을 조롱하고 있었다.

"지, 지옥은 불구덩이예요."

"뱀과 전갈도 있겠죠?"

"네."

손님들이 다 함께 웃음을 터뜨렸다. 나는 도움을 청하는 눈길로 하미드를 쳐다보았다. 그러나 그는 친구들을 따라 웃지는 않았지만, 고개를 숙인 채 아무 말도 하지 않았다. 아크바르가 하미드를 보고 말했다. "하미드, 아내조차 설득하지 못하는 자네가, 미신에 빠진 인민을 어떻게 구하지?"

"난 미신에 빠지지 않았어요." 내가 발끈하며 대꾸했다.

"아뇨, 당신은 미신꾸러기예요. 물론 당신 잘못은 아니지요. 사람들이 당신의 머릿속에 그런 개념을 너무나도 깊이 박아놓았기 때문에 믿을 수밖에 없었던 거예요. 당신이 말한 것들, 그리고 당신이 시간을 낭비해가며 하는 기도들이, 사실은 다 미신입니다. 인민에게 아무런 가치도 없는 것들이죠. 그것들 때문에 당신을 자신 아닌 다른 누군가에게 의존하게 되는 거예요. 그리고 당신을 두렵게 만들어 이미 가진 것에 만족하게 하고 갖지 못한 것을 갖기 위해 싸우지 못하게 하죠. 다른 세상에 가면 모든 것을 가질 수 있다는 희망을 품게 하니까요. 당신은 당신을 착취하기 위해 만들어진 것들을 믿고 있어요. 그것이 바로 미신이지요."

현기증이 나면서 구토가 치밀어 올랐다. "신을 매도하는군요!" 나는 분노에 차 고함을 질렀다.

"봤지? 종교가 어떻게 사람을 세뇌했는지? 저들의 잘못이 아니야. 어릴 적부터 그런 개념이 머리에 박혔기 때문이지. '인민을 중독시킨 아편'에 대항해 싸우려면 얼마나 험한 길을 가야 하는지, 다들 봤지? 내가 우리의 수행과제에 종교 저항 운동을 포함시켜야 한다고 했던 이유가 바로 이거야."

내 귀에는 이제 그들의 목소리가 들리지 않았다. 방 전체가 머릿속에서 뱅글뱅글 돌았다. 더 이상 그 방에 남아 있다가는 쓰러질 것 같았다. 나는 화장실로 달려가 토했다. 내 안에서 무엇인가가 무시무시한 압력을 가하고 있었다. 허리가 칼로 쑤시는 것처럼 아팠고 아랫배에 통증이 느껴졌다. 다리가 축축하게 젖어왔다. 나는 주저앉아버렸다. 바닥에 피가 흥건히 고였다.

내 몸이 불에 타고 있었다. 내 발밑에서 활활 타는 불길이 나를 잡아끌었다. 도망치려고 했지만 다리가 말을 듣지 않았다. 흉측하게 생긴 무시무시한 마녀들이 내 배에 쇠스랑을 찔러 넣고 불로 잡아당겼다. 사람 머리가 달린 뱀들이 나를 보고 웃었다. 사악한 존재가 내 입 안에 썩은 물을 부어넣고 있었다.

나는 아기를 품에 안고 불타는 방에 갇혀 있었다. 문들을 열어보았지만 열린 문들은 더욱 거센 불길에 휩싸인 방으로 연결되어 있었다. 나는 내 아이를 내려다보았다. 아이는 피범벅이었다.

눈을 뜨니 온통 흰색인 낯선 방에 누워 있었다. 온몸을 관통하는 한기가 느껴져서, 나는 몸을 웅크리고 눈을 다시 감았다. 몸이 떨려왔다. 누군가가 담요를 나의 목까지 끌어당겨주고 따뜻한 손으로 이마를 짚었다. 그가 말했다.

"위험은 지나갔고 출혈도 거의 멎었습니다. 하지만 환자가 너무 쇠약하군요. 체력을 회복해야 합니다."

시어머니의 목소리가 들렸다. "그것 봐라, 하미드. 일주일만이라도 마수메를 친정에 보내줘라. 그럼 힘을 되찾을 수 있을 거야."

나는 친정에서 닷새 동안 침대 신세를 졌다. 파티가 한 마리 나비처럼 내 주위에서 팔랑거렸다. 아버지는 영양가가 높고 기력 보충에 도움이 된다며 갖가지 것들을 사오셨고 내가 눈을 뜰 때마다 어머니는 내게 뭔가를 먹이셨다. 파르빈이 내 곁에 앉아 하루 종일 이야기를 했지만, 나는 모든 게 귀찮았다. 하미드도 매일 나를 보러 왔다. 그는 풀이 죽어 어쩔 줄을 몰라 했다. 나는 그를 보고 싶지 않았다. 내 주위의 사람들에게 이야기를 하는 것이 또다시 힘들어졌다. 내 안에 깊은 슬픔이 자리잡아버렸다.

어머니는 끊임없이 나를 위로했다. "마수메, 왜 임신을 했다고 말하지 않았니? 왜 그렇게 힘들게 일을 했어? 나에게 와서 도와달라고 할 것이지. 감기는 또 왜 그렇게 심하게 걸렸니? 처음 몇 달 동안은 조심해야 하는 거야. 별일 없을 게다. 태어나지 않은 아이 때문에 그렇게 슬퍼할 필요 없어. 내가 몇 번이나 유산을 했는지 아니? 이것 역시 신의 뜻이고 그분의 지혜로 비롯된 일이야. 유산된 아이는 기형아이기 때문에 유산이 된다는 옛말이 있단다. 건강한 아이는 그렇게 쉽게 죽지 않아. 그러니 감사해야 한다. 신께서 다시 건강한 아이를 주실 게야."

내가 집으로 돌아가는 날, 하미드가 만수레 누나의 차를 가지고 나를 데리러 왔다. 내가 차에 올라타기 전에 아버지가 금으로 된 기도 메달을 내 목에 걸어주셨다. 아버지는 그렇게밖에 나에 대한 사랑을 표현할 줄 모르셨지만, 아버지에게 말을 하거나 감사의 인사를 할 기분이 아니었던 나는 아무 말 없이 눈물만 닦았다. 하미드가 이틀 동안 집에 머물며 나를 돌보아주었다. 그가 굉장한 희생을 했다는 것은 알았지만 그가 고맙지는 않았다.

시어머니와 시누이들도 나를 보러 왔다. "나도 모니르를 낳고 나서 둘째아이를 유산했단다." 시어머니가 나를 위로했다. "하지만 그 이후로 건강한 아이들을 셋이나 낳았어. 그러니 슬퍼하지 말고 힘을 내렴. 너희는 아직 젊어, 시간은 충분하단다."

사실 나는 내가 이토록 우울한 이유를 알 수 없었다. 분명 유산 때문은 아니었다. 지난 몇 주 동안 몸의 변화가 느껴졌고 임신을 했을지도 모른다는 생각을 하기는 했지만 어머니가 된다는 것을 실감하지는 못했다. 아기를 가진다는 것이 무엇을 의미하는지, 내 아이가 생긴다는 것이 어떤 의미인지 확실히 이해할 수가 없었다. 나는 아직도 내가 공부를 최우선으로 해야하는 학생 같았다. 나의 슬픔에는 고통스러운 죄책감이 동반되어 있었다. 내 신앙의 기초가 흔들렸고 그 원인을 제공한 사람들이 역겨웠다. 나는 내 마음속에 일어나는 의심 때문에 두려웠고 내가 신을 의심했기 때문에 신께서 내 아기를 거두어가신 것이라는 생각이 들었다.

"왜 임신했다고 말하지 않았어?" 하미드가 말했다.

"확실하지 않아서요. 그리고 그 소식을 듣고 당신이 기뻐할 것 같지 않았어요."

"정말로 아기가 당신에게 그렇게 중요해?"

"모르겠어요."

"내가 보기에 당신의 문제는 아기를 잃은 것이 아니야. 다른 뭔가가 당신을 괴롭히고 있어. 당신이 착각하는 거야. 샤흐자드와 메디와 많은 이야기를 나누었어. 그날, 당신은 여러모로 스트레스를 받았어. 몸도 피곤했고 감기도 심했는데 친구들이 한 이야기가 마지막 강타를 날린 것이지."

눈물이 차올라 눈앞이 흐려졌다.

"그런데도 당신은 나를 지켜주지 않았어요. 당신 친구들이 나를 비웃고 조롱하면서 바보 취급을 하는데도, 친구들 편에 서 있었다고요."

"그렇지 않아! 정말이야. 당신에게 상처를 주거나 당신을 모욕하려는 의도를 가진 친구는 단 한 명도 없었어. 그날 이후, 샤흐자드가 모두와 얼마나 싸웠는지 알아? 특히 아크바르와 심하게 다퉜어. 그 결과, 우리의 원칙을 소개하고 선전하는 적절한 방법을 개발해야 한다는 것이 우리의 과제에 추가되었지. 샤흐자드는 우리가 말하는 방식이 잘못되었다고 지적했어. 사람들을 공격하고 겁먹게 만든다고. 겁을 먹고 도망가게 만든다고. 그날, 샤흐자드가 나와 함께 온종일 당신 침대 곁을 지켰어. 몇 번이나 불쌍한 당신이 이렇게 된 것이 다 우리 탓이라고 했지. 다들 당신 걱정을 하고 있어. 아크바르는 찾아와 사과를 하고 싶다고 했어."

다음 날, 샤흐자드와 메디가 패스트리 한 상자를 사가지고 나를 보러 왔다. 샤흐자드가 내 곁에 앉아 다정하게 말했다. "괜찮아진 것 같아 보여 다행이에요. 우리가 얼마나 무서워했는지 알아요?"

"미안해요. 일부러 그런 건 아니에요."

"그런 말 말아요. 사과를 해야 할 사람은 우리들인걸요. 우리 잘못이에요. 말을 너무 격하게 했고 우리의 신조에 너무나 빠져 있던 나머지 사람들이 그런 대면에 익숙하지 않다는 사실을 간과했어요. 충격이 컸을 거예요. 아크바르는 언제나 그렇게 고

집스럽게 자기 주장을 내세우지만 속은 착해요. 당신 일로 많이 당황했어요. 오늘 같이 오고 싶어 했지만 내가 말렸어요. 그를 보면 당신이 다시 아파질까봐."

"아니에요. 그분의 잘못이 아니에요. 내가 너무 약해서 몇 마디 말에 신앙이 흔들린 거예요. 바보같이 제대로 대답도 못하고 반박도 못했어요."

"당신은 아직 어려요. 내가 당신 나이였을 때, 나는 우리 아버지에게도 내 의견을 밝히지 못했는걸요. 시간이 지나서 나이를 먹고 경험을 더 많이 쌓게 되면 당신의 믿음은 더욱 단단해질 거예요. 그 믿음은 다른 사람들처럼 경전을 외우고 앵무새처럼 되풀이해서 기른 믿음이 아닌 당신의 인식과 당신이 찾아본 것들과 당신이 쌓은 기초 위에 세워진 강한 믿음일 거예요. 당신에게 고백할 것이 있어요. 교양 있고 지적인 그런 모든 이야기를 너무 신봉하지 말아요. 그 친구들을 너무 심각하게 받아들이지 말라고요. 그들의 마음속에는 아직 신앙이 있고 어려울 때면 자신도 모르게 신께 돌아가 그분의 보호를 받고 싶어 하니까요."

차 쟁반을 들고 문간에 서 있던 하미드가 웃기 시작했다. 샤흐자드가 그를 돌아보며 말했다. "그렇지 않아, 하미드? 솔직해지자고. 당신은 신앙을 완전히 버렸어? 그럴 수 있었냐고. 당신의 마음속에서 신을 없앨 수 있었어? 어떤 상황에서도 신을 부르지 않을 수 있었어?"

"아니, 그리고 그럴 필요도 없다고 생각해. 다들 우리 집에 점심을 먹으러 오기 전날, 이 주제로 토론을 했잖아. 그래서 아크바르는 여기에 와서도 그 이야기를 계속한 것이었지. 나는 왜 다들 신앙을 버려야 한다고 그렇게 격하게 주장하는지 이해할 수가 없어. 내가 보기에 신앙을 가진 사람들은 신앙이 없는 사람들보다 더 평화를 사랑하고 더 큰 희망을 가지고 있어. 버림받았다거나 외롭다는 생각도 거의 하지 않지."

"당신이 나의 기도와 내 신앙을 놀리지 않았다는 말인가요? 종교가 미신이라고 생각하지 않는다는 의미예요?"

"그렇다니까! 가끔 당신이 감정에 휘둘리지 않고 그렇게 차분하게 기도를 올리는 모습을 보고 있으면, 당신이 부럽기까지 해."

샤흐자드는 자신도 같은 생각이라는 듯 미소를 지으며 말했다. "우리를 위해서도 기도해주는 것, 잊지 말아요!"

나는 나도 모르게 그녀를 끌어안고 양 볼에 입을 맞추었다.

그때 이후로 나는 하미드의 친구들을 거의 볼 수 없었다. 몇 명이 우리 집에 오는 경우가 있었지만 그런 제한된 만남조차 어떤 엄격한 틀 안에서 이루어졌다. 그들은 나를 존중했지만 나를 자신들의 일원이라고 생각하지 않았고, 내 앞에서는 신과 종교에 관한 이야기를 삼갔다. 그들은 내가 있으면 불편해했고, 나도 더 이상은 그들에게 큰 관심이 없었다.

가끔씩 샤흐자드와 메디가 우리 집에 놀러왔지만 나는 여전히 그들을 친한 친구라고 생각할 수 없었다. 샤흐자드에 대한 나의 감정은 존경과 부러움과 고마움이 한데 섞인 감정이었다. 그녀는 남자들의 존경마저 한몸에 받는 완벽한 여자였다. 그녀는 교육을 많이 받았고 지적이었으며 설득력 있는 말솜씨를 지니고 있었다. 아무도 두려워하지 않았던 그녀는 그 누구에게도 기대지 않았다. 오히려 그룹 전체가 그녀에게 의지했다. 흥미로운 점은 강한 성격의 소유자였음에도 불구하고 그녀의 감정은 여리고 부드럽다는 것이었다. 비극적인 사건을 접할 때마다, 그녀의 검은 눈에는 곧 눈물이 차올랐다.

　나에게 그녀와 메디와의 관계는 하나의 미스터리였다. 하미드는 그들이 조직의 이익을 위해 결혼했다고 말했지만 두 사람 사이에는 훨씬 더 깊고 더 인간적인 무엇이 있었다. 메디는 굉장히 조용하고 지적인 남자였다. 논쟁에 끼어드는 경우도 거의 없었고 자신의 지식이나 기량을 자랑하지도 않았다. 수업 내용을 복습하여 발표하는 학생들에게 귀를 기울이는 선생님처럼, 그는 조용히 자리에 앉아 다른 이들의 이야기를 들었다. 곧 나는 샤흐자드가 그의 대변인 역할을 하고 있음을 깨달았다. 토론이 진행되는 동안, 그녀는 계속해서 미묘한 눈길을 그에게 보냈다. 메디가 고개를 끄덕이는 것은 그녀가 하던 이야기를 계속해도 좋다는 뜻이었고 그가 눈썹을 살짝 치켜올리면 그녀는 잠시 말을 멈추고 생각에 잠겼다. 어떻게 그런 관계가 가능할까. 나는 사랑 없이 그런 유대감을 키울 수는 없다고 생각했다. 하미드가 바라던 아내는 나 같은 여자가 아니라 샤흐자드 같은 여자라는 것은 나도 알았지만, 속이 상하지는 않았다. 그녀가 나보다 한참 높은 곳에 있는 사람이라고 여겼던 데다가 나 같은 사람은 그녀를 질투할 자격도 없다고 생각했기 때문이었다. 그저, 나도 그녀처럼 될 수 있기를 간절히 바랄 뿐이었다.

봄이 끝날 무렵, 10학년의 마지막 시험을 치르는 중에 몸이 피곤하고 자꾸만 구역질이 나서 다시 임신을 했음을 알았다. 힘들기가 이루 말할 수 없었지만 나는 시험에서 좋은 성적을 냈고 이번에는 여러모로 조심을 하면서 열심히 아기가 태어나기를 기다렸다. 영원히 끝나지 않을 것 같은 외로움에서 탈출하게 해줄 작은 선물인 나의 아기를 기쁜 마음으로 기다렸다.

시댁 식구들은 내 임신 소식을 듣고 굉장히 기뻐하면서 이제는 드디어 하미드가 옛 습관을 버리고 안주할 것이라고 예상했다. 나는 그들의 믿음에 재를 뿌릴 생각이 없었다. 내가 남편이 오랫동안 집을 비운다고 시댁에 불평을 한다면, 그것은 하미드를 배신하는 행위일 뿐더러 그로 인해 그를 영원히 잃게 될 수도 있었다. 더구나 시댁 식구들은 그 원인이 내게 있다고 나를 나쁘게 생각할 터였다. 시어머니는 온갖 방편을 동원해 나로 하여금 유능한 아내는 남편을 집과 가정에 대한 의무로 꽉 붙잡는 여자라는 점을 상기시켰다. 그러면서 시부모님이 젊었을 적에, 당신이 공산당인 투데 당의 유혹에 빠질 뻔한 시아버지를 구했다는 이야기를 했다.

그해 여름, 마흐무드는 외사촌인 에흐테람-사다트와 결혼했다. 나는 큰오빠의 결혼에 관심이 전혀 없었고 결혼 준비를 도울 마음도 없었다. 그런 모든 일을 피하는 데에 임신이 완벽한 구실이 되어주었다. 사실 나는 외사촌들이 싫었다. 그러나 어머니는 큰아들이 언니의 딸과 결혼한다는 것에 너무나도 행복해했으며 끊임없이 마흐부베의 험담을 하고 에흐테람-사다트에 대한 칭찬을 늘어놓았다. 일을 할 때 거치적거리는 히잡을 벗을지 말지 고민하는 이모와 함께, 어머니는 바쁘게 결혼식 준비를 해나갔다.

결혼식날 마흐무드는 장례식에 온 사람 같았다. 무섭게 인상을 쓴 채 고개를 숙이고 하객들 중 그 누구와도 이야기를 주고받지 않았다. 피로연은 나의 친정집과 파르빈의 집에서 열렸다. 남자들은 친정집에 모였고 여자들은 옆집인 파르빈의 집으로 갔다. 미리 정한 바와는 다르게, 마흐무드는 아버지의 집에 단 하루도 머물지 않았다. 시장거리 근처에 집을 하나 빌린 그는 결혼식날 밤에 신부를 데리고 그 집으로 가버렸다.

벽과 나무 사이에 매달린 색색가지의 꼬마전구가 밝은 빛을 냈고 문 옆에는 받침대 달린 램프가 세워졌다. 음식은 친정 마당보다 큰 파르빈네 앞마당에서 준비했다. 음악도 없었고 노래하는 가수도 없었다. 마흐무드와 에흐테람-사바트의 아버지가 비종교적인 행위를 금지시켰기 때문이었다.

나는 다른 여자들과 함께 파르빈네 집 앞마당에 앉아 부채질을 했다. 여자들은 수다를 떨며 과일과 패스트리를 먹느라 여념이 없었다. 남자들이 무엇을 하고 있는지 궁금했다. 옆집에서 들려오는 소리라고는 이따금씩 누군가가 예언자와 그의 자손들에게 기도를 올리자고 외치는 소리밖에 없었다. 모두들 어서 음식이 나와서 함께 식사를 해야 하는 의무를 완수하고 지루한 자리를 빨리 뜨고 싶어 하는 것 같았다.

"무슨 결혼식이 이래?" 파르빈은 계속 투덜거렸다. "돌아가신 우리 아버지 장례식과 다를 바가 없잖아!"

그럴 때마다 이모는 인상을 쓰며 파르빈에게 조용히 하라는 신호를 보냈다. "신이시여, 자비를 베푸소서!"

우리 이모는 자기를 제외한 세상 모든 사람들이 죄인이며 신앙인으로서의 의무를 제대로 지키는 사람이 아무도 없다고 믿는 사람이었다. 그러나 파르빈을 싫어하는 것은 그런 이유에서가 아니었다. 그날 밤, 이모는 계속해서 구시렁거렸다. "저런 막돼먹은 여자를 보았나!" 파르빈의 집 말고 다른 곳을 빌릴 수 있었다면, 이모는 당장 파르빈을 내쫓았을 터였다.

작은오빠는 결혼식장에 나타나지 않았다. 어머니는 대문 옆에 서 있는 알리에게 계속 물어보았다. "아흐매드 형은 아직도 오지 않은 게냐?" 그러고는 가슴을 치며 한탄을 했다. "이런 몹쓸 놈이 있나! 제 형의 결혼식에 코빼기도 내밀지 않다니. 불쌍한 너희 아버지는 도와주는 사람도 없이 저렇게 혼자 계시는구나. 아흐매드는 저 고약한 친구들밖에 몰라. 단 하룻밤만이라도 그놈들과 어울리지 않으면 세상이 끝나는 줄 안다니까."

어머니의 말에 파르빈의 얼굴도 수심에 잠겼다.

"네 어머니 말이 맞아. 네가 떠난 이후로, 아흐매드는 행실이 더 나빠졌고 수상한 사람들과 어울려 다니고 있어. 신이시여, 그를 올바른 길로 인도하소서."

"워낙 어리석은 사람이잖아요. 작은오빠에게 무슨 일이 일어나도, 그건 다 자업자득이에요."

"그렇게 말하지 마, 마수메! 어떻게 그런 말을 할 수 있니? 가족들이 관심을 조금이라도 더 보여주었다면, 그도 이렇게 되지는 않았을 거야."

"이렇게 되다니요?"

"나도 모르겠어. 하지만 가족들이 그를 버렸잖아. 네 아버지는 그에게 눈길조차 주지 않으시고. 그건 옳지 않아."

고모는 혼자서 피로연장에 나타났다. 결혼식이 거행되는 순간에도 어머니는 고모의 흉을 보았다. "네 고모가 얼마나 무정한 사람인지, 봤지? 큰조카 결혼식에 오는 것도 귀찮아하는 사람이다." 파르빈네 집 앞마당으로 들어오는 고모를 본 어머니는 입을 비죽거리며 말했다.

"귀한 분이 납시었네. 어이구, 영광스럽기도 하지." 그러고는 바쁘게 일을 하며 고모를 못 본 척했다.

고모가 나를 발견하고는 내 옆에 와 앉았다. "세상에! 오다가 죽는 줄 알았지 뭐니! 차가 고장나는 바람에 두 시간이나 지체를 했어. 네 큰오빠가 콤에서 결혼식을 올렸으면 좋았을걸. 그럼 여기까지 애써 왕복을 하지 않아도 되었을 텐데."

"고모, 고모를 힘들게 하려는 의도는 없었어요."

"힘들다니? 큰조카가 처음으로 결혼을 하는데, 내 한 몸 움직이는 게 뭐 대수라고."

그러고는 어머니에게 인사를 했다. "잘 지냈어요? 내가 이렇게 왔는데, 언니는 날 그런 식으로밖에 맞아주지 못해요?"

"이제야 와놓고, 뭘 바라는 건지 모르겠네요. 친척이 아니라 남 같잖아요."

나는 대화 주제를 바꾸려고 다른 이야기를 꺼냈다. "참, 고모, 마흐부베는 어떻게 지내요? 마흐부베가 보고 싶어요. 저는 마흐부베가 고모와 함께 오는 줄 알았어요."

어머니가 나를 노려보았다.

"그게 말이다, 마흐부베가 지금 이란에 없어. 어제 남편과 함께 시리아에 갔다가 베이루트에도 들렀다 온다고 하면서 떠났거든. 미안하다는 말을 전해달라고 하더구나. 신이시여, 우리 사위를 축복하소서. 우리 사위는 마흐부베를 정말로 아끼고 사랑한단다."

"어머, 좋겠다. 그런데 시리아랑 베이루트에는 왜 갔어요?"

"그럼 달리 어딜 가겠니? 거기가 그렇게 아름답다더라. 베이루트는 중동의 신부라는 말도 있지."

어머니가 심술맞게 쏘아붙였다. "그게 다 내 동생처럼 서양에 가지 못하는 사람들이 하는 말이에요. 하긴, 거기가 뭐 아무나 가는 데인가?"

"사실은 서양으로 갈 수도 있었어요." 고모가 지지 않고 맞받아쳤다. "하지만 마흐부베가 순례지에 가고 싶어 했죠. 그 아이는 메카 순례를 떠나고 싶어 했는데, 지금 아기를 가졌기 때문에 사위가 안 된다고 했어요. 메카 순례는 뒤로 미루고 우선 제이납 성지에 다녀오자고 했죠."

"순례 여행을 떠나려면 우선 자기 의무를 다 하고 생활을 정리해야 하는 걸로 알고 있는데요." 어머니는 계속 시비를 걸었다.

"그렇지 않아요, 타예베, 그건 다 메카에 가지 못하는 사람들이 만들어낸 핑계들이에요. 율법학자이시고 종교지도자이시며 제자를 열 명이나 두신 마흐부베의 시아버지께서도 재정적으로 허락이 되면 순례를 가는 것이 옳다고 말씀하셨답니다."

어머니가 온몸을 파르르 떨었다. 어머니는 제대로 반박을 하지 못할 때면 늘 이런 반응을 보였다. 마침내 적절한 말을 떠올린 어머니가 말했다. "아니라니까요! 내 자부의 형, 그러니까 우리 새아기의 큰아버지는 마흐부베의 시아버지보다 훨씬 더 훌륭한 율법학자이신데, 메카에 가는 데에는 많은 조건과 요구사항이 따른다고 했어요. 그렇게 간단한 게 아니에요. 자기 가족뿐 아니라 오른쪽으로 일곱 집, 왼쪽으로 일곱 집에 이르는 이웃들에게 내 도움이 필요 없을 때, 비로소 갈 수 있는 거라고 하셨다고요. 고모네 집 같은 경우는, 아들이 놀고 있으니까……."

"놀긴 누가 논다는 거예요? 수천 명이 우리 아들에게 신세를 지고 있는데. 제 아버지가 가게를 열어주겠다고 해도 싫다는 아이예요. 자기는 시장거리가 싫고 가게 주인이 되기도 싫다고. 공부를 해서 의사가 되겠다고 하는걸요. 교육을 많이 받은 우리 사위가, 우리 아들에게 재능이 아주 많다면서 그 아이가 대학 입학시험을 치를 때까지 조용히 공부를 하게 놔둔다고 약속해달라고 했어요."

어머니가 무슨 말인가를 하려고 입을 열려는 순간, 나는 얼른 끼어들어 대화 주제를 바꾸었다. 말다툼이 계속되어서 결혼식이 싸움판으로 변할까봐 겁이 났다.

"그런데 고모, 마흐부베가 임신한 지는 얼마나 되었어요? 입덧을 심하게 하나요?"

"처음 두 달 동안은 그랬는데, 지금은 괜찮아졌어. 의사가 여행을 해도 좋다고 할 정도였으니까."

"제 담당 의사선생님은 너무 많이 걸어서도 안 되고 너무 자주 허리를 굽혀서도 안 된대요."

221

"의사 말대로 하렴. 처음 몇 달 동안은 아주 조심해야 해. 특히 넌 몸이 약하잖니. 내가 뭐라도 해줄 수 있으면 좋을 텐데. 분명 네 친정 식구들은 널 잘 보살펴주지 않겠지. 초반에 나는 마흐부베가 움직일 필요 없도록 매일 먹고 싶다는 것을 만들어 그 애 집으로 보냈단다. 그것이 친정어머니의 의무니까. 어머니가 혼합곡물과 야채로 만든 수프를 만들어주셨니?"

고모는 공격을 멈출 생각이 없는 것 같았다.

"그럼요. 친정에서 계속 음식을 보내주시는걸요. 하지만 제가 입맛이 별로 없어요."

"제대로 못 만들었으니까 그렇지. 이 고모가 네가 손가락을 쪽쪽 빨아먹을 만큼 맛있는 음식을 만들어줄게."

화가 머리끝까지 난 어머니의 얼굴이 순무처럼 빨개졌다. 어머니가 무슨 말인가를 하려는데 파르빈이 남자들이 먹을 음식을 가져가야 할 시간이라고 말했다. 어머니가 자리를 뜨자 나는 안도의 한숨을 내쉬었다. 고모는 끓어오르던 화산이 갑자기 활동을 멈춘 것처럼 진정을 하더니 주변을 둘러보며 고개를 끄덕여 다른 손님들과 인사를 나누었다. 그러고는 다시 나에게 관심을 돌렸다.

"마수메, 정말 예쁘구나. 배 속의 아기는 분명 사내아이일 거야. 자, 어디 말해보렴, 남편이 마음에 드니? 얼마나 서둘러 결혼을 했는지, 우린 네 멋진 신랑을 한 번도 못 보았구나…… 뜨거운 수프의 향이 날아갈까봐 서두르는 사람들처럼 허겁지겁 결혼식을 올려버리더라. 그래, 신랑이 정말 그렇게 맛좋은 수프 같니?"

"글쎄요, 나쁘지는 않아요. 시부모님이 메카로 순례 여행을 떠나시기로 되어 있어서 시간이 없었어요. 집안 대소사를 빈틈없이 마무리하고 평화롭게 다녀오시고 싶어 하셨거든요. 그래서 그렇게 서둘렀던 거예요."

"하지만 신랑 쪽에 대해 잘 알아보지도 못했을 게 아니니? 네가 결혼식날에야 신랑의 얼굴을 보았다는 소문을 들었는데, 그게 사실이니?"

"네. 하지만 사진은 그 전에 보았어요."

"뭐? 마수메, 사진이랑 결혼을 하는 건 아니잖아. 사진을 보면서 한 남자를 사랑하고 그가 네 일생일대의 배필이라는 것을 알 수 있다는 말이야? 콤에서조차 딸을 그런 식으로 시집보내지는 않아. 마흐부베의 시아버지가 율법학자이시잖니. 허울만 좋은 율법학자가 아니라 크게 존경을 받는 종교 지도자이시고 콤에서 가장 신앙이 깊은 분이시란다. 그런데 그분이 아들을 데리고 마흐부베에게 청혼을 하러 오셔서는 청혼을 받아들이기 전에 예비 신랑 신부가 서로 이야기를 나누고 마음에 드는지 확인을 해야 한다고 하셨어. 마흐부베는 적어도 다섯 번쯤 모흐젠과 단둘이 이야기를 나누었단다. 신랑 가족들이 우리를 여러 번 저녁식사에 초대하셨고 우리도 그분들을 초대했지. 그리고 콤에 사는 모든 사람들이 그 가족을 알기 때문에 평판을 물어볼 필요는 없었지만, 그래도 우리는 신랑과 그 가족들에 대해 주변 사람들에게 물어보았어. 길에서 주워온 아이를 내쫓듯, 딸을 모르는 사람들에게 그렇게 내어주다니, 있을 수 없는 일이야."

"솔직히 저는 결혼하고 싶지 않았는데 오빠들이 서둘러 저를 시집보내버린 거예요."

"감히 어떻게 그럴 수가 있지? 네가 집에 있어서 저희들이 있을 자리가 없다든? 네 어머니가 처음부터 버릇을 잘못 들였어. 마흐무드는 겉으로만 독실한 체하고, 아흐매드는 어디를 헤매고 다니는지, 원."

"하지만 고모, 전 불행하지 않아요. 그게 제 운명이에요. 하미드는 좋은 사람이고 시댁 식구들도 저에게 잘해주세요."

"재정적으로는 어때?"

"괜찮은 편이에요. 부족한 것 없이 잘 지내고 있어요."

"그런데 남편이 무슨 일을 하니?"

"시댁에서 인쇄소를 운영해요. 시아버님이 공장의 반을 소유하고 계시고 하미드도 거기에서 일을 해요."

"남편이 널 사랑하니? 둘이 있으면 재미있어? 내 말이 무슨 말인지 알지?"

고모의 말을 듣고, 나는 생각에 잠겼다. 내가 하미드를 사랑하는지, 그가 나를 사랑하는지에 대해서는 한 번도 생각해본 적이 없었다. 물론 그에게 관심이 없는 것은 아니었다. 그는 유쾌하고 호감이 가는 사람이었다. 하미드를 몇 번 보지 못한 친정아버지조차 그를 좋아하셨다. 그러나 우리 둘 사이에는 내가 사이드에게 느꼈던 사랑과 같은 감정이 존재하지 않았다. 부부관계조차 사랑의 표현이라기보다는 육체적인 필요와 부부로서의 임무에 기반을 두고 있었다.

"왜 그러니, 마수메? 갑자기 깊은 생각에 잠겼구나. 남편을 사랑하니, 사랑하지 않니?"

"고모, 하미드는 좋은 사람이에요. 제가 학교에 다닐 수 있게 해주었고, 제가 원하는 것은 뭐든 하라고 했어요. 저는 극장에도 가고 파티에도 가고 외출도 자유롭게 해요. 그래도 하미드는 아무 말도 하지 않아요."

"그렇게 돌아다니면서 언제 집안을 가꾸고 점심, 저녁식사를 준비하니?"

"시간이 남아도는걸요. 하미드는 먹는 것에 까다롭지 않아요. 일주일 내내 빵과 치즈를 주어도 불평 한마디 하지 않을 사람이에요. 정말로 남에게 해를 주지 않는 사람이죠."

"남에게 해를 주지 않는 사람이라…… 그런 사람은 없어. 마수메, 네 말을 듣고 나니 걱정이 되는구나."

"왜요?"

"내 말을 잘 들으렴. 신께서는 아직 남에게 전혀 해를 주지 않는 사람을 창조하지 않으셨어. 네 남편이 너를 바쁘게 만들어서 자기 인생에 방해를 받지 않으려고 하는 게 아니라면 너를 깊이 사랑해서 네게 싫다는 말을 못하는 것인데, 그런 경우는 거의 없지. 있다고 해도 곧 바뀌게 될 테고. 잠시 기다려보렴. 그의 의도가 뭔지 알게 될 거야."

"저는 정말로 모르겠어요."

"마수메, 나는 남자를 알아. 우리 마흐부베의 남편은 신앙심이 깊을 뿐 아니라 교육도 많이 받았고 현대적인 사고를 하는 사람이지. 우리 마흐부베를 아주 많이 사랑해서 한시도 그 애에게서 눈을 떼지 않는단다. 마흐부베가 임신을 했다는 사실을 안

다음부터는 더욱더 애지중지 하고 있어. 하지만 말이야, 그런 그 사람도 독수리처럼 마흐부베를 감시한단다. 어디에 가는지, 무엇을 하는지, 언제 돌아오는지 일일이 알려고 하지. 우리끼리니까 하는 말인데, 우리 사위는 가끔은 질투도 한단다. 질투도 좀 하고, 그러는 게 사랑이야. 네 남편도 가끔 질투를 하니?"

하미드가 질투를? 나 때문에? 장담하건대 그에게는 질투라는 감정이 단 일 그램도 들어 있지 않았다. 만약에 내가 지금 당장 그를 떠나겠다고 하면, 그는 좋아서 어쩔 줄을 모를 터였다. 비록 그는 자신만의 삶을 살고 어디든 가고 오는 완벽한 자유를 누리고 있고, 나 역시 끝날 줄 모르는 외로움에 대해 절대 불평을 하지 않았지만, 그는 여전히 결혼을 골칫거리나 족쇄라고 생각했고 마음 한구석으로 결혼을 하지 않았다면 다른 식으로 자신의 목표에 헌신할 수 있었을 것이라는 생각을 하는 것 같았다. 그랬다. 하미드는 나에 관한 한 절대로 질투를 하지 않았다. 그런 생각들이 번개처럼 머릿속을 스쳐가는 중에 파티의 모습이 눈에 들어왔다.

"파티, 파티, 이리 와서 이 접시들을 가져가. 어머니가 음식을 차리고 계시니? 어머니께 내가 곧 가서 샐러드에 드레싱을 뿌릴 거라고 말씀드려."

그것을 핑계 삼아, 나는 고모와 고모가 내 인생에 들이댄 잔인한 거울로부터 도망쳤다. 이상하리만치 기분이 울적해졌다.

가을이 되자 몸 상태도 훨씬 좋아졌고 배도 서서히 불러왔다. 나는 야간학교 11학년에 등록했다. 매일 오후 늦은 시간이

되면 나는 학교에 갔고 아침에는 커튼을 열고 방 안으로 쏟아
지는 따뜻한 햇살을 받으며 다리를 쭉 뻗고 고모가 만들어준
과일 롤 케이크를 먹으면서 공부를 했다. 곧 공부할 시간을 많
이 내지 못할 것이 틀림없었다.

어느 날, 이틀 동안 보이지 않던 하미드가 아침 열 시에 집으
로 돌아왔다. 나는 내 눈을 의심했다. 혹시 그가 아픈 걸까, 아
니면 내 걱정을 했던 걸까?

"이 시간에 집에 오다니, 어떻게 된 거예요?"

그가 웃음을 터뜨렸다. "당신이 싫다고 하면, 다시 나갈게."

"그게 아니라…… 걱정이 되어서요. 몸은 괜찮아요?"

"그럼. 전화국으로부터 전화를 설치하러 나오겠다는 연락을
받았어. 당신에게 알릴 방법도 없고 집에 돈도 없을 것 같고 해
서 오지 않을 수 없었지."

"전화요? 정말요? 우리 집에 전화를 놓는다고요? 아아, 정말
멋져요!"

"몰랐어? 이미 한참 전에 돈을 냈는데."

"당신이 말을 하지 않았는데 내가 어떻게 알 수 있었겠어요?
하지만 굉장해요. 이제 사람들에게 전화를 할 수 있으니 나도
덜 외롭겠어요."

"아니야, 그러면 안 돼! 전화는 꼭 필요할 때를 위해 설치하
는 거야. 여자들의 수다를 위해 놓는 게 아니라고. 내가 중요한
연락을 받아야 하니까, 통화중이어서는 안 돼. 전화를 걸기보다
는 받는 일이 더 많을 거야. 그리고 아무에게도 전화번호를 알
려주지 마. 명심해."

"그게 무슨 소리예요? 어머니와 아버지께도 알려드리지 말라는 거예요? 내가 바보였지. 나는 친절한 남편이 내 걱정을 해서 전화를 놓으려는 줄 알았어요. 이틀 동안이나 집에 들어오지 않아서 내 상태도 궁금하고, 혹시나 내가 산통을 느끼면 누군가에게 전화를 하라는 뜻인 줄 알았다고요."

"화내지 마. 물론 필요하면 당신도 전화를 써. 내 말은 종일 전화기를 붙들고 수다를 떨어서 불통 상태로 만들지 말라는 뜻이야."

"어쨌거나 전화를 할 사람도 없어요. 난 친구도 없고 아버지 집에는 전화가 없어서 전화를 하시려면 파르빈네 집에 가서야 한단 말이에요. 전화를 할 사람은 당신 어머니와 누이들밖에 없네요."

"어머니와 누이들에게 전화번호를 알려주면 안 돼! 절대 안 돼! 그럼 내 일거수일투족을 일일이 간섭하려 들 거란 말이야."

집에 전화가 설치되면서 나는 점점 불러오는 배와 추운 겨울 날씨 때문에 단절되었던 바깥세상과 다시 연결될 수 있었다. 나는 매일 파르빈과 통화를 했다. 그녀는 가끔 어머니를 불러 나와 통화를 할 수 있게 해주었다. 어머니가 바쁘면 파티와 이야기를 했다. 결국에는 시어머니도 우리가 전화를 놓았다는 사실을 알고는 언짢은 표정으로 차갑게 내게 전화번호를 알려달라고 했다. 우리가 전화를 놓은 사실을 숨기려 했다고 시어머니가 오해를 했겠지만, 그것이 당신 아들의 명령이었다고 털어놓을 수는 없었다. 그날 이후로, 시어머니는 적어도 하루에 두 번씩 전화를 했다. 처음에는 걸려오는 대로 전화를 받았지만 점점 시어머니의 전화일 것 같으면 수화기를 들지 않았다. 계속해서 하미드가 자고 있다든가 뭘 사러 나갔다든가 화장실에 있다고 거짓말을 하기가 괴로워서였다.

어느 추운 겨울날 한밤중에, 진통이 시작되었다. 나는 두려움과 걱정으로 정신을 차리지 못했다. 하미드에게 어떻게 알리지? 머릿속이 뒤죽박죽이었다. 나는 정신을 바짝 차리고 의사가 가르쳐준 것들을 기억해 내려고 애썼다. 마음의 준비를 하고, 산통의 주기를 기록해야 했으며 무엇보다 하미드를 찾아야 했다. 그가 알려준 번호는 사무실 번호밖에 없었다. 지금 이 시간에는 사무실에 아무도 없으리라는 사실을 잘 알면서도, 나는 다이얼을 돌렸다. 하미드는 제일 안전한 방법이라면서 전화번호나 주소를 적지 않고 외웠다.

유일한 방법은 파르빈에게 전화를 거는 것이었다. 처음에는 늦은 시간에 잠을 깨우는 것이 미안해서 망설였지만 진통이 반복되자 미안한 마음은 온데간데없이 사라졌다. 나는 파르빈네 집 전화번호를 돌렸다. 신호가 갔지만 아무도 전화를 받지 않았다. 파르빈은 잠을 깊게 자는 편이고 그녀의 남편은 귀가 들리지 않는다는 사실이 기억났다. 나는 수화기를 내려놓았다.

시간은 새벽 두 시를 향해 가고 있었다. 나는 앉은 채로 시계의 분침을 쳐다보았다. 이제는 일정한 주기로 진통이 왔지만 내가 예상했던 것과는 달랐다. 시간이 흐를수록 점점 더 겁이 났다. 시어머니에게 전화를 할까 했지만 하미드가 집에 없다는 말을 할 자신이 없었다. 전날 저녁, 전화를 걸어온 시어머니에게 하미드가 귀가해 할머니를 뵈러 아래층에 내려갔다고 둘러댔다. 그리고 조금 후에 어딘가에서 전화를 한 하미드에게 어머니에게 전화를 걸어 할머니를 뵈러 내려갔다 왔다고 말씀드리라고 했다. 지금 내가 시어머니에게 전화를 걸어 사실은 하미드가 집에 오지 않았다고 이야기한다면, 시어머니는 이성을 잃고 나를 야단치면서 아들 걱정을 할 것 같았다. 아들을 찾아 병원이란 병원을 샅샅이 뒤지고 온 거리를 헤맬 것 같았다. 시어머니의 아들 걱정은 거의 강박증 수준이었고 이성이나 논리가 전혀 먹히지 않았다.

어리석은 생각들이 자꾸만 떠올랐다. 나는 양손으로 배를 받치고 방 안을 왔다 갔다 했다. 너무나 겁이 나서 기절할 것만 같았다. 진통이 올 때마다 걸음을 멈추고 소리를 내려고 애를 써보려 하다가도 비명을 질러보았자 아무도 듣지 못할 것이라는 데에 생각이 미쳤다. 할머니는 귀가 거의 먹었고 잠도 깊이 주무셨다. 어떻게 해서 할머니를 깨운다 해도, 도움을 기대하기는 어려웠다. 고모가 했던 이야기가 생각났다. 마흐부베가 진통을 느끼기 시작하자, 남편이 너무 초조해진 나머지 방 안을 마구 뛰어다니며 그녀를 정말로 사랑한다고 끊임없이 말했다고 했던가. 화가 나는 동시에 혐오감이 몰려왔다. 우리 아기와 나의 목숨은 하미드에게 아무런 가치도 없었다.

시계를 보니 새벽 세 시 반이었다. 나는 다시 한 번 파르빈에게 전화를 걸었다. 이번에는 오랫동안 신호가 가게 내버려두었지만, 소용없었다. 옷을 챙겨 입고 밖으로 나가야 할 것 같았다. 기다리다 보면 누군가가 차를 타고 지나가다가 나를 발견하고 병원으로 데려다주지 않을까. 열흘 전에 나와 아기에게 필요할 물건들을 챙겨 가방에 넣어두었다. 나는 그 가방을 열고 내용물을 쏟아내 의사와 만수레가 적어준 메모를 찾은 다음 다시 짐들을 차곡차곡 가방 안에 넣었다. 진통이 몇 번 더 왔지만 이제는 그 주기가 불규칙했다. 나는 침대에 누워 불안해하지 말아야 한다고 생각했다. 집중을 해야 했다.

시계를 보니 네 시 이십 분이었다. 찌르는 듯한 통증에 다시 눈을 떴을 땐 아침 여섯 시 반이었다. 진통이 잠시 멈추어 잠이 들었던 것 같았다. 긴장이 되었다. 나는 전화기로 다가가 파르빈의 전화번호를 돌렸다. 이번에는 누군가가 받을 때까지 수화기를 내려놓지 않을 작정이었다. 신호음이 열두 번쯤 울렸을 때 수화기 저편에서 잠에 취한 파르빈의 목소리가 들려왔다. 그 목소리를 듣자마자 나는 울음을 터뜨렸다.

"파르빈, 도와줘요! 아기가 나오려고 해요."

"세상에! 병원으로 가. 어서! 우리도 곧 갈게."

"어떻게 가란 말이에요? 이 짐을 들고 나 혼자 어떻게 가요?"

"하미드가 집에 없어?"

"네. 어젯밤에 집에 들어오지 않았어요. 밤새 아줌마네 집에 백 번쯤 전화를 했어요. 신께서 보살펴주셔서 아기가 아직 나오지 않았다고요."

"옷을 입어. 금방 갈게. 어머니를 모시고 곧 갈게."

삼십 분쯤 후에 우리 집에 온 파르빈과 어머니가 급하게 나를 택시에 실어 병원에 데려갔다. 통증은 더 심해졌지만 마음은 놓였다. 병원에 갔더니 의사가 아기가 나오려면 아직 더 기다려야 한다고 말했다. 어머니가 나의 손을 잡고 말했다. "해산을 하는 여자가 진통 중에 올리는 기도는 모두 이루어진단다. 신께 네 죄를 용서해달라고 기도해라."

내 죄라고? 내가 무슨 죄를 지었단 말인가? 나의 유일한 죄는 누군가를 사랑한 적이 있다는 것이었다. 내 생애에서 가장 달콤했던 그 사랑에 대한 기억을 지우고 싶지는 않았다.

정오가 지났지만 아기는 나올 생각을 하지 않았다. 주사도 맞았지만 소용없었다. 파르빈은 방에 들어올 때마다 걱정스러운 표정으로 나를 쳐다보면서 자꾸만 같은 말을 했다. "하미드는 어디에 있니? 내가 네 시어머니께 전화를 하면 안 될까? 시댁 식구들은 그가 어디에 있는지 알 거 아냐."

나는 신음을 하며 띄엄띄엄 대답했다. "안 돼요, 하지 말아요. 하미드가 집에 와서 내가 없으면 병원에 전화를 할 거예요."

어머니는 화가 나서 펄펄 뛰었다. "이런 경우가 어디 있단 말이냐? 사정이 어찌 되었건, 네 시어머니가 병원에 오셔서 며느리와 손자의 상태를 봐야 하는 것 아니냐? 대체 사람들이 왜 그렇게 무관심한 거냐?" 그칠 줄 모르는 어머니의 불평에 나는 더욱 스트레스를 받았다.

오후 네 시가 되자 어머니의 얼굴은 걱정으로 어두워졌고 문밖에서 아버지의 흥분한 목소리도 들려왔다. "의사는 어디에 있소? 환자의 상태를 전화로만 보고받는 이런 몰상식한 경우가 어디 있단 말이오? 환자 곁에 있어야 하잖소!"

"차라리 산파에게 데려갈 것을." 어머니가 말했다. "애가 하루 종일 진통을 했어요. 어떻게 좀 해봐요!"

나는 너무 아파서 자꾸만 정신을 잃었다. 신음할 힘조차 없었다.

파르빈이 내 얼굴에 맺힌 땀을 닦아주며 어머니에게 말했다. "울지 말아요. 아기를 낳는데, 아픈 게 당연하죠."

"아니야, 당신은 몰라. 난 우리 친척들이 아기 낳는 걸 많이 봤어. 내 다른 언니도 이렇게 힘들게 산통을 하다가 결국 죽었다고. 마수메가 저렇게 누워 진통을 겪는 걸 보니, 마르지에를 보고 있는 것 같아."

아파서 죽을 지경인데도 주위에서 일어나는 일들이 전부 인식된다는 것이 이상했다. 어머니는 계속 내 상태가 마르지에 이모의 상태와 똑같다고 했고 나는 시간이 흐를수록 희망을 잃어갔다. 나도 곧 죽겠구나 싶었다.

다섯 시가 넘어서야 하미드가 왔다. 그를 보자 갑자기 안심이 되면서 힘이 났다. 남편이 아무리 매정해도, 힘든 순간에 가장 가깝게 느껴지고 의지가 되는 사람이라는 사실은 얼마나 이상한가. 시어머니와 시누이들이 언제 왔는지, 그들이 소란을 피우는 소리가 들려왔다. 시어머니가 간호사와 싸우는 것 같았다.

"의사는 어디 있어요? 이러다가 아기를 잃겠어요!" 시어머니가 걱정하는 사람은 내가 아닌 당신의 손자였다.

나의 담당 간호사가 발끈하며 대답했다. "왜 이렇게 난리를 피우시는 거예요! 의사선생님께서 아기는 때가 되면 나올 거라고 하셨단 말이에요."

밤 열한 시가 되자 온몸의 힘이 다 빠졌다. 간호사들이 나를 다른 방으로 데려갔다. 들려오는 대화로 미루어보아 아기의 호흡에 문제가 있는 것 같았다. 의사가 급하게 장갑을 끼면서 나의 혈관을 찾지 못하고 있는 간호사에게 고함을 쳤다. 그다음 순간, 눈앞이 캄캄해졌다.

나는 깨끗하고 밝은 방에서 깨어났다. 어머니가 침대 옆에 앉아 졸고 있었다. 더 이상 아프지는 않았지만 온몸의 진이 다 빠져나간 것 같았다.

"아기는 죽었어요?" 나는 힘없는 목소리로 어머니에게 물었다.

"큰일날 소릴 하는구나! 잘생긴 아들이 태어났단다. 아기가 아들인 걸 알고 내가 얼마나 기뻤는지, 그리고 네 시어머니 앞에서 얼마나 자랑스러웠는지 넌 아마 모를 게다."

"아기가 건강해요?"

"그럼."

다시 눈을 떴을 때에는 하미드가 와 있었다. 그가 환하게 웃으며 말했다. "축하해! 정말 힘들었지?"

나는 울음을 터뜨렸다. "혼자 있어야 한다는 게 더 힘들었어요."

그가 내 머리를 끌어안고 머리카락을 쓰다듬자 그에 대한 원망이 눈녹듯 사라졌다.

"아기가 건강하다고요?"

"응, 그런데 정말 작아."

"몸무게가 얼마나 나가는데요?"

"2.7킬로그램이야."

"손가락이랑 발가락을 세어봤어요? 열 개씩, 제대로 붙어 있던가요?"

"그럼, 제대로 붙어 있지." 그가 웃으며 말했다.

"그런데 왜 나에게 데려다주지 않아요?"

"지금 인큐베이터에 들어가 있어. 나오는 데에 시간이 오래 걸려서 아기가 지쳤거든. 호흡이 정상이 될 때까지 인큐베이터에 있어야 한대. 하지만 벌써 장난꾸러기가 될 조짐이 보이던 걸. 팔다리를 계속 꼼지락거리면서 울어대고 있어."

다음 날이 되자 몸 상태가 훨씬 좋아졌다. 간호사들이 아기를 데려왔다. 불쌍하게도 아기의 얼굴이 상처투성이였다. 겸자분만 때문이라고 했다. 나는 아기가 다치지 않은 것을 신께 감사드렸다. 하지만 아기는 계속 울어대며 젖을 빨지 않으려고 했고 나는 지쳐서 정신을 잃을 것만 같았다.

그날 오후, 내가 입원한 병실이 사람들로 북적거렸다. 아기가 누구를 닮았는지에 대해서 의견이 분분했다. 시어머니는 아기가 하미드를 닮았다고 했고 친정어머니는 내 오빠들을 닮았다고 했다.

"아기 이름을 뭐라고 할 생각인가?"

어머니가 하미드에게 물었다.

그는 주저 없이 대답했다. "시아막이라고 할 겁니다. 다른 이름은 생각해보지도 않았습니다." 그가 시아버지에게 의미심장한 눈길을 던지자 시아버지가 껄껄 웃으며 고개를 끄덕였다. 나는 깜짝 놀랐다. 하미드와 아기 이름에 대해 의논을 한 적이 없었기 때문이었다. 나 혼자 여러 이름들을 떠올리며 긴 목록을 만들어보았지만 시아막이라는 이름은 생각해보지도 않았다.

"시아막이라고요? 왜 하필 시아막이에요?"

어머니가 거들고 나섰다. "시아막이라니, 무슨 이름이 그래? 아기 이름은 예언자들 이름에서 따와야지. 그래야 사는 내내 축복을 받지."

친정아버지가 어머니에게 조용히 하고 끼어들지 말라는 신호를 보냈다.

하미드가 단호한 목소리로 말했다. "시아막은 좋은 이름입니다. 아기 이름은 위대한 사람에게서 따 와야 하는 것이죠."

어머니가 영문을 모르겠다는 표정으로 나를 보았지만 나 역시 누구의 이야기를 하는지 몰라 어깨를 으쓱해 보였다. 나중에 알고 보니 하미드와 같은 그룹에 속한 남자들 대부분이 비슷한 이름을 쓰고 있었다. 그들의 말에 따르면, 자신들의 이름은 진정한 공산주의자들의 이름에서 빌려온 것이라고 했다.

퇴원을 해서는 친정에 가서 열흘을 보내며 기운을 차리고 아기 돌보는 법을 배웠다.

그리고 드디어 우리 집으로 돌아왔다. 아기는 건강했지만 밤낮으로 울어댔다. 아기가 울면 나는 아기를 품에 안고 밤부터 새벽까지 집안을 배회했다. 아침이 되면 아기는 드문드문 몇 시간 동안 잠을 잤지만 아기가 잠이 들어도 할 일이 산더미였던 나는 쉴 수가 없었다. 파르빈이 매일 나를 찾아왔고 가끔은 어머니도 동행했다. 그녀의 도움이 정말 컸다. 집을 나갈 수 없는 나를 위해 파르빈은 필요한 것들을 모두 사다주었다.

하미드는 책임감을 전혀 느끼지 않는 것 같았다. 그의 생활에서 유일하게 변화된 점이 있다면 어쩌다가 밤에 집에 오면 베개와 담요를 가지고 거실에 가서 잠을 잔다는 것이었다. 그리고 잠을 제대로 잘 수 없다며 집에 와보았자 시끄러워 편히 쉴 수 없다고 불평을 했다. 나는 아기를 몇 번 병원에 데려갔다. 의사가 겸자분만으로 태어난 아기들은 대부분 예민하고 성격이 까다롭지만 그렇다고 별다른 문제는 없으며 시아막의 건강은 완벽하다고 말했다. 다른 의사는 내 젖이 충분히 나오지 않아서 아기가 배가 고픈 것인지도 모른다고 했다. 그 의사는 아기에게 젖 외에 먹을 수 있는 것을 만들어주고 유동식도 먹이라고 했다.

피곤하고 몸도 지치고 잠도 못잘 뿐더러 아기가 계속 울어대는 바람에, 아니 그 무엇보다 외로움 때문에 나는 하루하루 우울해져갔다. 속내를 털어놓을 사람이 아무도 없었다. 하미드가 집에 있으려고 하지 않는 것이 내 탓인 것만 같았다. 나는 자신감을 잃었고 사람을 피하게 되었다. 예전에 느꼈던 실망감과 패배감이 그 어느 때보다 강하게 느껴졌다. 세상이 끝난 것 같았고 이 무거운 책임감을 영원히 벗지 못할 것만 같았다. 아기가 울 때, 가끔 나도 함께 울었다.

하미드는 나나 우리 아기에게 전혀 관심을 보이지 않았고 자신의 삶을 사느라 바빴다. 아기를 병원에 데리고 갈 때를 제외하고, 나는 넉 달 동안 바깥출입을 하지 못했다. 어머니는 그런 나를 안쓰러워했다. "다들 아기를 낳고 기르지만, 너처럼 집안에 틀어박혀있지는 않는다."

날씨가 따뜻해지고 아기가 점점 자라면서 내 기분도 회복되기 시작했다. 나는 지치고 우울한 상태가 지긋지긋했다. 결국 5월의 어느 아름다운 날, 나는 예전처럼 마음을 다잡고 나 자신에게 엄하게 말했다. 나는 한 아이의 엄마라고, 나에게는 책임이 있으니 나의 두 발로 단단히 땅을 딛고 서서 내 아들을 행복하고 건강한 환경에서 길러야 한다고.

모든 것이 변했다. 사는 기쁨이 내 안에 흘러넘쳤다. 시아막역시 내 안의 변화를 느낀 것 같았다. 아기는 예전보다 덜 울었고 가끔은 웃기도 했으며 나에게 손을 뻗기도 했다. 그런 아기를 보면 모든 슬픔이 사라졌다. 아기 때문에 여전히 자주 밤을새웠지만, 그것도 점점 익숙해졌다. 가끔은 가만히 앉아 몇 시간이고 아기를 관찰하기도 했다.

아기의 행동 하나하나가 나에게는 큰 의미로 다가왔다. 아기는 마치 내가 막 발견한 신세계 같았다. 날이 갈수록 나는 점점더 강한 엄마가 되어갔고 날이 갈수록 아기를 더욱 사랑하게되었다.

모성애가 내 온몸의 세포에 서서히 침투했다. 아들에 대한사랑은 날이 갈수록 강해졌다. 이보다 더 큰 사랑은 존재할 것같지 않았다. 정말로 하루하루가 흐를수록 아기가 더 소중하게느껴졌다. 거울을 보며 나 자신에게 이야기를 할 필요조차 느껴지지 않았다. 나는 아기에게 이야기를 하고 노래를 불러주었다. 아기는 현명해 보이는 그 큰 눈으로 무슨 노래가 더 좋은지내게 알려주었고 신나는 노래를 불러주면 리듬에 맞추어 손뼉을 쳤다. 매일 오후, 나는 아기를 유모차에 태우고 오래된 나무들이 늘어선 거리와 골목길을 산책했다. 아기는 둘만의 외출을참 좋아했다.

파티가 온갖 구실을 대고 우리 집에 와서는 시아막을 안아주었다. 방학을 한 이후로는 우리 집에서 밤을 보내기도 했다. 파티와 함께 있으면 큰 위로가 되었다. 금요일마다 시댁에서 점심을 먹는 주간행사가 다시 시작되었다. 시아막은 순한 편이 아니었고 남의 품에 잘 안겨 있으려 하지 않았으나, 시댁 식구들은 아기를 정말로 귀여워했다. 점심식사에 가지 않으려는 우리의 그 어떤 핑계도 통하지 않았다.

시아막과 그 누구보다 다정하고 아름다운 관계를 발전시킨 사람은 친정아버지였다. 지난 이 년 동안 아버지는 우리 집에 세 번 정도밖에 오시지 않았지만 이제는 일주일에 한두 번쯤 가게 문을 닫으신 후 우리 집에 들르셨다. 처음에는 우유나 아기가 먹을 것을 가져다주시며 우리 집에 오시는 이유를 정당화하려고 하셨다. 그러나 곧 핑계고 뭐고 할 것 없이 자연스럽게 들르셔서 시아막과 잠시 놀아주신 다음 돌아가시곤 했다.

그랬다. 시아막은 내 인생에 새로운 향기와 색깔을 부여해주었다. 아기와 함께 있은 이후로 나는 하미드의 부재를 덜 인식하게 되었다. 나의 일상은 아기를 먹이고 씻기고 아기에게 노래를 불러주는 일들로 채워졌다. 현명한 나의 아들은 내가 자기에게 온 신경을 집중하게 만들었다. 학교 수업과 시험은 완전히 뒷전이 되었다. 그 시기에 우리 둘을 즐겁게 해주었던 멋진 물건은 시아버지가 시아막에게 선물해준 텔레비전이었다.

여름이 끝날 무렵, 우리는 시부모님과 함께 여행길에 올랐다. 그것은 기적이었다. 그 한 주는 정말로 즐거운 시간이었다. 하미드는 시어머니와 함께 있을 때면 완전히 무장 해제되었다. 그는 수천 가지 핑계를 대며 여행을 가지 않으려 했지만, 그의 작전은 통하지 않았다. 카스피 해안에 처음 간 나는 아이처럼 들떴다. 너무나도 아름답고 풍부한 바다와 노호하는 파도가 경이롭기만 했다. 나는 몇 시간이고 바닷가에 앉아 그 아름다움을 즐겼다. 시아막도 가족들과 함께 있는 것과 그런 환경을 좋아하는 것 같았다. 아기는 줄곧 하미드의 품안에 안겨 있다가 배가 고프거나 잠이 올 때만 나에게 왔다. 시부모님은 작은 손으로 아빠의 손을 꼭 붙잡는 시아막을 보며 너무나도 기뻐했다.

어느 날, 시어머니가 기분 좋은 목소리로 내게 속삭였다. "봤니? 하미드는 이제 저 아이의 곁을 떠날 수 없어서 그동안 해오던 쓸데없는 짓을 그만둘 게다. 어서 둘째를 낳아 품에 안겨주렴. 신이시여, 감사합니다!"

시아막에게는 하미드가 사준 밀짚모자를 씌워 연약한 피부를 강한 햇빛으로부터 보호했지만 내 피부는 구릿빛으로 변했다. 어느 날, 하미드와 시어머니가 나를 계속 돌아보며 수군거리는 모습을 보고는 정신이 바짝 들었다. 이미 오래전부터 스카프와 차도르를 포기했지만 나는 언제나 내 차림새에 조심을 했다. 그날, 나는 비교적 얇고 목이 넓게 파인 짧은 소매 원피스를 입고 있었다. 수영복을 입은 여자들에 비하면 굉장히 보수적인 옷차림이었지만, 그것도 나에게는 과했다. 나는 남편과 시어머니가 나의 차림새가 너무 대담하다고 흉을 본다고 생각했다.

잠시 후, 나는 방으로 돌아온 하미드에게 걱정스럽게 물었다. "어머님이 뭐라고 하셨어요?"

"아무것도 아니야."

"아무것도 아니라뇨? 내 이야기를 하셨잖아요. 말해줘요. 내가 무슨 잘못을 했기에 어머님이 화를 내시는 거예요?"

"그만해! 당신 머릿속에는 고부 사이가 나쁠 거라는 인식이 정말로 뿌리 깊게 박혀 있군! 어머니는 화나지 않았어. 사람이 왜 그렇게 부정적이야?"

"그럼 어머님이 뭐라고 하셨는지 말해줘요."

"아무것도 아니라니까. 그냥, 피부가 햇볕에 그을리니 당신이 훨씬 더 예쁘다고 하셨어."

"정말로요? 그래서 당신은 뭐라고 했는데요?"

"나? 내가 뭐라고 했길 바라는데?"

"그게 아니고, 당신은 어떻게 생각하냐고요."

하미드가 감상하는 듯한 표정으로 나를 아래위로 살펴보더니 호탕하게 대답했다. "어머니 말씀이 옳아. 당신은 아름다워. 그리고 날이 갈수록 더 아름다워지고 있어."

마음속으로부터 기뻤던 나는 나도 모르게 미소를 지었다. 남편의 칭찬을 받으니 기분이 너무나도 좋았지만 좋은 기색을 다 드러내 보일 수는 없었다. "아니에요! 태양 때문에 그런 것뿐이에요. 햇빛을 받지 못하면, 내 피부는 늘 창백해요. 작년만 해도 당신은 나보고 아픈 사람 같아 보인다고 했잖아요?"

"아픈 사람이 아니라 아이 같다고 했지. 이제는 나이도 더 먹었고 살도 오른 데다가 햇볕에 그을어 피부색이 아름다워졌어. 눈은 더 밝고 환해졌고. 한마디로, 당신은 아름답고 완벽한 여자가 되어가고 있어……."

내 생의 최고의 몇 주였다. 그 따뜻하고 빛나던 나날들에 대한 추억 덕분에 나는 이후의 춥고 어두운 밤들을 견딜 수 있었다.

나의 시아막은 예쁘고 똑똑하고 장난기도 많고 부산스러운 아이였다. 적어도 내 눈에는 그렇게 보였다. 하미드는 아기에게 감탄하는 내 모습에 웃음을 터뜨리곤 했다.

"외국에 이런 속담이 있어. 세상에 예쁜 아이는 딱 한 명뿐인데, 어머니들은 저마다 자기 자식이 그 아이라고 생각한다지."

시아막은 걸음마도 일찍 시작했지만 말도 빨리 배워서 더듬거리면서나마 자기 생각을 표현했다. 과장이 아니라, 시아막은 첫걸음을 뗀 이후로 다시는 조용하게 앉아 있지 않았다. 원하는 것이 있으면 조르고 졸라서 손에 넣었고 떼를 써도 소용이 없으면 소리를 지르고 울어대 결국에는 자기 손에 넣고 말았다. 시어머니의 예상과는 반대로, 아이의 사랑과 요구로도 하미드를 집과 가정에 묶어둘 수는 없었다.

나는 일 년 후부터는 다시 학교에 다닐 생각이었으나 육아 때문에 도저히 시간을 낼 수 없었다. 그래서 시아막이 두 살이 되었을 때에야 겨우 졸업을 일 년 남겨놓은 기말시험을 치를 수 있었다. 이제 일 년만 있으면 고등학교 졸업장을 따고 내 꿈을 이룰 수 있었다. 그러나 몇 달 후, 다시 임신했다는 사실을 알게 되었다. 나는 문제에 부딪혔다. 하미드가 그 소식을 듣고 좋아하리라는 기대를 하지는 않았지만, 화를 내거나 혐오감을 드러낼 줄은 몰랐는데, 그는 불같이 화를 내며 왜 피임약을 제대로 먹지 않았냐고 나를 다그쳤다. 약이 내게 맞지 않아 몸이 아파서 그랬다고 설명을 했더니 그는 더욱더 화를 냈다.

"문제는 피임약이 아니라 당신의 어리석은 정신 상태야." 그가 소리를 질렀다. "다들 피임약을 먹는데, 당신에게만 피임약이 맞지 않을 리가 있어? 그냥, 아기 낳는 기계가 되는 게 좋다고 인정하지 그래? 결국 당신은 그것을 당신의 인생 과제로 선택한 거야. 일 년에 한 명씩 아기를 낳으면 내 발을 묶어 투쟁을 포기시킬 수 있을 것이라고 생각해?"

"마치 시아막을 기르는 것을 도와주거나 아이와 함께 시간을 보낸 것처럼 얘기하는군요. 시간을 더 투자해야 할까봐 겁이 나요? 당신이 언제 아내와 아들 걱정을 했다고, 둘째가 태어나는 걸 걱정해요?"

"당신이라는 존재가 이미 나에게는 방해가 돼. 당신 때문에 질식할 것만 같아. 나는 둘째아이가 태어나 또 칭얼거리고 울어대는 걸 참아낼 자신이 없어. 너무 늦기 전에 서둘러."

"뭘 서둘러요?"

"임신중절수술 말이야. 내가 아는 의사가 있어."

"아이를 죽이라고요? 시아막 같은 아이를요?"

"그만해!" 하미드가 소리를 질렀다. "터무니없는 소리 좀 작작 해. 아이는 무슨 아이? 지금은 태아일 뿐이야. 세포 몇 개일 뿐이라고. 마치 그 아기가 당신 앞에서 기어다니고 있는 것처럼 말하고 있잖아."

"무슨 소리예요? 당연히 생생하게 살아 있는 아기예요. 인간의 영혼을 가진 한 사람이란 말예요."

"그런 쓸데없는 소리는 누가 가르쳐줬어? 콤의 고루한 양호 선생님이 가르쳐줬나?"

나는 분노에 가득 차서 울부짖었다. "나는 내 아이를 죽이지 않을 거예요! 이 아이는 당신 아이이기도 해요. 어떻게 그럴 수가 있어요?"

"당신 말이 맞아. 내 잘못이야. 처음부터 당신에게 손을 대지 말았어야 했어. 일 년에 한 번만 관계를 맺어도, 당신은 분명 임신을 할 거야. 약속하지. 앞으로는 절대 그런 실수를 하지 않겠어. 당신은 하고 싶은 것을 다 하면서 살아. 하지만 한 가지만 분명히 해줘. 나를 믿지도 말고 나에게 아무런 기대도 하지 마."

"내가 당신에게 뭔가를 기대했다는 듯이 말하는군요. 당신이 내게 뭘 해줬어요? 아무런 책임도 지지 않는 사람에게, 내가 기대를 한다고요?"

"아무튼 나는 존재하지 않는 사람이라고 생각해."

이번에는 제대로 예상을 하고 출산 준비를 할 수 있었다. 파르빈이 내 친정에 전화선을 연결해준 덕분에 나는 친정 식구들과 좀더 쉽게 연락을 할 수 있었고 지난번처럼 공황상태에 빠지지 않을 수 있었다. 다행히 출산일은 방학기간 중인 늦여름이 될 것 같았다. 우리는 혹시 내가 예정일보다 빨리 병원에 가야 할 경우, 시아막을 돌볼 수 있도록 마지막 몇 주 동안은 파티가 우리 집에서 나와 함께 지내는 것으로 계획을 잡았다. 나는 아기에게 필요한 물건들을 준비했다. 시아막이 입던 옷이 아직 쓸 만해서 새 것을 그리 많이 살 필요가 없었다.

"하미드는 옆에 없니?" 어머니가 계속 물었다.

"어머니도 아시잖아요. 하미드의 일정은 규칙적이지 않아요.

가끔 밤새 인쇄소를 지켜야 할 때도 있고 갑자기 출장을 떠날 때도 있어요."

첫아이 때와는 달리 이번에는 모든 것이 순조로웠고 예상대로였다. 나 자신 외에는 믿을 사람이 없다는 것을 알았기 때문에, 나는 혼자서 신중하게 준비를 해나갔다. 겁도 나지 않았고 걱정도 되지 않았다. 진통이 시작되었지만, 예상대로 하미드는 나타나지 않았고 아기가 태어난 지 이틀 후에야 모습을 드러냈다.

어머니는 화가 나서 펄펄 뛰었다. "말도 안 되는 일이다. 해산을 할 때 남편이 곁에 있는 관습은 없지만, 아기를 낳으면 산모에게 와서 관심도 보여주고 걱정도 해주어야 하는데, 네 남편은 어디에서 뭘 하느라 나타나지도 않는단 말이냐. 마치 아무 일도 없다는 듯이 행동하는구나."

"그만하세요, 어머니. 뭣 하러 화를 내세요? 하미드가 옆에 없는 게 나아요. 신경 쓸 일도 많고 책임도 많은 사람이에요."

나는 첫아이를 낳을 때보다 훨씬 더 강해져 있었고 모든 일에 능숙하기도 했다. 무시무시한 산통을 겪으며 해산을 하는 중에도 나의 의식은 생생했다. 분만은 정상이었다. 아기 울음소리를 듣는 순간, 이상한 감정이 몰려왔다. "축하드립니다!" 의사가 말했다. "통통한 아들이에요."

모성애를 느끼는 데에는 시간이 필요하지 않았다. 온몸의 세포 하나하나에서 아기에 대한 사랑이 느껴졌다. 지난번과는 달리 아기의 그 어떤 점도 이상하거나 낯설지 않았다. 아기가 울어도 긴장하지 않았고 기침을 하거나 코를 훌쩍거려도 공황상태에 빠지지 않았으며 밤에 잠을 자지 않아도 짜증이 나지 않았다.

아기 역시 제 형 시아막보다 더 조용하고 순했다. 내 아이들의 성격에는 분만을 하던 중의 내 감정이 그대로 반영되어 있었다.

병원에서 퇴원을 해서는 곧장 우리 집으로 갔다. 아이들이 지내기에는 친정보다 우리 집이 더 나았다. 하미드에게 의지할 수 없다는 것을 잘 알았던 나는 온갖 것을 요구하는 두 아이를 돌보며 살림을 하기 시작했다. 마침내 그는 자신이 찾던 핑계를 찾아냈던 것이었다. 나에게 죄책감을 갖도록 함으로써 그는 의무에서 빠져나가고 마지막 책임까지 나에게 떠넘겼다. 심지어 내가 그에게 갚아야 할 빚이 있는 것처럼 행동하기도 했다. 밤에 집에 오는 일이 거의 없었지만, 어쩌다가 오게 되어도 나와 아이들을 무시한 채 딴 방에서 잠을 잤다. 그에게 뭔가를 바라거나 기대하는 것은 내 자존심이 허락하지 않았다. 아니 어쩌면, 기대해보았자 아무 소용없으리라는 것을 이미 깨달았기 때문이었는지도 몰랐다.

가장 큰 문제는 시아막이었다. 시아막은 자신의 인생에 경쟁자를 등장시킨 엄마를 쉽게 용서하는 부류의 아이가 아니었다. 내가 아기를 안고 집에 들어가자, 시아막은 내가 자신에 대해 가장 심각한 배신행위를 한 것처럼 행동했다. 평소 나만 보면 달려와 치맛자락에 매달리던 아이가 침대 뒤로 들어가 숨어 나오려 하지 않았다. 나는 파티에게 아기를 넘겨주고 시아막을 따라가 달래고 어르고 갖가지 약속을 하며 아이를 품에 안고는 입을 맞추며 사랑한다는 말을 되풀이했다. 그리고 미리 사두었던 장난감 자동차를 주면서 동생이 형에게 주려고 가져왔다고 말했다. 시아막은 의심스럽다는 눈초리로 자동차를 보더니 마지못해 아기를 보러 가겠다고 했다.

그러나 나의 작전은 통하지 않았다. 하루하루가 지날수록 시아막은 점점 더 신경질적이 되어갔고 점점 더 심술을 냈다. 두 살이 되면서 말을 곧잘 할 줄 알고 자신의 생각을 어렵지 않게 표현하던 아이가 거의 입을 떼지 않았고 어쩌다가 말을 해도 단어를 뒤섞거나 적절치 않은 단어를 사용했다. 가끔씩 오줌을 싸기도 해서 거의 일 년 전에 뗀 기저귀를 다시 채워야 했다.

너무나도 슬퍼하고 우울해하는 시아막을 볼 때마다 나는 마음이 아렸다. 슬픔이라는 짐을 짊어지게 된 세 살짜리 어린아이의 어깨는 훨씬 더 가녀려 보였다. 나는 어떻게 해야 할지 알 수 없었다. 소아과 의사는 시아막이 어린 동생을 돌보는 데에 참여하도록 만들고 시아막이 보는 앞에서는 되도록 아기를 안지 말라고 했다. 하지만 어떻게? 내가 아기에게 젖을 먹이는 동안 시아막을 맡아줄 사람이 아무도 없는 이런 상황에서 어떻게? 게다가 시아막은 아기 곁에 가려고도 하지 않았고 어쩌다가 가까이 가도 폭력적인 행동을 했다. 나 혼자서는 아이가 느끼는 인생의 공허함을 채워줄 수 없었다. 시아막에게는 아버지가 절대적으로 필요했다.

태어난 지 한 달이 지나도록 우리는 아기의 이름을 짓지 못했다. 어느 날, 우리 집에 오신 어머니가 말했다. "저 줏대 없는 아이 아버지가 아들의 이름을 뭐라고 짓겠다고 하더냐? 넌 왜 가만히 있는 거냐? 애가 불쌍하지…… 다른 사람들은 아기에게 딱 맞는 이름을 지어주려고 여기저기 물어도 보고 점도 치고 좋은 이름을 지었다고 잔치를 벌이는데, 너희들은 관심이 전혀 없구나."

"아직 늦지 않았어요."

"아직 늦지 않았다고? 아기가 태어난 지도 거의 40일이 되었다! 이름은 지어주어야 할 것 아니냐. 언제까지 아기라고 부를래?"

"난 저 아이를 아기라고 부르지 않아요."

"그럼 뭐라고 부른단 말이냐?"

"사이드요!" 나는 충동적으로 이렇게 말했다. 파르빈이 날카로운 눈빛으로 나를 쳐다보았다. 눈물 한 방울이 반짝이는 그녀의 눈에는 걱정이 가득했다. 어머니는 상황 파악을 전혀 하지 못했다. "멋진 이름이구나. 시아막과도 잘 어울리고."

한 시간쯤 후, 침실에서 아기에게 젖을 먹이고 있는데 파르빈이 들어와 내 옆에 앉았다.

"그러지 마."

"뭘요?"

"아들 이름을 사이드라고 하지 말라고."

"왜요? 멋진 이름이잖아요?"

"모르는 척하지 마. 내 말이 무슨 뜻인지 잘 알잖아. 왜 슬픈 기억을 다시 끄집어내려고 하는 거야?"

"모르겠어요. 어쩌면 친근한 이름을 붙이면 얼음처럼 차가운 이 집을 견딜 수 있을 것 같아서인지도 몰라요. 내가 얼마나 외로운지, 얼마나 애정에 목말라 있는지 아줌마는 상상도 하지 못할 거예요. 이 집에 아주 조금만이라도 사랑이 있었다면 그의 이름을 벌써 잊었을 거예요."

"아기에게 사이드라는 이름을 붙이면, 넌 그 이름을 부를 때마다 그 사람을 생각하게 될 것이고, 네 삶은 훨씬 더 힘들어질 거야."

"나도 알아요."

"그러니까 다른 이름을 선택해."

며칠 후, 나는 하미드가 집에 온 기회를 틈타 의논을 했다. "둘째의 출생신고를 해야죠? 아기에게 이름을 지어주어야 해요. 생각해놓은 이름 있어요?"

"그럼. 아기 이름은 루즈베흐야."

루즈베흐가 누구인지는 나도 알았지만 그가 영웅이건 배신자이건, 무슨 일이 있어도 나는 아기에게 그 이름을 붙이지 않으리라 작정했다. 하미드의 강요도 소용없었다. 나의 아들은 자기만의 이름을 가지고 그 이름에 자기만의 개성을 부여해야 했다.

"절대로 안 돼요! 이번에는 당신이 당신 우상의 이름을 따라 내 아이의 이름을 짓도록 내버려두지 않겠어요. 나는 이미 죽은 자나 고통스러운 죽음을 떠올리게 하는 이름이 아닌, 내가 매일 부르면서 기뻐할 수 있는 이름을 붙여주고 싶다고요."

"죽은 자라고? 루즈베흐는 자기를 희생한 투사이자 위대한 저항가야."

"훌륭한 분이로군요. 그건 알겠는데, 나는 내 아들을 자기를 희생한 투사나 위대한 저항가로 키울 생각은 없어요. 그냥, 평범하고 행복한 삶을 살게 하고 싶다고요."

"당신은 정말 저속한 사람이군. 혁명이나 자유의 길을 걸어온 진정한 영웅들을 전혀 이해하지 못하는군. 당신은 당신 생각밖에 하지 않지?"

"제발 그만해요! 달달 외운 당신의 그 설교, 더 이상은 못 들어주겠어요. 그래요, 나는 저속하고 자기중심적인 사람이에요. 나는 나와 내 아이들 생각밖에 안 해요. 왠지 알아요? 나 말고는 우리 생각을 하는 사람이 아무도 없으니까. 그건 그렇고, 아이에 대해 아무런 책임을 지지 않으려던 사람이, 아이 이름을 지을 때가 되니까 갑자기 아이 아버지임을 강조하고 나서는 이유가 대체 뭐죠? 싫어요. 둘째 이름은 내가 골라요. 아기 이름은 마수드예요."

시아막이 세 살 사 개월, 마수드가 팔 개월이 되었을 때 하미드가 사라졌다. 물론 처음에 나는 그의 부재를 인식하지 못했다.

"동지들과 함께 라자이에에 몇 주 다녀올 거야."

"라자이에요? 거긴 왜요? 그럼 타브리즈에 들러 큰누나를 만나고 올 거죠?"

"아니! 사실 나는 아무도 내 행방을 몰랐으면 해."

"하지만 아버님께서 당신이 출근을 하지 않는다는 것을 아시게 될 텐데요."

"나도 알아. 그래서 아버지께, 고서 전집을 가지고 있는데 그 중 일부를 팔려고 하고 나머지는 다시 출판하고 싶어 하는 사람을 만나러 간다고 말씀드려두었어. 열흘 간 휴가를 냈지. 그때쯤이면 다른 핑계를 생각해낼 수 있을 거야."

"얼마나 걸릴지 모른다는 뜻인가요?"

"그래. 괜한 소란 피우지 마. 우리 일이 성공하면 더 오래 있고 실패하면 일주일이 되기 전에 돌아올 거야."

"무슨 일인데요? 누구누구랑 같이 가는 거예요?"

"거 참 시끄럽군! 그만 좀 물어."

"미안해요. 하긴, 당신이 어디에 가는지 나에게 이야기할 필요는 없죠. 내가 뭐라고 감히 당신의 계획을 알려고 하겠어요?"

"진정해, 화낼 필요 없어. 그리고 일을 어렵게 만들지 마. 누가 나에 대해 물으면 그냥 출장을 갔다고 해. 어머니 앞에서는 괜히 걱정하시지 않게, 자연스럽게 행동하고."

처음 두세 주는 조용하게 지나갔다. 아이들이나 나나 하미드가 없는 것에 익숙했기 때문에 그가 집에 오지 않아도 아무런 불편을 느끼지 않았다. 그가 한 달 동안 충분히 쓸 수 있는 돈을 주고 갔고 나에게도 모아둔 돈이 좀 있었다. 한 달이 지나면서부터 시부모님이 걱정을 하기 시작했으나 나는 애들 아빠가 전화를 했었는데 잘 지내고 있지만 일이 좀 늦어진다고 했다는 등의 거짓말을 해가며 두 분을 안심시켰다.

6월이 되어 날씨가 갑자기 더워지자 아이들 사이에 콜레라와 비슷한 병이 돌기 시작했다. 아이들을 보호하려고 갖은 애를 썼음에도 불구하고, 두 아이가 다 병에 걸렸다. 마수드에게 미열과 복통이 나타나자마자, 나는 시아막을 파르빈에게 맡기는 대신, 두 아이를 모두 데리고 병원으로 달려가서 처방전을 받아 약을 지어가지고 집으로 돌아왔다. 그러나 밤이 깊어지면서 두 아이의 상태가 더욱 나빠졌다. 아이들은 먹은 것을 토해냈고 무슨 약을 먹여도 자꾸만 열이 올라갔다. 둘째의 상태가 더 나빴다. 마수드는 그 작은 가슴과 배를 들썩이며 놀란 참새처럼 헐떡였다. 시아막은 얼굴이 붉게 달아오른 채로 계속 화장실에 데려가달라고 졸랐다. 나는 어쩔 줄을 몰라 하며 분주하게 움직였다. 아이들의 발을 얼음물에 담그고 차가운 수건을 이마에 대주었지만 상태는 나아지지 않았다. 마수드의 입술이 하얗게 되면서 바싹 마르는 것을 보자 의사가 마지막으로 했던 말이 떠올랐다. "아이들의 몸은 생각보다 빨리 탈수가 됩니다. 탈수는 죽음으로 이어질 수 있어요."

내 안의 목소리가 조금이라도 더 지체하면 아이들을 잃게 될 것이라고 말했다. 나는 시계를 쳐다보았다. 새벽 두 시 반이 가까워지고 있었다. 무엇을 어떻게 해야 할지 알 수가 없었다. 내 머리가 돌아가지 않았다. 나는 손톱을 물어뜯으며 눈물을 흘렸다. 나의 아이들, 내 사랑하는 아이들, 이 세상에서 내가 가진 유일한 것. 나는 내 아이들을 구해야 했다. 뭔가를 해야 했다. 강해져야 했다. 누구에게 전화를 하나? 누구에게 전화를 하건, 여기까지 오는 데에 시간이 걸릴 터였다. 기다릴 시간이 없었다.

타크에 잠시드 거리에 어린이 병원이 있었다. 서둘러야 했다. 나는 두 아이의 기저귀를 챙기고 집에 있는 돈을 모두 들고는 마수드를 안고 시아막의 손을 잡고 집을 나섰다. 거리에는 아무도 없었다. 온몸이 불덩이인 불쌍한 시아막은 힘이 없어 제대로 걷지 못했다. 두 아이를 모두 안고 가려고 해보았지만, 무거운 가방 때문에 몇 걸음 채 가지도 못해 시아막을 내려놓아야 했다. 아무 죄도 없는 내 아이들은 울 힘조차 내지 못했다. 집에서 길모퉁이까지가 끝도 없이 멀어 보였다. 시아막이 혼절하려고 했다. 아이의 팔을 잡아끌자 다리가 땅에 질질 끌렸다. 나는 속으로 만일 아이들에게 무슨 일이 생기면, 나도 자살을 하리라고 되뇌었다. 내 머릿속에 남아 있는 의식은 그것뿐이었다.

차 한 대가 내 옆에 와서 섰다. 나는 말 한마디 없이 뒷좌석 문을 열고 아이들과 함께 차에 올라탔다. 내가 겨우 할 수 있었던 말은 타크에 잠시드 거리에 있는 어린이 병원으로 빨리 가 달라는 것이 다였다.

운전석에는 품위 있는 남자가 앉아 있었다. 그가 백미러로 나를 보며 물었다. "무슨 일입니까?"

"아이들이 오늘 오후에 설사를 하면서 좀 아팠는데, 갑자기 상태가 악화되었어요. 열이 너무나 높아요. 제발 부탁드려요, 빨리 가주세요."

심장이 쿵쿵거렸고 호흡이 가빠지는 것이 느껴졌다. 차가 텅 빈 거리를 가르며 달렸다. "왜 혼자 애를 쓰십니까? 아이들 아버지는 어디에 있습니까? 아이들을 부인 혼자 병원에 입원 시킬 수는 없을 겁니다."

"할 수 있어요! 아니, 해야 해요. 아니면 아이들을 잃게 될 거예요."

"아이들 아버지가 없다는 말씀인가요?"

"네, 얘들은 아버지가 없는 아이들이에요." 나는 차갑게 대답을 하고 화가 나서 눈길을 창밖으로 돌려버렸다.

병원 앞에 차를 세운 남자가 재빨리 차에서 내리더니 시아막을 안아 내렸다. 나는 마수드를 안고 그를 따라 병원 안으로 뛰어 들어갔다. 응급실 의사가 아이들을 보더니 인상을 쓰며 말했다.

"왜 여태까지 기다리셨어요?" 그가 내 품에서 의식을 잃은 마수드를 받았다.

"선생님, 제발 어떻게 좀 해주세요."

"최선을 다할 겁니다. 접수창구에 가서서 서류를 작성하세요. 나머지는 신의 손에 달렸습니다."

차로 우리를 병원에 데려다준 남자가 너무나 안됐다는 눈길로 나를 쳐다보는 바람에 더 이상은 눈물을 참을 수 없었다. 나는 긴 의자에 주저앉아 양손으로 머리를 붙잡고 흐느껴 울었다. 그제야 내 발이 눈에 들어왔다. 세상에! 나는 집안에서 신는 슬리퍼를 신고 있었다. 길에서 백 번도 넘게 넘어질 수도 있었던 것이다.

병원에서는 아이들을 입원시키려면 돈을 내야 한다고 했다. 남자가 자기에게 돈이 있다고 했으나 나는 딱 잘라 거절하고 접수계 직원에게 집에서 가져온 현금을 모두 주고는 내일 아침 날이 밝자마자 나머지 비용을 내겠다고 했다. 잠에 취한 병원 직원이 뭐라고 투덜대다가 마침내 그렇게 하라고 했다.

나는 도움을 준 남자에게 감사의 인사를 하고 어서 가보시라고 말한 다음 황급히 응급실로 되돌아갔다.

병원 침대에 뉘어놓고 보니, 나의 아이들이 그렇게 작고 약해 보일 수가 없었다. 시아막의 팔에는 정맥주사 줄이 꽂혔다. 그러나 마수드의 혈관은 찾아지지가 않았다. 의료진들이 온몸에 바늘을 찔러댔지만 의식을 잃은 아이는 아무 소리도 내지 않았다. 그들이 아이에게 바늘을 찌를 때마다 내 가슴에 단도가 박히는 듯했다. 나는 내 비명 때문에 의사와 간호사들이 방해를 받지 않도록 입을 손으로 틀어막았다. 베일처럼 드리운 눈물 너머로, 나는 소중한 내 아들이 천천히 죽어가는 광경을 지켜보았다. 나의 어떤 행동 때문에 의사의 주의가 흐려졌는지는 모르겠지만, 그가 손짓으로 간호사에게 나를 병실 밖으로 데려가라고 했다. 간호사가 내 어깨에 손을 얹더니 친절하지만 단호하게 나를 밖으로 데리고 나갔다.

"간호사 선생님, 어떻게 되어가고 있는 거예요? 제 아들이 죽었나요?"

"아닙니다, 부인. 걱정하지 마세요. 기도를 올리세요. 별일 없는 한, 아드님은 회복될 겁니다."

"제발 사실대로 말해주세요. 아이 상태가 심각한가요?"

"물론 상태가 좋지는 않아요. 하지만 혈관을 찾아 정맥주사를 놓을 수만 있다면, 희망을 가져볼 수 있습니다."

"의사 선생님들과 간호사 선생님들이 저렇게 많은데, 아이 혈관을 못 찾는다고요?"

"부인, 어린아이들의 혈관은 굉장히 약합니다. 열이 나고 탈수가 일어나면 더 찾기 힘들죠."

"제가 뭘 하면 되죠?"

"하실 수 있는 게 없어요. 조용히 앉아서 기도를 올리세요."

심장이 뛰는 순간마다 신의 이름을 불러왔지만, 그 순간까지 제대로 된 기도를 올릴 수 없었다. 신선한 공기를 마셔야 했다. 하늘을 보아야 했다. 하늘을 올려다보지 않고는 신께 이야기를 할 수 없었다. 하늘을 올려다보아야 신과 마주하고 선 느낌을 받을 수 있을 것 같았다.

밖으로 나갔더니 아침의 선선한 바람이 얼굴에 닿았다. 하늘을 올려다보았다. 아직 밝은 기운보다는 어두운 기운이 더 많았고 별도 몇 개 보였다. 나는 벽에 기대섰다. 무릎이 몸무게를 지탱하지 못해 후들거렸다. 나는 지평선을 바라보며 신께 기도를 올렸다.

"신이시여, 당신이 왜 우리를 이 세상에 보내셨는지, 저는 모릅니다. 저는 언제나 당신을 기쁘게 해드리려고 노력해왔습니다. 하지만 제 아이들을 빼앗아가시면, 저에게는 당신께 감사드릴 이유가 아무것도 없게 됩니다. 신성모독을 하려는 게 아닙니다. 하지만 이건 너무 불공평합니다. 제발, 저 아이들을 데려가지 말아주세요. 아이들을 구해주세요."

나는 내가 무슨 말을 하고 있는지도 몰랐다. 그러나 신께서 내 기도를 들으시고 내 뜻을 이해해주시리라는 것은 알 수 있었다.

안으로 들어가 병실 문을 열었다. 마수드의 발에 정맥주사가 꽂혀 있었고 다리에는 깁스가 되어 있었다.

"어떻게 된 거예요? 다리가 부러졌나요?"

"아닙니다, 부인. 움직이지 말라고 깁스를 해놓은 겁니다."

"아이는 어떤가요? 회복될까요?"

"지켜봐야죠."

나는 두 아이의 침대 사이를 왔다 갔다 했다. 마수드가 머리를 움직이는 것을 보고, 시아막이 나직이 신음하는 소리를 듣자 희망이 되살아났다. 아침 여덟 시 삼십 분에, 의료진들이 아이들을 일반 병실로 옮겼다.

"감사하게도, 위험한 고비는 넘겼습니다." 의사가 말했다. "하지만 아직 굉장히 조심해야 하고 주사액이 역류하지 않도록 신경을 써야 합니다."

무엇보다 시아막의 팔에 정맥주사 바늘을 계속 꽂아두고 있는 것이 가장 힘들었다.

어머니와 파르빈과 파티가 숨이 넘어갈 지경이 되어 병실로 뛰어 들어왔다. 어머니는 아이들을 보더니 눈물을 뚝뚝 흘리기 시작했다. 시아막이 짜증을 부렸기 때문에, 누군가가 계속 아이의 팔이 움직이지 못하도록 잡고 있어야 했다. 마수드는 여전히 힘이 없이 늘어져 있었다. 한 시간쯤 후에 아버지가 오셨다. 시아막을 내려다보는 아버지의 슬픈 눈을 보자 내 가슴이 아려 왔다. 시아막은 아버지를 보자마자 손을 뻗고 울기 시작했다. 그러나 아버지가 토닥거려주자 아이는 몇 분 만에 진정을 하고 잠이 들었다.

시부모님이 만수레와 마니제와 함께 병실로 들어섰다. 어머니는 화난 표정으로 시댁 식구들에게 인사를 하더니 비난조로 듣기 싫은 말을 했다. 나는 어머니를 쏘아보며 그러지 말라고 했다. 그들 역시 충분히 당황하고 놀랐을 터였다. 만수레와 파티, 파르빈, 마니제가 모두 나와 함께 있어주겠다고 했지만 나는 파르빈 한 사람이면 족하다고 했다. 파티는 아직 어렸고 손위시누이 만수레에게는 돌보아야 할 아들이 있었으며 막내시누이 마니제와 나는 아직 그렇게 친하지 않았다. 파르빈과 나는 밤을 꼴딱 새웠다. 밤새 그녀는 시아막의 손을 잡아주었고 나는 마수드의 침대에 앉아 아이를 팔로 안고 머리를 아이의 다리에 얹고 있었다. 마수드도 그날 오후부터 계속 짜증을 내고 있었다.

병원에서 진이 다 빠지도록 힘든 사흘을 보내고, 우리는 집으로 돌아왔다. 우리 셋 다 체중이 많이 줄었다. 나는 나흘 밤을 새웠다. 거울을 들여다보자 눈 아래에 시커먼 그림자가 드리우고 볼은 쑥 들어간 내 모습이 비추어져 있었다. 파르빈이 나보고 아편 중독자 같아 보인다고 했다. 그녀와 파티가 나와 함께 있어주었다. 나는 아이들을 목욕시키고 나서 한참 동안 샤워를 했다. 지난 며칠간 겪은 극심한 고통을 씻어버리고 싶었지만, 이 기억이 영원히 지워지지 않을 것이며 우리 곁에 없었던 하미드를 결코 용서하지 못할 것이라는 생각이 들었다.

두 주가 흐르자, 생활이 거의 정상으로 되돌아왔다. 시아막은 다시 말을 안 듣고 짜증을 내면서 고집을 부렸다. 마침내 마수드의 존재를 인정한 시아막은 나의 입맞춤을 허락했다. 그러나 아이의 가슴속에 나를 향한 분노가 남아 있음이 느껴졌다. 마수드는 순하고도 늘 즐거운 아이였다. 낯을 가리지도 않아 이 사람 저 사람의 품으로 옮겨 다녔고 하루하루가 지날수록 더 귀엽고 사랑스러워졌다. 마수드는 내 목에 팔을 두르고 내 뺨에 뽀뽀를 하다가 마치 나를 먹고 싶다는 듯 그 작디작은 이로 내 얼굴을 깨물곤 했다. 마수드의 애정 표현은 정말로 정다웠다. 시아막은 아주 어렸을 때에도 나에게 그렇게 살갑게 굴지 않았다. 시아막의 애정 표현은 늘 부자연스러웠다. 어떻게 같은 부모에게서 나온 두 아이가 저렇게 다를 수 있는지, 나는 굉장히 궁금했다.

　하미드가 돌아오지 않은 지 두 달째였지만, 그의 소식은 들려오지 않았다. 물론 그가 떠나기 전에 경고한 대로, 나는 그에 대한 걱정을 하지 않았다. 그러나 시부모님이 다시 초조해하기 시작했기 때문에, 나는 그에게서 전화가 왔었는데 잘 지내고 있지만 얼마나 더 오래 있어야 일이 끝날지는 모르겠다고 했다는 거짓말을 해야 했다.

　"대체 무슨 일을 한다던?" 시어머니가 화를 내더니 시아버지를 돌아보고 말했다. "인쇄소에 들러서 하미드가 어디로 출장을 갔는지, 왜 이렇게 오래 걸리는지 알아보세요."

　두 주가 더 흐른 어느 날, 어떤 남자가 우리 집에 전화를 걸어왔다. "귀찮게 해드려서 죄송하지만 혹시 샤흐자드와 메디의 소식을 들으셨는지 궁금해서 연락드렸습니다."

　"샤흐자드요? 아뇨, 소식을 못 들었는데요. 누구세요?"

　"샤흐자드의 오빠입니다. 가족들이 걱정을 많이 하고 있어요. 두 주 동안 마샤드에 다녀오겠다고 했는데 두 달 반이 넘도록 소식이 없네요. 어머니께서 굉장히 걱정을 하고 계십니다."

　"마샤드요?"

　"다른 곳에 갔습니까? 어디로 갔죠?"

　"저도 몰라요. 저는 라자이에에 간 줄 알았어요."

　"라자이에요? 마샤드와 라자이에가 무슨 연관이 있죠?'

　나는 괜한 소리를 했다고 후회를 하면서 부자연스럽게 대답을 했다. "제가 잘못 알고 있었던 것 같아요. 그런데, 이 전화번호를 어떻게 아셨어요?"

"걱정하지 마십시오. 샤흐자드가 댁의 전화번호를 알려주면서 응급상황이 닥치면 연락을 하라고 했습니다. 하미드 솔타니 씨 댁이 맞죠?"

"네, 맞아요. 하지만 저도 남편으로부터 아무런 소식을 듣지 못하고 있어요."

"혹시 소식을 듣게 되시면, 부탁이니 제게 전화를 해주세요. 저희 어머니가 걱정으로 편찮으실 지경입니다. 하도 답답해서 귀찮으실 줄 알면서도 연락을 드린 겁니다."

걱정이 되기 시작했다. 그들이 어디로 간 것일까? 어디에 있기에 전화도 못 하는 걸까? 전화 한 통이면 가족들의 걱정이 사라질 텐데. 하미드는 그렇다 쳐도, 샤흐자드는 그렇게 생각이 없거나 무신경해 보이지 않았는데.

집에 돈도 없었다. 하미드가 준 돈과 내가 모아둔 돈이 다 떨어졌다. 아이들 병원비 때문에 아버지한테 돈을 빌려 썼고 시아버지에게는 걱정을 끼칠까봐 아무런 이야기도 못 했다. 심지어 파르빈에게도 돈을 빌렸지만, 그 돈마저 이미 다 나가버렸다.

하미드는 우리가 어떻게 사는지에 대해서는 관심조차 없는 것일까? 아니면 정말 그에게 무슨 일이 일어난 걸까?

석 달이 지났다. 이제 더 이상은 새로운 거짓말로 시어머니를 진정시킬 수 없었다. 나 역시 하루하루가 지날수록 점점 더 걱정을 하게 되었다. 시어머니는 눈물을 멈추지 않았다. "우리 아들에게 끔찍한 일이 일어난 것이 틀림없어. 그렇지 않다면 나에게 전화를 하거나 편지를 했을 거야."

시어머니가 내 기분이 상할 만할 말을 한 것은 아니지만, 어딘지 모르게 나를 비난하는 것 같았다. 우리들 중 그 누구도 감히 하미드가 체포되었을지도 모른다는 말을 하지는 못했다.

"경찰에 연락해볼까요?" 마니제가 말했다.

시아버지와 나는 경악하며 눈길을 교환했다. "안 돼요, 그건 안 돼요. 그렇게 하면 문제가 더 심각해질 거예요!"

시어머니는 하미드의 부도덕한 친구들을 끊임없이 저주하고 욕했다.

"아가, 하미드의 친구들 중에서 누구라도 좋으니, 혹시 전화번호나 주소를 아는 사람이 있니?" 시아버지가 말했다.

"없어요. 제 생각에는 모두 함께 있는 것 같아요. 얼마 전에, 어떤 남자가 집에 전화를 하더니 자기가 샤흐자드의 오빠라고 했어요. 그분 역시 걱정을 하면서 그들의 행방을 찾고 있었어요. 그런데 그분이 좀 이상한 말을 했어요. 하미드는 분명 라자이에로 간다고 했는데, 샤흐자드와 메디는 마샤드로 간다고 했대요."

"그럼 함께 있지 않은가 보구나. 서로 맡은 임무가 다른 게야."

"임무요?"

"나도 잘 모르겠지만 그런 게 있다."

잠시 후 시아버지가 핑곗거리를 찾아 나를 따로 불렀다. "그 누구에게도 하미드에 관한 이야기를 해서는 안 된다."

"하지만 그 사람이 여행을 떠난 것을 모두가 알고 있는걸요."

"그래도 행방불명이 되었다는 이야기는 절대 하면 안 돼. 아직 라자이에에 있다고 해라. 일이 늦어져서 못 오고 있는데 너와 정기적으로 연락을 주고받고 있다고. 소식이 끊겼다고는 하지 마. 그러면 의심을 사게 될 게다. 내가 라자이에로 가서 수소문을 해보겠다. 그나저나, 돈은 있니? 하미드가 돈을 충분히 주고 갔니?"

나는 고개를 숙이고 대답했다. "아뇨. 가지고 있던 돈을 애들 병원비로 다 썼어요."

"그런데 왜 아무 말도 하지 않은 게냐?"

"아버님이 괜한 신경을 쓰실까봐서요. 그동안 친정에서 돈을 좀 빌렸어요."

"저런, 그래서야 쓰나. 내게 말을 했어야지." 시아버지가 돈을 좀 주었다. "친정에서 빌린 돈을 바로 갚아드려라. 하미드가 돈을 보냈다고 해."

일주일 후, 라자이에로 떠났던 시아버지가 아무 성과도 없이 낙담하고 지친 채로 돌아왔다. 시아버지는 모니르의 남편과 함께 아제르바이잔을 샅샅이 뒤지고 소련 국경 근처에도 가보았지만 하미드의 흔적을 발견하지 못했다. 이제는 나도 정말로 걱정을 하기 시작했다. 내가 하미드 때문에 그렇게 걱정을 하리라고는 전혀 생각지도 못했었다. 결혼 초기에 그의 설득과 강요로 없어진 습관이었지만, 이번에는 성격이 달랐다. 그가 돌아오지 않은 기간이 너무나 길었고 상황도 수상쩍었다.

8월이 끝나가는 어느 날, 나는 이상한 소리에 깜짝 놀라 잠에서 깼다. 날이 아직 더워서 창문을 열어두고 있었다. 나는 집중을 하고 귀를 기울였다. 이상한 소리는 앞마당에서부터 들려오고 있었다. 시계를 쳐다보니 새벽 세 시 십 분이었다. 할머니가 그 시간에 밖에 나올 리는 없었다. 나는 강도가 들었다는 생각에 겁에 질려버렸다.

숨을 깊게 들이쉬고 용기를 끌어모아 발끝을 들고 창가로 다가갔다. 앞마당에 희미한 달빛을 받은 자동차 한 대와 사람 셋의 그림자가 어른거렸다. 그들은 뭔가를 나르며 분주히 움직이고 있었다. 소리를 지르려고 했지만 목소리가 나오지 않았다. 나는 그대로 서서 그들을 바라보았다. 그런데 얼마간 보고 있었더니 그들이 집에서 물건을 빼가는 것이 아니라 반대로 차에서 창고로 물건을 옮기고 있었다. 도둑이 아니었다. 나는 움직이지 말고 가만히 있어야 했다.

십 분 후, 세 사람의 작업이 끝나자 네 번째 인물이 창고에서 나왔다. 어둠 속에서도 나는 그 사람이 하미드라는 것을 알 수 있었다. 그들은 아무 소리도 내지 않고 마당에 주차한 차를 뺐다. 하미드는 길 쪽으로 난 문을 닫고 계단을 올라왔다. 나는 이상하고도 모순되는 감정에 사로잡혔다. 그것은 남편이 마침내 집에 돌아왔다는 안도감과 기쁨에 분노와 울분이 뒤섞인 감정이었다. 마치 잃어버린 줄만 알았던 아이를 찾은 어머니가 아이의 뺨을 찰싹 때린 다음 꼭 끌어안고 눈물을 흘리는 것과 비슷한 심정이었다. 하미드는 최대한 소리를 내지 않고 위층 자물쇠를 열려고 했다. 나는 그가 편하게 들어오게 하고 싶지 않았다. 하미드가 집안으로 들어온 것과 때를 같이하여 나는 전등불을 켰다. 그는 뒷걸음질을 치며 공포에 질린 얼굴로 나를 쳐다보더니 몇 초가 흐른 후에야 정신을 차리고 입을 뗐다.

"깨어 있었어?"

"대단하네요. 당신을 이 집에서 보다니, 이렇게 놀라운 일이 또 있을까요? 뭐예요, 길을 잃은 거예요?"

"굉장하군. 대단히 따뜻한 환영이야." 우리는 서로에게 비아냥거렸다.

"환영해주기를 바랐어요? 정신이 어떻게 된 것 아니에요? 여태껏 어디에 있다가 나타난 거예요? 전화도 못해요? 짧게나마 편지를 쓰든가, 소식을 전하면 당신이 죽기라도 한대요? 우리가 죽도록 걱정할 거라는 생각은 하지도 않았죠?"

"당신이 내 걱정을 얼마나 했는지는 알겠군!"

"그래요. 당신 걱정을 한 내가 바보였어요. 나는 둘째 치더라도, 당신의 불쌍한 어머니 아버지가 편찮아 누우실 정도로 걱정하시리라는 건 몰랐어요?"

"괜한 소란을 피우지 말라고 했잖아. 우리 일이 예상보다 오래 걸릴 수도 있다고."

"그렇군요. 보름이라고 한 일정이 한 달을 훌쩍 넘었지만 넉 달은 채 안 걸렸군요. 불쌍한 당신 아버지가 당신을 사방으로 찾아다니셨어요. 아버님께 무슨 일이 생길까봐, 내가 얼마나 걱정했는지 당신은 모를 거예요."

"나를 찾아다니셨다고? 어딜 가셨는데?"

"안 다니신 데가 없다고요! 병원, 시체 안치소, 경찰서."

하미드의 얼굴이 공포에 질렸다. "경찰서?"

갑자기 그에게 잔인하게 굴고 싶은 마음이 발동했다. 그에게 상처를 주고 싶었다.

"그래요. 그리고 샤흐자드의 오빠와 다른 친구들의 친척들도 신문사마다 당신들의 사진을 보냈어요."

그의 얼굴이 회칠을 한 듯 하얗게 변했다.

"제정신이야? 당신은 도대체 제대로 할 수 있는 일이 없어?
여기 하나 제대로 관리 못해?"

그가 재빨리 먼지로 뒤덮인 신발을 다시 신었다.

"어딜 가려는 거예요? 경찰에게 당신이 돌아왔다고, 그것도
빈손이 아니었다고 말할 거예요."

너무나 겁먹은 표정으로 입을 떡 벌리고 나를 쳐다보는 바람
에 웃음이 나오려고 했다.

"그게 무슨 소리야? 우리 전부를 죽이고 싶어? 이제 여기도
안전하지 않군. 동료들에게 알려야겠어. 이제 어떻게 해야 할지
생각해봐야겠다고, 젠장."

문을 열고 나가려는 그를 내가 말렸다.

"그럴 필요 없어요. 거짓말이에요. 경찰에는 전화하지 않았
어요. 그저, 아버님이 라자이에에 가셨다가 당신 소식을 못 알
아보시고 그냥 돌아오셨어요."

하미드가 안도의 숨을 내쉬었다. "당신, 정말 제정신이 아니
군. 심장마비를 일으킬 뻔했잖아."

나는 거실에 그의 잠자리를 준비해주었다.

"방에서 잘 거야. 뒷방에서."

"그 방은 아이들 방으로 꾸몄는데요."

내가 말을 채 끝내기도 전에 그의 머리가 베개에 닿았고, 그
러자마자 그는 먼지투성이의 옷을 입은 채로 곯아떨어졌다.

3장

몇 개월이 빠르게 흘렀다. 아이들이 무럭무럭 자라면서 각자의 성격도 형성되었다. 크면 클수록 두 아이의 성격에는 더 많은 차이가 났다. 자존심이 강하고 말썽꾸러기인 시아막은 공격적인 성향을 가지고 있었고 애정표현을 잘 하지 않았다. 조금만 불편해도 화를 냈고 자신을 막아서는 모든 장애물을 주먹의 힘으로 제거해버리려고 했다. 그와는 반대로 마수드는 착하고 부드럽고 온순했으며 주변 사람들에 대한 사랑을 숨기지 않고 표현했다. 심지어는 주위의 자연과 사물에 대해서도 애정을 보였다. 마수드의 애정표현은 남편의 사랑을 받지 못해 생긴 나의 상처를 달래주었다.

두 아이의 관계는 서로가 서로를 완벽하게 보완해주는 관계였다. 시아막이 명령을 내리면 마수드는 그 명령을 따랐고 시아막이 상상으로 꾸며낸 이야기를 들려주면 마수드는 그 이야기를 곧이곧대로 믿었다. 시아막의 농담에 마수드는 웃음을 터뜨렸고 시아막이 주먹을 휘두르면 마수드는 그 주먹세례를 고스란히 받았다. 나는 종종 시아막의 적대적이고 강한 성격 때문에 마수드의 부드럽고 다정한 성격이 파괴되지나 않을까 걱정했다. 그러나 드러내놓고 마수드를 보호할 수는 없었다. 내가 조금만 동생의 편을 들어도 시아막은 질투를 했고 폭발할 듯이 화를 내며 더욱 심하게 주먹을 휘둘렀다. 그런 충돌을 피할 수 있는 유일한 방법은 좀더 재미있는 것으로 시아막의 주의를 돌려놓는 것이었다.

그러나 시아막은 다른 아이들로부터 마수드를 철저하게 보호하는 방패이기도 했다. 동생에게 시비를 거는 아이들을 얼마나 거칠고 강하게 공격했는지, 마수드는 형에게 제발 아이들을 용서해달라고 부탁하곤 했다. 마수드에게 주로 시비를 거는 아이들은 내 큰오빠의 아들 골람-알리였다. 골람-알리는 시아막보다 어리고 마수드보다 나이가 많았는데, 세 아이가 모이면 왜 바로 싸움이 벌어지는지 나로서는 이해할 수가 없었다. 하미드는 사내아이들은 원래 그렇게 놀고 그러면서 의사소통을 한다고 했다. 그러나 나는 남편의 논리를 이해할 수도, 받아들일 수도 없었다.

큰오빠 마흐무드는 나보다 삼 년 늦게 결혼했지만 이미 아이들을 셋이나 두었다. 장남은 골람-알리였고 둘째는 마수드보다 한 살 어린 딸 자흐라였다. 막내는 겨우 첫돌을 지낸 골람-후세인이었다. 마흐무드는 여전히 성미가 고약했고 혼자 틀어박혀 있기 일쑤였으며 강박적인 성격도 날이 갈수록 더 별스러워졌다. 에흐테람-사다트는 어머니를 붙잡고 남편에 대한 불평을 끊임없이 늘어놓았다.

"요즘 들어 사람이 더 이상해지고 바보 같아졌어요. 기도문을 여러 번 읊어놓고도 제대로 기도를 했는지 헷갈려 한다니까요."

내가 보기에 마흐무드는 아무 문제없이 잘 살고 있었고 정신도 그 어느 때보다 또렷했다. 돈 문제에 관한 한, 그는 특히 수완이 좋아서 가게를 잘 꾸려나갔다. 이미 시장거리에 자기 가게를 냈고 사람들로부터 최고의 카펫 전문가로 인정받고 있었다. 일에 있어서만큼은 늘 확고했고 강박적인 성격을 드러내지도 않았다. 장사에 미치는 종교의 영향은 단 하나, 수입의 오분의 일을 봉헌해야 하는 이슬람 신자의 의무를 다하는 것뿐이었다. 그래서 그는 매월 말이 되면, 한 달간 번 돈을 모두 콤에 있는 에흐테람의 아버지에게 보냈다. 우리의 이모부이자 마흐무드의 장인인 에흐테람의 아버지는 그 돈 중의 아주 적은 일부만 취하고 나머지는 다시 마흐무드에게로 돌려보냈다. 이른바 이런 '손 바꾸어 타기'에 의해 마흐무드의 돈은 이슬람 계율에 따라 정결해진 돈이 되었다. 그러니 그가 걱정할 이유는 전혀 없었다.

작은오빠 아흐매드는 오래전에 집을 나갔다. 파르빈 말고는 아무도 그의 걱정을 하지 않았다. 그녀는 아흐매드를 찾지 않는 우리 가족들을 닦달했다.

"무슨 수를 써야 해요. 이대로 내버려뒀다간, 그가 죽을 거예요."

그의 문제는 이제 밤마다 술을 마시는 것이나 술에 취해 거리에서 난동을 부리는 것에 국한되지 않았다. 파르빈의 말에 의하면 그는 마약에도 손을 대고 있었다. 그러나 어머니는 그녀의 말을 믿으려 하지 않고 기도와 미신적인 방법으로 그에게 붙은 귀신과 나쁜 친구들을 쫓아내려 했다. 반면, 아버지는 둘째아들에 대한 희망을 완전히 포기하셨다.

남동생 알리는 결국 고등학교 졸업장을 따지 못한 채 아흐매드가 일하던 목공소에서 잠시 일을 했지만, 아버지는 셋째아들을 그대로 방치해서는 안 된다는 생각에 모든 힘과 영향력을 총동원해 알리를 아흐매드로부터 멀리 떼어놓으셨다.

"알리를 말리지 않고 내버려두면, 우리는 아흐매드뿐 아니라 알리까지 잃게 될 거다." 아버지는 이렇게 말씀하시곤 했다.

알리는 서서히 아흐매드에게 품었던 환상에서 깨어났다. 둘째형을 강하고 능력 있는 존재로 우상화해왔던 알리는 늘 술에 취해 있고 인사불성이 되어 있는 자신의 우상을 보고 괴로워했다. 그에 대한 환상이 깨진 계기는 잠시드 카페에서 깡패들이 아흐매드를 흠씬 두들겨패고 거리로 내쫓은 사건이었던 것 같았다. 아흐매드는 엉망으로 취해 있었기 때문에 방어를 하기는 커녕 손가락 하나도 들어올릴 힘이 없었다. 그리고 목공소에서 얼마 전까지만 해도 아흐매드의 제자가 되기 위해 알리와 경쟁을 벌였던 동료가 이제는 아흐매드를 조롱하고 희롱했다. 이런저런 이유로 알리는 기꺼이, 그러나 표면상으로는 아버지의 강압에 못이기는 척, 아흐매드의 곁을 떠나 마흐무드의 가게로 들어갔다. 거기에는 알리 역시 독실하고 부유한 상인이 될 수도 있다는 아버지의 기대가 작용했다.

조용하고 부끄러움을 많이 타는 온순한 소녀로 성장한 파티는 3학년을 마친 다음 제대로 된 여자가 되기 위해 꼭 다녀야 한다는 바느질 교실에 다니기 시작했다. 사실, 파티 스스로가 정규교육을 계속 받는 것에 별 관심이 없었다.

나는 법에서 정한 것보다 일 년 먼저 시아막을 학교에 보내기 위해 애를 썼다. 나는 시아막이 정신적으로 학교에 다닐 준비가 되었다고 판단했다. 학교에서 규율을 배워 익히고 끝없는 아이의 에너지를 또래 아이들과 함께 분출하면 집에서 덜 사납게 굴지 모른다는 희망도 품었다.

그러나 다른 모든 것과 마찬가지로, 시아막의 등교는 또 하나의 힘든 경험이 되었다. 초반에는 아이가 안심하고 나를 보내줄 때까지 교실 안에 함께 앉아 있어야 했다. 그 단계가 끝난 후에는 아이가 창밖으로 나를 볼 수 있도록 운동장에서 몇 시간이고 서 있어야 했다. 새로운 환경이 무서웠던 시아막은 자신의 두려움을 폭력으로 표현했다. 등교 첫날에 선생님이 교실로 가자며 손을 잡자, 시아막은 선생님의 손을 깨물어버렸다.

시아막의 성질이 극에 달했을 때 아이를 달랠 수 있는 유일한 방법은 내 온몸으로 분노의 표출을 막아내는 것뿐이었다. 나는 시아막을 품에 안고 아이의 발차기와 주먹질을 고스란히 받았다. 마침내 진정하고 울음을 터뜨릴 때까지. 그리고 그때는, 시아막이 유일하게 내가 자신을 안고 어루만지고 뽀뽀를 할 수 있도록 허락해주는 때이기도 했다. 그러나 그 아이가 얼마나 애정과 관심에 굶주려 있는지, 나는 잘 알고 있었다. 아버지를 너무나도 좋아했던 시아막에게 그의 부재는 고통으로 남았다. 그렇지만 아이가 상황에 적응하지 못하는 이유는 뭘까? 아버지의 부재가 아이에게 그렇게 큰 영향을 미친다는 것일까?

나는 끊임없이 심리학 책들을 읽으며 시아막의 행동을 관찰했다. 하미드가 집에 있으면 시아막의 행동이 달라졌다. 아이는 아버지의 말만 들었다. 잠시도 가만히 앉아 있지 못하는 아이가 한참 동안 하미드의 무릎에 앉아 그의 말에 귀를 기울였다. 그리고 아이가 잠을 자지 않으려는 것이 아버지를 기다리느라 그랬다는 것을 나는 너무 늦게 알았다. 집에 있을 때면 하미드는 시아막을 잠자리에 누이고 머리를 쓰다듬어주었는데, 그러면 아이는 평온한 얼굴로 조용히 잠이 들었다. 그것을 보고 나는 하미드에게 '수면제'라는 별명을 붙여주었다.

다행히 친정아버지께서 하미드의 부재를 보충해주었다. 아버지와 시아막은 서로를 무척 좋아했다. 아이는 아무에게도 안기려 하지 않았지만, 아버지가 오시면 외할아버지의 곁을 맴돌다 가끔 무릎에 올라앉기도 했다. 아버지는 시아막을 어른처럼 대해주셨고 절대로 큰소리를 내지 않으셨다. 그에 대한 보답을 하려는 것인지, 아이는 제 외할아버지의 말을 잘 들었고 외할아버지가 하자고 하는 것은 아무런 거리낌 없이 좋다고 했다.

하지만 그와 동시에 시아막은 아버지나 하미드가 마수드를 예뻐하는 것을 참지 못했다. 아이는 엄마인 나를 포함한 다른 사람들의 관심을 동생과 나누어 가져야 한다는 것을 받아들였고 동생에 대한 애정을 보이기도 했지만 아버지와 외할아버지의 사랑만큼은 독차지하기를 원했고 라이벌의 존재를 용서하지 않았다. 마수드에게 별 애정을 느끼지 않는 하미드의 경우는 문제가 되지 않았다. 그러나 친정아버지는 마수드의 입장을 확실히 이해하셨기 때문에 시아막 앞에서는 마수드에 대한 애정을 드러내지 않으셨다. 그로 인해 시아막은 외할아버지에게 더욱 고마워했고 외할아버지에 대한 사랑은 더욱 깊어져만 갔다.

시아막이 학교에 가기 시작한 지 한 달이 채 되지 않았지만, 마침내 아이는 학교에 적응했고 다른 아이들과 싸우지도 않아 내가 교장실에 불려가는 일도 없어졌다. 시아막의 새로운 생활이 안정되자, 나는 내 공부에 관한 고민을 시작했다. 아직도 졸업장을 못 딴 것이 안타까웠고 그렇게 중요한 문제를 미해결로 내버려두는 것이 찜찜했다. 나는 집안일을 일찍 마치기 위해 아침에 일찍 일어나기 시작했다. 시아막이 학교에 가면, 마수드는 혼자 장난감들을 가지고 놀거나 색연필로 그림을 그리거나 앞마당에서 세발자전거를 탔다. 나는 그 시간을 이용해 조용히 공부를 할 수 있었다. 수업을 받을 필요는 없을 것 같았다…….

매일 오후, 시아막이 학교에서 돌아오면 집에는 지진이 난 것 같았다. 숙제를 하는 것이 또 하나의 문제로 등장했다. 내가 자포자기를 할 때쯤이 되어서야 아이는 겨우 숙제를 끝냈다. 몇 번의 실랑이 끝에 나는, 내가 예민하게 굴수록 아이의 고집이 더 세진다는 것을 알고는 인내심을 가지고 아이를 재촉하지 않았다. 결국 아이는 밤늦게 혹은 다음 날 아침에라도 혼자 책을 펴고 숙제를 했다.

어느 날 아침, 마수드를 데리고 집에 있는데 파르빈이 찾아왔다. 굉장히 들떠 있는 그녀를 보고 나는 즉시 그녀가 새로운 소식을 알려주려고 왔다는 것을 깨달았다. 파르빈은 무슨 소식이든 직접 전하는 것을 좋아했다. 언제나 이야기를 미화하고 세세히 설명하며 나의 반응을 기다리곤 했다. 일상적인 소식이었다면 전화로 이야기해주었으리라.

"무슨 소식을 가져온 거예요?"

"소식? 내가 소식을 가져왔다고 누가 그러든?"

"아줌마 얼굴에 다 쓰여 있거든요. 굉장한 소식이 있을 땐, 표정도 다르고 목소리도 높아진다고요."

그녀가 흥분을 감추지 못하며 내 옆에 앉아 이야기를 시작했다.

"그래, 맞아! 믿기지가 않을 거야. 정말 굉장해…… 그런데 우선 차 좀 가져와. 목이 말라 못 견디겠어."

이것 역시 그녀의 버릇들 중 하나였다. 한참이나 뜸을 들이며 내 애를 태우고, 소식이 놀라우면 놀라울수록, 더 오래 나를 고문했다. 나는 재빨리 주전자를 불 위에 얹고 돌아왔다.

"자, 어서 말해봐요. 차가 우러나려면 좀 기다려야 해요."

"어휴, 목이 말라 숨이 막힐 지경이란 말이야. 말을 할 수가 없을 정도야."

짜증이 난 나는 부엌에서 물을 한 컵 가져왔다.

"자요. 말해봐요."

"차 먼저 마시자."

"치…… 관둬요. 알고 싶지 않아요."

나는 입을 부루퉁 내밀고 부엌으로 나갔다.

파르빈이 나를 따라오며 말했다. "삐치지 마. 오늘 아침에 내가 누굴 봤게?"

가슴이 철렁 내려앉았다. 나는 눈을 크게 뜨고 물었다. "사이드를 봤어요?"

"맙소사. 넌 아직도 그 사람을 포기 못했니? 아이를 둘이나 낳았으니 그 남자 이름을 잊었을 만도 한데."

나도 그런 줄 알았다. 당혹스러웠다. 나도 모르게 그의 이름이 튀어나오고 말았다. 그가 아직도 내 마음에 남아 있다는 뜻일까?

"신경 쓰지 말아요. 자, 말해봐요. 누굴 봤어요?"

"파르바네의 어머니."

"신이시여! 정말이에요? 어디서 봤는데요?"

"모든 일에는 때가 있는 법이지. 물이 끓는구나. 차를 우려내. 전부 말해줄 테니까. 오늘 아침에 내가 신발을 사러 세파샬라 공원 뒤쪽 거리에 갔는데, 쇼윈도를 통해 보니까 아흐마디 부인 같아 보이는 여자가 있는 거야. 처음엔 긴가민가했지. 나이가 많이 들어보였거든. 참, 우리가 파르바네 가족을 마지막으로 본 게 언제였지?"

"칠 년 전이요."

"나는 가게 안으로 들어가서 여자를 살펴보았어. 아흐마디 부인이 맞더라고. 처음에 그분은 날 못 알아봤는데, 너를 위해서라도 말을 걸어야 할 것 같았어. 내가 인사를 했더니 겨우 알아보더라. 함께 꽤 오랫동안 이야기를 나누었지. 동네 사람들 소식을 일일이 묻더라고."

"내 소식도 묻던가요?" 나는 초초해졌다.

"솔직히 말하면, 묻지 않았어. 하지만 내가 대화를 유도해서 네 이야기를 꺼냈지. 네가 결혼을 해서 아이들을 두었고 나랑 자주 만난다고. 그랬더니 너희 집에서 왕래를 할 만한 사람은 너뿐이라고 하는 거야. 물론 자기 남편이 너희 아버지가 좋은 분이고 정직한 분이라고 했지만 아흐매드가 한 짓을 잊을 수 없대. 아흐매드 때문에 동네에서 체면을 잃었다고. 자기 남편에게 그런 식으로 말한 사람은 단 한 사람도 없었다고. 그가 파르바네에게 한 짓은 상상조차 못 할 거라고 했어. 파르바네의 아버지가 쓰러질 뻔했대. 동네에서 고개를 들고 다닐 수가 없어서 서둘러 이사를 했다더라. 하지만 파르바네는 너라면 제 목숨도 내어줄 기세였대. 너희 가족들이 너를 죽일 거라면서 울음을 그치지 않았단다. 너희 집에도 몇 번 갔지만 너희 어머니가 들여보내주지 않았다지. 불쌍한 파르바네가 굉장히 힘들어했다더라."

"어머니가 파르바네를 들여보내주시지 않았을 때, 내가 직접 본 적이 한 번 있어요. 하지만 몇 번이나 더 왔었다는 건 몰랐어요."

"파르바네가 자기 결혼식에 널 초대하려고 했었다더라. 너에게 청첩장을 보냈대."

"정말요? 나 못 받았는데. 맙소사, 정말 지긋지긋한 사람들이에요. 대체 왜 나에게 얘기하지 않았을까요?"

"네 어머니는 네가 다시 그 남자 생각을 하게 될까봐 겁이 났겠지. 열병 같은 사랑에 다시 빠질까봐."

"열병 같은 사랑이라고요? 아들 둘을 놔두고요?" 나는 불같이 화를 냈다. "뭘 잘 모르고 계시네요. 저 사람들은 내가 아직도 아이인 줄 알아요."

"아니, 그런 게 아니야. 그때는 아직 마수드가 태어나지 않았어. 오래전 일이야. 사 년도 더 되었을걸?"

"파르바네가 사 년 전에 결혼했다고요?"

"그럼. 파르바네 부모님이 딸이 노처녀로 늙도록 가만히 놔두었겠니?"

"그게 무슨 소리예요! 몇 살이나 되었다고."

"네 나이와 거의 비슷하잖아. 그런데 넌 칠 년 전에 결혼했어."

"나야 어쩔 수 없이 결혼을 한 경우죠. 가족들이 나를 우물 속으로 밀어 넣었잖아요. 하지만 모두가 그런 지옥을 경험할 필요는 없어요. 파르바네 남편은 어떤 사람이래요?"

"아버지 이모의 손자와 결혼을 했대. 파르바네 어머니가 그러는데, 파르바네가 졸업을 하고 나니까 청혼자가 엄청나게 많이 나타나더래. 그런데 결국 그 사람과 결혼을 했다지. 파르바네 남편은 독일에서 활동하는 의사래."

"그럼, 파르바네가 독일에 살고 있다는 거예요?"

"응. 결혼을 한 다음에 독일로 이사를 했다더라. 그런데 여름마다 이란으로 와서 가족들과 함께 지낸대."

"아이들도 있대요?"

"세 살짜리 딸이 있다더라고. 내가 아흐마디 부인에게 네가 파르바네를 얼마나 오랫동안 찾았는지 모른다고, 너무나 보고 싶어 한다고, 그리고 아흐매드도 힘이 다 빠져서 스스로에게 외에는 더 이상 해를 끼치지 못하게 되었다고 했어. 그리고 어렇게 전화번호를 알아냈지. 아흐마디 부인은 별로 알려주고 싶지 않은 눈치였지만."

내 마음이 칠 년 전으로 여행을 떠났다. 파르바네와 나누었던 깊은 우정은 그 누구와도 나눌 수 없는 것이었다. 파르바네 같은 친구를 다시는 사귈 수 없으리라는 것을 나는 잘 알고 있었다.

파르바네의 어머니에게 전화를 하기가 너무나도 쑥스럽고 어색했다. 무슨 말을 해야 할지 알 수 없었다. 그러나 결국, 나는 굳은 결심을 하고 전화를 걸었다. 그녀의 목소리를 듣는 순간, 목이 콱 막혀왔다. 나는 인사를 하고 불쑥 전화를 드려 죄송하다고, 당돌하게 여기시는 것도 당연하다고 말했다. 그리고 파르바네는 나에게 가장 소중한 친구였고 나의 유일한 친구였다고 했다. 지난 일을 부끄럽게 생각하고 있다는 이야기와 함께 우리 가족을 용서해달라는 말도 했다. 파르바네를 만나고 싶다고, 요즘에도 몇 시간씩 상상 속에서 그녀와 이야기를 나누고 있다고, 그녀를 생각하지 않는 날이 하루도 없다는 말도 덧붙였다. 마지막으로 내 전화번호를 알려주며 다음번에 파르바네가 이란에 오면, 나에게 전화를 할 수 있으면 좋겠다고 말했다.

부산스러운 사내아이 둘을 데리고 수천 가지 집안일과 외부 일을 처리하면서 기말시험을 준비하기는 쉽지 않았다. 내 공부는 밤에 아이들을 재운 다음에 해야 했다. 새벽에 집에 돌아오곤 하던 하미드는 그때까지 깨어 공부하는 나를 보고는 놀란 표정을 지으며 내 끈기와 의지에 대해 한마디씩 하곤 했다.

시아막이 기말시험을 치른 후에 나도 기말시험을 보았다. 그리고 너무나 오랫동안 꿈꿔왔던 나의 꿈이 마침내 이루어졌다. 내 나이 또래의 여자들이 당연한 권리로 여기던, 나처럼 힘들어하지 않아도 얻을 수 있었던 단순한 것을.

*

하미드의 활동은 날이 갈수록 심각해지고 위험해졌다. 그는 심지어 신변을 보호하기 위한 방법을 마련하기에 이르렀고 집을 빠져나갈 비상 탈출로까지 계획해두었다. 그의 그룹이 무엇을 하고 무슨 계획을 세우고 있는지 나는 알 수 없었지만, 내 주변에 위험이 도사리고 있다는 것만큼은 감지할 수 있었다. 그가 오래 집을 비운 그 이상한 여행 이후로, 그들의 조직은 결속이 더욱 단단해진 것 같았고 그들의 목표는 더욱 확고해 보였으며 그들의 활동도 더욱 조직적이 된 것 같았다.

그즈음에 도시 곳곳에서 화재가 발생했다는 뉴스가 보도되었다. 나는 그 사건이 그들과 관련이 있다는 느낌을 지울 수 없었다. 그러나 나는 진실을 확인할 수 없었고 알고 싶지도 않았다. 모르고 있으면 그나마 이런 삶을 견딜 수 있었고 두려움을 덜 수 있었다. 사실을 알았다면, 나는 아이들을 걱정하느라 한시도 견디지 못했으리라.

어느 여름 날 아침 여섯 시에 전화벨이 울렸다. 내가 채 전화를 받기 전에 하미드가 수화기를 들었다. 두 마디 정도를 주고

받는 것으로, 통화는 금방 끝났지만 갑자기 그의 얼굴이 하얗게 질렸다. 거의 일 분이 지나고 나서야 그는 다시 침착해졌다. 나는 공포에 떨며 그를 쳐다보았다. 무슨 일이냐고 물을 엄두가 나지 않았다. 그가 황급히 필요한 물건들을 군용가방에 집어넣고 집에 있던 돈을 모두 챙겼다. 나는 침착해지려고 애쓰며 조용히 물었다.

"하미드, 배신을 당한 거예요?"

"그런 것 같아. 무슨 일인지 확실치는 않아. 동지들 중 한 명이 체포되었어. 모두 몸을 피하고 있어."

"누가 체포된 거예요?"

"당신이 모르는 사람이야. 새로 들어온 친구야."

"그 사람이 당신을 알아요?"

"내 본명은 몰라."

"우리 집이 어디인지는요?"

"다행히 몰라. 여기서 회의를 한 적이 없으니까. 하지만 다른 친구들이 체포되었을 수도 있어. 겁먹지 마. 당신은 아무것도 모르는 걸로 해. 친정에 가 있는 것이 더 편하면, 거기에 가 있어."

전화소리에 잠이 깬 시아막이 걱정스럽고 놀란 얼굴로 하미드를 졸졸 따라다녔다. 아이는 우리의 불안을 느끼고 있었다.

"어디로 가려고요?"

"나도 몰라. 아무튼 여길 빠져나가야 해. 어디로 갈지는 모르겠어. 일주일 동안은 당신에게 연락을 못 할 거야."

시아막이 하미드의 다리에 매달려 애원했다. "나도 아빠랑 같이 갈래요!"

하미드가 아이를 밀어내며 말했다. "그들이 여기에 와서 무엇을 찾아내도, 우리 물건이 아니라고 해. 다행히 당신은 아무것도 모르니까, 우리를 더 큰 위험으로 몰아넣지 않을 거야."

시아막이 다시 하미드에게 매달리며 울었다. "나도 아빠랑 같이 갈래요!"

하미드가 거칠게 아이를 떼어냈다. "애들을 잘 챙기고 조심시켜. 당신도 조심하고. 돈이 필요하면 아버지에게 가고, 아무에게도 이 이야기를 하지 마."

그가 떠난 다음, 나는 현기증을 느끼며 한동안 가만히 서 있었다. 우리 앞에 준비된 운명은 과연 어떤 것일까. 두려움이 몰려왔다. 시아막은 제 성질을 못 이겨 펄펄 뛰고 있었다. 아이는 제 몸을 벽과 문에 던지다가 막 잠에서 깬 마수드에게로 달려갔다. 나는 아이를 따라가 품에 안았다. 아이는 발길질을 하고 주먹질을 하면서 내 품을 벗어나려고 했다. 아무 일도 일어나지 않은 척, 다 괜찮은 척 해봐야 아무 소용이 없었다. 민감하고 직관이 뛰어난 시아막은 나의 숨결 하나하나에 묻어나는 불안을 온몸으로 느끼고 있었다.

"엄마 말 좀 들어봐, 시아막." 나는 아이의 귀에 대고 속삭였다. "진정해야 해. 우리의 비밀을 아무에게도 알려주면 안 돼. 그렇지 않으면 아빠에게 굉장히 나빠."

시아막이 갑자기 잠잠해졌다. "무슨 말을 아무한테도 하면 안 되는데요?"

"아빠가 오늘 급하게 떠났다는 말을 아무에게도 해서는 안 된다는 거야. 마수드한테도 비밀이야."

시아막이 겁먹은 눈으로 나를 쳐다보았다.

"그리고 겁을 내서는 안 돼. 우리는 용감하고 강해야 해. 아빠는 굉장히 강한 분이고 아빠가 해야 할 일을 잘 알고 계셔. 걱정하지 마. 아무도 아빠를 찾지 못할 거야. 우리는 아빠의 병사들이야. 마음을 가라앉히고 아빠의 비밀을 지켜드려야 해. 아빠에게는 우리의 도움이 필요해. 알았지?"

"네."

"자, 그럼 엄마랑 약속해. 아무에게도 얘기하지 않고 난리도 피우지 않기. 약속?"

"약속."

내가 한 말의 무게를 아이가 다 이해하지는 못했겠지만, 상관없었다. 상상력이 풍부한 어린 마음으로, 시아막은 부족한 면을 메우고 이 이야기에서 너무나도 좋아하는 아버지의 영웅적인 면을 과장하리라.

시아막과 나는 다시는 그 이야기를 꺼내지 않았다. 가끔, 내가 생각에 빠져 있을 때면, 아이는 한마디 말도 없이 조용히 내 손을 잡고 나를 물끄러미 바라보곤 했다. 나는 걱정을 떨쳐버리려고 애를 쓰며 확신의 미소를 지어 보이고 아이에게 속삭였다. "걱정하지 마. 아빠는 안전한 곳에 계셔." 그러면 시아막은 우당탕거리며 장난감을 놓아둔 곳으로 달려가버렸다. 가끔은 빛의 속도로 소파를 뛰어 넘어 이상한 소리를 내면서 사방으로 물총을 쏘아대기도 했다. 시아막은 자신의 기분과 행동을 그렇게 극적으로 바꿀 능력을 가진 아이였다.

불안으로 가득했던 나날들이 끝나지 않을 것 같은 시절이었다. 나는 경솔하게 행동하지 않으려고 조심했고 아무에게도 하미드의 일을 이야기하지 않았다. 지갑에 남은 돈이 거의 없었지만 그 돈으로 어떻게든 버텨보려고 했다. 하미드를 체포하면, 그들이 그에게 무슨 짓을 할까라는 생각이 끊임없이 떠올랐다. 그의 그룹은 어떤 일에 연루된 걸까? 신문에 난 파괴행위들이 그들의 소행이라면? 위험이 이렇게까지 가까이 느껴진 적이 없었으며 이렇게 심각한 상황도 처음이었다. 처음에는 그들의 모임이 지적인 게임이나 시간 때우기, 혹은 유치한 관심 끌기인 줄로 알았다.

이제는 모든 것이 변했다. 그들이 우리 집 지하실에 물건을 채워 넣던 그 어느 여름날 밤을 떠올리면 나의 두려움이 몇 배로 커졌다. 그날 밤 이후로 우리 집 지하실 뒷방 문에는 언제나 커다란 자물쇠가 매달려 있었다.

하미드에게 불평을 몇 번 해보았지만, 그는 퉁명스럽게 대답할 뿐이었다. "왜 늘 잔소리야? 당신은 지하실에 거의 내려가지 않잖아. 마치 당신 자리를 빼앗은 것처럼 구는군."

"하지만 무섭단 말이에요. 거기에 뭐가 있어요? 그것 때문에 우리가 위험해지면 어떻게 해요?"

하미드는 걱정할 필요 없다며 지하실에 있는 물건은 하나도 위험하지 않은 물건들이라고 나를 안심시켰다. 그러나 떠나기 전에 뭐라고 했던가? 그들이 우리 집에서 무엇을 찾아내더라도 그것은 우리 물건이 아니고 나는 아무것도 모른다고 해야 한다고 하지 않았던가? 그렇다면 지하실에 있는 물건은 발각되어서는 안 되는 물건들이었다.

일주일이 흘렀다. 나는 설핏 잠이 들었다가 현관문 소리에
놀라 깼다. 복도로 달려나가 전등을 켰더니 하미드가 낮은 목
소리로 말했다. "불을 꺼. 어서!"

그는 혼자가 아니었다. 차도르로 온몸을 가린 낯선 여자 두
명이 그의 뒤에 서 있었다. 그들의 발이 눈에 들어왔다. 그들
은 다 해진 남자용 부츠를 신고 있었다. 하미드와 두 여자가 거
실로 갔다. 잠시 후 하미드가 다시 나오더니 등 뒤로 문을 닫고
말했다.

"작은 스탠드를 켜고 그간의 소식을 알려줘."

"아무 일도 없었어요."

"그렇군. 수상한 기미도 없었어?"

"없었는데요……."

"밖에 나가봤어?"

"네. 거의 매일 나갔어요."

"미행당하는 느낌은 없었어? 새로 이사 온 사람은?"

"없었어요. 이상한 것도 못 봤고요."

"확실해?"

"나도 모르겠어요. 평소와 다른 점을 느끼지는 못했어요."

"좋아. 혹시 가능하면 먹을 것을 좀 가져다줘. 차, 빵, 치즈,
어젯밤에 먹다 남은 것, 뭐라도 좋아."

나는 주전자를 불에 얹었다. 아직 위험이 그의 주변에 도사
리고 있다는 것은 알고 있었지만, 일말의 기쁨이 느껴졌다. 그

가 다치지 않은 것을 보니 안심이 되었다. 차가 준비되자마자 나는 치즈와 버터와 신선한 허브와 며칠 전에 만든 잼과 집에 있던 빵 전부를 쟁반에 담아 거실 문 앞으로 갔다. 그리고 작은 목소리로 하미드를 불렀다. 내가 들어갈 자리가 아니라는 것을 알았기 때문이었다. 그가 문을 열더니 쟁반을 얼른 받아들었다. "고마워. 이제 가서 자."

하미드는 살이 좀 빠진 것 같았고 수염도 희끗희끗했다. 그에게 입을 맞추고 싶었다.

침실로 돌아와 문을 닫았다. 하미드와 함께 온 일행이 화장실을 편하게 쓸 수 있기를 바랐다. 다시 한 번 건강하게 살아있는 그를 보게 해주신 신께 감사를 드렸다. 나는 모호한 상상에 빠져 있다가 결국은 잠이 들었다.

눈을 떴더니 해가 막 떠오른 참이었다. 집에 빵이 없다는 것이 기억났다. 나는 옷을 입고 세수를 하고 부엌으로 가 주전자에 물을 끓이고 마루로 나왔다. 아이들이 일어나 있었다. 거실 문은 아직 잠긴 채였다.

시아막이 나를 따라 부엌으로 들어오더니 나지막이 속삭였다. "아빠가 돌아오셨어요?"

나는 깜짝 놀라 뒷걸음질을 쳤다. "어떻게 알았니?"

"집이 이상해요. 거실 문이 잠겨 있고 유리 뒤로 그림자들이 보여요."

거실 문은 불투명한 벌집무늬 유리문이었다.

"그렇단다. 하지만 아빠는 누가 알기를 원치 않으셔. 그러니까 우린 아무에게도 이야기하지 말아야 해."

"아빠 혼자 오신 게 아니죠?"

"응. 친구 두 분과 함께 오셨어."

"마수드가 모르도록 할게요."

"그래, 우리 아들. 넌 이제 남자지만 마수드는 아직 어려서 남들에게 이야기할 수도 있어."

"알아요. 마수드가 거실 문 가까이에 못 가게 할게요."

시아막이 너무나 심각하게 거실 문을 지키는 바람에 점점 더 호기심이 발동한 마수드는 무슨 일이 벌어지고 있는지 알고 싶어 했다. 둘이 막 싸움을 벌이려고 할 때 하미드가 거실에서 나왔다.

마수드가 깜짝 놀라 멍하니 서 있는 동안 시아막은 제 아빠에게 달려가 그의 다리에 매달렸다. 하미드가 두 아이를 안고 뽀뽀를 해주었다.

"아침을 준비하는 동안 아이들과 앉아 있어요."

"알았어. 그런데 우선 좀 씻어야겠어. 우리 친구들이 먹을 것도 준비해줘."

우리 네 식구는 식사용 보자기 위에 함께 앉았다. 나는 갑자기 울고 싶어졌다.

"신이시여, 감사합니다. 다시는 우리 넷이 함께 모일 수 없을 줄 알았어요."

하미드가 부드러운 눈길로 나를 쳐다보았다. "지금은 다 괜찮아. 아무에게도 얘기하지 않았지?"

"네. 당신 부모님께도 말씀드리지 않았어요. 하지만 굉장히 궁금해하고 계세요. 당신 소식을 계속 물으셨어요. 잊지 말고 전화를 해드려요. 아니면 당신 말대로 큰 소동이 벌어질 거예요."

"아빠." 시아막이 말했다. "나도요, 아무에게도 말하지 않았어요. 마수드가 모르게 하려고 조심했고요."

하미드가 깜짝 놀란 표정으로 나를 쳐다보았다. 나는 걱정할 것 없다는 제스처를 해 보이며 말했다. "그래요. 시아막이 큰 도움이 되었어요. 시아막은 비밀을 지키는 데에 일등이에요."

아직 어린애의 말투를 벗어나지 못한 마수드가 사랑스러운 목소리로 끼어들었다. "나한테도 비밀이 있어. 나도 비밀이 있어."

"웃기지 마." 시아막이 면박을 주었다. "넌 아직 어린애라서 이해 못해."

"난 어린애가 아니야. 나도 다 알아."

"애들아, 조용히 해야지." 하미드가 아이들을 나무라고 나를 돌아보았다. "마숨. 점심에 먹을 만한 것을 레인지 위에 올려놓고 친정으로 가. 언제 돌아와도 좋은지, 전화로 알려줄게."

"언제 전화할 건데요?"

"거기서 자야 할 거야."

"하지만 친정 부모님께는 뭐라고 말씀드려요? 우리가 부부 싸움을 한 줄 아실 거예요."

"상관없어. 나 때문에 화난 척해. 하지만 무슨 일이 있어도 내가 전화를 하기 전에 돌아와서는 안 돼. 알겠어?"

"알았어요. 그렇지만 이번 일 때문에 우린 정말 큰 문제를 겪게 될 거예요. 일주일 내내 나는 걱정이 되어 앓아누울 지경이었다고요. 제발 우리 집에 가져다둔 물건들을 치워줘요. 두려워요."

"애들을 데리고 어서 가. 그럼 우리가 처리할게."

당황한 시아막이 골을 내며 말했다. "아빠, 저도 여기에 있게 해주세요."

나는 하미드에게 아이와 이야기를 해보라는 뜻의 몸짓을 한다음 마수드를 안고 부엌으로 갔다. 부자가 얼굴을 마주 대하고 앉았다. 하미드는 심각한 어조로 이야기를 했고 시아막은 집중해서 제 아버지의 말을 들었다. 그날, 여섯 살 육 개월이 된 아들은 해야 할 임무가 있다는 것을 아는 책임감 있는 어른처럼 행동했다.

우리는 하미드에게 작별인사를 하고 친정으로 갔다. 차분해지고 조용해진 시아막은 끙끙거리며 내가 꾸린 무거운 더플 백을 짊어졌다. 나는 저 어린아이의 머릿속에 무슨 생각들이 떠오르고 있을까 궁금했다. 친정집에서 시아막은 놀지도 않고 말도 하지 않았다. 그저 샘가에 오도카니 앉아 물 속에서 헤엄치는 빨간 금붕어를 물끄러미 바라보기만 했다. 그날 오후, 에흐테람-사다트가 골람 알리를 데리고 왔는데도, 시아막은 싸움을 걸거나 장난을 치지 않았다.

"시아막이 왜 저러냐?" 아버지가 물으셨다.

"아무것도 아니에요, 아버지. 우리 아들이 이제 신사가 된 것뿐이에요."

나는 시아막을 바라보며 빙그레 웃었다. 아이도 나를 보며 미소를 지었다. 시아막의 얼굴은 놀라우리만치 차분했다. 이제 시아막과 하미드와 나는 비밀을, 아주 중요한 비밀을 공유하고 있었다. 우리는 사이가 긴밀한 가족이었고 마수드는 우리의 자식이었다.

내가 예상한 대로, 어머니는 예고도 없이 들이닥친 우리를 보고 깜짝 놀랐다. 친정으로 가는 내내, 나는 친정집에서 하룻밤을 보낼 핑계를 생각했다. 우리가 집으로 들어가자 어머니가 질문공세를 퍼부었다.

"신의 뜻이라면, 좋은 소식이겠구나. 어쩐 일이냐? 짐까지 싸들고서?"

"하미드가 남자들끼리의 모임을 갖는다고 해서요. 친구들 몇 명과 인쇄소 직원들이 우리 집에 온대요. 제가 없어야 손님들이 더 편하게 있을 수 있고, 몇 명은 지방에서 오기 때문에 며칠 묵어 가야 한대요. 손님들이 있는 동안에는 돌아오지 말라고 했어요. 손님들이 간 다음에 하미드가 우리를 데리러 올 거예요."

"그게 정말이냐? 집에 오는 낯선 남자들에게 아내를 보이고 싶어 하지 않을 정도로 하미드가 예의를 차리는 줄은 몰랐구나!"

"그야 뭐, 남자들은 모이면 여자들 앞에서 하기 곤란한 이야기들을 하며 편하게 있고 싶어 하잖아요. 게다가 옷감이 좀 생겨서 파티에게 옷을 만들어달라고 할 참이었는데, 기회가 좋지 뭐예요."

친정집에는 2박 3일을 머물렀다. 걱정은 되었지만 그래도 즐거운 시간이었다. 파르빈은 나에게 우아한 치마와 블라우스를 만들어주었고 파티는 집에서 입을 꽃무늬 원피스를 두 벌이나

지어주었다. 우리는 함께 이야기를 하며 웃었다. 일주일 전에 콤에 다녀온 어머니는 새로 듣고 온 친척들과 옛 이웃과 지인들의 소식을 끝도 없이 전해주었다. 마흐부베가 딸을 낳은 후 지금은 둘째를 임신 중이라는 이야기도 들었다.

"배 속에 있는 아기도 딸일 거다." 어머니가 말했다. "마흐부베의 표정과 행동을 보니 짐작이 가더라. 우리 손자들 이야기를 했더니, 다들 얼마나 질투를 하던지. 그리고 마흐부베의 딸은 핏기가 없고 평범한 것이, 마흐부베가 그만할 때와 똑같더라."

"어머니!" 나는 못마땅한 표정으로 어머니를 쳐다보았다. "마흐부베가 어렸을 때 얼마나 예뻤는데요. 금발에 곱슬곱슬하던 그 머리카락이 아직도 생각나는걸요. 그리고 요즘에는 아들과 딸을 구별하지 않아요. 고모 가족들이 왜 큰오빠와 제게 아들이 있다고 질투를 하겠어요?"

"구별하지 않는다니, 그게 무슨 말이냐? 넌 늘 그런 식이야. 네가 가진 것의 가치를 모르지. 아무튼 그 집 식구들이 얼마나 거만하게 굴었는지, 넌 상상도 못할 게다. 돈깨나 벌었다고 으스대는 꼴이라니. 자기들 몸에 기어다니는 이한테 희한한 이름을 붙인대도, 놀랄 게 없겠더라. 마흐무드가 성공을 해서 돈을 많이 벌었다고 하니까, 부럽다 못해 화를 내려고 하더라니까."

"어머니, 그만하세요. 고모네 가족들이 왜 질투를 하겠어요? 어머니도 방금 그러셨잖아요. 돈을 많이 벌었다고."

"그야 그렇지. 하지만 우리가 넉넉하게 사는 꼴이 보기 싫은 게야. 우리가 돈 없이 쪼들려 살아야 속이 시원한 게지. 여하튼, 네 고모 말이, 자기 사위가 올해 마흐부베를 데리고 서방을 여행하려고 한다더라. 그런데 마흐부베가 가고 싶어 하지 않는대."

"왜요? 바보같이 왜 그런대요?"

"그러게 말이다. 하지만 마흐부베가 거길 왜 가겠니? 서방엔 온통 부정한 것들뿐인데. 그 아이가 어떻게 기도를 하겠느냔 말이다. 그건 그렇고, 에흐테람-사다트의 삼촌이 체포되었다더라. 마흐무드가 어쩔 줄을 모르고 있어. 사업에 지장이 있을까봐 걱정을 하고 있다."

"뭐라고요? 누가 그분을 체포했다는 거예요?"

"당연한 것을 묻는구나! 비밀경찰의 소행이겠지…… 그 양반이 사원에서 강연을 했다더구나."

"정말이에요? 대단하네요! 그분이 그렇게 용기 있는 분인 줄은 몰랐어요. 언제 체포되셨대요?"

"이삼 주 전이라더라. 아마, 핀셋으로 그 양반의 살을 갈기갈기 찢었다지."

등골이 오싹해졌다. 아아, 신이시여, 하미드를 돌보아주소서.

*

친정에 온 지 사흘째 되는 날 오후, 하미드가 노란색 시트로앵 2CV를 몰고 우리를 데리러 왔다. 아이들은 아버지와 차를 보고 신이 났다. 다른 때와는 달리 하미드는 서두르지 않았다. 그는 아버지와 함께 앞마당에 놓은 나무 평상에 앉아 차를 마시며 이야기를 나누었다.

인사를 하고 돌아가려는데, 아버지가 말씀하셨다. "다행히도 내 마음이 편해졌구나. 너희 둘이 다투었다고 생각했지 뭐냐. 그럴 리가 없는데, 이상하다 했지. 걱정이 되었다만 사흘 동안 참 즐거웠다. 너희 식구들이 모두 이 집에 있는 것을 보니 흐뭇하구나."

아버지는 원래 그런 말씀을 하시지 않는 분이었다. 아버지의 말에 나는 깊은 감동을 받았다. 집으로 돌아오는 길에 나는 하미드에게 친척들의 소식을 전했고 특히 에흐테람-사다트 새언니의 삼촌이 체포되었다는 이야기를 했다.

"빌어먹을 사바크(SAVAK, 혁명 전 이란의 비밀경찰 — 역주)의 세력이 너무 커졌어. 모든 조직들을 추적하고 있어."

나는 시아막 앞에서 그 이야기를 계속하고 싶지 않아 화제를 돌렸다. "차는 어디서 난 거예요?"

"한동안 내가 사용하게 될 거야. 은둔지 몇 곳을 정리해야 해."

"그럼 제발 우리 집부터 어떻게 해줘요."

"이미 다 정리했어. 우리 집은 이제 걱정 없어. 무척 신경이 쓰였었는데…… 그들이 우리 집을 급습했다면, 우린 모두 끌려가 처형을 당했을 거야."

"제발요, 하미드! 죄 없는 우리 아이들이 불쌍하지도 않아요?"

"할 수 있는 대비는 다 해놓았어. 한동안 우리 집이 유일하게 안전한 곳일 거야."

자동차의 엔진 소리가 요란했고 우리도 목소리를 최대한 낮췄지만, 시아막은 우리 이야기를 집중해 듣고 있었다.

"쉿! 애들이……."

하미드가 뒤를 돌아 시아막을 쳐다보더니 빙긋 웃으며 말했다. "시아막은 이제 어린애가 아니야. 다 큰 남자라고. 내가 없는 동안 당신과 마수드를 돌봐줄 거야."

시아막의 눈이 반짝거렸다. 아이의 온몸이 긍지로 부풀어 오르는 것 같았다.

나는 집에 도착하자마자 지하실로 내려갔다. 문에는 자물쇠가 달렸던 흔적조차 없었고 뒷방에는 자질구레한 살림살이들 외에는 아무것도 없었다. 나는 내일 아침이 되면, 혹시라도 남아 있는 것이 있는지 꼼꼼히 살펴봐야겠다고 생각했다.

제 아버지를 따라다니던 시아막은 내가 목욕을 시켜주겠다고 하자 발끈했다.

"나는 남자예요. 목욕은 아빠랑 할 거예요."

하미드와 나는 마주보고 웃음을 터뜨렸다. 마수드와 내가 목욕을 하고 난 다음, 부자가 함께 욕실로 들어갔다. 둘의 목소리가 욕실에 울려 퍼졌고 둘이서 나누는 이야기도 들려왔다. 정말로 흐뭇한 한때였다. 하미드와 우리가 함께 보내는 시간은 거의 없었지만, 그럼에도 불구하고 아버지와 아들은 깊은 애정으로 묶여 있었다.

하미드는 정신없이 바쁜 며칠을 보낸 후 집에서 많은 시간을 보내기 시작했다. 아마 달리 갈 데도 없고 친구들에게서도 연락이 없는 것 같았다. 그는 다른 평범한 남자들처럼 아침에 출근을 했다가 저녁이면 집으로 돌아왔다. 그가 지루해하고 좌절감을 느끼는 것이 눈에 보였다. 나는 기회를 엿보다가 아이들을 데리고 공원에 산책을 가라고 권하곤 했다. 하미드가 한 적이 없는 일이었다. 요 며칠간이 아이들의 인생에서 가장 좋은 날들일 것이라는 생각이 들었다. 아버지와 어머니와 평범한 나날을 보내는 경험. 다른 아이들에게는 하나도 특별할 것이 없고 당연한 그 일들이 우리 아이들에게는, 그리고 나에게는 전 세계를 얻는 것과 다름없는 일이었다. 나는 점점 대담해져서 며칠 동안 다 함께 여행을 다녀오자는 제안을 하게 되었다.

"카스피 해안으로 가요. 시아막이 태어났던 해에 갔던 그곳으로 가요."

하미드가 정색을 하며 나를 쳐다보았다.

"안 돼. 떠날 수 없어. 나는 소식을 기다리고 있다고. 집에 있거나 인쇄소에 가 있어야 해."

"딱 이틀만 다녀와요." 나도 고집을 꺾지 않았다. "두 달이 넘도록 아무런 소식이 없었어요. 그리고 다음 주면 아이들이 개학을 한단 말이에요. 아이들에게 즐거운 추억을 만들어주자고요. 엄마 아빠와 함께 여행을 다녀왔다는 추억 정도는 만들어주어야죠."

아이들이 하미드에게 매달렸다. 마수드는 여행이 뭔지도 모르면서 여행을 데려가달라고 졸랐다. 시아막은 아무 말도 하지 않았으나 하미드의 손을 잡고 희망에 가득 찬 눈길로 그를 쳐다보았다. 그 표정이 하미드의 결심을 무너뜨리리라는 것을 나는 잘 알고 있었다.

"애들 고모부가 카스피 해변에 저택을 샀잖아요? 만수레 형님이 그러던데, 우리 식구들만 빼고 다들 거기에 가서 놀다 왔대요. 당신이 원한다면, 어머님, 아버님을 모시고 가도 좋아요. 짧게나마 아들과 여행을 다녀오시는 게 그분들의 꿈인데, 그 정도는 해드릴 수 있잖아요? 마침 자동차도 있고요."

"안 돼. 이 차는 샬루스 도로를 달릴 만큼 튼튼하지 않아!"

"그럼 하라즈 도로를 타면 되죠. 당신이 그랬잖아요, 차가 새 차라고. 그 정도도 못 견디진 않을 거예요. 천천히 달리면 돼요."

아이들도 계속 졸라댔다. 시아막이 하미드의 손에 입을 맞추자 모든 것이 끝났다. 우리가 이겼던 것이다.

시부모님은 함께 가지 않았지만 우리가 몇 년 만에 처음으로 가족 여행을 가는 것을 보고 기뻐했다. 만수레는 이미 카스피 해변에 가 있었다. 하미드의 전화를 받은 그녀는 기분 좋게 주소를 알려주었다. 그리고 드디어, 우리는 길을 떠났다.

도시를 벗어나자 다른 세상에 발을 들여놓은 느낌이었다. 산과 계곡과 푸른 초원에 넋을 잃은 두 아이는 아무 소리도 내지 않은 채 차 창문에 바싹 붙어 떨어질 줄을 몰랐다. 하미드는 노래를 흥얼거렸고 나도 그를 따라 노래를 불렀다. 내 가슴은 기쁨으로 가득했다. 여행을 떠나기 전에 나는 신께 습관적으로 하던 기도를 올리고 우리가 함께 있는 이 행운을 거두어가지 말아달라고 부탁했다. 차는 가파른 언덕을 겨우겨우 올라갔으나 그런 것은 문제가 되지 않았다. 나는 그 여행이 우리 가슴에 영원히 남기를 바랐다.

점심 도시락으로 고기 튀김을 싸왔다. 우리는 경치가 좋은 곳에 자리를 잡고 앉아 음식을 먹었다. 두 아이가 신이 나서 뛰어다녔다. 나는 아이들의 까르르 웃는 소리를 음미했다.

"이상해요. 시아막의 행동이 급변했어요. 애가 얼마나 차분해졌는지, 당신도 알겠죠? 말도 잘 듣고 기분도 좋아 보여요. 마지막으로 야단을 친 게 언제였는지 기억이 나지도 않네요. 전에는 하루도 싸움을 하지 않은 적이 없었는데."

"당신이 왜 시아막 때문에 골치 아파하는지 나는 이해할 수가 없어. 나한테는 둘도 없이 착하고 예쁘게 구는데. 내가 당신보다 시아막을 잘 이해해줘서 그런 것 같아."

"당신이 몰라서 그런 소리를 하는 거예요. 당신이 없을 땐, 아이 성격이 완전히 달라진다니까요. 지난 두 달간 당신이 보아온 아이와는 전혀 다른 아이예요. 시아막에게 당신은 진정제 같은 작용을 하나 봐요."

"이런…… 그런 말은 하지도 마! 아무도 나에게 의지해서는 안 돼."

"하지만 많은 사람들이 당신에게 의지하고 있어요. 그건 당신 마음대로 할 수 있는 일이 아니에요."

"나는 그런 생각만으로도 불안하고 답답해져."

"자, 그 이야기는 이제 그만해요. 우리가 함께 하는 이 아름다운 날들을 즐기자고요."

시누이 만수레가 우리를 위해 바람이 잘 통하고 바다가 내려다보이는 방을 준비해주었다. 누나가 한 집에 있었기 때문에 다른 방으로 침구를 옮겨갈 수 없었던 하미드는 내 옆에서 잠을 잤다. 우리는 모두 태양과 바다를 실컷 즐겼다. 나는 머리를 풀어 늘어뜨리고 최근에 내가 직접 만든 목 부분이 파인 화려한 색깔의 원피스를 입었다. 선탠도 하고 싶었다. 다시 한 번 하미드의 감탄하는 표정을 보고 싶었고 그의 관심을 받고 싶었다. 셋째날 밤, 마침내 무너지고 만 그는 몇 년 전에 했던 다짐을 깨고 나를 품에 안았다.

영원히 기억에 남을 그 여행으로 우리 가족은 그 어느 때보다 더 가까워졌다. 하미드가 내게 단순한 주부 이상이길 바란다는 것을 잘 알고 있었기 때문에 나는 가능한 한 책을 많이 읽었고, 몇 년 동안 그의 책을 읽으며 배운 내용에 대해 그와 토론을 했다. 그렇게 생각을 나누고 사회적, 정치적 문제들에 대한 이야기를 하면서 그의 친구들이 남긴 빈자리를 채우려고 노력했다. 차츰 그는 나도 정치적, 사회적 문제를 인식하고 있음을 깨달아갔다. 심지어 나의 지적인 능력과 기억력을 칭찬하기도 했다. 그에게 나는 더 이상 어리거나 못 배운 여자가 아니었다.

어느 날, 하미드가 기억을 못하는 어느 책의 한 대목을 내가 인용하자, 그가 말했다. "그런 재능을 가지고 있으면서 공부를 계속하지 않는다는 건 너무나도 안타까운 일이야. 대학 입학시험을 치러보는 게 어때? 공부를 계속한다면, 당신은 정말 큰 발전을 이루어낼 거야."

"시험을 통과할 자신이 없어요. 내 영어 실력은 형편없거든요. 그리고 내가 대학에 가면 아이들은 어떻게 해요?"

"고등학교 졸업 자격을 딸 때와 같은 상황인걸. 이제는 아이들도 많이 자라서 여유 시간을 좀더 낼 수 있을 거야. 영어 수업을 들어. 아니, 대학 입학시험 준비반에 등록하는 것이 낫겠어. 당신이 원하는 대로 해."

결혼한 지 팔 년 만에 드디어 나는 가족과 함께하는 삶을 경험했고 매 순간을 즐겼다. 그해 가을 나는 하미드가 오후에 집에 있어주는 것을 기회삼아 대학 입학시험 준비반에 등록했다. 그의 상황이 얼마나 더 지속될지는 알 수 없었지만 그런 소중한 날들을 최대한 이용하기 위해 노력했다. 나는 그의 그룹이 해체되어서 우리가 계속 이렇게 함께 살 수 있기를 바라고 또 바랐다. 하미드는 여전히 전화를 기다리며 초조해했지만 나는 그것 역시 곧 끝이 날 것이라고 생각했다.

나는 그들의 조직에 대해 여전히 아는 바가 없었다. 언젠가 토론을 하던 중에 내가 조직에 대해 물어보았다. "말해줄 수 없어. 친구들과 우리의 활동해 대해 묻지 마. 당신을 못 믿거나 이해하지 못할까봐 이러는 게 아니야. 단지 모르면 모를수록 당신이 더 안전하기 때문이야."

그 이후로 나는 절대 그들의 그룹에 대한 호기심을 드러내지 않았다.

가을과 겨울은 조용히 지나갔다. 하미드의 일정은 점점 다른 리듬을 타게 되었다. 일주일, 혹은 2주에 한 번씩 전화가 걸려오면 그는 또 누군가에게 전화를 걸고 하루 이틀씩 자취를 감추었다. 봄이 되자 그는 위험이 모두 사라졌고 그룹의 친구들이 한 명도 발각되지 않았으며 거의 모두가 안전한 집에 재배치되었다고 자신 있게 말했다.

"그럼, 지금껏 모두 길에서 생활을 했단 말이에요?"

"그렇진 않아. 도망을 다녔지. 초반에 몇 명이 체포되고 나서, 집주소가 많이 발각되었어. 집을 포기해야 하는 친구들이 많았지."

"샤흐자드와 메디도 집을 포기했어요?"

"초반에 이미 집에서 나왔어. 가지고 있던 모든 것을 잃었지. 기록과 서류를 겨우 챙겼을 뿐이야."

"가진 게 많았어요?"

"샤흐자드의 친정에서 혼수를 얼마나 많이 해주었는지, 두 집을 꾸미고도 남을 정도였어. 물론 그동안 남에게 많이 주긴 했지만, 아직 남은 게 많았어."

"집을 포기한 다음에 어디로 갔어요? 어떻게 했는데요?"

"그만하지. 자세하고 심각한 주제로 들어가지 말자고."

봄과 여름 동안 하미드는 긴 여행을 몇 번 다녀왔다. 그는 기분이 좋았고 나는 그가 집에 없다는 사실을 아무에게도 들키지 않기 위해 신중을 기했다. 한편으로는 공부를 열심히 하면서 대학 입학시험을 준비해나갔다. 결과는 합격이었다. 나와 하미드는 기뻐했으나 친정 식구들은 충격을 받은 것 같았다. 그들의 반응은 제각각이었다.

"대학은 뭐하러 가려는 거냐?" 어머니가 물었다. "의사가 되려는 것도 아니면서."

어머니는 사람들이 대학에 가는 이유가 모두 의사가 되려고 하는 것이라고 생각했다.

아버지는 나를 자랑스러워하시며 기뻐하셨으나 놀라시기는 다른 가족들과 마찬가지였다.

"너의 옛 교장선생님께서 네 재능이 뛰어나다고 말씀하셨지. 난 이미 알고 있었다. 네 오빠들이나 알리가 너 같았으면 하고 바랐건만……."

알리와 마흐무드는 내가 아직도 유치한 꿈을 포기하지 못했다고 믿었으며, 하미드가 줏대가 없고 남자답지 못한 데다가 체면이 뭔지를 몰라 나를 말리지 못한다고 생각했다.

나는 높이높이 날아오르고 있었다. 자신감이 넘쳤고 나 스스로가 자랑스러웠다. 모든 것이 내 뜻대로 되어가고 있었다.

막내시누이 마니제가 얼마 전에 결혼을 했지만 시험 준비에 바빴던 나는 신랑 신부를 축하해줄 여유를 내지 못했었다. 비로소 나는 그녀를 위해 성대한 잔치를 열었다. 몇 년간 소원하게 지내던 가족들이 모두 모였다. 당연히 마흐무드와 알리는 히잡을 쓰지 않은 여자들이 오는 잔치에는 갈 수 없다는 핑계를 대고 참석하지 않았지만 에흐테람-사다트는 소란스럽고 잠시도 가만히 있지 못하는 아이들을 데리고 잔치에 와주었다.

나는 정말로 행복했다. 나를 방해하거나 내 얼굴에서 웃음을 앗아갈 수 있는 것은 아무것도 없었다.

*

내 인생이 새로운 방향을 향해 나아가기 시작했다. 나는 마수드를 집에서 가까운 유치원에 등록시키고 밤사이에 할 일을 다 마쳤다. 그렇게 하미드와 아이들에게 필요한 것을 다 마련해주고 나면, 아침에 맘 편하게 대학에 갈 수 있었다.

날씨가 추워졌다. 가을바람을 맞은 나뭇가지들이 창에 부딪쳤다. 그날 오후에 부슬부슬 내리기 시작한 비가 눈과 섞이더니 진눈깨비가 마구 쏟아졌다. 하미드는 조금 전에 잠이 들었다. 겨울이 너무 급작스럽게 오고 있었다. 따뜻한 옷을 미리 꺼내두길 잘했다는 생각이 들었다.

새벽 한 시쯤, 잠자리에 들려는데 초인종이 울렸다. 나는 그 자리에 얼어붙은 듯 서버렸다. 가슴이 마구 뛰기 시작했다. 잠시 그대로 서서 잘못 들은 것이라고 생각을 하고 돌아서려는 순간, 얼굴이 하얗게 질린 채 마루 한복판에 서 있는 하미드의 모습이 눈에 들어왔다. 우리는 서로의 얼굴을 빤히 쳐다보았다.

나는 나오지 않는 목소리를 겨우 냈다. "당신도 들었어요?"

"응."

"어떻게 해야 하죠?"

잠옷 위로 바지를 입으며 그가 말했다. "가능한 한 오래 붙들어둬. 나는 옥상으로 올라가서 미리 계획해둔 경로로 빠져나갈게. 그런 다음에 문을 열어. 혹시 상황이 위험하면 불을 모두 켜."

하미드는 서둘러 셔츠와 재킷을 입고 계단으로 뛰어갔다.

"잠깐만요! 외투나 스웨터를 입어야죠, 아니면……."

초인종이 계속 울렸다.

"시간이 없어. 어서 가!"

그가 계단으로 이어지는 문을 통과하려는 순간, 나는 손에 잡히는 스웨터 한 벌을 집어 그에게 던졌다. 그리고 냉정을 되찾고 졸린 척하려고 애를 쓰면서 외투로 몸을 감싸고 앞마당으로 이어지는 계단을 내려갔다. 몸이 덜덜 떨렸지만 진정할 수가 없었다.

초인종을 눌러대던 사람이 이제는 문을 쾅쾅 두드렸다. 나는 옥상 위로 올라간 하미드가 잘 볼 수 있도록 불을 켜고 대문을 열었다. 누군가가 대문을 밀치고 마당으로 들어와 다시 문을 닫았다. 발목까지 오지도 않는 것이 한눈에 보기에도 자기 것 같아 보이지 않는 꽃무늬 차도르를 쓴 여자였다. 나는 공포에 질린 채로 여자를 살펴보았다. 그녀의 젖은 차도르가 어깨로 미끄러져 내렸다. 나는 헉 하고 숨막히는 소리를 냈다.

"샤흐자드!"

그녀가 재빨리 손가락을 입술에 갖다 대며 조용히 하라는 신호를 보내고 속삭였다.

"불을 꺼요. 하미드나 당신이나, 왜 불을 켤 생각을 했어요?"

나는 옥상을 올려다보고 불을 껐다.

그녀의 옷은 흠뻑 젖어 있었다.

"안으로 들어오세요. 감기 걸리시겠어요."

"쉿! 조용히!"

우리는 문 뒤에 서서 거리에서 무슨 소리가 나지 않는지 귀를 기울여보았다. 사방은 고요하기만 했다. 잠시 후, 샤흐자드는 온몸에 힘이 다 빠져나간 사람처럼 문에 몸을 기대더니 곧 바닥으로 쓰러졌다. 차도르도 땅으로 흘러내렸다. 그녀가 양팔로 감싸안은 무릎에 머리를 묻었다. 머리카락에서 물이 뚝뚝 떨어졌다. 나는 그녀의 겨드랑이에 손을 넣고 일으켜 세웠다. 그녀는 걸을 만한 상태가 아니었다. 땅에 떨어진 차도르를 집어 들고 그녀의 손을 잡았다. 손이 불덩이처럼 뜨거웠다. 샤흐자드는 힘겹게 나와 함께 계단을 올라갔다.

"젖은 몸을 말려야 해요. 지금 많이 아프시죠?"

그녀가 고개를 끄덕였다.

"더운 물은 충분하니까 샤워를 하세요. 갈아입으실 옷을 가져다드릴게요."

한마디 말도 못한 채로 샤흐자드는 욕실로 들어가 한동안 샤워기의 물줄기를 맞으며 서 있었다. 나는 그녀에게 맞을 만한 옷을 챙기고 거실 바닥에 잠자리를 마련했다. 그녀가 욕실에서 나와 옷을 입었다. 말을 한마디도 하지 않는 그녀 앞에서 나는 절망한 아이 같은 표정으로 우두커니 서 있었다.

"배가 고프시죠?"

그녀가 고개를 가로저었다.

"우유를 데워두었어요. 마셔야만 해요."

그녀는 아무 말 없이 고분고분 우유를 다 마셨다. 거실로 데려가자 그녀는 이불 위에 풀썩 쓰러져 잠이 들었다. 나는 그녀에게 담요를 덮어주고 거실을 나왔다.

그제야 하미드가 생각났다. 아직도 옥상 위에 있는 걸까? 나는 살금살금 옥상으로 이어지는 계단을 올라갔다. 그는 계단 꼭대기에 있는 작은 벽감에 설치한 햇빛 가리개 아래에 웅크리고 앉아 있었다.

"누구인지 봤어요?"

"샤흐자드가 왔지?"

"그런데 왜 아직 내려오지 않는 거예요? 위험한 사람도 아닌데."

"사실 샤흐자드 때문에 엄청나게 위험해질 수가 있어. 미행을 당하지 않았는지 지켜봐야 해. 온 지 얼마나 되었지?"

"삼십 분쯤…… 아니, 사십 분쯤 되었어요. 미행을 당했다면 무슨 일이 일어나도 벌써 일어났겠죠. 안 그래요?"

"꼭 그렇지만도 않아. 그들이 우리가 모두 모일 때까지 기다리는 경우도 있어. 치밀하게 계획하고 준비해서 습격을 한다고."

나는 다시 몸을 떨었다. "우리 집을 습격하면 어떻게 하죠? 우리도 체포되는 건가요?"

"겁먹지 마. 당신은 연루되지 않았잖아. 그들이 당신을 체포한다 해도, 당신은 아무것도 모르니까 금방 보내줄 거야."

"하지만 내가 아무것도 모른다는 것을 그 사람들이 어떻게 알아내요? 엄청난 고문을 해서요?"

"그런 바보 같은 생각은 하지도 마. 그렇게 간단한 일이 아니야. 강해져야 해. 그런 식의 생각을 계속 하다 보면 자신감을 잃게 돼. 샤흐자드는 어때? 무슨 말을 했어?"

"아무 말도 하지 않았어요. 말을 못 해요. 굉장히 아픈 것 같아요. 독감에 걸린 것 같기도 하고."

"샤흐자드와 메디는 너무 많은 시선을 끌고 있어. 신원이 발각되었거든. 그들이 제일 먼저 습격한 집이 바로 그들의 집이야. 둘이 일 년 반 동안 지하에서 살았어. 우리가 안전한 집을 마련해줄 때까지 오랫동안 지방에 가 있었지. 다시 발각된 것이 틀림없어."

"그 불쌍한 두 사람이 일 년 반 동안이나 노숙자처럼 살았다는 거예요?"

"맞아!"

"메디는 어디에 있어요?"

"나도 몰라. 둘은 같이 있었어. 둘이 헤어질 수밖에 없는 무슨 일이 있었던 것이 틀림없어…… 메디가 체포되었을 수도 있고."

가슴이 철렁 내려앉았다. 머릿속을 스친 첫 번째 생각은 메디가 우리 집을 알고 있다는 것이었다.

그날, 하미드는 새벽까지 옥상에서 정황을 살폈고 나는 그에게 따뜻한 옷과 차를 가져다주었다. 아침에 나는 아이들을 평소보다 일찍 깨워서 아침을 먹인 다음 학교와 유치원에 데려다주었다. 가는 길에 나는 주위를 조심스럽게 둘러보며 수상하거나 평소와 다른 점이 있는지 살피고 사람들의 시선과 몸짓 하나하나에 숨은 의도가 있는지도 눈여겨보았다. 아이들을 데려다주고 장을 좀 봐서 집으로 돌아왔다. 하미드가 옥상에서 내려와 있었다.

"어떻게 해야 할지 모르겠어. 인쇄소에 가야 할지, 말아야 할지."

"평소처럼 행동하는 게 좋겠어요. 그래서 특별한 관심을 끌지 않는 게 좋을 것 같아요."

"밖은 어때? 이상한 점이 있었어?"

"아뇨. 평소랑 똑같았어요. 어쩌면 평소와 다름없는 것 자체가 이상한 것인지도 몰라요. 우리가 뭔가를 눈치채거나 경계를 하지 못하도록 하려는 것인지도 모르잖아요."

"상상이 지나치잖아. 기다렸다가 샤흐자드에게 정확하게 무슨 일이 있었는지 물어보는 것이 낫겠어. 내가 해야 할 일이 있을지도 모르니까. 좀 깨워볼까?"

"안 돼요. 샤흐자드는 완전히 지쳤고 몸도 많이 아파요. 인쇄소에 전화를 해서 오늘 당신이 나가지 않을 거라고 전할까요? 샤흐자드가 깨어날 때까지, 당신도 좀 쉬어요."

"아냐. 전화할 필요 없어. 직원들은 내가 가끔 출근을 안 하는 것을 예사로 생각하니까. 미리 알린 적은 한 번도 없어."

샤흐자드는 오후 한 시까지 거의 의식이 없는 사람처럼 누워 있었다. 나는 순무 수프를 한 솥 가득 끓이고 케밥을 만들 고기를 재워두었다. 샤흐자드는 먹고 기운을 차려야 했다. 지난번에 보았을 때에 비해, 사람이 반쪽이 되어 있었다. 음식을 준비한 다음에는 약국에 가서 진정제와 기침을 가라앉히는 시럽과 해열제를 사왔다. 아이들이 돌아올 시간이 거의 다 되어갔다. 나는 거실로 들어가 샤흐자드의 이마에 가만히 손을 얹었다. 아직 열이 났다. 갑자기 그녀가 흠칫 놀라 눈을 뜨더니 벌떡 일어나 앉았다. 그러고는 몇 초 동안 나를 쳐다보고 주위를 둘러보았다. 시간과 장소에 대한 개념이 없는 것 같았다.

"겁내지 마시고 진정하세요. 저예요, 마수메. 당신은 안전해요."

순간, 모든 것이 기억나는 모양이었다. 그녀는 깊은 숨을 들이쉬고 다시 머리를 베개 위로 떨어뜨렸다.

"몸이 많이 약해진 것 같아요. 자, 일어나세요. 수프를 좀 끓

였어요. 좀 드시고, 약을 드신 다음에 다시 주무세요. 감기가 굉
장히 심해요."

그녀의 큰 눈에 슬픔이 어리고 입술이 떨렸다. 나는 못 본 척
하고 밖으로 나왔다. 하미드가 마루를 서성이고 있었다.

"깨어났어? 샤흐자드와 이야기를 좀 해야겠어."

"기다려요, 우선 정신을 차리고 뭘 좀 먹게 놔둬요……."

나는 수프와 약을 가지고 다시 거실로 들어갔다. 샤흐자드는
일어나 앉아 있었다. 나는 전날 밤 그녀의 머리에 둘러주었던
수건을 벗겨냈다. 그녀의 머리카락은 아직 조금 젖어 있었다.

"어서 드세요. 빗과 거울을 가져올게요."

그녀가 수프를 한 숟가락 가득 떠 입에 넣더니 눈을 감고 맛
을 음미했다.

"더운 음식! 수프! 내가 뜨거운 음식을 얼마 만에 먹어보는
줄 모르죠?"

가슴이 아팠다. 나는 아무 말 없이 거실을 나왔다. 하미드는
여전히 초조하게 거실 앞을 왔다 갔다 했다.

"대체 왜 그래요? 왜 그렇게 서두르느냐고요. 몇 분만 기다
려요. 샤흐자드가 뭘 먹기 전에는 당신이 거실에 들어가지 못
하게 할 거예요."

나는 빗을 가지고 다시 거실로 들어갔다. 엉킨 그녀의 머리
카락을 빗기가 쉽지 않았다.

"미장원에 가서 박박 밀어버리고 싶었는데, 시간이 없었어
요."

"무슨 말씀이세요? 이렇게 예쁘고 탐스러운 머리를 왜 없애

요? 여자가 머리를 박박 밀면, 미워서 어떻게 해요?"

"여자라!" 그녀가 생각에 잠긴 얼굴로 말했다. "그래요, 당신 말이 맞아요. 내가 여자라는 것을 잊고 있었어요."

그녀는 쓸쓸하게 웃고 나서 남은 수프를 먹었다.

"케밥도 만들어두었어요. 힘을 내려면 고기를 드셔야 해요."

"아니에요. 지금은 됐어요. 사십팔 시간 동안 아무것도 못 먹었거든요. 천천히 조금씩 먹어야겠어요. 나중에 수프를 좀더 주면 좋겠어요…… 하미드는요? 지금 집에 있어요?"

"네. 당신과 이야기를 하려고 기다리고 있어요. 지금쯤 인내심이 바닥이 났을 거예요."

"들어오라고 해요. 이제 훨씬 나아졌어요. 다시 생생해진걸요."

나는 그릇을 모으고 문을 연 다음 하미드에게 들어오라고 말했다. 그는 그녀를 무척 반가워했지만 얼마나 깍듯이 예의를 갖추는지 마치 상사에게 이야기를 하는 것 같았다. 나는 거실을 나와 문을 닫았다.

두 사람은 한 시간이 넘도록 조용조용 이야기를 나누었다.

아이들이 집에 돌아왔다. 시아막은 집에 들어서더니 마치 낯선 사람의 냄새를 맡은 강아지처럼 누군가의 존재를 감지했다. "엄마, 누가 왔어요?"

"아빠 친구분이 오셨어. 아무에게도 얘기하면 안 돼."

"알아요!"

아이는 모든 것을 신중하게 관찰하기 시작했다. 마루에서 노는 척했지만 거실에 바싹 다가앉아 안에서 나는 소리에 귀를 기울였다. 나는 시아막에게 심부름을 시켰다.

"가서 우유를 몇 병 사오렴."

"지금은 가기 싫어요. 나중에 갈게요."

대답을 한 시아막은 다시 거실 문에 바싹 붙어 놀기 시작했다.

하미드가 밖으로 나오더니 손에 들고 있던 종이를 재킷 호주머니에 넣고 신발을 신으며 말했다. "샤흐자드가 며칠간 여기에 있을 거야. 나는 나가봐야 해. 내가 늦거나 오늘 밤에 돌아오지 않아도 걱정하지 마. 내일 오후 늦게까지는 꼭 돌아올 테니까."

나는 거실로 가보았다. 샤흐자드는 누워 있었다.

"약은 드셨어요?"

그녀가 당황한 표정으로 일어나 앉았다. "이렇게 불쑥 쳐들어와서 미안해요. 가능한 한 빨리 떠날게요."

"그런 소리 하지 마세요! 당신은 쉬어야 해요. 당신 집처럼 생각하세요. 완전히 회복되기 전에는 내가 보내드리지 않을 거예요."

"나 때문에 당신들이 위험해질까봐 겁이 나요. 몇 년 동안, 우리는 당신과 아이들을 위해 이 집을 안전하게 지키려고 노력했어요. 하지만 어젯밤에 나 때문에 이 집이 위험하게 되었어요. 지난 이틀 동안 지하의 이 구멍 저 구멍으로 옮겨 다녔는데 갑자기 날이 추워졌어요. 비가 오고 눈이 왔죠. 몸이 너무 안 좋았어요. 열이 나는가 싶더니 시간이 갈수록 몸이 더 뜨거워지는 거예요. 길에서 쓰러질까봐 겁이 났어요. 달리 방법이 없었어요. 그렇지 않았다면, 여기에 오지 않았을 거예요."

"잘 오셨어요. 당장은 아무 걱정 말고 주무세요. 이 집은 괜찮아요. 아무 일도 없으니 안심하세요."

"부탁인데, 나한테 그렇게 격식 차리지 말아요."

"네, 알겠어요!"

하지만 그녀와 나의 상대적인 위치를 잘 파악할 수 없었고 우리의 관계가 어떤 성격인지도 알 수 없었던 나는 그렇게 쉽게 그녀를 편하게 대할 수 없었다. 아이들이 문틈으로 안을 들여다보았다. 아이들은 호기심이 가득한 눈길로 샤흐자드를 쳐다보았다. 그녀가 웃음을 터뜨리더니 손가락을 꼼지락거리며 인사를 했다.

"저들에게 신의 축복이 있기를. 아이들이 많이 컸네요."

"그렇죠? 시아막 씨는 이제 3학년이고 마수드는 다섯 살이 되었답니다."

나는 알약과 물을 그녀에게 건넸다.

"나는 두 아이의 터울이 덜 지는 줄 알았어요."

"시아막을 일 년 먼저 학교에 넣었어요. 얘들아, 이리 오렴. 이리 와서 샤흐……."

순간적으로 샤흐자드의 얼굴에 불안한 표정이 떠올랐다. 그녀의 이름을 입 밖에 내서는 안 되는 것이었다. 나는 잠시 주저하다가 다시 말했다. "와서 셰리 이모에게 인사드려."

샤흐자드가 눈썹을 추켜올리더니 그 이름이 우스꽝스러운지 크게 웃었다.

아이들이 들어와 그녀에게 인사를 했다. 시아막이 얼마나 호기심이 가득한 눈으로 그녀를 빤히 쳐다보았는지 그녀는 불안해하다 못해 셔츠 단추가 다 잠겼는지 가슴팍을 내려다보기까지 했다.

"자, 이제 됐어. 우리는 나가 있자. 이모는 쉬어야 해."

나는 아이들을 데리고 밖으로 나와 단단히 일렀다. "시끄럽게 하지 말고, 아무에게도 이모가 와 있다는 이야기를 하지 마."

"그쯤은 나도 알아요!" 시아막이 퉁명스럽게 대꾸했다.

"그래, 우리 큰아들. 하지만 마수드도 알아두어야 하거든. 엄마 말, 알아들었니? 이건 우리만의 비밀이야. 아무에게도 이야기하면 안 돼."

"알았어요." 마수드가 명랑하게 말했다.

며칠 후, 샤흐자드의 몸 상태가 많이 회복되었지만 마른기침이 나와 밤새 잠을 이루지 못했다. 나는 그녀의 체중을 다시 정상으로 돌아오게 하려고 여러 가지 맛있는 음식을 만들어 그녀의 식욕을 자극하려고 노력했다. 하미드는 집에 돌아와 샤흐자드에게 보고를 한 후, 새로운 지시를 받고 외출을 하느라 분주했다.

일주일이 흘렀다. 샤흐자드는 창문에서 멀찍이 떨어져 있으려고 노력하면서 집안을 살살 걸어다녔다. 나는 수업을 들으러 학교에 가지 않았고 혹시나 마수드가 집에서 벌어진 일을 무심코 이야기할지도 모른다는 우려에 아이를 유치원에 보내지 않았다. 마수드는 조용히 놀거나 하미드가 사준 새 레고로 집을 만들거나 그림을 그리며 며칠을 보냈다. 마수드의 그림은 그 나이의 아이가 그렸다고 하기에는 솜씨가 뛰어났고 재능이 고스란히 묻어나 있었다. 아이는 감성적으로도 예술가적인 창의력을 보였다. 사물을 집중해서 관찰한 다음 아무도 알아차리지 못한 면을 발견하곤 했다.

날씨가 좋으면 마수드는 마당의 꽃과 나무를 관찰하며 몇 시간을 혼자 바쁘게 보냈다. 씨앗을 심기도 했는데, 놀랍게도 그 씨앗들이 모두 싹을 틔웠다. 마수드는 다른 세상에서 살고 있었다. 이 땅에서 벌어지는 일들이 그 아이에게는 아무런 가치가 없는 것만 같았다. 시아막과는 달리, 마수드는 누구나 쉽게 용서했고 어느 상황에서건 적응을 했으며 아주 작은 친절에도 온 마음을 다해 반응했다. 아이는 나의 모든 감정을 간파했고 내가 슬퍼할 때에는 달콤한 뽀뽀로 나에게 힘을 불어넣어주려 했다.

마수드와 샤흐자드의 관계는 금방 서로를 깊이 아끼고 사랑하는 관계로 발전했다. 둘은 하루 종일 함께 시간을 보냈다. 마수드는 보디가드처럼 샤흐자드를 지키며 그녀를 위해 계속 그림을 그리고 집을 지었다. 그리고 그녀의 무릎 위에 한참 동안 앉아 그 귀여운 말투로 앞뒤가 잘 맞지 않지만 자기가 만들어낸 것들에 대한 이야기를 지어 들려주었다. 샤흐자드는 마음에서 우러나오는 웃음을 터뜨렸고 그녀의 웃음에 용기를 얻은 마수드는 사랑스러운 이야기를 계속했다.

반면 시아막은 샤흐자드에게 깍듯이 예의를 차리며 존경을 표했다. 하미드와 나를 본받아 그렇게 하는 것 같았다. 나는 그녀를 굉장히 좋아했고 그녀에게 친근하게 다가가고 싶었지만, 왠지 모를 이유로 그녀 옆에만 가면 학생이 된 기분이 되었다. 나에게 그녀는 능력과 정치적 통찰력과 용기와 자신감의 상징이었다. 이런 성격들이 하나가 되어, 그녀는 내 마음속에서 어떤 초인적인 존재로 자리매김하고 있었다. 나를 친절하고 편하게 대해주는 그녀였지만, 내 남편보다 두 배나 더 통찰력이 있고 지적이라는 점을 잊을 수는 없었다. 그녀는 남편에게 명령을 내리는 사람이었다.

하미드와 샤흐자드는 계속 대화를 나누었다. 나는 두 사람을 방해하거나 호기심을 드러내지 않으려고 조심했다. 어느 날, 나는 아이들을 재우고 나서 침실로 들어가 책을 읽다가 이제 자야겠다는 생각을 하고 있는데 거실에서 편하게 대화를 나누는 두 사람의 목소리가 들려왔다.

"아바스가 이 집에 와보지 않아서 다행이야." 하미드가 말했다. "그런 악질이 어떻게 사십팔 시간을 못 버텼을까."

"처음부터 약한 줄 알았어." 샤흐자드가 대답했다. "훈련할 때 계속 징징거리던 것, 생각나지? 약하다는 것이 눈에 뻔히 보이더라니까."

"메디에게 이야기하지 않은 이유가 뭐야?"

"얘기했지. 하지만 메디가 그를 제외시키기에는 이미 늦었다고 했어. 아바스가 모든 것을 알아버렸다고. 그를 곁에 두고 기초를 올바르게 가르쳐야 한다고 했지만, 나는 본능적으로 영 찜찜하더라고."

"맞아, 나도 기억하고 있어. 국경에 갈 때에도 당신은 그를 데려가지 않으려고 했지."

"그래서 메디는 그에게 민감한 정보를 주지 않았고 나도 사람들을 최대한 못 만나게 하려고 했지. 그가 당신의 본명이며, 주소며, 직장을 모른다는 게 정말 큰 도움이 되고 있어."

"무엇보다 운이 좋은 것은 그의 집이 테헤란이 아니었다는 거야. 그렇지 않았다면, 모든 것을 알게 되었을 거야."

"그 아무짝에도 쓸모없는 자가 사십팔 시간 만에 포기하지만 않았어도, 우리가 이렇게 많은 것을 잃지는 않았을 거야. 그래도 다행히 수뇌부와 테헤란의 친구들은 잡히지 않았어. 남은 탄약만으로도 충분해. 작전이 잘 진행되고 계획대로 된다면, 적의 무기를 손에 넣을 수 있어."

등골이 오싹해지면서 이마에 식은땀이 흘렀다. 머릿속에 수많은 의문이 떠올랐다. 저들의 계획이란 대체 뭘까? 어디에 다녀왔다는 걸까? 맙소사, 내가 이제껏 어디에서 누구랑 살아온 거지? 물론 그들이 샤(이란의 왕의 칭호— 역주)의 정권에 반기를 들었다는 것은 나도 알고 있었지만, 그들의 활동범위가 그렇게 넓은 줄은 몰랐다. 나는 그들의 활동이 지적인 토론을 하거나 전단지를 찍거나 기사나 소식지나 책을 쓰고 강연을 하는 데에 국한된다고 생각해왔다.

그날 밤, 침실에 들어온 하미드에게 두 사람의 대화를 들었다고 말했다. 나는 울음을 터뜨리며 제발 모든 것을 포기하라고, 자신의 인생과 아이들의 인생을 생각하라고 애원했다.

"너무 늦었어. 가족을 이루지 말았어야 했어. 이미 당신에게 수백 가지 방식으로 이야기를 했지만, 당신은 받아들이지 않았어. 나는 나의 이상을 위해, 그리고 동지들에게 부끄럽지 않아야 한다는 의무를 위해 살고 있어. 이 망나니 같은 전제군주 샤 밑에서 억압받는 수천 명의 아이들을 뒷전으로 돌리고 내 자식들만 생각하고 있을 수는 없다고. 우리는 민중을 구원하고 그들에게 자유를 주겠다고 맹세를 했어."

"하지만 당신들의 계획은 너무 위험해요. 정말 그런 소수 인원으로 군대며, 경찰이며, 비밀경찰에 맞설 수 있다고 생각하는 거예요? 그들을 다 물리치고 민중을 구원할 수 있을 것 같아요?"

"사람들이 이 나라가 평화와 안정을 누린다고 생각하는 것을 막기 위해서라도 뭔가를 해야 해. 기반을 흔들어 대중이 깨어날 수 있도록 해야 해. 더 이상 두려워하지 않도록, 이런 막강한 권력도 무너질 수 있다는 것을 믿게 만들어야지. 그러다 보면 사람들도 우리와 뜻을 함께하게 될 거야."

"꿈을 꾸고 있군요. 그건 당신들의 이상일 뿐이에요. 당신이 말한 것들이 실현될 것 같아요? 당신들은 철저하게 짓밟힐 거예요. 하미드, 난 무서워요."

"당신이 두려운 이유는 믿지 않기 때문이야. 소란은 그만 피워. 당신이 들은 이야기는 사소한 대화에 지나지 않아. 우리가 세운 계획은 수백 개가 넘어. 아직 실행에 옮긴 건 하나도 없어. 아무것도 아닌 일로 당신과 아이들의 마음을 혼란스럽게 하지 마. 가서 자. 그리고 샤흐자드에게는 절대 이런 이야기를 해서는 안 돼."

하미드가 메시지를 받아 어디인지 모를 곳에 있는 누구인지 모를 사람에게 전달한 지 열흘 만에, 샤흐자드는 다음 지시가 있을 때까지 우리 집에 머물러야 하고, 우리는 정상적인 생활을 다시 시작해야 한다는 결정이 내려졌다. 유일한 문제는 어떻게 하면 우리 집에 사람들이 오지 못하게 하느냐는 것이었다.

우리 집에 드나드는 사람은 많지 않았지만, 친정 부모님과 파르빈, 그리고 파티를 못 오게 하기는 어려웠다. 우리는 할머니와 아이들과 함께 시댁을 자주 찾아가 시부모님이 우리 집에 오실 필요를 못 느끼게 하기로 했다. 그리고 친정 식구들에게는 매일 수업이 있어서 찾아와도 만날 수가 없다고, 내가 갈 수 있을 때 친정에 가겠다고 말했다. 그렇게 단속을 해놓았음에도, 예고 없이 들이닥치는 손님들이 있었다. 그런 손님이 오면, 샤흐자드는 거실에 숨어 안에서 문을 잠갔고 우리는 손님에게 열쇠를 잃어버려 거실을 사용할 수 없다고 말했다.

샤흐자드는 집안일을 도와주려고 했지만 살림에 대해서는 아는 것이 하나도 없어서 허둥지둥 일을 하다가 웃음을 터뜨리곤 했다. 대신, 아이들과 가깝게 지내면서 애정을 다해 마수드를 돌봐주었다. 그리고 시아막이 학교에서 돌아오면 숙제를 함께 하기도 하고 받아쓰기를 시키거나 복습을 도와주기도 했다. 그동안 나는 학교에 가서 수업도 듣고 운전을 배웠다. 하미드와 나는 내가 운전을 배우는 것이 아이들의 안전을 위해서도 꼭 필요하고 위급한 상황에 도움도 될 것 같다는 데에 의견을 같이했다. 시트로엥은 덮개를 씌워 앞마당에 세워두었다. 샤흐자드와 하미드는 차가 의심을 받는 것 같지는 않아서 내가 차를 운전해도 괜찮겠다고 생각했다.

작은아이 마수드는 샤흐자드의 곁을 거의 떠나지 않았고 그녀를 위해 끊임없이 무엇인가를 했다. 집을 그려주고는 자기가 커서 그녀와 결혼을 하면 이런 집을 지어 함께 살 것이라고 했다. 샤흐자드는 그 그림을 벽에 붙였다. 마수드는 나를 따라 가게에 가면 자기가 좋아하는 것들을 모두 사달라고 했다. 물론 샤흐자드에게 주려는 것이었다. 맑은 날이면 아이는 앞마당을 돌아다니며 흥미로운 것을 찾아와 그녀에게 선물했다. 그 계절에는 꽃이 거의 피지 않았기 때문에, 마수드는 가시 돋친 납매 덤불에서 꽃을 몇 송이 따가지고 피가 맺힌 손가락으로 그 꽃을 셰리 이모에게 가져다주었고 그녀는 그 꽃을 소중하게 간직했다.

한동안 함께 지내다 보니 차츰 그녀가 어떤 사람인지도 알게 되었다. 그녀는 굉장히 단순한 여자였다. 예쁘다고는 할 수 없었으나 사람을 끄는 매력을 가지고 있었다. 어느 날 샤워를 하고 나온 그녀가 나에게 머리를 짧게 잘라달라고 했다.

"자르지 말아요. 대신 드라이를 해줄게요. 머리카락도 더 빨리 마르고 예뻐 보일 거예요."

그녀도 반대하지 않았다. 내가 샤흐자드의 머리를 매만지는 동안 마수드는 옆에 서서 집중하여 그 광경을 지켜보았다. 마수드는 예쁜 것을 좋아했고 몸단장하는 여자들을 바라보는 것도 좋아했다. 내가 립스틱을 조금만 발라도 아이는 금방 알아보고 칭찬을 해 주었다. 그러나 마수드는 내가 빨간 립스틱을 바르는 것을 더 좋아했다. 드라이가 끝나자 아이는 빨간 립스틱을 가지고 왔다.

"셰리 이모, 이걸 발라요."

샤흐자드가 나를 쳐다보았다.

"그래요, 발라요. 립스틱일 뿐이잖아요."

"아니에요. 너무 쑥스러워요."

"누가 본다고 쑥스럽다는 거예요? 나요? 마수드요? 게다가 빨간 립스틱을 바르는 게 나쁜 일도 아니잖아요?"

"모르겠어요. 나쁜 건 아니지만 나한테 안 어울리는 것 같아요. 뭐랄까, 좀 경솔해 보일 것 같기도 하고."

"말도 안 돼요! 그럼, 한 번도 화장을 해보지 않았다는 거예요?"

"젊었을 땐 했었죠. 화장하는 걸 좋아했어요. 하지만 그건 오래전 일이고……."

마수드가 다시 졸랐다. "이모, 발라요, 발라요. 바를 줄 모르면 내가 해줄게요." 아이는 샤흐자드의 입술에 립스틱을 조금 바르고 뒤로 물러나 그녀를 바라보았다. 눈에는 감탄과 기쁨이 가득했다. 아이가 손뼉을 치고 웃으며 말했다. "정말 예쁘다! 봐요, 정말 예쁘죠?" 그러고는 그녀의 품안으로 뛰어들어 그녀의 볼에 쪽 하고 뽀뽀를 했다.

샤흐자드와 나는 웃음을 터뜨렸다. 그러나 금방 그녀가 정색을 하면서 마수드를 내려놓고 소박하고도 순진한 표정으로 말했다.

"당신이 부러워요. 질투가 날 정도로. 당신은 정말 복받은 여자예요."

"나를 질투한다고요?" 나는 깜짝 놀랐다. "나를, 당신이 질투한다고요?"

"그래요! 이런 느낌은 처음인 것 같아요."

"농담이겠죠. 나야말로 당신을 질투해야 할 입장인걸요. 언제나 내가 당신 같다면 얼마나 좋을까 생각했죠. 당신은 놀라운 사람이에요. 공부도 많이 했고 용감하고 현명한 결정을 내릴 능력도 있고…… 나는 늘 하미드가 당신 같은 아내를 맞이했으면 좋았을 거라고 생각해왔어요. 그런데 당신이 나를……

아아, 그럴 리가 없어요! 농담을 하는 거겠죠. 나야말로 당신에게 질투가 나려 했지만, 당신을 부러워할 자격도 없다는 생각 때문에 그러지 못했어요. 평민이 영국 여왕을 질투하는 것과 마찬가지일 것 같아서."

"말도 안 돼요. 나는 하찮은 사람이에요. 당신은 나보다 훨씬 더 뛰어나고 능력 있는 사람이에요. 교양도 높고, 사랑스럽고 착한 아내이자 상냥하고 현명한 아내이고 늘 읽고 배우려 하고 가족을 위해 기꺼이 희생을 하고 있잖아요."

그녀는 너무나도 슬픈 표정으로 한숨을 쉬더니 의자에서 일어났다. 본능적으로 나는 그녀가 남편을 그리워한다는 것을 알았다.

"메디는 어떻게 지내나요? 남편을 오래 못 만났죠?"

"거의 두 달 동안이나 못 봤어요. 마지막으로 본 게, 내가 여기 오기 2주 전이니까. 상황 때문에 우리는 다른 탈출구로 빠져나와야 했어요."

"소식은 듣고 있어요?"

"네. 안쓰럽게도 하미드가 우리 둘 사이를 오가며 메시지를 전달해주고 있어요."

"하루 날을 정해서 한밤중에 우리 집에 오시라고 하면 어떨까요? 그럼 두 분이 만날 수 있잖아요?"

"그건 너무 위험해요. 메디가 여기 오면 이 집이 더 이상 안전하지 않게 될 수 있어요. 우리 모두 조심해야 해요."

나는 하미드의 주의를 무시하기로 했다. "하미드에게 들었어요. 조직에서 두 분의 결혼을 주선했다고요. 하지만 전 그 말을 믿을 수 없어요."

"왜요?"

"두 분의 사랑은 남편과 아내의 사랑이지 동료 간의 사랑이
아니에요."

"그걸 어떻게 알았어요?"

"여자니까요. 여자는 사랑을 구별할 수 있고 느낄 수 있어요.
당신은 사랑하지 않는 사람과 잠자리를 함께 할 수 있는 부류
의 여자가 아니에요."

"맞아요. 나는 메디를 사랑해요. 아주 오래전부터 사랑해왔
어요."

"두 분이 조직에서 만났나요? ……어머, 미안해요, 내가 말이
많았죠? 그만할게요."

"아니에요…… 괜찮아요. 몇 년 동안이나 같이 이야기할 친
구를 만나지 못했어요. 물론 곁에 사람들이 있지만, 난 주로 이
야기를 듣는 편이죠. 누구에게나 속시원하게 말할 필요는 있는
것 같아요. 아마 최근 몇 년간 알고 지낸 사람들 중에 내 이야
기를 털어놓을 수 있는 친구는 당신밖에 없을 걸요."

"나에게는 생애 유일한 친구가 있었는데, 몇 년 전에 그녀를
잃었어요."

"그러고 보니 우린 서로에게 필요한 사람들인 것 같네요. 내
가 당신보다 더 절실해요. 적어도 당신에게는 가족이 있으니까
요. 나에게는 가족조차 없어요. 내가 가족들을 얼마나 그리워하
는지, 소소한 이야기들이며 친척들의 소식이며 단순한 잡담이
며 일상 이야기들을 얼마나 그리워하는지 당신은 상상조차 하

지 못할 거예요. 사람이 정치와 철학 이야기를 얼마나 오랫동안 할 수 있을 것 같아요? 가끔, 가족들의 소식이 궁금해서 이런저런 생각을 하다 보면 친척 아이들의 이름을 잊었다는 걸 깨달을 때가 있어요. 그들도 나를 잊었겠죠. 나는 이제 가족의 일원이 아니에요."

"하지만 당신과 당신 친구들은 민중의 일원이고 노동자 계급이라는 전 세계적인 가족에 속해 있다고 믿고 있지 않나요?"

그녀가 웃음을 터뜨렸다. "공부를 많이 했군요. 그래도 난 내 진짜 가족이 그리워요. 참, 아까 물어본 게 뭐였죠?"

"메디와 어디서 만났냐고 물었어요."

"대학에서요. 메디는 나보다 이 년 선배였어요. 리더십이 뛰어났고 빈틈없는 분석가의 정신을 가진 사람이었죠. 배포되는 전단지와 기숙사 벽에서 볼 수 있는 구호들이 그의 작품이라는 것을 알게 되면서부터, 그는 나의 영웅이 되었어요."

"대학에 다닐 때는 정치에 관심이 없었나요?"

"아뇨, 그때부터 관심이 있었어요. 지성인이 되고자 하는 대학생이 어떻게 정치에 관심을 갖지 않을 수 있겠어요? 대학생에게 좌파로서 활동을 하고 체제에 반대하는 것은 하나의 공식적인 의무 같은 것이었어요. 혁명을 전적으로 믿지 않는 학생들도 지식인인 체하려고 정치를 이용했죠. 메디처럼 진심으로 자신을 헌신한 친구들은 얼마 되지 않았어요. 그때, 난 아직 책을 많이 읽지도 않았고 많이 알지도 못했어요. 내가 믿는 것이 무엇인지, 확실히 알지 못했던 때였죠. 메디가 나의 사상과 신념을 형성해주었어요. 메디는 독실한 가정에서 나고 자랐지만 마르크스, 엥겔스 같은 사람들의 저서를 읽었어요.

"메디가 당신에게 조직에 들어오라고 했던 거예요?"

"그땐 조직이 아직 존재하지 않았어요. 한참 후에 시작했죠. 메디를 만나지 않았다면 아마 난 다른 길을 선택했을 거예요. 물론 정치에서 그리 멀리 떨어져 있는 길은 아니었겠지만."

"두 분이 어떻게 결혼을 하게 된 거예요?"

"그룹의 틀이 잡혀가기 시작했어요. 우리 집은 보수적이었기 때문에, 나 역시 다른 이란 아가씨들과 마찬가지로 가고 싶은 곳에 마음대로 가지 못했고 밤늦게 다니는 것도 허락되지 않았어요. 그런데, 그룹 친구들 중 누군가가 나보고 나의 모든 시간을 대의명분에 할애하기를 원한다면 같은 조직 사람과 결혼을 해야 한다고 말했죠. 그러자 메디가 진짜 청혼자처럼 가족들과 함께 우리 집에 와서 나에게 청혼을 했어요."

"결혼을 하게 되어 행복했나요?"

"뭐라고 해야 할까요…… 메디를 진심으로 사랑했고 그와 결혼을 하고는 싶었지만, 조직 때문에 결혼을 하고 싶지는 않았어요. 그런 식으로 청혼을 받고 싶지도 않았고요…… 어리고 감수성이 예민한 때였으니까. 어리석은 부르주아 문학의 영향도 많이 받았었거든요."

안개가 짙고 추운 2월의 어느 날 새벽 한 시에 그들이 말했던 그 모든 위험에도 불구하고 메디가 우리 집에 왔다. 막 잠이 들려는 순간, 나는 현관문 소리에 화들짝 놀라 깼다. 하미드는 편안하게 책을 읽고 있었다.

"하미드! 들었어요? 현관문에서 소리가 났어요. 누가 문을 열었다고요!"

"걱정 말고 자도록 해. 우리가 신경 쓸 일이 아니야."

"그게 무슨 소리예요? 누가 오기로 했어요?"

"그래. 메디가 왔어. 내가 열쇠를 줬지."

"그가 오는 건 너무 위험하다고 했잖아요?"

"그들이 얼마 전에 메디를 뒤쫓다가 놓쳤어. 그리고 대비도 다 해두었어. 샤흐자드에게 할 말이 있대. 몇 가지 문제를 의논하고 결정을 내려야 하나 봐. 나도 더 이상은 두 사람 사이를 왔다 갔다 할 수 없고. 회의를 하지 않을 수 없었어."

웃음이 나오려고 했다. 이렇게 이상한 부부가 또 있을까! 사랑하니까 함께 있고 싶다는 이유 외에 다른 변명거리를 찾는 남편과 아내라니.

메디는 아침 일찍 떠나기로 계획을 세웠었지만, 그렇게 하지 않았다. 하미드는 그들이 아직 의견 차이를 좁히지 못했다고 했다. 나는 웃으며 내 일을 하기 시작했다. 오후 늦게 하미드가 집에 돌아오자 그들 세 사람은 문을 닫고 들어앉아 몇 시간 동안이나 이야기를 하고 언쟁을 벌였다. 양 볼이 분홍색으로 물든 샤흐자드는 평소보다 활기차 보였다. 그러나 그녀는 자꾸만 내 눈을 피했고 비밀을 들킨 부끄럼쟁이 여학생처럼 짐짓 아무 일도 없다는 듯 행동하려고 노력했다.

메디는 사흘 밤을 머물고 나흘째 되던 날 올 때와 마찬가지로 조용히 떠났다. 그 이후로 두 사람이 다시 만났는지는 모르겠지만, 나는 그 며칠 되지 않는 나날들이 그들의 생에서 가장 달콤한 날들이었다고 확신한다. 마수드는 호젓한 분위기에 젖은 그들과 함께 한가한 시간을 보냈다. 메디의 품과 샤흐자드 품을 오가며 귀염을 독차지한 마수드는 사랑스러운 말투로 이야기를 하거나 자신이 아는 놀이와 장난을 제안하며 그들에게 웃음을 주었다. 거실의 벌집무늬 유리 뒤로, 마수드를 등에 태우고 거실 바닥을 기는 메디의 그림자가 비쳤다. 정말로 이상했다. 그렇게 진지하고 미소조차 거의 짓지 않는 남자가 한 아이와 저렇게 가까워질 수 있다니. 거실 문 뒤에서, 메디와 샤흐자드는 자신들의 자아를 드러냈다. 자신들의 진실한 모습을.

메디가 떠나고 나서, 샤흐자드는 며칠 동안 우울하고 초조해하면서 쉴새없이 책을 읽었다. 그때쯤 되자 그녀는 우리 집에 있는 책을 거의 다 읽어버렸다. 그녀는 포르흐 파로허저드의 시집을 베개 밑에 넣고 잠을 자곤 했다.

2월이 끝나갈 무렵, 그녀는 나에게 셔츠와 바지 몇 장, 그리고 튼튼한 어깨끈이 달린 큰 핸드백을 하나 사다달라고 부탁했다. 부탁대로 해주었지만 그녀는 핸드백이 너무 작다고 했다. 몇 번씩이나 백을 바꾸러 다니던 나는, 포기해버리고 말았다.

"그럼 핸드백이 아니라 더플 백을 사와야겠네요!"

"좋은 생각이에요! 하지만 너무 크면 곤란해요. 이목을 끌어서는 안 되니까. 가지고 다니기 쉽고 내 소지품을 담을 정도의 크기면 충분해요."

나는 속으로 혼잣말을 했다. 당신의 총도 함께요? 샤흐자드가 오던 날부터, 나는 그녀가 총을 소지하고 있다는 것을 알았고 아이들이 그 총을 발견할까봐 늘 노심초사했다.

샤흐자드는 떠날 준비를 하고 있었다. 그녀가 기다리던 소식은 3월 중순, 이슬람 신년 전에 도착했다. 그녀는 입던 옷들과 가방을 따로 정리하더니, 나에게 그것들을 없애달라고 부탁했다. 그리고 새 옷들과 다른 소지품들을 새로 산 더플 백에 넣고 마수드가 그려준 그림들을 가방 맨 밑바닥에 넣어둔 총 옆에 조심스럽게 집어넣었다. 그녀의 기분은 미묘해 보였다. 외출도 못 하고 집 안에 처박혀 숨어 사는 것이 지겹고 거리로 나가 사람들과 섞이며 신선한 공기를 마시고 싶으면서도 막상 떠날 시간이 되자 슬프고 우울해진 것 같았다. 그녀는 계속 마수드를 끌어안았다. "이 아이와 어떻게 헤어질까?" 그녀는 아이를 꼭 끌어안고 눈물이 그렁그렁한 눈을 아이의 머리카락 속으로 숨겼다.

마수드는 샤흐자드가 떠날 준비를 하고 있다는 것을 감지했다. 매일 밤 자러 가기 전이나 매일 아침 유치원에 가기 전에, 아이는 그녀에게 자기가 집에 없을 때에는 떠나지 않겠다는 약속을 하게 했고 틈이 날 때마다 그녀에게 가지 말라는 말을 하곤 했다.

"이모, 갈 거예요? 왜요? 내가 나쁜 아이이기 때문에요? 앞으로는 절대 아침 일찍 이모 침대에 기어들어가서 깨우지 않을게요, 약속해요…… 갈 거면 나도 데리고 가요. 아니면 길을 잃어버린단 말예요. 이모는 이 동네 길을 모르잖아요."

아이가 그럴수록 샤흐자드는 더욱더 마음이 흔들리고 슬퍼졌다. 그녀의 마음뿐 아니라 내 마음도 에이는 듯했다.

떠나기 전날 밤, 샤흐자드는 마수드와 나란히 누워 아이에게 이야기를 들려주었다. 그녀는 눈물을 참지 못했다. 다른 모든 아이들처럼 마음의 눈으로 모든 것을 이해했던 마수드는 작은 손으로 샤흐자드의 얼굴을 감싸고 말했다. "내일 아침, 내가 눈을 뜨면 이모는 가고 없을 거예요. 난 다 알아요."

밤 열두 시 반, 계획대로 샤흐자드는 우리 집을 떠났다. 그녀가 대문을 열고 나간 바로 그 순간부터, 나는 그녀가 남기고 간 빈자리가 느껴졌고 그녀가 그리워지기 시작했다.

떠나기 전에 그녀는 나를 꼭 끌어안고 말했다.

"고마워요. 전부 다 고마워요. 우리 마수드를 잘 부탁해요. 예민한 아이니까 잘 보살펴야 할 거예요. 난 그 아이의 미래가 걱정스러워요."

그러고는 하미드를 보며 말했다. "당신은 정말 운이 좋은 남자야. 자신의 목숨을 소중하게 생각하도록 해. 당신은 멋진 가족의 가장이야. 그 어떤 것도 이 가정의 평화와 안정을 방해하지 않았으면 해."

하미드는 깜짝 놀란 표정으로 그녀를 마주보았다. "그게 무슨 소리야? 자! 어서 가자고. 이러다가 늦겠어."

다음 날, 나는 거실을 청소하고 정리하다가 샤흐자드가 베던 베개 밑에서 포르흐 파로허저드의 시집을 발견했다. 책갈피 사이에 연필 한 자루가 끼어져 있었다. 그 부분을 펼쳐보았더니 그녀가 밑줄을 그은 구절이 눈에 들어왔다.

어느 정상, 어느 봉우리인가?
깜박이는 너희 빛들이여,
햇살 좋은 지붕에 널린 빨래들이

향이 강한 연기의 품에서 흔들리는

믿지 못할 너희 집들이여 나를 쉬게 하라.

부드러운 손가락으로

그대들 피부 아래에서 신나게 움직이는 태아를 더듬는,

깊게 파인 가슴팍을

신선한 젖 냄새가 섞인 바람이 끝도 없이 어루만지는,

그대 건강한 여인들이여 나를 안식게 하라.

눈물이 볼을 타고 흘러내렸다. 문간에 서 있던 마수드가 슬픈 눈을 하고 물었다. "이모가 떠났어요?"

"우리 마수드가 일어났구나. 그래, 이모는 언젠가는 집으로 돌아가야 했어."

마수드가 내 품안으로 뛰어들어 내 어깨에 얼굴을 묻고 엉엉 울었다. 아이는 그의 사랑 셰리 이모를 결코 잊지 않았다.

몇 년이 지나 늠름한 소년이 된 후에도, 마수드는 종종 이모 이야기를 하곤 했다. "저는 아직도 셰리 이모와 함께 살 수 있는 집을 짓는 꿈을 꿔요."

샤흐자드가 떠난 후, 나는 봄맞이 대청소를 하고 아이들에게 줄 새 옷을 준비하고 새 시트를 만들고 거실 커튼을 바꾸는 등, 새해를 맞을 준비를 하느라 바빴다. 새해맞이가 아이들에게 재미있고 신나는 경험이 되었으면 했다. 나는 전통방식을 그대로 따르며 행사를 준비했다. 나중에 아이들이 어린 시절을 생각할 때, 이것이 달콤한 추억으로 떠오를 만큼 깊은 인상을 주길 바라면서. 시아막은 접시에서 싹을 틔운 씨앗에 물을 주는 일을, 마수드는 계란에 색칠하는 일을 맡았다.

하미드가 웃으며 말했다. "이런 일을 하다니 어이가 없군. 에너지를 낭비하는 거야."

하지만 그도 내심 새해맞이에 대한 기대로 흥분하고 행복해한다는 것을 알 수 있었다. 대부분의 여가 시간을 집에서 보내기 시작한 이후로 우리의 일상생활에 관여하지 않을 수 없었던 그는 자신도 모르게 즐거운 표정을 짓곤 했다.

나는 도우미를 불러 옥상 꼭대기부터 지하실까지 청소를 했다. 신선한 새해의 냄새가 온 집안에 퍼졌다.

우리는 처음으로 온 가족이 함께 새해맞이 방문길에 나섰다. 여러 가지 새해 행사에도 참여했고 시댁 식구들과 함께 야외에서 소풍 형식으로 열리는 노르즈 축제의 마지막 십삼 일째 행사에도 참가했다. 새해 휴가가 끝난 후에는 더욱 즐겁고 힘차게 시아막의 공부와 내 공부에 몰두했고 기말고사 준비에도 박차를 가했다.

하미드가 집에서 보내는 시간이 더 많아졌다. 그는 전화가 걸려오기를 기다렸으나 전화벨은 좀처럼 울리지 않았다. 초조하고 불안해했지만, 그가 할 수 있는 일은 없었다. 나는 그다지 신경을 쓰지 않았다. 그저, 그가 집에 있는 것이 좋았다. 시험이 끝나고 여름이 시작되면서, 나는 아이들을 즐겁게 해줄 다양한 계획을 세웠다. 이제 운전면허도 땄기 때문에, 매일 오후마다 영화관이나 공원이나 파티나 놀이공원에 데리고 가겠다고 약속을 했다. 아이들이 신나하는 것을 보니 마음이 너무나도 뿌듯해졌다.

어느 날 오후, 공원에 갔다가 집으로 돌아가는 길에 신문과 빵과 몇 가지 식료품을 샀다. 하미드는 아직 귀가 전이었다. 나는 사온 식료품들을 정리해놓고 빵을 썰려고 신문을 펼쳤다. 빵을 썰고 있는데 머리기사의 제목이 눈에 들어왔다. 나는 빵을 옆으로 치웠다. 단어들이 단검처럼 내 눈을 찔렀다. 제목의 의미를 완전히 이해할 수가 없었다. 고압전기에 감전된 사람처럼 나는 그 자리에 얼어붙은 채 온몸을 떨었다. 신문에서 눈을 뗄 수가 없었다. 머릿속에 폭풍이 몰아치고 배 속이 요동쳤다. 아이들이 내 상태가 이상하다는 것을 눈치채고 옆으로 다가왔지만, 내 귀에는 아이들의 말이 들어오지 않았다. 그때, 하미드가 급하게 달려 들어왔다. 그도 제정신이 아닌 것 같았다. 우리의 눈길이 마주쳤다. 그러니까, 기사 내용은 사실이었다. 아무런 말이 필요 없었다.

하미드가 바닥에 무릎을 꿇고 주먹으로 허벅지를 치며 울부짖었다. "안 돼―!" 그는 외마디 소리를 지르고 이마를 바닥에 박으며 쓰러져버렸다.

그런 그를 본 나는 나의 공포 따위에 신경을 쓸 수가 없었다. 아이들이 두려움과 혼란이 뒤섞인 눈으로 우리를 쳐다보았다. 나는 정신을 차리고 마당에서 놀고 있으라고 하며 아이들을 밖으로 내보냈다. 두 아이는 싫다는 말 없이 우리 쪽을 흘끔거리며 밖으로 나갔다. 나는 하미드에게로 달려갔다. 그는 내 가슴에 머리를 대고 아이처럼 엉엉 울었다. 그렇게 얼마 동안 울며 앉아 있었는지 모르겠다. 하미드는 계속 같은 말을 반복했다. "왜? 그들이 왜 내게 말하지 않았을까? 왜 나에게 알리지 않았을까?"

잠시 후, 그의 분노와 슬픔은 행동으로 이어졌다. 하미드는 세수를 하고 미친 사람처럼 집을 뛰쳐나갔다. 나는 그를 말릴 수 없었다. 내가 할 수 있었던 말은 조심하라는 말뿐이었다. "조심해요. 당신도 감시당하고 있을지 몰라요. 경계를 늦추지 말아요."

그가 나간 후, 나는 기사를 찬찬히 읽어보았다. 군사작전 중에 샤흐자드와 다른 몇 명이 잡혔다. 사바크의 손에 넘겨지지 않기 위해, 그들은 수류탄을 품고 모두 자살을 했다. 다른 각도로 보면 진실을 알 수 있을까 하여 몇 번이고 기사를 읽었지만, 기사 내용은 모두 배신자들과 파괴자들에 대한 모욕과 욕설로 점철되어 있었다. 나는 시아막이 기사를 보지 못하도록 신문을 감췄다. 하미드는 한밤중이 되어서야 집에 돌아왔다. 지치고 절망한 그는 옷을 그대로 입은 채로 침대에 몸을 던지며 말했다.

"다 엉망진창이야. 모든 통신망이 단절되었어."

"하지만 조직원들이 우리 집 전화번호를 알고 있잖아요. 필요하면 전화를 할 거예요."

"여태까지 아무 연락이 없었잖아. 벌써 몇 달째 아무도 나에게 연락을 하지 않고 있어. 나도 훈련을 받고 작전에 투입되었는데, 왜 나를 제외시키고 있는지 이해할 수가 없어. 내가 그 자리에 있었다면, 이런 일은 일어나지 않았을 거야."

"당신이 저 막강한 군대와 직접 싸워 모두를 구해낼 수 있었다고요? 당신이 그 자리에 있었다면, 당신도 죽었어요."

말은 그렇게 했지만 나도 의문이 들기는 마찬가지였다. 그들은 왜 하미드에게 연락을 하지 않았을까? 왜 하미드를 제외시켰을까? 샤흐자드가 그렇게 시켰을까? 하미드를 작전에서 제외시킴으로써 우리를 보호하려 했던 것일까?

이삼 주가 지났다. 하미드는 초조해하며 줄담배를 피웠다. 소식을 애타게 기다리던 그는 전화벨이 울릴 때마다 화들짝 놀랐고 메디와 다른 핵심 조직원들의 소재를 파악하려고 갖가지 수단을 동원했다. 그러나 그들은 흔적조차 찾을 수 없었다. 매일 누군가가 더 체포되었다는 뉴스가 나왔다. 하미드는 다시 여러 가지 탈출 경로를 점검했다. 인쇄소에서는 숙청이 일어났고 직원 몇 명이 해고되었다. 매일 사건과 사고가 끊이지 않았다. 공기 중에 위험이 떠돌고 있었다. 우리는 재난이나 누군가의 소식을 기다리며 모든 시간을 보냈다.

"모두 피신했어요. 당신 친구들이 다 어디론가 숨은 것 같아요. 잠시 여행을 떠났다가 상황이 진정되면 돌아와요. 당신은 아직 신원이 드러나지 않았으니까 국경을 넘을 수 있어요."

"난 어떤 일이 있어도 내 나라를 떠나지 않아."

"그럼 작은 마을로 가요. 지방의 소도시로 가든지, 아무튼 여길 떠나서 불안한 상황이 진정될 때까지 기다려요."

"집 전화나 사무실 전화를 받아야 해. 그들이 언제 나를 필요로 할지 몰라."

나는 정상적인 일상으로 되돌아가기 위해 최선을 다했지만 어느것도 정상적으로 되어 가지 않았다. 샤흐자드의 죽음이 너무 비통했고 하미드의 목숨이 염려되었다. 우리가 함께했던 몇 달간의 추억과 그녀의 얼굴이 한순간도 내 머릿속을 떠나지 않았다.

군사 작전에 대한 뉴스가 보도된 다음 날, 시아막이 신문을 찾아내고는 옥상으로 올라가 기사를 읽었다. 부엌에서 일을 하고 있는데 아이가 창백한 얼굴로 신문을 손에 꼭 쥐고 부엌으로 들어왔다.

"기사를 읽었니?"

시아막이 내 무릎에 얼굴을 파묻고 펑펑 울었다.

"마수드에게는 비밀로 하자."

하지만 마수드도 모든 사실을 알고야 말았다. 아이는 슬픔에 말을 잃고 자주 구석자리를 찾아 웅크리고 앉아 있곤 했다. 셰리 이모를 위해 뭔가를 만들거나 그림을 그리던 것도 그만두었다. 그리고 더 이상은 그녀에 관해 묻지 않았으며 그녀의 이름을 꺼내지 않으려고 지나치게 노력을 했다. 얼마 후, 나는 마수드가 어두운 색깔들로 이상한 그림들을 그린다는 사실을 눈치챘다. 전에는 한 번도 보지 못했던 색깔과 이미지들이었다. 그림에 대해 물어보았지만, 아이는 이야기를 하려고 하지도 않았고 설명을 하려 하지도 않았다. 아이가 말로 풀지도, 잊지도 않는 그 슬픔이 아이의 다정하고 명랑한 성격에 영원히 영향을 줄까봐 겁이 났다. 마수드는 다른 사람들과 더불어 웃고, 그들을 사랑하고 그들에게 위로를 주기 위해 태어난 아이였다. 슬퍼하거나 고통을 받아서는 안 되는 존재였다.

사람이 직면해야 하는 인생의 고통스러운 경험이나 잔인한 현실로부터 아이들을 보호하기 위해 내가 할 수 있는 일은 없었다. 그것 역시, 성장하면서 거쳐야 하는 하나의 과정이었다.

하미드의 상태는 아이들의 상태보다 훨씬 더 나빴다. 그는 목적도 없이 거리를 헤맸고 가끔 며칠씩 잠적했다가 심란한 표정으로 얼이 빠진 채 나타나기도 했다. 그럴 때마다 나는 그가 찾던 것을 찾지 못했음을 짐작할 수 있었다. 그러던 그가 일주일째 자취를 감췄다. 누가 연락을 해오지 않았느냐는 전화조차 하지 않았다.

초조하고 불안했다. 샤흐자드가 죽은 이후로 나는 신문을 사보지 않았지만 이제는 매일 신문 가판대로 달려가 일간신문이 도착하기를 기다렸다. 신문을 사서는 길에 선 채로 공포에 떨며 기사를 훑어보고 불길한 뉴스가 없는 것을 확인하고 나서야 마음을 안정시키고 집으로 돌아오곤 했다. 사실, 나는 뉴스를 알려고 신문을 보는 것이 아니었다. 아무 뉴스가 없다는 것을 확인하고 싶었을 뿐.

7월 말, 드디어 내가 두려워했던 뉴스가 터졌다. 신문을 묶은 노끈이 풀리기도 전에, 나는 굵고 검은 글씨체로 된 머리기사 제목을 보고 그 자리에 얼어붙었다. 무릎이 후들거리고 숨이 가빠왔다. 신문 값을 어떻게 치렀는지, 어떻게 집에 돌아왔는지 기억조차 나지 않는다.

아이들이 앞마당에서 놀고 있었다. 나는 서둘러 계단을 올라

등 뒤로 문을 닫았다. 그리고 문 바로 앞에 주저앉아 바닥에 신문을 폈다. 심장이 목구멍으로 튀어나올 것만 같았다. 신문에는 테러리스트 조직원들을 대량 학살함으로써 사랑하는 우리 조국을 어지럽히던 테러분자들을 깨끗이 처리했다는 내용의 기사가 실려 있었다. 학살당한 사람들의 명단이 내 눈앞에서 춤을 추었다. 모두 열 명이었고 메디의 이름도 들어 있었다. 나는 명단을 다시 읽었다. 하미드의 이름은 보이지 않았다.

혼절할 것만 같았다. 지금 느껴지는 감정이 어떤 감정인지 알 수 없었다. 목숨을 잃은 사람들 때문에 비통했지만 희망의 불꽃 하나가 느껴졌다. 하미드의 이름은 명단에 들어 있지 않았다. 그렇다면 그는 아직 살아 있는 것이다. 도망을 치고 있는 걸까. 어쩌면 아직 신원이 발각되지 않았을지도 몰랐다. 집에 올 수 있을지도 몰랐다. 신이시여, 감사합니다. 그러나 만일 그가 체포되었다면? 머릿속이 혼란스러워지더니 현기증이 몰려왔다. 별 기대도 없이 나는 인쇄소에 전화를 걸었다. 퇴근 시간까지는 아직 한 시간이 남아 있었다. 누군가가 전화를 받아 내이야기를 들어주었으면. 내게 조언을 해주고 위로를 해주었으면. 나는 강해져야 한다고 스스로를 타일렀다. 내 말 한마디로 우리 모두가 목숨을 잃을 수 있었다.

이후 두려움과 암담함으로 이틀을 보냈다. 나는 주의를 딴데로 돌리기 위해 미친 여자처럼 일에 몰두했다. 이틀째 밤, 내가 은연중에 예상했던 일이 일어나고야 말았다.

자정이 넘은 시각, 나는 막 잠이 들려 하고 있었다. 어떻게 갑자기 그들이 집안에 나타났는지는 나도 모르겠다. 시아막이 내게로 달려왔고 누군가가 비명을 지르는 마수드를 나에게 던졌다. 군인 한 명이 침대에 옹송그리고 모인 우리 셋에게 총부리를 겨누었다. 몇 명인지는 모르겠으나 그들은 집안 구석구석을 뒤지면서 물건들을 손에 잡히는 대로 집어 들어 방바닥으로 내던졌다. 아래층으로부터 들려오는 할머니의 공포에 질린 목소리가 나를 더욱더 공황상태에 빠지게 했다. 그들이 서랍이며 캐비닛이며 장롱이며 책장이며 옷가방에서 꺼낸 물건들이 한 무더기를 이루었다. 그것도 모자라 그들은 시트와 매트리스와 베개들을 칼로 찢었다. 그들이 무엇을 찾는지는 알 수 없었다. 나는 속으로 혼잣말을 했다. 이건 좋은 소식이야. 하미드가 아직 살아 있는 거야. 체포되지 않았어. 그래서 그들이 집으로 온 거야…… 하지만 그가 체포되었고, 저들이 책이며 서류며 편지들을 증거물로 가져가려는 거라면…… 그런데 대체 누가 우리 집을 알려주었을까?

이런 생각들과 다른 수천 가지의 모호한 생각들이 마구 떠올랐다. 마수드는 나에게 꼭 붙어 군인들을 쳐다보았고 시아막은 입을 굳게 다물고 침대 위에 앉아 있었다. 나는 시아막의 손을 잡았다. 아이의 손은 얼음처럼 차가웠고 부들부들 떨렸다. 얼굴을 들여다보았다. 시아막은 온 신경을 집중한 채 군인들의 움직임 하나하나를 감시하고 있었다. 그 얼굴에 두려움 외에 어떤 것이 보였고, 그것을 보자 소름이 끼쳤다. 아홉 살짜리 남자아이의 눈에 이글거리던 그 분노의 불꽃을 영원히 잊지 못할 것 같았다. 순간, 할머니에게 생각이 미쳤다. 한동안 목소리가 들리지 않았는데, 대체 할머니에게 무슨 일이 일어난 것일까.

혹시 돌아가신 게 아닐까. 군인들이 우리에게 침대에서 내려오라고 명령을 내렸다. 그리고 매트리스를 갈기갈기 찢더니 우리에게 다시 침대로 올라가 꼼짝 말고 있으라고 했다.

해가 막 떠오를 때쯤, 그들은 서류와 종이와 책들을 가지고 나갔다. 마수드는 삼십 분쯤 전에 잠들었지만 시아막은 얼굴이 하얗게 질린 채 아무 말 없이 앉아 있었다. 용기를 되찾기까지는 시간이 필요했다. 나는 군인이 한 명쯤 남아 우리를 감시할 것이라는 생각을 하며 침대에서 내려와 방들을 살폈다. 시아막이 내 뒤를 졸졸 따라다녔다. 각 방의 문을 열고 안으로 들어가 보았지만 아무도 없었다. 나는 황급히 계단을 뛰어 내려갔다. 할머니의 침실 방문이 활짝 열려 있었고 할머니는 팔다리를 늘어뜨린 채 침대 위에 모로 누워 있었다. 맙소사, 돌아가셨구나 싶었다. 그러나 가까이 다가가 봤더니 할머니는 쇳소리를 내며 숨을 쉬려고 애를 쓰고 있었다. 나는 베개 몇 개로 할머니의 등을 받치고 물을 한 컵 떠와서 입안으로 조금 흘려 넣었다. 이제 더 이상은 아무것도 감출 필요가 없었다. 비밀도 없었고 비밀이 드러날까봐 두려워할 필요도 없었다.

나는 전화 수화기를 들고 시아버지에게 전화를 했다. 시아버지는 동요하지 않았고 놀란 것 같지도 않았다. 마치 모든 일을 예상하고 있었다는 듯이.

나는 집 안을 둘러보았다. 온 집안이 얼마나 난장판인지 도무지 정리할 수 있을 것 같지가 않았다. 나의 집은 폐허가 되었다. 마치 한 나라에 적군이 들어와 노략질을 하고 떠난 것 같았다. 누군가가 사상자를 구하러 올 때까지 기다려야 할까?

할머니의 집에도 살림살이들이 모두 꺼내어져 산더미를 이루고 있었다. 할머니가 별 쓸모도 없는 물건들을 집안 곳곳에 이렇게 많이 쌓아놓고 있었다는 것이 놀라웠다. 낡은 커튼들, 수백 번을 빨아도 지워지지 않은 얼룩이 남은 자수 테이블보들, 오래된 장식용 천조각들, 이미 수년 전에 낡아서 버린 옷들을 만들고 남은 크고 작은 자투리 옷감들, 휘어지고 누렇게 때가 낀 포크들, 오지도 않는 도자기 고치는 사람의 손을 기다리는 이가 빠지고 금이 간 접시와 그릇들…… 정말이지 이런 물건들을 지니고 있는 이유가 뭘까? 할머니는 이 물건들에서 인생의 어떤 부분을 보고 있는 걸까?

지하실은 그야말로 아수라장이었다. 부서진 의자들과 테이블, 먼지 속에 던져진 빈 우유병과 소다수 병들, 찢긴 자루에서 흘러나와 무더기를 이룬 쌀…….

시부모님이 믿기지 않는다는 표정으로 집안을 둘러보았다. 집안 꼴을 본 시어머니가 비명을 지르며 울기 시작했다. "내 아들은 어떻게 됐니? 하미드는 어디에 있니?" 그녀는 계속 울며 아들을 걱정했다.

나는 깜짝 놀라 시어머니를 쳐다보았다. 그랬다, 울 만한 상황이긴 했다. 하지만 나는 얼음처럼 차갑고 단단했다. 내 머리는 나와 따로 돌아가고 있었다. 나의 머리는 이런 엄청난 재난을 받아들이지 않으려고 했다.

시아버지가 급히 할머니를 차에 태우고 시어머니에게 따라오라고 했다. 나는 누군가를 위로하거나 묻는 말에 대답할 힘이 없었다. 감정도 없었다. 그렇다고 가만히 앉아 있을 수도 없었다. 내가 할 수 있는 일은 이 방 저 방을 돌아다니는 일뿐이었다. 얼마가 지났을까. 시아버지가 돌아와서 시아막을 안고 참았던 눈물을 터뜨렸다. 나는 그런 시아버지를 멍하니 쳐다보았다. 그가 수 킬로미터 멀리 떨어져 있는 것만 같았다.

겁에 질린 마수드의 비명을 듣고 나는 현실로 돌아왔다. 나는 계단으로 뛰어가 아이를 안아 올렸다. 아이의 몸이 땀으로 뒤범벅이 된 채 바들바들 떨리고 있었다.

"괜찮아, 괜찮아. 겁낼 필요 없어. 괜찮아."

"짐을 챙겨라." 시아버지가 말했다. "며칠 동안 우리 집에서 함께 지내자."

"아니에요, 감사하지만 저는 여기가 더 편해요."

"여기에 어떻게 있겠다는 말이냐? 좋은 생각이 아니다."

"아니에요. 여기에 있겠어요. 하미드가 연락을 해올 수도 있어요. 저를 필요로 할 수도 있어요."

시아버지가 고개를 가로저으며 엄하게 말했다. "아니다, 아가. 그럴 필요 없어. 어서 짐을 챙겨라. 친정이 더 편하면 그리로 데려다주마. 우리 집도 그리 안전할 것 같지는 않구나."

시아버지는 별다른 말을 하지 않았지만 나보다 아는 것이 많은 것 같았다. 그러나 나는 물어볼 용기를 내지 못했다. 차라리 모르고 있는 것이 나을 것 같았다. 난장판 속에서 나는 겨우 커다란 더플 백을 찾아내어 아이들의 옷을 보이는 대로 집어 가방 안에 쑤셔 넣고 내 물건도 몇 개 담았다. 옷을 갈아입을 힘도 없어서 잠옷 위에 차도르를 뒤집어쓰고 아이들과 함께 계단을 내려왔다. 시아버지가 뒤에서 문을 잠갔다.

친정으로 가는 내내 나는 한마디도 하지 않았다. 시아버지가
아이들의 주의를 환기시키려고 이런저런 이야기를 했다. 아이
들은 친정에 도착하자마자 차에서 내려 집안으로 뛰어 들어갔
다. 잠옷 바람의 두 아이가 너무나 작고 약해 보였다.

"내 말 잘 들으렴, 아가." 시아버지가 말했다. "네가 겁을 먹
었다는 건 나도 잘 안다. 충격을 받았겠지. 날벼락을 맞은 것 같
을 게야. 하지만 강해져야 한다. 현실을 직시해야 해. 언제까지
그렇게 아무 말 없이 멍하니 네 세계에만 빠져 있을래? 아이들
에게는 네가 필요해. 아이들을 돌보아야 하잖니."

마침내 눈물이 흐르기 시작했다. 나는 흐느껴 울며 시아버지
에게 물었다. "하미드에게 무슨 일이 있었던 거예요?"

시아버지는 핸들에 이마를 댄 채로 아무 말도 하지 못했다.

"하미드가 죽었군요! 그렇죠? 다른 이들처럼, 애들 아빠도
살해당한 거예요. 그렇죠?"

"아니다, 아가. 하미드는 살아 있단다. 우리가 아는 한, 아직
살아 있어."

"소식을 들으셨어요? 제발 말씀해주세요! 아무에게도 이야기
하지 않을게요. 맹세해요. 인쇄소에 숨어 있는 거죠, 그렇죠?"

"아니야. 그들이 이틀 전에 인쇄소를 습격했다. 거기도 쑥대
밭으로 만들어버렸어."

"그런데 왜 제게 아무 말씀도 하지 않으셨어요? 하미드가 거
기에 있었나요?"

"그…… 근처에 있었지."

"그런데요?"

"하미드는 체포되었다."

"네?"

잠시 동안, 나는 아무 말도 할 수 없었다. 그러다 문득, 나도 모르게 이런 말이 튀어나왔다. "그렇다면, 죽은 것이나 마찬가지네요. 하미드는 죽는 것보다 체포되는 것을 더 두려워했으니까요."

"그런 생각은 하지 마라. 희망을 가져야지. 나도 어떻게든 해보마. 어제부터 천 군데쯤 전화를 걸고 있단다. 연줄이 든든한 고위 관리들도 몇 명 만났고 아는 사람들을 모두 동원했다. 오늘 오후에는 변호사를 만나기로 되어 있고. 모두들 우리가 희망을 가져야 한다고 말하고 있다. 나는 희망이 있다고 본다. 너도 우리와 계속 연락을 하면서 도와주어야 해. 지금으로서는 하미드가 살아 있다는 것에 대해 신께 감사를 드려야지."

나는 그 후 사흘을 침대에 누운 채로 보냈다. 아프지는 않았지만 너무 지치고 힘이 빠져 아무것도 할 수가 없었다. 마치 지난 몇 달 동안의 두려움과 불안이 그 마지막 공격과 더불어 나의 모든 에너지와 힘을 완전히 소진시켜버린 것만 같았다. 마수드가 간호사처럼 내 곁을 지키고 앉아 내 머리를 쓰다듬어주면서 뭘 좀 먹으라고 애원했다. 그러는 동안 시아막은 침묵을 지키며 샘가를 거닐었다. 시아막은 아무에게도 말을 하지 않았고 싸우지도 않았으며 물건을 깨지도, 놀지도 않았다. 나는 아이의 깊고 어두운 눈에서 번득이는 불안한 빛이 평소의 짜증이나 공격보다 더 무서웠다. 하룻밤 사이에 나의 어린 아들은 십오 년을 훌쩍 뛰어넘어 한을 품은 신경질적인 어른이 되어 있었다.

사흘째 되는 날, 나는 마침내 침대를 벗어났다. 선택의 여지가 없었다. 나의 삶을 계속 살아야 했으므로. 그제야 우리 집에서 벌어진 이야기를 전해들은 큰오빠 마흐무드가 올케와 조카들을 데리고 왔다. 에흐테람—사다트가 쉴새없이 이야기를 했지만 나에게는 그녀를 상대할 마음의 여유가 없었다. 마흐무드는 부엌에서 어머니와 이야기를 했다. 그가 뭔가를 더 알아낼 수 있을까 하는 생각으로 집에 들렀다는 것을 나는 잘 알고 있었다. 파티가 방으로 들어와 찻잔이 담긴 쟁반을 바닥에 놓고 내 옆에 앉았다. 그때, 앞마당에서 시아막의 신경질적인 비명소리가 들려왔다. 천둥이 치는 듯한 소리였다. 나는 창가로 달려갔다. 아이는 원한이 서린 목소리로 마흐무드에게 욕을 하며 라켓을 휘두르고 있었다. 그러더니 갑자기 뒤로 돌아 어마어마한 힘으로 불쌍한 골람—알리를 떠밀어 샘에 빠뜨리고 화분을 하나 집어 들더니 바닥으로 내던져 산산조각을 내버렸다. 시아막이 왜 화가 났는지는 알 수 없었지만, 이유 없이 그럴 리는 없었다. 차라리 마음이 놓였다. 시아막은 사흘 만에 드디어 제 감정을 밖으로 드러냈던 것이다.

알리가 고래고래 소리를 지르며 시아막의 입을 칠 기세로 주먹을 쳐들었다. 눈앞이 캄캄해졌다.

"그 손 내려놓지 못해!" 나는 고함을 쳤다.

그리고 창문을 넘어 마당으로 내려가 새끼를 보호하려는 암호랑이처럼 알리에게 달려들었다.

"한 번만 더 내 아들에게 손을 대기만 해봐라. 내가 널 갈기 갈기 찢어놓을 테다!"

나는 악을 쓰면서 시아막을 품에 안았다. 아이는 화가 나서 부들부들 떨고 있었다.

모두가 깜짝 놀라 아무 말도 못하고 나를 쳐다보았다. 알리가 뒷걸음질을 치며 말했다. "시아막의 입을 다물게 하려고 그런 것뿐이야. 쟤가 해놓은 짓을 보라고. 불쌍한 골람-알리에게 어떻게 했는지 보란 말이야."

그리고 물에 빠진 생쥐 꼴을 하고 코를 훌쩍이며 에흐테람-사다트 곁에 서 있는 골람-알리를 가리켰다.

"그리고 쟤가 큰형한테 무슨 말을 했는지 알아? 입에 담지도 못할 욕을 했단 말이야."

"큰오빠가 애를 화나게 했겠지. 시아막은 사흘 동안 이 집에서 아무 소리도 내지 않았다고."

"네 아들은 말할 가치도 없는 막돼먹은 녀석이야." 마흐무드가 나를 쏘아보았다. "저런 악동 때문에 오빠를 비난하다니, 부끄러운 줄 알아라. 위아래도 모르는 것, 넌 늘 그런 식이야."

아버지가 돌아오실 때즈음, 집은 다시 조용해졌다. 폭풍우가 지나가고 각자가 입은 피해를 가늠해볼 기회를 가진 것 같았다. 마흐무드는 올케와 조카들을 데리고 돌아갔고 알리는 위층 제 방으로 올라갔으며 어머니는 내 편을 들어야 할지 아들들의 편을 들어야 할지 모른 채 울기만 했다. 파티는 내 주위를 맴돌며 아이들의 옷을 싸는 나를 도왔다.

"뭘 하는 거냐?" 아버지가 깜짝 놀라셨다.

"집에 가려고요. 우리 아이들이 학대받고 비난받게 놔둘 순 없어요. 애들 피붙이들이 그러는 건 더더욱 참을 수가 없고요."

"무슨 일이 있었던 거요?" 아버지가 화난 목소리로 어머니에게 물으셨다.

"내가 무슨 말을 하겠어요?" 어머니가 우는 목소리로 대답했다. "불쌍한 마흐무드는 걱정이 되어 그런 말을 한 것뿐이에요. 부엌에서 나와 이야기를 했는데, 시아막이 우리 대화를 엿들었어요. 그 녀석이 얼마나 난동을 부렸는지, 당신은 모르실 거예요. 그리고 애 때문에 오빠와 여동생이 싸움을 벌였다고요."

아버지가 나를 돌아보더니 말씀하셨다. "무슨 일이 있었건, 오늘 밤에는 못 보낸다."

"아뇨, 가야 해요. 수업이 다음 주에 시작되는데, 아직 아이들 학교 등록을 못했어요. 아무것도 못했단 말예요."

"좋다, 가거라. 하지만 오늘 밤은 안 된다. 너 혼자 돌아가는 것도 안 돼."

"파티가 함께 갈 거예요."

"보호자를 잘도 골랐구나! 남자가 따라가야지. 그들이 다시 집을 습격할 수도 있다. 여자 둘에 남자애 둘만 있어서는 안 돼. 내일 다 함께 가도록 하자."

아버지 말씀이 옳았다. 하룻밤을 더 버티는 것이 나았다. 저녁을 먹은 후에 아버지가 시아막을 부르시더니 아이가 어렸을 적에 하시던 식으로 말씀을 하기 시작하셨다.

"자, 어디 무엇 때문에 화가 났는지 이 할아버지한테 말해보렴."

그러자 시아막은 테이프에 녹음을 한 것처럼 마흐무드를 똑같이 흉내내기 시작했다.

"큰외삼촌이 할머니에게 이야기하는 것을 들었어요. '그 기생충 같은 놈이 사회를 전복시키려 했어요. 조만간 처형을 당할 거예요. 그 자식이나 그 집이나, 어쩐지 영 맘에 들지 않더라니. 쓸데없는 짓을 하고 있을 줄 알았다니까요. 파르빈이 소개한 청혼자에게 기대를 하지 말았어야 했어요. 저 계집애를 푸줏간 주인 아스가, 그다음에 뭐였더라? 아무튼 그 사람에게 시집보내자고, 제가 몇 번을 말했어요?'" 시아막은 잠시 쉬었다가 말을 이었다. "푸줏간 주인 아스가, 뭐라고 했는데, 잊어버렸어요."

"하지 아부자리겠지." 아버지가 말씀하셨다.

"맞아요. 그리고 마흐무드 삼촌이 또 말을 했어요. '하지만 어머니는 그 사람 나이가 너무 많고 결혼한 적이 있다고 하셨죠. 신앙심이 깊고 시장거리에 물건들이 꽉꽉 차 있는 가게를 가지고 있다는 걸 무시하셨고요. 그런 자리를 마다하고 별볼일 없는 공산주의자에게 딸을 주시다니. 그 쓰레기 같은 놈은 그런 꼴을 당해도 싸요. 처형당해 마땅하다고요.'"

아버지가 시아막의 머리를 가슴으로 끌어당기고 아이의 머리카락에 입을 맞추셨다.

"그런 말은 듣지도 말거라. 멍청해서 이해를 못 하는 거야. 네 아버지는 훌륭한 사람이고 처형도 당하지 않을 테니 안심하렴. 오늘 네 할아버지와 이야기를 했는데 변호사를 선임하셨다더구나. 다 잘 될 테니 걱정하지 말거라."

나는 밤새 하미드 없이 우리가 어떻게 살아야 할까를 생각했다. 저 아이들을 어찌해야 할까? 나의 책임은 어디까지일까? 나의 아이들을 사람들의 험한 말들로부터 어떻게 지켜야 할까?

다음 날 아침, 우리는 아버지와 파르빈과 파티와 함께 전쟁으로 짓밟힌 우리 집으로 돌아왔다. 아버지는 집 상태를 보고 충격을 받으셨다.

"가게에서 일하는 사람들을 보내주마. 도움이 될 게다. 여자 셋이서 정리하는 것은 무리다." 그리고 주머니에서 돈을 꺼내주셨다. "일단 받아두고, 더 필요하면 말해라."

"아니에요. 감사하지만, 당장 돈이 필요하지는 않아요."

아버지가 주시려는 돈을 보자, 우리의 재정 상태를 걱정하지 않을 수 없었다. 앞으로 어떻게 지출을 감당해야 하나? 언제까지 아버지나 시아버지, 다른 사람에게 의지할 수는 없었다. 다시 걱정이 몰려오기 시작했다. 나는 나 자신을 안심시키려고 애썼다. 인쇄소가 다시 문을 열고 일을 시작할 거야, 하미드가 주인이니까, 걱정할 건 없어.

꼬박 사흘 동안 파티와 파르빈과 시아막, 마수드, 아버지 가게에서 일하는 사람들, 그리고 가끔 어머니까지 동원이 되어 우리는 집 정리를 대충 마칠 수 있었다. 시어머니와 시누이들은 아래층 할머니 집을 정리했다. 할머니는 병원에서 퇴원을 해 시댁에서 요양 중이었다. 그 와중에 나는 지하실로 내려가 온갖 잡동사니들을 치워버렸다.

"비밀경찰에게 축복이 있기를!" 파티가 깔깔 웃으며 말했다.

"그들 덕분에 언니는 집에 뭐가 있는지 드디어 알게 되었고, 봄 맞이 대청소를 제대로 했잖아."

다음 날, 나는 아이들을 학교에 등록시켰다. 마수드는 가엾게 도 정신없는 상태로 1학년을 시작했지만, 시아막과는 다르게 내 가 신경 쓸 일을 만들지 않기 위해 애를 썼다. 입학식을 하던 날, 낯선 환경에 대한 공포가 눈빛에 드러나 있었지만 아이는 아무 말도 하지 않았다. 나는 아이를 학교에 두고 나오며 말했다.

"우리 마수드는 착한 아이니까 금방 좋은 친구들을 사귈 거 야. 선생님도 우리 마수드를 아주 예뻐하실 거야."

"데리러 올 거죠?'

"그럼, 데리러 오고말고. 엄마가 우리 착하고 사랑스러운 아 들을 잊을 것 같아?"

"아니. 근데, 엄마가 길을 잃어버릴까봐 걱정이 돼요."

"엄마가? 길을 잃어? 마수드, 어른들은 길을 잃지 않아."

"응, 어른들은 길을 잃지 않아. 그런데 제대로 집을 못 찾잖 아요. 아빠도 그렇고 샤흐자드도 그렇고."

샤흐자드가 죽은 이후로 마수드가 그녀의 이름을 입에 담은 것은 이번이 처음이었다. 그것도 늘 부르던 셰리 이모가 아니 라, 제대로 된 이름을. 나는 무슨 말을 해야 할지 알 수 없었다. 그 어린 마음으로 아빠와 샤흐자드가 사라진 일을 어떻게 해석 했을까. 나는 아이를 품에 안았다.

"걱정 마, 우리 아들. 엄마들은 길을 잃지 않아. 아이들의 냄 새를 알기 때문에 아이들이 어디에 있던지, 그 냄새를 따라가서 찾아내고야 말거든."

"그럼, 내가 집에 없는 동안 울지 말기!"

"그래, 안 울게. 근데, 엄마가 언제 울었다는 거야?"

"부엌에 혼자 있을 때 늘 울면서."

마수드에게 숨길 수 있는 게 아무것도 없구나 싶었다. 목구멍으로 뜨거운 것이 치밀어 올랐다.

"우는 건 나쁜 게 아니야. 가끔 울 필요가 있어. 울면, 마음이 가벼워지거든. 하지만 이젠 울지 않을게."

시간이 흘렀지만, 마수드는 학교에서 아무런 말썽을 피우지 않았다. 제시간에 숙제를 마쳤고 내가 신경 쓸 일을 만들지 않으려고 노력하는 것이 눈에 보였다. 그날 밤의 그 사건이 아이에게 미친, 숨기려고 해도 숨길 수 없었던 영향은 한밤중에 우리 모두가 깰 정도로 질러대는 공포에 질린 비명으로 나타났다.

두 달이 흘렀다. 대학이 개강을 했으나 나는 수업을 들으러 갈 엄두를 내지 못했다. 시아버지와 나는 매일 여러 사람들을 만나 애원도 하고 빌기도 하고 목소리를 높이기도 했다. 연줄을 대다 못해 샤의 왕비 파라에게 제발 하미드를 고문하거나 처형하지 말고 일반 교도소로 옮겨주십사고 간청하는 편지를 쓰기도 했다. 영향력 있는 인사 몇 명이 약속을 해주었지만, 우리의 노력이 어디까지 영향을 미치고 하미드의 상황이 어떤지는 알 방법이 없었다.

얼마 후, 재판이 열려 하미드는 무장 활동에 참여하지 않았다는 판결이 내려졌다. 그는 처형을 면한 대신 십오 년 징역형을 선고받았다. 마침내 그에게 옷가지와 음식과 편지를 가져다 주어도 좋다는 허락이 내려졌다. 매주 월요일이 되면 나는 음식과 옷과 책과 필기구를 담은 커다란 가방을 들고 감옥 문 앞에 서서 대기했다. 가져간 물건들 중 대부분은 그 자리에서 반환되었고 간수가 가져간 물건들도 실제 하미드에게 전달되는지는 알 수 없었다.

처음으로 그의 빨랫감을 받았을 때, 나는 거기에서 나는 이상한 냄새에 깜짝 놀랐다. 오래 묵은 피 냄새와 병과 고통의 냄새가 배어 있었다. 나는 공포에 질려 옷 하나하나를 살펴보았다. 핏자국과 고름자국을 보니 미칠 것만 같았다. 나는 욕실로 들어가 문을 닫고 수도꼭지를 끝까지 튼 다음 엉엉 울었다. 욕조로 떨어지는 물소리가 내 울음소리를 감추어주었다. 그에게 무슨 일이 있었던 걸까? 감옥에서 고통을 당하느니 샤흐자드와 메디처럼 죽는 게 낫지 않았을까? 옷을 여러 번 살펴본 결과, 나는 그가 어디에 부상을 당했는지, 그리고 그것이 얼마나 심각한지 알 수 있었다. 몸의 어떤 부위에 심각한 부상을 입었고, 나아가고 있는 부위는 어디인지도 알 수 있었다.

시간이 흘렀지만 인쇄소를 재가동해도 좋다는 허락은 떨어지지 않았다. 시아버지가 매달 생활비를 주었지만, 이런 식으로 얼마를 더 살아야 할지 알 수 없었다. 결정을 내려야 했다. 내가 일을 해야 했다. 나는 어린아이도 아니었고 일을 할 능력도 갖추고 있었다. 나는 두 아이를 길러야 할 책임이 있는 엄마였다. 다른 사람들의 동정심에 기대 내 아이들을 기르고 싶지는 않았다. 가만히 앉아 이 사람 저 사람에게 손을 내밀고 우는 소리를 하는 것은 나와 아이들의 자존심이 허락하지 않았다. 특히 하미드의 자존심을 생각하면 더욱 그럴 수 없었다. 우리는 명예와 긍지를 가지고 살아야 했다. 우리의 두 발로 당당히 서야 했다. 하지만 어떻게? 내가 어떤 일을 할 수 있을까?

처음으로 떠오른 생각은 파티의 도움을 받아 파르빈 밑에서 재봉사로 일을 해보자는 것이었다. 지체 없이 일을 시작하긴 했지만, 나는 그 일이 너무나도 싫었다. 매일 친정과 파르빈의 집에 가서 알리와 부딪치고 가끔은 마흐무드와도 마주쳐야 했고 어머니의 질책을 들어야 했기 때문이었다.

"여자에게는 바느질이 제일 중요하다고 내가 그랬잖니? 그런데 넌 내 말을 안 듣고 학교나 다니며 시간을 낭비했지."

나는 밤마다 신문의 구인광고란을 열심히 읽었고 매일 여러 회사를 찾아다니며 일자리를 구했다. 개인 회사들은 대부분 비서를 찾고 있었다. 시아버지가 직장의 환경과 일하는 여자들이 직면해야 할 문제들에 대해 내게 주의를 주었다. 시아버지의 말이 옳았다. 사무실 몇 곳에서는 직원이 아닌 연애 상대를 고르는 것처럼 나를 머리끝부터 발끝까지 음흉한 시선으로 훑어보고 감상을 했다. 면접을 보러 다니면서, 나는 고등학교 졸업장만으로는 충분하지 않다는 것을 깨달았다. 다른 기술이 있어야 했다. 타자 교실을 두 학기 다녔더니 기초를 익힐 수 있었다. 그러나 시간도 없고 수업료를 낼 돈도 없어서 수업을 더 받을 수는 없었다. 나는 시아버지에게서 받은 낡은 타자기로 밤마다 연습을 했다.

얼마 후, 시아버지가 정부 관계 기관에서 일하는 지인에게 나를 소개시켜주었다. 면접을 보러 간 나는 서른한두 살쯤 되는 남자와 마주하게 되었다. 그는 지적이고 사람 속을 꿰뚫어 보는 듯한 눈에 호기심을 가득 담은 채 나를 쳐다보면서 내가 서류에 밝히지 않은 사항들에 관해 물었다.

"결혼을 하셨다고 적으셨는데, 남편분은 무슨 일을 하시죠?"

나는 잠시 주저했다. 시아버지가 소개를 했으니, 회사측에서 나의 환경에 대해 알고 있을 것이라는 짐작이 갔다. 나는 남편이 한 회사에 소속되지 않은 프리랜서라고 어물어물 대답했다. 면접관의 표정과 묘한 미소로 미루어보아, 그는 나를 믿지 않는 듯했다.

나는 긴장과 피곤이 겹친 목소리로 물었다.

"일자리를 찾는 사람은 저인데, 왜 제 남편에 대해 물어보시는 거죠?"

"다른 수입이 없다고 들어서요."

"누가 그러던가요?"

"당신을 추천한 모타메디 부관장님께서요."

"제게 다른 수입원이 있으면, 저를 채용하지 않으실 건가요? 비서를 찾으시는 것 아니었어요?"

"맞습니다, 부인. 하지만 당신보다 학벌도 좋고 기술도 좋은 다른 지원자들이 많아요. 사실 저는 모타메디 부관장님이 당신을 추천한 이유가 뭔지 모르겠어요. 그것도 그렇게 강력하게 말입니다!"

뭐라고 해야 할지 알 수가 없었다. 시아버지는 면접을 보러 가서 남편이 감옥에 있다는 말을 절대 하면 안 된다고 했다. 하지만 나는 거짓말을 할 수 없었다. 언젠가는 들통이 날 일이었으니까. 게다가 나에게는 일자리가 필요했고 지금 이 자리는 나에게 잘 맞는 자리였다. 희망이 사라지고 있었다. 자포자기의 심정으로 나는 눈물을 흘리며 모기만 한 소리로 말했다.

"남편은 감옥에 가 있어요."

면접관이 인상을 썼다. "무슨 일로요?"

"정치범입니다."

그는 아무 말도 하지 않았다. 나도 말을 할 엄두를 내지 못했고 상대 역시 더 이상 묻지 않았다. 그가 뭔가를 적기 시작하더니 잠시 후 고개를 들고 나를 바라보았다. 당황한 것 같았다. 그가 나에게 메모 한 장을 주며 말했다.

"아무에게도 남편 이야기를 하지 마세요. 이 메모를 가지고 옆 사무실로 가서서 타브리지 부인에게 전해주세요. 타브리지 부인이 할 일을 가르쳐드릴 겁니다. 내일부터 출근하세요."

내가 일자리를 구했다는 뉴스를 듣고 다들 폭탄이 터진 것 같은 반응을 보였다.

어머니는 눈이 곧 튀어나올 것같이 놀랐다. "사무실에 나간다는 말이냐? 남자들처럼?"

"네. 이제 남자와 여자는 다르지 않아요."

"신이시여, 제 목숨을 거두어주소서! 별소릴 다 하는구나! 말세가 왔어! 네 아버지와 오빠들이 그걸 허락할지, 난 모르겠구나."

"아버지나 오빠들과는 상관없는 일이에요." 나는 딱 잘라 말했다. "그 누구에게도 내 인생과 내 아이들의 인생에 간섭할 권리가 없어요. 저는 이제 결혼한 여자예요. 남편이 죽은 것도 아니고요. 우리 인생은 우리가 알아서 살아요. 그러니까, 허튼소리들은 하지 않는 게 좋을 거예요."

이 짧은 최후통첩에 친정 식구들은 모두 입을 다물었다. 아버지는 내가 일을 하는 데에 대해 그리 크게 반대하지 않으시는 것 같았고 내가 오빠나 동생에게 의지하지 않고 내 힘으로 살아가는 것이 대견하다는 뜻을 종종 비치기까지 하셨다.

직장에 다니면서부터, 기분도 한결 좋아졌다. 자신감이 생겼고 안심도 되었다. 몸이 지칠 때가 많았지만, 남의 도움을 받지 않아도 된다는 것이 자랑스러웠다.

기관에서 나는 비서 겸 사무실 관리자의 역할을 맡았다. 타자도 치고, 전화도 받고, 정리도 하고 계좌 몇 개를 관리하고 가끔 편지와 서류 번역일도 했다. 한마디로 만능직원이었다. 처음에는 쉬운 일이 없었다. 맡은 일 하나하나가 헷갈리고 부담되었다. 그러나 2주가 채 지나지 않아, 나는 내가 맡은 일을 꽤 잘 이해할 수 있게 되었다. 면접 때 보았던, 이제는 나의 상관이 된 자가르는 끈기를 가지고 내게 모든 것을 설명해주고 지도해주었다. 그러나 다시는 내 사생활에 호기심을 보이지 않았고 하미드에 대해서도 묻지 않았다. 점차 나는 내게 주어진 원문에서 문법적 오류나 어색한 문체를 바로잡기 시작했다. 졸업은 하지 못했지만 나는 대학에서 페르시아 문학을 공부했고 지난 십 년 동안 책을 읽으며 대부분의 시간을 보내왔다. 상관의 관심과 격려 덕분에 나는 더욱 자신감을 가질 수 있었다. 결국에는 그가 편지나 보고서에 쓸 내용을 말해주면 내가 그 편지나 보고서를 대신 써주게 되었다.

일은 즐거웠지만, 생각지도 못한 문제에 직면하게 되었다. 이제는 매주 하미드에게 물건을 전달하러 갈 수가 없었기 때문에 그의 소식을 듣지 못한 지 벌써 3주나 되어 있었다. 걱정이 되어 견딜 수가 없었던 나는 무슨 일이 있어도 이번 주에는 꼭 그가 있는 곳에 가겠다고 결심을 했다.

전날, 나는 음식을 몇 가지 만들고 과일과 패스트리와 담배를 챙기는 등 철저하게 준비를 했다. 다음 날 아침 일찍, 교도소에 갔더니 앞문을 지키는 경비가 무례한 말투로 빈정거렸다. "뭐요? 어젯밤에 잠을 못 자 새벽 일찍이 달려온 거요? 이렇게 이른 시간에 물건을 받아줄 수는 없어요."

"제발 부탁드려요. 저는 여덟 시까지 출근을 해야 해요."

경비가 나를 놀리며 모욕하기 시작했다.

"부끄러운 줄 아세요. 말조심하시라고요."

마치 내가 발끈하기를 기다렸다는 듯, 그는 나와 하미드에 대해 갖가지 상스러운 욕을 해댔다. 여러 차례 모욕과 멸시를 당해온 나였지만, 이런 식의 욕이나 음란한 말은 처음이었다. 나는 분노로 몸을 떨었다. 그를 갈기갈기 찢어버리고 싶었지만 뭐라고 대꾸할 용기를 내지는 못했다. 괜히 소란을 벌였다가 하미드에게 내 편지나 가져온 음식이 그나마도 전달되지 않을까봐 두려웠다.

모욕과 상처로 입술이 떨렸다. 나는 가방을 그대로 짊어진 채 눈물을 삼키며 출근을 했다. 자가르가 예리한 눈으로 제정신이 아닌 내 상태를 꿰뚫어보고 나를 자기 사무실로 불러 타자를 칠 편지를 건네주며 물었다.

"사데기 부인, 무슨 일이 있습니까? 오늘은 기분이 좋지 않아 보이네요."

나는 손등으로 눈물을 닦으며 교도소에서 당한 일을 털어놓았다. 그가 화를 내며 고개를 가로젓더니 잠시 아무 말 없이 있다가 입을 열었다. "나에게 미리 말을 했어야죠. 이번 주에도 소식을 전하지 않으면, 남편분의 기분이 어떨지 모르신다는 말입니까? 어서 가서서 준비하신 물건들을 전하고 오세요. 다 전달하시기 전까지, 돌아오시면 안 됩니다. 그리고 이제부터 매주 월요일에는 교도소에 물건을 전달한 다음에 출근을 하도록 하세요. 아시겠습니까?"

"네. 하지만 가끔 정오까지 기다려야 할 때도 있어요. 그렇게 결근을 자주 하면 안 되잖아요. 저는 꼭 일을 해야만 해요."

"걱정하지 마세요. 외근을 갔다고 적어둘게요. 당신들처럼 남을 위해 사는 분들을 위해 제가 할 수 있는 일은 그런 것밖에 없군요."

얼마나 친절하고 아량 있는 사람인가. 나는 그에게서 마수드와 비슷한 점을 보았다. 나의 아들도 이 사람 같은 사람이 되었으면.

아이들과 나는 새로운 생활에 차츰 적응을 했다. 시아막과 마수드는 내가 신경 쓸 일을 만들지 않기 위해 의식적으로 최선을 다했다. 우리는 매일 함께 아침을 먹고 하루를 준비했다.

학교가 그리 멀지 않았지만, 나는 그간 진정한 구세주가 되어주었던 시트로앵 2CV로 아이들을 데려다주었다. 점심시간이 되면, 아이들은 오는 길에 빵을 사가지고 집으로 와 내가 미리 준비해둔 음식을 데워 먹고 할머니에게도 점심거리를 가져다주었다. 가엾은 할머니는 병원에서 나온 뒤에도 내내 몸이 아팠지만, 살던 집을 떠나려 하지 않았다. 그것은 즉, 우리가 할머니를 돌보아야 한다는 뜻이었다. 매일 나는 일을 마치고 장을 봐가지고 와서는 할머니 집에 들러 설거지를 하고 방청소를 하고 이야기를 나눈 다음 우리 집으로 올라왔다. 집안일은 그때부터 시작이었다. 설거지, 청소, 다음 날을 위한 음식 준비를 해놓고 아이들에게 저녁을 주고 숙제를 도와주고 다른 수백 가지 잡다한 일을 하다 보면 열한 시, 열두 시가 되었다. 그제야 나는 시체처럼 쓰러져 잠이 들었다. 상황이 그렇다 보니, 대학을 더다닐 엄두를 낼 수 없었다. 이미 일 년을 쉬었지만, 앞으로 몇 년은 더 쉬어야 할 것 같았다.

그해, 다른 사건 때문에 잠시 정신이 없었다. 가족끼리 몇 번을 싸우고 의논을 한 끝에, 파티가 결혼을 했다. 내 결혼으로부터 많은 교훈을 얻었다고 느낀 마흐무드는 파티를 자기처럼 신앙이 깊고 돈을 잘 버는 시장 상인에게 시집을 보내기로 결정했다. 나와 달리 온순하고 겁이 많은 파티는 마흐무드가 추천한 청혼자를 경멸하면서도 싫다는 말 한마디 하지 못하고 결혼을 준비했다. 어렸을 때부터 언니인 내가 벌 받는 모습을 보고 자란 여동생은 자신감도 잃었고 자신의 의견을 표현할 능력도 키우지 못했다. 결과적으로 파티의 권리를 지킬 책임은 내가 짊어지게 되었고, 그 때문에 나는 영원히 집안의 싸움닭으로 불리게 되었다.

그러나 이번에는 나도 영리하게 대처했다. 마흐무드나 어머니와 이야기를 하는 대신, 나는 아버지와 단둘이 마주앉아 파티의 입장을 전달하고 하나 남은 딸을 강제로 결혼시켜 불행하게 만들지 말라고 부탁드렸다. 물론 나의 입김으로 아버지가 결정을 돌이키셨다는 것이 발각이 났고 이를 계기로 마흐무드가 나를 더 미워하게 되었지만, 그 결혼은 성사되지 않았다. 대신 파티는 압바스 삼촌이 소개한 다른 청혼자와 결혼을 했고 차츰 신랑을 좋아하게 되었다.

파티의 남편 사데그는 상냥하고 잘생기고 공부도 많이 한 중류 가정 출신의 청년으로 정부 관련 기관에서 일을 하고 있었다. 마흐무드는 돈이 그리 많지 않은 그를 무시하며 '월급쟁이'라고 비아냥거렸지만 파티는 행복해했고 아이들과 나도 그를 좋아했다. 우리 아이들에게 아버지가 필요하다는 점을 이해한 사데그는 아이들과 친하게 지내며 가끔 기회를 마련해 외출을 시켜주기도 했다.

우리의 생활도 많이 안정되었다. 나는 내가 하는 일이 좋았고 점심시간이나 한가한 시간에 같이 농담이나 한담을 나누며 웃을 수 있는 좋은 친구들도 사귀었다. 우리의 이야기에 자주 등장하는 인물은 부서장들 중 한 명으로 나를 싫어하고 내가 하는 모든 일에 트집을 잡는 시자디였다. 모두가 그를 감성적이고 훌륭한 시인이라고 평했지만 내가 보는 그는 성질이 나쁘고 포악한 사람이었다. 나는 되도록 그와 마주치지 않으려고 노력했고 나를 비난할 여지를 주지 않기 위해 애를 썼다. 그러나 그는 끊임없이 나의 모든 것을 비꼬고 트집을 잡았으며 내가 능력도 안 되는 주제에 연줄로 일자리를 얻었다고 비아냥거렸다. 친구들은 나에게 신경 쓸 것 없다고, 성격이 원래 저렇다고 했지만, 내가 보기에 그는 유독 나에게만 성질을 부리는 것 같았다. 그가 내 등 뒤에서 나를 자가르의 애인이라고 하고 다닌다는 것도 나는 알고 있었다. 시간이 갈수록 나도 그가 견딜 수 없을 정도로 싫어졌다.

"시인은커녕 마피아 같은걸." 나는 친구들에게 이렇게 이야기하곤 했다. "시를 쓰려면 민감한 영혼이 필요해. 저렇게 건방지고 공격적이고 앙심을 품은 사람이 어떻게 시를 쓰겠어? 그가 썼다는 그 시들도, 사실은 자기가 쓴 것이 아닐 거야. 불쌍한 시인을 납치해 목에 칼을 들이대고 자기 이름으로 시를 쓰라고 협박을 했을 거야." 나의 말에 모두가 웃음을 터뜨렸다.

나는 언젠가는 내 말이 그의 귀에 들어가리라는 짐작을 일찌감치 하고 있었다. 어느 날, 그는 사소한 오타를 트집 잡아 내가 준비한 열 페이지짜리 보고서를 좍좍 찢어 종잇조각들을 내 책상 위에 던져버렸다. 나는 이성을 잃고 악을 썼다. "대체 문제가 뭐예요? 날 비난할 이유를 일부러 찾는 이유가 뭐냐고요! 내가 부서장님에게 뭘 잘못한 거죠?"

"이것 봐요, 당신이 잘못하고 자시고 할 것도 없어. 당신 속마음은 내가 뻔히 들여다보고 있으니까. 내가 자가르나 모타메디 부관장 같은 줄 알아? 당신 손아귀에 놀아날 것 같아? 당신 같은 부류는 내가 잘 알아."

분노로 몸을 부들부들 떨며 막 대답을 하려는데, 자가르가 들어오더니 자초지종을 물었다.

"무슨 일입니까? 시자디 씨, 왜 그래요?"

"무슨 일이냐고요?" 그가 코웃음을 쳤다. "이 여자가 일을 못 해서 그럽니다. 오류 투성이 보고서를, 그것도 이틀이나 늦게 가져왔다고요. 이게 다 당신이 얼굴이 반반하고 연줄이 있다는 이유로 학교도 제대로 다니지 않은 여자를 고용했기 때문이에요. 결과에 대한 책임을 져야 할 겁니다."

"말조심하세요." 자가르가 쏘아붙였다. "진정하시고 내 사무실로 들어가시죠. 할 말이 있습니다." 그가 시자디의 등에 손을 대고 거의 밀다시피 그를 사무실로 데리고 들어갔다.

나는 양손으로 머리를 감싸고 울음을 꾹 참았다. 친구들이 내 주위로 모여와 나를 위로했고 나를 위해 늘 주변을 살펴봐주는 우리 층 수위 압바스-알리는 뜨거운 물과 각설탕을 가져다주었다. 나는 다시 일에 몰두했다.

한 시간 후, 시자디가 내가 일하는 사무실로 들어오더니 내 책상 앞에 버티고 섰다. 한동안 내 눈길을 피하던 그가 떨떠름하게 말했다. "미안해요. 용서해줘요." 그는 그 말을 남기고 황급하게 밖으로 나갔다.

얼떨떨해진 나는 문간에 서 있던 자가르를 쳐다보았다. "무슨 일이죠?"

"아무것도 아닙니다. 아까 있었던 일은 잊으세요. 저 사람은

357

원래 저렇습니다. 마음이 착한 사람인데 가끔 예민해질 때가 있죠."

"예를 들어, 저를 보면 그렇게 되나 보죠?"

"정확하게 말하면, 그가 생각하기에 남의 권리를 부당하게 빼앗은 사람을 볼 때라고 해야겠죠."

"제가 누구의 권리를 빼앗았는데요?"

"심각하게 생각하지 말아요. 당신을 채용하기 전에, 시자디가 대학 졸업장이 있는 자기 비서 한 명을 승진시키자고 했었죠. 그의 승진 건을 거의 다 진행시켰는데, 당신이 추천된 거예요. 당신의 면접을 보기 전에, 나는 시자디에게 갑자기 내려온 부관장 모타메디의 청탁을 들어주지 않겠다고 약속을 했어요. 그래놓고 당신을 채용했으니, 그가 불공평하다는 편견을 갖는 것도 어떻게 보면 당연하죠. 시자디는 성격상 '부정'이라는 것을 용납하지 못해요. 그 이후로, 그는 당신에게 적개심을 품게 되었죠. 시자디는 간부들이나 고위자들에게 반감을 가지고 있기 때문에 모타메디 부관장을 오래전부터 좋아하지 않았어요."

"시자디 씨 생각이 맞는 것 같네요. 제가 정말 다른 누군가의 권리를 빼앗은 거네요. 하지만 그 모든 걸 다 아시면서, 왜 저를 채용하셨어요?"

"자, 그만합시다! 결국 내 잘못이라는 거예요? 다른 지원자는 그 정도의 자격이면 다른 자리를 구할 수 있을 거라고 생각했어요. 실제로 일주일 후에 다른 부서에 채용이 되었고요. 하지만 여러 상황을 종합해보니, 당신은 일자리를 찾느라 굉장히 고생을 했을 것 같았죠. 아무튼, 정말 미안하지만, 시자디에게 당신 남편 이야기를 했습니다. 하지만 걱정하지 말아요. 시자디는 믿을 만한 사람이니까요. 사실을 이야기하자면, 그는 평생 정치에 휘말려 살아온 사람이랍니다."

다음 날, 시자디가 핏기 없는 얼굴로 내가 일하고 있는 사무실로 찾아왔다. 그의 표정은 슬퍼 보였고 눈은 충혈되어 있는데다가 퉁퉁 부어 있었다. 그는 잠시 어쩔 줄 모르는 표정으로 서 있다가 마침내 입을 열었다.

"저, 참을 수가 없습니다. 나의 분노가 너무 깊어서요." 그러고는 직접 지은 시라며 격렬한 분노가 자신의 영혼에 깊이 뿌리내려 과격한 늑대가 될 수밖에 없었노라는 시구를 읊었다. "내가 당신을 괜히 괴롭혔습니다. 솔직히 말하면, 당신의 일솜씨는 훌륭해요. 오류를 찾느라 애를 먹었죠. 상관들이며 간부들이 쓴 두 문장짜리 편지에도 실수가 천 개쯤 되는데."

이후로 시자디는 나의 좋은 친구이자 최고의 후원자가 되었다. 자가르와는 달리, 그는 하미드의 정치적 활동과 그가 속한 그룹과 그가 체포당한 정황을 굉장히 궁금해했다. 사실 나는 그런 이야기를 별로 하고 싶지 않았으나, 내가 하는 이야기를 열심히 듣고 흥분하는 그를 보면 마음을 열지 않을 수 없었다. 그는 연민을 드러내는 동시에 체제를 향해 심한 분노와 증오를 표현하는 것에 나는 깜짝 놀랐다. 언젠가는 내가 이야기를 하고 있는데, 그의 얼굴이 거의 푸른색으로 변했다.

"괜찮으세요?" 나는 걱정이 되었다.

"아뇨. 괜찮지 않습니다. 하지만 걱정 마세요. 내가 가끔 이렇습니다. 내 안에서 무슨 일이 일어나고 있는지, 당신은 모를 거예요."

"네? 어쩌면 제 기분도 비슷할지 몰라요. 제가 그것을 말로 표현하지 못할 뿐이죠."

평소처럼 그는 시를 낭송하기 시작했다. 이번 시는 단식중인 사람이 모든 것을 태워버릴 듯이 뜨거운 오후에 물을 찾듯, 대중의 학살 이후 슬픔에 잠긴 도시에서 복수에 목말라하는 자신의 감정을 표현한 시였다.

세상에! 누구보다 큰 타격을 입은 나도 그렇게 깊은 분노와 슬픔을 경험하지 못했다. 어느 날, 그가 우리 집이 습격당했던 밤에 관해 물었다. 그날 있었던 일들 중 일부를 이야기해주자, 그는 갑자기 자제력을 잃고 침략자 집단이 도시를 초원에 있어야 할 들개와 사자들이 들끓는 도시로 만들어버렸다고 소리를 질렀다.

겁이 덜컥 났던 나는 자리에서 벌떡 일어나 문을 닫았다. "제발 진정하세요. 사람들이 듣겠어요. 사바크 요원이 여기 어딘가에 있단 말이에요."

그즈음, 우리는 동료들 중 반이 사바크 요원이라는 생각에 여러 가지로 조심을 했다.

그때 이후로 계속, 시자디는 나에게 자신이 지은 시를 읽어주기 시작했다. 단 한 편만이라도 짓거나 인용하면 곧바로 처형당할 종류의 시였다. 나는 그 시의 의미를 내 살과 피로 이해하고 마음속 깊이 기억해두었다. 시자디는 1950년대 정치적 타도에서 살아남은 생존자들 중 한 사람이었다. 그 사건으로 그의 젊고 민감한 영혼은 타격을 받았고 삶은 고단해졌다. 나는 그를 보며 어린 시절과 젊은 날의 힘들었던 경험은 영원히 지워지지 않는다는 것을 깨달았다. 그리고 그날 이후로 그의 눈에 비친 하늘은 피바다에 둥둥 뜬 하늘이고, 해와 달은 단도의 빛으로밖에 보이지 않는다고 노래한 그의 시에서 실패로 돌아간 1953년의 쿠데타에 관해 품었던 의문에 대한 답을 찾을 수 있었다.

시자디에 대해 알면 알수록 시아막이 걱정되었다. 나는 종종 우리 집이 습격을 받던 날 아이의 눈에서 보았던 분노와 증오를 떠올렸다. 시아막도 시자디처럼 될까? 우리 시아막도 삶에 대한 희망과 기쁨을 품고 그 아름다움 즐기는 대신, 증오와 외로움에 굴복하게 될까? 사회적, 정치적 문제들이 감수성이 예민한 영혼들에 남긴 상처는 그렇게도 깊단 말인가? 내 아들! 나는 해결책을 찾아야 했다.

*

여름이 막바지에 달했다. 하미드가 체포된 지 거의 일 년이 다 되어가고 있었다. 법정의 선고에 따르면, 우리는 그 없이 십사 년을 더 살아야 했다. 상황에 익숙해지는 것 외에는 선택의 여지가 없었다. 기다림이 우리 삶의 가장 주된 목적이 되어버렸다.

대학 능록기간이 가까워졌다. 공부를 영영 포기하고 나의 오랜 바람을 무덤까지 가지고 갈 것인지, 등록을 하고 나와 아이들이 겪어야 할 어려움을 받아들일 것인지 결정을 내려야 했다. 학년이 올라갈수록 수업이 어려워질 것이고 내가 낼 수 있는 제한된 시간 내에서 수업을 제대로 들을 수 없어서 결국에는 일이 지장을 받을 수밖에 없을 것 같다는 생각도 들었다. 상관들이 뭐라 하지 않아도, 나 스스로가 그들의 그런 친절과 배려를 견딜 수 없을 것 같았다.

그랬다. 일을 해보니 교육을 더 받아야 한다는 것이 더욱 확실해졌다. 다른 사람들이 나에게 지시를 내리고 학벌이 좋다는 이유로 자신들의 잘못을 내게 뒤집어씌울 때마다, 나 스스로가 안쓰럽고 당장이라도 대학으로 돌아가고 싶은 마음이 들었다. 또한 앞으로도 몇 년 동안 혼자 살림을 꾸려나가야 했기 때문에 월급을 더 많이 주는 일자리를 찾아서 장차 아이들에게 들 돈을 감당해야겠다는 생각도 있었다. 대학 졸업장을 따면, 내 상황이 크게 바뀔 것이 분명했다.

예상대로 친정 식구들은 내가 당연히 대학을 포기해야 한다고 생각했다. 그러나 시댁 식구들도 같은 의견이라는 점은 놀라웠다.

"아가, 넌 스트레스를 너무 많이 받고 있다." 시아버지의 말투에는 동정이 어려 있었다. "학교를 다니면서 일을 한다는 것이 너무 벅찰 것 같지 않니? 그리고, 아이들은 어떻게 할래? 덩그러니 남아 있을 아이들 생각도 해야지."

산달이 가까워 온, 대학 입학시험에 몇 차례 실패한 전력을 남기고 결혼을 한 막내시누이 마니제가 시부모와 의견을 같이하며 예의 잘난 척하는 말투로 거들었다. "모르시겠어요? 올케는 경쟁심 때문에 저러는 거예요. 만수레 언니가 대학을 다녔잖아요."

나는 화를 억누르려 애썼지만 전처럼 그냥 넘어갈 수는 없었다. 나는 더 이상 시골에서 올라와 비웃음을 견디고 내게 필요하고 내가 원하는 것들을 아무렇지도 않게 여기는 태도를 참아 넘기는 어설프고 어눌한 여자아이가 아니었다. 내 안에서 부글부글 끓어오르는 분노가 나의 모든 의심과 두려움을 씻어주었다.

"저는 제 아이들의 엄마, 아빠 노릇을 다 해야 하고 아이들에게 드는 돈도 다 감당해야 해요. 월급을 더 많이 받을 수 있는 방법을 생각해봤어요. 지금 제가 버는 돈으로는 앞으로 아이들에게 들어갈 돈을 댈 수 없어요. 애들에게 드는 돈은 나날이 늘어가고 있어요. 걱정하지 마세요. 아버님, 어머님의 손자들은 애정결핍이나 관심부족으로 고통을 받지는 않을 거예요. 저는 이미 모든 것을 다 생각해두었어요."

사실 내게는 아무런 생각이 없었다. 그날 밤, 나는 아이들을 데리고 앉아 상황을 설명했다. 내가 학업을 계속하는 것에 대한 장점들과 단점들을 조목조목 나열하자 아이들은 신중하게 귀를 기울였다. 가장 큰 문제가 이전보다 집에 돌아오는 시간이 늦어지는 것이라고 하자, 시아막은 듣기 싫은 요란한 소리가 나는 장난감 자동차를 가지고 놀기 시작하면서 더 이상 듣지 않는 척했다. 지금도 엄마 없이 보내는 시간이 많은데, 그런 시간이 늘어나는 것을 용납할 수 없다는 의사표시였다.

나는 말을 멈추고 마수드를 쳐다보았다. 마수드는 순진한 눈으로 내 표정을 살피더니 벌떡 일어나 내게로 다가와 머리카락을 쓰다듬었다. "엄마, 정말로 대학에 다니고 싶어요?"

"그게 말이야, 엄마가 학교를 다니는 건 우리 모두에게 좋은

일이야. 당장은 좀 힘들겠지만 곧 끝나. 그 대신 대학교를 졸업
하면 엄마가 돈을 더 많이 벌 수 있어. 그럼 우리도 더 잘 살게
되겠지."

"아니…… 그게 아니라, 엄마가 대학에 다니는 걸 좋아하느
냐고요."

"음, 그래, 좋아. 엄마는 대학에 가려고 공부를 굉장히 열심히
했거든."

"그럼 다녀요. 엄마가 좋으면, 다녀요. 우리 일은 우리가 알아
서 할게요. 어두워지면 아래층으로 내려가서 할머니랑 같이 있
을게요. 그럼 무섭지 않아. 어쩌면 아빠가 돌아와서 형이랑 나
랑 둘이만 있지 않아도 될 거예요."

시아막이 장난감 자동차를 내던졌다. "멍청아! 아빠는 나오
고 싶을 때 나올 수 있는 곳에 가 계신 게 아니야. 집에 오실 수
없어!"

"시아막, 엄마 말 좀 들어봐." 나는 부드럽게 아이를 달랬다.
"우린 희망을 가지고 밝게 살아야 해. 아빠가 살아 계시다는 것
만으로도 감사해야지. 그리고 아빠는 언젠가는 집에 돌아오실
거야."

"그 말을 믿을 것 같아요? 엄만 내가 바보인 줄 아세요? 할아
버지가 그랬단 말예요. 아빠가 감옥에 십오 년이나 있어야 한
다고."

"하지만 십오 년 동안 많은 일이 일어날 수 있어. 실제로 매
년 모범적인 사람들에게는 형을 줄여주기도 한단다."

"그래요, 그럼 십 년이 되겠죠. 그래봤자 뭐가 달라져요? 난

스무 살이 되어 있을 텐데, 그때 나한테 아버지가 필요할 것 같아요? 나는 지금, 지금 당장 아빠가 필요하다고요!"

다시 마음이 흔들렸다. 회사 친구들은 내가 공부를 끝내고 졸업장을 받을 기회를 놓쳐서는 안 된다고 했고 자가르도 내가 낮에 수업을 듣고 이후에 업무를 할 수 있도록 조처해주겠다면서 나를 격려했다.

공교롭게도 그 와중에 당국에서 드디어 내가 수없이 요청한 하미드의 면회를 허락했다. 기쁘기도 했지만 불안하기도 했다. 전화를 하자, 시아버지가 바로 우리 집으로 왔다. "나도 네 시어머니에게 이야기하지 않을 테니, 너도 아이들에게 아무 말 하지 마라. 하미드가 어떤 상태인지 아직 모르잖니. 우선 우리 둘이 가보고, 괜찮으면 다음번에 다른 식구들을 데려가자."

시아버지의 말을 듣고 나는 더 불안해졌다. 밤새, 마지막 순간을 내 품에서 보낼 수 있도록 다치고 피 흘리는 하미드를 넘겨받는 꿈을 꾸었다. 피곤하고 긴장한 상태로, 시아버지와 나는 다음 날 아침 일찍 길에 나섰다. 면회실과 그곳의 창문이 먼지투성이였는지, 아니면 눈물이 앞을 가렸던 것인지는 아직도 모르겠다. 마침내, 그들이 하미드를 데려왔다. 우리의 예상과는 다르게, 그는 깨끗하고 단정했다. 머리도 빗고 면도도 한 모습이었다. 그러나 깜짝 놀랄 만큼 야위고 창백했다. 목소리도 달라진 것 같았다. 한동안, 우리는 아무 말도 할 수 없었다. 시아버지가 제일 먼저 냉정을 되찾고 교도소 생활이 어떠냐고 물었다. 하미드는 적절치 않은 질문을 했다는 듯 날카로운 눈으로 시아버지를 쳐다보았다. "감옥이 다 그렇죠, 뭐. 힘든 시간을 보냈어요. 가족들 이야기를 해주세요. 아이들은 어떻게 지내나요? 어머니는요?"

내 편지들을 받지 못한 것이 틀림없었다. 편지마다, 아이들은 잘 지내고 있고 쑥쑥 자라고 있으며 시아막은 5학년이 되었고 마수드는 1학년을 시작했는데 둘 다 반에서 일이등을 다툰다고 썼건만. 하미드는 내 일에 대해서도 물었다. 나는 당신 덕분에 모두가 나에게 친절하고 나를 잘 보호해준다고 대답했다. 갑자기 그의 눈이 번득이는 것을 보고, 나는 그런 말을 하지 말았어야 한다는 것을 깨달았다. 마침내 내 공부 이야기가 나와서, 내 고민을 털어놓자 하미드는 껄껄 웃었다.

"당신이 대학 졸업장을 받기를 얼마나 꿈꿔왔는지 잊었어? 당신에게는 대학 졸업장도 부족해. 재능도 많고 공부도 열심히 하잖아. 더 앞서 나가야 해. 박사 학위도 생각해보라고."

공부를 계속하게 되면 내 어깨가 얼마나 더 무거워지고, 또 얼마나 많은 시간을 할애해야 하는지 설명할 시간은 없었다. "공부와 일을 병행하면서 아이들까지 돌보는 게 힘들 것 같아요." 내가 할 수 있는 말은 이것이 다였다.

"잘해낼 거야. 당신은 이제 십여 년 전의 어수룩한 소녀가 아니야. 불가능을 가능으로 만들 수 있는 능력 있는 여자라고. 나는 당신이 정말 자랑스러워."

"그게 정말이에요?" 눈물이 흘러나왔다. "나 같은 아내를 둔 것이 이젠 더 이상 부끄럽지 않다는 거예요?"

"내가 언제 부끄러워했다는 거야? 당신은 처음부터 내게 소중한 아내였고 지난 세월 동안 하루가 다르게 성장하고 완성되어갔어. 이제 당신은 모든 남자가 꿈꾸는 아내야. 나와 아이들이 당신을 묶어두고 있다는 점 때문에 슬플 뿐이야."

"그런 말은 하지도 말아요! 당신과 아이들은 내 인생에서 가장 소중한 부분이에요."

그를 품에 안고, 그의 어깨에 얼굴을 묻고 울고 싶은 마음이 너무나 절실했다. 이제 힘이 충전된 느낌이었다. 뭐라도 할 수 있을 것 같았다.

내가 낼 수 있는 시간에 개설된 과목 몇 개를 신청했다. 파르빈과 파티에게 사정 이야기를 했더니 선뜻 아이들을 돌보아주겠다고 했다. 남편이 병상에 누워 있었지만, 파르빈은 오후 한두 시간쯤은 아이들과 함께 보낼 수 있다고 했다. 파티와 사데그는 일주일에 세 번, 밤시간에 아이들을 돌봐주기로 했다. 다음 달에 출산할 예정인 파티에게 오고 가는 것이 부담될 것 같았기에, 나는 사데그에게 우리 차를 주고 파티를 데리고 우리집에 와서 아이들을 데려가고, 가끔 다 함께 극장에 가거나 외출을 하는 데에 쓰라고 했다. 그리고 나는 틈이 나는 대로 공부를 했다. 사무실에서 여유 시간이 생길 때나 아침 일찍 혹은 밤늦게 열심히 책을 펼쳤다. 책 위에 엎드려 잠이 드는 때도 많았다. 어렸을 때부터 앓던 만성 두통이 점점 더 심해지고 잦아졌지만 그런 것에 신경을 쓸 겨를이 없었다. 나는 두통약을 먹어가며 공부를 계속했다.

이제 나는 두 아들의 엄마이자 주부, 직장인, 학생이었고 수감자의 아내 역할까지 모두 해내야 했다. 무엇보다 남편 옥바라지에 가장 신경을 많이 썼다. 가족들이 하미드에게 가져다주고 싶은 음식과 일용품을 대신 준비해주었다. 그것은 거의 종교의식에 가까운 큰 행사가 되었다.

시간이 흐르면서 나는 효과적인 업무 처리 방법을 알게 되었고 차츰 능숙하게 일을 할 수 있게 되었다. 그때였다, 사람은 스스로가 믿는 것보다 훨씬 더 많은 일을 할 수 있다는 것을 깨달은 것은. 얼마 후, 우리는 그런 생활에 적응을 했고 생활 리듬을 각자가 맡은 일의 분량에 맞출 수 있게 되었다. 나는 인생이라는 트랙을 달리는 달리기 선수였다. '당신이 자랑스럽다'는 하미드의 목소리가 거대한 경기장을 가득 메운 관중들의 박수소리처럼 귀에 울려 퍼지는 덕에, 나는 더욱 힘을 내어 민첩하게 달릴 수 있었다.

어느 날, 어제 신문을 훑어보던 중에 부고 란을 우연히 보게 되었다. 부고에 관심을 갖는 경우는 거의 없었는데, 그날은 이상하게도 그 면으로 눈이 갔고 어떤 이름을 보는 순간, 내 눈길은 그 자리에서 얼어붙어 버렸다. 에브라힘 아흐마디, 파르바네의 아버지의 부고가 실려 있었다. 가슴이 에이는 것 같았다. 그의 품위 있고 다정한 얼굴이 떠올랐다. 눈에 눈물이 차오르면서 파르바네와의 추억이 밀려왔다. 그 오랜 시간과 이 먼 거리도 파르바네를 사랑하는 나의 마음과 그녀를 다시 보고 싶은 마음을 지울 수 없었다. 몇 년 전, 파르바네의 어머니와 전화통화를 한 이후로, 그녀의 소식을 듣지 못했다. 사는 게 너무 힘들어 그녀의 어머니에게 다시 전화를 할 생각을 하지 못했다.

장례식에 반드시 가야 했다. 어쩌면 이것이 파르바네를 찾을 수 있는 유일한 기회인지도 몰랐다. 그녀가 어디에 있든지, 아버지의 장례식에는 꼭 올 테니까.

장례식이 열리는 사원으로 가는 내내 마음이 혼란스럽고 손바닥에 땀이 배어나왔다. 유가족들이 앉아 있는 줄에서 파르바네를 찾아보았지만 그녀의 모습은 보이지 않았다. 아버지 장례식에 오지 않은 걸까? 어떻게 그럴 수가 있을까? 바로 그때 검은 레이스 스카프 아래로 금발이 빠져나온 살집 좋은 여자가 고개를 들었다. 우리의 시선이 마주쳤다. 파르바네였다. 십이삼 년 만에 어떻게 그렇게 많이 변할 수 있을까? 우리는 와락 끌어안았고 장례식이 거행되는 내내 아무 말 없이 눈물을 흘렸다. 파르바네는 돌아가신 아버지를 애도하며 울었고 나는 지난 세월 동안 내가 겪은 모든 일을 떠올리며 울었다. 장례식이 끝난 후, 그녀는 자기 친정으로 같이 가자고 나를 붙잡았다. 손님들이 거의 다 돌아간 다음, 우리는 서로의 얼굴을 마주하고 앉았다. 어디서부터 시작해야 좋을지 알 수가 없었다. 다시 보니, 그녀는 옛날과 다름없는 파르바네였다. 살이 찌고 머리를 금발로 염색했을 뿐. 눈 밑에 검은 그림자가 생기고 얼굴이 부은 것은 최근 며칠 동안 많이 울었던 탓이리라.

"마숨." 마침내 파르바네가 입을 열었다. "행복하니?"

나는 움찔 놀랐다. 뭐라고 대답해야 할지 알 수 없었다. 나는 그런 질문을 받을 때마다 늘 혼란스러워졌다. 내 침묵이 길어지자, 그녀가 고개를 저으며 말했다. "아, 친구야! 너를 힘들게 하는 일들은 끝이 없는 것 같구나."

"불행하다는 게 아니야. 그냥, 행복의 의미를 잘 모르겠어서 그래! 하지만 감사할 일들이 많아. 건강한 아들이 둘이나 있고, 물론 지금은 우리 곁에 없지만, 남편도 좋은 사람이고, 일도 하고 있고, 공부도 하고 있고…… 내가 늘 바라던 게 뭔지 기억하고 있니?"

"아직 포기를 안 했구나." 파르바네가 웃으며 말했다. "졸업장이 크게 쓸모가 있진 않더라. 나를 좀 봐, 고등학교 졸업장을 땄지만 아무 일도 못하고 있잖아."

"고등학교 졸업장은 한참 전에 받았어. 지금은 테헤란 대학에서 페르시아 문학을 공부하고 있어."

"정말? 굉장하다! 네 끈기는 진짜 대단해. 물론 네가 공부를 잘 하긴 했어도 남편과 아이들까지 있는데 공부를 계속할 줄은 몰랐어. 네 남편이 반대하지 않아서 다행이다."

"반대는커녕 늘 격려해줬는걸."

"멋지다! 그럼 틀림없이 현명한 사람이겠네. 꼭 만나봐야겠어."

"그래, 별일 없으면 십오 년 후에 만날 수 있을 거야!"

"그게 무슨 소리야? 왜? 지금 어디에 있는데?"

"교도소에 있어."

"세상에! 무슨 일로?"

"정치범이야."

"정말이니? 독일에서 이란 동포들이 연맹 소속단원들과 정부에 반대한 사람들이나 정치범들에 대해 이야기하는 걸 종종 들었어. 그럼 네 남편도 그런 경우로구나! 감옥에서 고문을 한다던데, 사실이니?"

"남편은 아무 얘기도 하지 않았지만, 가끔 빨랫감에 피가 묻어 있어. 요즘에 면회가 다시 금지되어서 나도 남편이 지금 어떻게 지내는지 몰라."

"생활비는 누가 대주는 거야?"

"말했잖아. 내가 일을 한다고."

"너 혼자서 생활비를 다 감당한다고?"

"생계를 꾸려가는 건 그렇게 어렵지 않아. 외로움이 견디기 힘들지. 아아, 파르바네, 내가 얼마나 외로운지 넌 모를 거야. 너무나 바빠서 쉴 틈이 없는데도 나는 늘 외로워. 드디어 널 찾게 되어서 얼마나 행복한지 몰라. 네가 정말로 필요했어…… 이제 네가 말해봐. 행복하게 살고 있는 거지? 애들은 몇 명이야?"

"잘 살고 있어. 딸이 둘인데 릴리는 여덟 살이고 랄레는 네 살이야. 남편도 괜찮은 편이야. 남자들이 모두 비슷하지 뭐. 독일 생활도 익숙해졌지만 아버지가 돌아가신 마당에 어머니를 혼자 지내게 할 수가 없어서 다시 돌아와야 할 것 같아. 내 동생 파르자네는 아이가 둘인데 둘 다 아직 너무 어리고 자기 사느라 바쁘거든. 아들들은 믿을 만하지가 않고. 내 남편 코스로우가 이미 이란으로 돌아올 계획을 세워두었어."

파르바네와 나는 나누고 싶은 이야기가 너무 많았다. 하루 만에 그 이야기를 다 할 수는 없었다. 여러 날과 여러 밤이 필요했다. 우리는 나와 우리 아이들이 금요일 하루를 파르바네의 친정에서 보내는 것으로 계획을 잡았다. 그날은 정말 멋진 날이었다. 나는 태어나 그때까지 해왔던 것보다 더 많은 말을 했다. 다행히 그 오랜 시간과 그 먼 거리로도 우리의 우정에는 금이 가지 않았다. 여전히 우리는 다른 그 누구와 있을 때보다 가장 편하고 자유롭게 이야기를 할 수 있었다. 나는 남에게 속내를 털어놓는 것이 언제나 힘들었고 하미드의 생활을 비밀에 부쳐야 했던 것 때문에 사람들과 함께 있는 것이 더 불편했다. 하지만 파르바네에게는 내 마음속 가장 깊은 곳에 묻어놓았던 비밀을 다 이야기할 수 있었다. 나는 내 친구를 되찾았다. 앞으로는 결코 그녀를 놓치지 않으리라.

다행히 파르바네의 귀국은 빨리 진행되어서 그녀의 가족은 독일에 잠시 다녀온 후 테헤란으로 이사를 했다. 파르바네의 남편은 곧 일을 시작했고 그녀도 이란-독일 회사에 시간제 직원으로 출근을 했다. 이제 나에게는 의지할 수 있는 사람이 한 명 더 생겼다. 파르바네로부터 내가 살아온 이야기를 들은 그녀의 남편은 안타까운 마음에 나와 우리 아이들을 지켜주고 싶어 했다. 어느새 시아막과 마수드는 서로를 좋아하는 우애 있는 형제가 되어 있었고 서로에게 좋은 놀이친구가 되어주었다. 파르바네는 끊임없이 아이들을 위한 행사를 계획해 틈나는 대로 극장이나 수영장이나 공원에 데려가주었다. 파르바네 가족의 등장으로 우리의 생활은 변화되었고 파티가 아기를 낳은 이후로 파티 이모 부부와 전처럼 시간을 보낼 수 없어 더욱 외롭고 어수선한 나날을 보내며 의기소침해진 우리 아이들이 새로운 기쁨으로 들뜬 것이 눈에 보였다.

또 한 해가 지났다. 우리는 다시 하미드의 면회를 허락받았고 나는 한 달에 한 번씩은 아이들을 데리고 갔다. 그러나 그를 만나고 나면 아이들의 기분이 울적해져 평상시로 되돌리기까지 거의 일주일이 걸렸다. 마수드는 더 말을 하지 않고 슬퍼했으며 시아막은 더 예민해지고 사나워졌다. 하미드는 매번 지난번보다 더 늙어 있었다.

나는 학업을 계속하며 매 학기 조금씩 학점을 이수해나갔다. 이제 기관에서도 정식 직원으로 발령을 받았고 대학교 학위가 없었음에도 불구하고 보다 전문적인 일을 맡았다. 자가르는 여전히 나를 보호하면서 나를 믿고 업무를 주었고 시자디와 나는 친한 친구가 되었다. 그는 여전히 성질이 나쁘고 무뚝뚝했으며 가끔 다른 사람들과 싸우거나 말다툼을 벌였다. 그럴 때마다 그가 정말 안쓰러웠다. 나는 아무도 그에 대해 적대감을 품지 않았으며, 사람들의 행동과 말 이면에 숨은 의도 같은 것은 없다는 말로 그의 마음속에 깊게 뿌리내린 비관적인 생각을 덜어주려고 노력했다. 그러면 그는 쓸쓸하게 대답하곤 했다.

"두려움 때문에 내 마음속의 믿음이 사라졌습니다. 내게 남은 것은 의심뿐이지요."

그는 사람들이 모이는 장소에서는 언제나 불편한 기색을 드러냈고 그 어떤 그룹에도 속하지 않았으며 모든 행동에서 반역 정치꾼들의 발자취를 찾으려 했다. 그리고 모든 사람들이 체제의 하수인이며 하인이라고 믿었다. 그의 동료들은 그와 함께 있는 것에 개의치 않았으나, 그 자신은 스스로를 늘 열외로 취급했다.

한번은 내가 물었다. "혼자 있는 것이 지겹지 않으세요?"

대답 대신 그는 슬픔의 친구이자 외로움의 연인인 그의 절망은 태양처럼 영원하고 바다처럼 광활하다는 자작시를 읊었다.

언젠가는 자가르가 농담조로 말했다. "그러지 말아요! 왜 모든 일을 그렇게 어렵게 만들어요? 모든 것이 당신이 생각하는 것처럼 그렇게 나쁘진 않다고요. 그런 문제들은 어느 사회에나 있기 마련입니다. 우리도 만족스럽지는 않아요. 하지만 건초더미로 산을 만들 수도 없는 노릇이고 언제까지 비통해할 수도 없는 일이잖아요?"

시자디는 언제나처럼 아무도 자신을 이해하지 못한다는 내용의 시로 대답을 대신했다.

그가 우리 기관의 국장과 열띤 논쟁을 벌이다 국장의 사무실을 뛰쳐나오며 문을 쾅 닫은 사건이 발생했다. 모두들 그의 주위로 몰려들었다. "조금 양보하세요. 어쨌거나 여기는 정부기관이지 당신 이모네 집이 아니잖아요. 몇 가지 부분은 참고 넘어가야 해요." 누군가가 이렇게 말하자 시자디는 절대 고개를 숙일 수 없다고 고래고래 소리를 질렀다.

나도 한마디 거들었다.

"시자디 씨, 제발 흥분을 가라앉히세요. 이렇게 그냥 일을 그만둘 순 없잖아요. 직장이 필요하잖아요."

"그럴 수 없습니다."

"그럼 이제 어떻게 하실 거예요?"

"떠날 거요. 여기서 나가야 해요……."

그는 기관을 떠났을 뿐 아니라 얼마 후 나라마저 떠났다. 남은 소지품을 가지러 오던 날, 그는 나에게 작별인사를 하고 나서 한마디 덧붙였다. "당신의 영웅적인 남편에게 내 대신 인사를 전해주세요." 그리고 자기가 지은 시를 하미드에게 낭송해 달라고 부탁했다. 저들은 진실을 말하는 자들을 교수대로 끌고 갔다는 시였다.

시자디가 떠나자 기관은 다시 평화로워졌다. 시자디와 아무 문제가 없어 보였던 자가르조차 마지막에 가서는 그를 더 이상 용납하지 못하는 것 같았다. 그러나 시자디에 대한 기억과 그가 겪었던 깊은 슬픔과 고뇌는 영원토록 내 안에 남았다. 나는 아이들이 그 사람처럼 아파하고 낙심하는 사람이 되지 않도록 최선을 다했다.

아이들이 웃음을 잃지 않을 수 있는 집안 분위기를 만드는 것도 중요했다. 그런 노력의 한 방법으로 나는 농담 대회를 열고 제일 재미있는 이야기를 한 사람이 상을 가져가게 했다. 서로가 서로를 흉내내기도 했다. 나는 아이들이 여러 가지 문제와 결핍된 것들을 웃음으로 넘기기를 바랐다. 우리는 또 다양한 말투를 사용해보기도 했다. 나는 아이들에게 노래를 하라고 부추겼고 녹음기나 라디오에서 음악이 나오면 볼륨을 높이라고 했으며 신나는 음악을 들으며 춤을 추자고도 했다. 밤이면 너무나 피곤해 손가락 하나 까딱하기가 힘들었지만, 아이들이 순순히 자겠다고 할 때까지 함께 게임을 하고 웃다가 쓰러질 때까지 간지럼을 태우기도 했으며 베개 싸움을 하기도 했다.

몸이 힘들고 지쳤지만, 반드시 그렇게 해야만 했다. 나는 그 우울한 분위기를 명랑하게 바꾸어야 했고, 함께 있어주지 못하는 시간을 보충해야 했다. 아이들에게 기쁨을 주입시켜서 시자디 같은 눈으로 세상을 바라보지 않도록 해주어야 했다.

결혼한 지 얼마 지나지 않아, 파티는 하늘색 눈을 가진 예쁜 딸을 낳았다. 파티는 딸의 이름을 피루제(터키블루)라고 지었다. 시아막과 마수드는 사촌 여동생을 무척 예뻐했다. 특히 마수드는 피루제와 놀고 싶어 안달을 했다.

남편의 사망과 함께 파르빈은 평화와 자유를 찾을 수 있었다. 그가 죽기 전에 집의 명의를 그녀에게로 이전시켜놓았기 때문에 금전적으로도 불안해하지 않을 수 있었다. 그러나 그녀는 남편을 좋게 이야기하지 않았고 그가 자신에게 한 일을 용서하지 않았다. 혼자가 된 그녀는 많은 시간을 우리와 함께 보냈다. 내가 늦게까지 일을 해야 할 때면 그녀가 아이들과 함께 있어주었고, 내가 좀더 쉬면서 아이들과 시간을 더 보낼 수 있도록 집안일도 거의 다 도맡아 해주었다. 그녀는 나의 운명과 나의 외로움에 일말의 책임을 느꼈고 그것을 보상하고 싶어 했다.

마흐무드의 추천으로, 알리는 평판이 좋은 시장 상인의 딸에게 청혼을 했다. 둘은 공식적으로 약혼을 했고, 그해 가을 남자 하객들과 여자 하객들을 따로 접대할 수 있는 홀에서 공들여 준비한 결혼식을 올리자는 계획이 세워졌다. 신붓감이 마음에 꼭 들었던 마흐무드는 신부 가족이 요구하는 온갖 어이없는 조건을 흔쾌히 받아들여 협력과 원조를 아끼지 않겠다고 약속했다.

아버지는 그런 결혼식을 못마땅해 하셨다. "그렇게 돈을 많이 쓸 수는 없다…… 이게 무슨 터무니없는 짓이냐?" 마흐무드는 당당했다. "투자한 돈은 곧 회수될 겁니다. 가만히 기다리고

계시다가 신부가 가져올 혼수나 구경하세요. 신부 아버지와 제
가 할 거라도 기대하시고요."

작은오빠 아흐매드는 가족의 품을 완전히 떠났다. 아무도 그
에 관해 이야기하지 않았고 가능한 한 그의 이름조차 입에 올
리려고 하지 않았다. 아버지는 이미 오래전부터 그를 한 가족
으로 여기지 않으셨다. "아흐매드가 너희 집이 어디인지 몰라
서 천만다행이다. 그렇지 않았다면, 너를 찾아가 난동을 부리며
돈을 내놓으라고 했을 게다."

아흐매드는 너무나 빠른 속도로 추락하는 바람에 우리는 모
두 그를 포기할 수밖에 없었다. 여전히 가끔씩 그를 만났던 파
르빈은 아무도 몰래 나에게 그의 소식을 전해주곤 했다.

"그렇게 작정을 하고 자기를 망가뜨리는 사람은 처음 봤어.
정말 부끄러운 일이지 뭐니. 참 잘생긴 사람이었는데. 지금 보
면, 아마 넌 네 오빠를 못 알아볼 거야. 조만간 테헤란 남쪽 어
딘가 길거리 홈통 밑에서 그의 시체를 찾게 될지도 몰라. 아흐
매드가 아직까지 살아 있는 건 네 어머니 덕이야. 아무에게도
이야기하면 안 돼. 네 아버지가 아시게 되면, 어머니가 힘들어
질 거야. 하지만 가엾은 네 어머니가 어떻게 제일 아끼던 아들
을 못 본 척할 수 있겠니? 아침에 너희 아버지가 집을 나가시
면, 아흐매드가 몰래 집에 가서 어머니가 주는 음식을 먹고 온
단다. 케밥도 만들어주고 빨래도 해주고, 형편이 될 때에는 주
머니에 돈도 찔러넣어 준대. 아직까지도 아흐매드를 마약중독
자라고 하는 사람이 있으면, 아마 네 어머니는 그 사람의 내장
을 갈기갈기 찢어놓을 거야. 가엾기도 하지. 아직도 아들이 회

377

복될 거라고 믿고 있다니까."

파르빈의 예언은 곧 이루어졌다. 그러나 아흐매드는 혼자 추락하는 대신 아버지까지 파멸의 길로 이끌었다. 마지막에 이르자, 그는 돈을 위해서라면 물불을 가리지 않았다. 돈이 절실하게 필요했던 그가 아버지의 집에 몰래 들어와 집에 있는 카펫을 내다 팔기 위해 둘둘 말고 있던 순간, 아버지가 돌아오셔서 그와 몸싸움을 벌이셨다. 아버지의 지친 심장이 감당하기에는 벅찬 일이었다.

결국 아버지는 병원으로 실려 가셨고 우리는 며칠 동안 중환자실 문 앞에서 마음을 졸였다. 겨우 회복이 된 아버지는 일반 병동으로 옮겨졌다.

우리는 아버지가 회복하시리라는 희망을 품고 있었으나 아버지는 또 한 번 심각한 심장마비를 일으키셨다. 그리고 중환자실로 다시 들어가신 지 이십사 시간 만에 생명을 허락한 분께 다시 생명을 내주셨다. 나는 나의 유일한 지지자와 피난처를 잃었다. 남편인 하미드가 교도소에 간 후로 나는 외롭고 고립된 느낌을 받았다. 그런데 아버지가 돌아가시고 난 다음에는 비록 멀리 계셨어도 아버지가 얼마나 나를 안전하게 지켜주셨고 암울한 순간마다 아버지의 빛나는 존재가 얼마나 나의 마음을 밝혀주었는지 깨닫게 되었다. 아버지가 돌아가시자 친정과 나를 묶어주던 유대감이 약해져갔다.

일주일 동안, 나는 눈물을 멈추지 못했다. 그러나 곧 본능적으로 주위 사람들을 걱정하게 되었고, 시아막의 깊은 슬픔과 침묵에 비하면 내 눈물은 아무것도 아니라는 것을 깨달았다. 아이는 눈물을 한 방울도 흘리지 않았다. 대신 공기가 조금도 들어갈 자리가 없는 풍선처럼 부풀어 터지기 일보 직전이었다.

　어머니는 그런 시아막을 못마땅해했다. "저런 맹랑한 녀석을 봤나. 외할아버지가 저를 얼마나 귀여워하셨는데, 무덤에 들어가시는 순간에도 눈물 한 방울 흘리지 않다니…… 자기와는 상관없다는 투야."

　시아막의 감정 상태가 겉으로 드러나 보이는 것보다 훨씬 심각하다는 것을 나는 잘 알고 있었다. 어느 날, 나는 마수드를 파르바네에게 맡기고 시아막과 함께 아버지의 묘소를 찾았다. 나는 무덤 옆에 무릎을 꿇었고 시아막은 어둡고 우울한 구름처럼 내 옆에 서 있었다. 아이는 먼 곳을 쳐다보면서 자기가 속해 있는 시간과 공간을 초월해 있었다. 나는 아버지에 대해 이야기를 하기 시작했다. 아버지에 대한 기억, 자상했던 아버지의 모습들, 그리고 아버지의 죽음이 우리 삶에 남긴 공허함에 대해. 그리고 천천히 시아막을 곁에 앉히고 이야기를 계속해나갔다. 갑자기 아이가 울기 시작하더니 꾹 참고 있던 눈물을 모두 쏟아냈다. 시아막은 밤이 될 때까지 울음을 멈추지 않았다. 집으로 돌아온 마수드가 울고 있는 시아막을 보더니, 역시 울음을 터뜨렸다. 나는 두 아이가 속에 있는 것들을 다 쏟아내도록 내버려두었다. 그 작은 가슴속에 쌓인 모든 고통을 쏟아낼 필요가 있었다. 얼마가 흘렀을까. 나는 아이들을 앉히고 물었다.

　"할아버지의 추억을 기리기 위해, 우리가 어떻게 해야 할까? 할아버지는 우리에게 뭘 기대하실까? 할아버지를 기쁘게 해드리려면 우리가 어떻게 살아야 할까?"

아이들에게 이야기를 하면서 나 역시 깨달았다. 아버지를 기쁘게 해드리려면, 아버지에 대한 추억을 간직하면서 나에게 주어진 삶을 계속 살아나가려고 노력해야 한다는 것을.

아버지가 돌아가신 지 석 달 만에, 작은오빠 아흐매드 역시 파르빈이 예견한 대로 비참한 최후를 맞이했다. 거리 청소부가 테헤란 남부 어느 길가에서 그의 시체를 발견했다. 알리가 가서 신원을 확인했다. 장례식은 열리지 않았고, 슬픔으로 허리가 굽은 어머니 외에는 아무도 그를 위해 울지 않았다. 아흐매드와의 좋은 기억을 떠올리려고 아무리 애를 써도, 그런 기억을 찾을 수는 없었다. 오히려 나는 그의 죽음이 하나도 안타깝지 않다는 것에 죄책감을 느꼈다. 그를 애도하지는 않았지만, 그 이후로 오랫동안 그를 생각할 때마다 아련한 슬픔이 내 마음을 눌렀다.

상황이 그랬던 터라, 알리는 결혼식을 올리지 않았다. 대신 그는 서둘러 아내를 아버지와 살던 집으로 데리고 들어왔다. 아버지는 몇 년 전에 그 집의 명의를 어머니의 명의로 돌려놓으셨다. 혼자 된 이후로 무력해진 어머니는 살림에서 완전히 손을 떼고 알리의 신부에게 전권을 넘겼다. 그렇게, 힘들 때마다 나의 유일한 피난처였던 친정의 문은 굳게 닫히고 말았다.

4장

　1977년이 반쯤 지났을 무렵, 나라 전역에 정치적으로 불안한 기운이 감돌았다. 사람들의 이야기와 행동이 눈에 띄게 바뀌었다. 사무실에서, 거리에서, 특히 학교에서 사람들은 전보다 더 대담하게 의견을 표현했다. 교도소가 많이 개선되어서 하미드를 비롯한 수감자들은 더 많은 편의시설을 누릴 수 있게 되었다. 반입하는 옷과 음식에 대한 제한도 많이 완화되었다. 그러나 상처받은 내 마음속에는 아무런 희망의 빛이 없어서 곧 일어나려고 하는 엄청난 사건들을 상상할 수 없었다.

　이슬람 신년이 며칠 앞으로 다가왔고 공기 중에는 봄 냄새가 감돌았다. 머릿속으로 많은 생각을 하며 집으로 돌아온 나는 이상한 광경을 맞닥뜨렸다. 복도 한가운데에 쌀 몇 부대와 요리용 고기기름이 든 커다란 캔 몇 개와 차와 야채가 든 봉지들과 다른 식료품들이 놓여 있었다. 나는 깜짝 놀랐다. 시아버지가 가끔 쌀을 사주기는 했지만 다른 식료품을 사주는 경우는 없었다. 인쇄소가 문을 닫은 이후로, 시댁 역시 금전적으로 압박을 받고 있었다.

시아막이 놀란 내 표정을 보더니 웃음을 터뜨렸다. "놀랄 일이 더 있어요." 그리고 봉투 하나를 내게 내밀었다. 봉투가 열려 있어서 그 안에 들어 있는 지폐 뭉치가 들여다보였다.

"이게 뭐니? 어디서 났어?"

"알아맞혀보세요!"

"그래요, 엄마. 맞추기 대회예요." 마수드가 신이 나서 거들었다. "알아맞혀야 해요."

"할아버지가 주고 가셨니? 이 많은 걸, 힘들게 가져오셨어?"

"아뇨!" 시아막이 말했다.

두 아이가 모두 웃기 시작했다.

"파르바네 아줌마가 가져왔어?"

"아뇨."

아이들의 웃음소리가 더 커졌다.

"파르빈 아줌마? 파티 이모?"

"아니에요!" 시아막이 말했다. "엄만 절대 알아맞히지 못할 거예요…… 말해줄까요?"

"그래! 누가 이걸 다 가져온 거야?"

"알리 삼촌요! 하지만 알리 삼촌이 엄마에게는 마흐무드 삼촌이 가져다주었다고 말하랬어요."

너무나 놀라서 어안이 벙벙해졌다.

"왜? 대체 왜? 꿈에서 예언자라도 봤대?"

나는 수화기를 집어 들고 친정에 전화를 걸었다. 어머니는 아무것도 모르고 있었다.

"그럼 알리를 바꿔주세요. 무슨 일인지 알아야겠어요."

알리가 전화를 받았다. "알리, 이게 무슨 짓이니? 우리가 불쌍해서 동정을 하는 거니?"

"제발, 누나. 그건 나의 의무야."

"무슨 의무? 난 너한테 뭘 해달라고 부탁한 적 없어."

"그건 누나가 품위 있고 고결해서 그런 거고. 하지만 난 내 책임을 다해야 했어."

"알리, 고맙지만 우리 애들과 나는 아무것도 필요 없어. 어서 와서 도로 가져가."

"그걸 가져가서 뭘 하라고?"

"몰라. 아무튼 가져가서 네가 하고 싶은 대로 해. 필요한 사람들에게 주든지."

"누나, 그건 나와 아무 상관도 없는 일이야. 마흐무드 형이 보낸 거니까. 형한테 말해. 누나에게만 그러는 게 아니야. 형은 많은 사람들에게 그렇게 물건을 보내고 있어. 난 배달만 하는 거야."

"뭐? 그럼, 이게 신사께서 보낸 구호품이라는 말이니? 세상에, 상상도 못할 일이…… 혹시 오빠가 미친 건 아니고?"

"누나, 그게 무슨 말이야? 우린 나름대로 좋은 일을 하고 있다고 생각하는데."

"오빠와 넌 이미 나에게 좋은 일을 많이 해줬어. 고마워. 고마우니까 가능한 한 빨리 와서 이것들 좀 가져가."

"그럴게. 단, 마흐무드 형이 그러라고 하면. 누나가 형한테 직접 말해봐."

"알았어. 지금 바로 말할 거야."

나는 마흐무드의 집에 전화를 걸었다. 내가 그 집에 전화를 건 적은 다섯 손가락으로 꼽을 수 있을 정도였다. 골람-알리가 전화를 받아 반갑게 인사를 하고는 제 아버지에게 수화기를 넘겨주었다.

"마수메! 놀랄 일이로구나. 웬일로 네가 우리 생각을 다 했지?"

"사실 내가 오빠에게 물어보려던 것이 바로 그것이었어. 웬일로 우리 생각을 했어? 구호품을 보냈더군!"

"마수메, 그건 구호품이 아니라 네 권리야. 네 남편이 자유를 위해, 저 신을 믿지 않는 자들에게 맞서 싸우다가 감옥에 갔잖아. 싸울 힘도 없고, 감옥과 고문을 견딜 용기도 없는 우리 같은 사람들에게는 적어도 그 용감한 사람들의 가족들을 돌보아야 할 의무가 있는 거란다."

"하지만 오빠. 하미드는 벌써 사 년째 수감생활을 하고 있어. 지금까지 아무의 도움도 받지 않고 잘 해왔듯이, 신의 은총으로 난 앞으로도 계속 그렇게 살아갈 거야."

"네 말이 맞다, 마수메. 우린 눈이 멀어 아무것도 몰랐어. 의식이 없었지. 우리를 용서해라."

"제발, 오빠. 내 말은 내 삶은 내가 책임질 수 있다는 거야. 내 아이들이 동정을 받으며 자라는 건 싫어. 부탁이니까 이 물건들을 다른 사람에게 가져다줘."

"마수메, 그건 나의 의무야. 너는 우리의 소중한 가족이고 하미드는 우리의 긍지야."

"하미드는 처형당한 반란자들과 다를 것 없는 사람이야."

"그렇게 비방하지 마라. 원한이 많구나, 그래서 그런 거지?
……내가 무지했다고 고백했잖아. 나는, 이 독재체제에 맞서
싸우는 사람들은 모두 칭찬받아 마땅하다고 생각해. 무슬림이
건 신앙심이 없는 사람이건."

"고마워, 굉장히 고마워, 오빠." 나는 단호하게 말했다. "하지
만 음식은 충분해. 누굴 보내서 이걸 가져가."

"네 이웃들에게 줘." 마흐무드가 화를 내며 퉁명스럽게 말했
다. "보낼 만한 사람이 없다."

그리고 그는 전화를 끊어버렸다.

이후 몇 달 동안, 그런 변화는 더욱 뚜렷해졌다. 직장에 내 남
편이 정치범이라는 사실을 아는 사람은 없을 것 같았지만, 그
때까지 거의 모든 사람들이 나를 조심스러워하며 내 사무실에
자주 드나들지 않으려고 했다. 그러나 이제 그런 조심스러운
태도와 경계의 기미는 온데간데없이 사라졌다. 사람들이 더 이
상은 나와 어울리기를 두려워하는 것 같지 않았고 아는 사람들
도 순식간에 늘어났다. 동료들도 내가 자주 자리를 비우는 것
이나 틈나는 대로 공부를 하는 것에 대해 불평을 하지 않았다.

곧 그런 변화는 더욱더 분명해졌다. 가족들, 대학 친구들, 직
장동료들 할 것 없이 모두가 내 생활과 나의 환경에 대해 숨김
없이 이야기하기 시작했다. 그들은 하미드의 안부를 물었고 동
정심과 걱정을 표하며 그를 칭찬했다. 어느 자리에서나 나는

상석으로 안내되었고 모든 관심의 중심이 되었다.

나는 불편했지만, 시아막은 그런 분위기를 좋아했다. 아이는 자랑스럽게 아버지에 대한 이야기를 했고 아버지가 투쟁한 이야기, 체포당한 이야기, 그리고 비밀경찰이 우리 집에 들이닥친 이야기도 아이에게는 하나의 자랑거리가 되었다. 아이들이 모두 그렇듯, 시아막도 이야기를 잔뜩 부풀렸으며 그로 인해 아버지를 불굴의 영웅으로 만들어갔다.

새 학기가 시작된 지 2주 만에, 시아막의 담임선생님이 나를 불렀다. 혹시 아이가 다시 문제를 일으키기 시작해서 같은 반 친구들을 때리지나 않았을까 걱정이 되었다. 그러나 학교 행정실에 들어가자마자, 나는 다른 이유가 있었다는 것을 깨달았다. 선생님들과 장학사들이 나를 반갑게 맞아주고는 신중하게 문을 닫았다. 교장과 다른 행정 직원들이 내가 학교에 왔다는 사실을 모르게 하기 위해서였다. 그들을 못 믿는 눈치였다.

선생들과 장학사들은 내게 하미드와 이란의 정치적 상황, 일어나고 있는 변화, 그리고 혁명에 대한 질문을 했다. 나는 깜짝 놀랐다. 그들은 마치 내가 내란의 중심인 것처럼 행동했다. 나는 남편에 관한 질문에는 대답을 했지만, 다른 문제에 대해서는 같은 대답을 반복할 수밖에 없었다. "저는 모릅니다. 남편의 일에 관여한 적이 없어요."

결국 시아막이 아버지와 혁명 운동과 우리가 혁명에 연루되어 있다는 이야기를 너무나 열을 내며 과장해서 들려주는 바람에 혁명 지지자들이 아이의 주장을 확인할 뿐 아니라 주요 운동가들과 직접 연락할 수 있는 방법을 알아내려 했던 것이었다.

"물론 그런 아버지를 두었으니 우리는 시아막에게 큰 기대를 했죠." 눈이 촉촉한 한 선생이 말했다. "시아막이 이야기를 얼마나 아름답고도 열정적으로 하는지 모르실 거예요."

"우리 아이가 뭐라고 하던가요?" 나는 시아막이 아버지를 잘 알지도 못하는 사람들에게 어떤 이야기를 했는지 궁금했다.

"어른처럼, 마치 무슨 웅변가처럼 말했지요. 우리 앞에 대담하게 나서더니 이렇게 말하는 거예요. '제 아버지는 억압받은 사람들의 자유를 위해 투쟁하고 계십니다. 아버지의 친구분들이 이상을 위해 죽으셨고 아버지는 몇 년째 수감 중이십니다. 아버지는 고문을 당하시고도 아무런 정보를 발설하지 않으셨어요.'"

집으로 돌아오는 길에 여러 가지 복합적인 감정들이 내 마음을 어지럽혔다. 시아막이 당당하게 자기주장을 하면서 주의를 끌고 긍지를 느낀다는 것은 기뻐해야 할 일이었다. 그러나 영웅을 만들어내거나 영웅을 숭배하는 것은 걱정이 되었다. 시아막은 태어날 때부터 까다로운 아이였고 지금 나이는 한창 혼란스럽고 민감할 때였다. 그 많은 모욕과 굴욕 속에 살아온 아이가 앞으로 수많은 칭찬과 인정을 어떻게 소화해낼까. 인격이 다 형성되지도 않았는데, 그런 굴곡을 견뎌낼 수 있을까? 시아막이 왜 그렇게 많은 관심과 인정과 사랑을 필요로 하는지도 의문이었다. 그 부분을 채워주려고 그렇게 노력했건만.

주변 사람들의 존경과 감탄은 날이 갈수록 그 수위가 높아졌다. 모두 과장되고 설득력이 없는 것들이어서, 나는 그것들이 단순한 호기심에서 비롯된 것일지도 모른다는 생각을 했다. 아무튼, 그런 관심이 점점 불편해지고 짜증스러워지기 시작했다. 가끔씩 나 자신이 가식적이고 위선적이란 생각이 들기도 했고 죄책감도 느껴졌다. 내가 나의 환경을 이용하면서 사람들을 기만하고 있는 게 아닌가 하는 의문이 들었다. 나는 계속 사람들에게 나는 남편의 신념과 이상에 대해 아는 것이 별로 없고 남편의 활동에 가담한 적도 없다고 이야기했다. 그러나 사람들은 진실을 들으려 하지 않았다. 직장과 학교에서 정치적인 토론이 벌어질 때마다 사람들은 나를 지목했고, 선거가 있을 때마다 나를 대표로 선출했다. 아는 것도 없고 연줄도 없다고 하면, 내가 원래 겸손한 사람이어서 그런 소리를 한다고 해석했다. 나를 대하는 태도에 변화를 보이지 않은 유일한 인물은 자가르였다. 그는 내 주위에서 일어나는 변화를 조심스럽게 관찰했다.

직원들이 혁명위원회를 구성하여 노호하는 민중을 지지하겠다고 선포하던 날, 그때까지 겨우 나에게 인사 정도만 하던 한 직원이 나의 혁명정신과 인도주의 정신과 평화를 사랑하는 성격을 칭찬하는 웅장한 연설을 하더니 나를 위원장 후보로 지목했다. 나는 힘든 사회생활을 하면서 얻은 자신감을 가지고 자리에서 일어나 연사에게는 감사하지만 그의 주장에는 동의할 수 없다는 의사를 밝혔다. 그리고 솔직하게 이야기를 했다.

"저는 혁명에 나서본 적이 없습니다. 인생이 저를 특별한 정치관을 가진 남자가 가는 길을 따라가게 했지만…… 남편이 믿는 것의 기조와 기틀을, 그것도 아주 일부만 접한 첫날, 저는 정신을 잃었습니다."

사람들이 웃었고 몇 명은 박수를 쳤다.

"정말입니다. 저는 사실을 이야기하고 있는 거예요. 그래서 제 남편이 저를 그의 활동에 한 번도 가담시키지 않았습니다. 저는 온 마음을 다해 남편이 석방되게 해달라고 기도를 올리지만, 정치적 이념이나 정치적 영향력에 관한 한, 저는 아무에게도 도움이 되지 못합니다."

나를 지목했던 남자가 목소리를 높여 항의했다. "하지만 당신은 고통을 받았습니다. 남편은 벌써 몇 년째 수감생활을 하고 있고 당신은 혼자 삶을 꾸려가며 아이들을 기르고 있습니다. 그 모든 것이 당신이 남편의 이념과 신조에 함께하고 있다는 증거가 아닙니까?"

"아뇨! 남편이 도둑질을 해서 감옥에 갔어도, 저는 지금과 똑같이 살았을 겁니다. 여자로서, 어머니로서, 제가 제 인생과 제 아이들의 인생을 책임져야 할 의무가 있기 때문이지요."

큰 소란이 있었지만 나의 말에 동의하는 듯한 자가르의 표정을 보고, 나는 내가 옳게 행동했음을 확신할 수 있었다. 하지만 직원들은 겸손과 정직을 이유로 나를 영웅시하며, 기어이 위원장으로 선출하고야 말았다.

*

흥분한 혁명의 기운이 날로 거세게 퍼져나가는 것을 느끼며 매일 나의 마음속에는 새로운 희망의 꽃이 피었다. 샤흐자드와 다른 친구들이 목숨을 바치고 하미드가 감옥에서 몇 년간 고문과 고통을 당하며 이루려고 했던 명분이 현실이 될 수 있지 않을까?

태어나 처음으로 마흐무드와 알리, 그리고 내가 같은 편이 되었다. 우리는 같은 것을 원했고 서로를 이해하며 가깝게 지냈다. 그들은 든든한 남자형제들답게 행동했고 나와 우리 아이들에게 도움이 되어주었다. 마흐무드는 자기 아이들에게 무엇을 사줄 때마다 우리 아이들에게도 똑같은 것을 사줄 만큼 자상해졌다.

어머니는 눈물을 흘리며 신께 감사를 드렸다. "아버지가 살아 계셔서 너희들이 서로 아끼며 사는 것을 못 보시는 게 안타깝구나. 아버지는 당신이 돌아가시면 너희들이 얼굴도 안 보고 지낼까봐 걱정을 하셨다. 형제들이 널 도와주지 않을까봐 염려를 많이 하셨지. 아버지가 살아 계셔서 쟤들이 너를 위해 목숨까지 내놓으려 하는 것을 보신다면 얼마나 좋을까."

연줄을 통해 최신 뉴스와 공식 발표에 대한 정보를 얻을 수 있었던 마흐무드가 전단지와 녹음테이프를 구해오면 알리가 그것을 복사했고, 나는 그 복사본들을 직장과 학교에 배포했다. 한편 시아막은 친구들과 함께 거리로 나가 구호를 외쳤고 마수드는 시위 장면을 그리고 그 위에 '자유'라는 글씨를 써 넣었다.

여름이 되면서부터 우리는 샤의 체제에 반대하는 시위에 참가했고 회의와 강연에도 참여했다. 어느 그룹, 혹은 어느 정당이 그런 행사를 개최했는지에 대해서는 아는 바가 없었다. 그런 것은 전혀 상관없었다. 우리는 함께였고 같은 것을 원하고 있었다.

하루하루가 지날수록 나는 하미드에게 한 발자국씩 가까이 가고 있다는 느낌을 받았다. 가족이 다 함께 모여 살고 우리 아이들이 아버지를 되돌려받는 것은 더 이상은 이룰 수 없는 꿈이 아니었다. 하미드가 살아 있다는 것이 너무나도 다행이었다. 이제는 엉망으로 상한 그의 얼굴을 보아도 그런 괴로움을 당하느니 차라리 친구들과 같이 죽는 게 낫지 않았을까 하는 의문이 들지 않았다. 나는 그가 당한 고초가 헛된 것이 아니었고 곧 그가 투쟁에 대한 보상을 받을 것이라고 믿기 시작했다. 그들의 꿈이 현실이 되어가고 있는 중이었다. 봉기한 사람들이 거리로 뛰쳐나와 외쳤다.

"나는 압제에 시달리며 살지 않겠다!"

하미드와 그의 친구들이 이런 날이 오리라고 이야기하던 그때, 그들의 이야기는 너무나도 억지 같았고 허무맹랑하며 비현실적이었건만.

혁명의 기운이 강해지면서, 아이들을 통제하기가 점점 더 어려워졌다. 시아막과 마수드는 마흐무드와 굉장히 가까워졌다. 우리 집까지 찾아와 아이들을 데리고 연설장과 토론장을 찾아다니는 그의 헌신이 나에게는 정말로 낯설고 새로운 것이었다. 그런 행사를 좋아하는 시아막은 신이 나서 제 큰외삼촌을 따라다녔지만 마수드는 얼마 지나지 않아 그를 슬슬 피하며 갖가지 핑계를 대고 집에 남았다.

내가 이유를 묻자 마수드는 무심하게 대답했다. "싫어서요."

좀더 확실하게 대답을 해보라고 했더니 겨우 한마디를 덧붙였다. "그런 데에 가면 제가 당황하게 되거든요."

나는 무엇 때문에 당황한다는 것인지 이해할 수가 없었지만 더 이상 아이를 다그치지 않기로 했다.

반면 시아막은 날이 갈수록 열정을 보였다. 기분도 좋았고 집에서도 말썽을 부리지 않았다. 마치 구호를 외치며 자기 안에 쌓아두었던 분노와 좌절을 모두 쏟아낸 것만 같았다. 차츰 아이는 종교적 관례를 지키는 특별 수련을 시작했다. 늘 아침에 일어나기 힘들어하던 아이가 이제는 아침 기도를 빼먹지 않았다. 그런 변화를 기뻐해야 할지, 걱정해야 할지 나는 알 수가 없었다. 음악이 나오면 라디오를 끈다든지 텔레비전을 보지 않겠다고 하는 행동을 볼 때면, 오래전 마흐무드 오빠의 광신적인 행동이 머릿속에 떠올랐다.

9월 중순쯤, 마흐무드 오빠가 돌아가신 아버지를 위해 정성껏 준비한 추도행사를 열고 싶다고 했다. 아버지의 1주년 추도식이 지난 지도 벌써 한 달이 다 되어갔지만, 아무도 반대하지 않았다. 그렇게 다정하셨던 분을 기억하고 아버지의 순수한 영혼을 기념하여 자선을 베푸는 일은 언제나 대환영이었다. 삼엄한 계엄령과 통행금지령을 고려해, 우리는 금요일 정오에 식을 올리는 것이 최선이라는 결론을 내리고 열심히 음식을 만들며 바쁘게 행사를 준비했다. 초대할 손님 목록은 점점 길어졌다. 나는 이런 불안한 시기에 행사를 감행한 마흐무드의 용기를 속으로 칭찬했다.

추도식 당일날, 우리는 아침 일찍부터 마흐무드의 집에 모여 바쁘게 준비를 했다. 날이 갈수록 살이 쪄가는 에흐테람-사다트도 그 무거운 몸을 끌고 분주히 움직였다. 그러던 그녀가 감자 껍질을 벗기는 내 옆에 털썩 주저앉았다.

"고생 많았어요. 고마워요. 우리 모두 언니와 오빠에게 고마워하고 있어요." 내가 말했다.

"그런 말 말아요. 아버님을 위해 제대로 된 추도식을 열 때가 되었잖아요. 신이시여, 아버님의 영혼을 편히 쉬게 하소서. 게다가 상황이 이렇다 보니, 이런 행사가 있어야 사람들이 한데 모이죠."

"그런데 에흐테람-사다트 언니, 오빠는 요즘 어때요? 입방정을 떠는 것 같지만, 요즘 부부싸움을 안 하는 것 같더라고요."

"맞아요! 이제 그런 시기는 지나갔어요. 마흐무드가 싸움을 거는 적이 거의 없다니까요. 생각도 많고 몸도 힘드니까, 집에 돌아오면 애들과 나를 가만히 내버려두고 불평도 하지 않아요."

"강박관념은 여전한가요? 세정식을 할 때마다 그랬잖아요. '충분치 않아. 아직 멀었어. 다시 씻어야 하나?'"

"쉿! 누가 듣겠어요. 요즘엔 훨씬 나아졌어요. 너무 바빠서 손발을 씻어대며 요란하게 세정식을 할 시간도 없고, 혁명 때문에 사람이 완전히 달라졌다니까요. 혁명이 마흐무드의 고통을 치료해준 것 같기도 해요. '아야톨라의 말씀에 의하면, 나는 혁명의 선두에 있어. 그건 신의 이름으로 성전에 참가하는 것과 같아. 나는 신의 가장 큰 축복을 받을 거야.' 이런 말을 하더라고요."

점심식사가 끝나자 연설이 시작되었다. 우리는 뒷방에 있었기 때문에 내용을 확실히 들을 수 없었다. 연설자들은 목소리가 밖으로 새어나가지 않도록 조심했다. 거실과 식당에 사람들이 가득 들어찼고 다른 사람들은 앞마당에 모여 창문을 들여다보았다. 혁명과 정부의 압제와 현 체제를 전복시켜야 하는 우리의 임무에 대한 두세 차례의 연설이 있은 후, 에흐테람-사다트의 삼촌이 자리에서 일어났다. 유명한 율법학자인 그는 거리낌 없이 의사표현을 하다가 몇 개월간 수감되어 교도소 생활을 했고 그로 인해 영웅으로 추앙받았다. 그는 우선 아버지를 위해 짧은 연설을 한 다음 말을 이었다.

"이 고결한 가족들은 수년 동안 이 나라와 신념을 위해 투쟁을 벌여왔고 그로 인한 상처로 고통을 받았습니다. 1963년 6월 5일, 아야톨라 호메이니께서 체포되신 이후, 이들은 생명의 위험 때문에 고향을 떠나야 했고 콤에서도 떠나야 했습니다. 운명은 이들을 계속 괴롭혔습니다. 아들은 죽임을 당했고 사위는 아직 수감 중입니다. 그가 어떤 고초를 당했는지는 신만이 아실 것입니다……."

잠시 혼란스러웠다. 누구 이야기를 하는지 알 수가 없었다. 나는 에흐테람-사다트의 옆구리를 쿡 찔렀다.

"누구 이야기를 하시는 거예요?"

"그야, 아가씨 남편이죠."

"죽임을 당한 젊은 남자는……."

"아흐매드 이야기를 하시는 거예요."

"아흐매드 오빠요?" 나는 화들짝 놀랐다.

"당연하죠! 아흐매드 도련님의 죽음에 뭔가 수상한 점이 있다는 생각을 해보지 않았단 말이에요? 길 한복판에서…… 그리고 죽은 지 사흘 만에 연락이 왔잖아요. 알리 도련님이 신원확인을 하려고 검시관 사무실에 가서 시신에 매맞은 자국과 폭행당한 흔적을 봤대요."

"약 때문에 다른 마약중독자하고 싸웠겠죠."

"고인에 대해 그런 식으로 말하지 말아요!"

"그리고, 대체 누가 언니 삼촌께 우리 가족이 콤을 떠난 것에 대해 저런 가당찮은 소리들을 늘어놓은 거예요?"

"몰랐어요? 아가씨 가족이 콤을 떠난 건 그 6월 5일 사건 때문이었어요. 아버님과 마흐무드가 위험에 처해 있었죠. 그때 아가씨는 너무 어려서 기억을 못하는 걸 거예요."

"아뇨. 난 똑똑하게 기억하고 있어요." 나는 벌컥 화를 냈다. "우린 1961년에 테헤란에 왔어요. 마흐무드가 언니 삼촌께 거짓말을 한 거예요. 사람들의 열정과 흥분을 이용하려고. 어떻게 그럴 수가 있죠?"

이제 연설은 마흐무드를 조명했다. 훌륭한 아버지를 둔 아들답게 자신의 생명과 재산을 혁명에 헌신하고 고생과 희생을 마다하지 않았으며…… 정치범 열 명의 가족들을 재정적으로 보조하고 아버지처럼 그들을 돌보고 있는데, 누구보다 친여동생과 그 가족들의 생계를 책임지고 그들이 부족함을 느끼거나 외로움을 느끼도록 내버려두지 않는다는 등등의 내용이었다.

그 대목에서, 에흐테람-사다트의 삼촌은 사람들 사이에서 갑자기 벌떡 일어난 시아막에게로 다가갔다. 마치 미리 연습을 해두어서 언제 자리에서 일어나 자기 역을 연기해야 할지 알고 있는 것 같았다. 율법학자는 시아막의 머리를 쓰다듬으며 말을 이었다. "이 죄 없는 소년은 수년째 수감 생활을 하고 있는 이슬람 운동가의 아들입니다. 범죄자와 같은 현 정권은 이 소년을 포함한 수백 명의 아이들을 아버지 없는 아이로 만들었습니다. 다행히 이 소년에게는 친절하고 자기헌신적인 외삼촌이 있습니다. 마흐무드 사데기 씨가 아버지의 빈자리를 채워주었습니다. 그가 없었다면, 이 사면초가에 몰린 가족이 어떻게 되었을까요……."

역겨움이 밀려왔다. 셔츠의 옷깃이 내 목을 죄는 것만 같았다. 나는 반사적으로 셔츠 맨 윗단추를 뜯어 바닥에 던져버렸다. 내가 격노한 표정으로 벌떡 일어나자 어머니와 에흐테람-사다트가 깜짝 놀랐다. 에흐테람-사다트가 내 차도르 자락을 붙잡았다. "마숨, 앉아요. 아버지의 영혼을 위해서라도, 제발 앉아요. 이러면 안 돼요."

율법학자의 뒤쪽에 자리를 잡고 모인 사람들과 마주앉아 있던 마흐무드 오빠가 걱정스러운 눈길로 나를 흘깃 보았다. 나는 악을 쓰고 싶었으나 목소리가 나오지 않았다. 율법학자의 옆에 서 있던 시아막이 겁먹고 놀란 표정으로 내게 다가왔다. 나는 아이의 팔을 붙잡고 야단을 쳤다. "넌 부끄럽지도 않니?"

어머니는 자신의 뺨을 때리며 나를 비난했다. "신이시여, 제 목숨을 거두어가소서! 이것아, 너야말로 우릴 부끄럽게 하지 마라."

나는 혐오스러운 눈초리로 마흐무드를 쏘아보았다. 그에게 할 말이 많았는데 갑자기 애도가의 낭송이 시작되어 모두가 가슴을 치기 시작했다. 나는 시아막의 팔을 잡은 채 사람들을 헤치고 친정을 나왔다. 마수드는 내 차도르 자락을 붙잡고 우리 뒤를 따랐다. 멍이 들도록 시아막을 때리고 싶었다. 나는 차 문을 열고 아이를 안으로 떠밀었다. 시아막이 계속 물었다.

"엄마, 왜 그러세요? 무슨 일인데요?"

"입 닥쳐!"

내가 얼마나 화를 내며 냉혹하게 말했던지, 두 아이는 집에 오는 내내 한마디도 하지 못했다. 아이들이 침묵하자, 나는 생각을 정리할 수 있었다. 갑자기 시아막이 불쌍해졌다. 저 아무것도 모르는 아이가 무슨 잘못을 했단 말인가. 무슨 죄가 있단 말인가.

집에 도착하자마자 나는 하늘과 땅과 마흐무드와 알리와 에흐테람을 저주하고 주저앉아 울음을 터뜨렸다. 시아막이 부끄러운 표정으로 내 앞에 앉았다. 마수드는 물 한 잔을 떠오더니 눈물을 그렁거리며 물을 마시면 기분이 나아질지도 모른다고 하면서 내게 물을 권했다. 서서히 마음이 진정되었다.

"엄마가 왜 그렇게 화를 내는지, 난 모르겠어요. 이유가 뭐든, 잘못했어요. 죄송해요."

"정말로 몰라? 어떻게 모를 수가 있어? 사실대로 말해봐, 마흐무드 삼촌이 시켰니? 삼촌이 사람들과 모의를 해서 너를 사람들 앞에 내세운 거야?"

"네!" 시아막이 당당하게 말했다. "사람들이 아빠 칭찬을 많이 했어요."

나는 비통의 한숨을 내쉬었다. 시아막에게 뭐라고 해야 할지 알 수가 없었다. 나는 냉정을 유지하고 아이를 놀라게 하지 않으려고 애를 썼다.

"시아막, 아빠 없이 사 년을 살았지만 그동안 우리에게는 누구도 필요하지 않았어. 특히 마흐무드 삼촌은. 엄마는 너희들이 다른 사람들의 동정이나 자선을 받지 않고 온전하게 자라게 하려고 최선을 다했어. 사람들이 너희들을 아빠 없는 아이들로, 도움을 필요로 하는 아이들로 보지 않도록 애썼어. 그리고 지금까지 우리 힘으로 잘해왔어. 고생은 좀 했지만, 우리의 자존심과 명예, 그리고 아빠의 긍지와 명예를 잘 지켜왔어. 그런데 이제 와서 저 괴물 같은 마흐무드 삼촌이 자기의 이익을 위해 널 꼭두각시처럼 사람들 앞에 전시하고 이용하고 있어. 삼촌은 사람들이 널 불쌍하게 보고 자기를 훌륭한 삼촌이라고 생각하게 하고 싶은 거야. 몇 년 동안 우리 안부조차 묻지 않던 삼촌이, 왜 지난 칠팔 개월 동안 갑자기 관심을 보인 건지, 궁금하지 않았니? 엄마 말 잘 들어, 시아막. 넌 지금보다 훨씬 더 똑똑해져야 해. 누군가가 너와 너의 감정을 이용하지 못하게 해야 한다고. 마흐무드 삼촌이 너나 아빠를 이런 식으로 이용하고 있다는 걸 아빠가 아시면, 굉장히 화를 내실 거야. 아빠는 삼촌이 하는 일들을 단 한 가지도 용납하지 않으실 거고, 우리 가족이 삼촌 같은 사람들의 도구로 이용되는 걸 원치 않으실 거야."

당장에는 마흐무드의 목적이 무엇인지 알 수 없었지만, 나는 아이들이 그와 함께 있지 못하게 했고 그의 전화도 받지 않았다.

10월 중순이 되었다. 학교와 대학교가 자주 휴교를 했다. 한 학기만 더 다니면 영원히 끝나지 않을 것 같은 공부를 마치고 학사 학위를 받을 수 있었지만, 대학에서는 늘 시위가 벌어져서 수업이 진행되지 않았다.

나는 여러 정치 집회에 참가해서 다양한 의견을 들으며 하미드를 구할 희망이 있는지 없는지를 가늠해보았다. 희망을 얻어 모든 것이 밝고 아름답게 보일 때도 있었고 너무나 실망해서 깊은 우물 안에 빨려 들어가는 느낌을 받을 때도 있었다.

정치범들을 옹호하는 목소리가 높아지는 곳이라면 나는 아이들을 데리고 어디라도 달려가 맨 앞줄을 차지했다. 아이들은 내 양쪽에 서서 그 작은 주먹을 깃발처럼 흔들어댔다. 나는 내가 겪어온 그 모든 고통과 분노와 슬픔을 담아 소리높이 외쳤다.

"정치범들을 석방하라."

눈에는 눈물이 고였지만 가슴은 후련해졌다. 나와 뜻을 같이하는 군중들을 보자 흥분이 몰려왔다. 나는 그들 한 사람 한 사람을 끌어안고 입을 맞추고 싶었다. 동포들에게 그런 감정을 느꼈던 것은 그때가 처음이자 마지막이었다. 그들이 다 내 자식 같았고 내 아버지, 어머니 같았으며 나와 피를 나눈 형제자매 같았다.

얼마 지나지 않아 정치범들이 석방된다는 소문이 퍼졌다. 샤의 생일인 10월 26일과 때를 맞추어 우선 몇 명이 나온다는 이야기도 들려왔다. 다시 내 마음속에 희망이 뿌리내렸지만 나는 소문을 곧이곧대로 믿지 않으려고 노력했다. 또다시 낙담하게 된다면, 견딜 수 있을 것 같지 않았다. 시아버지는 하미드의 석방을 위한 노력에 박차를 가했다. 여러 사람들의 추천 편지를 받아 당국에 보내기도 했다. 우리는 긴밀하게 협조를 하며 각자가 한 일의 진행상황을 알렸다. 나는 시아버지가 맡긴 일을 혼신을 다해 해냈다.

연줄이 닿는 사람을 통해 드디어 우리는 정치범 천 명이 사면된다는 정보를 입수했다. 이제 하미드의 이름이 목록에 들어 있는지 확인을 해야 했다.

"혹시 이것이 민중을 달래기 위한 또 하나의 정치적 게임이 아닐까요?" 나는 주저하며 시아버지에게 물었다.

"그렇지 않아! 상황이 불안하기 때문에 정부가 그런 여유를 부릴 수는 없을 게다. 잘 알려진 정치범들을 석방하니 두 눈으로 직접 보고 진정하라는 뜻이기는 하지. 그렇지 않으면 상황이 더 악화될 테니. 희망을 가져라, 아가. 희망을 가져야 한다."

하지만 희망을 갖기가 겁났다. 만약에 하미드가 석방자 명단에 없으면 충격에서 헤어 나오지 못할 것 같았다. 아이들이 더 걱정이었다. 이렇게 희망을 품고 큰 기대를 했다가 바라는 대로 되지 않으면, 그 크나큰 패배감과 실망감에서 오는 충격을 견디지 못할 터였다. 아이들이 소식을 듣지 못하게 하려고 여러 가지로 애를 썼지만, 거리에 무성한 소문은 마치 급류처럼 곳곳을 휩쓸고 다녔다. 시아막은 흥분으로 얼굴이 빨개진 채, 최신 뉴스를 가지고 돌아오곤 했다. 그럴 때마다 나는 냉정하게 응대했다.

"시아막, 그런 걸 믿으면 안 돼. 사람들을 잠잠하게 만들려는 의도로 선전을 하는 거야. 현재로서는 아무것도 기대할 수 없어. 모든 일이 잘 되어서 혁명이 성공하면, 우리 손으로 직접 감옥 문을 열고 아빠를 집으로 모셔올 수 있을 거야."

시아버지는 나와 의견을 같이하고 시어머니에게 같은 방법을 썼다.

10월 26일이 다가올수록 나의 기대도 커졌다. 충동적으로 나는 하미드가 쓸 물건들을 계속 사들였다. 그가 석방되면 할 수 있는 일들이 자꾸만 상상되었다. 그런데 10월 26일을 며칠 앞두고, 여러 사람들을 만나며 사방으로 뛰어다니던 시아버지가 지치고 낙담한 표정으로 우리 집에 오더니 아이들이 다른 일에 열중할 때까지 기다렸다가 소식을 전해주었다.

"명단이 거의 완성되었다더구나. 하미드의 이름을 넣지 않은 것 같다. 물론, 이런 상황이 계속되면, 하미드도 풀려나리라고 확신한다만, 이번에는 힘들어 보인다. 종교제일주의자들 위주로 명단이 작성되었단다."

나는 목구멍으로 울컥 치미는 덩어리를 삼켰다. "그럴 줄 알았어요. 제가 그렇게 운이 좋은 사람이었다면, 제 인생이 이렇지는 않았을 테니까요."

눈 깜박할 사이에 나의 모든 희망은 절망으로 바뀌었다. 나는 눈물을 머금고 활짝 열어두었던 내 마음속 창문을 다시 닫았다. 시아버지가 돌아갔다. 아이들에게 나의 깊은 슬픔과 실망을 감추기가 쉽지 않았다.

마수드가 계속 내 곁을 서성이며 물었다. "엄마, 왜 그래요? 머리가 아파요?"

시아막도 물었다. "무슨 일이 있었던 거죠?"

나는 강해져야 한다고, 좀더 기다려봐야 한다고 스스로를 타일렀지만 우리 집의 벽이란 벽들이 나를 가두어 으스러뜨리는 것만 같은 느낌에서 벗어날 수가 없었다. 그렇게 슬프고 외로운 집에 갇혀 있을 수가 없었다. 나는 아이들의 손을 잡고 집을 나왔다. 사원 앞에 사람들이 잔뜩 모여 구호를 외치고 있었다. 나는 그들을 향해 걸었다. 사원 앞뜰은 사람들로 가득했다. 우리는 그들을 헤치고 나아갔다. 무슨 일이 있었는지도 몰랐고 그들이 외치는 소리도 이해할 수 없었다. 무슨 일이건, 무슨 소리건 상관없었다. 나에게는 나만의 구호가 있었으니까. 분노의 눈물을 흘리며, 나는 크게 외쳤다. "정치범들을 석방하라." 사람들이 내 목소리에서 무엇을 느꼈는지는 알 수 없었지만, 잠시 후 나의 구호는 모두의 구호가 되어 있었다.

공휴일이 지나고 며칠 후, 새벽이 아직 오지 않은 시각에 나는 피곤에 지친 채 침대에서 몸을 뒤척이고 있었다. 보안조치가 삼엄해서 집 밖에 나갈 수 없었다. 나의 불안한 마음을 어떻게 안정시켜야 할지 알 수가 없었다. 바쁘게 움직여야 했다. 언제나처럼 일을 피난처로 삼아야 했다. 나는 불안함을 떨치기 위해 아무 생각 없이 할 수 있는 노동에 모든 힘을 쏟아붓기로 했다. 침대에서 시트를 벗겨내고 커튼을 떼어 세탁기에 집어넣었다. 창문도 닦고 방도 쓸었다.

아이들에게는 상대해 줄 마음의 여유가 없어 마당에 나가 놀라고 했더니 시아막이 눈치를 보며 대문 밖으로 나가려고 하기에 다시 불러 목욕을 하라고 했다. 부엌도 박박 닦았다. 음식을 만들고 싶지가 않았다. 전날 먹다 남은 것만으로도 우리 셋이 충분히 먹을 수 있었고 할머니는 너무 쇠약해져서 무엇을 가져다드리건 아주 조금밖에 드시지 않았다. 할머니에게는 요구르트 한 공기와 약간의 빵이면 충분했다.

나는 형편없는 기분으로 아이들에게 밥을 먹이고 설거지를 했다. 더 이상 할 일도 없었다. 마당을 쓸고 청소하려고 했지만 지쳐서 쓰러질 것만 같았다. 그것이 바로 내가 원하는 것이었다. 나는 지친 몸을 끌고 욕실로 들어가 물을 틀어놓고 목놓아 울기 시작했다. 내가 편하게 울 수 있는 공간은 이 욕실뿐이었다.

욕실에서 나왔더니 거의 오후 네 시가 다 되어 있었다. 머리카락이 아직 젖어 있었지만, 상관없었다. 나는 TV 앞에 베개를 놓고 바닥에 드러누웠다. 아이들은 내 옆에서 놀고 있었다. 막 잠이 들려는 순간, 문이 열리더니 하미드가 걸어 들어왔다. 나는 그 달콤한 꿈을 계속 꾸려고 눈을 꼭 감았다. 그런데 목소리가 들렸다. 나는 조심스럽게 눈을 살짝 떴다. 아이들이 입을 떡 벌리고 머리와 수염이 하얗게 센 여윈 남자를 쳐다보고 있었다. 온몸이 얼어붙었다. 내가 꿈을 꾸고 있는 것일까? 시아버지의 기쁨에 들뜬, 갈라진 목소리를 듣고 우리 셋은 멍한 상태를 벗어났다.

"아가! 하미드가 돌아왔다. 얘들아, 왜들 그러고 있니? 이리로 오렴. 아빠가 집에 오셨잖아."

하미드를 품에 안고서야, 나는 그의 몸이 시아막만 하다는 것을 알았다. 물론 몇 년 동안 그를 여러 번 보았지만, 이렇게까지 수척한 줄은 몰랐다. 마른 골격에 걸친 옷 때문에 더 쇠약해

보였던 걸까. 그는 아버지의 옷을 입은 소년 같았다. 걸친 옷들이 두 사이즈는 커 보였다. 벨트로 졸라맨 바지는 허리께에서 주름이 잡혀 있었고 재킷 어깨가 축 처져 소매가 손가락까지 내려와 있었다. 그는 무릎을 꿇고 아이들을 품에 안았다. 사랑하는 세 사람을 모두 안고 싶어서, 나는 온몸으로 그들을 감쌌다. 우리는 함께 울며 각자가 겪었던 고통을 나누었다.

시아버지가 눈물을 훔치며 말했다. "그만하면 됐다! 어서들 일어나라. 아빠는 굉장히 피곤하고 아프단다. 교도소 의무실에서 데리고 왔어. 좀 쉬어야 해. 나는 가서 할머니를 모셔오마."

나는 시아버지에게 다가가 그를 안고 입을 맞춘 다음 머리를 어깨에 댔다. 그리고 울먹이는 목소리로 끊임없이 말했다. "감사합니다, 감사합니다……."

지난 며칠 동안 혼자 불안을 이겨내야 했던 이 현명한 노인의 다정하고 사려 깊은 마음이 고맙기만 했다.

하미드는 열이 났다.

"옷을 벗게 도와줄게요. 어서 침대로 가요."

"아냐. 우선 목욕을 해야겠어."

"그게 좋겠네요. 감옥의 먼지와 더러움을 깨끗이 씻어내야 편하게 잘 수 있을 거예요. 다행히 오늘 기름도 넉넉하게 있고 보일러도 아침부터 돌고 있어요."

나는 하미드가 옷을 벗는 것을 도왔다. 그는 너무나 쇠약해져서 제대로 서 있지도 못했다. 옷을 하나하나 벗길수록, 그는 점점 더 작아 보였다. 마침내 그의 앙상한 몸이 드러나자, 나는 경악했다. 뼈 위에 상처투성이 가죽이 덮여 있는 몰골이었다.

나는 그를 의자에 앉히고 양말을 벗겼다. 앙상한 몸과 엉망이된 그의 발을 보자 나의 인내심이 한계에 도달했다. 나는 그의다리를 끌어안고 그의 무릎에 머리를 박고 엉엉 울었다. 저들이 무슨 짓을 한 걸까? 이 사람이 다시 건강하고 정상적인 인간의 모습을 되찾을 수 있을까?

나는 그를 씻기고 희망이 최고조에 달했을 때 사두었던 새내의와 잠옷을 입혔다. 옷이 너무 컸지만, 입고 온 양복처럼 헐렁하지는 않았다.

그가 천천히 침대에 몸을 뉘었다. 마치 매 순간을 음미하려는 것 같았다. 나는 시트와 담요를 끌어당겨주었다. 그가 베개에 머리를 대더니 눈을 감고 깊은 한숨을 쉬며 말했다.

"내가 정말 내 침대에 누운 건가? 지난 몇 년 동안, 이 침대와이 집과 이 순간을 바라며 시간을 보냈지. 그 바람이 실현될 줄은 몰랐어. 이렇게 기쁜 일이 또 있을까?"

시아막과 마수드는 약간 어색한 표정으로 조심스럽게 아빠의 행동 하나하나를 사랑과 감탄의 눈으로 지켜보았다. 하미드가 아이들을 불렀다. 아이들이 침대 곁에 앉자 세 부자는 이야기를 하기 시작했다. 나는 차를 끓이고 시아막에게 길모퉁이에있는 제과점에 가서 패스트리와 갓 구운 빵을 사오라고 심부름을 시켰다. 그리고 신선한 오렌지 주스를 만들고 남은 수프를데웠다. 내가 끊임없이 먹을 것을 권하자, 하미드가 웃음을 터뜨리며 말했다.

"잠깐만, 잠깐만. 습관이 되지 않아서 그렇게 많이 먹을 수가없어. 한 번에 조금씩 먹어야 해."

한 시간 후, 시어머니와 시누이들이 왔다. 시어머니는 기쁨에 겨워 반쯤 정신이 나간 상태로 아들의 곁에 나비처럼 다가와 앉아 눈물을 흘리며 다정하게 말을 건넸다. 눈물을 닦을 힘조차 없던 하미드가 그런 어머니를 계속 말렸다. "어머니, 그만하세요. 제발 진정하시라고요." 그러나 시어머니는 그의 머리끝에서 발끝까지 입을 맞추고 앞뒤가 맞지 않는 말을 하다가 흐느껴 울었다. 그러던 시어머니가 갑자기 벽에 등을 기대고 바닥으로 풀썩 주저앉았다. 눈에 초점이 없어지고 머리카락이 마구 헝클어졌으며 얼굴이 무서우리만치 창백해졌다. 숨을 쉬기가 힘든 것 같았다.

마니제가 어머니를 끌어안고 외쳤다. "뜨거운 물과 설탕을 가져와요. 빨리요!" 나는 부엌으로 달려가 뜨거운 물 한 컵과 각설탕을 가져와 숟가락으로 물을 떠 시어머니의 입에 넣었다. 만수레가 얼굴에 찬물을 뿌리자 시어머니는 몸을 떨며 다시 울음을 터뜨렸다. 나는 아이들을 돌아다보았다. 두 아이는 문 뒤에 서서 겁에 질린 눈으로 아버지와 할머니를 번갈아 쳐다보고 있었다.

서서히 소동이 가라앉았다. 시어머니는 침실에서 나가지 않겠다고 했다. 대신 울음을 그치겠다고 약속하고는 침대 발치에 의자를 끌어다 놓고 앉아 가끔씩 볼을 타고 조용히 흘러내리는 눈물을 훔쳐가며 하미드의 얼굴을 가만히 바라보았다.

시아버지는 마루로 나와 힘들게 숨을 쉬며 기도를 올리는 할머니 곁에 앉아 다리를 뻗고 피곤한 머리를 방석에 뉘었다. 하루 종일 정신없이 여기저기를 뛰어다닌 것이 분명했다. 나는 시아버지에게 차를 가져다드리고 그의 손 위에 내 손을 포갰다.

"감사합니다. 오늘 정말 많은 일을 하셨어요. 피곤하시죠?"

"이런 결과를 얻었으니, 그간의 수고와 노력이 아깝지 않구나."

만수레가 어머니를 위로하는 소리가 들려왔다. "제발 그만하세요. 기뻐하셔야죠. 왜 그렇게 슬픈 얼굴로 울고 계시는 거예요?"

"기쁘다. 내가 얼마나 기쁜지 넌 아마 모를 게야. 내가 우리 아들이 집에 돌아오는 것을 볼 때까지 살 수 있을 줄 몰랐단다."

"그런데 왜 우시는 거예요? 하미드 마음이 아프잖아요."

"저 악독한 놈들이 우리 아들에게 한 짓을 보렴. 얼마나 쇠약하고 수척해졌니. 늙기는 또 얼마나 늙었고." 시어머니는 다시 하미드에게 말을 걸었다. "신께서 네 목숨 대신 내 목숨을 가져가주셨으면. 많이 아팠니? 저들이 많이 때리던?"

"아니에요, 어머니." 하미드가 곤란해했다. "그냥 음식이 입에 맞지 않아서 못 먹었던 것뿐이에요. 요즘에 감기가 걸려서 아픈 거고요. 별일 없었어요."

그 와중에 며칠 동안 내 소식을 듣지 못한 어머니가 안부 전화를 했다. 하미드가 집에 왔다는 이야기를 하자 어머니는 깜짝 놀랐다. 한 시간 반 만에, 온 친정 식구들이 꽃과 패스트리를 가지고 우리 집으로 왔다. 어머니와 파티는 하미드를 보고 눈물을 흘렸다. 그리고 마흐무드 오빠는 그간의 일을 무시하고 하미드의 볼에 입을 맞추고 아이들을 끌어안고 축하의 말을 하더니 지시를 내리기 시작했다.

"에흐테람-사다트, 찻잔을 준비하고 차를 넉넉히 끓여. 손님이 많이 올 테니까. 알리, 거실 문을 열고 의자와 작은 테이블들을 정리해. 누가 과일과 패스트리를 쟁반에 좀 담아주었으면 좋겠네."

"올 손님이 없는데." 무슨 영문인지 알 수가 없었다. "아직 아무에게도 이야기하지 않았어."

"네가 말할 필요는 없어." 마흐무드가 말했다. "석방된 수감자 명단이 발표됐어. 사람들이 곧 알고 찾아올 거야."

나는 그가 뭔가를 계획하고 있다는 것을 눈치채고 화난 목소리로 말했다.

"오빠, 하미드는 몸 상태가 좋지 않아서 쉬어야 해. 열이 나고 숨쉬기도 힘들어하는 게 안 보여? 아무에게도 오라고 하지 마."

"안 해도 올 거야."

"아무도 이 집에 들이지 않을 거야. 나중에 아무도 화내지 않도록, 지금 못을 박아두는 거야."

나는 단호한 목소리로 엄포를 놓았다.

갑자기 마흐무드를 채우고 있던 공기가 빠져나간 것 같았다. 그는 가만히 서서 나를 노려보다가 뭔가가 생각난 듯 말했다. "불쌍한 네 남편을 치료해줄 의사도 안 부를 테냐?"

"불러야지. 하지만 오늘은 공휴일이야. 의사를 어떻게 불러?"

"내가 아는 의사가 있어. 그 의사에게 전화를 해서 오라고 해야겠다."

마흐무드는 여기저기에 전화를 하기 시작했다. 한 시간 후에 의사가 커다란 카메라를 든 남자와 또 다른 남자를 동반한 채 나타났다. 나는 힐책하는 눈초리로 마흐무드를 쏘아보았다. 의사가 모두 침실에서 나가달라고 하고는 하미드를 진찰하기 시작했다. 그동안 사진사가 하미드의 몸에 난 상처들을 카메라로 찍었다.

결국 의사는 하미드의 병이 만성 폐렴이라는 진단을 내리고 여러 약을 처방해주며 반드시 제시간에 약을 먹고 주사를 맞으라고 했다. 나에게는 하미드가 먹는 음식의 양을 서서히 늘려나가야 한다고 일러주었다. 그리고 하미드에게 주사를 두 대 놓고 내일 약국에서 약을 살 수 있을 때까지 먹을 수 있는 약을 주고 갔다. 마흐무드는 처방전을 알리에게 주며 내일 아침에 약을 구할 수 있는 대로 구해서 우리 집으로 가져다주라고 했다.

그제야 다들 계엄령이 선포되어 통행금지가 실시되고 있다는 것을 기억해냈다. 모두가 서둘러 소지품을 챙겨 떠났다. 시어머니는 가고 싶지 않아 했으나, 시아버지가 다음 날 아침 일찍 다시 데려다주겠다는 약속을 하면서 겨우 모시고 갔다.

모두가 돌아간 다음, 나는 빌고 또 빌어서 하미드에게 우유 한 잔을 먹이고 아이들에게 간단한 저녁을 주었다. 너무나 지쳐서 집안 곳곳에 흩어져 있는 그릇들을 챙길 힘이 없었다. 나는 지친 몸을 끌고 침대로 들어가 하미드의 곁에 누웠다. 의사가 준 진정제 효과로 그는 벌써 잠들어 있었다. 나는 그의 여윈 얼굴을 한동안 바라보며 그가 옆에 있다는 사실에 감사했다. 그리고 창밖의 하늘을 올려다보며 온 마음과 정성을 다해 하미드가 이전의 하미드로 돌아오게 해달라고 기도를 올렸다. 기도를 채 마치기도 전에, 나는 잠이 들었다.

5장

일주일이 지나자 하미드의 상태가 약간 좋아졌다. 열이 내리고 먹는 양도 늘었으나, 건강해지기까지는 아직 먼 것 같았다. 밤이면 더 심해지는 기침도 고통스러웠지만, 사 년간 영양 섭취를 제대로 못한 데다가 치료를 받지 못해 몸이 전체적으로 약해져 있었다.

그러나 그 외에 더 심각한 문제가 있다는 것을 서서히 깨달았다. 그의 몸보다 정신이 더 엉망이었다. 그는 우울 증세를 보이며 말을 하지 않으려 했고 당시 심각하고 위태롭던 뉴스에도 관심을 보이지 않았다. 옛 친구를 만나려 하지도 않았고 묻는 말에 대답도 하지 않았다.

나는 의사에게 질문을 했다. "우울해지는 것과 주변에 관심이 없는 게 정상인가요? 수감되었다가 풀려난 사람들이 모두 저런 증세를 보이나요?"

"어느 정도까지는 그렇습니다만, 이렇게 심각하지는 않습니다. 물론 강도는 다 다르지만, 거의 모두 사람을 기피하거나 소외감을 느끼거나 정상 생활에 재적응하는 것을 어려워합니다. 하지만 하미드는 기대하지 않은 상태에서 석방이 되었고 그가 늘 꿈꾸어왔던 목표인 혁명도 일어났고, 이토록 따뜻하게 반겨주는 가족의 품에 돌아왔으니, 새로운 삶을 시작할 열정을 충분히 느낄 수 있을 겁니다. 하미드와 비슷한 경우의 환자들에게는 안정이 필요합니다. 몸 상태와 감정 상태가 조화되어야 하니까요."

"하지만 하미드는 제가 강요하고 안달을 해야 일상적인 일들을 하고 있어요."

나는 그가 우울 증세를 보이는 이유를 알 수 없었다. 처음에는 그가 몸이 아파서 말을 하지 않는다고 생각했지만, 말을 못할 정도로 상태가 나쁘지는 않았다. 가족들이 그에게 생활에 재적응할 여유를 주지 않아서인지도 모른다는 생각도 해보았다. 우리 주위에는 언제나 사람이 너무 많았고 우리끼리 이야기할 시간은 삼십 분도 나지 않았다. 사람들이 끊임없이 드나드는 우리 집은 마치 큰 여관 같았다. 설상가상으로, 하미드가 돌아온 다음 날, 시어머니가 짐을 챙겨가지고 우리 집으로 들어왔다. 그 다음으로는 하미드의 큰누나 모니르가 타브리즈에서부터 아이들을 데리고 왔다. 다들 집안일을 거들어주었지만, 하미드도 나도 그 많은 사람들과 함께 있는 것을 견딜 수 없었다.

더 커다란 혼란은 대부분 마흐무드가 만들어낸 것이었다. 신기한 물건을 발견하기라도 한 듯 오빠는 매일 새로운 구경꾼들을 이끌고 나타났다. 나의 불평을 막기 위해, 그는 직접 사람들의 식사를 챙겼고 남은 것은 필요한 사람에게 주라며 끊임없이 우리 집에 음식을 가져왔다. 그가 그렇게 너그럽게 구는 것이나 돈을 펑펑 쓰는 것이 나에게는 놀랍기만 했다. 무슨 거짓말을 꾸며냈는지 정확하게는 알 수 없었지만, 그는 자신의 노력으로 하미드가 석방된 것처럼 굴었다. 그럴 수만 있다면, 마흐무드는 하미드를 발가벗겨 관객들에게 그의 상처를 보여주었으리라.

우리 집에서 벌어지는 대화의 주된 주제는 정치였다. 결국에는 하미드의 옛 친구들과 새로운 사상적 동지들도 그를 만나러 오기 시작했다. 그들은 위대한 영웅을 가까이에서 보고 조직의 역사와 목숨을 희생한 동지들의 이야기를 듣고 싶어 하는 젊고 열성적인 제자들을 데리고 왔다. 그러나 하미드는 아무도 만나고 싶지 않아했고 여러 핑계를 대며 그들을 피했다. 그들과 함께 있을 때면, 말을 더 하지 않았고 더 우울해했다. 마흐무드의 친구들이나 다른 사람들이 올 때와는 다른 반응을 보이는 그를 보고 나는 놀라지 않을 수 없었다.

어느 날, 하미드를 진찰하러 온 의사가 내게 물었다.

"집이 왜 이렇게 늘 북적거립니까? 환자에게 휴식이 필요하다고 했잖습니까?" 그리고 모두가 들을 수 있도록 더 큰 목소리로 덧붙였다. "처음부터 제가 말씀드렸죠. 환자에게는 안정된 분위기와 깨끗한 공기와 조용한 환경이 필요하다고요. 쉬면서 몸을 회복하고 전의 상태로 되돌아가려면 반드시 그런 분위기를 조성해주어야 합니다. 그런데 이 집은 언제나 운동경기장 같군요. 환자가 처음보다 감정상태가 악화된 것도 놀랄 일은 아니네요. 계속 이런 분위기를 유지하신다면, 더 이상은 저도 환자를 책임질 수 없습니다."

모두가 입을 딱 벌리고 의사를 쳐다보았다.

"우리가 어떻게 해야 하나요, 선생님?" 시어머니가 물었다.

"대문을 닫을 수 없다면, 환자를 데리고 다른 곳으로 가세요."

"네, 알겠습니다, 선생님. 처음부터 저는 아들을 우리 집으로 데려가려고 했어요. 우리 집이 더 커서 붐비지 않아요."

"그런 뜻이 아닙니다, 부인. 환자가 아내와 아이들과 조용히 있을 수 있는 곳을 말하는 겁니다."

나는 신이 났다. 내가 바라는 것들을 의사가 대신 이야기해 주고 있었다. 사람들이 눈치를 보더니 모두 평소보다 일찍 돌아갔다. 사람들이 다 떠난 후, 만수레가 나에게 다가왔다.

"의사 말이 맞아. 여기에서는 나도 돌아버리겠는걸. 그런데 감옥에서 혼자 조용히 지내던 하미드는 어떻겠어. 올케, 유일한 방법은 하미드와 애들을 데리고 카스피 해안에 가 있는 거야. 거기서 요양을 시켜. 우리 별장이 아무 쓸모없이 비어 있거든. 아무에게도 거기 가 있다는 이야기를 하지 않을게."

나는 기뻐서 정신을 차릴 수가 없었다. 최선의 방법이었다. 게다가 카스피 해안은 나의 꿈의 땅이었다. 정부의 지시로 거의 모든 학교가 휴교를 했고 시국이 불안한 탓에 대학 수업도 중단되었기 때문에 우리는 마음 놓고 북부 해안에 다녀올 수 있었다.

기분 좋은 태양과 푸른 하늘과 매초마다 색깔을 바꾸는 바다가 있는 아름답고 생기 넘치는 가을 해변이 우리를 반갑게 맞아주었다. 시원한 바람이 해변으로 짭짤한 바다 냄새를 실어다 주었고 햇빛은 해변에 앉아 있을 달콤한 핑계가 되어주었다.

우리 네 식구는 별장 테라스에 나란히 섰다. 나는 아이들에게 숨을 깊게 들이쉬어보라고 말했다. 그리고 공기가 누구에게나 새로운 생명을 불어넣어줄 수 있다고도 했다. 나는 고개를 돌려 하미드를 쳐다보았다. 그러나 그는 아름다운 풍경을 보지도 않았고 내 말을 듣지도 않았으며 바다의 냄새나 얼굴에 닿는 바람을 느끼는 것 같지도 않았다. 그는 애잔하고도 무심한 표정으로 안으로 들어가버렸다. 나는 스스로를 다독였다. 포기하지 마! 환경도 적절했고 시간도 넉넉했다. 만일 내가 그를 일으켜 세우지 못하면, 나는 아내라고 불릴 자격도 없으며 신께서 내게 주신 이 축복을 받을 자격도 없는 여자가 될 터였다.

나는 규칙적인 생활을 할 수 있도록 계획을 세웠다. 그해에는 유독 햇볕이 좋은 날이 많았는데, 그런 날이면 갖가지 구실을 대고 하미드를 끌어내어 아름다운 모래사장이나 숲속에서 산책을 했다. 가끔 우리는 시내까지 걸어가 장을 봐오기도 했다. 그는 생각에 잠긴 채 아무 말 없이 내 뒤를 따랐다. 내 말을 듣지도 않았고 질문을 던져도 고개를 끄덕이거나 그저 그렇다, 아니다라고만 대답했다. 그래도 나는 모르는 척, 그가 없는 동안 있었던 일들이나 아름다운 자연이나 우리의 삶에 대해 이야기했다. 아이들과 놀아주고 노래를 부르고 웃기도 했다. 때로는 캔버스에 그린 그림처럼 너무나 아름다워서 비현실적으로 보이는 풍경에 넋을 빼앗긴 채 가만히 앉아 있기도 했다. 나는 기쁨에 젖어 그 모든 장관을 찬양했다. 그럴 때에도 하미드는 놀

414

란 눈으로 나를 바라볼 뿐, 다른 반응을 보이지 않았다. 그는 무기력하고 우울했다. 나는 신문을 더 이상 사지 않았고 라디오와 TV도 꺼버렸다. 뉴스 하나하나가 그의 마음을 더 심란하게 만드는 것 같았다. 너무나도 오랫동안 불안과 스트레스에 시달린 나도 뉴스를 접하지 않고 사는 것이 좋고 편했다.

아이들도 그리 신나하거나 행복해하지 않았다.

"하미드, 우리가 아이들의 어린 시절을 너무 빨리 빼앗았어요. 아이들의 고통이 심했어요. 하지만 아직 늦지 않았어요. 얼마든지 보상해줄 수 있어요."

그가 얼마나 무심한 눈으로 주변을 쳐다보는지, 나는 그가 색맹이 된 것이 아닐까 하는 걱정까지 하면서 아이들과 함께 색깔 게임을 고안했다. 우리 주변에서 볼 수 없는 색을 말하는 게임이었다. 가끔 의견 충돌이 생기면 하미드에게 심판을 봐달라고 했다. 그는 무심하게 주위를 휙 둘러보고 간단하게 대답을 했다. 나는 속으로 혼잣말을 했다. 내 고집을 이기지는 못할 거야, 얼마나 더 버티는지, 우리를 얼마나 더 피하는지 두고 볼 거야.

산책 시간도 늘렸다. 하미드는 이제 오래 걸은 후에도 숨차하지 않았다. 힘도 생겼고 체중도 좀 늘었다. 나는 좌절이나 실망감이 드러나지 않도록 조심하면서 계속 이야기를 했다. 드디어 그가 마음을 열기 시작했다. 그가 말을 하고 싶어 하는 것 같으면 나는 온 신경을 집중해 귀를 기울이고 분위기를 흐트러뜨리지 않으려고 노력했다.

바닷가에서 지낸 지 일주일째 되는 어느 밝고 화창한 날, 나는 소풍을 준비했다. 우리는 얼마간 걸은 후에 멋진 경치가 내려다보이는 언덕에 담요를 깔았다. 한쪽으로는 하늘과 바다가 온갖 종류의 푸른색을 자랑하다가 저 멀리 한 지점으로 합쳐지는 풍경이 보였다. 다른 쪽으로는 울창한 숲의 나무들이 자연에서 볼 수 있는 모든 색을 내보이며 하늘 높이까지 치솟아 있었다. 시원한 가을바람이 색색으로 물든 나뭇가지들을 흔들어 춤추게 했고 우리의 볼을 기분 좋게 식히며 새 기운을 불어넣어주었다.

아이들은 뛰어놀았고 하미드는 담요 위에 앉아 수평선을 바라보았다. 창백했던 그의 얼굴도 예전의 색을 조금 되찾았다. 나는 그에게 방금 우린 차를 한 컵 건네고 먼 곳을 응시했다.

"걱정거리가 있어?" 그가 물었다.

"아뇨. 그냥 생각하는 거예요."

"무슨 생각?"

"신경 쓰지 말아요. 그다지 즐거운 생각이 아니에요."

"말해봐!"

"화내지 않겠다고 약속해줄래요?"

"알았어! 그런데 왜?"

내가 무슨 생각을 하는지 그가 궁금해한다는 것이 기뻤다.

"당신도 차라리 죽는 게 더 나았을지 모르겠다는 생각을 하곤 했어요."

그의 눈이 반짝거렸다.

"정말이야? 우리가 같은 생각을 하는군."

"그런 게 아니에요! 당신이 체포되었을 때, 당신이 영영 풀려

나지 못하고 천천히 괴롭게 죽을 것 같았단 말이에요. 다른 친구들과 함께 죽었다면 그 자리에서 끝이 났을 테니까, 고통이 덜할 거라고 생각했던 거라고요."

"나도 늘 그런 생각을 했어. 내가 그런 명예로운 죽음을 맞이할 가치가 없는 놈이라는 생각이 나를 괴롭혔지."

"하지만 지금은 당신이 살아 있어서 행복해요. 요즘 샤흐자드 생각을 가끔 해요. 우리를 위해 당신을 살려준 것에 대해 감사하고 있어요."

하미드가 시선을 돌려 다시 수평선을 바라보았다.

"사 년 동안 그들이 나에게 해준 것들에 대해 계속 생각했어. 내가 어떻게 그들을 배신할 수 있었을까? 왜 나에게 연락을 하지 않았을까? 내가 메시지 하나 받을 자격이 없을 정도로 형편 없는 동지였나? 마지막에는 그들이 나의 통신 수단마저 막아 버렸어. 임무를 위해 훈련까지 받았는데. 어쩌면 나를 더 이상 믿을 수 없었는지도 몰라……."

눈물 때문에 그는 말을 잇지 못했다.

내가 조금만 움직여도 그가 겨우 연 그 작은 창이 닫힐까봐 겁이 났던 나는 잠시 그가 울도록 내버려두었다. 이윽고 그가 마음을 가라앉혔다.

"친구들이 당신을 소외시킨 것이 아니었어요. 당신은 그들의 변함없는 친구였고 소중한 존재였어요."

"나도 알아. 나에게 친구는 그들밖에 없었어. 그 친구들이 나의 모든 것이었지. 그들을 위해서라면 뭐든 희생할 각오가 되어 있었어. 가족마저도 버릴 수 있었지. 그들이 원하는 것을 거절한 적이 단 한 번도 없어. 그런데 그들이 나를 거부했어. 내가 배신을 하기라도 한 것처럼, 타락하기라도 한 것처럼 내쳤다고. 그것도 나의 도움이 가장 필요했던 순간에. 내가 어떻게 다시 고개를 들 수 있겠어? 사람들이 묻겠지. 어떻게 당신만 살아남았느냐고. 내가 그들을 배신하고 밀고를 했다고 생각할지도 몰라. 집에 돌아온 이후로, 모두들 나를 의심의 눈초리로 보고 있어."

"아니에요! 아니에요, 하미드. 당신이 잘못 생각하고 있는 거예요. 당신 친구들은 그 누구보다 당신을 사랑했어요. 자기 자신보다 당신을 더 사랑했다고요. 당신이 필요했지만, 당신의 목숨을 구하기 위해 더 큰 위험을 불사했던 거예요."

"말도 안 되는 소리야. 우린 그런 사람들이 아니야. 우리에게 가장 중요한 건 우리의 목표였어. 목표를 위해 싸우다 죽게끔 훈련받았다고. 그런 쓸데없는 생각을 할 마음의 여유가 없다고. 배신자와 신뢰할 수 없는 자는 가차없이 내쳤어. 그런데 내가 바로 그런 일을 당했어."

"아아, 하미드. 그런 게 아니에요. 당신이 잘못 생각하는 거예요. 당신이 모르는 걸 난 알고 있어요. 샤흐자드가 우리를 보호하려고 그랬던 거예요. 전사이기 이전에 그녀는 여자였고, 남편과 아이들과 함께하는 평온한 생활을 간절히 원했어요. 샤흐자드가 마수드를 얼마나 사랑했는지, 기억나죠? 마수드는 아이가 없어 공허한 그녀의 마음을 채워주었어요. 여자로서, 엄마로서, 그녀는 마수드를 아버지 없는 아이로 만들 수 없었던 거예요. 그녀가 자유를 위한 투쟁에 목숨을 걸었고 모든 아이들의 행복을 목표로 했지만 한번 모성애를 경험한 이후로 다른 모든 엄마들처럼 그녀도 자기 아이만은 예외로 하고 싶어진 거예요. 다른 모든 엄마들처럼, 자기 아이의 행복과 그 아이에 대한 기대가 가장 중요해진 것이죠. 전 세계 어린이들의 행복이라는 추상적인 슬로건과는 다른, 눈앞에 실재하는 목표가 생긴 거예요. 자기 아이만 생각하는 편견 같지만, 그건 아무리 순수한 사람이라도 부모가 되면 어쩔 수 없이 경험하게 되는 본능적인 감정이에요. 한 여자가 자기 자식과 아프리카 오지에서 배고픔으로 죽어가는 아이를 보고 똑같은 감정을 느낄 수는 없어요. 샤흐자드는 넉 달 동안 우리와 함께 지내면서 마수드의 엄마가 되었어요. 자기 아들의 인생에서 그 무엇도 빼앗고 싶지 않았던 거예요."

하미드는 깜짝 놀란 표정으로 한동안 나를 쳐다보았다.

"그렇지 않아. 당신이 잘못 생각한 거야. 샤흐자드는 강한 사람이었어. 전사였다고. 위대한 이상을 품고 있었지. 그녀를 평범한 여자와 비교할 수는 없어. 당신과도 비교할 수 없는 사람이야."

"하미드, 아무리 강한 전사라도 여자는 여자예요."

한동안 우리 둘 다 아무 말을 하지 않았다. 결국 하미드가 먼저 입을 열었다.

"샤흐자드에게는 큰 목표가 있었어. 그녀는……."

"그래요, 하지만 그녀도 여자였어요. 샤흐자드는 감출 수밖에 없던 감정을 내게 털어놓았고 한 사람의 여자로서 가질 수 없었던 것들을 아쉬워했어요. 그때까지 하지 못했던 이야기들을 다 했다고요. 예를 들어볼까요? 어느 날, 그녀가 나를 질투

419

한다고 했어요. 믿어져요? 샤흐자드가 나를 질투하다니! 난 그
녀가 농담을 하는 줄 알았어요. 질투할 사람은 바로 나라고 했
죠. 그녀는 완벽한 여자인 데 반해 나는 몇백 년 전의 여자들처
럼 평생 집에 묶여 노예처럼 일을 해야 하고 남편에게 복종해
야 하는 억압의 상징이라고도 했고요. 그녀가 뭐라고 대답했는
지 알아요?"

하미드가 고개를 가로저었다.

"파로허저드의 시를 암송했어요."

"어떤 시였지? 기억하고 있어?"

나는 샤흐자드가 암송했던 시를 읊었다.

어느 정상, 어느 봉우리인가?

육체와 욕망을 포기한

너희 현혹적인 단어들이여,

너희가 내게 준 것이 무엇인가?

내가 머리카락에 꽃 한 송이를 꽂았다면,

그것이 이런 거짓말보다,

내 머리 위에 얹은 이 악취 지독한 종이보다

더 매력적이지 않았겠는가?

어느 정상, 어느 봉우리인가?

깜박이는 너희 빛들이여,

햇살 좋은 지붕에 널린 빨래들이

향이 강한 연기의 품에서 흔들리는
믿지 못할 너희 집들이여 나를 쉬게 하라.
부드러운 손가락으로
그대들 피부 아래에서 신나게 움직이는 태아를 더듬는,
깊게 파인 가슴팍을
신선한 젖냄새가 섞인 바람이 끝도 없이 어루만지는,
그대 건강한 여인들이여 나를 안식게 하라.

암송을 마치고 나는 말을 이었다. "샤흐자드가 떠나던 날 밤이 기억나요? 마수드를 품에 안고 입을 맞추고 아이의 냄새를 맡으며 울었죠. 떠나면서 그녀가 내게 부탁했어요. 무슨 일이 있어도 우리 가족을 지켜야 하고 아이들을 안전하고 행복한 환경에서 길러야 한다고. 마수드가 굉장히 예민한 아이라고. 아빠와 엄마가 모두 있어야 한다고 그랬어요. 그때 난, 그 말의 숨은 뜻을 이해하지 못했어요. 나중에야 나에게 가족을 지켜야 한다고 끊임없이 말했던 것이 단순한 조언이 아니었다는 것을 알았죠. 그녀는 우리를 지키기 위해 혼자 애를 썼던 거예요."

"믿을 수가 없어. 당신이 말하는 건 샤흐자드 같지 않아. 그녀가 가던 길이 자기의 의지에 거스르는 길이었다는 건가? 우리가 함께 이루고자 했던 목적을, 사실은 믿지 않았다는 건가? 하지만 아무도 그녀에게 강요하지 않았어. 확신이 없으면 포기할 수 있었다고. 그래도 아무도 그녀를 비난하지 않았을 거야."

"하미드, 정말 이해를 못 하는군요. 그건 그녀의 이면이었어요. 그때까지 스스로도 존재하는지조차 모르던 이면이었다고요. 그렇게 급작스럽게 나타난 본능에 답하기 위해 그녀가 할 수 있었던 유일한 일은 당신을 죽음으로부터 구하는 것이었어요. 당신을 임무에서 제외시켜서 보호했던 것이죠. 그리고 당신에게 정보를 주지 않았던 것은 자신들을 보호하기 위해서였을 거예요. 체포될 경우를 대비해서. 다른 친구들을 어떻게 설득했는지는 모르겠지만, 아무튼 그녀는 해냈어요."

하미드의 얼굴에 의혹과 놀라움과 희망의 빛이 스쳤다. 내 말을 완전히 받아들이지는 않았겠지만, 사 년 동안 그도 자신이 제외된 데에 다른 이유가 있을 것이라는 생각을 했을 터였다. 이런 막연한 희망 덕분에 그에게 변화가 일어났다. 그날 이후로 그는 더 이상 침묵하지 않았다. 우리는 끊임없이 이야기를 나누며 우리의 관계와 상황을 되짚어보고 비밀스러운 삶을 산 이후로 우리의 성격과 행동이 어떻게 달라졌는지 분석했다. 하루하루가 지날수록, 곤란한 문제들이 풀려갔고 문제들이 풀려갈 때마다 차마 말할 수 없었던 좌절감에서 놓여나 자유와 행복을 향한 작은 창문을 하나하나 열 수 있었다. 가끔 그는 이야기를 하다 말고 놀란 눈으로 나를 가만히 보곤 했다.

"당신은 정말 많이 변했어! 굉장히 원숙하고 지적인 사람이 되었군. 철학자나 심리학자와 이야기를 하고 있는 것 같아. 대학을 몇 년 다녔다고 사람이 이렇게 달라지나?"

나는 자랑스러운 표정을 숨기지 않았다. "그게 아니에요! 사는 게 힘들다 보니 변할 수밖에 없었어요. 옳은 길을 선택하려면 알아야 했고, 아이들의 삶을 책임지려면 강해져야 했죠. 실수할 틈이 없었어요. 당신의 책들과 대학과 직장 덕분에 그럴 수 있었고요. 운이 좋았죠."

두 주일이 지나자, 몸과 마음이 한결 좋아진 하미드는 예전의 자신을 찾기 시작했다. 정신적, 감정적으로 우울함을 극복하고 나니 육체적으로도 힘이 나는 것 같았다. 예리한 눈을 가진 아이들은 아버지의 그런 변화를 간파하고 아버지에게 더 가까이 다가가 무엇에 넋을 빼앗긴 듯 들떠 그의 움직임 하나하나를 유심히 관찰했고 지시에 따랐으며 웃음을 터뜨리는 그를 따라 웃었다. 남편과 아이들의 웃음소리를 들으면 나의 삶이 환하게 밝아지는 것 같았다. 건강과 삶에 대한 갈구를 되찾자 그의 욕구와 열정도 되살아났다. 그 어둡던 상실의 시간을 뒤로한 채, 우리는 격정적인 사랑을 나누며 여러 밤을 보냈다.

시부모님과 만수레가 이틀을 우리와 함께 지낼 예정으로 별장에 왔다. 그들은 극적으로 변화한 하미드를 보고 깜짝 놀라며 기쁨을 감추지 못했다.

"이게 유일한 방법이라고, 내가 그랬지?" 만수레가 말했다.

시어머니는 황홀해하며 하미드의 곁을 떠나지 못했다. 그리고 애정을 듬뿍 담은 눈으로 나를 바라보며 그의 건강을 되찾아주어서 고맙다고 했다. 시어머니의 행동 하나하나가 얼마나 감동적이었던지 너무나 기쁜 순간인데도 불구하고 눈물이 나려고 했다.

이틀 내내 날이 춥고 비가 내렸지만 우리는 벽난로 가에 둘러앉아 이야기를 나누며 좋은 시간을 보냈다. 만수레의 남편 바흐만이 샤와 아즈하리에 관해 유행하는 최신 농담을 들려주

423

면, 하미드는 가슴 저 밑바닥부터 우러나오는 통쾌한 웃음을 터뜨렸다. 하미드가 완전히 회복했다는 확신이 들었지만, 시어머니가 나에게만 넌지시 할머니의 건강이 그다지 좋지 않고 하미드와 같이 활동을 하던 친구들이 그를 찾고 있다는 이야기를 했기 때문에, 나는 일이 주 더 별장에 머물기로 했다. 바흐만이 자기 가족은 렌터카를 빌려 돌아가고 타고 온 차를 놔두고 갈 테니 해안가의 여러 마을들을 여행하라고 했다. 휘발유가 부족하던 시절이었지만 걸어서 다닐 수는 없는 노릇이었다.

우리는 북쪽 해안가에서 2주를 더 머물며 아름다운 추억을 만들었다. 하미드는 배구공을 사서 아이들과 매일 놀아주었다. 부자관계를 제대로 경험해보지 못한 아이들은 아버지와 함께 뛰고 운동을 하면서 아버지와 신께 감사를 드렸다. 아이들은 하미드를 우상으로 숭배했다. 마수드는 네 명의 가족이 소풍을 가거나 함께 놀거나 꽃이 만발한 정원을 거닐고 있는 그림들을 그리곤 했다. 그림 속 하늘에 뜬 밝은 태양은 미소를 지으며 행복한 가족을 내려다보고 있었다. 하미드와 아이들 사이의 어색하고 딱딱했던 분위기는 눈녹듯 사라져버렸다.

아이들은 아버지에게 친구들 이야기와 학교 이야기와 선생님 이야기를 했다. 시아막은 혁명을 지지했던 자신의 활동을 자랑하며 마흐무드가 데려갔던 곳과 그곳에서 들은 이야기를 했다. 그 이야기를 들은 하미드는 깜짝 놀라며 생각에 잠겼다.

어느 날, 아이들과 놀다가 지친 하미드가 담요 위에 앉아 있던 내 옆에 털썩 주저앉으며 차를 달라고 했다.

"애들이 에너지가 넘쳐. 도무지 지치지를 않는군."

"아이들이 어떤 것 같아요?"

"마음에 쏙 들지. 내가 저애들을 이렇게 많이 사랑하게 되리라고는 생각하지도 않았어. 우리 아들들을 보면 어릴 적의 나를 보는 것 같아."

"당신이 어린애들을 얼마나 싫어했는지 기억나요? 마수드를 가졌다고 했을 때, 나에게 뭐라고 했는지는요?"

"기억이 안 나는데. 내가 뭐라고 했어?"

웃음이 나오려고 했다. 그는 자신이 나를 얼마나 비참하게 만들었는지 기억조차 하지 못했다. 그러나 지금은 불만을 표시하거나 아픈 기억을 떠올릴 때가 아니었다.

"됐어요."

"아냐, 말해봐." 하미드는 포기하지 않았다.

"당신은 책임을 회피하려고 했어요."

"아이 때문이 아니었다는 것은 당신도 잘 알잖아. 나는 내 인생과 미래에 대한 확신이 없었어. 앞으로 일 년밖에는 더 살지 못할 것 같다는 생각에 사로잡혀 있었지. 그런 상황에서 아이를 더 갖는다는 것은 어리석은 짓이었어. 당신을 위해서나 나를 위해서나. 솔직히 아이들이 없고, 이렇게 막중한 책임이 없었다면 지난 몇 년간 이렇게까지 고생을 하지는 않았을 것 같다는 생각을 해보지는 않았어?"

"아이들이 없었다면, 나에게는 살 이유와 싸워야 할 이유도 없었을 거예요. 아이들이 있었기 때문에 내가 움직일 수 있었고 모든 것을 받아들일 수 있었어요."

"당신은 참 이상한 여자야. 아무튼 지금 난 굉장히 행복하고

425

당신이 한없이 고마워. 상황이 바뀌었어. 밝은 미래가 우리 아이들을 기다리고 있어. 나는 이제 걱정하지 않아."

하미드가 그런 말을 하다니, 그것은 축복이었다. 나는 미소를 지으며 말했다. "정말요? 그럼, 이제는 내가 아기를 가졌다고 해도 골치 아파하거나 놀라지 않을 거예요?"

그가 펄쩍 뛰었다. "뭐라고? 마숨, 이러지 마. 대체 그게 무슨 소리야?"

"걱정하지 말아요." 나는 웃음을 터뜨렸다. "이렇게 빨리 알 수는 없으니까. 하지만 가능성이 없는 것도 아니에요. 내 나이면 아직 얼마든지 아기를 낳을 수 있고 피임약도 먹지 않았어요. 농담은 그만하기로 하고, 만약에 또 아이가 생겨도 전처럼 놀라거나 괴로워하지 않을 거죠?"

하미드가 잠시 생각을 해보고는 대답을 했다. "그래. 물론 아이를 더 원하지는 않지만 예전처럼 반대하지는 않을 거야."

개인적인 문제에 대한 이야기를 마친 우리는 정치와 사회 문제에 대해 토론하기 시작했다. 하미드는 아직도 그가 교도소에 있는 동안 무슨 일들이 벌어졌는지, 자신이 어떻게 석방될 수 있었는지, 왜 그렇게 사람들이 많이 변했는지 완전히 이해하지 못했다. 나는 대학생들과 나의 직장 동료들의 이야기를 들려주고 그동안 있었던 모든 일들을 말해주었다. 나의 경험과 나에 대한 사람들의 반응과 최근 눈에 띄게 변화한 그들의 태도에 대해서도 이야기하고 남편이 정치범이라는 이유 하나로 나를 고용한 자가르와 원래 뭐든 반대하는 성격을 타고났지만 정치적, 사회적 억압 때문에 증오와 의심으로 가득한 사람이 될 수밖에 없었던 시인 시자디에 관한 이야기도 들려주었다. 그리고 마침내, 혁명을 위해 자기의 목숨과 재산을 바치겠다고 공공연하게 외치고 다니는 마흐무드 오빠에 관한 이야기도 했다.

"마흐무드의 변화는 하나의 현상이군! 그가 같은 길을 가리라고는 한 번도 생각해보지 않았는데 말이야."

우리가 테헤란에 돌아온 날, 할머니가 돌아가신 이후 칠 일째를 기리는 추모식이 열렸다. 시부모님은 할머니가 돌아가셨다는 사실을 우리에게 알릴 필요가 없다는 판단을 내렸다고 하셨다. 사실 시부모님은 조문객들과 친척들과 친구들이 하미드에게 너무 스트레스가 될 것 같다고 생각하신 것이었다.

가엾은 할머니의 죽음은 그 누구의 삶에도 영향을 주지 않았고 아무도 그 죽음으로 가슴 아파하지 않았다. 사실 할머니는 이미 몇 년 전에 돌아가신 것이나 다름없었다. 아무도 슬퍼하지 않는 분위기에 마치 모르는 사람이 죽은 것 같다는 생각마저 들었다. 할머니의 죽음은 젊은 사람들의 죽음이나 하루에도 열 명이 넘게 죽임을 당하는 혁명 활동가들의 죽음에 비교되어 빛을 잃었다.

아래층의 문과 창문들이 굳게 닫혔다. 틀림없이 달콤하고 즐거운 이야기로 가득했을 할머니의 인생 이야기를 담은 책도 마무리되었다.

테헤란에 돌아온 후로, 하미드는 몇 년 전의 생활로 되돌아갔다. 여기저기서 책자와 팸플릿들이 배달되었고 하루하루가 지날수록 그의 주위로 모여드는 사람들도 불어났다. 예전부터 그를 알던 사람들은 그를 젊은 세대들이 우러러볼 영웅으로 만들었다. 정치범으로 수감생활을 했으며 그들의 운동의 기조를 마련하기 위해 자신을 희생한 위대한 영웅. 그들은 하미드를 칭송하는 구호를 외치고 그의 훌륭함을 찬양하며 지도자로 영접했다. 그러는 중에 하미드는 자신감을 회복했을 뿐 아니라 날로 긍지를 갖게 되었다. 그는 지도자답게 이야기를 했고 아무도 저항하지 못할 방식으로 설교를 했다.

테헤란으로 돌아온 지 일주일 만에, 하미드는 그를 헌신적으로 따르는 추종자들 무리를 이끌고 인쇄소로 갔다. 잠긴 문을 열고 폐쇄된 공간으로 들어가 보니 소규모 인쇄소를 시작할 수 있을 만한 장비들이 남아 있었다고 했다. 기본적인 장비들이었지만 소책자와 팸플릿과 소식지를 찍어내기에는 충분했다.

시아막은 충견처럼 언제나 아버지의 뒤를 따라다니며 지시에 따랐다. 하미드의 아들이라는 것을 자랑스러워했던 아이는 어느 모임에서든 아버지의 옆자리를 차지하려고 했다. 반면 관심의 중심이 되는 것을 극도로 꺼렸던 마수드는 아버지와 형으로부터 거리를 두고 나와 함께 집에 남아 거리 시위 장면을 그림으로 그리며 시간을 보냈다. 마수드의 그림은 폭력적이지 않았다. 다친 사람도 등장하지 않았고 피도 표현된 적이 없었다.

예언자 무함마드의 외손자 이맘 후세인의 순교 기념일인 무하람 제 9-10일이 되자, 우리 집에 많은 사람들이 모여들었다. 우리는 다 함께 그날을 위해 계획해둔 시위에 참석했다. 하미드는 친구들에게 둘러싸인 채 우리와 멀어졌고 시부모님은 일찍 집으로 돌아갔다. 시누이들과 파티와 파티의 남편 사데그와 나는 사람들에 밀려 서로 떨어지지 않으려고 조심하며 구호를 외쳤다. 얼마나 오랫동안 구호를 외쳤던지, 그만 다들 목이 쉬어버리고 말았다. 나는 사람들이 분노와 억울함을 드러내는 것을 보고 흥분에 몸을 떨면서도 계속해서 나를 따라붙는 두려움과 염려를 떨쳐버리지 못했다. 하미드가 혁명을 외치며 노호한 사람들을 접하는 것이 이번이 처음이기 때문이었다.

내가 우려한 대로, 그는 큰 영향을 받고 투쟁에 몸을 던졌다.

몇 주 후, 내 몸의 변화가 느껴지기 시작했다. 걸핏하면 피곤해졌고 아침이면 구역질이 났다. 나는 마음속 깊은 속에서부터 우러나오는 기쁨을 느끼며 혼자 생각했다. 드디어 우리가 완벽한 가족이 되는 거야. 이 아기는 다른 환경에서 태어나게 될 거야. 예쁜 딸이라면 좋겠는데. 그럼 집 분위기가 훨씬 더 따뜻해질 텐데. 그러고 보니 하미드는 젖먹이를 기르는 기쁨을 누려보지 못했구나.

그러나 처음에는 그에게 임신을 알릴 용기가 나지 않았다. 겨우 사실을 이야기하자, 그가 웃으며 말했다.

"당신이 또다시 우리를 곤란하게 만들 줄 알고 있었어. 하지만 그리 나쁘지는 않군. 이 아이 역시 혁명을 위한 아이가 될 거야. 우리에게는 더 많은 인력이 필요하니까."

혁명의 하루하루는 많은 사건으로 넘쳐났다. 우리는 모두 바쁘게 움직였다. 우리 집과 마흐무드의 집은 늘 사람들로 북적거리고 소란스러웠다. 그러나 차츰 우리 집은 정치 운동가들의 집회장으로 변모해갔다. 아직 정세가 위험했고 집회가 금지되었지만 하미드는 신경을 쓰지 않았다.

"그들은 우리를 방해할 엄두도 못 낼 거야. 만일 그들이 나를 다시 체포하면, 나는 영웅이 될 테니까. 그런 모험을 하려고 들진 않을걸."

밤마다 우리는 옥상으로 올라가 저마다 자기가 속한 곳의 옥상에 올라온 사람들과 함께 운율에 맞추어 '신은 위대하다'는 구호를 외쳤다. 그리고 몇 년 전에 하미드가 고안해놓은 탈출구를 따라 이웃집으로 가서 밤늦게까지 이야기를 나누고 의견을 교환했다. 노인이나 젊은이나 할것없이 모든 사람들이 스스로를 정치전문가라고 생각했다. 샤가 마침내 이란을 떠나자 흥분은 더욱더 커졌다.

마흐무드는 필요하면 언제라도 그의 집에 모여 다양한 사건에 대한 최신 뉴스와 정보를 들을 수 있도록 조치해두었다. 하미드와 마흐무드는 사이좋게 서로에게 협조했다. 두 사람은 정치적 논쟁을 벌이는 일 없이, 서로의 활동에 대한 정보를 주고받고 제안을 했다. 하미드는 마흐무드와 그의 친구들에게 무장 항쟁과 게릴라전투에 관한 이야기를 해주었다. 때로 그들의 토론은 새벽까지 이어지곤 했다.

외국에서 망명생활을 하던 아야톨라 호메이니의 귀국 날짜가 다가오면서, 여러 당파와 조직 사이의 협조가 더욱 공고해지고 조직적이 되어갔다. 사람들은 오랜 원한을 잊었고 소원하게 지내던 친척들과도 다시 긴밀한 관계를 맺었다. 우리 가족도 25년 전에 독일로 떠난 외삼촌과 다시 연락을 할 수 있게 되었다. 해외에 사는 다른 모든 이란 동포들과 마찬가지로 기쁨에 들뜬 외삼촌은 정기적으로 마흐무드와 전화통화를 하며 정황을 파악하려고 노력했다. 그리고 마흐무드도 우리 고종사촌 마흐부베의 남편과 인사를 나누기 시작해서 서로 테헤란과 콤의 소식을 교환하기에 이르렀다. 가끔씩 나는 지금의 마흐무드가 내가 알던 오빠가 맞는지 의심스러웠다. 이제는 인색하게 굴지도 않을 뿐더러 혁명을 위해 돈도 아끼지 않았다. 정말 저 사람이 옛날의 그 마흐무드와 같은 사람일까 하는 질문을 속으로 몇 번이고 해볼 정도였다.

열세 살이 된 나의 큰아들 시아막은 눈부신 속도로 성장을 하더니 아버지의 곁을 지키며 다 큰 어른처럼 자기에게 맡겨진 임무를 완수해냈다. 아들을 만날 기회도 거의 없었고 가끔 점심이나 저녁에 뭘 먹었는지 몰라 걱정이 되었지만, 나는 지금이 그에게 그 어느 때보다 행복한 때라는 것을 잘 알고 있었다. 벽에 구호를 적는 임무를 맡은 마수드는 멋진 글씨체로 커다란 종이에 구호들을 적었고 시간이 있을 때에는 다양한 디자인으로 장식을 했다. 마수드는 매일 다른 아이들과 무리를 지어 거리를 누볐다. 위험한 줄 알면서두 나는 아이들을 말리지 못했다. 나중에는 나도 아이들 무리에 합류해 망을 봐주었다. 아이들이 안전하게 구호를 적을 수 있도록 길모퉁이에서 망을 보고 틀린 철자를 바로잡아주면서, 나는 아들을 지켜보고 아이의 짐을 나누어 짊어졌다. 순진한 마수드는 엄마와 공모하여 불법적인 일을 하는 것을 굉장히 재미있어 했다.

나의 마음을 무겁게 했던 유일한 슬픔은 다시 한 번 파르바네와 헤어져야 했던 일이었다. 이번에는 물리적인 거리 때문이 아니라 서로 다른 정치적 신념 때문에 그녀와 멀어지게 되었다. 하미드가 교도소에 있는 동안 큰 도움을 주고 아이들을 돌보아주고 우리 집에 자주 드나들던 그녀가 하미드의 석방 이후 관계를 끊었다.

파르바네와 그녀의 가족은 샤를 지지했고 혁명지지자들을 악당이나 깡패라고 생각했다. 그녀와 만나 이야기를 하면 할수록 우리의 차이는 더 두드러졌다. 논쟁을 벌이다가 싸움을 할 뻔했던 적도 여러 번 있었다. 차츰 우리의 관계는 소원해졌고 결국 내가 모르는 사이 그들은 짐을 꾸려 다시 이란을 떠났다. 혁명에 대한 나의 열정과 파르바네를 다시 잃은 슬픔이 충돌했다. 아무리 혁명에 열중해보아도, 그 슬픔을 씻어낼 수는 없었다.

달콤하고도 들뜬 혁명 초기의 나날들이 바람처럼 지나갔다. 2월 11일, 기존의 정부가 무너지자 흥분과 기쁨은 최고조에 달했다. 혁명가들이 정부청사와 TV, 라디오 방송국을 점령했다. 텔레비전을 통해 국가가 울려 퍼졌고 어린이 프로그램 사회자가 "누군가가 오는 꿈을 꾸었네……."라는 구절로 시작되는 파로허저드의 시를 낭송했다.

나도 사람들과 함께 열광했다. 우리는 국가를 부르면서 이집 저집을 다니며 서로 포옹을 하고 축하의 말을 주고받았다. 자유가 느껴졌다. 훨훨 날아갈 것 같았다. 우리 어깨를 짓누르던 무거운 짐을 벗어버린 것만 같았다.

곧 학교가 문을 열고 회사들이 다시 돌아가기 시작했지만 우리의 생활은 정상과는 거리가 먼 혼돈 그 자체였다. 나도 다시 출근을 하기 시작했다. 그러나 전 직원이 토론을 벌이며 거의 온종일을 보냈다. 우리가 새로 창설된 이슬람 공화국 정당에 가입하여 혁명을 지지한다는 의지를 보여야 한다는 사람들도 있었고 그럴 필요 없다고 주장하는 사람들도 있었다. 아무튼 그들은 샤가 설립한 정당인 부활당(Rastakhiz)에 강제로 가입할 필요가 없다는 데에 의견을 같이했다.

그런 중에 나는 관심의 초점이 되었다. 모두들 마치 내가 혼자 혁명을 완수해낸 것처럼 나에게 축하인사를 건넸고 하미드를 만나고 싶어 했다. 결국, 인쇄소에서 돌아가는 길에 나를 데리러 온 그가 사람들에게 끌려 안으로 들어왔다. 사람들은 영웅을 환영하듯 그를 맞이했다. 그렇게 많은 활동을 하면서도 여전히 수줍어하고 놀라면 당황하는 성격을 버리지 못한 하미드는 겨우 몇 마디를 하고 조직에서 방금 찍어낸 출판물을 배포하고 몇 가지 질문에 마지못해 대답을 했다.

나의 동료들과 친구들은 하미드가 잘생기고 매력적이며 자상한 남자라며 나를 부러워했고 나는 자부심에 취했다.

6장

우리는 승리에 도취한 채 새로 쟁취한 자유를 맘껏 누렸다. 얼마 전까지만 해도 가지고 있다는 것이 발각되면 목숨을 내놓아야 했던 책들과 팸플릿들을 파는 사람들이 거리를 메웠다. 온갖 종류의 잡지와 신문들을 구할 수 있었고 무슨 이야기든지 자유롭게 할 수 있었다. 더 이상은 비밀경찰이나 다른 누군가를 두려워할 필요가 없었다.

그러나 오랫동안 압제 속에 살아온 우리는 자유를 올바로 누리는 방법을 몰랐다. 어떻게 논쟁을 벌이는지도 몰랐고 반대 의견을 듣는 것에도 익숙하지 않았으며 다른 생각과 의견을 수용하는 훈련도 되어 있지 않았다. 결과적으로 혁명의 허니문은 한 달 이상 지속되지 못했고 우리가 생각하는 것보다 훨씬 빨리 끝났다.

그때까지 공동의 적에 대항하기 위한 결속으로 가려져 있던 다양한 의견과 개인적인 성향은 시간이 지남에 따라 더욱 격렬한 형태로 모습을 드러냈다. 여러 가지 신념을 놓고 싸움을 벌이던 사람들은 재빨리 편을 가르고 서로가 서로를 국민과 국가와 종교의 적이라고 비난했다. 매일 새로운 정치 그룹이 생겨났고 다른 그룹에게 도전장을 내밀었다. 그해 신년을 맞아 친지를 방문한 사람들은 거의 모두 서로를 적대시하는 정치적 논쟁을 벌였고 싸움을 하기도 했다.

나의 운명적인 접전은 신년을 맞아 마흐무드의 집에 인사를 간 그날 벌어졌다. 하미드와 마흐무드가 논쟁을 벌이다가 심한 의견 대립을 보였다.

"사람들이 혁명을 시작한 이유이자 원하는 단 한 가지는 이슬람 때문이야. 그러니까 정부는 이슬람 정부가 되어야 해." 마흐무드가 말했다.

"그래요?" 하미드가 맞받아쳤다. "이슬람 정부가 정확하게 무슨 의미인지 설명해주시겠습니까?"

"정부에서 모든 이슬람 교리를 시행한다는 뜻이지."

"천사백 년 전으로 되돌아가자는 말인가요?!" 하미드가 목소리를 높였다.

"이슬람의 계율은 신의 계율이야. 그 원칙은 세월이 지나도 뒤처지지 않고 늘 의의가 있다네."

"그럼 이슬람 계율이 국가의 경제와 어떤 관련이 있는지 설명해보시죠? 시민의 권리에는 어떻게 적용이 됩니까? 제가 보기에 형님은 옛날처럼 첩을 두고, 낙타를 타고 여행을 하고, 도둑의 손발을 자르고 싶어 하는 것 같네요!"

"그것 역시 신의 계율이야." 마흐무드도 지지 않았다. "도둑의 손을 잘랐다면, 도둑이 이렇게 많이 들끓지 않았을 거야. 배신자들과 사기꾼들도 이렇게 많지 않았겠지. 자네같이 믿음이 없는 사람이 신의 계율에 대해 뭘 안다는 거야? 그 안에는 모든 지혜가 담겨 있어."

급기야 하미드와 마흐무드는 서로에게 모욕적인 말을 하기 시작했다. 둘 중 누구도 상대를 용인하지 않았다. 하미드는 인간의 권리와 자유와 재산의 압류와 부의 배분과 민중 대표들로 구성된 정부에 대해 이야기했고, 마흐무드는 믿음도 없고 신을 모르는 죽어 마땅한 무신론자라고 하미드를 공격하더니 배신자에 외국 간첩이라는 말까지 내뱉었다. 그 말을 들은 하미드는 마흐무드가 독단적인 냉혈한이자 전통주의자라고 맞받아쳤다.

에흐테람-사다트와 조카들, 알리와 알리의 아내는 마흐무드의 편을 들었다. 나는 하미드가 고립된 것에 마음이 아파 그의 편에 섰다. 파티와 파티의 남편은 누구의 편을 들어야 할지 몰라 쩔쩔맸다. 그 와중에 무슨 이야기가 오갔는지 전혀 이해를 하지 못한 어머니는 절박한 표정으로 분위기가 다시 좋아지기를 바랐다.

무엇보다 심각했던 것은, 시아막이 중간에 끼여 누가 옳은지 판단을 못하고 있다는 것이었다. 몇 달 전, 마흐무드로부터 배운 종교적인 가르침이 아직 머릿속에 생생하게 남아 있는 상태로 아버지와 함께 지적이고 정치적인 분위기 속에서 살아온 시아막은 그날 까지 두 사람의 뿌리 깊은 갈등을 제대로 이해하지 못했다. 외삼촌과 아버지가 서로 협력하는 동안, 그들의 반대되는 입장이 아이의 마음에 함께 녹아들었다. 그러나 두 남자가 의견충돌을 보이며 대립하자 시아막은 중심을 잃었고 실망했다.

이제 시아막은 외삼촌이나 아버지 그 누구도 헌신적으로 따르지 않았고 어느 한쪽의 편을 들지도 않았다. 그리고 다시 걸핏하면 싸우려 드는, 신경이 날카로운 소년이 되었다. 결국 어느 날 긴 논쟁 끝에 시아막은 어렸을 때 그랬던 것처럼 내 가슴에 얼굴을 묻고 엉엉 울었다.

나는 아이를 위로하며 물었다. "뭐가 너를 이토록 괴롭히는 거니, 응?"

"다요!" 아이가 흐느끼며 말했다. "아빠가 신을 믿지 않는다는 게 사실이에요? 아빠가 호메이니의 적이라는 게 진짜예요? 마흐무드 삼촌은 진심으로 아빠와 아빠 친구들이 처형당해야 한다고 믿는 거예요?"

나는 뭐라고 대답해야 할지 알 수 없었다.

우리의 일상은 몇 년 전의 일상으로 되돌아갔다. 하미드는 다시 집과 가족을 등한시하기 시작했다. 끊임없이 전국을 여행했고 기사와 연설문을 쓰거나 신문, 잡지, 소식지를 발간하는 데에 나머지 시간을 바쳤다. 시아막은 더 이상 제 아버지를 따라다니지 않았다. 하미드는 그 이유를 이해하지 못했다.

학교와 대학, 그리고 회사가 다시 문을 열었고 사람들은 저마나 바쁘게 자기 삶을 살았다. 그러나 여기저기에서 사상과 신앙에 대한 논쟁과 싸움이 벌어지는 장면을 볼 수 있었다. 대학교에서는 어느 그룹이든 먼저 방을 차지한 그룹이 문에 명패를 걸고 소식지와 전단지를 배포했다. 그런 행동은 학생들에게

만 국한된 것이 아니었다. 교수들도 여러 분파로 갈라져 서로 싸움을 벌였다. 벽이란 벽, 문이란 문은 갖가지 상반되는 구호로 뒤덮였고, 샤나 파라 왕비로부터 상을 받은 학생들과 교수들의 사진 등, 반역자에 대한 고발로 가득했다.

그해, 우리가 어떻게 공부를 했는지, 어떻게 기말시험을 치렀는지는 기억나지 않는다. 모든 것이 이념전쟁의 그늘로 덮여 있었다. 어제의 친구들이 오늘은 서로 죽일 기세로 싸웠고 반대되는 의견을 내세우는 이들은 구타를 당하거나 죽임을 당하기도 했다. 사람들은 그런 행위를 자신이 속한 그룹의 위대한 승리로 간주했다.

나는 그 학기를 끝으로 대학을 졸업할 수 있다는 것이 기뻤다.

하미드가 웃으며 말했다.

"당신처럼 열정적인 학생이 그런 말을 하다니! 공부를 너무나 좋아하기에 끝낼 생각이 없는 줄 알았는데."

"그게 대체 무슨 소리예요? 삼 년 반 만에 졸업할 수 있는 학교를 당신 때문에 그만두었는데. 복학한 후에는 직장에 다니고 아이들을 돌보느라 매 학기마다 학점을 조금씩밖에 따지 못했다고요. 그런데도 불구하고 내 학점은 굉장히 높게 나올 거예요. 두고 봐요, 석사과정 진학도 문제없을 테니까."

그러나 불행하게도 학교 분위기가 소란스러운 데다가 많은 교수들이 사임하고 수업이 자꾸 취소되는 바람에 나는 졸업을 할 수 없었고 부족한 몇 학점을 채우기 위해 한 학기를 더 다녀야 했다.

직장의 상황도 마찬가지였다. 매일 몇 사람에게 전 비밀경찰

요원이라는 딱지가 붙었고 충격적인 비난과 악성 소문이 빗발쳤다. 모든 정치 그룹은 반혁명분자의 숙청을 지상과제로 삼았고 각 당파는 상대 당파를 반혁명분자들이 모인 조직이라고 비난했다.

우리 집의 풍경은 달랐다. 시아막이 학교에서 무자혜딘(이슬람 전사(戰士)—역주) 신문을 가져오기 시작했던 것이다.

1979년 9월 중순에 나는 딸을 낳았다. 이번에는 하미드가 곁에 있어주었다. 해산 후에 산부인과 병동으로 옮겨진 나에게 그가 활짝 웃으며 말했다.

"막내가 제 오빠들보다 당신을 더 닮았는걸!"

"정말요? 어디가요? 피부색이 올리브색이에요?"

"지금은 올리브색이라기보다는 붉은색에 가까워. 하지만 볼에 보조개가 있어. 얼마나 귀여운지 몰라. 아기 이름은 샤흐자드로 하는 게 어때?"

"안 돼요! 우리 딸은 샤흐자드와는 다른 인생을 살아야 해요. 행복하게 오래오래…… 그리고 아이에게 딱 맞는 이름을 지어주어야 해요."

"어떤 이름이 딱 맞는데?"

"쉬린."

쉬린을 마지막으로 아이를 더 낳을 계획이 없었기 때문에, 나는 눈 깜짝할 새에 지나가버리는 딸아이의 아기 시절을 일분일초를 아껴 즐기고 싶었다. 시아막은 새로 태어난 여동생에게 별 관심을 보이지 않았지만 마수드는 질투하는 기색 하나 없이 기적 같은 그 작은 생명을 가만히 들여다보며 말했다.

"정말 작은데, 있을 건 다 있네요! 저 손가락 좀 보세요. 너무 작아요! 콧구멍은 조그만 0자 같네요."

그러고는 쉬린의 귀와 정수리 부분에 난 머리카락 다발을 보고 깔깔 웃었다. 마수드는 매일 학교에서 돌아오면 쉬린을 데리고 이야기를 하거나 함께 놀아주었다. 쉬린도 마수드를 좋아하는 것 같았다. 마수드만 보면 까르르 웃으며 팔다리를 버둥거렸다. 몇 개월 후부터는 낯을 가리기 시작해서 나나 마수드에게만 안기곤 했다.

쉬린은 건강했다. 성격은 시아막과 마수드의 성격을 합쳐놓은 것 같았다. 마수드처럼 명랑하고 상냥한 반면 시아막처럼 장난기가 많고 한시도 가만히 있지 못했다. 입술과 볼은 나를 닮았으나 피부와 눈은 하미드의 뽀얀 피부와 커다란 두 눈을 그대로 물려받은 듯했다. 쉬린이 태어난 다음에는 너무나 바빠서, 나는 하미드가 오랫동안 집을 비워도 신경 쓰지 않았고 그의 일이나 활동도 거들지 않았다. 심지어 시아막에게도 신경을 덜 썼다. 언제나처럼 시아막은 학교생활을 잘 하고 성적도 좋았지만, 그 외에 다른 어떤 활동을 하고 있는지는 알 수 없었다.

삼 개월간의 출산휴가 기간이 끝났다. 나는 쉬린을 안정되고 즐거운 분위기 속에서 기르고 학교도 졸업하기 위해 일 년간 무급휴가를 내기로 결정했다. 어쩌면 대학원 입학준비를 할 수 있을지도 몰랐다.

가족들 외에 쉬린의 열광적인 팬이 한 명 더 있었다. 일을 그만두고 외롭게 지내는 파르빈이 그 주인공이었다. 사람들이 이제 맞춤옷을 입지 않는지 더 이상 주문이 들어오지 않아서 그녀는 자신의 명의로 된 집의 마당 끝 쪽에 있는 방 두 개를 세놓고 얼마 되지 않는 돈을 받아 줄어든 수입을 보충했다. 파르빈은 여유시간 대부분을 우리와 함께 보냈고 내가 겨울학기에 등록하자 흔쾌히 내가 학교에 가는 날에는 자기가 쉬린을 봐주겠다고 했다.

학교 분위기는 여전히 혼란스러웠다. 학생들이 오랫동안 큰 존경을 받아온 노교수를, 그의 저서가 샤가 내리는 국왕상을 받았다는 이유로 발길질을 해대며 학교 정문 밖으로 쫓아내던 날, 나는 심란한 마음을 진정시킬 수가 없었다. 더 심각했던 것은 다른 교수 몇 명이 빙글빙글 웃는 표정으로 학생들이 아주잘 하고 있다는 듯 고개를 끄덕이며 그 장면을 지켜보고 있는 것이었다.

내가 하미드에게 그 이야기를 하자, 그는 고개를 가로저으며 뜻밖의 대답을 했다.

"혁명을 할 때에는 헛된 동정심을 품을 여유가 없어. 구세대를 근절하는 것은 모든 저항의 기둥이야. 하지만 안타깝게도 우리 국민들은 적절하게 행동하는 법을 모르고 무책임한 행동을 일삼고 있어. 어느 나라에서건, 혁명이 끝난 후에는 피가 강물처럼 흘렀지. 민중들이 수백 년간의 압제에 대한 복수를 했으니까. 하지만 여기에선 아무 일도 일어나지 않고 있어."

"아무 일도 일어나지 않는다니 그게 무슨 말이에요? 구 정부 인사들이 처형된 사진이 신문마다 실렸잖아요."

"그 몇 명 되지도 않는 사람들? 그 정도도 처형하지 않으면,

세력을 잡은 사람들이 의심을 받게 되어 있어."

"그만해요, 하미드. 무서워요. 난 그 숫자만으로도 많다고 생각했어요."

"당신은 너무 감상적이야. 문제는, 우리 이란 사람들에게 혁명 정신이 없다는 거야."

정치적, 사회적 혼란과 불안이 점점 커지더니 급기야 대학이 공식적으로 휴교를 하기에 이르렀다. 나라 어느 곳에서도 평화와 안정을 찾아볼 수 없었다. 내전이 일어난다는 소문과 쿠르디스탄을 비롯한 몇몇 지방이 독립을 꾀하고 있다는 이야기가 퍼져나갔다.

하미드는 여행을 자주 다녔다. 이번에는 한 달이 넘도록 소식을 전하지 않았다. 또다시 걱정과 불안이 몰려왔다. 이젠 예전처럼 그의 무책임한 행동을 용납할 수 없었다. 나는 그가 돌아오면 진지하게 대화를 하기로 마음먹었다.

6주 후, 그가 지치고 초췌한 몰골로 집에 오더니 곧장 침대에 들어가 열두 시간 동안 내리 잠을 잤다. 다음 날, 아이들이 내는 소리에 겨우 잠을 깬 그는 목욕을 하고 제대로 된 식사를 하고 푹 쉬고 난 다음 식탁에 앉아 두 아들과 농담을 주고받았다. 그러던 그가 설거지를 하는 나를 보더니 놀란 목소리로 물었다.

"당신, 몸무게가 불었어?"

"아뇨. 지난 몇 달 동안 오히려 살이 빠졌는걸요."

"그럼 그 전에 이미 몸무게가 불어 있었나?"

뭐라도 집어던지고 싶은 마음이 울컥했다. 그는 내가 칠 개월 전에 해산했다는 사실을 잊고 있었다. 그래서 쉬린에 대해 묻지 않는 것이었다. 바로 그때, 쉬린이 울기 시작했다. 나는 하미드를 돌아보며 화난 목소리로 쏘아붙였다.

"이제 기억나요? 이것 보세요, 선생님, 당신에게 아이가 한 명 더 있었어요!"

그는 딸의 존재를 잊고 있었다는 것을 인정하지 않으려는 듯 쉬린을 안고 아무렇지도 않게 말했다. "와, 많이 컸네! 정말 포동포동하고 귀여워!"

마수드가 아버지에게 쉬린이 자기를 보고 웃기도 하고 자기 손가락을 꼭 쥐기도 하고 가족들을 모두 알아보기도 하고 이도 두 개 나왔고 기기 시작했다는 등, 여동생의 재롱과 영민함에 대해 이야기를 하기 시작했다.

"내가 그렇게 오래 떠나 있지도 않았는데, 그 짧은 시간 동안 우리 딸이 그렇게 많이 변했어?"

"쉬린은 당신이 떠나기 전에 이미 이가 났고 여러 가지 재롱을 부렸어요. 당신이 곁에 없어서 못 본 것뿐이라고요."

그날 밤 하미드는 외출을 하지 않았다. 그런데 열 시쯤 초인종이 울렸다. 그는 벌떡 일어나 재킷을 집어 들고 옥상으로 달려 올라갈 채비를 했다. 그 순간, 나는 몇 년 전으로 되돌아간 것만 같은 착각을 일으켰다. 아무것도 바뀐 것이 없었다. 속이 메스꺼웠다.

누가 초인종을 눌렀었는지는 기억나지 않는다. 그 사람이 누구건, 더 이상 두려워할 필요가 없었지만 하미드와 나는 심하게 몸을 떨었다. 나는 비통한 눈길로 그를 쳐다보았다. 쉬린은 잠들었고 시아막과 마수드는 아버지가 집에 있다는 것에 신이 나 잠을 자려 하지 않았다. 그러나 나는 두 아이에게 어서 가서 자라고 엄하게 말했다. 하미드가 주머니에서 작은 책을 꺼내 들고 침실로 들어가려고 했다.

"하미드, 앉아봐요." 나는 단호한 목소리로 그를 불렀다. "당신과 이야기를 해야겠어요."

"꼭 오늘 해야 되나?" 그가 초조하게 물었다.

"그래요. 지금 꼭 해야 해요. 내일이 오지 않을지도 모르니까."

"와, 정말 시적인데? 그런데 왜 그렇게 심각해?"

"마음대로 말하고 놀리고 싶은 대로 놀려요. 하지만 난 내가 해야 할 말을 해야겠어요. 하미드, 지난 몇 년 동안 나는 온갖 고생을 다 하면서도 당신에게 아무것도 요구하지 않았어요. 내가 믿지도 않는 사상과 이상을, 당신이 믿는다는 이유로 존중했어요. 외로운 것도, 두려운 것도, 불안한 것도, 당신이 곁에 없는 것도 다 참아냈어요. 언제나 당신이 필요로 하는 것을 우선시했죠. 한밤중에 누군가가 집을 습격해도, 내 인생이 엉망진창이 되어도, 몇 년 동안 감옥 문 앞에서 모욕과 굴욕을 당해야 했어도 다 견뎌왔어요. 우리의 인생을 혼자 책임졌고 혼자 아이들을 길렀다고요."

"요점이 뭐야? 당신에게 고마워하라고? 그래서 못 자게 한 거야? 좋아, 고마워. 당신은 정말 훌륭한 사람이야."

"응석받이처럼 굴지 말아요. 고맙다는 말 따위는 필요 없어요. 내가 말하고 싶은 건, 난 더 이상 당신의 영웅주의를 숭배하면서 만족해하는 열일곱 살짜리 여자아이가 아니라는 거예요. 당신도 이제는 싸울 힘이 넘치는 서른한 살 젊은이가 아니고요. 당신이 그랬죠. 샤의 정권이 무너지면, 혁명이 성공하면, 그래서 사람들이 원하는 것을 얻으면, 당신도 정상적인 생활을 하겠다고. 함께 조용히 행복하게 아이들을 기르겠다고. 아이들을 생각해요. 아이들에게는 당신이 필요해요. 이제 다 그만둬요. 이제 나도 더 이상은 못 참겠어요. 인내심과 힘이 바닥났다고요. 당신은 목표를 이루었고 당신의 이상과 국가에 대한 의무를 다 했잖아요. 이제 나머지는 젊은 사람들에게 넘겨줘요. 평생에 한 번이라고 생각하고 아이들을 우선시해요. 아들들에게는 아버지가 필요해요. 더 이상 내가 당신의 빈자리를 채워줄 수는 없어요. 우리가 카스피 해안에서 보냈던 몇 달이 기억나요? 아이들이 얼마나 행복해하고 즐거워했는지 기억나요? 아이들이 당신에게 얼마나 많은 이야기를 했는지, 얼마나 많은 것을 함께 하고 싶어 했는지, 기억나요? 이제 난 시아막이 어떤 생각을 하는지, 어떤 친구를 사귀는지 알 수가 없어요. 사춘기에 접어들었다고요. 위험하고 힘든 시기죠. 당신이 시아막과 시간을 함께 보내고 아이를 지켜봐야 해요. 그리고 미래도 대비해야 해요. 물가는 뛰는데 아이들에게 드는 돈이 하루가 다르게 늘어나고 있어요. 나 혼자 그 모든 책임을 다 짊어질 수는 없어요. 지난 몇 년 동안, 돈도 못 버는 내가 살림을 어떻게 꾸렸는지 알기나 해요? 만일을 위해 모아두었던 얼마 안 되는 돈도 다 바닥났어요. 언제까지 아버님께 의지할래요?"

"아버지가 당신에게 매달 주신 돈은 내 월급이었어."

"무슨 월급요? 왜 스스로를 속여요? 인쇄소가 돈을 얼마나 번다고 출근도 안 하는 당신 같은 직원에게 꼬박꼬박 월급을 줘요?"

"대체 뭐가 문제야? 돈이 더 필요해? 내 월급을 올려달라고 말하지. 그럼 만족하겠어?"

"왜 내 말을 이해 못해요? 내가 한 말 중에, 돈 얘기만 귀에 들어오던가요?"

"나머지는 다 쓸데없는 소리였어. 당신의 문제는 이상이 없다는 거야. 당신의 물질주의적인 마음속에는 민중에게 봉사해야 한다는 생각이 손톱만큼도 없나?"

"구호 따위를 외칠 생각은 하지도 말아요. 정말 나라와 궁핍한 민중이 걱정된다면, 오지에 가서 선생이 되어야죠. 사람들과 같이 일하고 뭔가를 가르쳐야죠. 그래요, 차라리 땅을 사고 농사를 지어 먹을거리를 기르자고요. 아니면 민중에게 도움이 될 수 있는 일을 하든가. 그럼 절대 불평하지 않을게요. 난 그냥, 우리가 함께 있는 것을 원할 뿐이에요. 우리 아이들에게 아버지가 있으면 좋겠어요. 난 당신이 원하는 곳이라면 어디든 가서 살 수 있어요, 맹세해요. 이런 신경 싸움과 끊임없는 두려움과 불안을 벗어날 수 있으면 돼요. 제발, 평생 한 번이라고 생각하고 가족과 아이들을 위해 결정을 내려요."

"얘기 끝났어?" 하미드가 화난 목소리로 말했다. "당신이 그렇게 단순하고 허튼 상상이나 하는 사람인 줄은 몰랐어. 그런 훈련을 받고 그런 고통을 견디고 감옥에서 그렇게 오랜 시간을 참아낸 끝에, 드디어 우리의 목적에 가까이 왔는데 다른 사람에게 모든 걸 넘기고 우울한 오지에 가서 농사가 뭔지도 모르는 애들과 당신을 데리고 콩이나 심고 있으라고? 나의 임무는 민주주의 정부를 도입하는 거야. 혁명이 성공했다고 누가 그래? 아직 갈 길이 멀어. 나의 의무는 모든 국가를 해방시키는 거야. 언제쯤이면 그걸 이해하겠어?"

"민주주의 정부가 대체 뭔데요? 국민이 선출한 정부 아닌가요? 미안하지만, 그건 벌써 이루어졌거든요. 이것 보세요, 당신만 빼고 온 국민이, 당신이 가슴을 치며 걱정한 그 국민들이 이슬람 정부에 표를 던졌다고요. 이제 누구와 함께 전장에 나갈래요?"

"선거는 무슨 선거? 저들은 아무것도 모르고 혁명에 미친 사람들로부터 표를 갈취했어. 자기들이 어떤 덫에 빠졌는지도 모르는 사람들로부터."

"그 사람들이 알았건 몰랐건, 그들은 이미 현 정부에게 표를 던졌고 그 표를 취소하거나 지지를 철회하지는 않을 거예요. 당신은 그들의 변호사도 아니고 대표도 아니에요. 당신의 신념과 반대되는 결과가 나왔더라도, 당신은 그들의 선택을 존중해야 해요."

"내가 가만히 앉아 모든 것이 파괴되는 걸 지켜봐야 한다는 건가? 나는 정치인이고 지략가야. 정부가 가야 할 올바른 길을 알고 있다고. 토대를 닦았으니 시작한 것을 끝내야 해. 끝이 보이는 마당에 싸움을 포기할 순 없어."

"싸움이라고요? 누구와 싸운다는 거죠? 이제 샤는 없어요. 공화국과 싸우겠다고요? 좋아요, 싸워요. 당신의 계획을 발표하고 사 년 후 투표에 붙여요. 당신이 생각하는 것이 옳은 방법이라면, 사람들이 당신에게 표를 던질 거예요."

"바보 같은 소리 그만해. 이슬람교도들이 그걸 허락할 것 같아? 그리고 당신이 말하는 국민이라는 게 대체 누구야? 배우지도 못하고 신을 두려워하는 그 사람들? 신과 예언자가 자기들이 가진 모든 것을 주었다고 믿는 광신자들을 말하는 건가?"

"배웠든 못 배웠든 그들은 우리 국민이고 그들은 지금의 정부를 선택했어요. 그런데 당신은 당신 방식의 정부를 그들에게 강요하려 하고 있어요."

"그래! 그래야만 한다면, 난 그렇게 할 거야. 그리고 사람들도 자기들에게 이로운 것이 무엇이고 누가 진정으로 자기들을 위해 일하는지 깨닫게 되면, 우리 편에 설 거야."

"그럼 당신들 편에 서지 않는 사람들은 어떻게 할 건데요? 신념이 다른 사람들은 어쩔 거냐고요? 지금 이 나라에는 수백 개의 정당과 분파가 있고 그들은 모두 자신들이 옳다고 믿고 있어요. 당신 스타일의 정부를 받아들이지는 않을 거라고요. 그 사람들을 다 어떻게 할래요?"

"민중의 행복에 관심이 없는 악인들이고 반역자들의 집단일 뿐이야. 제거되어야 하는 자들이라고."

"그럼, 그들을 처형할 거예요?"

"그래, 필요하다면."

"샤가 바로 그런 방식을 택했었죠. 그런데 그것을 압제라고 외쳤던 이유는 뭐예요? 당신이 엄청나게 고결한 사람인 줄 알았던 내가 바보였어요. 당신에게 그렇게 큰 기대를 한 내가 멍청했었다고요! 민중을 위해 투쟁하고 나라를 사랑하고 인권에 대해 설교를 하던 고결한 분이 결국 되고 싶었던 것이 사형집행인인 줄은 정말 몰랐네요! 지금 정권을 잡은 사람들이 당신세력이 권력을 잡고 또 다른 대량학살을 시작할 때까지 조용히앉아서 기다릴 것 같아요? 그건 당신의 환상이에요! 허무맹랑한 꿈이라고요! 그들이 당신을 죽일 거예요! 그들은 샤의 실수를 되풀이하지 않을 거예요. 그리고 당신이 정말 그런 식으로생각한다면, 그들이 오히려 옳은 거예요."

"그게 바로 그들이 파시스트라는 증거야. 그렇기 때문에 우리는 무력을 써야 하는 것이고 강해져야 하는 거야."

"당신에게도 파시스트적인 경향이 다분하네요. 불가능한 일이 일어나서 당신의 조직이 권력을 잡게 된다면, 당신 역시 많은 사람들을 학살할 거예요. 누구 못지않게."

"그만해!" 그가 고함을 쳤다. "당신에게는 혁명정신이 없어!"

"그래요, 난 그런 거 몰라요. 내가 바라는 건 내 가족을 보호하는 것뿐이에요."

"당신은 자기밖에 모르는 에고이스트야."

하미드와 언쟁을 벌이는 것은 쓸데없는 짓이었다. 우리는 한바퀴를 빙 돌아 몇 년 전으로 되돌아가 있었다. 모든 것이 다시시작되었다. 하지만 이제 나는 그 모든 것이 지긋지긋했고, 하미드는 더욱더 자신만만하고 위험을 겁내지 않았다. 며칠간, 나는 고민에 고민을 거듭했다. 내 인생과 미래를 생각하면 하미드에게 희망을 거는 것은 어리석고 허망한 짓이었다. 믿을 사람은 나 자신뿐이었다. 다른 사람에게 의지했다가는, 우리의 삶은 엉망이 될 터였다.

나는 남은 휴가를 반납하기로 결정했다. 파르빈이 매일 집으로 와서 쉬린을 돌봐주기로 했다.

*

자가르가 출근한 나를 보고 깜짝 놀랐다.

"예정대로 딸과 집에 있다가 주변이 좀 잠잠해지면 일을 시작하는 것이 더 낫지 않겠어요?" 그가 물었다.

"이젠 제가 필요 없으세요? 아니면 제가 모르는 일이 있었나요?"

"아닙니다. 별일이 일어난 것도 아니고 당신은 늘 필요한 인물이에요. 다만, 여자들이 스카프를 쓰는 문제와 숙청 때문에 좀 어수선하지요."

"저에겐 그리 중요한 문제가 아니네요. 거의 평생 동안 스카프와 차도르를 두르고 있었으니까요."

그날 하루를 지내면서 나는 자가르의 말을 완전히 이해할 수 있었다. 혁명 초기의 자유롭고 개방적이던 분위기는 사라지고 없었다. 다른 곳에서와 마찬가지로 직원들은 각자 그룹을 조성했고 그룹 간에는 갈등이 빚어지고 있었다. 동료들 몇 명은 나와 거리를 두었다. 내가 사무실에 들어갈 때마다 대화가 갑자기 중단되었고 명확하지 않은 이유로 나에게 빈정거리기도 했다. 반면, 은근히 나를 대화에 끼워 넣고, 내가 좌파 리더라도 된다는 듯 온갖 정보를 묻는 이들도 있었다. 그 어떤 그룹보다 세력이 막강했던 그룹은 '근절위원회'로, 모든 이들의 운명이 그 손에 달려 있는 듯했다.

"비밀경찰 요원들은 작년에 다 색출해서 해고하지 않았나요?" 나는 자가르에게 물어보았다. "그런데 저 사람들은 왜 그렇게 회의를 많이 열고 이상한 소문들을 퍼뜨리는 거죠?"

자가르는 쓴웃음을 지었다. "며칠 출근을 했으니 대충 알겠군요. 수년간 알고 지내던 사람들이 하룻밤 사이에 열정적인 이슬람교도가 되었어요. 수염을 기르고 하루 종일 묵주를 돌리고 끊임없이 기도를 하면서 보복을 일삼고 있어요. 사람들을 해고하고 이용하지요. 이젠 더 이상 그런 기회주의자들과 혁명가들이 구별되지 않아요. 나는 혁명에 공개적으로 반대하는 사람들보다 그런 자들이 훨씬 더 위험하다고 생각해요. 그건 그렇고, 정오 기도에는 반드시 참석하세요. 그렇지 않으면 큰일을 당할 겁니다."

"제가 종교적인 사람이고 늘 기도를 올린다는 걸 잘 아시잖아요. 하지만 기관 울타리 안에서 기도를 올리는 것은 지금까지 법적으로 허용되지 않았던 일이었어요. 게다가 제 신앙을 증명하겠다고 그 많은 사람들 앞에서 기도를 올리고 싶지는 않아요. 다른 사람들과 섞여 남들 앞에서 기도를 드려본 적도 없고, 그럴 수 있을 것 같지도 않아요."

"그런 생각은 잠시 접어두세요. 정오 기도에 꼭 참석해야 합니다. 많은 사람들이 당신이 기도를 올리는 모습을 보고 싶어 해요."

날마다 기관에서 숙청당한 사람들의 명단이 게시판에 공고되었다. 그리고 날마다 우리는 두려움에 떨며 우리의 운명을 결정지을 그 명단을 보며 우리 이름이 포함되지 않았다는 것을 확인하고 운이 좋은 날이라며 안도의 한숨을 쉬었다.

이란-이라크전이 발발하던 날, 우리는 폭탄 터지는 소리를 듣고 옥상으로 뛰어올라갔다. 무슨 일이 일어났는지는 아무도 몰랐다. 반혁명주의자들의 공격이라고 하는 사람들도 있었고 쿠데타가 일어났다고 생각하는 사람들도 있었다. 나는 아이들 걱정에 서둘러 집으로 돌아왔다.

그날부터 생활은 더 고달파졌다. 밤마다 정전이 되었고 물자가 부족했으며 날이 추워지면서 아기가 있는 우리 집 같은 경우, 석유를 비롯한 연료를 구하는 것도 힘든 문제로 떠올랐다. 더 심각한 것은 어릴 적부터 품고 있던 악몽 같은 전쟁의 이미지 때문에 내가 정신적으로 굉장히 약해졌다는 점이었다.

나는 아이들 방의 창문을 검은색 천으로 가렸다. 전기가 끊기고 산발적인 공습이 가해질 때면, 우리는 촛불 가에 모여 앉아 공포에 떨며 밖에서 들려오는 소리에 귀를 기울였다. 하미드가 함께 있으면 안심이 되었겠으나, 위험할 땐 늘 그랬던 것처럼 이번에도 역시 그는 집에 없었다. 그가 어디에 있는지 알지 못했지만, 나에게는 그의 걱정을 할 힘이 없었다.

석유가 부족해지고 배급량이 줄자 대중교통이 완전히 마비되었다. 아침마다 우리 집에 와야 했던 파르빈은 택시를 잡는 데에 애를 먹었고 나는 출근길 일부를 걸어가야 했다. 어느 날, 파르빈이 집에 늦게 오는 바람에, 나도 평상시보다 늦게 사무실에 도착했다. 건물 안에 들어가자마자, 예사롭지 않은 일이 벌어졌다는 느낌이 들었다. 정문 수위가 나를 보더니 고개를 돌려버렸다. 그는 인사를 하지 않았을 뿐 아니라, 내 인사에도 답을 하지 않았다. 수위실에 앉아 있던 기관 소속 운전사들이 고개를 내밀고 나를 흘깃 보았다. 복도를 따라 걸어가는데, 마주치는 사람들마다 재빨리 고개를 돌리며 나를 못 본 척했다. 사무실에 들어간 나는 그 자리에 얼어붙었다. 방 전체가 뒤집혀 있었다. 서랍 안에 들어 있던 물건들이 쏟아져 나와 있었고 종이들이 바닥에 흩어져 있었다. 무릎이 후들거리기 시작했다. 두려움과 분노와 굴욕감이 끓어올랐다.

자가르의 목소리를 듣고서야 나는 현실로 돌아올 수 있었다. "사데기 부인, 내 방으로 와주시겠어요?"

나는 망연자실해서 아무 말도 못 한 채 로봇처럼 그의 뒤를 따랐다. 자가르가 의자를 권했다. 내가 무너지듯 의자에 앉자 그가 이야기를 하기 시작했으나 아무 소리도 귀에 들어오지 않았다. 그가 편지 한 통을 내밀었다. 나는 그 편지를 받아들고 그것이 무엇이냐고 물었다.

"근절위원회 본부에서 온 편지입니다. 내 생각에는…… 당신이 해고되었다는 편지인 것 같군요."

나는 멍한 눈으로 그를 바라보았다. 눈물이 고였지만 흘러내리지 않아 눈이 따가웠고 수천 가지 생각이 머릿속을 스쳐지나갔다.

"왜죠?" 목소리가 갈라져 나왔다.

"공산주의자의 성향이 있고 반혁명 세력과 연루되어 그들의 활동을 도왔다는 혐의입니다."

"하지만 저는 어느 편도 아니고 어떤 세력도 돕지 않았어요! 거의 일 년 동안 출근을 하지 않았는걸요."

"그게 그러니까…… 당신 남편 때문에……."

"남편의 활동이 저와 무슨 상관이 있다는 거죠? 저는 그의 신념에 동조하지 않는다는 말을 천 번쯤 했을 거예요. 남편 때문에 제가 비난을 받는다는 건 있을 수 없는 일이에요."

"맞습니다. 다 맞는 말이요. 하지만 저들은 증거를 확보했고 증언할 사람들도 있다고 주장하고 있어요."

"무슨 증거요? 누가 뭘 증언한다는 거죠? 제가 뭘 했다고?"

"저들의 말에 의하면, 1979년에 당신이 남편을 사무실로 불러 공산주의 사상을 홍보했다고 합니다. 그리고 질의응답 시간을 갖고 반혁명적인 소식지를 돌렸다고도 주장하고 있어요."

"하지만 그때, 남편은 저를 데리러 왔다가 사람들의 강요를 못 이기고 거의 끌려 들어오다시피 했어요. 사람들이 강제로 데리고 들어왔다고요!"

"압니다. 알아요. 저도 기억하고 있어요. 저는 그저, 저들이 주장하는 바를 알려드리는 것뿐입니다. 물론 저들의 결정에 공식적으로 맞서실 수 있습니다. 하지만 솔직히 말씀드리자면, 당신과 당신 남편은 현재 위험에 처해 있습니다. 그런데 남편분은 지금 어디에 있습니까?"

"저도 몰라요. 일주일째 연락도 없이 집에 들어오지 않았어요."

나는 힘없이 사무실로 돌아와 소지품을 챙겼다. 눈에 눈물이 차올랐지만, 울지 않았다. 나의 적들에게 풀죽은 모습을 보이고 싶지는 않았다. 우리 층 수위인 압바스-알리가 찻잔을 쟁반에 담아가지고 내 사무실로 살그머니 들어왔다. 그는 마치 금지된 영역에 들어온 사람처럼 행동했다. 그가 슬픈 눈으로 나를 물끄러미 바라보더니 속삭이듯이 말했다.

"사데기 부인, 제가 얼마나 당황했는지 모르실 겁니다. 우리 아이들의 목숨을 걸고 맹세하지만, 저는 부인에게 해가 될 말을 한마디도 하지 않았습니다. 다들 당황해하고 있어요."

나는 씁쓸하게 웃어 보였다. "네, 그들의 행동과 거짓 증언을 보아하니, 그런 것 같더군요. 칠 년 동안 같이 일해왔던 사람들이 나에 대해 그런 훌륭한 모의를 꾸미고 쳐다보지도 않는다니, 어이가 없네요."

"사데기 부인, 그런 게 아니에요. 그들은 모두 겁을 먹고 있어요. 그들이 부인의 친구 사다티 부인과 카나니 부인을 고발하면서 어떤 날조된 증거를 제시했는지, 부인은 모를 거예요. 그분들도 해고된다는 소문이 있어요."

"이렇게까지 심한 줄은 몰랐어요. 압바스-알리, 과장이 심하신 것 같아요. 그들이 해고된다 해도, 나와의 친분이 이유가 되지는 않을 거예요. 그보다는 오랜 원한과 질투 때문이겠죠."

나는 물건들을 채워 넣어 불룩해진 핸드백과 나의 개인적인 서류들을 담은 폴더를 집어 들고 사무실을 나왔다.

"부인, 제발 저를 비난하지 마세요." 압바스-알리가 애원했다. "그리고 저를 용서해주세요."

나는 정오가 될 때까지 거리를 헤맸다. 점차 굴욕감과 분노가 가라앉고 대신 걱정이 몰려왔다. 미래에 대한 걱정, 하미드와 아이들에 대한 걱정, 돈 걱정. 물가는 무시무시하게 치솟고 있는데, 내 월급 없이 어떻게 살까? 지난 두 달 동안 인쇄소에 돈이 하나도 들어오지 않아서, 시아버지도 하미드의 월급조로 주던 돈을 주지 못한 상태였다.

머리가 빠개지는 듯한 두통을 느끼며 나는 집으로 왔다

"왜 이렇게 일찍 왔어?" 파르빈이 깜짝 놀라며 물었다. "게다가 오늘은 출근도 늦게 했잖아. 계속 이러다간 해고당하겠어."

"지금 해고당하고 오는 길이에요!"

"뭐? 그게 정말이야? 신이시여, 내 목숨을 거두어가소서! 이게 다 내가 오늘 아침에 늦게 온 탓이야."

"아니에요. 그들은 지각을 한다거나 일을 하지 않는다거나 다른 직원들을 희롱한다거나 능력이 없다거나 도둑질을 했다거나 불륜을 저질렀다거나 난잡한 행동을 했다거나 부정직하다거나 멍청하다고 사람을 해고하지 않아요. 당나귀처럼 열심히 일하고 자기 일을 잘 알고 자식에게 들어가는 돈을 벌어야 하는 나 같은 사람을 해고하죠. 나는 더러운 사람이고 기관은 더러운 사람들을 숙청해서 깨끗해져야 하기 때문에, 그래서 해고당한 거라고요."

며칠 동안 몸이 좋지 않았다. 두통이 심했고 잠이 오지 않았다. 파르빈이 준 수면제를 먹고서야 몇 시간 눈을 붙였다. 하미드는 쿠르디스탄에서 돌아왔지만 집에는 몇 번밖에 들르지 않았다. 할일이 많아서 사람들과 함께 인쇄소에서 밤을 보내겠다고 했다. 직장에서 해고당했다는 이야기를 할 기회도 없었다.

매일 하미드와 그의 조직에 관한 불안한 소식이 들려왔고 나의 두려움과 걱정은 하루가 다르게 깊어갔다. 그리고 몇 년 전에 있었던 악몽 같은 일이 다시 일어났다.

한밤중에 정부 세력이 우리 집을 급습했다. 그들이 주고받는 이야기를 듣고, 나는 인쇄소 역시 습격당했으며 하미드와 그의 동지들이 체포되었다는 것을 짐작했다.

몇 년 전에 당했던 것과 똑같은 모욕, 몇 년 전에 경험했던 것과 똑같은 공포, 똑같은 혐오감. 마치 오래된 공포영화를 강제로 다시 보아야 하는 것 같았다. 아직도 내 기억에 남아 내 몸을 역겨움에 떨게 만드는 그들의 손과 눈이 진실을 캐기 위해 집 구석구석을 뒤지며 나의 가장 개인적인 부분을 건드렸고 나는 몇 년 전에 경험했던 것과 똑같이 벌거벗은 느낌과 등이 오싹한 기분에 시달렸다. 그러나 이번에는 시아막의 분노가 눈에만 머물지 않았다. 성미 급한 열다섯 살 소년으로 성장한 시아막은 분노로 온몸을 비틀었고 나는 혹시라도 아이가 저들에게 소리를 지르거나 덤벼들까봐 겁이 났다. 나는 시아막의 손을 잡고 가만히 있으라고, 아무 소리도 하지 말라고, 상황을 더 악화시키지 말라고 낮게 속삭였다. 그러는 동안, 마수드는 핏기 없는 얼굴로 쉬린을 안은 채 눈앞에서 벌어지는 장면을 가만히 지켜보았다. 품안의 쉬린이 악을 쓰며 울었지만 마수드는 아기를 달래려고도 하지 않았다.

모든 일이 다시 시작되었다. 다음 날 아침 일찍, 나는 만수레에게 전화를 걸어 시아버지에게 지난밤에 있었던 일을 되도록 차분하게 전해달라고 부탁했다. 시부모님에게 이런 힘든 시련을 다시 견뎌낼 힘이 있을까? 한 시간 후에 시아버지가 전화를 걸어왔다. 고통스러워하는 그의 목소리를 들으니 가슴이 에이는 듯 아팠다.

"아버님, 다시 시작해야 하는데 어디서부터 시작해야 할지 모르겠어요. 하미드의 소식을 알아볼 만한 사람이 있을까요?"

"모르겠다. 한번 찾아보마."

집은 완전히 엉망이 되었고 우리는 모두 긴장을 풀지 못했다. 시아막은 사자처럼 으르렁거리며 벽과 문을 주먹으로 치고 발로 차면서 하늘과 땅을 저주했다. 마수드는 소파 뒤에 웅크리고 앉아 자는 척했다. 나는 아이가 울고 있다는 것을 알았다. 그리고 아무에게도 방해받고 싶지 않아 한다는 것도. 평소에는 그렇게 명랑하던 쉬린도 신경이 날카로워졌는지 울음을 그치지 않았다. 그리고 충격을 받아 혼란스러웠던 나는 무시무시한 생각을 떨쳐버리려고 애를 썼다.

한편으로 나는 하미드를 저주하고 우리의 삶을 산산조각낸 그를 탓했고 다른 한편으로는 감옥에서 아직도 수감자들을 고문할까봐 걱정했다. 하미드의 상태가 궁금했다. 그가 말하기를 처음 사십팔 시간 동안 수감자들에게 최고의 고통을 가한다고 했었다. 그 고통을 견뎌낼 수 있을까? 최근에 와서야 발 상태가 정상으로 돌아왔는데. 그의 죄목이 정확하게 무엇이란 말인가? 혁명 법정에서 재판을 받아야 할까?

소리를 지르고 싶었다. 혼자 있고 싶어진 나는 침실로 들어와 문을 닫았다. 그리고 아이들의 소리를 듣지 않으려고 양손으로 귀를 틀어막고 눈물을 흘렸다. 거울에 내 모습이 비쳤다. 거울에는 창백하고 공포에 질려 어쩔 줄을 모르는 무력한 여자의 모습이 비쳐 있었다. 이제 어떻게 해야 하나? 내가 뭘 할 수 있을까? 도망치고 싶었다. 아이들이 없었다면, 산이나 사막으로 들어가 자취를 감추련만. 하지만 아이들은 어떻게 하나? 나는 가라앉고 있는 배의 선장이었고 승객들은 희망을 담은 눈으로 나를 바라보고 있었다. 그러나 나는 나의 배만큼이나 엉망으로 망가져 있었다. 나에게는 구명보트가 필요했다. 나를 먼 곳으로 데려다줄 구명보트가. 이제 나에게는 그런 무거운 책임을 감당해낼 힘이 없었다.

쉬린의 울음소리가 점점 커지더니 고통스러운 비명으로 변해갔다. 나는 본능적으로 일어나 눈물을 닦았다. 선택의 여지가 없었다. 아이들에게는 내가 필요했다. 폭풍을 맞은 배를 끌고 갈 선장은 나밖에 없었다.

나는 수화기를 집어 들고 파르빈에게 전화를 걸어 재빨리 상황설명을 하고 쉬린을 데리고 갈 테니 기다려달라고 했다. 내가 전화를 끊는 순간까지 파르빈은 절망적으로 비명을 질렀다. 쉬린은 마수드의 품에 안겨 울음을 그쳤다. 마수드가 여동생이 우는 것을 차마 보고 있을 수 없어서 자는 척하던 것을 그만두었다는 것을 나는 잘 알고 있었다. 시아막은 벌겋게 달아오른 얼굴로 어금니를 꽉 깨물고 주먹을 쥔 채 부엌 식탁에 앉아 있었다. 부풀어 오른 이마의 혈관이 불끈거렸다.

나는 시아막의 곁에 앉아 이야기를 하기 시작했다. "시아막, 소리를 지르고 싶으면 질러. 지르고 싶은 만큼 질러서 속에 있는 걸 다 쏟아내."

"저들이 우리 삶을 송두리째 뒤집어놨어요. 아빠를 체포했는데, 우리는 바보처럼 가만히 앉아 저들이 하는 대로 내버려두었어요." 시아막이 고함을 쳤다.

"그럼 우리가 어떻게 했어야 했을까? 우리가 뭘 할 수 있었겠니? 우리가 그들을 막을 수 있었을 것 같아?"

시아막이 주먹으로 식탁을 내리쳤다. 손에서 피가 흘러내렸다. 나는 고래고래 소리를 지르며 욕을 하는 아들의 손을 꼭 잡고 진정하기를 기다렸다.

"시아막, 그거 아니? 어렸을 때 너는 툭하면 남들과 싸웠고 난동도 많이 부렸어. 엄마가 안으면 넌 화가 다 풀릴 때까지 엄마에게 주먹질을 하고 발길질을 했지. 그렇게 해서 네 화가 풀릴 것 같으면, 이리 와."

나는 시아막을 품에 안았다. 나의 큰아들은 나보다 훨씬 크고 힘이 세어서 나를 밀치려면 얼마든지 밀어낼 수 있었다. 그러나 그는 그렇게 하지 않았다. 시아막은 내 어깨에 얼굴을 묻고 울었다.

잠시 후, 그가 말했다. "엄마, 엄마는 정말 대단한 분이에요. 너무나 침착하고 너무나 강해요!"

나는 웃으며 속으로 혼잣말을 했다. 그래, 엄마가 그런 사람이라고 생각하게 내버려두자……

마수드는 눈에 눈물을 머금은 채 우리를 바라보았다. 쉬린은 마수드의 품안에서 잠이 들었다. 내가 고갯짓을 하자 마수드는 쉬린을 조심스럽게 내려놓고 내 곁으로 왔다. 나는 두 아들을 함께 끌어안았고 우리 셋은 눈물을 쏟으며 하나가 되었고 힘을 얻었다. 몇 분이 흘렀을까. 나는 정신을 차리고 아이들에게 말했다. "자, 얘들아, 시간을 낭비하지 말자. 우는 것은 아버지에게 도움이 되지 않아. 계획을 세워야 해. 준비됐니?"

"그럼요!" 두 아들이 입을 모아 대답했다.

"그럼 어서 짐을 꾸려. 너희는 며칠 동안 외할머니 댁에 가 있어. 쉬린은 파르빈 아줌마가 돌봐줄 거야."

"엄마는요?" 마수드가 물었다.

"할아버지 댁에 가서 아빠의 행방을 알아봐야지. 아빠 소식을 들을 수 있을지도 몰라. 여러 곳에 가봐야 해. 정부위원회와 각 군성이 수백 개로 갈라져 있으니까."

"저도 엄마랑 같이 갈래요." 시아막이 말했다.

"안 돼. 동생들을 돌봐야지. 아빠가 안 계실 땐, 장남이 가족들을 책임지는 거야."

"외할머니 댁에는 가지 않겠어요. 작은외숙모가 저 때문에 집안에서도 차도르를 걸쳐야 한다고 자꾸만 잔소리를 하고 투덜댄단 말이에요. 그리고 쉬린은 파르빈 아줌마가 봐주실 테고 마수드는 다 커서 제가 봐주지 않아도 돼요."

시아막이 옳았다. 그러나 나는 우리가 정확히 어떤 상황에 처해 있는지 알지 못했고, 혈기가 왕성한 데다가 쉽게 흥분하는 시아막이 우리 앞에 닥칠 일을 감당하지 못할 것 같아 걱정이 되었다.

"시아막, 엄마 말 잘 들어. 네가 해야 할 일이 또 있어. 도와줄 사람들을 모아야 해. 알리 외삼촌에게 무슨 일이 있었는지 전하고 외삼촌이 여러 위원회에 아는 사람이 있느냐고 물어봐. 외삼촌 처남이 혁명 수비대에 들어갔다는 말을 들은 적이 있어. 필요하면 그 사람을 만나봐. 하지만 아빠의 상황을 더 곤란하게 만들 수 있는 말을 해서는 안 돼."

"알겠어요. 그렇게 할게요. 전 어린애가 아니에요. 할 말, 하지 않아야 될 말을 구별할 수 있다고요."

"좋아. 엄마는 파티 이모네 집에 가서 이모부에게 우리가 당한 일을 얘기할 거야. 어쩌면 이모부가 도움을 줄 사람을 알고 있을지도 몰라. 혹시 그러고 싶으면, 너희는 이모 집에 가 있어도 돼. 지금은 아빠가 어디 계시는지 알아내는 게 제일 급해. 나중에 또 네가 해야 할 일을 말해줄게."

"큰외삼촌에게는 이야기하지 말아요? 큰외삼촌이 도와주실 수 있을 거예요. 사람들이 그러는데, 외삼촌이 어떤 위원회의 위원장이래요."

"아니야. 아빠와 크게 다퉜기 때문에 도와주지 않을 거야. 그건 나중에 생각하자. 엄마가 될 수 있는 대로 빨리 너희들이 있는 곳으로 갈게. 내일은 학교에 갈 필요 없어. 토요일까지 상황이 정리되면 좋겠구나."

정리가 되기는커녕, 모든 것이 더욱 모호해지고 복잡해졌다. 시아버지와 나는 꼬박 이틀 동안 시아버지의 친구와 지인들을 모두 만나보았으나 아무런 성과도 거두지 못했다. 예전에 영향력 있는 위치에 있던 사람들 중에 이란을 떠난 사람들도 많았고 나머지는 자리에서 쫓겨나거나 도망을 다니고 있었다.

"세상이 바뀌었구나. 이제 우리를 도와줄 사람이 없다." 시아버지가 말했다.

선택의 여지가 없었다. 우리 힘으로 하미드를 찾아내야 했다.

경찰서장들과 파출소장들은 자기들과 관계없는 일이라 아무것
도 모른다며 다른 정부 위원회에 가보라고 했다. 또 그들이 거
론한 여러 위원회를 찾아갔더니, 하미드가 무슨 죄를 지었느냐
는 질문이 쏟아졌다. 뭐라고 대답해야 할지 알 수가 없었다. 나
는 겁을 잔뜩 먹고 아마 공산주의자로 지목된 것 같다고 우물
우물 대답을 했다. 아무도 우리에게 대답을 해야 한다는 책임
감을 느끼지 않는 것 같았다. 어쩌면 하미드가 감금된 곳을 알
려서는 안 된다는 보안주의보가 발령되었는지도 몰랐다.

이틀 후, 나는 도움을 받을 수 있을지도 모른다는 희망 하나
에 매달려 지친 몸을 이끌고 친정으로 갔다. 파티와 아이들이
걱정을 하며 나를 기다리고 있었다.

"아빠와 전화 통화라도 해보셨어요?"

시아막이 초조하게 물었다.

"아니, 못 해봤어. 시아막, 아빠 행방을 알기가 너무 어렵구
나. 수천 군데를 돌아다니다가 어젯밤 늦게야 할아버지와 집에
돌아왔어. 오늘 아침 일곱 시 반에 약속이 하나 더 있어서, 엄마
는 거기서 밤을 보내야 했지. 외할머니께는 말씀드렸니?"

"네. 하지만 엄마와 할아버지가 어떤 소식을 알아내셨는지
궁금했어요."

"좋은 소식이 있으면 제일 먼저 네게 알릴 테니 걱정하지 마.
자, 이제 짐을 챙기자. 집으로 돌아가야지."

시아막을 안심시킨 나는 알리 쪽을 돌아보며 물었다. "알리,
너하고 큰오빠는 여러 위원회에 아는 사람이 많잖아. 사람들이
하미드를 어디로 데리고 갔는지, 알아봐줄 수 없겠니?"

"솔직히 말할게, 누나. 마흐무드 형에게는 기대하지 마. 형은 하미드의 이름조차 듣고 싶어 하지 않아. 그리고 나도 공개적으로 묻고 다닐 수가 없어. 매형이 공산주의자라서 나 역시 별의별 죄목을 다 뒤집어쓰게 될 거야. 하지만 간접적으로는 알아봐줄게."

실망스러운 기분에 동생에게 뭐라고 한마디 하고 싶은 것을 눌러 참았다. 어쨌거나 나에게는 알리의 도움이 필요했다.

"사데그가 아는 사람들과 접촉해보겠대." 파티가 말했다. "자신을 너무 혹사시키지 마. 언니가 할 수 있는 일은 없어. 그리고 왜 집으로 돌아가려는 거야?"

"가야만 해. 집이 엉망진창이라서 정리를 해야 돼. 애들도 토요일에는 학교에 가야 하고."

"그럼 쉬린을 놔두고 가. 여기저기 다녀야 하잖아. 쉬린이 방해가 될 거야. 피루제가 쉬린을 얼마나 좋아하는지 언니도 잘 알잖아. 쉬린이 인형이라도 되는 것처럼 잘 데리고 놀아."

한 송이 꽃처럼 사랑스럽고 예쁜 피루제는 다섯 살이 되었고 파티는 둘째를 임신한 지 사 개월째에 접어들고 있었다.

"아니야, 됐어. 네 몸이 그런데, 네가 어떻게 아기를 돌보니? 난 애들이랑 함께 있는 게 더 편해. 혹시 파르빈이 같이……."

이틀 동안 쉬린을 정성껏 돌봐준 파르빈은 아기와 헤어지기가 아쉬운지 내 이야기에 귀를 기울이다가 반색을 했다. "내가 같이 갈게. 당연히 같이 가야지."

"바쁘지 않아요? 강요하고 싶지는 않아요."

"내가 할 일이 뭐가 있겠어? 남편도 없고 자식도 없고 얼마나 한가로운데. 그리고 요즘엔 아무도 옷을 맞춰 입지 않더라고. 일주일쯤 너희 집에 가 있을게. 상황이 정리될 때까지."

"파르빈, 정말 고마워요! 파르빈이 없었으면, 난 어떻게 되었을까요? 나에게 잘해준 걸 어떻게 갚죠?"

우리는 금요일 하루 종일 집을 정리했다.

"지난번, 집이 습격당했을 때에는 아버지가 도와줄 사람들을 보내주셨어요. 신이시여, 아버지의 영혼을 편히 쉬게 하소서. 그런데 이제 난 혼자예요. 모두가 날 버렸다고요. 아버지가 너무나 그립고 아버지가 너무나 필요해요."

내 목소리가 갈라지자 옆에 있는지도 몰랐던 마수드가 나의 손을 잡았다. "하지만 엄마에겐 우리가 있잖아요! 우리가 도울게요. 제발 슬퍼하지 마세요!"

나는 아이의 아름다운 머리칼을 살짝 헝클어뜨리고 그 다정한 눈을 들여다보았다. "그래, 알아. 너희들이 있는 한, 엄마는 슬프지 않아."

이번에는 할머니의 방과 거의 비어 있는 지하실이 습격을 면했기 때문에 정리할 공간이 전보다 많지 않았다. 오후 늦게, 우리는 대충이나마 집 정리를 마칠 수 있었다. 나는 시아막과 마수드에게 목욕을 하라고 했다. 그리고 못다한 숙제를 시키고 다음 날 학교에 갈 수 있도록 준비를 갖추게 했다. 그러나 시아막은 가만히 있지 못했다. 숙제도 하지 않고 계속 나를 들볶았다. 불안하고 초조한 것은 이해가 가지만 나에게도 심적 여유가 그리 많지는 않았다.

급기야 나는 두 아들을 불러 앉혔다. "엄마가 해야 할 일이 얼마나 많은지, 골치 아픈 일, 걱정거리가 얼마나 많은지 너희들도 알지? 엄마가 한꺼번에 처리해야 할 일이 얼마나 많니? 엄마에게 남은 힘이 얼마나 있을까? 너희들이 엄마를 도와주지 않고 문제거리를 더 만들면, 엄마는 아마 쓰러지고 말 거야. 엄마에게 가장 도움이 되는 건, 너희들이 조용히 숙제를 하는 거야. 그럼 걱정거리가 하나 줄어들잖아. 엄마를 도와줄래, 말래?"

마수드는 진심으로 약속을 했고 시아막은 마지못해 그러겠다고 했다…….

토요일, 나는 다시 정부 위원회 여러 곳을 찾아다녔다. 시아버지는 몇 년은 더 늙어 보였고 괴로움의 무게를 이기지 못해 많이 약해진 것 같았다. 시아버지에게 죄송한 마음이 들었던 나는 내가 가는 곳마다 따라오시지 않아도 된다고 말씀드렸다.

그날 하루 종일 뛰어다닌 보람은 하나도 없었다. 아무도 나에게 속시원한 대답을 해주지 않았다. 마흐무드 오빠에게 도움을 청하는 수밖에 없다는 생각이 들었다. 전화로 이야기를 하는 것이 더 편했지만, 그가 가족들에게 내가 전화를 하면 집에 없다는 핑계를 대라고 일러두었을 것 같았다. 내키지 않았지만 나는 그의 동네 골목길에서 기다리고 있다가 그가 집으로 들어가는 것을 확인한 다음 초인종을 눌렀다. 에흐테람-사다트가 냉랭한 표정으로 문을 열어주었다. 앞마당에 있던 골람-알리가 나를 보고 반갑게 인사를 했다. "고모, 오셨어요?" 하지만 나에게 친절하게 대하면 안 된다는 부모의 지시가 기억났는지, 갑자기 인상을 쓰며 내게서 물러났다.

"우리가 잘 지내는지 보러 온 건 아닐 테죠. 마흐무드를 만나러 왔다면, 그냥 돌아가요. 지금 집에 없고 오늘 밤에 돌아오지 않을지도 모르니까요."

"가서 오빠에게 내가 왔다고 전해요. 오빠가 집에 있다는 거, 알 아요. 들어오는 걸 봤어요. 오빠에게 꼭 해야 할 얘기가 있어요."

"뭐라고요?" 에흐테람–사다트는 깜짝 놀란 척했다. "언제 왔지? 난 못 봤는데."

"언니는 원래 자기 집에서 무슨 일이 일어나는지를 모르잖아 요. 오빠에게 이 분이면 된다고 전해줘요."

에흐테람–사다트가 샐쭉해지더니 얼굴에 차도르를 두르고 투덜거리며 안으로 들어갔다. 그녀에게 화가 나지는 않았다. 마 흐무드의 명령에 따를 뿐이니까. 잠시 후, 다시 밖으로 나온 그 녀가 말했다. "지금 기도를 올리고 있어요. 마흐무드가 얼마나 오랫동안 기도를 하는지는 아가씨도 잘 알잖아요."

"괜찮아요. 기다릴게요. 그래야만 한다면 내일 아침까지라도 기다리겠어요."

얼마가 지났을까. 마침내 마흐무드가 나타나 성난 표정을 짓 더니 어물어물 내게 인사를 했다. 내 온몸의 세포 하나하나가 이 집에 있는 것에 대한 거부반응을 보였다. 나는 잘 나오지 않 는 목소리를 가다듬어 말했다.

"마흐무드 오빠는 나와 피를 나눈 형제야. 나에게는 오빠밖 에 없어. 아버지가 나를 오빠에게 부탁하고 가셨잖아. 오빠 아 이들을 봐서라도, 우리 아이들이 아버지 없는 애들이 되지 않 게 해줘. 날 좀 도와줘."

"나와는 상관없는 일이야. 이건 내가 어떻게 할 수 있는 일이

467

아니라고."

"에흐테람—사다트 언니의 삼촌이 혁명재판소와 정부 위원회에 영향력을 미칠 수 있잖아. 그냥, 그분을 만날 수 있게 주선만 해줘. 하미드가 어디에 있는지, 그리고 지금 어떤 상태인지만 알면 돼. 나를 새언니의 삼촌께 데려다줘, 제발."

"뭐야? 처삼촌께 그 신의 은혜를 모르는 무신론자가 내 처남이라는 말을 하라고? 그는 죄가 없으니 도와달라고 하라고? 난 못해. 내가 그렇게 힘들게 쌓아올린 명예와 존경을 이런 식으로 포기할 수는 없어."

"오빠는 아무 말 하지 않아도 돼. 내가 직접 말씀드릴게. 하미드를 풀어달라거나 용서해달라고 하려는 게 아니야. 종신형을 받아도 좋아. 그냥, 고문이나…… 처형만 면하게 해달라고……." 눈물이 터져 나왔다.

마흐무드는 의기양양한 표정으로 히죽 웃더니 고개를 가로저었다. "어려워지니까, 우리가 생각나든? 여태까지 율법학자도 나쁘고 보수주의자들도 나쁘고, 신도, 예언자도 없다고 하더니."

"그만해, 오빠. 내가 언제 신이나 예언자가 안 계시다고 했어? 지금껏 난 한 번도 기도시간을 놓친 적이 없어. 그리고 오빠 같은 사람들보다 율법학자들이 훨씬 더 개방적이고 계몽적이야. 오빠야말로, 가는 데마다 처남이 혁명운동가고 정치범으로 수감생활을 하면서 고문을 당했다고 자랑하지 않았어? 오빠 애들을 봐서라도, 날 좀 도와줘."

"일어나, 마수메. 진정하고 일어나. 그게 그렇게 간단한 줄 알아? 네 남편은 신과 이슬람교에 반대되는 반란을 이끌었어. 그는 무신론자야. 그가 이 나라와 우리의 신앙을 어지럽히고 파괴하도록 나라에서 그냥 놔둘 것 같아? 말은 바로 해야지. 네 남편이 권력을 잡으면, 우리를 살려둘 것 같니? 네 아이들을 사랑한다면, 솔직하게 얘기해봐……. 왜, 왜 갑자기 아무 말도 못 해? 마수메, 넌 착각을 하고 있어. 신께서는 네 남편이 피를 흘리게 허락하셨어. 나는 내 평생 종교에 헌신해온 사람이야. 그런데, 처삼촌을 찾아가서 신의 은혜를 모르고 신께 등을 돌린 네 남편을 위해 죄를 지으라고 강요하라고? 아니, 난 절대로 그렇게 못 해. 처삼촌께서도 신과 이슬람의 적들은 벌을 받아야 마땅하다고 하실 거야. 온 세상이 무릎을 꿇고 빌어도, 그분은 옳다고 생각하신 대로 하실 거라고. 아직도 샤가 군림하던 시절처럼 연줄로 사람을 구해낼 수 있다고 생각하니? 천만에. 이제는 신앙과 정의가 모든 것을 판단해. 누가 신앙을 갖고 있느냐, 용서할 힘이 누구에게 있느냐가 중요하다고."

망치로 머리를 얻어맞은 것만 같았고 눈이 화끈거렸다. 나는 분노로 몸을 떨며 마흐무드의 집을 찾아온 나 자신에게 욕을 퍼부었다. 어쩌자고 신의 진정한 자비에 대해 아무것도 모르는 저 위선자에게 도움을 청했을까? 나는 어금니를 꽉 깨물고 차도르를 여민 다음 그를 똑바로 쳐다보며 악을 썼다.

"왜? 내 남편을 이용할 만큼 이용했으니 이제 필요 없다고 하지 그래? 오빠 뱃속만 채우면 된다고 솔직하게 말하시지? 오빠 같은 사람이 신을 섬긴다고? 웃기지 마. 신께서도 골치가 아프실걸."

나는 계속해서 그의 집을 저주했다. 내 온몸의 신경이 날카롭게 곤두서 떨고 있었다.

2주가 지난 후에야 하미드가 에빈 교도소에 있다는 사실을 알아냈다. 나는 매일 차도르를 두르고 시부모님과 함께, 혹은 혼자서 교도소 관계자들이나 믿을 만한 정보를 줄 수 있는 사람들을 찾아 나섰다. 하미드의 죄목에 대해서는 반론의 여지가 없었다. 사진이며 그가 직접 작성한 연설문, 기사 등이 너무 많아 부인할 방법이 없었다. 그가 재판을 받아야 하는 것인지, 만일 그렇다면 언제인지도 알 수 없었다.

그가 체포된 지 약 한 달이 되어가던 어느 날, 교도소를 찾아간 시아버지와 나는 안내를 받고 어느 방으로 들어갔다.

"드디어 면회가 허락되나 봐요." 나는 낮은 목소리로 시아버지에게 말했다. 기다리는 내내 우리는 기대감에 들떠 있었다.

잠시 후, 간수가 꾸러미 하나를 가지고 들어와 테이블 위에 놓으며 말했다.

"유품입니다."

나는 간수를 멍하니 쳐다보았다. 그가 무슨 소리를 하는 것인지 이해가 가지 않았다. 그러자 그가 무뚝뚝하게 다시 말했다. "하미드 솔타니의 가족들이 맞으시지요? 솔타니는 그저께 처형되었습니다. 이 물건들은 그가 가지고 있던 물품들입니다."

내 목에 처형대의 밧줄이 걸린 것만 같았다. 온몸이 부들부들 떨리기 시작했다. 나는 시아버지를 쳐다보았다. 시아버지는 백짓장같이 하얀 얼굴로 가슴을 움켜쥐더니 의자 위로 풀썩 무너져 내렸다. 시아버지에게 다가가고 싶었지만 다리가 말을 듣지 않았다. 현기증이 나더니 감각이 모두 사라졌다.

구급차의 사이렌 소리에 나는 현실로 돌아와 눈을 떴다.

사람들이 시아버지는 중환자실로 모셔가고 나는 응급실에 넣었다. 가족들에게 알려야 했다. 나는 겨우 여동생 파티와 시누이 만수레의 전화번호를 기억해 간호사에게 알려주었다.

시아버지는 계속 입원해 계셔야 했으나, 나는 그날 밤 퇴원을 할 수 있었다. 아이들의 눈을 볼 수가 없었다. 아이들이 어디까지 알고 있는지, 내가 무슨 이야기를 해야 할지도 알 수 없었다. 말을 할 힘도, 울 힘도 없었다. 진정제 주사를 과하게 맞았는지, 나는 곧바로 깊고 고통스러운 잠에 빠졌다.

나는 사흘 만에 충격과 망상에서 겨우 빠져나왔고, 시아버지는 사흘 만에 죽음에게 굴복하고 영원한 안식과 자유를 향해 떠났다. 내가 할 수 있었던 말은 딱 두 마디뿐이었다.

"얼마나 행복하실까. 이제 아무 고통도 못 느끼시겠네."

이 세상 누구보다, 시아버지가 부러웠다.

아버지와 아들의 장례식이 같은 날 열렸고 우리는 아무것도 두려워하지 않고 마음껏 하미드를 애도할 수 있었다. 검은 옷을 입은 두 아들의 여린 몸과 그들의 부어오른 눈과 슬픈 표정을 보자, 내 마음은 찢어지는 것만 같았다. 나는 장례식이 거행되는 내내 하미드와 함께했던 나날들을 떠올렸다. 이제 그 날들이 카스피 해안에서 보낸 한 달로 압축되는 것만 같았다. 친정에서는 어머니와 파티만이 장례식에 참석했다.

우리는 고인들의 제 칠 일째 추모일까지 시댁에 머물렀다. 쉬린이 어디에 있는지도 기억나지 않았다. 파티에게 자꾸만 물어보았지만, 대답을 듣는 둥 마는 둥 했다가 한 시간 후에는 또다시 '쉬린이 어디 있지?' 묻곤 했다.

시어머니의 상태도 심각했다. 파티는 남편과 아들을 한꺼번에 잃은 시어머니가 끝내 슬픔을 극복하지 못할 것 같다고 했다. 끊임없이 이어지는 시어머니의 말 한마디 한마디에 우리 모두는 눈물을 흘렸다. 나는 그런 상황에서 그렇게 많은 말을 할 수 있다는 것에 놀랐다. 나는 비극적인 일을 당하면 늘 말을 잃고 어두운 생각에 잠겨 있다가 어느 정도 시간이 흐르고 난 뒤에야 입을 열 수 있었다. 시어머니는 시아막과 마수드를 안고 하미드의 냄새가 난다고 했다가 또 어떤 때에는 아이들을 밀치며 소리를 질렀다. "하미드가 없는데, 저 아이들이 무슨 소용이 있어?" 그리고 자꾸만 남편을 부르며 통곡했다. "모르테자가 곁에 있다면, 이 슬픔을 견딜 수 있을 텐데." 그러다가도 그가 죽어 이런 비극을 못 보게 해주신 데에 대해 신께 감사를 드렸다.

두 아이도 크게 고통받고 있었다. 이런 분위기에 계속 있다가는 엄청난 마음의 상처를 받을 것 같아서 나는 파티의 남편 사데그에게 아이들을 다른 데로 데려가달라고 부탁했다. 시아막은 집을 나가고 싶어 했지만 마수드는 내게 매달리며 아무 데도 가지 않으려고 했다.

"우리가 없으면 엄마가 많이 울까봐 걱정돼요. 엄마한테 무슨 일이 생기면 어떻게 해요?"

나는 조심할 테니 걱정 말라고 아이를 달랬다. 두 아이가 떠나자, 마음을 짓누르던 납덩이가 사라진 것 같았다. 아이들 앞

에서는 흘릴 수 없었던 눈물이 터져 나왔고 흐느낌과 함께 숨
도 트였다.

집으로 돌아오면서, 더 이상 슬퍼해서도 안 되고 낭비할 시
간도 없다는 생각을 했다. 문제가 너무 심각해서 애도의 기간
을 더 늘릴 수 없었다. 내 인생은 엉망진창이었다. 아이들의 공
부는 뒤처졌는데 기말시험 기간은 다가오고 있었다. 무엇보다
큰일이었던 것은, 해고를 당해 수입이 없다는 점이었다. 지난
몇 달간 도움을 주던 시아버지도 돌아가셨다. 뭔가 생각을 해
내야 했다. 직장을 구해야 했다.

다른 생각들까지 겹쳐 내 머릿속은 뒤죽박죽이었다. 시댁
에 머무는 동안, 하미드의 고모와 숙모가 소리를 죽여가며 하
는 이야기를 우연히 듣게 되었다. 그제야 나는 하미드의 할아
버지가 지금 우리가 살고 있는 집을 자식들 공동 명의로 남겨
주었다는 사실을 알았다. 고인이 된 할머니와 할머니의 생활비
를 대는 하미드의 아버지를 존중하는 마음에, 삼촌들과 고모들
은 유산 문제를 한 번도 거론하지 않았다. 그러나 할머니와 시
아버지가 돌아가셨으니, 자신들의 상속을 주장하지 못할 이유
가 없었다. 그리고 며칠 후 하미드의 사촌들이 나를 앞에 앉혀
놓고 이야기를 했다.

"법에 따르면, 아들이 아버지보다 먼저 사망할 경우, 그 가족
들은 유산을 물려받지 못하게 되어 있어요. 어디에 물어보아도
대답은 같을 거예요……."

그 혼란스러운 와중에서도 내 인생과 관련된 대화는 귀에 들

어온다는 것이 이상할 따름이었다.

아무튼 위험을 느낀 덕에 나는 예상보다 빨리 제정신을 차릴 수 있었고 하미드를 잃은 슬픔을 극복할 수 있었다. 나의 어둡고 외로운 밤들은 극심한 불안으로 채워졌다. 잠을 잘 수도, 가만히 앉아 있을 수도 없었다. 집안을 어슬렁거리기도 했고 미친 여자처럼 혼잣말을 하기도 했다. 모든 문이 닫힌 것만 같았다. 일자리도, 하미드도, 시아버지도, 집도, 유산도 없이 이마에 처형당한 공산주의자의 아내라는 낙인을 찍은 채 이 험한 바다에서 어떻게 나의 아이들을 구해 안전한 곳으로 데려간단 말인가?

"아버지, 어디에 계셔요? 아버지의 예언이 딱 맞았어요. 보고 계신 거예요? 아버지의 딸이 버림받아 혼자가 되었다고요. 아아, 아버지가 너무나 필요해요!"

어느 날 밤늦게, 몽유병자처럼 집안을 배회하고 있는데 전화벨이 울렸다. 그 시각에 울리는 전화소리에 소스라치게 놀란 나는 조심스럽게 전화를 받았다. 수화기 너머로 멀리서 들려오는 듯한 목소리가 들렸다.

"마숨, 마숨이니? 아, 마숨. 하미드가…… 하미드가 세상을 떠났다는 게 사실이야?"

"파르바네? 어디니? 어떻게 알았어?" 말을 하는 도중에 눈물이 마구 흘러내렸다.

"그럼 그게 정말이구나? 오늘 저녁에 이란 라디오 방송을 듣고 알았어."

"맞아, 사실이야. 하미드도 죽고 시아버지도 돌아가셨어."

"뭐? 시아버지는 왜?"

"심장마비를 일으키셨어. 슬픔을 못 이기고 돌아가신 거야."

"아아, 마숨. 너 혼자 어떻게 해? 오빠와 알리가 도와주니?"

"아니. 내 근처에 얼씬도 안 하는걸. 장례식에도 오지 않았고 애도의 인사도 없었어."

"그래도 네가 일을 해서 도움이 필요치 않으니 다행이다."

"일은 무슨. 나, 숙청당했어."

"그게 무슨 소리야? 숙청을 당하다니, 그게 무슨 뜻이니?"

"해고를 당했다고."

"왜? 아들이 둘이나 있는 사람을…… 앞으로 어떻게 해야 하니?"

"셋이야."

"셋? 언제 그렇게 됐어? 우리가 마지막으로 얘기를 나눈 게 언제였지?"

"오래전이지…… 이 년 반이나 되었구나. 딸아이가 벌써 십팔 개월이니까."

"나쁜 사람들. 네가 그 사람들을 얼마나 지지했는데? 넌 우리가 자만하고 부도덕한 사람이라고 했잖아. 사람들을 기만하는 반역자들이라고. 나라가 한번 뒤집혀서 사람들이 권리를 되찾고 마땅히 누려야 할 것을 누려야 한다고…… 그런데 네 처지가 이게 뭐니! 혹시 돈이 필요하거나 도움이 필요하면 나한테 말해. 꼭. 알겠지?"

슬픔과 눈물 때문에 목이 막혔다.

"여보세요? 왜 아무 말도 안 해? 뭐라고 말 좀 해봐."

순간, 시 한 구절이 떠올랐다.

"적의 비웃음은 두렵지 않으나 친구의 동정은 나를 부끄럽게 만든다."

잠시 말을 잃었던 파르바네가 마침내 입을 열었다. "미안해, 마숨. 용서해줘. 참을 수가 없었어. 내 성격은 너도 잘 알잖아. 생각나는 건 뭐든지 말해야 하는 못된 성격. 너를 생각하니 너무나 슬펐어. 무슨 말을 해야 할지도 모르겠고. 나는 네가 원하던 목표를 이룬 줄 알았어. 행복하게 사는 줄 알았단 말이야. 이럴 줄은 꿈에도 생각하지 못했다고. 내가 널 얼마나 사랑하는지 알지? 여동생보다 더 가까운 사람이잖아. 우리가 서로를 챙기지 않으면 누가 챙기겠니? 아이들의 인생을 생각해서라도, 필요한 게 있으면 내게 말하겠다고 약속해."

"고마워, 그럴게. 네 목소리를 듣는 것만으로도 큰 도움이 되었어. 지금 나에게 가장 필요한 건 자신감인데, 네 목소리에 자신감이 생겼어. 내게 필요한 건, 우리가 계속 연락을 하는 거야."

여러 가지 일을 생각해보다가, 평생 혐오했지만 내 인생의 일부분인 것만 같은 바느질일을 다시 고려하게 되었다. 파르빈이 도와주겠다고 약속했지만, 그녀를 찾아오는 고객도 이젠 거의 없었다. 정부 관계 기관들이 나를 채용할 리 없었고 정부와 일을 하는 개인 회사나 조직의 인사위원회도 분명 나를 직원으로 고려조차 하지 않을 터였다. 작은 개인 사업체들의 자리를 알아보았지만, 그것도 소용없었다. 경기가 좋지 않아 아무도 새 직원을 뽑으려 하지 않았다. 피클과 잼을 만들어 식품점에 팔거나 주문을 받아 케이크, 패스트리, 또는 다른 음식을 만들어

납품해보는 방법도 생각해보았다. 하지만 어떻게? 나에게는 경험이 없었다.

그즈음에, 전 직장의 상사였던 자가르가 전화를 걸어왔다. 그는 평상시와 다르게 허둥대고 있었다. 막 하미드의 사망소식을 들었다며 애도를 표하고 나의 전 동료들과 함께 들러 인사를 해도 되겠느냐고 물었다. 다음 날, 그가 함께 일하던 동료 다섯 명과 함께 우리 집에 왔다. 그들을 보자 새삼스럽게 가슴이 아파서, 나는 눈물을 흘리기 시작했다. 여자들이 나를 따라 울었다. 얼굴이 붉어진 자가르는 떨리는 입술을 굳게 다물고 먼 곳을 향해 시선을 돌렸다. 우리가 진정을 하자 그가 말했다.

"어제 전화를 해서 소식을 알려주며 슬퍼한 사람이 누군지 아십니까?"

"아뇨! 그게 누군가요?"

"시자디였어요. 미국에 있다더군요. 시자디가 알려줬습니다."

"아직 미국에 산다고요? 혁명이 일어나서 돌아온 줄 알았는데."

"돌아왔었어요. 시자디가 어땠는지, 상상도 못할 겁니다. 그렇게 흥분하고 좋아하는 사람은 내 평생 처음 보았어요. 몇 년은 젊어진 것 같았죠."

"그런데 왜 다시 떠났나요?"

"나노 놀랐어요. 그래서 물어보았죠. 꿈이 이루어졌는데 왜 다시 떠났냐고. 그랬더니, 인생의 꿈은 희망의 죽음이나 죽음에 대한 희망밖에 없다고 대답하더군요."

"그 사람을 기관에 계속 붙들어두었어야 했어요."

"말도 안 되는 소리 말아요! 그들이 나까지 제거하려고 하고 있습니다!" 자가르가 펄쩍 뛰었다.

"얘기 못 들으셨군요?" 몰라비가 거들고 나섰다. "그들이 자가르 씨를 제거하려고 새로운 규정을 만들었어요."

"무슨 규칙이요? 자가르 씨가 뭘 했는데요?"

"당신이 했던 일을 했죠."

"하지만 자가르 씨까지 궁지에 몰아넣다니, 그건 있을 수 없는 일이에요."

이번에는 무함마드가 나섰다. "있을 수 없는 일이긴요! 그들은 자가르 씨가 옛 체제에서 부를 축적한 사람이라고 주장하고 있어요. 거만하고 부패한 협잡꾼이라고요!"

모두가 웃음을 터뜨렸다.

"무함마드, 정말 친절하군요!" 자가르가 농담을 했다.

나도 웃고 싶어졌다. 샤의 정권하에서 재산을 축적한 사람이라는 비난은 점차 칭찬이 되어갔다.

"우리 삼촌이 성공한 변호사이고 내가 외국 유학을 하고 외국인 아내와 결혼했다는 이유로, 그들이 한동안 나를 괴롭혔지요. 기관장이 얼마나 나를 꼴 보기 싫어했는지 아마 기억이 날 겁니다. 그가 이번 기회에 나를 제거하려고 갖은 노력을 다 했어요. 하지만 계획대로 되지 않았죠. 그건 그렇고, 사데기 부인, 요즘 무슨 일을 하고 있습니까?"

"아무 일도 안 하고 있어요! 돈이 없어서 필사적으로 직장을 찾고 있어요."

그날 밤 늦게, 자가르가 다시 전화를 걸어왔다. "여러 사람들

앞에서 말하기가 뭣해서 다시 전화를 했습니다. 일자리가 필요
하면, 내가 시간제 일자리라도 알아봐줄게요."

"필요하고말고요! 제 상황이 어떤지 상상도 못하실 거예요."
나는 간단하게 나의 절망적인 상황을 설명했다.

"타이프 칠 기사 몇 개와 책 한 권이 있어요. 타자기를 구할
수 있으면, 집에서 일을 시작하세요. 보수가 아주 많지는 않지
만, 그리 적지도 않을 겁니다."

"신께서 저의 수호천사로 자가르 씨를 지목하셨나 봐요! 하
지만 제가 기관 일을 해도 될까요? 저들이 알게 된다면, 자가르
씨도 굉장히 곤란하실 텐데요."

"모르게 하면 되죠. 매번 다른 이름으로 연락을 취하고, 일거리
는 내가 직접 가져다드릴게요. 사무실에 오실 필요는 없습니다."

"어떻게 감사를 드려야 할지, 뭐라고 해야 할지 모르겠어요."

"고마워할 필요 없습니다. 당신의 일솜씨는 굉장히 뛰어나
고, 당신만큼 페르시아어에 정통한 사람도 없으니까요. 타자기
를 구해보세요. 내일 오후에 서류를 가져다드릴 테니까요."

기뻐서 정신이 하나도 없었지만, 타자기를 구할 일이 걱정되
었다. 어디서 타자기를 구한단 말인가? 몇 년 전에 연습용으로
시아버지에게 받은 타자기는 너무 구식이었다. 그때, 만수레가
전화를 걸어왔다. 시누이들 중 가장 정이 많고 합리적인 사람
이 바로 만수레였다. 나는 그녀에게 자가르의 제안을 받았다고
말했다.

"바흐만에게 물어볼게. 남편 회사에 남는 게 있을 거야. 그걸
빌려주라고 해볼게."

안심한 나는 행복한 마음으로 전화를 끊고 좋은 하루를 허락해주신 신께 감사드렸다.

나는 집에서 일을 하기 시작했다. 타자를 치고 편집을 하고 가끔씩 바느질도 했다. 파르빈이 친구 겸 조수 겸 동료의 역할을 해주었다. 그녀는 거의 매일 우리 집에 와서 쉬린을 돌보아주고 바느질감도 가져와 나누어주었다. 그리고 얼마를 벌건 내 몫을 계산해주었다. 분명 내가 받을 돈보다 더 많이 주는 것 같았다.

그녀는 아직 예쁘고 힘이 넘쳤다. 작은오빠 아흐매드가 죽은 후, 다른 남자를 사귀지 않는 것이 이상할 정도였다. 아흐매드의 이야기를 할 때마다, 그녀의 눈에는 여전히 눈물이 차올랐다. 사람들 사이에 평판이 나쁜 그녀였지만, 나에게 그런 것은 상관없었다. 파르빈은 고결하고도 명랑한 사람이었고 내 가족보다 나를 더 많이 도와준 은인이었다. 그녀처럼 다른 사람을 위해 자신의 이익과 안락함을 기꺼이 희생하는 친절하고 정 많은 사람은 어디에도 없었다.

여동생 파티 역시 나를 도울 수 있는 일이라면 무엇이든 마다하지 않았다. 그러나 파티도 아이가 둘인 데다가 남편 월급도 그리 많지 않았고 나름대로 해결해야 할 일상적인 문제도 많았다. 주변 사람들 중에서 생활이 나아진 사람은 하루가 다르게 재산이 불어가는 마흐무드와 알리뿐이었다. 보아하니, 이제는 어머니의 소유인 아버지의 가게를 이용해 정부 보조물품을 타내서 가격을 몇 배 올려 시장에 파는 것 같았다.

늙고 지친 어머니도 삶에 치여 바빴다. 나는 전보다 뜸하게 어머니를 보러 갔고 친정에 갈 때마다 오빠나 남동생과 마주치지 않으려고 최선을 다했다. 친목 모임이나 친척집을 방문하는 것도 그만두었다. 그러던 어느 날, 어머니가 전화를 걸어와 기쁜 목소리로 몇 년간 노력한 끝에 알리의 아내가 드디어 아기를 가졌다고 알려주었다. 그리고 임신을 축하하기 위해 이맘 압바스 축일에 저녁식사를 함께 하기로 했으니 나에게도 오라고 하는 것이었다.

"축하할 일이네요! 올케에게 제가 아주 기뻐하더라고 전해주세요. 하지만 저녁식사에는 못 가요."

"그런 말은 하지도 마라. 꼭 와야 해. 이맘 압바스 축일인데, 어떻게 안 올 수가 있니? 네가 안 오면 아기에게 불길한 일이 생길 게다. 네 인생에 더 큰 불행이 찾아오길 바라는 게냐?"

"그런 게 아니에요, 어머니. 그냥, 가족들을 보고 싶지 않아서 그래요."

"무시하면 되잖니. 와서 저녁이나 먹고 기도나 해. 신이 도우실 게다."

"솔직히 말하면, 저도 정말 종교행사나 순례를 가서 실컷 울고 마음을 비우고 싶은데요, 오빠와 알리의 경멸적인 시선을 받고 싶지는 않아요."

"그게 무슨 소리냐? 그런 소리는 하지도 말아라." 어머니가 나를 나무랐다. "어찌 되었건, 네 오빠고 네 동생이다. 그리고 알리가 너에게 뭘 나쁘게 했니? 그 애가 너를 돕겠다고 시간을 내 여기저기 전화를 하는 걸, 내가 내 두 눈으로 똑똑히 보았는데. 그럼 나를 위해 오는 셈 치고 오너라. 널 본 지 얼마나 오래

되었는지 몰라. 파르빈네 집에는 잘도 가면서, 어미한테 잠깐 들르는 게, 그렇게 어려운 일이더냐?"

어머니가 울음을 터뜨리더니 그칠 생각을 하지 않았다. 결국, 나는 저녁 모임에 참석하겠다고 약속을 했다.

축일 행사에서 나는 끊임없이 눈물을 흘리며 이 무거운 짐을 짊어질 힘을 달라고 신께 빌었다. 그리고 내 아이들과 그들의 미래를 위해 기도를 올렸다. 파티와 파르빈이 곁에 앉아 함께 울면서 기도를 했다. 금 장신구를 주렁주렁 매단 에흐테람-사다트 올케는 상석에 앉아 내게 눈길조차 주지 않았다. 어머니는 묵주를 돌리며 나지막이 기도문을 외웠다. 알리의 아내는 득의양양하게 자기 친정어머니 곁에 앉아 혹시라도 유산이 될까봐 걱정을 하며 꼼짝도 하지 않고 계속 음식을 달라고 했는데 그녀의 말 한마디만 떨어지면, 바로 음식이 나왔다.

손님들이 가고 난 후, 우리는 청소를 시작했다. 한참을 청소에 열중하고 있자니 아이들을 밖으로 데리고 나갔던 제부 사데그가 나와 파티를 데리러 왔다. 어머니가 아이들에게 입을 맞추고는 마당에 자리를 마련하고 수프를 가져다주었다. 바로 그때 마흐무드가 도착했다. 에흐테람-사다트가 수프 그릇을 들고 커다란 공처럼 굴러 마당을 가로질렀다. 마흐무드가 수프를 먹으며 아내와 수군거리기 시작했다. 나에 대한 이야기를 하고 있다는 것을 알았지만 너무나 화가 나고 상처를 많이 받아 큰오빠와는 말을 섞고 싶지 않았다. 물론 언젠가는 그의 도움이 필요할 터였다. 그렇지만 지금으로서는 가만히 있는 것이 최선이었다. 게다가 나의 아들들이 내가 제 외삼촌과 주고받는 말을 듣게 하고 싶지도 않았고 싸우는 모습은 더욱더 보이기 싫었다.

나는 시아막과 마수드를 불렀다. "시아막, 아기 가방을 차에 싣고 거기서 기다려. 마수드, 넌 쉬린을 안아."

"어딜 가려고?" 어머니가 물었다. "애들이 들어온 지 얼마 되지도 않았잖니. 수프도 다 먹지 않았고."

"어머니, 이제 가야 해요. 할 일이 태산이거든요."

내가 부르는 소리를 들은 시아막이 창문으로 달려와 가방을 받았다.

"엄마, 마흐무드 외삼촌이 새 차를 사셨어요. 알고 계셨어요? 엄마가 나오실 때까지 구경을 하고 있을게요." 시아막이 골람-알리에게 같이 가자고 했다.

마수드도 제 형을 따라나섰다. "엄마, 쉬린은 엄마가 데리고 오세요. 저도 형을 따라 갈래요." 아이들이 거리로 뛰어나갔다.

어머니가 화해의 자리를 마련하려고 애를 쓴 흔적이 보였고 마흐무드도 준비를 하고 온 것 같았다.

"어머니, 마숨에게 나쁘게 하지 말고 비난도 하지 말라고 하셨죠." 마흐무드가 어머니에게 말했다. "하지만 저는 제 권리를 포기했어요. 예언자께서 무슬림은 용서를 해야 한다고 하셨기 때문에 그 모든 모욕을 참아냈어요. 하지만 예언자와 신을 위해, 신앙을 무시하는 자는 용서할 수가 없어요."

나는 화가 났지만, 마흐무드의 성격을 잘 알았기 때문에, 그의 말을 일종의 사과로 해석할 수 있었다. 어머니가 나를 불렀다. "마숨, 잠깐 이리 와봐라."

3월 초의 날씨는 쌀쌀했고 상쾌했다. 나는 스웨터를 껴입은 다음 쉬린을 안고 마지못해 앞마당으로 나갔다. 바로 그때, 길에서 아이들의 고함소리가 들리더니 마흐무드의 막내아들 골람-후세인이 뛰어 들어오는 모습이 보였다. 골람-후세인이 외쳤다. "빨리 와보세요, 시아막과 골람-알리가 싸워요."

마흐무드의 딸이 울면서 뒤따라 들어와 소리를 질렀다. "아빠, 빨리요! 시아막이 골람-알리를 죽이려고 하고 있어요."

알리와 마흐무드, 그리고 사데그가 대문 밖으로 뛰어나갔다. 나는 쉬린을 내려놓고 질질 끌리는 차도르를 잡아 머리를 가리고 그들을 따라 뛰어나가 모여든 동네 아이들을 밀치고 시아막에게로 갔다. 알리가 시아막을 붙잡아 벽으로 몰아세워 꼼짝도 하지 못하게 하자 마흐무드는 아이의 뺨을 마구 때렸다. 마흐무드의 손이 얼마나 매운지 아는 나는 시아막이 뺨을 맞을 때마다 전신에 칼이 꽂히는 것 같은 느낌을 받았다.

나는 미친 사람처럼 울부짖으며 알리와 마흐무드에게 달려들었다. "시아막을 놔줘!" 차도르가 바닥으로 떨어져 내렸다. 나는 시아막과 마흐무드 사이로 몸을 날리고 주먹으로 마흐무드의 얼굴을 마구 쳤지만, 내 주먹은 그의 어깨에 겨우 닿을 뿐이었다. 마흐무드를 갈기갈기 찢어죽이고 싶었다. 그가 나의 아들에게 손을 댄 것이 벌써 두 번째였다. 보호해줄 아버지가 없다는 이유로, 마흐무드와 알리는 아이들을 막 대하고 있었다.

사데그가 알리와 마흐무드를 떼어냈지만 나는 주먹을 꽉 쥔 채 호위병처럼 시아막을 감싸 보호했다. 그제야 엉엉 울면서 길가 배수로 옆에 앉아 있는 골람-알리가 눈에 들어왔다. 에흐테람-사다트가 아이의 등을 문지르며 욕을 하고 있었다. 불쌍한 골람-알리는 여전히 숨을 제대로 쉬지 못했다. 시아막이 밀치는 바람에 바닥에 넘어지면서 배수로의 시멘트 모서리에 등을 세게 찧은 것 같았다. 겁이 덜컥 났다. "골람-알리, 괜찮니?"

"고모도 똑같이 나빠요! 저 미친놈이 날 죽이려 했다고요!"

골람-알리가 악을 썼다.

마흐무드가 분노로 일그러진 자기 얼굴을 내 얼굴에 바짝 가져다대고 으르렁거렸다. "내 말 잘 기억해둬. 그들이 이 녀석을 가만히 둘 것 같아? 이놈 역시 목매달아 처형을 당할 거다. 신을 모르는 범죄자의 씨들이니 저희들 아비와 똑같은 최후를 맞을 거라고. 목 매달린 놈을 껴안고도 주먹을 휘두를래?"

나는 분노에 찬 비명을 지르며 아이들을 낡아빠진 차에 태우고 저주와 욕을 퍼부으며 집으로 차를 몰았다. 끊임없이 손등으로 눈물을 훔치며 무모하게 운전을 하면서 친정에 간 나 자신을 원망했고, 싸움닭처럼 아무에게나 달려드는 아이들을 욕했고, 어머니와 마흐무드와 알리를 저주했다. 집에 돌아와 화를 내며 방으로 들어가는 나를, 아이들은 겁에 질린 눈으로 바라보았다.

마음을 조금 가라앉힌 다음 나는 시아막을 불렀다.

"부끄럽지도 않니? 언제까지 그렇게 미친개처럼 사람들에게 달려들래? 넌 지난달에 열여섯 살이 되었잖아. 언제가 되어야 인간답게 행동할까? 골람-알리가 배수로 모서리에 머리를 부딪쳤으면 어떻게 할 뻔했니? 우리가 어떻게 되었을 것 같아?

외삼촌이 우리를 감옥에 보내 종신형을 살게 하고 너를 교수형에 처하게 만들었을 것 아니냐!"

눈물이 터져 나왔다.

"죄송해요, 엄마. 정말 죄송해요. 다시는 싸우지 않겠다고 신께 맹세할게요. 하지만 그 녀석들이 뭐라고 했는지, 엄만 모르시잖아요. 처음에는 자기네 차를 자랑하고 우리 차가 낡았다고 놀리더니 우리가 무슬림이 아니고 신을 믿지 않아서 좋은 차를 못 가지는 거라고 했어요. 저는 아무 말도 하지 않았어요. 그냥 무시했다고요. 마수드, 맞지? ……그런데 그애들이 아빠에 대해 나쁜 소리를 하기 시작했단 말이에요. 그리고 교수형 당하는 흉내를 냈어요. 골람-후세인이 혀를 빼물고 고개를 옆으로 떨어뜨렸더니 다른 아이들이 막 웃었다고요. 그리고 또 뭐라고 했는 줄 아세요? 그들이 아빠를 무슬림 묘지에 묻지 않고 개들한테 던져줬다는 거예요, 아빠가 쓰레기 같은 놈이라서…… 그 다음에 무슨 일이 있었는지는 저도 모르겠어요. 그냥, 참을 수가 없어서 골람-후세인을 때렸는데 골람-알리가 저에게 달려들길래 밀쳐낸 거예요. 그애가 넘어지면서 등을 부딪쳤고…… 엄마는 지금 저더러 누가 무슨 말을 하더라도, 아무것도 하지 말고 겁쟁이처럼 있으라는 거예요? 개들이 아빠를 어떻게 조롱했는지, 엄만 모르세요."

시아막이 울기 시작했다. 나는 잠시 아들을 가만히 바라보았다. 내 손으로 골람-후세인을 때려주고 싶었다. 그 생각을 하자 웃음이 나왔다.

"우리끼리 얘기지만, 잘 때렸어! 하지만 불쌍한 골람-알리는 숨도 제대로 쉬지 못했잖니. 갈비뼈가 부러진 것 같아."

내가 저희들이 처했던 상황을 이해해주고 싸움이 모두 자기들만의 책임이 아니었다는 것을 알아주자 아이들은 안심을 하는 것 같았다. 시아막이 눈물을 닦으며 웃었다.

"그리고 엄마가 바로 달려들었죠!"

"외삼촌들이 널 때리고 있었잖아!"

"전 괜찮아요. 골람-알리를 한 대 더 때릴 수만 있었다면, 열 대를 더 맞으라고 해도 기꺼이 맞았을 거예요!"

우리는 함께 웃었다. 마수드가 방 한가운데로 뛰어나가더니 나를 흉내내기 시작했다.

"엄마가 차도르를 휘날리며 뛰어나오는 걸 보고, 저는 조로가 나타난 줄 알았어요! 그 작은 몸으로 권투선수 무하마드 알리처럼 방어 자세를 취하다니! 마흐무드 삼촌이 한번 훅 불면, 이웃집 지붕으로 날아갈 것 같았단 말예요. 그런데 재미있었던 건, 삼촌들이 겁을 먹었다는 거예요. 입을 딱 벌리고 서 있더라니까요!"

마수드가 얼마나 코믹하게 그 장면을 묘사하던지, 우리는 바닥에 쓰러져가며 깔깔 웃었다.

멋진 일이었다. 우리는 웃는 법을 잊지 않았다.

이슬람 신년이 다가왔지만, 신년맞이 준비를 할 기분이 나지 않았다. 그저, 그 저주받은 한 해가 드디어 끝나는 것이 다행스러울 따름이었다. 파르바네가 보낸 편지에 나는 이런 답장을 썼다.

"내가 한 해를 어떻게 보냈는지, 넌 상상도 못할 거야. 매일 눈을 뜨면, 전날과 또 다른 재난이 닥쳐왔지."

파르빈이 하도 닦달을 하는 바람에 나는 아이들의 새 옷을 만들었다. 그러나 봄맞이 대청소도 하지 않았고 전통적으로 식탁 위에 올리는 '일곱 개의 S'(S로 시작하는 일곱 가지 아이템을 식탁 위에 올리는 이란 전통의 새해 테이블 세팅, 생명력을 상징하는 보리싹과 꽃, 자연의 아름다움을 상징하는 사과, 지난해의 인내심에 대한 보상을 의미하는 푸딩, 사랑을 의미하는 대추, 태양과 일출의 색을 의미하는 소막(somaq) 향신료, 사람과 다산을 의미하는 색칠 달걀이 포함된다—역주)도 준비하지 않았다.

시어머니가 새해는 꼭 시댁에서 다 함께 맞이해야 한다고 하셨다. 시아버지와 하미드가 세상을 떠난 후 첫 번째로 맞는 새해이니만큼 모두가 시댁으로 모여야 한다고 하셨지만, 나는 그 시간들을 참아낼 자신이 없었다.

이웃들의 환호성을 듣고서야, 새해가 시작되었음을 알았다. 하미드의 빈자리가 고통스러우리만치 크게 느껴졌다. 그와 함께 열일곱 번의 새해를 맞이했었다. 그가 곁에 없을 때에도, 나는 그의 존재를 느낄 수 있었다. 그러나 지금 내게 남은 것은 외로움과 상처뿐이었다. 마수드는 하미드의 사진을 한 장 들고 그의 얼굴을 물끄러미 들여다보았고 시아막은 방에 들어가 문을 닫고 나오지 않았다. 쉬린은 집안을 이리저리 돌아다녔다.

나는 침실로 들어가 문을 닫고 울었다.

파티가 사데그와 아이들과 함께 새 옷을 입고 소란스럽게 현관문을 열고 들어오다가 우울한 우리 집 분위기에 깜짝 놀라더니 부엌으로 가는 나를 따라왔다.

"언니, 어떻게 이럴 수가 있어? 아이들을 위해서라도 테이블에 일곱 가지 S는 올려놓았어야지. 여태까지 난 다른 사람들이 형부를 아쉬워하며 슬퍼하는 것에 애들이 영향을 받을까봐 언니가 조심하는 줄 알았어. 하지만 이제 보니 언니가 제일 심해. 어서 가서 옷을 갈아입어. 어쨌거나 지난해는 끝났어. 새해는 언니가 많이 행복해서 모든 고통을 보상받았으면 좋겠어. 그게 내 소망이야."

"과연 그럴까." 나는 한숨을 쉬었다.

신년맞이가 끝나자 집을 비우고 내놓는 문제에 대한 의논이 시작되었다. 시어머니와 시누이 만수레가 그래서는 안 된다고 싸웠지만, 고모들과 삼촌들은 지금이 매매적기라는 데에 의견을 같이했다. 사유재산을 몰수해서 재분배한다는 소문 때문에 위축되었던 부동산시장이 최근에 활기를 띠기 시작해서 집값이 조금 올랐다는 것이었다. 그들은 집값이 다시 폭락하거나 정부가 재산몰수를 결정하기 전에 될 수 있는 대로 빨리 집을 팔고 싶어 했다.

그들의 결정이 공고문으로 날아왔다. 나는 한 학년이 끝나고 살 만한 곳을 찾을 때까지 집을 비워줄 수 없다고 답했다. 하지만 살 만한 곳을 어떻게 찾는단 말인가? 아이들을 입히고 먹이는 것만으로도 벅찬데, 집세를 어떻게 감당한단 말인가?

시어머니와 시누이들도 걱정이 이만저만이 아니었다. 시댁에 들어와 살라는 제안도 받았다. 그러나 시어머니가 시끄러운 아이들을 참아낼 사람이 아니라는 것은 이전부터 잘 알고 있는 사실이었다. 시댁에 들어가면 아이들이 더 불쌍해질 것 같았다. 결국, 하미드의 삼촌이 시댁 정원 구석에 있는 방 두 개와 다 쓰러져가는 차고를 개조해주겠다는 결정을 내렸다. 그렇게 하면 시어머니와 독립적인 생활을 유지하는 동시에 같은 집에 사는 격이어서, 시누이들도 마음을 놓을 수 있었다.

아이들과 나는 시아버지로부터 유산을 받을 권리가 없었기 때문에, 그런 제안조차 그저 고마울 따름이었다.

학년말이 다가왔고 시댁의 개조공사도 거의 마무리되어갔다. 그러나 시아막의 의심스러운 행동 때문에 나는 이사 준비에 열중할 수가 없었다. 시아막은 평소보다 늦게 집에 돌아왔고 끊임없이 정치 이야기를 했으며 특정 정치 그룹의 이념에 빠져 있는 눈치가 보였다. 나는 그런 행동을 더 이상 용납할 수 없었다. 더 큰 위험으로부터 아이들을 보호하기 위해, 나는 우리 삶에 정치가 끼어들지 못하도록 굉장히 노력했다. 어쩌면 그랬기 때문에 시아막이 더 호기심을 갖고 더 관심을 가졌는지도 몰랐다.

하미드의 장례식 때, 일손을 도우러 온 시아막의 친구들 몇 명을 볼 수 있었다. 다들 선해 보이는 건강한 청년들이었지만, 나는 그들이 끊임없이 서로 속닥거리는 것이 마음에 들지 않았다. 그들에게는 모든 것이 비밀인 것 같았다. 시간이 지나자, 그들은 우리 집에 자주 드나들기 시작했다. 나는 늘 시아막이 좋은 친구들을 사귀어 자신만의 껍질에서 빠져나오기를 바랐지만, 그 친구들을 볼 때마다 어쩐지 마음이 편치 않았다. '친구들이 하미드를 망쳤다.'는 시어머니의 목소리가 자꾸만 귓가에 울려 퍼졌다.

얼마 지나지 않아, 시아막이 무자헤딘의 열성 단원이라는 사실을 알게 되었다. 사람들이 모일 때마다 시아막은 주먹을 쥐고 일어나 성전사들을 옹호했다. 그가 신문과 회보를 집에 가져올 때마다, 나는 이성을 잃고 펄펄 뛰었다. 정치에 대한 토론을 시작하면 끝에 가서는 반드시 싸움이 일어났고 시아막은 정치 이야기를 하면 할수록 내게서 멀어졌다. 어느 날, 나는 시아막과 마주 앉아 흥분을 하지 않으려고 노력하며 하미드에 관한 이야기와 정치 때문에 우리 삶이 파괴되었다는 이야기를 들려주었다. 하미드와 그의 친구들이 견뎌야 했던 고난과 역경에 대해서도 이야기하고 결국 그것이 다 허망한 것이었다는 이야기도 했다. 그리고 아버지와 같은 길을 걷지 않겠다는 약속을 해달라고 부탁했다.

제법 굵어진 목소리로, 시아막이 말했다. "엄마, 그게 무슨 말씀이세요! 그럴 수는 없어요. 전 국민이 정치에 몰두해 있어요. 어디든 정치 그룹에 속하지 않은 학생이 반에 단 한 명도 없다고요. 친구들 대부분이 성전사들이에요. 정말 좋은 친구들이죠. 그들은 신을 믿고 기도를 올리면서 무슬림의 자유를 위해 싸우고 있어요."

"그걸 다른 말로 하면, 그들은 네 아버지와 외삼촌의 중간쯤 되는 사람들이라는 거야. 아버지와 외삼촌이 했던 실수들을 되풀이하는 거지."

"천만에요! 그들은 달라요. 저는 그 친구들이 좋아요. 믿음직한 친구들이고 저를 지지해주죠. 엄마는 이해 못해요. 그 친구들이 없었다면, 전 너무나 외로웠을 거예요."

"나는 네가 왜 항상 누군가와 붙어 있으려 하는지 이해할 수가 없구나."

내가 퉁명스럽게 쏘아붙이자 시아막은 발끈하며 화난 눈초리로 나를 쏘아보았다. 나는 내가 실수를 했다는 사실을 깨달았다. 나는 흘러내리는 눈물을 닦을 생각도 하지 않은 채 목소리를 낮추어 말했다. "미안하다. 그런 말을 할 생각이 아니었는데. 엄마는 그저 이 집에서 또다시 정치가 판을 치는 것을 참을 자신이 없어."

결국 시아막은 정치그룹이나 조직에 참가하지 않겠다고 약속했다. 그러나 무자헤딘의 지지자, 혹은 시아막의 표현을 빌리자면 '동조자' 활동은 그만두지 않겠다고 했다.

나는 시아막과 친한 이모부 사데그에게 아이와 이야기를 해보고 지켜봐달라고 부탁했다. 그러나 상황은 더 나빠졌다. 거리에서 무자헤딘 신문을 파는 시아막을 목격했던 것이다. 학교생활을 힘들어 했고 기말시험도 겨우 치렀다. 성적발표는 아직 나지 않았지만, 나는 시아막이 몇 과목에서 낙제를 했을 것이라고 예감했다.

어느 날, 사데그가 내게 전화를 해서 무자헤딘이 다음 날 대규모 시위를 열 계획이니 시아막을 주의 깊게 관찰해야 한다고 했다. 내가 매의 눈을 하고 지켜보고 있는데, 시아막이 청바지를 입고 운동화를 신더니 뭘 좀 사러 다녀오겠다고 했다. 나는 마수드를 대신 보냈다. 시간이 지날수록 시아막은 점점 더 안절부절못했다. 마당으로 나가 화초를 만지작거리더니 호스를 끌고 나와 물을 주며 집을 곁눈질했다. 나는 지하실에서 바쁘게 뭔가를 하는 척하면서 고리버들 발 사이로 아이를 감시했다. 잠시 후 시아막은 슬그머니 호스를 내려놓고 발뒤꿈치를 들고 대문 쪽으로 걸어가기 시작했다. 나는 팔을 뻗어 문틀을 잡았다.

"그만 좀 하세요!" 시아막이 소리를 꽥 질렀다. "나가고 싶단 말예요. 어린애 취급은 그만하세요. 지긋지긋해요!"

"오늘 네가 이 집에서 나갈 수 있는 방법은 엄마 시체를 넘어가는 것뿐이야!"

마수드는 결연한 표정을 짓고 나를 돕겠다는 의지로 우리 둘 사이에 섰다. 화가 난 시아막은 마수드에게 화풀이를 했다. 꽉 다문 이 사이로 뜨거운 숨을 뿜어내며 마수드에게 주먹질과 발길질을 퍼부었다. "꺼져, 이 겁쟁이야. 비쩍 마른 애송이가 어딜 끼어들어 간섭이야?"

마수드는 형을 설득하려고 했지만 시아막은 더욱더 목소리를 높였다. "입닥쳐! 네가 상관할 일이 아니야."

그리고 균형을 잃고 휘청거릴 정도로 세게 마수드의 얼굴을 길겼다.

나는 흐느껴 울기 시작했다. "우리 장남이 나를 지켜줄 줄 알았는데, 아버지의 빈자리를 채워줄 줄 알았는데…… 엄마를 남처럼 대하고, 오늘 하루만 나가지 말라는 부탁을 이렇게 저버리는구나."

"제가 나가면 안 되는 이유가 뭐예요?" 시아막이 냉랭한 목소리로 물었다.

"널 사랑하니까. 아버지를 잃은 것과 똑같은 식으로 널 잃고 싶지 않으니까."

"아버지가 공산주의 활동을 하시는 건 왜 막지 않으셨어요?"

"너희 아버지를 상대할 수는 없었어. 내가 할 수 있는 것은 다 했지만, 네 아버지는 나보다 더 강했지. 넌 내 아들이야. 널 막을 힘도 없으면, 엄마는 죽은 거나 같아."

시아막이 마수드를 가리키며 소리를 질렀다. "저를 보내주시지 않으면, 마수드를 죽여버리겠어요."

"아니, 대신 나를 죽여. 엄마는 네게 무슨 일이 일어나면 어차피 죽을 테니, 차라리 네 손으로 죽이고 가."

시아막은 분노의 눈물이 맺힌 눈으로 잠시 나를 쏘아보다가 돌아서서 집을 향해 걸어갔다. 그리고 신발을 벗어던지고 할머니 집 테라스에 놓인 평상 위에 가부좌를 하고 앉았다.

십오 분쯤 후에, 나는 쉬린을 불렀다. "오빠에게 가서 뽀뽀를 해주렴. 오빠가 많이 화났거든."

쉬린이 낑낑거리며 평상으로 올라가 시아막에게 뽀뽀를 하기 시작했다. 그러자 시아막은 여동생을 밀치며 으르렁거렸다. "저리 가!"

나는 쉬린을 안아 바닥에 내려놓았다. "시아막, 정치그룹의 일원이 되어서 영웅적인 일을 하는 것이 얼마나 신나는지는 엄마도 잘 알아. 국민과 인류를 구하는 이상을 품는다는 것은 정말 흐뭇한 일이지. 하지만 그 이면에 무엇이 있고, 그것이 어떻게 끝날지도 알고 있니? 네가 바꾸려는 게 뭐야? 네 목숨을 바치려는 대상이 대체 뭐지? 너 자신을 희생해서 어떤 무리가 다른 무리를 죽이고 권력과 부를 축적할 수 있게 해주려고? 그게 네가 원하는 거니?"

"아니에요! 엄마는 이해 못해요. 그 조직에 대해 아무것도 모른다고요. 사람들을 위해 정의를 구현하는 것이 그들의 목표라고요."

"시아막, 사람들은 다 그렇게 말해. 권력을 잡으려는 사람치고 사람들을 위해 정의를 구현하겠다고 하지 않는 사람이 있었니? 하지만 그들이 말하는 정의란 자신이 속한 그룹이 권력을 얻는 거야. 그리고 권력을 잡은 후엔 그것을 방해하는 사람은 지체없이 지옥으로 보내버린다고."

"엄마, 그들이 쓴 책을 한 권이라도 읽어보셨어요? 그들의 연설을 한 번이라도 들어보셨어요?"

"아니, 한 번도 접해보지 않았어. 그들의 책을 읽고 연설을 듣는 사람은 너 하나면 족해. 그들의 이야기가 옳다고 생각하는 거니?"

"그럼요! 엄마도 그들의 말을 들으면 이해하실 거예요."

"다른 그룹이나 조직은? 다른 그룹 사람들의 책도 읽어봤니? 다른 조직 사람들의 연설도 들어봤어?"

"아니요, 그럴 필요 없어요. 그들이 뭘 주장하는지 알고 있어요."

"아니, 잠깐. 그러는 게 아냐. 옳은 길을 찾았고 기꺼이 네 목숨을 바치겠다는 말을 그렇게 쉽게 하면 못써. 다른 그룹들이 더 나은 이야기를 할 수도 있어. 결정을 하기 전에 네가 선입견 없이 공부해보고 살펴본 이념이 몇 개나 되니? 아버지의 책들을 한 권이라도 읽어봤니?"

"아뇨, 아버지의 방법은 옳은 방법이 아니었어요. 아버지와 아버지의 친구들은 무신론자였어요. 어쩌면 반종교주의자들이었는지도 몰라요."

"그런데도 아버지는 인류를 구원하고 정의를 구현할 옳은 길을 찾았다고 믿으셨어. 몇 년간 공부하고 배워서 내린 결정이었지. 그런데 넌, 아버지가 가졌던 지식의 백분의 일도 못 갖추었으면서, 아버지가 평생을 바치다 못해 목숨까지 바친 그 길이 틀렸다고 주장하고 있구나. 어쩌면 네가 옳을지도 몰라. 나도 같은 의견이니까. 하지만 이걸 생각해봐. 그렇게 경험이 많은 아버지가 그런 크나큰 실수를 저질렀는데, 넌 어떻겠니? 너는 여러 가지 정치철학, 정치사상의 이름조차 모르잖아. 시아막, 생각해봐. 생명은 네가 가진 것 중에서 가장 소중한 것이야. 실수 때문에 목숨을 잃어서는 안 돼. 왜? 한 번 죽으면 다시 살아날 수 없기 때문이지."

"엄마는 이 조직에 대해 아무것도 모르시잖아요. 지금 하시는 질문의 의도도 불순하고요." 시아막이 고집스럽게 우겼다. "그들이 우리를 기만한다고 생각하시잖아요."

"그래, 맞아. 난 그들에 대해 아는 것이 아무것도 없어. 하지만 자신들의 목적을 이루기 위해 순진하고 경험 없는 젊은이들의 감정을 이용하는 사람이 정직하거나 훌륭한 사람이 아니라는 것은 알아. 엄마는 네가 길에 나서도록 내버려두지 않을 거야.

너를 이용해서 누군가가 권력을 잡도록 놔두진 않을 거라고."

아직도 나는 그날 내가 보여주었던 인내와 투지가 자랑스럽다. 오후 늦게 체포된 사람들과 죽임을 당한 사람들에 대한 소식이 퍼져나갔고 큰 소동이 뒤따랐다. 시아막은 매일 친구들이 체포되었다는 소식을 들었다. 무자헤딘의 지도자들이 몸을 숨기거나 도망을 간 사이, 청년들은 하루에도 여남은 명씩 죽어갔다. 매일 오후 텔레비전에서는 처형자들의 이름과 나이를 발표했고 시아막과 나는 공포에 질린 채 그 끝나지 않는 명단을 들었다. 자기가 아는 이름을 들을 때마다, 시아막은 우리에 갇힌 호랑이처럼 울부짖었다. 텔레비전에서 나오는 자식의 이름을 듣는 그 젊은이들의 부모는 어떤 심정일까. 그리고 이기적이게도 나는 그날 시아막을 나가지 못하도록 막게 해주신 데에 대해 신께 감사를 드렸다.

사건에 대한 사람들의 반응은 제각각이었다. 충격을 받는 사람들도 있었고 무관심하거나 불안해하는 사람들도 있었으며 좋아하는 사람들도 있었다. 얼마 전까지만 해도 굳게 단결된 것 같았던 사회에서 그런 대조적인 반응이 나타난다는 것이 믿기 힘들었다.

어느 날, 정치에 깊게 연루된 전 동료를 우연히 만났다. 그는 나를 보고 깜짝 놀랐다.

"사데기 부인, 무슨 일이에요? 큰 걱정이 있어 보이네요."

"요즘 정세나 매일 듣는 뉴스가 걱정되지 않으세요?" 오히려 내가 놀랄 질문이었다.

"전혀요! 나는 모든 것이 제대로 된 방향으로 가고 있다고

497

생각하는데요."

여름이 시작되었을 때, 우리는 시댁에 마련된 우리 방으로 이사를 했다. 십칠 년 동안 살던 집을 떠나는 것은 쉽지 않았다. 집의 벽돌 하나하나에 이야기가 담겨 있었고 내 생의 추억이 어려 있었다. 시간이 흐르자 너무나 힘들었던 기억조차 달콤하게 느껴졌다. 우리는 여전히 거실을 '샤흐자드의 방'이라고 불렀고 아래층을 '할머니 집'이라고 했다. 아직도 하미드의 냄새가 집안 곳곳에 남아 있었고 구석구석에서 그의 물건들이 나왔다. 이 집에서 나는 내 인생의 가장 좋은 시절을 보냈다.

나는 냉정해져야 한다고 나 자신을 꾸짖었다. 선택의 여지가 없다고. 그리고 짐을 싸기 시작했다. 물건 몇 개는 팔고, 몇 개는 내다버리고, 또 몇 개는 남에게 주었다. 파티가 말했다. "좋은 가구는 가지고 있어. 좀더 큰 집으로 이사할 수도 있잖아. 소파를 버리다니, 아깝지도 않아? 혁명 첫 해에 산 가구잖아, 기억나지?"

"그래, 그땐 나도 희망에 가득 차 있었는데. 앞으로 멋진 삶이 펼쳐질 거라 생각했어. 하지만 이제 내겐 저런 소파가 필요 없어. 적어도 당분간은 더 큰 집으로 이사할 리가 없고 이사 갈 방은 너무 작아. 방이 몇 개인 줄 아니? 기본적인 것만 가지고 가기로 했어."

우리의 새 집은 연결된 두 개의 방과 차고를 개조한 거실 겸 부엌으로 이루어져 있었다. 욕실과 화장실이 건물에 붙어 있기는 했으나, 입구는 바깥쪽에 있었다. 한 방은 두 아들에게 내주

498

고 다른 방은 쉬린과 내가 쓰기로 했다. 시아막과 마수드의 책상, 내 책상, 타자기, 그리고 재봉틀을 두 침실에 나누어 넣고 거실에는 작은 소파 몇 개와 커피테이블, 그리고 텔레비전을 놓았다. 세 방 모두에서 한 가운데에 동그란 샘이 있는 넓은 정원으로 나갈 수 있었다. 시어머니가 사는 집은 마당 반대편 끝에 있었다.

옛집에서 짐을 모두 뺀 다음, 나는 방들을 차례로 돌며 내 인생을 지켜본 벽들을 손바닥으로 쓰다듬고 작별인사를 했다. 그리고 옥상으로 올라가 이웃집으로 연결된 하미드의 탈출로를 다시 한 번 바라보고 마당에 서 있는 오래된 나무에 물을 주고 먼지 낀 창문을 통해 할머니의 집안을 들여다보았다. 이 고요한 집도 한때는 시끌벅적했었는데. 나는 눈물을 닦고 무거운 마음으로 문들을 잠근 다음 내 인생의 한 부분과, 행복과 젊음에게 작별인사를 했다. 그리고 나는 그 집을 떠났다.

7장

아이들은 옛집을 떠나면서 굉장히 슬퍼했고 혼란스럽고 수선스러운 분위기에 불안해했다. 그리고 그런 불만족스러운 기분을 나를 도와주지 않는 것으로 표현했다. 시아막은 팔을 눈 위에 얹은 채 침대에 삐딱하게 놓인 매트리스 위에 길게 누웠고 마수드는 바깥으로 나가 무릎에 얼굴을 파묻고 벽 옆에 웅크리고 앉았다. 다행히 쉬린은 파르빈과 함께 있었기 때문에 쉬린에 대한 걱정은 덜 수 있었다.

모든 일을 혼자 다 할 힘은 없었지만 아들들에게 도와달라고 강요할 수는 없었다. 아무 말 없이 조용히 있는 아이들을 약간이라도 자극하면 곧 짜증을 내고 싸우려 들 것이 뻔했다. 나는 방으로 들어가 숨을 깊게 들이쉬고 목구멍으로 치밀어 오르는 덩어리 같은 것을 삼키며 마음을 안정시키고 아이들을 상대할 힘을 찾으려고 노력했다. 그런 다음 차를 준비해놓고 오후에 팔 빵을 막 굽기 시작한 길모퉁이 빵집으로 가서 납작한 페르시안 빵을 두 개 사가지고 집으로 돌아왔다.

그리고 정원에 카펫을 깔고 차와 빵, 버터, 치즈 그리고 과일 한 그릇을 놓고 아들들을 불렀다. 그날 그들이 먹은 것이라고는 오전 열한 시, 옛집을 떠나기 전에 먹은 샌드위치가 전부였다. 금방 오지는 않았지만 갓 구운 빵 냄새와 내가 깎고 있던 오이 향기에 식욕이 동한 아이들은 주변을 경계하는 두 마리 고양이처럼 슬며시 다가오더니 카펫 위에 앉아 음식을 먹기 시작했다.

맛있게 먹은 만족감에 아이들의 나쁜 기분이 달래졌다는 확신이 들자, 나는 이야기를 하기 시작했다.

"엄마 말 좀 들어볼래? 엄마의 젊은 시절과 인생 최고의 시간들을 보냈던 그 집을 떠나는 거, 너희들보다 엄마에게 더 힘든 일이었어. 하지만 우리가 뭘 할 수 있을까? 그 집을 떠났어도 삶은 계속되는 거야. 너희들은 젊어. 이제 막 인생을 시작한 거라고. 언젠가 너희들은 그 집보다 훨씬 더 크고 예쁜 집들을 갖게 될 거야."

"그 사람들에게는 우리 집을 빼앗을 권리가 없어요." 시아막이 분노했다. "그럴 권리가 없다고요!"

"아니, 그렇지 않아. 충분히 그럴 권리가 있는 분들이야. 할머니가 살아 계신 동안에는 집을 팔지 않기로 하셨지만, 할머니가 돌아가셨으니 유산을 나누는 게 당연해."

"할머니를 한 번도 찾아뵙지 않은 사람들이에요! 할머니는 우리가 돌봤잖아요."

"우리가 그 집에 살고 있었으니까. 할머니를 돕는 건 우리의 의무였어."

"우린 할아버지 집을 상속받는 데에도 끼지 못했어요. 우리만 빼고 다 상속을 받았는데!"

"그건, 법으로 정해진 거야. 아들이 아버지보다 먼저 사망하면, 그 가족은 아무것도 상속받지 못해."

"왜 법은 우리에게 불리한 쪽으로만 정해져 있는 거예요?" 마수드가 물었다.

"너희들, 왜 그렇게 유산에 신경을 써? 그리고 그런 얘기는 누가 해줬니?"

"엄마는 우리가 바보인 줄 아세요? 아버지 장례식 때부터 천 번도 넘게 나온 얘기잖아요." 시아막이 말했다.

"우리에겐 그런 거 하나도 필요 없어. 그분들이 우리가 지낼 공간을 개조하느라 돈을 많이 쓰셨어. 이 집이 우리 명의라면 뭐가 달라질까? 집세를 내지 않아도 되니, 그것만으로도 큰 도움이 되잖아. 나중에 커서 너희들 집을 스스로 마련해라. 엄마는 너희들이 남의 불행을 이용하는 사람들처럼 돈이나 유산에 연연해하는 게 싫어."

"그 사람들은 우리가 당연히 가져야 할 것을 빼앗았어요." 시아막이 말했다.

"그럼 저 낡은 집에서 살고 싶다는 거야?" 나는 정원 반대편에 있는 시댁을 가리켰다. "엄마에게는 더 큰 꿈이 있어. 곧 너희 둘 다 대학에 가겠지. 졸업하면 일도 할 테고. 의사나 엔지니어가 되면 좋겠어. 그리고 으리으리한 집을 짓는 거야! 현대식으로 새 집을 지어서 최고급 가구로 꾸미는 거지. 그땐 저 폐허같은 낡은 집은 눈에 들어오지도 않을걸. 엄마는 구식 여인네들처럼 이 집 저 집을 돌아다니면서 최고의 신붓감을 찾을 거야. 아, 얼마나 예쁜 처녀를 찾게 될까? 여기저기에 우리 아들들이 의사고 엔지니어이고, 키도 크고 잘생겼고, 좋은 차와 궁전 같은 집을 가지고 있다고 자랑해야지. 아가씨들이 막 쓰러질걸?"

나의 과장된 표현이 우스웠는지 시아막과 마수드가 입이 찢어져라 미소를 지었다.

"자, 시아막, 우리 큰아들은 금발머리 아가씨가 좋아, 갈색머리 아가씨가 좋아?" 나는 농담을 계속했다.

"갈색머리요."

"마수드는? 피부가 하얀 아가씨가 좋아, 올리브색인 아가씨가 좋아?"

"난 눈이 파란 여자가 좋아요. 나머지는 상관없어요."

"피루제처럼?"

시아막이 웃으며 말했다. "이 자식, 너 지금 청혼을 한 거야!"

"왜? 내가 뭐라고 했는데? 엄마 눈도 가끔씩 파란색이 된단 말이야."

"웃기지 마. 엄마 눈은 초록색이야."

"아무튼 피루제는 여동생 같은 애야." 마수드가 부끄러워했다.

"형 말이 맞아." 나도 덩달아 마수드를 놀렸다. "지금은 여동생 같지만, 나중에 크면 아내가 될 수도 있지."

"엄마! 그만하세요! 형, 아무것도 아닌 것 가지고 웃지 마."

나는 마수드를 끌어안고 말했다. "아, 우리 마수드의 결혼식은 얼마나 멋질까!"

그런 이야기를 주고받았더니 기분도 한결 나아졌다.

"자, 그럼 이제 집 정리를 해볼까?"

"집이요?" 시아막이 다시 웃었다. "사람들이 우리에게 진짜 집이 생겼다고 생각하겠어요."

"진짜 집이고말고. 집은 말이지, 크기가 중요한 게 아니야. 어떻게 꾸미느냐가 중요하지. 판잣집이나 눅눅한 지하실을 잘 꾸미면서 궁전보다 더 멋지고 안락하게 사는 사람들도 있단다. 집은 사는 사람의 취향과 성격과 스타일을 반영하는 거야."

"하지만 여긴 너무 좁아요."

"아니, 절대 그렇지 않아. 침실이 두 개나 있지, 거실도 있지. 거기에다 일 년 중 육 개월쯤 우리에게 공간을 제공해줄 이런 넓은 정원도 있잖아. 정원에 화초를 심고, 샘을 새로 칠하고 금붕어도 키우자. 매일 오후에 분수를 켜고 우리끼리 여기 앉아서 좋은 시간을 갖자. 어때?"

아이들의 태도가 달라졌다. 한 시간 전만 해도 실망과 슬픔이 가득하던 아이들의 눈이 기대감으로 반짝반짝 빛났다. 이 기회를 이용해야 했다.

"자, 신사분들, 일어나시죠. 큰 방이 너희들 방이야. 가서 정리를 하고 너희들이 직접 꾸며봐. 새로 칠한 페인트 색이 좋던데? 작은 방은 엄마랑 쉬린이 같이 쓰는 방이야. 너희들이 무거운 가구들을 옮겨주면, 나머지는 엄마가 알아서 할게. 둥근 테이블과 의자들은 정원에 놓자. 마수드, 정원은 네가 맡아. 정리를 다 하면, 필요한 게 뭔지, 어떤 화초와 나무들을 심으면 좋은지 고민해봐. 그리고 시아막은 지붕에 안테나를 설치하고 할머니 집에서 전화선을 끌어와. 그리고 마수드랑 힘을 합쳐서 커튼 봉도 달아줘. 참, 할머니 집에 가서 평상을 닦아가지고 와야 해. 정원에 놓으면 좋을 것 같아. 카펫을 깔고 밖에서 잠을 자도 좋을 것 같지 않니? 재미있을 거야."

신이 난 아이들이 여러 가지 제안을 하기 시작했다. 마수드 는 전에 살던 집에 달았던 커튼이 너무 칙칙하고 두껍다고, 커튼을 바꿔야 한다고 했다.

"그래, 맞아. 다 같이 시장에 가서 꽃무늬 천을 고르자. 커튼 과 어울리는 침대 커버도 만들어줄게. 엄마가 밝고 우아한 방 으로 꾸며줄게. 약속!"

그렇게 아이들은 차츰 그 집을 우리 집으로 받아들였고 새로 운 생활에 적응해가기 시작했다. 일주일이 지나자 정리가 끝났 고 한 달이 지나자 꽃이 만발한 정원과 아름답게 반짝거리는 샘을 즐길 수 있었으며 화사한 커튼을 단 방에서 아늑하게 지 낼 수 있었다.

파르빈은 우리가 이사한 집이 예전 집보다 다니기가 더 수월 하다고 좋아했다. 시어머니 역시 혼자 지내는 것보다 덜 무섭 다며 우리와 한 울타리 안에 사는 것을 좋아했다. 공습 사이렌 이 울리고 전기가 끊길 때마다 우리는 시어머니가 혼자 있지 않도록 안채로 달려갔다. 전시상황에 그런대로 적응을 한 아이 들은 그런 소동을 일상의 일부로 받아들였다. 폭격과 미사일 공격으로 지하실에 내려가 있을 때면 쉬린이 노래를 불러주었 고 우리는 그 노래를 따라 부르며 잠시 폭격을 잊을 수 있었다. 그러나 그럴 때에도 시어머니는 공포에 떨며 천장만 뚫어져라 바라보았다.

정기적으로 일거리를 가져다주는 전 직장의 자가르와는 좋은 친구가 되어 가끔씩 서로의 속내를 털어놓았다. 나는 그에게 두 아들을 키우면서 부딪치는 문제들에 대한 조언을 구했다. 자가르도 이제 혼자가 되어 있었다. 전쟁이 발발하자 아내가 딸을 데리고 프랑스로 돌아가버렸던 것이다.

어느 날, 그가 말했다. "참, 시자디 씨가 편지를 보내왔어요."

"뭐라고 썼던가요? 잘 지낸대요?"

"그런 것 같지 않더라고요. 굉장히 외롭고 우울한 것 같았어요. 타향살이에 사람이 피폐해질까봐 걱정입니다. 그가 최근에 쓴 시들은 귀양지에서 보낸 편지 같아서 읽다 보면 가슴이 먹먹해져요. 나는 편지에 간단히 이렇게만 적었습니다. '그곳에서 편히 사는 당신은 행운아입니다.'라고요. 그랬더니 그가 뭐라고 답장을 했는지 압니까?"

"뭐라고 했는데요?"

"나는 당신처럼 시를 외우지 못하니까, 이해하세요. 외국 땅에서 사는 감정을 담은 길고도 비탄에 가득한 시를 적어 보냈어요."

"자가르 씨 말이 맞아요. 시자디 씨는 외로움과 우울함을 극복하지 못할 거예요."

나의 예언은 곧 현실이 되어서, 상심한 우리의 친구는 영원한 안식을 찾았다. 이 땅에서는 한 번도 경험해보지 못한 안식을. 나는 그의 가족이 준비한 추도식에 참석했다. 사람들은 고인을 칭송하고 애도했지만, 그가 살아 있을 때와 마찬가지로 그의 시에 대해 언급하는 사람은 아무도 없었다.

자가르 씨가 출판사 몇 곳을 소개한 덕에 나는 집에서 일을 시작할 수 있었다. 결국 그는 나에게 꾸준하게 일거리를 줄 수 있는 잡지사를 찾아냈다. 많지는 않으나 다달이 월급도 받을 수 있어서 그것으로 프리랜서 일로 감당하지 못하는 지출을 충당할 수 있었다.

아이들을 집 근처 학교로 전학시켰다. 처음에는 친구들과 헤어지는 것 때문에 슬퍼하고 투덜거리던 아이들도 한 달이 지나자 예전 학교에 대한 이야기를 거의 하지 않게 되었다. 시아막은 새 친구들을 많이 사귀었고 다정하고 명랑한 마수드는 금방 모든 이들의 사랑을 받았다. 발랄하고 예쁘게 자라 어느덧 세 살이 된 쉬린은 춤을 곧잘 췄고 끊임없이 재잘거렸으며 오빠들과도 잘 놀았다. 내가 쉬린을 놀이방에 보내고 싶다고 하자 파르빈이 펄쩍 뛰었다.

"돈이 그렇게 많아? 외출이라 봤자 잡지사에 잠깐 다녀오는 것뿐이고, 거의 대부분의 시간을 집에서 읽고 쓰고 타이프 치고 바느질하면서 보내면서. 힘들게 번 돈을 남의 주머니에 넣어주려고? 안 돼. 내가 허락 못해. 나, 아직 죽지 않았어."

나는 새로운 생활 리듬에 점차 익숙해져갔다. 아직 전쟁이 한창이었고 들려오는 뉴스들은 무시무시했지만, 사는 데에 너무나 몰두한 나머지 공습 사이렌이 울릴 때에나 전쟁 중이라는 사실을 새삼 상기했다. 그리고 사이렌이 울릴 때에도, 모두가 함께 모여 있으면 그리 불안하지 않았다. 나는 늘 우리가 같은 곳에서 같은 시간에 함께 죽는 것이 최선이라고 생각했다.

다행히 시아막과 마수드는 징병대상이 아니었다. 아이들의 나이가 찼을 때쯤이면 전쟁도 끝이 날 터였다. 어찌 되었건, 그렇게 오랫동안 전쟁을 계속할 수는 없었다. 그리고 더 다행인 것은, 두 아이가 전장에 나가기를 꿈꾸는 부류가 아니라는 점이었다.

나는 어려운 시절은 다 지나갔고 이제 정상적인 생활을 하면서 평온하게 아이들을 키울 수 있다고 믿기 시작했다.

몇 달이 지났다. 새 정부에서는 계속 반대파들에게 비난의 화살을 돌렸고 살인과 암살이 만연했다. 정치운동가들은 지하로 숨고 지도자들은 도주했으며 전쟁은 계속되었다. 나는 두 아들과 그들의 미래를 걱정하며 감시의 끈을 놓지 않았다.

나의 이야기와 최근의 사건들이 시아막에게 영향을 미쳤는지, 아이는 무자헤딘 친구들과 많이 어울리지 않았다. 아니, 어쩌면 그것은 나만의 생각이었는지도 몰랐다. 봄이 다가오면서 나도 걱정을 덜 하게 되었다. 두 아들은 기말시험 공부에 바빴고 나의 은근한 압력으로 대학입학 시험을 준비해야 한다는 부담을 느끼고 있었다. 나는 아이들이 학교와 공부에 열중해 다른 생각을 할 틈이 없기를 바랐다.

봄의 어느 날 밤, 내가 잠든 쉬린의 옆에서 전에 편집해둔 서류를 타이핑하고 있는데, 초인종이 울리더니 누군가가 문을 마구 두드렸다. 온몸이 얼어붙는 것만 같았다. 아이들 방에도 아직 불이 켜져 있었다. 시아막이 황급히 방에서 나왔고, 우리는 놀란 표정으로 서로를 바라보았다. 마수드도 졸린 표정으로 걸어 나왔다. 초인종 소리는 계속되었다. 셋이 함께 문 앞으로 다가갔지만 나는 아이들을 내 뒤로 밀치고 조심스럽게 문을 조금 열었다. 누군가가 문을 밀어젖히더니 내 얼굴 앞에 종이 한 장을 내밀었다. 곧 혁명수비군 몇 명이 집 안으로 들이닥쳤다. 시아막이 집을 뛰쳐나가 시어머니의 집을 향해 뛰기 시작했다. 뒤쫓아간 수비군 두 명이 아이를 잡아 정원 한가운데에 내동댕이쳤다.

"그 아이를 가만히 내버려둬요!" 나는 비명을 지르며 시아막에게 달려가려고 했지만 누군가의 손이 나를 집으로 잡아끌었다. 나는 계속 소리를 질렀다. "무슨 일이에요? 내 아들이 무슨 짓을 했다고 이러는 거예요?"

동료들보다 나이가 더 들어 보이는 수비군이 마수드를 돌아보며 말했다. "어머니께 차도르를 둘러드려라."

나는 가만히 있을 수 없었다. 정원에 앉아 있는 시아막의 그림자가 보였다. 맙소사, 저들이 시아막에게 무슨 짓을 하려는 걸까? 나는 시아막이 고문을 받는 상상을 하며 소리를 지르다가 정신을 잃었다. 정신을 차려보니 마수드가 내 얼굴에 찬물을 뿌리고 있었고 수비군들이 시아막을 끌고 가고 있었다.

"내 아들은 아무 데도 못 데려가요!"

나는 그들을 뒤쫓아갔다.

"어디로 데려가는 거예요? 말 좀 해줘요!"

나이 먹은 수비군이 안됐다는 표정으로 나를 쳐다보다가 동료들이 시야에서 사라지자 귀띔을 해주었다. "에빈 감옥으로 데려갑니다. 걱정하지 마십시오. 다치게 하지는 않을 겁니다. 다음 주에 오셔서 에자톨라 하지-후세인을 찾으십시오. 제가 직접 아드님 소식을 전해드리겠습니다."

"차라리 저를 죽이시고 제 아들을 풀어주세요. 제발, 선생님
아이들을 생각해서라도, 내 아들을 다치게 하지 말아주세요."
나는 눈물로 애원을 했다.

그가 연민 어린 표정으로 고개를 가로젓고는 발걸음을 재촉
했다. 마수드와 나는 골목 끝까지 그들을 쫓아갔다. 이웃들이
드리운 커튼 틈새로 밖을 내다보았다. 혁명수비군의 차가 모퉁
이를 돌았을 때, 나는 길 한복판에 쓰러졌다. 마수드가 나를 끌
다시피 해 집으로 데리고 갔다. 눈에 보이는 것이라고는 공포
에 질린 시아막의 창백한 얼굴뿐이었고 귀에 들리는 소리라고
는 떨리는 목소리로 외치는 시아막의 절규뿐이었다.

"엄마! 엄마, 제발 어떻게 좀 해주세요!"

나는 밤새 경기를 했다. 이것까지 이겨낼 힘은 없었다. 시아
막은 겨우 열일곱 살이었다. 죄라고 해보았자 길모퉁이에서 무
자헤딘의 신문을 판 것뿐이었다. 한동안 그들과 정기적인 접촉
을 하지도 않았다. 그런데 왜 시아막을 데려간 걸까?

다음 날 아침, 나는 겨우 몸을 추스르고 침대에서 나왔다. 도
움을 청할 사람이 한 사람도 없었지만, 그렇다고 가만히 앉아
아들이 죽어가는 것을 지켜볼 수는 없었다. 나의 인생은 텔레
비전 재방송 같았다. 다만, 매번 사건들이 조금씩 달라지고 매
번 내가 그 사건들을 더 못견뎌 할 뿐. 나는 옷을 챙겨 입었다.
그리고 옷을 입은 채 소파 위에서 잠든 마수드를 살살 깨웠다.

"오늘은 학교에 갈 필요 없어. 파르빈 아줌마가 오실 때까지
기다렸다가, 쉬린을 아줌마한테 맡겨. 그리고 파티 이모에게 전

화를 해서 어제 있었던 일을 얘기해라."

마수드는 몸을 가누지 못했다. "이렇게 일찍 어디에 가시게 요? 지금 몇 시예요?"

"다섯 시야. 마흐무드 외삼촌이 출근하기 전에 그 집에 가보 려는 거야."

"안 돼요, 엄마! 그 집에 가면 안 돼요."

"달리 방법이 없어. 시아막의 생명이 위협받고 있어. 마흐무 드 외삼촌은 아는 사람이 많으니까 우리를 도와줄 수 있을지 도 몰라. 어쨌거나, 외숙모의 삼촌께 데려다달라고 부탁할 생 각이야."

"안 돼요, 엄마. 제발 그 집에는 가지 마세요. 외삼촌은 도와주 지 않을 거예요. 삼촌이 우리에게 어떻게 했는지 잊으셨어요?"

"잊지 않았어, 마수드. 하지만 이번엔 달라. 네 아버지는 외삼 촌에게 남이었지만 시아막은 조카야."

"엄마는 모르세요."

"뭘 몰라? 엄마가 뭘 모른다는 거야?"

"엄마에게 말하고 싶지 않았는데…… 제가 어제 오후 길모 퉁이에서 어제 왔던 혁명수비군들 중의 한 사람을 봤어요."

"그런데?"

"혼자가 아니었어요. 그 사람이 마흐무드 외삼촌과 우리 집 을 쳐다보면서 얘기를 하고 있었어요."

세상이 빙글빙글 도는 것만 같았다. 마흐무드가 시아막을 고 발했단 말인가? 자기 친조카를? 그럴 수는 없었다. 나는 집을 뛰쳐나갔다. 마흐무드의 집까지 어떻게 차를 몰고 갔는지는 모

르겠다. 대문 앞에 선 나는 미친 여자처럼 문을 두드렸다. 골람
-후세인과 마흐무드가 눈을 휘둥그레 뜨고 대문을 열었다. 골
람-알리는 군에 입대해 전장에 가 있었다. 마흐무드는 아직 실
내복 차림이었다.

"나쁜 놈, 네놈이 우리 집에 혁명수비군을 보냈지?" 나는 바락
바락 악을 썼다. "내 아들을 체포해 가라고 사람들을 보냈지?"

나는 그가 부인을 하며 화를 내고 자신을 비난하는 나에게
욕을 퍼부어주기를 바랐다. 그러나 그는 차가운 눈으로 나를
쳐다보면서 눈빛만큼이나 냉랭한 목소리로 말했다.

"네 아들이 무자헤딘이니까. 아니라고는 못 하겠지?"

"아니야! 시아막은 너무 어려서 그런 데에 가담 못해! 그 어
떤 조직에서도 활동한 적이 없다고!"

"그거야 네 생각이지…… 넌 아무것도 모르고 있었군. 그 자
식이 거리에서 신문을 파는 것을 내 두 눈으로 똑똑히 보았단
말이다."

"그거야? 그것 때문에 시아막을 감옥에 보냈다는 거야?"

"종교적으로 나는 그렇게 해야 할 책임이 있었어. 그들이 어
떤 반역죄를 저지르고 얼마나 많은 사람들을 죽였는지 몰라?
네 아들 때문에 나의 신앙과 내세를 포기할 수는 없지. 내 친아
들이 그런 짓을 했대도, 나는 똑같이 했을 거다."

"하지만 시아막에게는 아무 죄가 없어. 시아막은 무자헤딘의
일원이 아니라고!"

"그건 내가 알 바 아니지. 아무튼 당국에 보고하는 것은 나의
임무였다. 나머지는 이슬람 법원에서 알아서 할 테고. 그놈에게

죄가 없다면, 풀어주겠지."

"뭐? 그들이 실수를 하면? 그들의 실수로 내 아들이 죽으면? 그런 양심의 가책을 안고, 오빠가 살 수 있을 것 같아?"

"그런다 한들, 나와 무슨 상관이 있지? 그들이 실수를 한다면, 비난은 그들이 받아야지. 그것도 썩 나쁘지는 않겠네. 네 아들이 순교자로 추앙받을 테니. 그놈 영혼이 천국에 가서 제 아비와 같은 운명을 피하게 해준 이 외삼촌에게 영원토록 고마워하겠지? 그자들은 우리 조국과 종교를 배신한 반역자들이야."

나를 버티게 해준 유일한 힘은 분노였다.

"오빠보다 더 심하게 종교와 조국을 배신한 사람은 없어." 나는 고래고래 소리를 질렀다. "오빠 같은 사람이 이슬람을 망치고 있어. 아야톨라 호메이니께서 언제 그런 지시를 내렸다는 거야? 자기 이익을 위해 더러운 짓을 일삼으면서 그게 신앙이나 종교 때문이라고 둘러대는 나쁜 놈!"

나는 마흐무드의 얼굴에 침을 뱉고 그 집을 나왔다. 머리가 빠개지는 듯이 아파서 두 번이나 인도에 쭈그리고 앉아 쓰디쓴 담즙을 토해냈다. 나는 친정으로 발걸음을 돌렸다. 알리가 집을 나서려고 하고 있었다. 나는 알리의 팔을 잡고 도와달라고 애원했다. 영향력 있는 사람을 찾아달라고, 장인에게 도움을 청해달라고. 그는 고개를 가로저었다. "누나, 난 정말이지 엄청난 충격을 받았어. 시아막은 내 품에서 컸고 내가 그 아이를 얼마나 사랑했는데……."

"사랑했다고?" 나는 목소리를 높였다. "넌 시아막이 벌써 죽은 것같이 말하는구나!"

"아니야, 그런 뜻이 아니었어. 내 말은 아무도 손을 쓰지 못한다는 거야. 방법이 없어. 일단 무자헤딘이라는 딱지가 붙으면 다들 나 몰라라 한다고. 이게 다 그 범법자들이 너무 많은 사람들을 죽였기 때문이야. 이해하겠어?"

나는 어머니의 방으로 들어가 바닥에 주저앉아 벽에 머리를 찧으며 통곡을 했다. "잘 보셨죠? 어머니의 사랑하는 아들들은 열일곱 살 먹은 조카를 죽이는 놈들이었어요. 어머니가 그러셨죠, 우리는 피를 나눈 형제니까, 앙심을 품지 말라고요."

그때 파티와 사데그 부부가 함께 아기를 데리고 왔다. 그들은 나를 일으켜 집으로 데려다주었다. 파티는 울음을 멈추지 못했고 사데그는 콧수염을 잘근잘근 씹었다.

"사데그도 걱정이 돼." 파티가 내게 속삭였다. "오빠들이 저 사람도 무자헤딘이라고 고발하면 어떻게 하지? 오빠들이랑 정치를 두고 언쟁을 몇 번 벌였는데."

눈물이 볼을 타고 줄줄 흘러내렸다. 나는 흐느끼며 사데그에게 부탁을 했다.

"사데그, 에빈 감옥으로 가줘요. 뭐든 정보를 얻을 수 있을지도 몰라요."

에빈 감옥에 갔지만 헛수고였다. 에자톨라 하지-후세인을 만나게 해달라고 했더니 그는 자리에 없다는 대답이 돌아왔다. 우리는 멍하고 혼돈스러운 상태로 집에 돌아왔다. 파티와 파르빈이 나에게 뭘 먹이려고 애를 썼지만, 아무것도 삼킬 수가 없었다. 시아막은 무엇을 먹었을까? 나는 무엇을 어떻게 해야 할지, 누구에게 도움을 청해야 할지 모른 채 흐느껴 울었다.

갑자기 파티가 외쳤다. "마흐부베!"

"마흐부베?!"

"그래! 우리 고종사촌 마흐부베. 마흐부베의 시아버지가 종교 지도자잖아. 고모네 가족들 얘기로 그분이 영향력 있는 분이라고 했어. 고모도 그분이 친절하고 좋은 분이라고 했고."

"맞다! 그랬지."

나는 물에 빠진 사람이 지푸라기를 잡는 심정으로 벌떡 일어섰다. 가슴속에 한줄기 희망이 반짝거렸다.

"어디에 가려고?" 파티가 물었다.

"콤에 가야겠어."

"기다려. 사데그와 내가 같이 갈게. 내일 같이 가."

"내일은 너무 늦어! 나 혼자 갈 거야."

"안 돼!" 파티가 소리를 질렀다.

"왜 안 돼? 고모 집이 어디인지는 나도 알아. 주소가 바뀐 건 아니잖아?"

"그렇지만 언니 혼자 보낼 수 없어."

마수드가 옷을 갖추어 입으며 말했다. "제가 같이 갈게요."

"하지만 너는 학교에 가야지…… 오늘도 결석을 했잖아."

"이런 상황에 학교가 뭐가 중요해요? 엄마 혼자 가시게 내버려두지는 않을 거예요. 그러니 여러 말씀 마세요. 이제 이 집의 가장은 저예요."

우리는 쉬린을 파르빈에게 맡기고 집을 나섰다. 마수드는 어린애를 돌보듯 나를 챙겼다. 버스에서는 허리를 꼿꼿하게 펴고 앉아 자기 어깨에 내 머리를 기대게 해주었다. 과자도 먹이고 물도 먹으라고 채근을 했다. 콤에 도착해서는 내 손을 쥐고 택시를 잡았다. 고모 집에 도착했을 때, 밖은 이미 캄캄했다.

그 시간에 찾아온 우리를 보고 깜짝 놀란 고모는 내 얼굴을 보고는 더 기겁을 했다.

"세상에! 무슨 일이니?"

나는 울음을 터뜨렸다. "고모, 저 좀 도와주세요. 아들마저 잃게 생겼어요."

삼십 분 후, 마흐부베와 그녀의 남편 모흐젠이 왔다. 마흐부베는 전보다 약간 더 살이 올랐고 훨씬 성숙해 보였지만 여전히 명랑했다. 모흐젠은 미남인 데다가 지적인 분위기가 흘렀고 자상해 보이기도 했다. 두 사람이 서로 사랑하는 것이 눈에 보였다. 나는 끊임없이 눈물을 흘리며 시아막의 일을 이야기했다. 모흐젠이 나를 위로하고 안심시켰다.

"그렇게 빈약한 증거를 바탕으로 사람을 체포한다는 것은 있을 수 없는 일입니다."

그리고 다음 날 나를 자기 아버지에게 데려가주고 모든 방법을 동원해 도와주겠다고 약속했다. 마침내 나는 조금이나마 안정을 할 수 있었다. 우리는 고모의 성화에 가볍게 저녁을 먹었다. 나는 마흐부베가 준 진정제를 먹고 이십사 시간 만에 깊고 고통스러운 잠에 빠졌다.

마흐부베의 시아버지는 자애롭고 동정심이 많은 분이었다. 그는 슬퍼하는 나를 보고 마음 아파하며 위로하려고 애쓰더니 몇 군데 전화를 걸고 여러 이름을 받아 적고 메모를 하더니 모흐젠에게 메모지를 주며 나와 함께 테헤란으로 가라고 했다.

고모 집으로 돌아오는 내내, 나는 쉬지 않고 기도를 올리며 신께 애원을 했다. 집에 도착하자마자, 모흐젠은 여러 사람들에게 연락을 하기 시작했고 마침내 다음 날 에빈 감옥에서 누군가와 만나기로 약속을 잡았다.

에빈 교도소장은 모흐젠과 몇 마디 농담을 주고 받은 다음 이렇게 말했다. "그 청년이 무자헤딘임은 분명하지만, 신뢰할 만한 증거가 발견되지 않았습니다. 법적 절차가 마무리되는 대로 풀어드리지요."

교도소장의 약속이 지켜지기까지 열 달을 기다려야 했다. 어둡고 고통스러운 열 달이었다. 매일 밤, 나는 시아막이 다리를 묶인 채로 발바닥에 매를 맞는 태형을 받는 꿈을 꾸었다. 그리고 매일 밤, 나는 비명을 지르며 깨어났다.

내가 거울을 들여다본 때가 시아막이 체포된 지 일주일 만이었던 것 같다. 거울 속에는 누르께하고 비쩍 마른 얼굴의 늙고 초라한 여자가 서 있었다. 제일 이상했던 것은 머리 오른쪽에 느닷없이 생긴 한 줌쯤 되는 흰머리였다. 하미드가 처형당한 후로 하나둘씩 흰머리가 보이기는 했지만, 이렇게 많이 나기는 처음이었다.

나는 마흐부베와 모흐젠, 그리고 마흐부베의 시아버지와 계속 연락을 했고 에빈 감옥에서 재소자 부모를 위해 마련한 모임에도 나갔다. 교도소 관계자에게 시아막에 대해 물었더니, 그는 아이를 잘 안다며 시원스럽게 대답을 했다. "석방될 테니 걱정하실 필요 없습니다."

기쁨에 가슴이 벅차올랐지만, 모임에서 만난 어떤 재소자의 어머니가 한 말이 생각났다. "석방된다는 것은 종신형을 면한다는 뜻일 뿐이에요."

공포와 희망이 서서히 나를 죽이고 있었다. 나는 생각할 틈이 나지 않도록 될 수 있는 대로 일을 많이 하려고 노력했다.

대학교가 다시 문을 연다는 기사는 현실이 되었다. 나는 남은 몇 학점을 이수해 그토록 열심히 공부한 목적을 이루기 위해 등록을 하러 갔다. 행정처 직원이 얼굴을 찌푸리더니 더없이 냉정하게 말했다. "등록할 수 없습니다. 자격이 없어요."

"네? 하지만 저는 쭉 이 학교에 다녔는걸요! 몇 학점만 이수하면 졸업이에요. 사실 수업은 다 들었어요. 기말시험만 치르면 돼요."

"안 됩니다. 당신은 근절 대상이라 퇴학 조치되었어요."

"왜요?"

"이유를 모른다는 겁니까?" 그가 빈정거리는 투로 말했다. "처형당한 공산주의자의 아내이자 반역자의 어머니잖습니까."

"그래요. 저는 남편과 아들이 자랑스러워요." 나는 분노하며 맞받아쳤다.

"맘대로 자랑스러워하세요. 하지만 우리 이슬람 대학에서는 수강을 할 수도 없고 학위도 받을 수 없습니다."

"제가 얼마나 열심히 공부했는지 아세요? 학교가 문을 닫지 않았다면, 저는 벌써 몇 년 전에 학위를 받았을 거예요."

그가 어깨를 으쓱했다. 다른 행정직원들과도 이야기를 해보았으나 헛수고였다. 나는 목적을 이루지 못하고 학교 문을 걸어 나왔다. 그간의 모든 노력은 시간 낭비였다.

*

2월 하순의 온화한 태양이 빛나고 있었다. 한겨울의 매서운 추위는 물러가고 신선한 봄 냄새가 공기 중에 감돌았다. 제부인 사데그가 내 차의 수리를 위해 정비소로 가져간 것을 핑계로 나는 잡지사까지 걸었다. 너무나 우울해서 일부러 바쁜 일들을 만들고 싶었다. 오후 두 시쯤, 파티가 전화를 걸어왔다.

"일 끝나고 우리 집으로 와. 사데그가 정비소에서 차를 찾아 가지고 아이들을 데려온댔어……."

"그럴 기분이 아니야. 그냥 집에 갈래."

"안 돼. 꼭 와야 해. 언니에게 할 말이 있단 말이야."

"무슨 일이 있니?"

"아니. 마흐부베가 전화를 했었어. 남편과 테헤란에 와 있다 길래 우리 집으로 오라고 했어. 새로운 소식을 가져왔을지도 몰라."

전화를 끊으면서 이상하다는 생각이 들었다. 파티의 말투가 평소와 달랐다. 걱정이 되기 시작했다. 급하게 넘겨주어야 할 일이 있었지만 집중할 수가 없었다. 나는 집에 전화를 걸어 파르빈에게 말했다.

"쉬린에게 외출 준비를 시켜주시겠어요. 사데그가 곧 데리러 올 거예요."

파르빈이 깔깔 웃었다. "벌써 여기에 와 있어. 마수드를 기다

리고 있었는데 지금 막 들어왔네. 다들 파티네 집으로 간다는
데, 넌 언제 갈래?"

"일 끝내고 바로 갈게요. 그런데, 무슨 일이 있어요? 솔직하
게 말해주세요."

"나도 몰라! 무슨 일이 있었으면 사데그가 이미 말을 했겠지.
마슘, 뭐든 지나치게 걱정하지 마. 시간 낭비야."

나는 일을 마치자마자 택시를 타고 파티의 집으로 갔다. 파
티가 문을 열자 나는 그녀를 뚫어져라 쳐다보았다.

"어서 와, 언니. 왜 날 그렇게 보는 거야?"

"바른대로 말해, 파티. 무슨 일이 있었던 거니?"

"뭐? 언니는 무슨 일이 있어야만 우리 집에 와?"

파티의 딸 피루제가 반쯤 춤을 추면서 달려와 내 품안으로
뛰어들었다. 쉬린 역시 달려 나왔다. 나는 마수드를 쳐다보았
다. 아이는 생각에 잠긴 듯한 차분한 표정으로 가만히 서 있었
다. 집안으로 들어간 나는 마수드에게 조용히 물어보았다.

"무슨 일이야?"

"저도 몰라요. 방금 도착했는걸요. 이모랑 이모부의 행동이
이상해요. 두 분이 계속 귓속말을 하고 있어요."

"파티!" 나는 참지 못해 목소리를 높였다. "대체 무슨 일이
야? 어서 말해. 미칠 것 같단 말이야!"

"제발 진정해. 무슨 일이건, 좋은 일이니까."

"시아막과 관련된 일이니?"

"응. 이슬람 신년 전에 석방된대."

"어쩌면 더 일찍 나올 수도 있어요." 사데그가 거들었다.

"누가 그러디? 어디서 들었어?"

"진정하고 앉아. 차를 내올게."

마수드가 내 손을 꼭 잡았다. 사데그는 웃으며 아이들과 장난을 치고 있었다.

"사데그, 제발 자세하게 얘기해줘요."

"솔직히 저도 많이는 몰라요. 파티가 더 잘 알고 있죠."

"그 이야기를 누구로부터 들었대요? 마흐부베한테서?"

"네. 마흐부베와 이야기를 한 것 같아요."

파티가 쟁반에 차를 담아가지고 들어왔고 피루제가 패스트리를 담은 접시를 들고 깡충깡충 뛰며 뒤따라 들어왔다.

"파티, 제발 어서 앉아서 마흐부베가 뭐라고 했는지 자세하게 얘기해줘."

"마흐부베 말이, 다 됐대. 시아막이 곧 풀려날 거래."

"언제쯤?"

"이번 주에 나올지도 모른대."

"아, 신이시여!" 나는 탄성을 내질렀다. "그게 정말 가능하대?"

내가 무너지듯 소파에 등을 기대자 준비를 완벽하게 해놓은 파티가 얼른 협심증 약과 물 한 잔을 건네주었다. 나는 약을 먹고 마음이 가라앉기를 기다렸다가 벌떡 일어나 가방을 챙겼다.

"어디에 가려고?" 파티가 물었다.

"시아막 방을 정리해야지. 내일 시아막이 나올 수도 있잖아. 말끔하게 정리하고 만반의 준비를 해야 해. 할 일이 수천 가지야."

"좀 앉아. 왜 가만히 있지를 못해? 사실, 마흐무베는 시아막이 오늘 밤에 나올 수도 있다고 했어."

나는 다시 소파에 주저앉았다. "그게 무슨 소리야?"

"시아막이 오늘 풀려날지도 모른다고 마흐부베와 모흐젠이 에빈 감옥으로 갔어. 언니는 좀 진정을 해야 돼. 마흐부베가 언제 올지 모르니까 차분하게 기다리란 말이야."

나는 가만히 있지를 못하고 일 분에 한 번씩 초조하게 물었다. "무슨 일일까? 언제 올까?"

그때, 마수드의 외침이 들려왔다. "시아막 형!" 그리고 나는 나의 아들이 걸어 들어오는 모습을 보았다.

내 심장은 그 기쁨과 흥분을 견디지 못했다. 가슴속에서 심장이 터져버릴 것만 같았다. 나는 시아막을 꼭 끌어안았다. 전보다 몸은 더 여위었지만 키는 더 커져 있었다. 숨을 제대로 쉴 수가 없었다. 누군가가 내 얼굴에 물을 뿌렸다. 나는 다시 아들을 안았다. 그리고 얼굴과 눈과 손을 만져보았다. 이 아이가 정말로 나의 소중한 시아막이란 말인가?

마수드는 시아막을 부둥켜안고 한 시간을 울었다. 저 다정하고 여린 아이가 어떻게 그렇게 오랫동안 저 눈물을 제 속에 담은 채로 가냘픈 두 어깨에 책임을 짊어지고 나에게 희망을 주었을까?

소란스러운 분위기에 흥분해 웃던 쉬린이 잠시 망설이다가 시아막의 품안으로 뛰어들었다.

우리는 말로 다할 수 없이 기쁘고 유쾌한 분위기 속에서 꿈같은 그날 밤을 보냈다.

"네 발을 봐야겠어."

"엄마, 왜 이러세요." 내 말에 시아막이 웃음을 터뜨렸다. "우스꽝스러운 얘기 좀 하지 마세요."

제일 먼저 마흐부베의 시아버지에게 전화를 걸었다. 나는 눈물을 흘리며 진심으로 감사의 말을 했다.

"내가 한 일은 많지 않아요." 그가 말했다.

"아니에요. 정말 큰일을 해주셨습니다. 제게 아들을 돌려주셨어요."

친척들의 방문으로 떠들썩한 이틀을 보냈다. 시누이 만수레와 마니제는 점점 더 쇠약해지고 정신이 흐려져가는 시어머니를 주의 깊게 살폈다. 시어머니는 시아막을 하미드로 착각했다.

신께 수많은 약속과 맹세를 해놓아서 무엇부터 시작해야 할지 도무지 알 수가 없었던 나는 해야 할 모든 일을 중단하고 아이들과 함께 마샤드의 이맘 레자의 성지로 순례여행을 떠났다. 그리고 콤에 들러 고모와 마흐부베, 모흐젠, 그리고 나를 구원해준 천사인 마흐부베의 시아버지에게 감사의 인사를 했다.

얼마나 달콤하고 행복한 나날들이었는지. 나는 다시 생기를 느꼈다. 아이들이 옆에 있는 한, 아무것도 나를 슬프게 하지 못했다.

시아막의 열여덟 번째 생일이 다가오고 있었다. 한 학년이 뒤처졌지만 다른 아이들보다 일 년 먼저 입학을 시켰기 때문에 나이가 문제되지는 않았다. 학교에 새로 등록을 해야 했으나 전과 기록 때문에 등록이 될 것 같지 않았다. 늘 나의 아이들이 최고 수준의 교육을 받았으면 좋겠다는 희망을 품어왔던 나였지만 고등학교 졸업장도 딸 수 없는, 큰아들이 처한 현실을 받아들여야 했다.

학교를 졸업하지 못하게 되자 시아막은 크게 동요해 짜증을 내고 안절부절못했다. 집에서 빈둥거리며 규칙적이지 못한 생활을 하는 것은 좋지 않았다. 특히 시아막의 옛 친구들이 다시 모이기 시작하자 나의 불안감은 더욱 커졌다. 시아막은 친구들에게 그리 관심이 많은 것 같지 않았으나, 그들의 존재 자체만으로도 나는 신경이 쓰였다.

내가 얼마나 힘들게 일을 하는지, 생활비를 얼마나 아껴 쓰는지를 두 눈으로 본 시아막은 일자리를 찾아보겠다고 했다. 하지만 무슨 일을 할 수 있단 말인가? 작은 가게를 할 자본도 없었고 고등학교 졸업장도 없었다. 그리고 이라크와의 전쟁은 여전히 진행 중이었고 우리 삶을 점점 더 옥죄어왔다. 어느 날, 나는 집으로 찾아온 시누이 만수레에게 이런저런 고민과 걱정을 털어놓았다.

"사실 그 문제 때문에 올케를 만나러 왔어. 시아막은 공부를 계속해야 해. 우리 집안의 신세대들은 모두 대학에 진학했어. 시아막이 고등학교 졸업장도 받지 못한다는 건 있을 수 없는 일이야."

"제가 좀 알아봤어요. 야간 학교에 다니면서 검정고시를 준비하는 방법이 있어요. 하지만 시아막은 일을 하고 싶대요. 대학 진학을 하지 않을 생각이면, 고등학교 졸업장도 쓸모없다는 거예요. 졸업장이 있든 없든 어차피 시작할 일이니, 지금 시작하겠다고요."

"올케, 나 혼자 생각해본 계획이 있어. 올케 생각이 어떨지는 모르겠지만, 이건 우리 둘만 아는 걸로 해두자."

"그럼요!" 나는 깜짝 놀라 물었다. "무슨 계획인데요?"

"우리 아르데쉬르가 지난해에 졸업을 했잖아. 군대에 가야 하는데 이 전쟁이 끝날 것 같지가 않아. 어찌 되었건 그 아이가 전장에 끌려가는 것을 막지는 못할 것 같아. 그런데 올케도 알다시피 아르데쉬르는 겁이 많아. 전쟁터에 나가게 되면 총알을 맞아 죽지 않아도 너무나 무서워서 죽고 말 아이야. 그래서 그 애를 외국에 보내기로 결정했어."

"외국에요? 어떻게요? 군 미필자들은 이 나라를 떠나지 못하도록 금지되어 있잖아요?"

"그게 문제라는 거야. 불법적으로 국경을 넘어야 해. 이십오만 토만(페르시아의 화폐단위, 금화— 역주)을 주면 아이들을 국경 너머로 보내준다는 사람을 찾았어. 두 아이를 함께 보내면 어떨까 싶은데. 둘이 서로 보살펴줄 수도 있고. 올케 생각은 어때?"

"좋은 생각인 것 같긴 한데, 돈을 마련해야 하니까, 그게 걱정이네요."

"그건 걱정하지 마. 부족하면 우리가 도와줄게. 하지만 둘이 같이 가는 것이 중요해. 시아막은 뭐든 혼자 잘 해내지만 아르데쉬르는 도움이 필요해. 혼자 가는 것이 아니라는 걸 알면, 아르데쉬르도 떠날 결정을 내리기가 쉬울 거야. 우리도 안심이 될 테고."

"그런데 어디로 보내죠?"

"갈 곳은 많아. 모든 나라에서 망명자를 받아주니까. 한동안

정착교육을 받고 나면 학교에 다닐 수 있어. 그건 그렇고, 올케. 정말로 걱정되는 게 뭐야? 돈?"

"아니에요. 아이를 위해서라면 가진 것을 다 팔아도 좋고 돈을 빌려도 좋아요. 하지만 그것이 시아막에게 좋은 길인지 아직 확신이 서질 않아요. 생각을 더 해보고 시아막과 의논도 해볼 테니 일주일만 시간을 주세요."

나는 이틀간 어떻게 해야 할지를 고민했다. 열여덟 살 소년을 불법적으로 밀입국시키는 수상한 사람의 손에 맡기는 것이 과연 현명한 일일까? 불법적으로 국경을 넘는 것이 얼마나 위험한 짓인가? 지구 반대편 어딘가에서 혼자 살아야 하는 것도 걱정이었다. 도움이 필요할 때, 누구에게 의지를 할 것인가? 누군가의 조언이 필요했다. 나는 제부인 사데그에게 살짝 상황을 설명했다.

"솔직히 저는 잘 모르겠어요." 그가 말했다. "뭘 해도 위험은 뒤따르기 마련이지만 이 방법은 굉장히 위험해 보여요. 서방 생활에 대해서는 하나도 모르지만 최근 여러 나라에서 정신병원을 찾는 동포들이 많다는 이야기를 들었어요. 이란으로 되돌아온 사람들도 있고요."

다음 날, 자가르가 일거리를 가져다주었다. 그는 서방에서 유학을 했으니 믿을 만한 조언을 해줄 수 있을 것 같았다.

"나는 불법적으로 국경을 넘어본 적이 없고 그것이 얼마나 위험한지도 모릅니다. 하지만 갈수록 모험을 하는 사람들이 늘어나고 있어요. 시아막의 망명 신청이 받아들여진다면, 물론 정치범 전과가 있으니 분명 받아들여지겠지만 말입니다, 재정적으로 전혀 어려움을 겪지 않을 것이고 의지만 있다면 최상의 교육을 받을 수 있어요. 유일한 문제는 외롭다는 것, 망명 생활을 견뎌야 한다는 겁니다. 시아막 또래의 많은 청소년들이 우울증에 걸리거나 정신적으로 심각한 문제를 나타내는 경우가 많아요. 공부를 계속하기는커녕 정상적인 생활조차 불가능해지죠. 겁을 주고 싶지는 않지만, 자살률도 높습니다. 어느 정도까지 엄마의 역할을 해주고 아이를 지켜볼 수 있는 믿을 만한 사람이 있다면, 보내세요. 그렇지 않으면 곤란하게 될 겁니다."

외국에 있는 믿을 만한 사람은 파르바네밖에 없었다. 나는 우리 집 전화가 도청될까봐 만수레의 집에 가서 독일로 전화를 걸었다. 상황을 설명하자 파르바네가 말했다.

"꼭 그렇게 해. 내가 시아막 걱정을 얼마나 했는지, 넌 상상도 못 할 거야. 가능한 방법을 찾아서 이리로 보내. 그럼 내가 친아들처럼 보살필게."

파르바네의 진심과 열의에 나는 걱정을 조금 덜었다. 이제 시아막에게 이야기해도 괜찮을 것 같았다. 시아막은 침대에 누워 멍하니 천장을 바라보고 있었고 마수드는 책상에서 공부를 하고 있었다. 나는 마수드의 침대에 앉아 말을 꺼냈다.

"너희 둘에게 할 말이 있어."

시아막이 벌떡 일어났다. 마수드가 내 쪽으로 몸을 돌리며 물었다. "무슨 일이 있어요?"

"아니! 그동안 시아막의 미래에 대해 생각을 해봤는데, 이제는 결정을 내려야 할 것 같아."

"무슨 결정을요?" 시아막이 비꼬는 투로 말했다. "우리에게 뭔가를 결정할 권리가 있었어요? 우리가 할 수 있는 건, 그들이 뭐라고 하든 좋다고 하는 것밖에 없잖아요."

"시아막, 그렇지 않아. 늘 그런 건 아니란다. 엄마는 이번 주 내내 널 유럽에 보내는 것에 대해 생각했어."

"쳇! 꿈을 꾸고 계시네요! 그럴 돈이 어디 있어요? 유럽에 가는 데에 돈이 얼마나 드는지 알고나 계신 거예요? 밀입국을 시켜주는 사람에게 적어도 이십만 토만은 주어야 하고 망명 신청이 받아들여질 때까지 생활할 돈도 그만큼 있어야 해요."

"브라보! 정확하게 맞췄네! 그런 걸 어떻게 알고 있니?"

"여기저기에 알아봤어요. 제 친구들이 얼마나 많이 이 나라를 떠났는지 모르시죠?"

"몰랐어! 왜 엄마에게 얘기하지 않았니?"

"무슨 얘기를 해요? 그럴 만한 여유도 없고, 슬퍼하실 걸 뻔히 아는데."

"돈은 중요하지 않아. 너에게 도움이 된다면, 돈을 구해줄게. 가고 싶은지 아닌지만 말해."

"당연히 가고 싶죠!"

"외국에 가서 뭘 하고 싶니?"

"공부를 하고 싶어요. 여기에서는 대학 진학을 하지 못할 거예요. 이 나라에서는 미래가 없어요."

"우리가 보고 싶을 것 같지는 않아?"

"보고 싶을 거예요. 아주 많이. 하지만 제가 얼마나 더 여기에 앉아 엄마가 타이프를 치고 바느질하는 걸 보고 있을 수 있을까요?"

"불법적인 방법으로 국경을 넘어야 해. 굉장히 위험한 일이야. 그 위험을 감수할 수 있겠어?"

"군대에서 전장에 끌려가는 것보다 더 위험하진 않을 거예요."

시아막의 말이 옳았다. 일 년 후에는 시아막도 군대에 가야 했지만 전쟁이 끝날 기미는 보이지 않았다.

"그런데 조건이 몇 개 있어. 그 조건을 받아들이겠다고 약속해야 해. 그리고 그 약속을 절대로 어기면 안 돼."

"알겠어요. 조건이 뭔데요?"

"우선, 어느 나라에 가게 되든지 이란 정치그룹이나 정치조직에는 얼씬도 하지 않겠다고 약속해야 해. 그런 그룹에 연루되어서는 안 돼. 둘째로, 공부를 할 수 있는 데까지 해서 많이 배우고 존경받는 사람이 되어야 해. 셋째, 우리를 절대로 잊지 말고, 그럴 수 있을 때가 되면 네 동생들을 도와줘."

"제게 그런 약속을 받아내실 필요 없어요. 제가 하려는 게 바로 그런 것들이니까요."

"다들 말은 그렇게 하지만 곧 잊어버린단다."

"제가 어떻게 엄마와 동생들을 잊어요? 가족은 제 전부예요. 언젠가 어머니의 사랑과 수고에 보답하는 게 제 소망이에요. 걱정 마세요, 공부도 열심히 하고 정치도 가까이하지 않을게요. 솔직히, 저는 정치그룹이니 분파니 하는 것들에 신물이 났어요."

우리는 몇 시간 동안 시아막이 국경을 넘을 방법과 돈을 마련할 길을 의논했다. 시아막은 생기를 되찾았다. 흥분과 기대에 가득 찬 동시에 걱정으로 초조해했다. 나는 집에 있던 카펫

두 장과 내게 남아 있던 금 장신구를 팔았다. 그러고도 돈이 모자라 결혼반지와 쉬린의 작은 팔찌까지 팔고 파르빈에게서 돈을 조금 빌렸다. 그러나 액수는 충분치 않았다. 늘 나를 지켜보던 자가르가 내 문제를 알고는 내가 말하기도 전에 오만 토만을 가지고 와서 미불된 임금이라고 둘러댔다.

"하지만 저는 이런 돈을 받을 만큼 일을 한 적이 없는데요!"

"제가 좀 보탰습니다."

"얼마요? 빚이 얼마인지 알아야 해요."

"많지는 않아요. 계산을 해서 수당에서 제할 테니 염려 마세요."

정확히 일주일 만에, 나는 만수레에게 이십오만 토만을 주고 준비가 되었다고 당당하게 알렸다. 만수레는 깜짝 놀란 표정으로 나를 쳐다보았다.

"이 돈을 어디서 다 구했어? 올케에게 주려고 십만 토만을 준비해뒀는데."

"감사해요. 하지만 제 힘으로 마련할 수 있었어요."

"애들이 파키스탄에서 몇 달을 보내야 할 텐데, 그 생활비도 감당할 수 있어?"

"그 돈도 마련할 거예요."

"그러지 마. 돈이 다 준비됐다니까."

"좋아요. 꼭 갚아드릴게요."

"그럴 필요 없어. 이 돈은 올케와 아이들이 받아야 할 몫이야. 하미드가 일주일만 늦게 세상을 떠났어도 이 집의 반과 다른 모든 것을 올케와 아이들이 물려받았을 거야."

"하미드가 죽지 않았다면, 아버님은 아직 살아 계실 거예요."

아이들을 밀입국시켜줄 사람과 접촉하는 것은 또 다른 이야기였다. 까무잡잡한 피부에 몸이 빼빼 마른 데다가 늘 자기 고향의 전통 의상을 입은 그는 가명으로 여자이름인 마힌 부인이라는 가명을 쓰고 있었고 그 이름을 찾을 때에만 전화에 응했다. 그의 말에 의하면 아이들은 이란 남동부에 위치한 도시인 자헤단에 잠시 가 있어야 한다고 했다. 거기서부터는 자기 친구들이 아이들을 맡아 안전하게 파키스탄 국경을 넘어 이슬라마바드에 있는 미국 대사관에 데려다준다는 것이었다. 국경을 넘을 때에는 양가죽을 쓰고 양떼에 섞여 가야 한다는 말도 덧붙였다.

나는 너무나도 무서웠지만 시아막에게 그런 티를 내지 않으려고 노력했다. 시아막은 겁을 내지 않았고 이 모든 것이 두렵기보다는 흥미진진하다고 생각했다.

마힌 부인으로부터 명령을 받은 날 밤, 아이들은 만수레의 남편 바흐만과 함께 자헤단으로 떠났다. 시아막과 작별을 하던 때, 나는 내 팔 하나가 몸에서 잘려나가는 것만 같은 느낌을 받았다. 내가 옳은 결정을 내린 것인지 아닌지 알 수가 없었다. 나의 마음은 시아막이 마주한 위험에 대한 두려움과 우리의 이별로 인한 슬픔 사이에서 마구 흔들렸다. 그날 밤, 나는 기도 카펫 위를 떠나지 않았다. 나는 눈물로 기도를 올리며 아들을 신의 손에 맡겼다.

두려움과 불안 속에 사흘을 보내고 난 후, 우리는 아이들이 안전하게 국경을 넘었다는 소식을 받았다. 열흘 후에는 이슬라마바드에 도착한 시아막과 통화를 했다. 너무나 멀리서 들려오는 아들의 목소리에는 슬픔이 묻어 있었다.

나는 이별의 고통에 시달렸다. 시아막을 너무도 그리워하는 마수드는 매일 밤 들려오는 나의 울음소리 때문에 더욱더 가슴 아파했다. 만수레의 상태는 훨씬 더 심했다. 아들과 단 하루도 떨어져 지낸 적이 없었던 그녀를 위로할 수 있는 방법은 없었다. 나는 시누이와 나 자신을 자꾸만 다그쳤다.

"우리는 강해져야 해요 우리 아이들을 구하기 위해, 아이들의 미래를 위해 우리 엄마들은 아이들이 곁에 없는 슬픔을 견뎌내야만 해요. 이건 우리가 치러야 할 값이에요. 이 값을 치르지 않으면 우리는 좋은 엄마들이 될 수 없어요."

사 개월 후, 독일에 있는 파르바네가 전화를 걸어 시아막을 바꾸어주었다. 나는 기쁨의 비명을 질렀다. 드디어 도착했구나. 파르바네는 시아막이 처음 몇 달 동안은 망명자 합숙소에서 지내야 하지만 합숙소를 나오게 되면 자기가 시아막을 잘 돌보아줄 테니 걱정하지 말라고 했다. 어영부영 시간을 보내는 다른 망명자들과는 달리 시아막은 합숙 기간 동안 독일어를 배웠고 학교에 빨리 적응을 하더니 결국 대학에 진학해 기계공학을 전공했다. 나의 아들은 나와의 약속을 결코 잊지 않았다.

파르바네는 시아막이 방학을 자기 가족들과 함께 지낼 수 있도록 준비했고 부지런히 나에게 나날이 발전해가는 시아막의 근황을 알려주었다. 나는 행복했고 아들이 자랑스러웠다. 내 책임의 삼분의 일을 완수한 느낌이었다. 큰 힘을 얻은 나는 열심히 일을 해 빚을 갚아나갔다. 작은아들 마수드는 나와 우리의 삶을 세심히 챙겼다. 공부를 하는 동시에 가족들에게 사랑을 쏟아붓는 가장의 역할을 병행하는 마수드 덕분에 나는 희망을 가질 수 있었고 행복에 겨운 나날을 보낼 수 있었다. 그리고 장난기 많은 쉬린은 귀여운 말투로 익살스러운 이야기를 들려주어 집안을 즐거움과 활기에 가득 차게 해주었다. 비록 일시적인 것이었지만, 나는 평화를 맛볼 수 있었다. 우리를 괴롭히는 문제들과 걱정거리들은 여전했고 이라크와의 전쟁은 끝이 보이지 않았다.

내가 다시 웃음을 되찾은 그때, 자가르가 심각한 표정으로 커피 테이블에 눈을 고정시킨 채 나에게 청혼을 했다. 그의 딸과 프랑스인 아내가 몇 년 전에 이란을 떠났다는 것은 알고 있었지만, 이혼을 했을 줄은 몰랐다. 자가르는 현명하고 박식했으며 모든 면에서 적절한 사람이었다. 그와 함께 산다면 나의 물질적인 문제뿐 아니라 많은 감정적인 문제들도 해결될 터였다. 그리고 나 역시 그에게 무관심하지 않았다. 그를 남자로, 친한 친구로, 동료로 좋아했고 존경해왔기 때문에 마음만 먹으면 쉽게 마음을 열 수 있었다. 어쩌면 그에게서 하미드로부터 다 받지 못한 사랑과 보살핌을 받을 수 있을지도 몰랐다.

하미드가 죽은 이후로, 자가르 이전에 두 남자로부터 청혼을 받았다. 처음 두 남자들에게는 한순간의 망설임도 없이 거절을 했다. 그러나 자가르의 경우, 어떻게 해야 할지 확신이 서지 않았다. 논리적인 측면뿐만 아니라 감정적인 측면에서도 그와 결혼하는 것이 옳은 것 같았다. 하지만 한동안 마수드가 나를 주의 깊게 관찰하며 안절부절못하는 것이 느껴졌다.

어느 날, 마수드가 밑도 끝도 없이 물었다.

"엄마, 우리에게는 아무도 필요 없는 게 맞죠? 필요한 게 있으시면 저에게 말씀하세요. 제가 다 해드릴게요. 그리고 자가르 씨에게 이렇게 자주 오시지 말라고 말씀해주세요. 저는 그분을 더 이상 견딜 수가 없어요."

그래서 나는 우리가 새로 얻은 평화를 깨서도 안 되고 아이들에게 쏟았던 관심을 다른 데로 돌려서는 안 된다는 것을 깨달았다. 내 전부를 바쳐 아이들을 돌보는 것이 나의 의무였고 아버지의 빈자리는 낯선 사람이 아닌 바로 내가 채워주어야 하는 것이었다. 내 인생에 있어서는 자가르가 반가운 존재였지만 아이들에게, 특히 아들들에게 불편한 존재임이 틀림없었다. 아이들을 불행하게 만들 수는 없었다.

며칠 후, 나는 자가르에게 결혼은 안 되겠다고 말하며 진심으로 사과를 했다. 그리고 비록 청혼을 거절하지만 언제까지나 좋은 친구로 남아달라고 부탁했다.

8장

　내가 중간중간 숨을 돌리고 기운을 차릴 틈을 잠깐씩 주기는 했지만, 내 인생은 사건의 연속이었고 평화로운 기간이 길면 길수록 다음 사건의 충격은 더더욱 컸다. 그런 생각을 늘 하고 있었기 때문에, 나는 즐겁고 좋은 때조차 잠복해 있는 불안감에 시달렸다.

　시아막이 안전하게 이란을 떠나자 가장 큰 문제가 해결된 것 같았다. 물론 너무나도 그리웠고 견딜 수 없으리만치 보고 싶을 때도 있었지만 아들을 멀리 보낸 것을 한 번도 후회하지 않았을 뿐더러 돌아오기를 바라지도 않았다. 나는 시아막의 사진에 대고 이야기를 했고 우리의 생활 하나하나를 긴 편지에 적어 보냈다. 한편 너무나 착하고 다정한 마수드는 아무런 문제를 일으키지 않았을 뿐만 아니라 오히려 내 문제를 해결해주기도 했다. 그는 힘들고 동요가 심한 사춘기를 차분하고도 침착하게 보냈고 쉬린과 나에 대해 강한 책임감을 느끼면서 일상에서 필요한 많은 일들을 도맡아 해 주었다. 나는 그런 친절과 자기희생을 이용하는 꼴이 되지 않도록 조심을 해야 했고 자기 능력보다 더 많은 것을 하려고 하는 젊은 그 아이에게 더 많은 것을 기대하지 않으려고 노력했다.

마수드는 종종 내 뒤에 서서 목을 마사지해주곤 했다.

"엄마가 일을 너무 힘들게 하시다가 병이 날까봐 걱정이에요. 누워서 쉬세요."

"걱정하지 마, 마수드. 힘들게 일한다고 병이 나는 게 아니란다. 밤에 푹 자고 일주일에 이틀만 쉬면 피곤은 풀리게 되어 있어. 사람을 병나게 하는 건 게으름과 쓸데없는 생각과 걱정이야. 일은 인생에서 꼭 필요한 거야."

나에게 마수드는 아들 이상이었다. 그는 나의 동반자였고 친구였으며 조언자였다. 우리는 모든 것을 서로에게 이야기했고 함께 결정을 내렸다. 그의 말이 옳았다. 우리에게는 다른 사람이 필요 없었다. 나의 유일한 걱정은, 나중에 사람들이 마수드의 착한 마음과 양보심을 이용하려 들지도 모른다는 것이었다. 뽀뽀와 눈물과 애원으로 제 오빠로부터 원하는 것을 다 얻어내는 쉬린처럼.

마수드는 쉬린의 아버지처럼 행동했다. 쉬린의 학교 등록과 선생님들과의 면담도 도맡아 했고 매일 학교에 데려다주었으며 필요한 것은 뭐든 사주었다. 공습이 시작되면 동생을 안아 계단 밑으로 숨겨주었다. 나는 남매의 남다른 우애에 마음이 뿌듯했지만 다른 엄마들과는 달리 아이들이 자라는 것이 싫었다. 사실 그런 생각이 나 스스로도 놀라웠지만 전쟁이 계속되면서 나의 두려움은 커져만 갔다.

나는 매년, 다음 해에는, 혹은 마수드가 군대에 가기 전에 전쟁이 끝날 것이라고 스스로를 안심시켰지만, 전쟁은 끝나지 않았다. 이웃이나 친지들의 아이들이 전사했다는 소식을 들을 때마다 가슴이 철렁했다. 마흐무드의 아들 골람-알리가 전장에서 사망했다는 이야기를 들었을 때에는 거의 정신을 놓을 뻔했다. 마지막으로 보았던 조카의 모습을, 나는 언제까지나 잊지 못하리라. 우리 집 대문 앞에 서 있는 골람-알리를 보고 나는 충격을 받았다. 몇 년 만에 처음 얼굴을 대했다. 그가 제 나이보다 더 나이 들어 보이는 것이 군복 때문인지, 아니면 이상하게 반짝이는 눈 때문인지 알 수 없었다. 그는 예전의 골람-알리가 아니었다.

나는 깜짝 놀라 물었다. "무슨 일이 있니?"

"무슨 일이 있어야 고모를 보러 올 수 있는 거예요?" 그가 섭섭해하며 말했다.

"물론 아니. 넌 언제나 환영이란다. 그냥, 네가 우리 집에 온 것이 처음이라 놀란 것뿐이야. 어서 들어오렴."

골람-알리는 불편한 것 같았다. 나는 조카에게 차 한 잔을 따라주고 가볍게 가족들의 소식을 묻기 시작했다. 그가 입고 있는 군복이나 군대에 자원해서 전선에 나갔다 왔다는 사실에 대해서는 언급하지 않았다. 그런 이야기를 하기가 겁났다. 전쟁은 곧 피요, 고통이었으며 죽음이었으니까. 내가 안부를 다 묻자 골람-알리가 드디어 입을 열었다.

"고모, 사실 저는 고모에게 용서를 구하러 왔어요."

"무슨 용서? 네가 뭘 잘못했다고? 아니면 나쁜 일을 하려는 거니?"

"제가 전장에 나갔다 온 건 아시죠? 지금은 휴가 중이고 곧 다시 돌아갈 거예요. 뭐, 전쟁 중이니까, 어쩌면 제가 전사할지도 몰라요. 저와 제 가족이 고모와 사촌들에게 심하게 대한 것, 고모가 용서해주신다면 좋겠어요. 그럼 행운이 따를 것 같아요."

"그런 말을 하면 못써! 넌 이제 막 인생에 첫발을 내디딘 청년이잖아. 신께서 보호하셔서 아무 일 없이 집으로 돌아오게 될 거야."

"전사해도 그리 나쁠 것 같진 않아요. 그건 축복이니까. 사실 전장에서 순교하는 것은 저의 가장 큰 소망이기도 해요."

"그런 말은 하지도 마." 나는 조카를 꾸짖었다. "불쌍한 네 어머니를 생각해야지. 네가 그런 소릴 하는 것을 들으면, 네 어머니는 충격에서 헤어나지 못할 거야…… 네 엄마가 어떻게 널 전쟁에 내보낼 수 있었는지, 난 정말 모르겠구나. 부모님의 승낙이 그 어떤 것보다 중요하다는 걸 모르니?"

"알아요. 어머니의 허락은 받았어요. 물론 처음에는 계속 우셨지요. 그래서 전쟁 피해자들이 묵고 있는 호텔에 모시고 가서 적들이 우리 국민들의 삶을 어떻게 파괴해놓았는지 보시라고 했죠. 이슬람과 조국과 국민을 지키는 것이 저의 의무라고요. 저의 종교적인 의무를 다하지 못하게 방해하실 셈이냐고 말씀드렸지요. 저희 어머니는 정말로 신앙심이 깊은 분이에요. 제가 보기에는 아버지보다 훨씬 더 신앙심이 깊으신 것 같아요. 어머니가, 당신이 뭐라고 신께 도전하겠느냐고 하시더라고요. 신께서 만족하시면, 그걸로 족하시다고요."

"좋아, 다 좋은데, 학교는 마쳐야지. 그땐 전쟁도 끝나 있을 거야. 평화롭게 네 인생을 이루어나가야 하잖아?"

골람-알리가 슬며시 웃었다. "제 아버지처럼 말인가요? 그런 뜻으로 하신 말씀이에요?"

"그래. 그게 왜?"

"다른 사람은 몰라도, 고모는 잘 아실 거예요. 아뇨, 제가 원하는 것은 그런 것이 아니에요. 전장은 달라요. 제가 신께 가까이 다가갔다고 느낄 수 있는 유일한 곳이 바로 그곳이에요. 거기가 어떤 곳인지 고모는 절대 모르실 거예요. 모두가 기꺼이 자기 목숨을 내놓으려고 하고, 모두가 같은 목표를 향해 달려가는 곳이에요. 아무도 돈이나 사회적 지위를 놓고 이러쿵저러쿵하지 않아요. 잘난 척하는 사람도 특혜를 누리는 사람도 없어요. 누가 더 많이 헌신하느냐, 누가 더 많이 희생하느냐, 경쟁을 하는 것 같죠. 전장에서 서로 앞에 서려고 다투는 그 모습을, 고모는 상상도 못 하실 거예요. 그곳에는 위선도, 기만도 없는 진정한 신앙이 있어요. 저는 그곳에서 이 세상의 물질과 부에 아무런 가치를 두지 않는 진정한 이슬람교도들을 보았어요. 그들과 함께 있으면 마음이 평화로워요. 신께 가까이 간 것 같다고요."

나는 고개를 숙이고 진리를 발견했다고 굳게 믿는 젊은 조카의 말을 되새겼다. 골람-알리가 침묵했다.

"제가 오후에 아버지의 가게에서 일을 하면서부터, 마음이 계속 편하지 않았어요. 모든 것에 대해 의문을 가지기 시작한 때가 바로 그때부터예요. 새로 이사 간 저희 집을 아직 못 보셨죠?"

"그래, 못 봤어. 하지만 아주 크고 멋지다는 이야기는 들었다."

"맞아요. 커요. 엄청나게 크죠. 안에서 길을 잃을 정도로요. 하지만 고모, 그건 남에게서 빼앗은 거예요, 도둑질로 축적한 부라고요. 이해하시겠어요? 그토록 신앙과 헌신을 강조하는 아버지가 어떻게 그 집에서 사실 수 있는지, 전 모르겠어요. 저는 아버지께 그 집은 종교적으로 허락되지 않은 집이라고 말씀드렸어요. 정당한 권리를 가진 그 집의 주인이 집을 포기하겠다고 동의를 하지 않았거든요. 그랬더니 아버지가 이러시는 거예요. '주인은 무슨 주인이냐. 그 작자는 사기꾼에 도둑이다. 혁명 후에 달아나버렸잖느냐? 도둑놈의 허락을 받아야 한다는 말이냐?' 저는 아버지의 말과 행동을 용납할 수 없었어요. 도망치고 싶었죠. 고모, 저는 아버지같이 되고 싶지 않아요. 진정한 이슬람교도이고 싶어요."

그날, 나는 그냥 가보겠다는 골람-알리를 붙잡아 저녁을 먹였다. 그가 저녁기도를 올릴 때, 그 순수한 신앙과 믿음에 나는 몸을 떨었다. 작별인사를 하면서 그가 내게 속삭였다.

"제가 순교자가 될 수 있도록 기도해주세요."

골람-알리의 소망은 이루어졌고 나는 오랫동안 슬픔에서 벗어나지 못했다. 그러나 조의를 표하러 마흐무드의 집에 가는 것까지는 차마 할 수 없었다. 어머니는 어떻게 그렇게 무정할 수 있느냐, 무슨 원한이 맺혀서 쇠고집을 부리느냐고 나에게 화를 냈다. 하지만 나는 그 집에 발을 들여놓을 수가 없었다.

몇 달 후, 친정에서 올케 에흐테람-사다트를 만났다. 그녀는 얼굴과 목 피부가 축 늘어진 것이 굉장히 늙어 보였고 생기가 하나도 없었다. 새언니를 보자마자, 나는 울음을 터뜨렸다. 그녀를 끌어안았으나 아들을 잃은 어머니에게 뭐라고 해야 할지 알 수가 없어서 그냥 의례적인 위로의 말을 건넸다. 그녀가 가만히 나를 밀어내며 말했다. "위로할 필요 없어요! 오히려 나를 축하해줘야죠. 아들이 순교했으니까."

나는 깜짝 놀라 손등으로 눈물을 닦아내며 그녀를 쳐다보았다. 아들을 잃은 어머니에게 어떻게 축하를 할 수 있단 말인가?

그녀가 돌아간 다음, 나는 어머니에게 물었다. "정말로 새언니는 아들이 죽었는데도 아무렇지 않은 거예요?"

"그게 무슨 소리냐! 저 아이가 얼마나 괴로워했는지 넌 모른다. 저게 다 저 자신을 위로하려는 것이지. 그나마 신앙심이 깊어서 고통을 다스릴 수 있는 거야."

"새언니는 그럴지 모르겠지만, 마흐무드 오빠는 아들의 순교를 철저하게 이용했을 거예요. 틀림없어요."

"신이시여, 제 목숨을 거두어가소서! 못하는 소리가 없구나!" 어머니가 나를 꾸짖었다. "아들을 잃은 오빠를 뒤에서 욕해?"

"저는 마흐무드 오빠가 어떤 부류의 인간인지 잘 알아요. 어머니도 오빠가 아들의 죽음을 이용하지 않았다고 하지는 못하실 거예요. 그건 불가능해요. 오빠가 그 많은 돈을 다 어떻게 벌었다고 생각하세요?"

"마흐무드는 장사를 하는 사람이야. 넌 왜 네 오빠를 그렇게 질투하니? 사람들은 저마다 제 운명이 있는 거다."

"어머니, 왜 이러세요. 정직하고 깨끗한 돈이 그렇게 쏟아질 리가 없다는 건 어머니도 잘 아시잖아요. 압바스 삼촌도 장사를 하셨어요, 안 그래요? 마흐무드 오빠가 장사를 시작한 때보다 삼십 년이나 더 앞서 사업을 시작하셨다고요. 그런데, 삼촌 가게는 아직 하나뿐이에요. 알리도 오빠처럼 돈을 긁어모으기 시작했다죠? 수백만 토만짜리 집을 계약했다는 이야기를 들었어요."

"이젠 알리 뒷조사까지 하고 다니는 게냐? 우리 아들들처럼 똑똑하고 독실한 사람들은 신께서 도와주신다. 다른 사람들은 너처럼 운이 없지. 신께서 원하시는 바이니 넌 분개할 것 없다."

이후 오랫동안 나는 친정에 가지 않았다. 파르빈네 집에 가끔 가면서도 친정에는 절대 들르지 않았다. 어쩌면 내가 질투를 한다는 어머니의 말이 옳을지도 몰랐다. 그러나 어떤 사람들은 전쟁으로 고통을 받으며 어렵게 사는데, 오빠와 남동생은 하루가 다르게 부를 축적한다는 사실을 나는 받아들일 수 없었다. 절대로. 그것은 도덕적이지도 인간적이지도 않았다. 그것은 죄였다.

*

그 조용한 기간을 나는 궁핍한 가운데 힘들게 일하고 미래를 걱정하며 보냈다.

시아막이 떠난 지 일 년 만에, 시어머니가 암으로 세상을 떠나셨다. 암의 전이가 굉장히 빨랐다. 빨리 세상을 뜨고 싶은 시어머니의 바람이 눈에 보였던 만큼, 그런 의식의 작용으로 병이 빨리 퍼졌던 것 같았다. 위중한 중에도 시어머니는 우리를 위한 유언을 잊지 않았고 딸들로 하여금 우리를 집에서 내보내지 않겠다는 약속을 하게 했다. 둘째시누이 만수레의 입김이 작용했을 것이라는 나의 예감은 적중했고, 나중에도 그녀는 언니와 동생과 팽팽히 맞서며 어머니의 유언을 지키기 위해 최선을 다했다.

엔지니어인 만수레의 남편은 옛날 집을 허물고 그 자리에 5층짜리 아파트를 짓기 시작했다. 공사가 진행되는 동안, 그는 정원 반대쪽에 위치한 우리 집에 피해를 주거나 우리가 이사를 해야 할 상황을 만들지 않으려고 갖은 노력을 다 했다. 먼지와 소음 속에서 이 년을 보낸 후, 드디어 아름다운 건물이 완성되었다. 각 층에 100제곱미터 넓이의 아파트가 두 개씩 들어가 있고 맨 꼭대기층에는 만수레의 가족이 살 큰 아파트가 있는 건물이었다. 시누이들은 우리가 1층의 한 아파트를 쓰도록 해주었고 맞은편 아파트는 만수레의 남편 사무실로 결정되었다. 2층 전체의 소유주가 된 마니제는 한 아파트는 가족의 살림집으로 꾸미고 다른 아파트는 세를 놓았다.

시아막은 우리에게 아파트가 생겼다는 사실을 알고는 화를 벌컥 냈다. "고모들도 참 너무하네요. 어머니에게 두 채를 줘서 한 채는 세를 놓게 해줬어야죠. 따지고 보면 그 집 전체의 반이 우리 몫이잖아요."

나는 웃음을 터뜨렸다. "시아막, 아직도 포기를 못 했니? 이 아파트를 준 것만으로도 감사해야지. 사실 고모들에게는 그럴 의무가 없어. 이렇게 생각해보렴. 예쁜 새 집을 공짜로 얻게 되었다고. 고모들이 얼마나 친절하게 배려를 해준 거니?"

정원 반대쪽도 개조를 할 수 있도록, 만수레의 남편은 우리 아파트의 공사를 다른 아파트 공사보다 일찍 마무리해주었다. 우리는 각자 자기 방을 가질 수 있다는 사실에 기뻐했다. 나는 늘 장난을 치고 방을 어지르는 쉬린과 방을 따로 쓸 수 있다고 좋아했고 쉬린은 항상 정리정돈을 하며 야단을 치는 나에게서 벗어날 수 있게 되었다고 좋아했다. 마수드는 밝고 예쁜 제 방을 보고 흥분을 감추지 못했지만 여전히 그 방을 시아막과 같이 쓰는 방이라고 생각했다.

세월이 쏜살같이 지나갔다. 마수드가 졸업반이 되었으나 전쟁은 여전히 계속되고 있었다. 매해 학기말, 마수드는 기말시험에서 좋은 점수를 받아왔고 그렇게 커가는 아들을 볼 때마다 나의 걱정은 점점 더 늘어났다.

"뭐가 그리 급하니? 천천히 해서 일이 년 늦게 졸업장을 받으면 좋을 텐데."

"저보고 낙제를 하라는 말씀이세요?"

"낙제를 하면 어때? 엄마는 전쟁이 끝날 때까지 네가 학교에 남아 있으면 좋겠어."

"그건 안 돼요! 저는 빨리 졸업을 해서 엄마 어깨 위에 지워진 책임을 덜어드리고 싶어요. 일을 할래요. 군대는 걱정하지 마세요. 꼭 대학에 진학해서 입대를 늦출게요."

저렇게까지 기대에 들뜬 아이에게 어떻게 대학에서 받아주지 않을지도 모른다는 말을 한단 말인가?

마수드는 우수한 성적으로 고등학교를 졸업하고 밤낮으로

대학입시 공부를 했다. 그때쯤이었다. 그가 우리 가족의 전력 때문에 자신이 대학 입학 허가를 받을 가능성이 거의 없다는 사실을 안 것은. 마수드는 나를 위로했다. 아니 어쩌면 스스로 용기를 얻으려는 것이었을지도 모른다.

"저는 정치활동을 한 적도 없고 학교 친구들이며 선생님들도 다 저를 좋아하니까, 여러 사람의 도움을 받을 수 있을 거예요."

그런 도움은 소용이 없었다. 정치에 연루된 적이 있는 가족들의 과거 때문에 마수드의 입학 신청은 거절당했다. 소식을 들은 그는 주먹으로 탁자를 내리치고 책들을 창밖으로 던져버리더니 흐느껴 울었다. 그리고 나도, 아들의 미래에 대한 희망을 모두 잃은 나도 마수드를 따라 목놓아 울었다.

내 머릿속에는 어떻게 하면 그를 전쟁으로부터 보호할 수 있을까 하는 생각뿐이었다. 몇 달 후면 입대 영장이 나올 터였다.

시아막과 파르바네가 독일에서 전화를 걸어와 무슨 수를 써서라도 마수드를 그곳으로 보내야 한다고 했다. 그러나 마수드는 들은 척도 하지 않았다.

"엄마와 쉬린만 놓고 갈 수 없어요. 그리고 돈은 어떻게 마련해요? 형 때문에 빌린 돈을 최근에야 다 갚으셨잖아요."

"돈은 중요하지 않아. 엄마가 방법을 찾을게. 가장 중요한 것은 믿을 만한 사람을 찾는 거야."

그것은 간단한 문제가 아니었다. 내가 의지할 것이라고는 전화번호와 '마힌 부인'이라는 암호명뿐이었다. 전화를 걸자 어떤 남자가 자신이 마힌이라고 했지만 그의 말투는 몇 년 전에 내가 통화한 젊은이의 말투와 달랐다. 그가 이상한 질문을 하기 시작했다. 그제야 나는 함정에 빠졌다는 것을 깨닫고 황급히 전화를 끊었다.

만수레의 남편에게 도움을 청했다. 며칠 후, 그는 시아막과 아르데쉬르를 국경 너머로 데리고 간 남자는 체포되었고 현재 국경 지역에 삼엄한 감시가 적용되고 있다는 이야기를 전해주었다. 그리고 다른 사람들로부터 마수드 또래의 청년들이 이란을 떠나려다가 체포되었다는 이야기와 밀입국 안내자들이 돈만 받고 아이들을 산이나 사막에 버렸다는 이야기를 들었다.

"왜 그렇게 난리야?" 알리가 심술궂게 말했다. "누나 아들이 다른 집 아들들보다 잘난 게 뭐 있어? 젊은 애들에게는 골람-알리처럼 나라를 위해 싸워야 할 의무가 있는 거야."

"너처럼 나라로부터 혜택을 많이 받는 사람들이야말로 나가서 싸워야 해. 우린 이 나라에서 이방인이나 마찬가지야. 우리에겐 아무 권리도 없어. 넌 돈도 있고 사회적 지위도 있지만 내 아들은 그 많은 재능을 가지고 있는데도 대학이나 직장에서 받아주지 않아. 그 아이가 믿지도 않는 아버지와 형의 신념 때문에 아무 데에서도 받아주지 않는다고. 그런데도 내 아들이 이 나라를 위해 죽어야 한단 말이니? 대체 왜?"

그 당시 나의 유일한 관심사는 나의 아들을 보호하는 것이었다. 어떻게 해야 좋을지 알 수가 없었다. 마수드를 이 나라 밖으로 보내는 안전하고 믿을 만한 방법이 보이지 않았다. 그리고 마수드는 전혀 협조를 하지 않고 끊임없이 내 의견에 반대했다.

"엄마, 왜 그렇게 무서워하세요? 이 년은 그리 길지 않아요. 다들 군대에 가는걸요. 군대에 다녀오면 여권이 나오니까, 그때

합법적으로 이 나라를 떠날게요."

그러나 나는 마수드의 의견을 받아들일 수 없었다.

"지금 이 나라는 전쟁을 하고 있어! 장난을 치고 있는 게 아니라고. 네게 무슨 일이 일어나면, 엄만 어떻게 하란 말이니?"

"전쟁에 나간다고 모두 죽으란 법은 없어요. 아무 일 없이 건강하게 돌아오는 사람들이 얼마나 많은데요. 그리고 뭘 하든 위험은 따르기 마련이에요. 불법적으로 국경을 넘는 건, 덜 위험할 것 같으세요?"

"하지만 죽는 청년들도 많아. 골람-알리의 일을 잊었니?"

"엄마, 제발요. 일을 그렇게 어렵게 만들지 마세요. 골람-알리의 죽음으로 충격을 많이 받으신 건 알아요. 하지만 저는 살아서 돌아올 거예요. 약속할게요. 그리고 소집을 받아서 훈련소에 들어가 있는 동안 전쟁이 끝날 수도 있어요. 우리 엄마가 언제 이렇게 겁쟁이가 되었는지 알 수가 없네요. 사이렌이나 공습을 무서워하지 않는 여자는 엄마밖에 없었는데. 엄마가 늘 그러셨잖아요. 우리 집이 폭격을 맞을 가능성과 우리가 교통사고를 당할 가능성은 같다고. 그렇지만 우리가 매일 교통사고 걱정을 하는 건 아니지 않느냐고."

"쉬린과 네가 곁에 있으면, 엄마는 아무것도 무섭지 않아. 하지만 사이렌이 울리는데 네가 다른 데에 있으면, 엄마가 얼마나 무서워하는 줄 아니? 나도 너와 함께 전장에 나갈 수 있다면 걱정도 하지 않고 두려워하지도 않을 거야."

"엄마! 그게 가능하기나 한 말이에요? 저더러 당국에 엄마와 함께 가지 않으면 아무 데도 가지 않겠다고 하라는 거예요? 난 우리 엄마랑 같이 갈래요, 이렇게요?"

늘 이런 식이었다. 우리의 언쟁은 농담과 웃음으로 끝났고 서로의 볼에 입을 맞추어주는 것으로 마무리되었다.

마침내 마수드가 수천 명의 젊은이들과 함께 신병훈련소로 떠나는 날이 왔다. 나는 낙관적으로 생각하려고 노력하는 한편 밤낮 기도 카펫을 펴놓고 두 손을 높이 들고 어서 전쟁이 끝나서 아들이 집으로 돌아올 수 있게 해달라고 신께 애원하며 기도를 올렸다.

칠 년 동안 긴장을 생의 일부로 받아들였으면서도 그렇게까지 공포를 느끼며 산 적은 없었다. 매일 목숨을 잃은 청년들의 장례식이 치러졌다. 달라진 것이 없었을 텐데도 부상당한 군인들이 갑자기 늘어난 것 같았다. 어딜 가든, 나는 나처럼 아들을 군에 보낸 엄마들을 만났다. 마치 본능적으로 그런 여자들을 구별해내는 것 같았다. 운명에 굴복한 우리들은 별다른 말을 하지도 못한 채 서로를 위로했고 두려움으로 가득한 시선을 교환하며 그 모든 위로의 말이 거짓말임을 확인했다.

마수드가 신병훈련을 거의 마칠 때가 되었지만 전쟁이 끝날 기미는 보이지 않았다. 아들을 그나마 덜 위험한 곳에 배치되도록 해보려던 나의 노력은 쓸모없었다. 마수드가 전장으로 나가던 날, 나는 쉬린의 작은 손을 잡고 기차역으로 배웅을 갔다. 군복을 입은 아들은 제 나이보다 더 성숙해 보였고 다정하던 두 눈에는 불안감이 가득했다. 나는 넘쳐흐르는 눈물을 참을 수 없었다.

"엄마, 제발 진정하세요. 엄마는 쉬린을 돌봐야 해요. 저기, 꿋꿋한 파라마르즈의 어머니를 좀 보세요. 다른 부모님들도 다들 차분하게 아들에게 작별인사를 하잖아요."

나는 고개를 들고 주변을 바라보았다. 내 눈에 비친 주변의 어머니들은, 비록 눈물을 흘리지는 않았지만 모두 통곡을 하고 있는 것 같았다.

"걱정 마. 엄마는 괜찮아질 거야. 한 시간만 있으면 진정이 될 것이고 며칠 후면 네가 떠나 있는 것에 적응하게 될 거야."

마수드는 쉬린에게 입을 맞추고 농담을 던졌다. 그리고 나지막한 목소리로 나에게 말했다. "제가 돌아올 때까지 지금처럼 아름답고 건강하고 강하게 계시겠다고 약속해주세요."

"너도 다치지 않고 무사히 돌아오겠다고 약속해주렴."

나는 마지막 순간까지 아들의 얼굴에서 눈을 떼지 않았고 기차가 움직이기 시작하자 나도 모르게 기차를 따라 뛰었다. 아들의 모습을 내 기억 속에 새겨두고 싶었다.

마수드의 부재를 받아들이기까지 일주일의 시간이 걸렸으나, 익숙해질 수는 없었다. 아들이 보고 싶기도 했고 걱정이 되기도 했지만 날이 갈수록 그의 빈자리가 크게 느껴졌다. 마수드가 떠난 후에야 나는 그가 얼마나 나를 많이 도와주었고 내 어깨에 지워진 무거운 짐을 덜어주었는지 깨닫게 되었다. 이기적인 존재인 인간은 얼마나 쉽게 누군가의 도움을 의무로 규정지어버리고 그 친절을 잊는가. 나는 혼자 모든 일을 해내면서 마수드가 그 일을 내 대신 해왔다는 사실을 새삼 깨달았고, 그런 일을 아무렇지도 않게 아들에게 맡겨왔다는 것 때문에 가슴이 아팠다.

"하미드가 처형당했을 때, 하늘이 무너지는 줄 알았지." 어느 날 나는 파티에게 속내를 털어놓았다. "하지만 사실 그 사람은 집을 전혀 신경 쓰지 않았기 때문에, 그의 죽음은 내 일상에 아무런 영향을 미치지 않았어. 아이들도 마찬가지였어. 사랑하는 아버지, 남편이 죽어서 슬펐지만 며칠 후에는 일상으로 돌아갈 수 있었어. 그런데 집안일을 도와주고 여러모로 신경을 써주던 마수드의 빈자리는 훨씬 더 크게 느껴지는구나. 그만큼 익숙해지기도 힘들고."

우리가 마수드 없는 생활에 익숙해지기까지는 삼 개월의 시간이 걸렸다. 늘 명랑하던 쉬린은 전처럼 많이 웃지 않았고 한밤중에 한 번씩은 잠에서 깨어나서는 뭔가를 핑계 삼아 울곤 했다. 나의 유일한 피난처는 기도 카펫이었다. 나는 몇 시간이고 카펫 위에 앉아 나 자신과 주변의 모든 사람들을 잊고 기도를 올렸다. 쉬린이 저녁을 먹지 않았다는 것마저 잊을 때도 있었다. 아이가 교과서 위나 텔레비전 앞에서 잠이 든 것조차 모를 때도 있었다.

마수드는 전화를 할 수 있을 때면 언제나 집에 전화를 했다. 아들과 전화를 하고 나면 이십사 시간 동안 마음을 놓을 수 있었으나, 그 이후에는 마치 언덕을 굴러 내리는 바위가 내려올수록 속도와 힘이 커지는 것처럼 다시 더 큰 불안감이 나를 엄습했다. 마수드의 목소리를 듣지 못한 채로 2주가 지나면, 나는 걱정으로 미쳐버릴 지경이 되어 마수드와 함께 전장에 나간 친구들의 부모에게 전화를 걸어댔다.

"마수드 어머니, 진정하세요. 걱정하기에는 너무 일러요." 파라마르즈의 어머니가 냉철하게 말했다. "마수드가 어머니를 응석받이로 만들어놓은 것 같네요. 아이들이 이모 집에 갔다고 생각하시면 안 되죠. 전화를 하고 싶다고 다 할 수 있는 그런 곳에 가 있는 게 아니라고요. 몇 주씩, 전화는커녕 욕실도 없는 곳에 배치되기도 한다잖아요. 최소 한 달은 기다려보셔야죠."

총알이 빗발치는 전장에 나간 아들의 소식을 듣지 못하고 한 달을 보내기란 쉬운 일이 아니었지만, 나는 기다렸다. 바쁘게 일을 하며 시간을 보내려 했지만 마음이 따라주지 않았고 집중을 할 수가 없었다.

두 달이 지났다. 나는 육군성에 문의를 해보기로 마음을 먹었다. 더 일찍 해보아야 했지만 무슨 대답을 들을지 몰라 두려웠다. 막상 건물 앞에 서자 다리가 후들거렸다. 선택의 여지가 없었다. 건물 안으로 들어가야 했다. 나는 사람들로 북적거리는 넓은 방을 향해 걸었다. 창백한 얼굴과 충혈된 눈을 한 남자, 여자들이 자기 아들이 어디서 어떻게 죽었는지 설명을 듣고자 줄을 서서 차례를 기다렸다.

마침내 내 차례가 되어 담당자 앞에 앉았더니 무릎이 덜덜 떨렸고 심장 박동소리가 어찌나 크게 들리는지 다른 소리가 들리지 않을 것만 같았다. 영원 같은 시간이 지났다. 담당자가 공책을 뒤적이고는 물었다.

"마수드 솔타니 이등병과의 관계는 어떻게 되십니까?"

나는 입을 벌렸다 닫기를 몇 차례 반복하고 나서야 겨우 그의 어머니라는 대답을 할 수 있었다. 내 대답이 마음에 들지 않았는지, 담당자는 인상을 쓰더니 다시 공책을 뒤적거렸다. 그러더니 짐짓 친절한 말투로 나를 배려한다는 듯 다시 물었다.

"혼자 오셨습니까? 남편은 함께 오시지 않았나요?"

심장이 밖으로 튀어나올 것만 같았다. 나는 눈물을 꾹 참으며 침을 꿀꺽 삼키고 내 목소리 같지 않은 목소리로 대답했다.

"네! 그 애에게는 아버지가 없어요. 무슨 일이건 저한테 말씀하세요!" 나는 거의 소리를 지르고 있었다. "무슨 일이죠? 무슨 일이 있었는지 어서 말해요!"

"아무 일도 없었습니다, 부인. 진정하세요."

"제 아들은 어디에 있나요? 왜 소식이 없는 거예요?"

"모르겠습니다."

"모르겠다고요? 그게 무슨 말이에요? 당신들이 어딘가로 보냈잖아요. 이제 와서 내 아들이 어디에 있는지 모른다고요?"

"어머님, 사실 그 지역에서 중대한 군사작전이 진행되었고 국경 부근의 상황도 급변했습니다. 아직 각 부대의 정황이 정확하게 파악되지 않았어요. 지금 조사를 하고 있습니다."

"전 이해할 수가 없어요. 영토를 탈환했으면 뭔가를 발견했을 것 아녜요."

'시신'이라는 말은 차마 하지 못했다. 그러나 상대는 내 말의 의미를 파악했다.

"지금까지 아드님의 군표를 소지한 시신은 발견되지 않았습니다, 어머님. 더 이상의 정보는 들어오지 않았고요."

"정보가 언제 더 들어오나요?"

"모르겠습니다. 지금 해당 지역을 조사하는 중입니다. 뭐라고 말씀을 드리기에는 너무 일러요."

몇 사람이 내가 의자에서 일어날 수 있도록 거들어주었다. 비슷한 소식을 듣기 위해 기다리는 남자, 여자들이. 한 여자가 앞사람에게 자기 자리를 봐달라고 부탁을 하고는 나를 문까지 데려다주었다. 식량배급을 타기 위한 줄은 줄어들 줄을 몰랐다.

어떻게 집에 왔는지는 모르겠다. 쉬린은 아직 학교에서 돌아오지 않았다. 나는 빈 방으로 들어가 두 아들의 이름을 목놓아 불렀다. 내 목소리가 아파트 전체에 울려 퍼졌다. 시아막! 마수드! 나의 목소리는 점점 더 높아져 갔다. 그렇게 하면 어딘가에 숨어 있는 아이들이 대답을 하며 뛰어나오기라도 한다는 듯. 그리고 옷장 문을 열고 아들들의 옷을 꺼내 냄새를 맡고 가슴에 꽉 끌어안았다. 그다음은 생각이 나지 않는다.

쉬린이 나를 발견하고 제 고모들을 불렀고 이어 의사가 달려와 진정제 주사를 놓았다. 불안한 잠과 어두운 밤이 계속되었다.

아이의 이모부인 사데그와 고모부인 바흐만이 마수드의 행방을 계속 알아보았다. 일주일 후, 마수드의 이름이 작전 중에 실종된 병사 목록에 들어 있다는 소식이 들려왔다. 그것이 무슨 뜻인지, 나는 이해할 수가 없었다. 마수드가 연기로 변해 날아갔다는 것일까? 나의 용감한 아들이 아무것도 남기지 않고 죽었다는 뜻일까? 아예 존재하지 않았던 것처럼? 그럴 수는 없었다. 내가 나서야 했다.

직장동료가 전장에서 실종된 조카를 한 달 만에 병원에서 찾았다는 이야기를 했던 것이 기억났다. 관료들을 믿고 앉아 기다릴 수는 없었다. 나는 밤새 이런저런 생각을 하며 뒤척이다가 아침이 되자 결심을 하고 침대를 나왔다. 그리고 삼십 분 동안 쏟아지는 샤워 물줄기 아래에 서서 진정제와 수면제 효과를 씻어내고 옷을 입은 다음 거울을 보았다. 내 머리는 거의 백발이 다 되어 있었다. 그 암울한 나날동안 우리 집에서 나와 함께 있어준 파르빈이 나를 보고 깜짝 놀랐다.

"무슨 일이야? 어딜 가려고?"

"마수드를 찾으러 갈 거예요."

"혼자서? 그게 말이 되는 소리야? 혼자 온 여자를 전쟁터에 들여보내 줄 것 같아?"

"그 근처 병원들을 찾아보려고요."

"기다려. 파티에게 전화를 할게. 사데그가 함께 갈 수 있을지도 몰라."

"아니에요. 내 제부라는 이유만으로 자기 생활과 일을 팽개치고 날 따라와선 안 돼요."

"그럼 알리에게 물어보자. 아니면 마흐무드에게라도. 너희 사이가 어떻건, 네 오빠고 동생이잖아. 널 이렇게 내버려두지는 않을 거야."

나는 씁쓸하게 웃으며 말했다. "그러지 마세요. 그럴 필요 없어요. 내가 가장 힘들었던 때에도 날 거들떠보지 않은 인간들이에요. 그냥 혼자 갈래요. 그래야 시간에 쫓기지 않고 마수드를 찾을 수 있어요. 누가 같이 간다면 아무 성과도 없이 집에오게 될 거예요."

나는 아바즈행 기차에 몸을 실었다. 승객은 대부분 군인들이었다. 같은 칸에 역시 아들을 찾으러 간다는 부부가 탔다. 그들과 나의 다른 점은, 그들은 아들이 다쳐서 아바즈의 병원에 입원해 있다는 사실을 알고 간다는 것이었다.

아바즈의 봄 날씨는 모든 것을 태워버릴 듯 뜨거웠고 나는 그곳에서 팔 년 만에 전쟁의 진정한 의미를 알 수 있었다. 비극과 고통과 파괴와 혼돈. 웃는 얼굴과는 한 번도 마주치지 못했다. 어딜 가나 부산하게 움직이는 사람들로 소란스러웠고 그들의 눈에는 공포와 불안이 깊게 뿌리박혀 있었다. 내가 말을 걸어본 모든 사람들은 가족들 중 누군가를 잃었다고 했다.

나는 기차에서 만난 파란하니 부부와 함께 병원들을 뒤지고 다녔다. 그들은 마침내 아들을 찾았다. 그는 얼굴에 부상을 입고 있었다. 아들과 다시 만난 부모를 보니 가슴이 아렸다. 그리고 혹시라도 마수드가 얼굴을 다쳤다면, 유난히 작은 발톱으로 아들을 알아볼 수 있을 것이라고 스스로를 다독였다. 한 팔이 없건 한 다리가 없어졌건 불구가 되었건, 그런 것은 하나도 중요하지 않았다. 마수드가 살아 있어서 내 품에 다시 안을 수만 있다면, 그것만으로 충분했다.

부상을 당하고 불구가 되어 고통에 비명을 지르는 그 많은 청년들을 보고, 나는 이성을 잃었다. 그리고 그들의 어머니를 생각하며 의문을 가지지 않을 수 없었다. 이것이 다 누구의 책임이란 말인가? 그동안 어떻게 우리는 공습이 전쟁의 전부라고 생각할 만큼 무지할 수 있었는가? 전쟁의 참혹함을, 우리는 전혀 모르고 있었다.

군 관련 시설이란 시설은 모두 찾아다니고 사방에 수소문을 해본 결과, 드디어 군사작전이 실시되던 날 밤에 마수드를 보왔다는 군인을 만날 수 있었다. 부상에서 회복되어 곧 테헤란 으로 후송될 예정이었던 그는 나를 안심시키려는 듯 억지 미소를 지으며 말했다. "저와 마수드는 함께 진격 중이었어요. 그가 저보다 몇 발자국 앞서 가고 있었는데 사방에서 폭발이 일어났지요. 다른 병사들에게 무슨 일이 일어났는지는 모르겠지만, 우리 중대의 부상당한 병사들과 전사한 병사들은 이미 신원이 다 확인되었다고 들었어요."

헛수고였다. 나의 아들에게 무슨 일이 있었는지 아는 사람은 없었다. '작전 중 실종'이라는 말은 육중한 망치처럼 내 머리를 때려댔다. 테헤란을 향해 가는 나를 짓누르는 고통은 전보다 천 배는 심해진 것 같았다. 나는 멍한 상태로 집에 돌아와 마수드의 방으로 직행해 아들의 옷을 뒤지기 시작했다. 셔츠를 다려야 할 것 같았다. 아아, 내 아들의 셔츠가 쭈글쭈글하다니! 나는 세상에 그보다 더 중요한 일이 없는 것처럼 그의 셔츠를 다리기 시작했다. 보이지도 않는 주름에 온 정신을 집중했다. 빛에 비춰볼 때마다 구겨진 것 같아서 자꾸만, 자꾸만 다림질을 했다……

시누이 만수레가 옆에서 끊임없이 이야기를 했지만 나는 그녀가 옆에 있다는 사실을 겨우 알아차릴 뿐이었다. 얼마를 그러고 있었을까. 언뜻, 만수레가 파티에게 말하는 소리가 귀에 들어왔다.

"파티, 이 일을 어쩌면 좋아요. 마숨은 지금 제정신이 아니에요. 셔츠 한 장을 두 시간째 다리고 있다니까요. 차라리 마수드가 전사했다고 했으면 좋았을걸. 그럼 울기라도 할 것 아니에요."

나는 들개처럼 방에서 뛰쳐나가 소리를 질렀다. "아뇨! 마수드가 전사했다는 소릴 들으면, 난 자살할 거예요. 난 지금 그 애가 살아 있을 거라는 희망 하나로 살고 있는 거니까."

그러나 나 역시, 내가 제정신이 아니라는 것을 알고 있었다. 나는 가끔 큰 소리로 신을 불렀다. 신과의 관계가 단절되고 있었다. 아니, 나와 신의 관계는 절대적인 힘을 가진 무정한 존재와 생을 단념한 하찮은 인간의 적대적인 관계로 변질되었다. 나는 삶에 대한 모든 희망을 잃은 인생 막판에 이른 여자처럼 신께 대들었다. 그토록 매달렸던 나의 신이 내 아들을 제물로 바치라고 강요하는 우상 같아 보였다. 신과 아들 중에서 하나를 선택해야 했다.

때로는 마수드 대신 시아막이나 쉬린을 데려가라고 울부짖다가 흠칫 죄책감을 느끼며 나 자신을 증오했다. 그들이 내가 동생이나 오빠 대신 자신을 신의 제물로 바치려 한다는 사실을 안다면 어떻게 될 것인가?

나는 아무것도 할 수 없었다. 파르빈이 강제로 욕실로 끌고 가 목욕을 시켜야 할 지경이었다. 어머니와 에흐테람−사다트는 나를 나무라며 순교의 명예에 대해 설교를 했다. 특히 어머니는 신이 얼마나 두려운 존재인지를 일깨워주려 했다. "신이 기뻐하신다면, 그것으로 족하다. 사람들에게는 저마다의 운명이 있는 게야. 이것이 신의 뜻이라면, 받아들여야지."

나는 미친 여자처럼 악을 썼다. "왜 저는 이런 운명을 타고난 거예요? 내가 원하지도 않았는데, 신은 왜 나에게 이런 운명을 주신 거래요? 그동안 그 고생을 했으면, 그걸로 충분하지 않나요? 옥바라지를 한 세월이 얼마고, 남편의 옷에 묻은 피를 얼마나 닦아냈으며, 남편을 떠나보내고 얼마나 울었는데요? 저는요, 밤낮으로 일을 하면서 갖은 고생을 하며 아이들을 길렀어요. 그런 대가가 이런 거라고요? 이러려고 제가 그 고생을 한 거예요?"

"큰일날 소릴 하시네!" 에흐테람-사다트가 목소리를 높였다. "신께서 아가씨를 시험하시는 거예요."

"내가 얼마나 더 시험을 당해야 하는데요? 신이시여, 왜 저를 계속 시험하십니까? 저처럼 비참한 여자를 상대로 당신의 힘을 보여주시려는 건가요? 저는 시험당하고 싶지 않습니다. 저를 형편없는 죄인이라 하셔도 좋으니 제발 제 아들을 돌려주세요."

"신이시여, 용서하소서. 신의 노여움을 살 만한 짓을 하지 말아요. 아가씨만 아들을 잃은 줄 알아요? 마수드 또래의 아들을 둔 어머니들은 다 비슷한 상황에 처해 있어요. 아들 네다섯을 잃은 어머니도 있어요. 그런 사람들을 생각해서라도 제발 배은망덕한 언사를 그만두라고요!"

"그런 불행을 보면서 어떻게 신께 감사를 하라는 말이에요? 나는요, 그런 사람들을 보면 가슴이 무너져요. 언니를 볼 때마다 가슴이 아파 죽겠었다고요. 그런데 열아홉 살밖에 안 된 아들을 잃었어요. 시신을 안아볼 수만 있어도, 이 상황을 받아들일 텐데……."

나는 마수드의 죽음을 받아들이기 시작하고 있었다. 처음으로 시신이라는 표현을 썼다. 그러나 그 모든 악다구니로 나의 상태는 더 나빠졌다. 나는 진정제를 한 움큼씩 삼켜가며 잠을 자는 것도 아니고 깨어 있는 것도 아닌 상태로 하루하루를 보냈다.

어느 날 아침, 목이 너무나 말라 잠이 깼다. 숨이 막힐 것만 같아 부엌으로 가보니, 쉬린이 설거지를 하고 있었다. 그 작은 손으로 그릇을 닦는 아이를 보니 또 가슴이 무너졌다.

"쉬린, 왜 학교에 안 갔어?"

아이가 책망하는 듯한 표정으로 나를 보며 어색하게 미소를 지었다. "엄마, 여름방학이 시작된 지 벌써 한 달째예요."

나는 경악했다. 그동안, 난 어디에 가 있었던 걸까?

"시험은? 기말시험은 치렀니?"

"그럼요!" 쉬린이 원망스럽다는 얼굴로 대답했다. "벌써 한참 전에 치른걸요. 기억 안 나세요?"

기억이 없었다. 기말시험은커녕, 언제부터 쉬린이 이렇게 여위고 핏기가 없어졌는지도 기억나지 않았다. 내가 너무 이기적이었다. 내 슬픔에 젖어, 딸아이의 존재 자체를 잊고 있었다. 나만큼 슬펐을 저 어린아이를 잊고 있었다. 나는 쉬린을 품에 안았다. 아이는 오랫동안 이런 순간을 기다리고 있었던 것처럼 내 품을 파고들었다. 그렇게 우리는 함께 울었다.

"미안해, 엄마를 용서해줘. 널 잊어서는 안 되는 것이었는데."

그렇게 무력하고 사랑에 목말라하는 쉬린을 보고 나는 정신을 차렸다. 나에게는, 살아서 보살펴야 할 아이가 한 명 더 있었다.

나는 비통한 심정으로 외롭게 다시 하루하루를 살기 시작했다. 일부러 힘들게 일을 하면서 퇴근을 늦게 했다. 집에서는 아무 일에도 집중을 할 수가 없었다. 그러나 쉬린 앞에서는 절대 울지 않기로 작정했다. 쉬린은 정상적인 삶을 살아야 했다. 재미있고 즐거워야 했다. 아홉 살 먹은 어린 내 딸은 상처를 받을 만큼 받았다. 나는 만수레에게 카스피 해안의 별장에 갈 때 쉬린도 데려가달라고 부탁했다. 그러나 아이는 나를 혼자 두고 가지 않으려 했다. 하는 수 없이 나도 만수레 가족을 따라 나섰다.

별장은 십 년 전과 똑같았다. 나는 여전히 아름다운 북쪽 해안을 바라보며 내 생의 최고의 나날들로 돌아갔다. 신나게 뛰어놀던 두 아들의 목소리가 들리는 것만 같았다. 하미드의 뜨거운 시선이 나를 따라다니는 것도 같았다. 해변에 앉아 그가 아이들과 함께 노는 모습을 몇 시간이나 바라보았는데, 공을 주워 던져주기도 했는데. 갑자기 들려온 소리에 그 아름다운 이미지들이 불현듯 사라졌다. 아아, 세월이 이렇게 빨리 흐르다니. 그 며칠이 가족들과 행복하게 보낸 기간의 전부였다. 나머지 시간들은 고통과 괴로움뿐이었다.

보는 곳마다 추억이 서려 있었다. 가끔씩 나는 나도 모르게 양팔을 벌려 사랑하던 사람들을 끌어안았다가 나 스스로의 행동에 흠칫 놀라 누가 그런 나를 보지나 않았는지 걱정하며 주위를 살폈다. 어느 날 밤, 해변에 앉아 생각에 잠겨 있는데, 어깨 위에 하미드의 손길이 느껴졌다. 나는 그의 존재를 너무나도 자연스럽게 받아들이며 중얼거렸다. "아아, 하미드. 나는 너무 지쳤어요." 그가 내 어깨에 얹은 손에 힘을 주었다. 내가 그 손에 얼굴을 대자 그가 내 머리를 쓰다듬었다.

만수레의 목소리에 나는 화들짝 놀라 상상에서 깨어났다.

"여기 있었네. 올케를 찾아 한 시간이나 헤맸잖아!"

어깨 위에 하미드의 손의 온기가 아직 남아 있었다. 이렇게 생생한 공상도 있나 싶었다. 정신분열증의 증상이 이런 것이라면, 나는 어떤 경계선에 도달한 것이었다. 굉장한 쾌감이 느껴지는 경험이었다. 이대로 굴복해 정신을 놓아버리고 정신이상자만의 자유를 누리며 여생 동안 달콤한 환각 속에서 살아도 좋을 것 같았다. 나는 유혹에 이끌려 벼랑 끝에 섰다. 그러나 쉬린을 생각하며, 그 어린 것에 대한 책임을 떠올리며 나는 그 유혹에 저항했다.

집으로 돌아가야 했다. 불현듯, 환각에 굴복하게 될까봐 겁이 났다. 사흘째 되는 날, 나는 짐을 싸서 테헤란으로 돌아왔다.

8월의 어느 더운 날 오후 두 시, 사무실 전체 사람들이 갑자기 들썩이더니 환호성을 지르며 함께 기뻐했다. 알리푸르가 내 사무실 문을 열고 소리 높이 외쳤다.

"전쟁이 끝났어요!"

나는 의자에서 일어날 수가 없었다. 일 년 전에 이런 소식을 들을 수만 있었다면.

육군성을 찾아다니며 마수드의 행방을 찾는 일은 오래전에 그만두었다. 그들은 작전 중 실종된 병사의 어머니에게 최고의 예우를 했지만, 그들의 태도는 내가 무자헤딘의 어머니로, 공산주의자의 아내로 감옥 문 앞에서 당해야 했던 모욕만큼이나 견디기 힘들었다. 도저히 참아낼 수가 없었다.

*

전쟁이 끝난 지도 한 달이 넘었다. 학교는 아직도 문을 열지 않았다. 오전 열한 시에 내 사무실 문이 벌컥 열리더니 만수레와 쉬린이 황급하게 들어왔다. 나는 가슴이 내려앉았다. 무슨 일이냐고 묻기도 두려웠다. 쉬린이 내 품안으로 뛰어들어 울기 시작했다. 만수레가 눈물을 흘리며 나를 보고 말했다.

"마숨! 살아 있었어! 마수드가 살아 있었어!"

나는 의자에 주저앉아 머리를 뒤로 기대고 눈을 감았다. 만일 이게 꿈이라면 깨어나고 싶지 않았다. 쉬린이 작은 손으로 내 뺨을 때렸다 "엄마, 일어나세요. 제발, 정신 차리세요." 눈을 뜨자 쉬린의 웃는 얼굴이 보였다. "본부에서 전화가 왔어요. 제가 직접 통화했어요. 오빠 이름이 전쟁 포로 명단에 들어 있대요. 미국에 붙잡혀 있는 포로들 명단요."

"틀림없지? 네가 잘못 들었을지도 몰라. 내가 직접 가봐야겠다."

"그럴 필요 없어." 만수레가 말했다. "쉬린이 정신없이 우리 집에 왔길래, 내가 전화해봤어. 마수드의 이름과 모든 정보가 그 명단에 있어. 곧 포로들을 교환할 거래."

내가 어떻게 했는지는 기억나지 않는다. 미친 여자처럼 춤을 추다가 바닥에 엎드려 기도를 올렸던 것 같다. 다행히 만수레가 사람들을 밖으로 내보내 나의 정신 나간 행동을 못 보도록 해주었다. 성스러운 곳에 가야만 할 것 같았다. 그렇지 않으면 이 행복이 물처럼 손가락 사이로 빠져나갈 것만 같았다. 만수레가 생각해낸 곳은 가까운 곳에 있는 살레 성지였다.

성지에서 나는 무덤을 둘러싼 벽을 붙잡고 기도를 올리고 또 올렸다. "신이시여, 제가 잘못 생각했습니다, 용서해주세요. 위대하고 자비로운 신이시여, 저를 용서해주세요. 그동안 못 올린 기도, 다 올리겠습니다. 가난한 사람들에게 제가 가진 것을 나누어주겠습니다……"

이제 와 그때를 돌이켜보면, 내가 정말 미쳤었던 것 같다. 나는 어린아이가 친구에게 이야기를 하듯 신에게 이야기를 했다. 게임의 규칙을 정하고 신도, 나도 그 규칙을 어기지 않도록 주의를 기울였다. 매일 나는 신께 내게서 등을 돌리지 말아달라고 빌었다. 오랫동안 헤어져 있다가 화해한 연인처럼 나는 신을 간절히 원하는 동시에 신이 두려웠다. 그래서 배은망덕했던 과거를 용서받고 싶은 소망으로 내 처지를 이해해달라고 애원하고 또 애원했다.

나는 다시 살아났다. 집에는 또다시 기쁨이 넘쳐흘렀다. 쉬린의 웃음소리가 다시 한 번 집안에 울려 퍼졌다. 아이는 신나게 뛰어놀다가 내 목에 팔을 감고 뽀뽀를 하곤 했다.

전쟁 포로로 잡혀 있는 것이 얼마나 힘들고 고통스러운지, 마수드가 얼마나 고생을 했을지 짐작이 갔지만 그 또한 모두 지나가리라는 것을 나는 잘 알고 있었다. 중요한 것은 아들이 살아 있다는 것이었다. 나는 마수드가 풀려나기를 기다리며 하루하루를 보냈다. 계속 집안을 청소하고 그의 옷을 정리했다. 몇 개월이 흘렀다. 시간이 흐를수록 기다림의 고통은 커져만 갔지만, 아들을 다시 볼 수 있다는 희망이 나를 버티게 해주었다.

어느 여름날 밤, 마침내 마수드가 집으로 돌아왔다. 며칠 전부터 동네 길은 마수드의 귀환을 축하하는 현수막과 등불로 장식되어 있었다. 집을 가득 채운 꽃과 사탕과 시럽이 삶의 냄새를 뿜어냈다. 집안은 손님으로 북적거렸다. 모르는 사람들도 많았다. 현관문을 열고 들어오는 고종사촌 마흐부베와 그녀의 남편을 보자, 기쁨으로 온몸이 떨렸다. 마흐부베의 시아버지도 함께 오셨다. 나는 독실한 신앙과 자비의 화신인 그의 손에 입을 맞추고 싶었다.

축하 연회 준비는 파르빈이 맡아주었다. 만수레, 파티, 그리고 이제 아름다운 아가씨로 성장한 피루제가 며칠 동안 바쁘게 움직이며 만반의 준비를 했다. 하루 전날, 파티가 나를 빤히 보더니 충고를 했다.

"언니, 머리에 염색을 하자. 마수드가 그 하얀 머리를 보면 기절할 거야!"

나는 순순히 그러겠다고 했다. 뭐든 다 하겠다고 했다. 파티가 내 머리에 물을 들이고 눈썹을 뽑아주었다.

피루제가 깔깔 웃으며 말했다. "이모가 시집을 가는 것 같네! 이모, 신부처럼 예뻐요."

"그래, 꼭 결혼식 준비를 하는 것 같구나. 그런데 결혼식 때보다 훨씬 좋아. 이모는 결혼식날 그렇게 행복하지 못했거든."

옷은 마수드가 가장 좋아하는 초록색으로 된 아름다운 원피스를 입기로 했다. 쉬린은 며칠 전에 사준 분홍색 원피스를 입었다. 오후 일찍부터, 우리 모녀는 모든 준비를 끝내고 마수드를 기다렸다. 어머니가 알리네 가족과 함께 왔다. 그들과 같이 온 에흐테람-사다트의 얼굴은 엉망으로 상해 있었다. 시간이 지날수록 토해내지도 못하는 슬픔이 깊어지는 것 같았다. 나는 그녀의 눈을 똑바로 볼 수 없었다. 내 아들은 살고, 그녀의 아들은 죽었다는 사실이 어쩐지 마음에 걸렸다.

"새언니는 왜 데리고 오셨어요?" 나는 어머니를 원망했다.

"자기가 오고 싶다고 해서 같이 왔지. 왜, 뭐가 잘못됐니?"

"부러운 듯이 바라보는 눈길 때문에 제가 불편하잖아요."

"그게 무슨 소리냐! 에흐테람-사다트가 널 왜 부러워해? 저 아이는 순교자의 어머니다. 너와는 비교할 수 없을 정도로 높은 위치에 있는 사람이야. 신께서 저 애를 가장 존경받는 자리에 놓으셨다. 마숨, 에흐테람-사다트는 굉장히 행복해하고 있다. 네가 저 아이를 걱정할 필요는 없어."

어쩌면 어머니의 말이 옳을지도 몰랐다. 에흐테람-사다트의 신앙이 정말로 깊어서 그녀를 버티게 해주는지도 몰랐다. 나는 그녀에 관한 생각을 접으려고 애썼지만, 그녀의 눈을 여전히 똑바로 볼 수 없었다.

쉬린이 야생 루타를 태우기 위해 작은 화로에 불을 피웠지만, 불은 자꾸만 꺼졌다.

밤 아홉 시가 지났다. 인내심이 거의 바닥나려는 순간, 자동차 소리가 났다. 그 많은 진정제를 삼키며 그 순간을 준비해왔건만, 나는 온몸을 부들부들 떨다가 정신을 잃고 말았다. 마수드의 품안에서 눈을 뜬 그 순간이 얼마나 아름다웠는지 모른다.

키가 더 자란 마수드는 여위고 창백했다. 눈빛도 달라져 있었다. 고난과 역경을 견디며 그만큼 성숙해진 것 같았다. 다리도 절었고 가끔 통증에 시달리기도 했다. 아들의 행동과 불면증과 겨우 잠이 든 후에도 계속되는 악몽을 통해, 나는 그 아이가 얼마나 고생을 했는지 알 수 있었다. 그러나 마수드는 지난 이야기를 하려고 들지 않았다.

부상을 당한 채 겨우 목숨을 건진 나의 아들은 이라크 군인들에게 붙잡혀 간 와중에도 여러 병원에서 치료를 받았다고 했다. 아직 다 낫지 않은 상처들이 있었다. 가끔씩 그는 극심한 고통으로 신음을 했고 열에 시달리기도 했다. 의사는 복잡하지만 수술을 받으면 정상적으로 걸을 수 있다고 했다. 체력을 회복한 후에, 마수드는 수술을 받았다. 다행히 수술은 성공적이었다. 나는 아이를 다루듯 그를 돌보며 수선을 떨었다. 아들과 함께 보내는 매순간이 나에게는 정말로 소중했다. 한참 동안 가만히 앉아 잠든 아들의 얼굴을 바라보기도 했다. 잠잘 때만큼은 잘생긴 그의 얼굴이 어린아이의 얼굴 같아 보였다. 나는 아들에게 '신이 돌려주신 아들'이라는 별명을 붙였다. 정말로 신께서 내게 되돌려주신 아들이었으니까.

마수드의 체력은 서서히 회복되어갔으나 예전처럼 힘이 넘치고 생생한 정신은 되돌아오지 않았다. 더 이상 그림을 그리지도 않았고 미래에 대한 계획도 없었다. 친구들과 함께 군대에 있었던 동료들이 찾아오면 그나마 그의 기분이 나아졌다. 그러나 그들이 가고 나면 곧 다시 말이 없고 위축된 상태로 되돌아갔다. 나는 그의 친구들에게 자주 와서 마수드가 혼자 있는 시간이 없게 해달라고 부탁했다.

나는 마수드의 우울증을 마그수디 씨와 의논했다. 때맞춰 마수드의 인생에 나타나 중심을 잡아준 그는 오십 살쯤 된 분으로 친절하고 경험이 많아 보였다. 마수드는 그를 굉장히 존경했다.

"걱정하지 마세요. 사람들은 많건 적건 저마다의 문제를 가지고 있잖습니까. 게다가 이 불쌍한 청년은 심하게 부상을 당했지요. 점차 회복될 겁니다. 무엇보다 일을 시작해야 합니다."

"하지만 마수드는 재능도 많고 똑똑해서, 저는 아들에게 공부를 계속 시키고 싶어요."

"그럼요, 그래야죠. 참전용사 자격으로 대학에 진학할 수 있을 겁니다."

나는 기쁨에 겨워 마수드의 책을 서둘러 꺼냈다. "자, 요양기간은 이제 끝났다. 미래를 계획하고 다 못한 일들을 마저 해야지. 가장 중요한 것은 학교를 마치는 거야. 오늘 당장 시작하렴."

"아니에요, 엄마. 너무 늦었어요." 마수드가 조용히 말했다. "이젠 머리도 잘 돌지 않고 입학시험 준비를 할 자신도 없어요. 입학허가가 날 리도 없고요."

"아니야, 마수드. 대학에서 참전용사들에게 특혜를 주고 있어."

"그게 무슨 말씀이세요? 입학시험을 통과하지 못하면 참전용사라 해도 입학허가를 받지 못할 거예요."

"공부만 하면 넌 남들보다 훨씬 좋은 성적을 받을 수 있어. 나라에서 모든 참전용사들에게 대학 졸업장을 받을 기회를 주고 있어."

"달리 말하면 누군가의 권리를 박탈해 제게 그 권리는 준다는 거잖아요. 싫어요. 전 받아들일 수 없어요."

"네가 마땅히 누려야 할 권리야. 사 년 전에 그들이 네게서 빼앗아갔던 그 권리라고."

"그때 제 권리를 빼앗겼다고, 다른 누구에게 똑같은 고통을 주라는 말씀이세요?"

"어쨌거나 그건 법으로 정해진 사실이야. 법이 네게 불리하게 적용되는 것에 적응해버린 거니? 마수드, 가끔씩은 말이야, 법이 네 편일 때도 있어. 너는 국민과 조국을 위해 싸우고 고통받았어. 이제 이 나라와 국민들이 네게 보상을 해줄 차례야. 그 성의를 거절해선 안 되지."

끝날 것 같지 않던 언쟁은 나의 승리로 마무리되었다. 피루제의 힘이 컸다. 고등학교 졸업반이었던 피루제는 매일 우리 집을 찾아와 마수드에게 숙제를 도와달라고 하면서 그 역시 공부를 할 수 있게 해주었다. 마수드는 사촌 여동생의 다정하고 예쁜 얼굴을 보며 삶의 기쁨을 되찾아갔다. 둘은 공부를 하는 틈틈이 이야기를 나누며 함께 웃기도 했다. 가끔씩 나는 책을 덮고 밖에 나가 바람을 쐬고 오라고 그들을 부추겼다.

마수드는 건축학부에 보란 듯이 합격했다. 나는 입을 맞추며 아들을 축하해주었다.

"우리끼리 얘기지만, 사실 그 자리는 제 자리가 아니었어요."
그가 활짝 웃으며 말했다. "하지만 저, 지금 굉장히 행복해요."

마수드의 다음 고민은 일자리를 찾는 것이었다.

"다 큰 아들이 어머니에게 얹혀 있다는 게 부끄러워요." 종종
이런 말을 하던 그가 대학을 그만두어야 할 것 같다는 이야기
를 하기에 이르렀다. 다시 한 번 나는 정부 부처의 요직에 있는
마그수디에게 조언을 구했다.

"물론 마수드가 할 수 있는 일이 있지요. 학업에도 방해가 되
지 않는 일입니다."

마수드는 필요한 시험을 수월하게 통과했고 거의 형식에 불
과한 선발절차와 면접도 통과해 채용이 되었다. 우리에게 붙어
다니던 오명이 순식간에 사라져버렸다. 이제 마수드는 소중한
보석이었다. 그리고 참전용사의 어머니인 나는 존경을 한몸에
받으며 거절해야 할 만큼 많은 일거리를 제안받았다.

그런 극적인 변화가 코미디같이 느껴졌다. 세상은 얼마나 이
상한 곳인가. 세상의 분노와 친절에는 어떤 기준이 존재하지
않았다.

9장

 나는 평온한 나날을 보내며 일상의 리듬을 찾아갔다. 아이들은 모두 건강하게 학업과 일에 열중해 좋은 성과를 냈다. 재정적으로도 문제가 없었다. 내 수입도 꽤 괜찮은 편이었고 마수드의 월급도 평균보다 많았다. 참전용사에게 주어지는 혜택으로 차나 집을 살 만큼의 보조금도 받을 수 있었다. 학교를 졸업하고 취직을 한 시아막도 다달이 집에 돈을 보냈다.

 전쟁이 끝난 이후, 파르바네는 정기적으로 이란에 들어왔다. 그녀를 만날 때마다, 그간의 세월이 감쪽같이 사라져 우리는 젊은 시절로 되돌아갔다. 파르바네는 여전히 명랑하고 재미있었다. 그녀의 이야기를 듣고 웃다가 기절할 뻔한 적이 한두 번이 아니었다. 그녀는 십 년 동안 내 아들을 어머니처럼 돌봐주었다. 시아막은 아직도 휴가를 얻기만 하면 그녀의 가족과 함께 시간을 보냈다. 파르바네가 시아막의 생활을 세세하게 알려줄 때마다 나는 눈을 감고 아들을 못 만나고 보낸 시간들을 보상하려고 했다. 나의 가슴을 아프게 하는 유일한 슬픔은 시아막이 보고 싶은 것이었다.

벌써 이 년째, 시아막은 독일로 자기를 만나러 오라고 나를 졸랐다. 그러나 마수드와 아직 어린 쉬린이 걱정되어 선뜻 비행기에 몸을 싣지 못했다. 그러나 더 이상 그리움을 참을 수 없어서 나는 떠나기로 마음을 먹었다. 온몸의 신경이 들떴다. 출발일이 다가올수록 나는 더욱 안절부절못했다. 시아막을 십 년째 못 보고 살았다는 사실이 새삼 놀랍기만 했다. 그의 사진조차 보지 않고 지낸 나날들도 있었으니, 사는 게 참 힘들었구나 하는 생각이 들었다.

하미드가 입버릇처럼 하던 이야기가 있다. "근거 없는 스트레스와 우울이야말로 부르주아의 특성이야…… 사람은 배가 부르면 다른 사람들의 불행에 신경을 쓰는 대신 그런 미온적인 감정들을 들추어내지." 그의 말이 옳은지도 몰랐다. 하지만 나는 늘 시아막과 헤어져 있는 고통에 시달려왔고, 그럼에도 불구하고 내가 할 수 있는 것이 없었기 때문에 아들이 너무나 보고 싶다는 것을 인정조차 하지 않은 채 그런 감정들을 꾹꾹 눌러 참아왔다. 이제 사는 것도 비교적 안정이 되었으니, 아들을 그리워하고 보고 싶어 할 권리를 조금쯤 되찾아도 괜찮지 않을까?

작별인사를 할 때, 쉬린이 뾰로통한 표정을 지었다. "엄마가 멀리 간다고 화가 난 게 아니에요. 나라에서 저에게 비자를 발급해주지 않아서 짜증이 난 거예요."

모든 것을 다 안다고 자부하는 열네 살 소녀가 된 쉬린은 사랑을 충분히 받은 아이답게 늘 자신감에 넘쳤으며 머릿속에 떠오르는 말은 다 해야 직성이 풀리는 성격이었다. 혼자서도 잘 지낼 수 있다는 아이의 말을 무시하고, 나는 마수드와 파티, 만수레, 피루제에게 쉬린을 잘 돌보아달라고 신신당부를 한 다음 독일행 비행기에 올랐다.

프랑크푸르트 공항 세관을 통과한 나는 기대감에 가쁜 숨을 몰아쉬며 주위를 두리번거렸다. 웬 잘생긴 청년이 나를 향해 걸어왔다. 나는 청년의 얼굴을 가만히 살펴보았다. 그의 두 눈과 미소가 낯익었을 뿐, 도무지 알아볼 수 없는 그 청년이 바로 시아막이었다. 헝클어진 머리와 이마를 보니 하미드가 생각났다. 시아막이 보내준 사진들을 집안 곳곳에 붙여놓았으면서도, 나는 목이 가느다란 소년을 만나게 되리라 기대했었다. 그러나 이제 키가 훌쩍 크고 체격이 당당해진 장성한 아들이 팔을 활짝 벌리고 내 앞에 서 있었다. 아들의 가슴에 얼굴을 묻자 그가 나를 꽉 끌어안았다. 자식의 품안에 어린애처럼 안기는 그 지극한 기쁨을 어떻게 표현하면 좋을까. 내 머리는 그의 어깨에도 닿지 않았다. 나는 아들의 체취를 한껏 들이마시며 기쁨의 눈물을 흘렸다.

한참이 지나고 나서야 아름다운 아가씨 한 명이 우리의 사진을 찍고 있다는 사실을 깨달았다. 시아막이 그녀를 소개해주었다. 그 아가씨가 파르바네의 딸 릴리라니, 도무지 믿기지가 않았다. 나는 그녀를 꼭 끌어안았다.

"정말 많이 컸구나. 그리고 정말 예쁘게 자랐어. 사진은 봤다만, 사진보다 실물이 훨씬 더 예쁘구나."

릴리는 내 말을 듣고 환하게 웃었다.

시아막의 작은 차에 올라타자, 그가 말했다. "우선 릴리네 집으로 모실게요. 파르바네 이모가 점심 준비를 하고 기다리고 계세요. 오늘 밤이나, 내일 제가 사는 도시로 모시고 갈게요. 두 시간만 가면 돼요."

"장하구나! 페르시아어를 잊지 않았네. 독일식 억양도 없고."

"당연하죠. 여기 이란 사람들이 얼마나 많은데요. 더구나 파르바네 이모는 제가 페르시아 말 말고 다른 말로 이야기를 하면, 들은 척도 하지 않으세요. 친자식들한테 하시는 것보다 저한테 더 엄하시거든요. 그렇지, 릴리?"

파르바네의 집으로 가는 동안, 나는 릴리와 시아막 사이에 우정이나 가족애를 뛰어넘는 어떤 애정이 싹터 있다는 것을 깨달았다.

파르바네의 집은 아름답고도 아늑했다. 그녀는 기쁨을 감추지 못했다. 파르바네의 남편 코스로우는 내가 생각한 것보다 더 나이가 들어 보였다. 당연한 일이라고, 나는 속으로 혼잣말을 했다. 그를 마지막으로 보았던 때가 벌써 십사오 년 전이었다. 그도 나를 보며 같은 생각을 했을 터였다. 아이들은 모두 성인이 되어 있었다. 릴리의 페르시아어에는 독일 억양이 강하게 배어 있었고 독일에서 태어난 아르달란은 우리가 하는 말을 이해하기는 했으나 페르시아어로 대답을 하지는 못했다.

파르바네가 자고 가라고 성화를 했지만 우리는 시아막의 집에 갔다가 돌아오는 주말에 다시 그녀의 집에 오기로 결정을 내렸다. 아들에게 다시 익숙해지기까지 적어도 일주일이 필요할 것 같았다. 할 이야기가 너무나도 많았지만 막상 둘이만 있게 되자 어디서부터 이야기를 해야 할지, 헤어져 살았던 십 년의 세월이 만들어낸 공백을 어떻게 채워야 할지 알 수가 없었다. 시아막은 가족들과 친척들의 안부를 일일이 물었고 나는 다들 잘 지내고 있으며 그에게 인사를 전해달라고 부탁했다고 대답했다. 그리고 나는 괜한 날씨 이야기를 꺼냈다.

"여기 날씨는 항상 이렇게 선선하니? 테헤란이 얼마나 더운지, 넌 상상도 못할 거야……."

이십사 시간 만에 우리는 어색함을 떨쳐버리고 좀더 친근하게 이야기를 할 수 있게 되었다. 다행히 주말이어서 시간은 충분했다. 시아막은 집을 떠난 이후로 겪어야 했던 일들을 이야기해주었다. 위험을 감수하며 국경을 넘었던 일, 망명자 수용소에서의 생활, 대학 생활에 대해 말해주었고 하고 있는 일에 관한 이야기도 들려주었다. 나는 마수드가 겪은 고생과 그가 죽었다고 생각하며 보냈던 세월들과 그를 기다리며 보낸 나날들에 대해 이야기했다. 그리고 마수드보다는 시아막을 더 많이 닮은 장난기 넘치고 거침없는 쉬린에 대해서도 이야기했다. 우리의 대화에는 끝이 없었다.

월요일날, 시아막은 출근을 했고 나는 동네로 산책을 나갔다. 세상이 이렇게 넓었나 싶었다. 우리가 세상의 중심이라고 생각을 하고 살아온 것이 우습기만 할 따름이었다.

나는 시장 보는 법을 배워 매일 저녁 준비를 해놓고 아들을 기다렸다. 그리고 매일 저녁 시아막은 여러 곳으로 나를 데리고 다녔다. 서로 끊임없이 이야기를 했지만, 정치 이야기는 절대 꺼내지 않았다. 너무나 오랫동안 외국 생활을 한 시아막은 이란의 새로운 분위기와 실질적인 문제를 명확하게 이해하지 못했다. 그가 사용하는 단어와 표현도 혁명 초기를 떠올리게 할 만큼 구식이었다. 가끔 나는 아들이 하는 말에 웃음을 터뜨리기도 했다.

어느 날, 시아막이 화를 벌컥 냈다. "왜 자꾸 웃으시는 거예요? 절 놀리시는 것 같잖아요."

"시아막, 놀리는 게 아니야. 네 표현이 좀 이상해서 그래."

"이상하다고요?"

"외국 라디오 방송을 듣고 있는 것 같아."

"외국 라디오 방송이라뇨?"

"이란 밖에서 전송되는 방송인데, 주로 반체제 그룹들이 운영하고 있지. 너처럼 몇 년 전에 사용하던 표현을 써서 이런저런 뉴스를 방송하고 있어. 그 방송을 몇 초만 들으면, 어린아이들조차 그 방송이 외국에서 전송된다는 걸 알게 된단다. 우습기도 하고 귀에 거슬리기도 하거든. 그건 그렇고, 넌 아직도 무자혜딘을 지지하고 있는 거니?"

"아뇨! 솔직하게 말하면, 그들의 행동이 이해되지도 않고 용납되지도 않아요."

"예를 들면 어떤 행동?"

"이라크 군대에 협력해서 이란을 공격했잖아요. 이란 부대와 전투를 하기도 했고요. 가끔 제가 그들과 함께 행동하다가 전장에서 마수드와 마주쳤다면 어쩔 뻔했나 하는 생각이 들어요. 한밤중에 그런 악몽을 꾸다가 깨어나기도 하고요."

"정신을 차렸다니, 다행이구나."

"글쎄요. 요즘에는 아버지 생각을 많이 해요. 아버지는 훌륭한 분이셨어요. 우리는 아버지를 자랑스러워해야 해요. 여기에는 아버지와 신념을 같이하는 사람들이 많아요. 저도 모르는 아버지에 관한 이야기들을 하죠. 다들 어머니를 만나보고 싶어해요. 어머니에게서 아버지 이야기를 듣고 싶다고."

나는 걱정스러운 눈으로 아들을 바라보았다. 해결되지 않은 딜레마가 아직도 그의 영혼을 괴롭히고 있었다. 아들이 간직한 아버지의 이미지를 훼손하거나 긍지를 빼앗고 싶지는 않았지만 그것은 아들이 아직 덜 성숙해서 어딘가에 기대고 싶은 증거라는 생각이 들었다.

"시아막, 엄마는 그런 연극을 해낼 자신이 없어. 엄마가 아버지의 신념을 받아들이지 못했다는 건, 너도 알지? 아버지는 선하고 의로운 분이셨지만, 단점도 있고 부족한 부분도 가지고 있었어. 가장 큰 단점은 편파적인 관점으로 세상을 봤다는 점이지. 아버지나 아버지와 정치적 신념을 같이하는 사람들은 세상을 둘로 나누어 봤어. 동지, 아니면 적. 그리고 반대편 그룹과 관련된 사람들은 모두 나쁜 사람으로 단정했지. 예술에서조차도 같은 신념을 가진 예술가들만 진정한 예술가로 인정을 했단다. 다른 사람들은 모두 바보 취급을 했고. 내가 아무개 가수가 좋고 어떤 시인이 좋다고 하면, 아버지는 그 가수나 시인이 샤의 지지자이거나 반공주의자이기 때문에 그들의 작품이 쓰레기라고 일축했단다. 엄마는 아버지 때문에 노래를 듣거나 시를 읽으면서 죄책감을 느껴야 했지. 그들은 개인의 의견이나 취향을 인정하지 않았어. 아야톨라 탈레가니가 돌아가시던 날, 기억나니? 좌파 지지자였던 우리 이웃 데가니 부부가 계속 전화를 하고 찾아와서 어떻게 해야 하냐고 아버지에게 물었지. 아야톨라께서 돌아가시기 전에 쿠르디스탄에서 봉기한 사람들에게 일침을 놓는 연설을 하셨기 때문에, 그분의 죽음에 어떻게 반응을 해야 할지 모르겠다는 거였어. 그 부부는 하루 종일 좌파 지도자들을 졸졸 따라다니면서 아야톨라를 애도해야 하는지 말아야 하는지를 물었단다. 그러다가 드디어 아야톨라가 민중의 지지자였으니 그의 죽음을 애도해야 한다는 명령이 떨어졌단다. 그랬더니 데가니 부인이 갑자기 눈물을 쏟으면서 통곡을 하는 거야! 기억나니?"

"아뇨."

"엄만 똑똑히 기억하고 있어. 엄마는 네가 네 생각과 신념에 따라 행동하고, 책을 읽고 배워서 모든 것의 옳고 그름을 판단하고, 결정을 내렸으면 좋겠어. 얄팍한 이데올로기는 너를 함정에 빠뜨릴 거야. 이데올로기에 의존하다가는 편견을 갖게 되고 자신의 생각과 의견을 펼치지 못하고 삐뚤어지게 되어 있어. 결국에는 편협한 광신자가 되어버리지. 이런 이야기를 해도 괜찮다면, 네 친구들을 만날게. 아버지와 너의 실수를 그들에게 공개해도 좋다면."

"엄마, 그게 무슨 말씀이세요?" 시아막이 펄쩍 뛰었다. "우리는 아버지에 대한 기억을 지켜야 해요. 아버지는 영웅이에요!"

"나는 영웅정신이 지긋지긋하단다. 그리고 과거의 기억이 너무나 쓰라려서 다시 떠올리고 싶지 않아. 너도 옛일은 다 잊고 미래를 생각해야 해. 창창한 미래가 앞에 있는데, 왜 과거에 집착하는 거니?"

시아막이 내 말을 어디까지 받아들였고 내 말에 얼마나 영향을 받았는지는 알 수 없었지만, 우리는 그 이후로 정치 얘기를 입에 올리지 않았다.

나는 파르바네와 그녀의 가족에 대한 질문을 하면서 시아막이 마음속에 품은 비밀을 캐보려고 했다. 얼마 지나지 않아 그는 내게 속내를 털어놓았다.

"릴리가 얼마나 착하고 똑똑한지, 엄마는 모르실 거예요. 경영학을 공부하고 있는데, 올해 졸업을 하고 일을 시작할 거예요."

"릴리를 사랑하니?"

"네! 어떻게 아셨어요?"

웃음이 나왔다. "공항에서 이미 알아봤지. 엄마들은 그런 걸 빨리 알아차리거든."

"약혼을 하고 싶은데, 문제가 좀 있어요."

"무슨 문제?"

"릴리의 가족요. 물론 파르바네 이모는 좋은 분이에요. 제게는 어머니 같은 분이고 저를 많이 사랑하시는 것도 알아요. 그런데 이모가 이모부 편을 들고 계세요."

"코스로우가 뭐라고 하는데?"

"이상한 조건들을 내세우시면서 약혼을 못 하게 하세요. 사고방식이 백 년 전 이란 남자 같아요. 독일에서 공부도 하셨고 독일 생활도 그렇게 오랫동안 하셨는데."

"정확하게 뭐라고 하는데?"

"저희가 약혼을 하고 싶다고 말씀드렸더니 안 돼! 그러셨어
요."

"그래? 걱정 마. 엄마가 이야기해볼게."

파르바네는 시아막과 릴리의 사이를 반대하지 않았고 두 아
이가 연인이 된 것을 오히려 좋아했다.

"시아막은 나에게 아들과도 같은 존재야. 게다가 우리말도
할 줄 아니까 의사소통도 되고. 나는 우리 아이들이 독일인하
고 결혼을 할까봐 늘 걱정을 했어. 나는 시아막의 모든 것을 알
아. 조상이 누구인지도 알잖아. 똑똑하고 공부도 잘했고 직장에
서도 승승장구하고 있고 밝은 미래를 앞둔 청년이야. 무엇보다
중요한 것은 시아막과 릴리가 서로 사랑한다는 것이지."

"그런데 뭐가 문제야? 네 남편 코스로우가 아이들의 약혼을
반대한다던데."

"맞아. 우리 생각과 아이들의 사고방식이 다르다는 게 문제
야. 우리는 여전히 받아들이지 못하는 게 있는데, 아이들은 여
기서 자랐기 때문에 우리의 관점을 이해하지 못해. 시아막과
릴리는 약혼 기간을 오래 두고 싶어 해."

"파르바네, 이건 의외야! 약혼 기간이 일 년이면 어때? 이란
에서도 그런 일은 이제 흔해. 서로를 더 잘 알고 싶어서 그러는
것일 수도 있고 결혼하기 전에 돈을 모으고 싶어서일 수도 있
잖아. 아니면 그냥, 시간을 더 갖고 싶어서인지도 모르고."

"넌 정말 단순하구나! 약혼기간이 길어진다는 게 무슨 뜻인
지 아니? 동거를 하겠다는 거야. 주위 젊은이들처럼 결혼도 안
하고 같이 살겠다는 거라고. 그리고 그 아이들이 말하는 '긴'

기간은 적어도 오 년이야. 오 년을 살아보고 같이 더 살지 말지를 결정하겠다는 거지. 같이 살아도 되겠다 싶으면 정식으로 결혼을 하고, 아니면 헤어지겠다는 뜻이야. 아이가 생겨도 상관없대. 헤어지게 되면, 한쪽이 아이를 데려가겠단다!"

나는 깜짝 놀라 눈을 휘둥그레 떴다. "세상에! 난 약혼 기간을 오래 가진다는 것이 그런 뜻인 줄 몰랐어."

"그런 뜻이었어, 마숨. 매일 밤, 릴리와 남편이 그 문제로 다투고 있어. 솔직히 말하면, 코스로우는 절대 양보하지 않을 거야. 너도 그런 기대는 하지 않겠지?"

"당연하지! 그 아이들이 어떻게 그런 생각을 할 수가 있지? 마흐무드 오빠나 다른 친척들이 알면 난리가 날 거야! 이제 네 남편의 태도가 왜 그렇게 냉랭했는지 알겠어. 불쌍한 사람! 시아막이 그런 생각을 하다니, 충격이야. 제가 어디서 왔는지, 근본을 잊었나 보네. 서양 사람이 다 된 줄 아나? 이란에서는 아직도 남녀가 몇 마디 대화만 나누어도 난투극이 벌어지는데, 이 녀석이 남의 집 귀한 딸과 결혼도 하지 않고 오 년을 살겠다고? 절대 허락 못 해!"

그날 밤 시작된 우리의 언쟁은 새벽까지 계속되었다. 시아막과 릴리는 결혼 전에 서로에 대해 더 알아야 하는 것이 무엇보다 중요하고 종잇조각 따위는 아무런 가치가 없다고 주장했고 우리는 제대로 이루어진 가족의 중요성과 정식 결혼이 꼭 필요한 이유, 그리고 두 가족이 일가가 되는 간단치 않은 일을 이야기하며 그들을 설득했다. 결국, 시아막과 릴리는 우리 어른들을 위해 '불필요하고 바보 같은' 결혼식을 올리겠다고 했다. 그러나 서로가 서로에게 맞지 않다는 결론이 나오면 가차없이 이혼을 하겠다고 선언했다. 내가 독일에 있는 동안 결혼식을 올리는 것으로 의견이 모아졌고 아이들은 집이 마련되면 바로 동거를 시작하겠다고 했다.

"정말 고마워요." 코스로우가 말했다. "당신 덕분에 내가 얼마나 무거운 짐을 어깨에서 내려놓았는지 몰라요."

"그런데 여긴 정말 이상한 세계예요. 제가 이해할 수 있는 게 하나도 없네요."

아름답고 달콤한 나의 여행은 릴리와 시아막의 결혼으로 더욱 풍성해졌다. 나는 착하고 똑똑하고 예쁜 데다가 다른 사람도 아닌 파르바네의 딸을 며느리로 맞이한다는 것이 기뻐 어쩔 줄을 몰랐다. 얼마나 좋은지 집에 돌아가기가 싫었다.

그 날들의 멋진 추억들은 영원히 내 마음속에 남아 있으리라.

최고의 여행 기념품은 나중에 우리 집 벽과 선반과 테이블 위를 장식한 사진들이었다.

좋은 시절은 빠르게 지나갔다. 눈 깜짝할 사이에 쉬린은 고등학교 졸업반이 되었고 마수드도 대학의 마지막 학기를 보내고 있었다. 마지막 과제와 논문을 준비하느라 눈코 뜰새없이 바빴고 직장에서의 책임도 커져가고 있었지만, 마수드가 최근 들어 말수가 적어진 데에는 분명 다른 이유가 있는 것 같았다. 마음을 짓누르는 뭔가가 있고, 그것을 나에게 이야기하고 싶은데 망설이고 있는 것 같은 눈치였다. 의외였다. 우리는 언제나

속을 터놓고 편하게 이야기했는데. 그러나 나는 그가 혼자 고민을 하도록 내버려두었다.

어느 날 밤, 쉬린이 친구의 생일파티에 간 사이, 마수드가 드디어 속내를 털어놓았다. "엄마, 제가 엄마와 쉬린을 두고 딴 집에서 산다면, 많이 섭섭하시겠어요?"

가슴이 철렁 내려앉았다. 무슨 일이 있기에 우리를 떠나려는 걸까? 나는 침착성을 유지하려고 애쓰며 말했다.

"자식은 언젠가 부모 곁을 떠나기 마련인걸. 다만, 이유가 뭐냐에 따라 상황이 달라지지."

"예를 들어, 제가 결혼을 한다면요?"

"결혼? 결혼을 하려는 거니? 세상에, 마수드. 이렇게 기쁠 수가! 네가 결혼하는 게 엄마의 꿈이었어."

사실 그동안 마수드의 결혼 문제에 대해 생각을 많이 했었고 언젠가는 그가 피루제와 결혼하기를 간절히 바랐다. 둘은 서로를 무척 좋아했고 어렸을 때부터 가깝게 지낸 사이였다.

"다행이에요. 엄마가 허락하시지 않을까봐 걱정했어요."

"내가 왜? 축하한다! 자, 결혼식은 언제 올릴까?"

"엄마, 진정하세요! 우선 청혼을 해서 승낙을 받아야죠."

"그게 무슨 소리니? 당연히 승낙하고말고. 너보다 더 좋은 신랑감이 어디에 있다고. 이모와 이모부는 네가 아주 어렸을 때부터 널 예뻐했어. 가끔 너희들이 왜 결혼 이야기를 꺼내지 않는지 은근히 궁금해하더라고. 불쌍한 피루제는 이모, 이모부보다 더 초조해하고 있지. 그 아이 눈에 다 쓰여 있어. 아아, 사랑스러운 피루제. 정말 예쁜 신부가 될 거야."

마수드가 나를 빤히 쳐다보며 말했다. "피루제요? 무슨 말씀이세요? 피루제는 여동생 같은 아이인걸요. 쉬린처럼요."

충격이었다. 내가 어떻게 그런 심한 착각을 할 수 있었을까? 늘 붙어 다니며 서로를 바라보던 그 의미심장한 표정들과 둘이 함께했던 시간들의 근원이 오빠와 여동생의 우애였다는 말인가? 나는 그토록 경솔하게 입을 놀린 자신을 나무랐다.

"그럼, 상대가 누구니?" 마음을 진정시키려고 애썼지만, 내 목소리는 냉랭했다.

"미나의 사촌 라단이에요. 나이는 스물넷인데요, 정말 예뻐요. 존경받는 집안 출신이고, 아버지는 교통부 장관으로 계시다가 은퇴하셨어요."

"라단이 누군지는 엄마도 알아. 이런 악동 녀석, 얼마나 오래 사귄 거니? 어떻게 엄마한테 한마디 귀띔도 안 할 수가 있어?"

나는 농담조로 이야기를 하며 웃음을 터뜨렸다. 그렇게 해서 초반에 아들을 섭섭하게 만들었던 것을 보상하고 싶었다.

마수드는 어린애처럼 내 웃음에 힘을 얻고는 신나게 이야기를 하기 시작했다.

"삼 개월 전에 만났지만, 서로의 감정을 확인한 지는 한 달 정도 되었어요."

"삼 개월밖에 안 만나고 벌써 결혼을 결정해? 정말 푹 빠진 모양이로구나!"

"엄마, 만난 기간이 뭐가 중요해요? 신붓감을 한 번도 보지 않고 청혼을 하는 남자들도 있잖아요."

"그렇지. 하지만 마수드, 세상에는 두 가지 종류의 결혼이 있어. 하나는 논리적이고 특별한 조건에 기반을 두는 결혼이고, 또 다른 하나는 사랑을 바탕으로 한 결혼이야. 중매를 통해서 신부집에 정식으로 청혼을 넣는 전통적인 결혼이 첫 번째 종류에 해당하지. 그런 경우에는 양가의 환경을 살펴보고 서로가 기대하는 것을 두고 의논을 하고 조건을 따진단다. 그런 다음에는 약속을 하고, 결혼을 할 가능성이 있다는 확신이 들면, 그제야 신랑감, 신붓감을 개입시켜 몇 번 만나게 해주지. 각자 상대가 마음에 들면, 서서히 사랑을 키울 수 있다는 희망을 가지고 결혼을 하는 거야. 하지만 사랑을 바탕으로 하는 결혼은 말이지, 두 사람이 서로를 깊이 사랑하기 때문에 다른 것들에는 관심을 거의 두지 않아. 사랑 때문에 눈이 멀어 부족한 것, 앞으로 맞춰나가야 할 것을 못 보게 되는 것이지. 누가 반대라도 하면, 그 반대에 맞서느라 둘의 사이는 더 깊어지고, 아무리 논리적으로 설득을 해도 기어코 결혼을 하고 만단다. 엄마가 보기에, 네 계획은 두 번째 경우에 해당하는 것 같구나. 두 경우 모두, 당사자들이 서로를 잘 알고 두 사람의 사랑이 서로의 모자란 점을 채우고 누군가의 반대를 이겨낼 만큼 강하다는 것을 확인하는 것이 가장 중요해. 자, 이래도 석 달이 그런 깊은 관계로 발전하거나 진정한 사랑을 얻기에 충분치 않은 기간이라는 것이 받아들여지지 않아?"

"죄송해요, 엄마. 하지만 엄마는 이번에도 철학적인 이야기만 하고 계세요." 마수드가 짜증을 냈다. "저는 제 결혼이 엄마가 말씀하신 두 가지 종류의 결혼을 합쳐놓은 것이었으면 좋겠어요. 조건이 맞으면서도 깊이 사랑하는 상대를 만나지 못할 이유가 어디에 있어요? 제가 생각하기에 문제는, 엄마가 사랑에 관해 아무것도 모르신다는 거예요. 엄마가 그러셨잖아요, 결혼식을 올리고 이틀, 사흘 동안 아버지를 만나보지도 못하셨다고. 그러니까 엄마는 사랑에 대해 제대로 된 판단을 내리실 수 없어요. 라단이 그랬어요. 사랑은 자기 무릎에 떨어지는 사과 같은 거라고. 눈 깜짝할 사이에 빠져버리는 거라고. 그녀가 사랑을 얼마나 아름답게 해석하는지, 아시겠어요? 정말 예민하고 놀라운 여자예요. 엄마가 꼭 만나보셔야 해요."

가슴이 에이는 듯 아팠다. 나에게도, 사랑하는 남자를 위해 목숨을 포기하려던 시절이 있었다고 말하고 싶었다. 그러나 나는 마음을 가다듬었다.

"내가 사랑에 관해 뭘 아느냐고? 넌 엄마에 대해 뭘 아는데? 파로허저드가 이런 시를 썼지. 나의 모든 상처는 사랑이 남긴 상처다."

"하지만 엄마는 아무런 이야기도 하지 않으셨잖아요."

"그래. 앞으로도 하지 않을 거야. 단, 사랑을 잘 아는 사람이 너밖에 없는 것은 아니라는 것만 기억해."

"그럼 저희가 어떻게 하면 만족하시겠어요?"

"너희에게 뭘 어떻게 하라는 게 아니야. 시간을 충분히 갖고 너의 사랑을 확인하고 담금질을 하라는 것이지."

"시간이 없어요. 어떤 사람이 라단에게 청혼을 했단 말이에요. 라단의 부모님이 언제 결혼을 결정하실지 몰라요. 그럼 우리는 영영 헤어지게 된다고요!"

"그것 역시 시험이야. 라단이 정말로 너를 사랑한다면, 결혼 문제를 가지고 안달을 하지는 않을 거야."

"엄마가 그녀의 상황을 모르셔서 그래요. 가족들이 압력을 넣고 있단 말이에요. 제발 이해를 해주세요."

"마수드, 라단은 교육을 많이 받은 똑똑한 아가씨야. 그리고 네 이야기를 들어보니, 그 아이 부모님도 지각이 있으신 분 같구나. 삼십 년 전의 네 외할아버지, 외할머니와는 전혀 다른 분들일 거야. 라단이 부모님께 즉시 결혼할 생각이 없다고 말씀 드리면, 아마 이해를 하고 강요하지 않으실 거야. 이제 세상이 달라졌으니까."

"달라지긴 뭐가 달라졌다는 말씀이세요? 우리 문화는 달라지지 않았어요. 사람들은 아직도 여자의 유일한 인생 목표가 결혼이라고 믿고 딸들에게 결혼을 강요해요. 사실, 라단의 부모님도 라단이 열여덟 살이 되었을 때 시집을 보내려고 하셨대요. 절대 그럴 수 없다고 버텨서 학교를 다닌 거죠."

"그럼 일 년만 더 버티면 되겠구나."

"엄마! 왜 말씀을 돌려서 하시는 거예요? 그냥, 제가 라단과 결혼하는 것이 싫다고 솔직하게 말씀하세요!"

"앞서나가지 마라. 아직 그 아가씨를 만나보지도 않았는데. 분명 좋은 아가씨겠지. 엄마가 말하려는 건, 좀 기다리라는 거야."

"기다릴 시간이 없다니까요!"

"좋아. 그럼 엄마가 어떻게 해주기를 바라니?"

마수드가 달려가 종이 한 장을 가져와 내 앞에 내밀었다.

"라단네 집 전화번호예요. 지금 바로 전화를 걸어서 모레 만나자고 약속을 잡아주세요."

어떻게 해야 좋을지 알 수가 없었다. 한편으로는 마수드가 원하는 대로 해주지 말아야 할 것 같은 생각이 들었고 다른 한 편으로는 한 번도 보지 못한 아가씨의 편을 들어주어도 되나 싶은 생각이 들었다. 마흐무드가 마흐부베와 결혼하고 싶다고 했을 때, 어머니가 늑장을 부려 일을 망쳤던 기억이 떠올랐다. 게다가 마수드가 이렇게 열심히 나를 조른 것이 이번이 처음이라는 생각도 들었다. 거절을 하면 안 될 것 같았다. 그러나 머리에 떠오르는 피루제와 파티와 사데그의 실망한 얼굴을 쉽게 지울 수도 없었다. 그들에게는 날벼락 같은 소식일 터였다.

"정말 좀더 생각해보지 않을래?"

"네. 라단의 아버지는 다른 청혼자가 없으면 이번 주말까지 혼담을 진행시키겠다고 하셨어요. 어서 청혼을 하지 않으면, 라단은 부모님이 고른 청혼자와 결혼을 해야 해요."

선택의 여지가 없었다. 나는 수화기를 집어 들고 전화를 걸었다. 저쪽 집에서는 내가 누군지 금방 알아봐주었다. 내 전화를 기다리고 있었던 것이 틀림없었다.

마수드는 무거운 짐을 벗어버린 듯 행복해하며 내 주위를 맴돌았다.

"어서요, 빨리 가서 내일 가지고 갈 패스트리를 사오자고요. 늦어서 아무것도 못 사겠어요!"

그럴 기분도 아니었고 해야 할 일도 남아 있었지만, 만약 싫다고 하면 마수드가 그것을 결혼을 반대한다는 뜻으로 해석할 것 같았다. 아들의 행복을 빼앗고 싶지는 않았다. 차에서도 마수드는 쉴새없이 이야기를 했지만 내 머릿속은 피루제와 파티에 관한 생각으로 가득했다. 그가 정상 생활 리듬을 찾고 공부에 대한 열의를 다시 불태운 것이 피루제 덕이 아니었던가? 그런데, 일이 이렇게 되어버렸다. 내 아들을 그 누구보다 잘 안다고 자부했던 내가 크나큰 착각을 하고 있었던 것이다.

눈치가 빠르고 영리한 쉬린은 마수드가 평소와 다르다는 것을 간파했다.

"무슨 일이에요? 오빠가 좋아서 펄쩍펄쩍 뛰고 있네요!"

"아무 일도 없어. 생일파티는 어땠니? 재미있었어?"

"굉장했어요. 음악을 틀어놓고 계속 춤을 추었어요. 그런데 저도 친구들을 초대해야 하는데 어쩌죠? 저는 친구들 생일파티가 열릴 때마다 갔는데, 우리 집에서는 한 번도 파티를 하지 않았잖아요. 다음 달에 해도 돼요?"

"네 생일은 여름이잖아!"

"상관없어요. 그냥, 구실만 있으면 돼요. 집에 별다른 일이 없으면, 친구들에게 오라고 할게요."

"어쩌면 무슨 일이 있어서 친구들을 결혼식에 초대할 수 있을지도 몰라."

쉬린이 눈을 휘둥그레 뜨고 마수드를 쳐다보았다. "결혼식이요? 누가 결혼을 하는데요?"

"내 결혼식이지." 마수드가 말했다. "네 오빠가 결혼을 하는 거야. 너도 좋지?"

"오빠가? 결혼한다고? 아니, 솔직히 말하면 난 싫어." 쉬린이 부루퉁한 표정으로 말했다. "하지만 누구랑 하느냐에 달리긴 했지."

"쉬린, 네가 모르는 사람이야. 오빠랑 그 아가씨는 자연스럽게 만나서 서로를 좋아하게 되었다더구나."

"혹시 매일 우리 집에 전화하는 그 건방진 여자 아냐? 맞지? 그 여자지? 어쩐지 둘이 심상치 않더라니까. 엄마, 그 여자는요, 전화를 했다가 아무 말도 없이 뚝 끊어버리는 몹쓸 여자예요."

마수드가 얼굴을 붉히며 반박하고 나섰다. "몹쓸 여자라니? 부끄럼을 많이 타서 그러는 거야. 전화를 걸었다가 다른 사람이 받으면 당황해서 끊어버리는 거라고."

"부끄럼을 타?" 쉬린이 코웃음을 쳤다. "말을 할 때도 있거든. 마수드 있어요? 이렇게. 내가 누구냐고 물으면 나중에 전화한다면서 툭 끊는단 말이야. 엄청 잘난 척하는 사람 같던데?"

"그만해!" 마수드가 쉬린에게 화를 내더니 나를 돌아보며 말했다. "아무튼 내일 가져갈 꽃도 주문해야 해요. 그리고 엄마는 옷을 우아한 걸로 골라 입으시고……."

나는 놀란 표정으로 아들을 쳐다보았다. "백 번쯤 청혼을 해본 사람 같구나! 세세하게 아주 잘 알고 있어."

"그런 게 아니에요. 라단이 부모님 마음에 들려면 어떻게 해야 하는지 알려줬어요."

"나도 갈래!" 쉬린이 단호하게 말했다.

"안 돼. 넌 다음에 그 댁을 정식으로 방문할 때 같이 가."

"왜요? 제가 그 여자를 꼭 봐야 해요. 시누이 자격으로 반대를 할지 말지 결정해야 한단 말이에요!"

"시누이가 아직 어린애일 땐 이야기가 다르지." 마수드가 면 박을 주었다.

"난 어린애가 아니야! 내 나이가 벌써 열여덟 살이라고. 엄마, 뭐라고 좀 해주세요."

"마수드, 쉬린이 같이 간다고 문제될 것 없지 않겠니? 청혼을 할 때에는 남자의 어머니와 여자형제들이 같이 가잖아. 그리고 쉬린을 어린애라고 하지 마. 엄마는 쉬린 나이 때, 네 형을 낳았어."

"아뇨, 엄마. 그리 좋은 생각이 아니에요. 쉬린은 다음번에 데려가는 걸로 해요."

토라진 쉬린이 울기 시작했지만 마수드의 결심은 바뀌지 않았다. 보아하니, 라단이라는 아가씨로부터 명령을 받은 것 같았고, 그 말을 어기는 것은 있을 수 없는 일이라고 생각하는 것 같았다.

꽃바구니가 너무 커서 차에 들어가지 않았다. 어찌어찌 트렁크에 겨우 집어넣었지만 문을 닫을 수가 없었다.

"꼭 이렇게 큰 꽃바구니를 사야 했니?"

"라단이 다른 청혼자들이 가져온 꽃바구니보다 눈에 더 두드러지게 가능한 한 큰 꽃바구니를 준비하라고 했어요."

"그런 바보 같은 소리는 처음 들어본다!"

라단의 집은 크고 오래된 집이었다. 각 방에는 골동품 가구와 어느 가게에서 본 듯한 도자기 화병이 하나씩 놓여 있었다. 다리가 높고 금박 나뭇잎 장식의 팔걸이가 달린 고전적인 스타일의 소파와 의자들은 노란색과 오렌지색의 천이 씌워져 있었다. 벽에는 육중한 금색 액자에 넣은 옛날 그림의 복제화들이 걸려 있었고 창에는 술과 금색 띠로 장식된 빨간색 커튼이 드리워져 있었다. 전체적으로 아늑하고 편안한 집이라기보다는 호텔이나 레스토랑 같았다.

나와 나이가 비슷해 보이는 라단의 어머니는 햇빛에 바랜 금발머리였는데 완벽하게 화장을 하고 맨발에 높은 샌들을 신은 채 줄담배를 피워댔다. 희끗희끗한 머리를 하고 파이프를 입에 문 그녀의 아버지는 품위 있어 보이는 사람이었다. 그는 연신 자기 가족과 과거의 명성과 지위와 요직에 있는 친척들과 해외여행에 관해 이야기를 했다. 나는 별말 없이 그의 이야기를 들어주었다.

간단한 소개를 하고 가벼운 대화를 나누다 보니 어느새 밤이 가까워졌다. 그들은 내가 좀더 중요한 이야기를 꺼내기를 기다리고 있는 것 같았지만 내 생각에는 왠지 너무 이른 것 같았다. 화장실이 어디냐고 묻자 라단의 어머니는 침실과 내실이 있는 집 안쪽으로 안내를 하겠다며 나를 따라 일어섰다. 집을 더 보여주고 싶은 모양이었다. 가족실에 있는 가구들도 전부 저속하다 싶을 정도로 화려한 천으로 씌워져 있었고 편안해 보이는 의자는 하나도 보이지 않았다. 나는 예의상 집이 아름답다고 말했다.

"다른 방들도 구경하시겠어요?"

"아니에요. 감사합니다만, 방해가 될 것 같네요."

"방해가 되긴요! 자, 같이 가세요."

그녀가 내 등을 밀어 침실로 데리고 들어갔다. 남의 방을 들

여다보고 싶지는 않았지만, 한편으로 호기심과 짓궂은 마음이
발동했다. 방마다 리본과 술로 장식된 육중하고 비싸 보이는
커튼이 달려 있었다. 가구들도 거의 같은 스타일이었고 장식도
비슷했다.

"왜 아무 말도 안 하셨어요?" 집으로 돌아오며 마수드가 물
었다.

"무슨 말을 해? 처음 만난 자리인데."

그는 나를 외면하고 더 이상 말을 하지 않았다.

집에 왔더니, 쉬린이 마수드에게 인사도 건네지 않고 나에게
달려왔다.

"어서 말해주세요. 그 성채 같은 곳에서 무슨 일이 있었어요?"

"특별한 일은 없었어."

자기를 데려가지 않은 것에 이미 화가 나 있던 쉬린이 통명
스럽게 말했다. "됐어요. 말해주지 않으셔도 좋아요. 난 이 집
식구가 아닌 남이니까. 사람도 아니니까. 엄마는 나를 어린애나
스파이 취급을 하면서 뭐든 숨기려고만 하세요."

"쉬린, 그렇지 않아. 엄마가 언제 그랬어?" 나는 아이를 달랬
다. "옷을 갈아입고 나서 다 이야기해줄게."

쉬린이 나를 따라 침실로 들어와서는 침대 위에 책상다리를
하고 앉았다.

"자, 이제 얘기해주세요."

"네가 물어보면 대답을 해줄게." 나는 옷을 벗으며 말했다.

"여자가 어때요?"

라단의 특징을 생각해내려고 애를 썼지만, 아무것도 떠오르

지 않았다. 나는 잠시 망설이다가 대답을 했다.

"키가 좀 작더라. 나보다 키는 조금 작은데 몸집은 더 컸어."

"그럼, 뚱뚱하다는 거예요?"

"아니, 그냥 통통한 편이야. 엄마가 너무 마른 거지. 엄마보다 몸집이 크다고 꼭 뚱뚱한 건 아니잖아."

"그러고요?"

"피부는 곱고 하얀 것 같은데, 화장을 너무 많이 했고 방이 그리 밝지 않아서 잘 구분이 가지 않더라고. 눈은 갈색인 것 같아. 머리카락은 금발에 가까운 밝은 갈색으로 염색을 했어."

"그래요? 옷은 어떻게 입었어요?"

"몸에 꼭 끼는 검은색 미니스커트에 검정색과 핑크색, 보라색 무늬가 들어 있는 재킷을 입었더라."

"곱슬머리예요?"

"그런 것 같아. 컬을 했을 수도 있지만 그렇다고 보기에는 너무 곱슬거리던데."

"치, 굉장하네요. 엄청나게 고혹적인 분이시로군요. 그 여자 엄마 아빠는 어때요?"

"그런 식으로 말하면 못써! 점잖은 분들인 것 같더구나. 어머니는 내 또래인데 역시 화장을 진하게 하고 있더라. 하지만 옷은 굉장히 우아하게 입고 있었어. 그리고 집에는 고급 도자기랑 고가구랑 술이 달린 커튼이랑 금장 가구들이 꽉 차 있었지."

"내가 화장을 조금이라도 하면 난리를 치고 스카프를 너무 뒤로 잡아당겨 쓴다고 야단을 치던 저분이, 그런 여자랑 결혼을 하려고 한다고요? 전쟁 때문에 사람이 이상해지더니, 정말

별일이네요. 헤즈볼라히(혁명 중에 형성되어 아야톨라 호메이니를 지지하는 이란의 운동세력─역주) 친구들과 어울리기도 하고."

"솔직히, 엄마도 이해가 안 가. 모든 게 혼란스럽구나."

"아무튼, 엄마는 그 여자가 마음에 드세요?"

"글쎄다, 딱히 할 말이 없구나."

뒤로 돌아선 나는 문에 기대어 상처받고 원망 어린 눈으로 나를 쳐다보는 마수드를 보았다. 그는 고개를 가로젓더니 아무 말 없이 자기 방으로 들어갔다.

라단의 가족과 만날 때마다, 두 집의 차이는 더욱더 분명하게 드러났다. 내 눈에는 마수드와 라단이 맞는 상대가 아니라는 것이 보였지만 마수드는 아무것도 보지 못했다. 라단에게 폭 빠져서 주위의 아무것도 눈에 들어오지 않는 것 같았다. 그는 나에게 말을 굉장히 조심했고 나는 침묵을 지켰다. 결혼에 관해 우리가 주고받는 말은 그 집과 우리 집을 서로 방문하는 것에 대한 이야기뿐이었다. 나는 아무 지적도 하지 않고 논쟁도 벌이지 않은 채 그와 함께 라단의 집에 가서 그녀 부모의 이야기를 묵묵히 들었다.

라단의 부모는 큰딸을 결혼시킬 때, 신랑측에 금화 백 개를 요구했지만, 신랑은 그 두 배를 약속했다고 말했다…… 최근에 결혼한 라단의 외사촌이 결혼반지를 어디서 샀는지, 웨딩드레스 가격이 얼마였는지, 사촌이 결혼식 때 어떤 보석으로 치장했는지…….

물론 나는 그 이야기가 전부 사실이 아니라는 것을 알았다. 가끔씩 앞뒤가 맞지 않았으니까. "참 운이 좋으시네요." 한번은 내가 심술궂게 비꼬아주었다. "지난 몇 주 동안 적어도 열 집의 결혼식에 참석하셨군요!" 그들은 입을 다물고 서로의 얼굴을 쳐다보았다. 우리에게 흥미를 잃어가고 있다는 것이 눈에 보였다. 그러나 곧 그들은 결혼식을 여름에 올리는 것이 좋은지 가을에 올리는 것이 좋은지에 대해 이야기하기 시작했다.

어떻게 해야 좋을지 알 수가 없었다. 아무리 노력을 해도 라단에게 마음이 열리지 않았고 돈, 옷, 머리 스타일과 화장에 집착하는 저 얄팍한 부부와 친해질 수 없었다. 그러나 마수드에게 그런 이야기를 할 수는 없었다. 나의 말 한마디, 지적 한마디가 라단과의 결혼을 반대한다는 의미로 비추어질 것이 두려웠다. 마수드 스스로 두 사람이 맞지 않는다는 것을 깨달아야만 했다.

라단의 압력이 있었는지, 결국 마수드가 먼저 이야기를 꺼냈다. 그가 그렇게 차갑고 딱딱한 목소리로 말을 한 것은 처음이었다.

"엄마, 이 게임을 얼마나 더 질질 끌 생각이세요?"

"무슨 게임?"

"저와 라단, 그리고 우리 계획에 대해 아무런 말씀도 안 하시는 거요."

"내가 무슨 말을 하면 좋겠니?"

"엄마가 하시고 싶은 말을 하셔야죠!"

"하지만 난 네 의견이 더 궁금하구나. 이제 라단의 가족을 좀 알게 되었으니까, 그 사람들에 대해 어떻게 생각하는지 한번 얘기해볼래?"

"가족들이 무슨 상관이에요? 제가 사랑하는 건 라단이에요."

"사람은 가족이라는 울타리 안에서 성장을 하는 거야. 그래서 배경이며 가정교육이 중요하지."

"그 집의 배경이 어때서요? 굉장한 상류층이잖아요."

나는 잠시 할 말을 잃었다. 그런 단어는 마수드의 사전에 없던 단어였다.

"굉장한 상류층이라니, 그게 무슨 뜻이지? 상류층이 어떤 계층인데?"

"저도 몰라요!" 마수드가 벌컥 화를 냈다. "무슨 대답을 듣고 싶으신 거예요? 그분들은 점잖은 분들이에요."

"그 사람들이 왜 점잖다고 생각하니? 골동품을 많이 가지고 있어서? 편안하거나 예쁜 물건들보다는 대신 비싼 물건에 둘러싸여 있어서? 계속 옷과 머리 색깔에 관한 이야기를 하니까? 아니면 등 뒤에서 남의 이야기를 하고 경쟁심에 사로잡혀 있기 때문이니?"

"하지만 엄마도 보기 좋은 것들을 중요하게 생각하시잖아요. 제 셔츠와 바지가 어울리지 않는다고 잔소리를 하시고, 가구 하나를 사려고 가게를 수백 군데나 돌아다니시잖아요."

"마수드, 아름다운 걸 좋아하고 멋진 가구로 집을 꾸미고 싶어 하는 것은 인생에 대한 열정이 있다는 증거야. 그런 점이 나쁘다는 게 아니야. 그런데 각자가 사는 모습은 그 사람의 취향과 사고방식과 교양을 그대로 보여주는 거울이거든."

"그래서, 라단의 집을 보셨더니, 그 집 사람들의 사고방식과 교양에 뭔가 잘못된 점이 있다는 생각이 드셨어요?"

"넌 안 그랬니?"

"네!"

"그 집에서 작은 책장 하나 본 적 있니? 그 사람들이 책을 읽는 모습을 본 적이 있어? 어떤 저작이나 예술품이나 골동품에 대해 돈 가치를 따지는 것 말고 다른 이야기를 하는 걸 들어본 적이 한 번이라도 있니?"

"말도 안 되는 소리 그만하세요! 모든 사람들이 책을 보이는 데에 전시해두는 건 아니잖아요. 그런데 왜 그렇게 그 집 책을 보고 싶어 하시는 거예요?"

"그 사람들이 어떤 분야에 관심이 있고 어떤 성향을 가지고 있는지 알고 싶어서."

"엄마! 우리 집을 보세요. 전 분야에 걸친 책들이 다 모여 있어요. 그걸 보고 우리가 어떤 분야에 관심이 있는지, 누가 알겠어요?"

"많이 배우고 생각이 깊은 사람은 알지."

"어떻게요?"

"공산주의자의 책장에는 기본서부터 깊이 있는 것까지, 이념에 관한 책들이 가득 차 있어. 소설이라고는 막심 고리키나 러시아 작가들의 작품들밖에 없을 거야. 로망 롤랑의 책도 몇 권 있겠지. 하지만 다른 철학책이나 다른 이데올로기에 관한 책들을 찾아볼 수는 없을 거란다. 공산주의에 별 관심이 없는 지식인의 책장에는 공산주의 이론에 관한 기본적이 책이 몇 권 있을 거야. 반쯤 읽다가 접어버린 책들 말이야. 나머지 책들은 공산주의자들이 '부르주아의 책'이라고 규정한 책들일 거야……

책꽂이에 알리 샤리아티(1933~1977, 이란의 혁명운동가. 이슬람을 하나의 혁명 이데올로기로 만들어 많은 지식인들과 젊은이들의 열광적인 지지를 얻었다— 역주)의 책을 꽂아둔 것이 이슬람 근본주의자라는 증거가 되지는 않아. 혁명 이후에 다들 그 책을 샀으니까. 종교에 열심인 무슬림들의 책장은 기도서와 이슬람 원론과 종교철학책 등으로 채워져 있지. 그런 반면, 민족주의자들의 책장은 정치인들의 전기와 이란 역사전집이 들어 있어. 그리고 교육을 받은 사람들은 자기가 공부한 분야의 전문가들이 쓴 책들을 꽂아두고 있지."

"그런데 라단네 가족들의 정치적 성향이나 교육에 대체 왜 그렇게 관심이 많으신 거예요?"

"그건, 엄마가 평생 동안 너무나 많은 정치조직과 그들의 신념에 영향을 받으면서 살아왔기 때문이야. 이번엔 내가 어떤 사람들을 상대하고 있는지 알고 싶어."

"하지만 엄마는 정치라면 진저리를 치시고 저보고 절대 정치에 관여하지 않겠다는 약속을 하라고 하셨잖아요."

"그래, 맞아. 그런데 책을 읽고 배우지 말라는 소리는 한 번도 하지 않았어. 너도 다른 지식인들처럼 다양한 사상을 접하고 배워서 옳고 그름을 판단하고 권력을 잡으려는 사람들의 손에 놀아나지 않아야 해. 라단이 책에서 읽은 내용이나 자기 관점에 대해 얘기한 적이 있니? 넌 재능이 많은 예술가야. 너희가 예술에 관해 토론한 적이 있니? 어떤 작품이 좋고 어떤 작품이 마음에 들지 않는다는 이야기를 한 적이 있어? 네 신앙은 네가 전쟁포로로 힘든 경험을 한 이후에 굉장히 깊어졌잖아. 그런데 종교적인 관념이라고는 결혼식 피로연을 베풀듯 손님들이나 잔뜩 초대해 이맘 아볼드파즐을 모시고 저녁식사나 하는, 그런 처가 가족들하고 어떻게 평생을 함께할래? 그들은 왕세자가 돌아오기를 기다리고 있는 샤의 지지자들이야. 정치적인 신념 때문이 아니라, 술을 마시고 해변에서 비키니를 입을 허가를 받고 싶어서. 우리와는 배경이 완전히 다른 집안인데, 우리가 무슨 이야기를 같이 할 수 있겠니? 마수드, 라단과 너에게는 공통점이 하나도 없어. 그 아이는 네가 좋아하는 식으로 옷을 입지도 않잖아. 어디 외출이라도 하려면, 우선 부부싸움을 하게 될 거야."

"걱정 마세요. 라단은 제가 시키면 차도르도 마다하지 않겠다고 했어요."

"그 말을 믿니? 그리고 그것도 잘못된 거야. 의지가 강하고 자신에게 확신이 있는 사람은 그렇게 우유부단하지 않아."

"이젠 라단이 우유부단한 사람이 된 거예요? 라단이 그런 말을 한 건 절 사랑하기 때문이에요. 엄마, 엄마는 핑계를 찾고 계세요. 우리 가족 빼고는 다 나쁘다고 생각하시는 분이니까."

"그렇지 않아, 마수드. 엄마는 그런 말을 한 적이 없어. 물론 좋은 사람들이야, 그건 틀림없어. 우리보다 더 좋은 사람들인지도 몰라. 하지만 우리와는 달라."

"아뇨. 그건 핑계에 불과해요."

"나는 네가 묻기에 대답한 것뿐이야. 이건 네 인생과 네 미래에 관한 일이야. 엄마에게 가장 중요한 것이 그것이라는 건 너도 잘 알잖니."

"엄마, 저는 라단을 사랑해요. 라단이 말을 하고, 라단이 웃으면 제 안의 뭔가가 움직여요. 라단처럼 여성스러운 여자는 처음 보았어요. 그녀는 달라요."

나는 충격을 받았다. 그래, 마수드의 말이 맞았다. 왜 나는 진작 그런 생각을 못했던 걸까? 마수드는 라단이 평생 보아온 다른 여자들과 달랐기 때문에 끌렸던 것이었다. 그 아이가 주위의 다른 여자들이 감추려고 애쓰는 여성스러움을 마음껏 발산했기 때문에 매력을 느꼈던 것이었다. 솔직히 말하면 라단은 좀 요염한 편이었다. 행동 하나하나에서, 심지어 전화 목소리에서도 교태가 느껴졌다. 한마디로, 남자의 마음을 유혹하는 요부 타입의 여자였다. 그런 여성스러운 여자를 거의 본 적이 없는 어수룩한 내 아들이 그런 면에 끌리는 것은 당연한 일이었다. 하지만 그런 매력이 사랑과는 관계가 없고 그런 것을 기반으로 인생을 설계해갈 수 없다는 사실을 어떻게 이해시킨단 말인가? 이런 상황에서는 어떤 말이나 설명도 소용이 없을 터였다. 설득을 하면 할수록 마수드는 더욱 방어적인 자세로 고집을 피울 터였다.

"나의 가장 큰 소원은 너희들이 행복하게 사는 거란다. 그리고 난 사랑과 이해를 바탕으로 한 결혼을 해야 행복할 수 있다고 믿어. 엄마는 네 사랑을 존중하고, 네가 부탁하는 것은 뭐든 들어줄 거야. 내 소원을 이루지 못하는 한이 있더라도. 조건을 하나 제시할 게. 라단과 약혼을 하고 일 년을 지내봐. 서로를 좀 더 알아보고 함께 있는 시간을 더 가져봐. 그러는 동안 라단의 부모님을 만족시킬 만큼 저축도 하고 결혼 준비도 하란 말이야. 너도 알겠지만, 그분들 기대가 이만저만이어야지."

라단의 가족들도 처음에는 반대를 했지만 나의 굳은 결심에 굴복하고 약혼 기간을 오래 갖는 것에 동의했다. 그들은 신앙적인 부분 때문에 염려를 하는 것이 아니었다. 단지 파혼을 할까봐 걱정을 할 뿐이었다. 라단의 부모는 온 일가친척이 미래의 신랑을 만나볼 수 있도록 성대한 약혼식을 열기로 하고 다음 주로 날을 잡았다. 더 이상은 나도 가족들에게 마수드의 일을 숨길 수 없었다. 파티와 피루제와 사데그에게 뭐라고 해야한단 말인가?

어느 날 아침, 나는 파티의 집으로 가 운명과 신의 뜻에 대해 이야기하기 시작했다. 가만히 내 얘기를 듣던 파티가 의심스러운 눈초리로 나를 보며 물었다.

"언니, 무슨 일이야? 말을 빙빙 돌리는 것 같아."

"피루제에게 마수드의 아내가 되어달라고 청혼을 하러 오는 것이 나의 꿈이었다는 건, 너도 알지? 그런데 신께서는 두 아이의 결합을 원치 않으시는 것 같구나."

파티의 얼굴이 어두워졌다. "어쩐지 무슨 일이 있는 것 같더라니. 신께서 원치 않으시는 거야, 아님 언니가 싫은 거야?"

"어떻게 그런 말을 할 수가 있니? 내가 쉬린보다도 피루제를 더 사랑한다는 건 너도 잘 알잖아. 피루제와 마수드를 결혼시키는 것이 나의 가장 큰 소망이었고 이미 결정이 난 일인 줄로만 알았어. 그런데 마수드가 정신을 딴 데다 팔더니 갑자기 사랑에 빠졌다는 거야. 얼마나 고집을 부리던지. 그 집에 청혼을

하러 가자고 나를 거의 끌고 가다시피 했어. 조만간 약혼을 할
거야."

피루제의 그림자가 보였다. 고개를 돌려보니 피루제가 차 쟁
반을 든 채로 문간에 얼어붙은 듯 서 있었다. 파티가 달려가 쟁
반을 받아들었다. 피루제가 왜냐고 묻는 듯한 눈길로 내 눈을
가만히 들여다보았다. 그러나 그녀의 얼굴에 떠올랐던 실망과
슬픔의 표정은 곧 분노와 치욕의 표정으로 바뀌었다. 피루제는
돌아서서 방을 뛰쳐나갔다.

"피루제가 어릴 때부터 언니는 저 아이를 마수드에게 달라고
했잖아." 파티가 분노에 찬 목소리로 말했다. "두 아이 사이도
얼마나 좋았어? 언니도 마수드가 피루제를 좋아하지 않았다는
말은 못하겠지?"

"마수드는 피루제를 정말 좋아했어. 아직도 그렇고. 그런데
피루제는 친여동생 같은 존재라고 하니, 어쩌면 좋겠니."

파티는 씁쓸하게 웃어 보이고 거실을 나갔다. 할 말이 많은
데도 언니인 나를 존중하는 마음에서 입을 다물었다는 사실을,
나는 잘 알고 있었다. 나는 그녀를 따라 부엌으로 갔다.

"파티, 화를 내는 게 당연해. 나도 미치겠는걸. 이 말도 안 되
는 결혼을 미루려고 별의별 짓을 다 했어. 일단 약혼을 하고 일
년을 지내보기로 했어. 그동안 마수드가 눈을 뜨길 바라야지."

"마수드가 사랑에 빠진 건 좋은 일이야. 이왕이면 행복하게
살아야지. 못된 시어머니처럼 굴지 마. 애들이 약혼도 하기 전
에 헤어지기를 바라는 거야?"

"파티, 네가 모르는 게 있어. 그 아이들의 공통점이 단 하나

602

라도 있다면 내 심정이 이렇지 않을 거야. 그 사람들이 우리와 얼마나 다른지 넌 상상도 못 할 거야. 그 아가씨가 나쁘다는 게 아니야. 하지만 우리 집 사람이 될 수는 없는 아이야. 네가 직접 봐야 해. 사실은 나도 네 의견을 듣고 싶어. 어쩌면 처음부터 이 결혼을 반대하고 싶었기 때문에, 내가 잘못 판단하는 것일지도 모르니까. 내가 못된 시어머니 노릇을 한 건 없어. 아무 말도 하지 않았지. 그런데 쉬린은 그 아이를 보려고도 하지 않아. 쉬린이 그 아이를 두고 뭐라고 했는지 마수드가 안다면, 우리와 연을 끊을걸. 아들을 영원히 잃게 될지도 모른다고."

"마수드가 그렇게 좋아한다니, 그 아가씨에게 뭔가 큰 장점이 있겠지. 아무튼, 마수드의 마음이 중요한 거니까."

"내가 피루제에게 얘기할까? 내 마음이 얼마나 아픈지 넌 모를 거야."

파티가 어깨를 으쓱했다. "아마 얘기할 기분이 아닐걸."

"나를 방에서 내쫓아도 좋아. 그런 각오는 되어 있어."

나는 피루제의 방 앞으로 가 문을 조심스럽게 두드린 다음 살짝 열어보았다. 그녀는 침대 위에 누워 있었다. 푸른 눈은 붉게 충혈이 되어 있었고 얼굴은 눈물로 젖어 있었다. 내가 들어가자 피루제는 얼굴을 보이지 않으려고 돌아누웠다. 가슴이 에이는 듯 아팠다. 이렇게 사랑스러운 조카가 우는 것을 차마 볼 수가 없었다. 나는 침대 가에 걸터앉아 그녀의 머리를 쓰다듬었다.

"마수드는 너의 남편이 될 자격이 없어. 이모 말, 잘 들어둬. 마수드는 후회하게 될 거야. 결국 통곡을 할 사람은 그 녀석이라니까. 그렇게 심한 고생을 했는데, 왜 신께서는 그 아이에게 평안하고 행복한 삶을 허락하지 않으실까. 이모의 소원은 네가 마수드를 위해 행복한 가정을 꾸려주는 것이었는데. 널 아내로 맞을 자격이 없으니, 안타깝기만 하구나."

피루제는 가녀린 어깨를 마구 떨면서도 아무런 말을 하지 않았다. 사랑을 이루지 못한 고통을, 나는 누구보다 잘 알고 있었다. 피곤한 몸과 상심한 마음을 이끌고 나는 집으로 돌아왔다.

약혼식 파티에 참석한 우리 쪽 하객은 어머니와 파티, 사데그, 마수드의 고모들, 그리고 파르빈이 전부였다. 그 어느 때보다 잘생긴 얼굴이 돋보이는 마수드는 멋진 양복 차림에 넥타이를 맨 채로 미용실에서 방금 나온 라단과 나란히 섰다. 라단은 레이스 드레스를 입고 머리에 꽃장식을 한 차림이었다.

"정말 굉장하군요." 쉬린이 빈정거렸다. "신랑을 좀 보세요. 목을 졸라매는 가죽끈 같다고 넥타이라면 질색을 하던 사람이 웬일이래요? 저 여자는 어떻게 저렇게 쉽게 오빠 목에 가죽끈을 맸다죠? 직장 동료들이 저 모습을 봤어야 하는 건데!"

행복해 보이려고 애를 썼지만, 내 마음은 전혀 즐겁지 않았다. 마수드의 결혼을 얼마나 꿈꾸어왔던가. 내 생애 최고의 밤이 될 것이라고 생각했는데. 그런데 이젠…… 쉬린은 반항적으로 모든 것에 대해 불평을 했다. 누군가가 축하 인사를 할 때마다 쉬린은 고개를 홱 돌리고 구역질이 난다는 듯한 반응을 보였다. 나는 마수드를 위해서라도 무례하게 굴지 말라고 타일렀지만, 딸아이는 내 말을 무시했다. 라단의 가족이 관례상, 신부가 춤을 추는 동안 신랑의 여동생이 케이크를 잘라 손님들에게 돌리는 것이라고 하자, 쉬린은 성질을 내며 싫다고 했다.

"저는 저 골동품 그릇이랑 포크 나이프가 싫어요."

마수드가 우리를 쏘아보았다. 나는 어찌할 바를 몰라 쩔쩔맸다.

마수드가 약혼식을 올린 지 한 달도 채 되지 않아, 피루제가 결혼을 했다. 내가 곧 닥친 그 결혼식 소식을 가장 늦게 들은 것 같았다. 피루제에게 청혼을 한 남자들이 많다는 것은 알고 있었지만, 그렇게 빨리 결혼을 하리라고는 생각하지 못했다. 나는 서둘러 피루제를 보러 갔다.

"피루제, 왜 이렇게 서두르니? 시간을 갖고 열린 마음으로 누군가를 좋아하게 될 때까지 기다려야지. 너처럼 보석 같은 사람을 만나야지."

"아니에요, 이모. 저는 다시는 그런 사랑을 못 할 거예요. 부모님께 적당한 사람을 골라달라고 했어요. 물론, 제 신랑이 될 소흐랍이 싫지는 않아요. 착하고 지각 있는 사람이에요. 시간이 지나면 과거를 잊고 그를 많이 좋아할 수 있을 것 같아요."

"그래, 그럴 거야." 이렇게 말은 했지만 마음속으로 나는 다른 말을 하고 있었다. 하지만 네 가슴속의 불길은 영원히 꺼지지 않을 기란다. "피루제, 그래도 일 년만 더 기다려보는 게 좋지 않겠니? 이 약혼이 오래 가지는 않을 것 같아. 벌써 불화의 조짐이 보인단다."

"아니에요, 이모. 마수드가 지금 당장 파혼을 하고 나타나 제 발치에 무릎을 꿇고 청혼을 한다 해도, 저는 그 청혼을 거절할 거예요. 제 마음속의 뭔가와 제가 만들어냈던 마수드라는 우상 이 둘 다 깨졌거든요. 절대로 예전으로 돌아갈 수 없어요."

"그래, 네 말이 맞다. 미안해. 다른 뜻으로 한 말은 아니었단 다. 하지만 내가 얼마나 간절하게 너를 며느리로 삼고 싶어 했 는지, 넌 절대 모를 거야."

"이모, 제발 그만하세요! 이모가 그런 말을 하지 않아야 했어 요. 저는 이 세상에서 처음 눈을 뜨던 날부터 저 자신을 이모의 며느리, 마수드의 아내로 생각해왔어요. 불쌍한 마수드는 아무 런 잘못도 하지 않았는데, 지금 저는 남편이 제 눈앞에서 바람 을 피운 것 같은 심정이라고요. 저와 아무 약속도 하지 않았으 니까, 마수드에게는 자신의 미래를 결정하고 사랑하는 여자를 선택할 권리가 있어요. 이모가 해온 말 때문에 제가 쓸데없는 꿈을 꿔온 거예요."

다행히 소흐랍은 착하고 현명하고 교육도 많이 받은 데다가 잘생긴 청년이었다. 교양 있는 가정 출신이었고 프랑스에서 유 학도 했다. 결혼식을 올린 지 한 달 만에, 피루제 부부는 파리로 떠났다. 나는 파티의 가족들과 함께 무거운 마음으로 작별인사 를 하고 눈물을 흘리며 그들의 영원한 행복을 빌었다.

라단과 마수드는 칠 개월 만에 파혼했다. 마수드는 마치 깊 은 잠에서 갑자기 깨어난 사람 같았다.

"라단과 같이 할 얘기가 없어요! 제가 건축이며 예술, 종교, 문화 이야기를 하면, 라단은 지겨워 못 견디겠다는 표정을 지 어요. 처음에는 그렇게 관심을 기울이더니. 라단의 머릿속에 는 옷, 머리, 화장밖에 들어 있지 않아요. 스포츠에도 전혀 관심이 없어요. 라단의 생각이 얼마나 얕은지 엄마는 상상도 못 하실 거예요. 돈 이야기가 나와야 관심을 보이죠. 가족들도 이상해요. 새 옷을 입고 파티에 갈 수만 있다면 먹을 것도 포기하고 망신을 당해도 상관없다는 식이에요. 심지어 빚까지 지더라고요. 명예나 존경에 대해 우리와는 완전히 다른 개념을 가지고 있는 사람들이에요."

나는 드디어 안도의 숨을 내쉴 수 있었다. 그러나 소중한 피루제를 잃은 안타까움을 주체할 수가 없었다. 특히 마수드가 후회하는 모습을 보니 마음이 더욱 아팠다. 그가 피루제의 결혼에 충격을 받고 망상에서 깨어난 것이 틀림없었지만, 때는 이미 늦어 있었다.

마수드는 다시 일에 열중했고 남매 사이도 다시 좋아져 우리 집은 전처럼 평화롭고 따뜻한 분위기를 되찾을 수 있었다. 그러나 마수드는 여전히 나에게 상처를 준 자신을 탓했고 어떻게든 보상을 하려고 했다.

어느 날, 집으로 돌아온 그가 흥분을 하며 외쳤다.

"좋은 소식이에요! 엄마의 문제가 해결되었어요."

"내 문제라니? 나에게는 아무런 문제가 없는데!"

"학교 문제 말이에요. 엄마가 대학 졸업장을 얼마나 받고 싶어 하셨는지, 제가 모를 것 같으세요? 엄마기 제명을 당하고 집에 오시던 날, 엄마 얼굴에 떠오른 표정을 저는 앞으로도 절대 잊지 못할 거예요. 사람들과 이야기를 좀 해봤어요. 군에 같이 있었던 문학부 책임자와도 이야기를 해봤죠. 엄마가 이수해야 할 학점을 따실 수 있게 해주겠대요. 그리고 대학원 과정에도 등록하실 수 있게 해준대요. 엄마 성격에, 분명 박사학위까지 따시겠죠?"

여러 가지 생각들이 머릿속에 떠올랐다. 종잇조각에 불과한 졸업장에 대한 갈증은 사라진 지 오래였다.

"옛날에, 같은 반에 마나즈라는 아이가 있었지. 좋은 문구를 발견하면 예쁜 글씨로 종이 위에 베껴 벽에다 붙여놓곤 했단다. 그 아이가 너무나 부러웠는데, 나도 할 수 있게 되니까 흥미가 없어지더구나."

"네? 이제 대학 졸업장에 흥미가 없으시다는 말씀이세요?"

"그래. 시간 낭비를 하게 해서 미안하구나."

"하지만 왜요?"

"오랫동안 그들은 내 권리를 묵살해왔어. 그 때문에 나는 그 어려웠던 시절에 절실히 필요했던 돈을 더 벌 수 없었지. 그런데 이제 와서, 수천 번 수만 번을 빌고 부탁을 한 끝에, 내 사정을 봐주겠다고? ……마수드, 엄만 그런 거 싫어. 이제 난 전문가로 꽤 유명해졌고 편집 일을 해서 받는 돈도 여느 박사가 받는 돈과 엇비슷해. 대학 졸업장을 보자는 사람도 없고. 그런 말 자체가 우스워졌지. 나의 진정한 가치를 못 보고 학위나 타이틀을 따지던 사람들은 나라는 인재를 잃었어. 나는 동정이 아닌 내 실력으로 뭔가를 성취하고 싶었단다."

그해, 쉬린이 대학에 합격했다. 전공은 사회학으로 정했다. 나는 세 아이가 모두 대학 교육을 받은 것이 자랑스러웠다. 쉬린은 금방 새 친구를 사귀었다. 나는 어깨 너머로나마 딸아이와 어울리는 친구들을 보고 싶어서, 우리 집에서 모임을 가지라고 쉬린을 부추겼다. 시간이 지나면서, 나도 쉬린의 친구들과 친해졌고 우리 집은 그들의 정기 모임 장소가 되었다. 그들이 오면 조용히 집중을 할 수가 없어 일에 방해가 되었고 음식도 더 만들고 청소도 더 해야 했지만, 나는 기쁜 마음으로 모임 준비를 해주었다.

이 년 후, 파르바네와 나의 첫 손녀가 태어났다. 나는 그 귀엽고 예쁜 손녀딸을 보러 독일행 비행기에 몸을 실었다. 시아막과 릴리는 아기에게 도나라는 이름을 지어주었다. 파르바네와 나는 아기를 보고 호들갑을 떨며 누구를 더 닮았는지를 놓고 끊임없이 말씨름을 벌였다. 할머니가 되었지만, 행복과 기쁨이 충만한 덕에 십 년은 더 젊어진 것 같았고 힘도 더 났다.

두 달이 된 도나와 헤어지기는 쉽지 않았으나 나는 이슬람 신년을 맞이하기 위해 이란으로 돌아가기로 마음을 먹었다. 더 이상은 쉬린과 마수드, 둘이서만 지내게 할 수가 없었다.

집으로 돌아온 나는 금방 뭔가 변화가 있었음을 감지했다. 쉬린의 친구들 중에 못 보던 청년이 있었다. 쉬린은 박사과정을 밟고 있다는 파라마르즈 압돌라히라는 그 청년을 나에게 소개했다. 나는 그에게 반갑게 인사를 했다.

"저 위대한 사회학자들의 모임에 오신 걸 환영해요. 그나저나, 저 친구들을 견딜 수 있겠어요?"

그가 밝게 웃으며 대답했다. "힘들겠지만, 해내야죠!"

나는 호기심을 안고 그를 관찰했다. 쉬린이 약간 수줍어하며 그에게 핀잔을 주었다.

"뭐예요, 파라마르즈, 우리를 놀리는 거예요?"

"아닙니다, 아니고말고요! 여러분은 우리의 자랑스러운 왕관입니다."

쉬린은 키득거렸고 나는 속으로 혼잣말을 했다. 둘이 무슨 사이인지 알 것 같군!

친구들이 돌아간 후, 쉬린이 그들에 대해 어떻게 생각하느냐고 물었다.

"이미 잘 알던 사람들이고 지난번 볼 때와 변한 게 없던데."

"처음 본 친구들이 어땠냐고요."

"소파에 앉아 있던 키 큰 여학생, 우리 집에 처음 온 것 맞지?"

"네. 그 아이가 네진이고 그 옆에 앉아 있던 남자애는 네진의 약혼자예요. 정말 좋은 애들이죠. 다음 달에 결혼을 하는데, 우리를 모두 초대했어요."

"멋지구나. 둘이 잘 어울리더라."

"다른 친구들은요?"

"다른 친구 누구? 누가 또 새로 왔니?"

그 모든 질문이 파라마르즈에 관한 내 생각을 묻는 유도심문이라는 것을 이미 눈치챘지만, 나는 딸아이를 약올리는 것이 재미있었다.

결국, 쉬린이 짜증을 냈다. "그렇게 키 큰 남자를 못 보셨다는 말씀이세요?"

"다들 크던데. 누구 말이니?"

"파라마르즈 말이에요!" 쉬린이 화를 벌컥 내며 말했다. "파라마르즈는 엄마가 정말 미인이라고 칭찬을 했어요. 젊었을 때

인기가 엄청 많았겠다면서."

나는 웃음을 터뜨렸다. "참 착한 청년이네!"

"그게 다예요? 그에 대해 하실 말씀이 그것뿐이에요?"

"두 마디밖에 못 나눠본 사람에 대해 무슨 말을 하겠니? 그러지 말고, 네가 얘기해봐. 성격과 외모가 맞는지 한번 보자."

"무슨 얘기를 해요?"

"그에 대해 알고 있는 것들. 사소한 것이라도 좋으니까."

"세 형제 중에 둘째고, 나이는 스물일곱이고 가정교육을 잘 받은 사람이에요. 어머니는 선생님이시고 아버지는 엔지니어이신데 출장을 자주 가신대요. 지금 아버지 회사에서 일을 하고 있어요."

"하지만 전공과 다른 분야잖아. 그가 사회학 전공을 하는 게 아니었어?"

"아니에요! 제가 말씀드렸잖아요. 공대 학생이라니까요."

"그런데 왜 너희 모임에 나와? 어디서 만났어?"

"네진의 약혼자 소루쉬와 파라마르즈가 제일 친한 친구거든요. 둘이 항상 같이 다녀서 가끔 봤어요. 엄마가 독일에 가셨을 때 우리 모임에 정식으로 들어왔고요."

"그렇구나. 더 얘기해보렴."

"뭘 더 얘기해요?"

"지금까지는 그 사람에 대한 전반적인 것들을 얘기했잖아. 성격은 어때?"

"그걸 제가 어떻게 알아요?"

"뭐? 그가 세 형제 중에 둘째고 어머니가 선생님이시고 아버

지가 엔지니어시고 공대 박사과정에 있다고 해서 그와 친구가
된 건 아닐 것 아냐."

"엄마. 아무튼 엄마한테는 아무 말도 못해요! 그 사람이 제
남자친구인 것처럼 말씀하시잖아요."

"그렇게 될 가능성도 있지. 그건 걱정할 일이 아니고, 지금은
그가 어떤 사람인지가 더 궁금하구나."

"걱정을 안 하신다고요?" 쉬린이 깜짝 놀랐다. "우리가 사귀
어도 괜찮다는 말씀이세요?"

"쉬린, 넌 곧 스물한 살의 어른이 돼. 엄마는 널 믿고 엄마가
널 키운 방식을 믿어. 넌 사랑을 충분히 받고 자라서 애정을 보
여주는 사람에게 장님처럼 빠지지 않을 거야. 너는 네 권리가
무엇인지 잘 알고 있고, 그 권리를 침해하는 사람은 누구도 용
서하지 않을 거야. 넌 종교적, 사회적 규범을 잘 지키고 똑똑하
고 분별 있고 선견지명도 있는 아이야. 엄마는 네가 변덕이나
충동에 휘둘리지 않는 사람이라는 걸 알아."

"정말요? 제가 그런 사람이라고 믿어주시는 거예요?"

"그럼! 믿고말고. 가끔 넌 나보다 더 이성적으로 결정을 내리
고 나보다 더 감정조절을 잘 하던걸."

"진심이세요?"

"왜 너 자신을 못 믿니? 네 감정이 너무 강해서 네 판단에 영
향을 미칠까봐 걱정이 되나 보구나."

"아니에요! 제가 얼마나 두려운지, 엄만 모르실 거예요."

"좋은 징조로구나. 네 머리가 감정보다 앞선다는 증거야."

"솔직히 어떻게 해야 할지 모르겠어요."

"꼭 뭘 어떻게 해야 하니?"

"네? 결정을 내리고 뭔가를 해야 하는 거 아니에요?"

"아니. 네가 해야 할 일은 공부를 하고 미래를 계획하고 너 자신과 상대방에 대해 잘 알아보는 것뿐이야."

"하지만 자꾸만 그 사람 생각이 나는걸요. 자꾸만 보고 싶고, 더 많은 시간을 함께 보내고 싶고……."

"학교에서도 만나고 집에도 부르렴. 물론, 엄마가 집에 있을 때에만. 엄마도 그가 어떤 사람인지 더 알고 싶구나."

"혹시…… 혹시…… 제가 어떤 선을 넘을까봐 걱정이 되지 않으세요?"

"아니. 엄마는 세상 그 누구보다 널 믿어. 그리고 다 큰 아가씨가 어떤 마음을 먹으면 족쇄를 채우고 쇠사슬로 묶어놓아도 소용이 없단다. 통제력을 잃으면 안 되는 거야."

"고마워요, 엄마. 기분이 한결 나아졌어요. 통제력을 단단히 붙잡아매둘 테니, 걱정 마세요."

신년 휴가가 끝나고 쉬린이 외출을 한 어느 날, 마수드가 내 옆으로 다가와 앉아 이야기를 꺼냈다.

"엄마, 제 미래에 관해 중요한 결정을 내려야겠어요."

"사실, 엄마도 너와 그 이야기를 하고 싶었어. 네가 알아둬야 하는 건, 내가 신붓감을 고르는 전통적인 방법을 그다지 신뢰하지 않는다는 거야. 엄마는 네가 좋은 아가씨를 만나 결정을 했으면 좋겠어. 너랑 잘 맞고 네가 잘 아는 사람으로. 학교나 직장에서 누굴 만났으면 하고 바랐단다."

"솔직히 말씀드리면, 지난번에 너무 큰 실수를 해서 굉장히 겁이 나요. 그리고 다시는 그렇게 사랑에 빠질 수 있을 것 같지도 않아요. 그런데, 모든 면에서 현실적이고 합리적인 방안이 있어요. 엄마만 괜찮으시면, 그 기회를 잡아볼까 해요. 사실 친구들이 다 결혼을 해서 요즘 너무 외롭거든요."

피루제가 떠오르면서 가슴이 먹먹해졌다. 나는 한숨을 내쉬었다. "어디, 어떤 기회인지 얘기해보렴."

"마그수디 씨에게 스물다섯 살 된 딸이 있는데 대학에서 화학을 공부하고 있어요. 마그수디 씨가 은근히 저를 사위로 삼고 싶다는 말씀을 하시더라고요."

"마그수디 씨는 훌륭한 분이지. 가족들도 다 교양 있는 사람들일 거야. 그런데 문제가 하나 있구나."

"무슨 문제요?"

"마그수디 씨가 정부 부처 책임자시잖니. 정치적으로 중요한 위치에 계시잖아."

"엄마! 왜 쓸데없는 걱정을 하세요? 제가 감옥에 가서 처형당할 걱정도 하시는 것 아녜요?"

"내가 어떻게 두려워하지 않을 수 있겠니? 나는 정치나 정치놀음이라면 치가 떨려. 네가 정부에서 일을 하기 시작했을 때, 엄마는 바로 그런 이유 때문에 걱정을 했던 거야. 그래서 민감한 직위나 정치적인 약속을 절대 받아들이지 말라고 했던 것이고."

"사람들이 모두 엄마처럼 생각을 한다면, 누가 나라 일을 하겠어요? 이런 말씀을 드려서 죄송하지만, 엄마는 정신과에 가보셔야 할 것 같네요!"

　내 우려에도 불구하고 마수드는 마그수디의 딸에게 청혼을 하기로 마음을 굳혔다. 마그수디의 집으로 갈 채비를 하고 나온 나와 쉬린을 보고 마수드가 핀잔을 주었다.

　"부탁 하나만 해도 될까요? 마그수디 씨를 존중하는 의미에서라도 차도르를 입어주실래요?"

　갑자기 화가 치밀어, 나는 마수드에게 쏘아붙였다.

　"마수드, 우리도 사람이라는 사실을 잊었니? 우리에게는 우리만의 신념과 원칙이 있어. 우리가 아닌 사람으로 계속 변신을 할 수는 없단 말이야. 내가 남자들의 기준에 따라 옷차림을 몇 번이나 바꾸었는지 아니? 콤에서는 차도르를 둘렀고 테헤란에서는 스카프를 썼고 너희 아버지와 결혼을 한 다음에는 히잡 쓰는 것을 싫어해서 스카프도 겨우 썼지. 그리고 라단에게 청혼하러 갈 때는 우아하고 멋지게 입으라고 했잖아? 그땐 목이 깊이 파인 원피스를 입어도 아무 말 않더니 이젠, 상관의 딸과 결혼하고 싶어서 나에게 차도르를 입으라는 거니? 아니, 그렇게는 못 하겠다. 평생 살아오면서 많은 사람에게 맞서지 못했지만, 아들만큼은 맞서야겠어. 난 인생의 쓴맛 단맛을 다 보면서 중년에 이르렀어. 나 혼자 결정을 내릴 수 있고 내가 입을 옷을 선택할 수 있을 만큼의 경험을 쌓았다고. 우리는 평상시처럼 옷을 입고 그 집에 가는 거야. 그들의 비위를 맞추기 위해 가식적으로 행동하지는 않을 테다."

아테페는 신앙심이 깊고 품위 있는 아가씨였다. 무엇보다 중요했던 건 그녀가 사리분별이 있는 사람이라는 점이었다. 쉬린과 내 앞에서조차 히잡을 벗지 않았던 그녀의 어머니는 지나치게 격식을 차리며 우리를 대접했다. 그리고 나 스스로 생각하기에 아직 갚을 빚이 많은 것 같은 마그수디는 여전히 친절하고 정중했다. 살이 좀 오르고 머리가 하얗게 센 그는 연신 묵주를 돌렸다. 마수드와 그는 만난 순간부터 일 이야기를 시작하더니 우리가 다른 이유로 그 집을 방문했다는 사실을 까맣게 잊었다.

집의 분위기가 어쩐지 마흐무드의 집을 떠올리게 했지만, 거부감은 들지 않았다. 경건함과 독실함이 그대로 드러나는 그들의 얼굴을 대하고 있자니 마음이 차분해졌다. 위선을 부리는 것 같지는 않았다. 온 집안에 사랑과 믿음이 충만한 느낌이었다. 마흐무드의 집과는 달리 이 집에서는 웃음과 즐거움이 죄가 아니었다. 외삼촌들의 태도 때문에 종교에 그다지 호의적이지 않던 쉬린도 금방 아테페와 친해져 재미있게 이야기를 나누었다.

모든 일이 빠르고 쉽게 진행되어 마수드와 아테페는 봄이 한창일 때 결혼식을 올릴 수 있었다. 마수드가 정부 부처에서 아파트를 사기 위한 혜택을 받을 자격을 얻기까지 아직 몇 년이 남아 있었다. 마그수디가 아테페의 몫으로 생각해둔 자기 집 2층이 비었다며 들어와 살라고 했다.

마수드가 짐을 싸던 날, 나는 명랑한 척해 보이려고 짓궂은 농담을 해가며 그를 도왔다. 그러나 그가 떠난 후에는 텅 빈 그의 방에 남아 있는 침대 위에서 멍하니 벽을 바라보며 한참을 앉아 있었다. 집에서 마수드의 기운이 빠져나간 것 같았고 슬픔으로 마음이 무거워졌다. 나는 혼잣말을 하며 스스로를 다독였다. 새끼 새들은 어디론가 날아가기 마련이다. 둥지가 비는 것은 당연하다. 처음으로 나는 내 앞에 놓인 미래와 외로움이 두려웠다.

막 집으로 들어온 쉬린이 문을 살짝 열고 안을 들여다보았다. "오빠는 갔어요? 방이 텅 비었네요."

"그래, 자식들이 모두 떠나는구나. 그렇지만 이렇게 떠나는 게 제일 좋은 거야. 신의 도움으로 네 오빠가 건강하게 살아 있었지. 드디어 그 아이가 결혼하는 모습을 보았구나."

"엄마, 솔직히 너무 외로워요."

"하지만 너에게는 내가, 나에겐 네가 있잖니. 몇 년 후면 너도 떠나겠지만."

"몇 년 후요?"

"대학을 졸업하기 전에는 결혼할 생각하지 않기다. 알겠지?"

쉬린이 입을 삐죽거리며 어깨를 으쓱했다. "그런 약속을 어떻게 해요? 제가 몇 달 후에 결혼을 할지도 모르잖아요."

"뭐? 절대 안 돼!" 내가 단호하게 말했다. "뭐가 그리 급해? 학교 마칠 때까지는 생각도 하지 마."

"하지만 상황이……."

"무슨 상황? 남에게 끌려다니지 말고 차분히 공부를 마치고 일을 해. 주눅 들지 않고 어디에 매이지 않고 누구에게도 굴욕을 받지 않을 수 있을 만큼 자립하게 되면, 결혼에 대해 생각하기 시작해. 결혼은 언제든지 할 수 있어. 하지만 한번 결혼을 하면 집과 가정을 영원히 책임져야 하는 거야. 미혼이고 젊었을 때처럼 아무 걱정 근심 없이 살 수는 없어. 젊은 시절은 짧고 다시는 돌아오지 않아. 왜 네 인생 최고의 시기를 단축하려는 거니?"

마수드는 꼬박꼬박 나를 만나러 왔고 올 때마다 나를 설득하려 들었다. "엄마, 이제 일은 그만하세요. 연세도 있으시니까 좀 쉬셔야 해요."

"마수드, 난 내 일이 좋아. 이젠 취미나 다름없단다. 일이 없으면 쓸모없는 사람이 된 느낌이 들 것 같구나."

그러나 그는 포기하지 않았다. 내 경력기록을 어떻게 구해 어떤 방법을 썼는지는 모르겠지만, 아들 덕에 나는 연금을 받게 되었다. 물론 규칙적으로 돈이 들어오는 것은 좋았으나, 일을 그만둘 수는 없어서 나는 몇 가지 프로젝트를 받아 바쁜 생활을 유지했다.

받는 월급은 넉넉했지만 마수드는 직장생활에 만족하지 못했다. 그리고 나도 그가 정부 일을 계속하는 것이 싫어서 틈만 나면 잔소리를 했다. "너는 건축가야. 예술가라고. 왜 복잡하고 따분한 정부 일에 매여 재능을 썩히니? 승진을 해서 요직을 차지하게 되어도, 그건 잠깐일 뿐이야. 너를 지지해주던 사람들이 떠나면, 바닥으로 곤두박질치게 되어 있어. 네 실력을 진짜로 인정받았다고 판단될 땐 약속을 믿어도 되지만 달콤한 말에는 절대 넘어가지 않아야 해. 너처럼 독실한 신자가 사회적 신분이나 지위에 대해서만은 무책임한 태도를 보이는 이유를 엄마는 알 수가 없구나. 넌 아무 일이나 해도 되는 사람이 아니야."

"엄마, 엄마의 문제가 뭔지 아세요? 지나치게 속을 끓이신다는 거예요. 걱정 마세요, 저도 관료 집단이라면 이제 지긋지긋하니까요. 친구들 몇 명과 함께 회사를 차려보려고 해요. 제가 맡은 일을 끝낼 때까지는 퇴직을 할 수 없지만, 정리가 되면 곧 사직서를 낼 거예요."

쉬린의 결혼 계획에 대한 이야기를 피하려던 나의 노력에도 불구하고, 몇 달 후 딸아이는 그 문제를 거론하고 나왔다. 학위를 받은 파라마르즈가 캐나다로 떠나려 한다는 것이었다. 두 사람은 그가 캐나다에 가서 쉬린의 거주허가를 신청할 수 있도록, 그가 떠나기 전에 결혼식을 올리고 싶어 했다. 내가 대학 자퇴를 심하게 반대했지만, 둘은 쉬린의 거주신청이 처리될 때까지 약 일 년의 시간이 있으니, 그동안 공부를 끝내고 학위를 받으면 된다고 우겼다.

쉬린과 헤어질 생각을 하면 가슴이 찢어지게 아팠으나 행복에 겨워 잔뜩 들뜬 딸아이를 보면 슬픈 내색을 할 수 없었다. 간단하게 결혼식을 올린 후 얼마 지나지 않아 파라마르즈가 캐나다로 떠났다. 그가 거주문제를 정리하고 돌아올 때까지, 쉬린은 이란에 남아 공부를 계속하기로 했다. 그가 돌아오면 제대로 된 결혼 축하연을 열고, 신랑 신부가 함께 떠난다는 계획이었다.

그동안 너무나도 힘들고 어려웠지만 나에게 맡겨진 책임을 다했다는 생각이 들었다. 아이들이 공부를 마치고 각자의 인생을 시작해 성공가도를 달리고 있었으니까. 하지만 학교 기말시험을 치르고 난 후처럼, 공허함이 몰려왔다. 내가 할 일이 남아 있지 않은 것 같았다.

나는 신께서 나를 배은망덕한 여자로 여기시고 벌을 내리실까봐 그 어느 때보다 많이 감사 기도를 올렸다. 그리고 아직도 시간이 남아 있으니 얼마나 다행이냐며 나 자신을 위로했다. 쉬린이 떠나기까지 아직 일 년이라는 시간이 남아 있었다. 그렇지만 노쇠와 외로움이라는 검은 구름이 나에게 그림자를 드리우고 있다는 사실을 무시할 수는 없었다.

10장

　쉬린이 캐나다로 떠날 시간이 다가올수록 나는 더 우울하고 초조해졌다. 나름대로 나는 자식들에게 집착하지 않으려고 노력을 했다. 자식들에게 매달려 이것저것 참견하는 주책없는 엄마가 되고 싶지 않았고 자식들이 항상 신경 쓰고 걱정을 해야 하는 늙은 엄마가 되고 싶지도 않았다. 그래서 사람들과 더 어울리려고 하고 친구들도 더 사귀고 남는 시간을 채울 수 있는 새로운 방법들을 찾으려고 애썼다. 그러나 그 나이에 새 친구를 사귀기가 쉽지 않고, 친정 가족들과의 서먹한 관계도 그대로라는 것이 문제였다. 노령의 어머니는 마흐무드 오빠의 집으로 들어가셨는데, 가끔 우리 집에 와서 며칠 묵고 가라는 내 말을 들은 척도 하지 않았고 내가 오빠의 집에 가기도 뭣해서 우리 모녀는 거의 만나지 못했다. 그래도 어머니는 내가 도움이 필요할 때 의지할 수 있는 유일한 분이었다.

　피루제가 결혼을 하고 이란을 떠난 이후로 파티의 얼굴에 그림자가 드리워졌다. 파티와 나의 사이는 예전처럼 가깝지 않았다. 딸과 이별한 것이 우리 때문이라고 생각하는 것 같았다. 예전에 함께 일하던 여자 동료들과는 여전히 모임을 가졌고 자가르와도 가끔 만났다. 몇 년 전에 재혼한 그는 행복해 보였다.

파르바네가 테헤란에 올 때만큼은 나도 잡념과 걱정에서 놓여날 수 있었다. 우리는 수다를 떨며 함께 웃었고 젊은 시절의 행복한 기억으로 추억여행을 떠났다. 그해, 파르바네 어머니의 건강이 다시 나빠져서, 그녀는 이란에서 많은 시간을 보냈다.

"쉬린이 떠나면 아파트를 세놓고 자식들 집에 돌아가면서 몇 달씩 머무는 게 어때?"

"절대 그렇게 하지 않을 거야! 난 끝까지 자존심과 내 생활을 포기하지 않을 거야. 그리고 아이들의 생활을 방해할 생각도 없어. 몇 세대가 한 집에 사는 건 이제 바람직하지 못해."

"방해라니? 오히려 좋아하고 고마워할걸! 자식들도 네 고생에 보답하고 싶을 거야."

"그런 말은 하지도 마! 우리 할머니가 떠오른단 말이야. 할머니가 노상 이런 말씀을 하셨어. 아들을 기르는 것은 가지를 튀기는 것과 같아서 기름을 많이 필요로 하지만 나중에 더 많은 기름으로 갚아준다고. 나는 자식들에게 그런 기대를 하지 않아. 고생은 나 자신을 위해서 한 거야. 아이들을 기르는 건 내 의무였으니까. 자식들이 내게 빚진 건 없어. 무엇보다 난 자립해 있고 싶어."

"자립해서 뭐하려고? 자식들 마음을 편하게 해주려고? 혼자 있는 엄마를 잊고도 양심에 가책을 안 느끼게 해주려고?"

"말도 안 되는 소리. 세상의 모든 혁명은 사람들이 독립을 원했기 때문에 일어났어. 난 내 독립을 포기할 생각이 없으니까, 기대도 하지 마."

"마숨, 시간이 너무 빨리 흘렀고 아이들도 너무 빨리 커버렸어. 아이들 어릴 때가 좋았는데. 난 그때로 돌아가고 싶어."

"난 싫어! 옛날로 돌아가고 싶은 마음은 티끌만큼도 없어. 시간이 흘러서 얼마나 다행인지 몰라. 이제 내 여생도 빨리 지나갔으면 좋겠어."

무더운 여름이 찾아왔고 나는 쉬린의 혼수를 준비하느라 바빴다. 파르바네와 나는 같이 쇼핑을 다니거나 다른 구실을 찾아 시간을 함께 보냈다. 어느 뜨거운 오후, 잠시 쉬려고 누웠는데 초인종이 마구 울려 벌떡 일어났다. 나는 인터폰으로 누구냐고 물었다.

"나야. 빨리 문 열어."

"파르바네? 왜 그래? 이따가 만나기로 했잖아."

"문을 열어줄래, 아님 내가 쓰러지는 꼴을 볼래?"

나는 문열림 버튼을 눌렀다. 눈 깜짝할 사이에 파르바네가 계단을 달려 올라왔다. 얼굴은 벌겋게 달아올랐고 이마에서 흘러내린 땀방울이 윗입술로 떨어지고 있었다.

"무슨 일이야? 왜 그래?"

"안으로 들어가자. 빨리!"

나는 영문을 모른 채 뒷걸음질을 쳐 집 안으로 들어갔다.

파르바네가 스카프와 선글라스를 벗어던지더니 소파에 풀썩 주저앉았다.

"물, 찬물 좀 줘."

나는 서둘러 찬물 한 잔을 떠왔다.

"좀 이따가 셔벗을 가져다줄게. 자, 이제 무슨 일인지 말해봐. 궁금해 죽겠다."

"내가 오늘 누굴 봤게?"

심장이 쿵 내려앉아 가슴이 텅 빈 것 같았다. 그녀의 표정과 행동이 삼십삼 년 전의 이미지와 정확하게 일치했다.

"사이드!" 내 목소리는 갈라져 있었다.

"여우 같으니! 그걸 어떻게 알았어?"

우리는 우리 집의 위층 방에서 속닥거리던 십대 소녀로 되돌아가 있었다. 내 가슴은 그때처럼 쿵쾅거렸고 파르바네도 그때처럼 잔뜩 들떠 어쩔 줄을 몰랐다.

"어디서 봤어? 어떻게 지낸대? 어때 보였어?"

"잠깐만! 차근차근 얘기해줄게. 내가 어머니의 약을 사러 아는 약사네 약국에 갔거든. 그런데 약사가 카운터 뒤에서 찾아온 손님과 얘기를 하고 있더라고. 손님이 날 등지고 있어서 처음에는 그라는 걸 몰랐지. 그런데, 왠지 목소리가 낯설지 않은 거야. 머리랑 전체적인 스타일도 꽤 멋져서 호기심이 생기더라. 보조 약사가 약을 줬지만, 그 사람을 보지 않고는 약국을 나올 수가 없었어. 그래서 카운터로 걸어가 약사에게 인사를 하면서 수면제를 하루에 한 알 먹는 게 맞느냐고 물어보았지. 바보 같은 질문이었지만, 내 질문에 손님이 고개를 돌리고 나를 봤어. 아아, 마숨. 사이드였어! 내 기분이 어땠는지, 넌 모를 거야. 얼마나 당황이 되던지!"

"그 사람이 널 알아봤어?"

"그래! 워낙 똑똑한 사람이잖니. 그 긴 세월이 지났고 스카프에 선글라스까지 쓰고 머리에 염색을 했는데도 날 알아보더라니까! 그가 망설이는 것 같기에, 재빨리 선글라스를 벗고 웃어보였어. 날 똑바로 볼 수 있도록."

"얘기도 했어?"

"당연하지! 내가 아직도 네 오빠들을 무서워하는 줄 아니?"

"외모는? 많이 변했어? 많이 늙었든?"

"관자놀이께 머리는 완전히 세었고 나머지는 희끗희끗했어. 그리고 코안경을 썼더라고. 옛날에는 안경을 쓰지 않았잖아?"

"맞아."

"물론 얼굴은 늙었지. 하지만 크게 달라지지는 않았어. 특히 그 눈. 눈은 옛날이랑 똑같아."

"그 사람이 뭐라고 했어?"

"다들 하는 일반적인 인사. 먼저 우리 아버지 소식을 묻더라. 한참 전에 돌아가셨다고 했더니 애도를 표했어. 그런 다음엔 내가 과감하게 지금 어디에서 사느냐, 무슨 일을 하느냐고 물었지. 그랬더니 한동안 미국에서 살았는데, 몇 년 전에 돌아와서 여기서 일을 하기 시작했대. 결혼을 했는지, 자식이 있는지 물어보고 싶었지만, 어떻게 말을 꺼내야 할지 알 수가 없더라고. 그래서 그냥 가족들은 잘 있느냐고 물어봤어. 그가 깜짝 놀라기에, 어머니와 여동생들 소식이 궁금해서 물은 거라고 했지. 어머니는 이십 년 전에 돌아가셨고 여동생들은 결혼을 해서 각자 가정을 꾸렸대. 그리고 자기가 이란에 돌아와 혼자 지내고 있어서, 동생들을 자주 찾아가본다는 거야. 기회는 이때다 싶어서 대뜸 물었지. '혼자 지내신다고요?' 그랬더니 가족들이 미국에 있다는 거야. 미국 생활에 익숙한 다 큰 자식들을 데리고 들어올 수가 없었대. 아내는 자식들만 놔둘 수 없다고 했고. 더 이상 캐묻는 게 무례한 것 같아서, 만나서 반가웠다고 하고 내 전화번호를 주겠다고 했어. 언제 시간이 나면 다시 만나면 좋겠다고."

나는 실망을 감추지 못했다. "내 소식은 안 물어보든?"

"기다려봐! 내가 전화번호를 적고 있는데, 그가 나에게 묻는 거야. '친구분은 어떻게 지내시나요? 두 분이 아직도 연락을 하십니까?' 그래서 막 흥분을 하면서 대답했지. '그럼요, 그럼요. 아직도 친하게 지내고 있어요. 마숨도 당신을 만나고 싶어 할 거예요. 오늘 오후에 전화해주세요. 약속을 잡아보게요.' 그 사람, 갑자기 눈을 반짝반짝 빛내면서 그래도 괜찮겠느냐고 물었어. 아마 네 오빠들이 아직 무서운가봐! 나는 물론 괜찮다고 했어. 그리고 얼른 인사를 하고 최대한 빨리 차를 몰아 이리로 온 거야. 사고가 나지 않은 건 신의 뜻이었지. 자, 네 생각은 어때?"

수천 가지 생각이 머릿속에서 춤을 추었다. 말 그대로 춤을. 속도를 줄이지 않아 내 생각이 어떤지 파악할 수가 없었다.

"얘, 얘…… 무슨 생각을 하는 거야? 이따가 그 사람이 전화를 걸어오면, 뭐라고 하지? 내일 오라고 할까?"

"오라고 한다고? 어디로?"

"우리 집이나 여기로. 쉬린의 계획이 어떤지만 알면 돼."

"내일이 무슨 요일이지?"

"월요일."

"쉬린이 뭘 할지, 모르겠는데."

"상관없어. 우리 집에서 만나면 돼. 어머니는 주무실 테니까."

"그런데 왜 그 사람을 오라고 해야 하지? 그만두자."

"소심하긴! 그 사람을 보고 싶지 않아? 어쨌거나 그는 옛 친구야. 우리가 무슨 잘못을 하고 있는 게 아니잖아!"

"모르겠어. 너무 혼란스러워서 제대로 생각을 할 수가 없어."

"또 이런다. 네가 혼란스럽지 않은 적이 있기나 하니?"

"머리가 안 돌아가. 손이랑 무릎이 덜덜 떨려."

"그만! 넌 이제 열여섯 살 소녀가 아니야."

"바로 그거야. 난 열여섯 살 먹은 소녀가 아니야. 지금 내 모습을 보면, 불쌍한 그 사람은 경악을 할 거야."

"쓸데없는 소리! 우리만 나이를 먹은 게 아니잖아. 그 사람도 늙었어. 아무튼 우리 남편 코스로우의 말에 의하면, 우린 케르만산 카펫과 같아. 나이를 먹을수록 멋져지고 있으니까."

"됐어! 우리가 늙은 건 사실이야."

"맞아. 하지만 중요한 건, 다른 사람들이 그 사실을 몰라야 한다는 거야. 늙은 티를 내면 안 돼."

"사람들이 장님인 줄 아니? 이렇게 많이 변했는데, 어떻게 티를 안 내? 난 요즘 거울 보기가 싫어."

"뭐니? 꼭 아흔 살 먹은 할머니처럼 이야기를 하네. 우린 겨우 마흔여덟이야."

"파르바네, 너 자신을 속이려는 거니? 우린 쉰세 살이야."

"대단한데? 바로 맞췄어." 파르바네가 농담을 했다. "그렇게

627

수학을 잘하는데, 왜 내 친구는 아인슈타인처럼 되지 못했을까?"

바로 그때, 쉬린이 돌아왔다. 우리는 잘못을 저지른 아이들처럼 이야기를 멈추고 표정을 가다듬었다. 파르바네의 볼에 입을 맞춘 쉬린은 우리에게 별 신경을 쓰지 않고 자기 방으로 들어갔다. 우리는 서로의 얼굴을 바라보고 웃음을 터뜨렸다.

"알리가 방에 들어왔을 때, 종이를 감추던 거 생각나니?" 내가 말했다.

파르바네가 손목시계를 들여다보고는 소리를 질렀다. "세상에! 벌써 시간이 이렇게 되었네. 어머니께 십오 분 이내로 돌아온다고 했는데. 걱정을 하다가 쓰러졌겠어." 그녀가 선글라스를 쓰며 말했다. "이따가 다시 오지 않을게. 그 사람이 전화를 하면, 내일 여섯 시에 우리 집으로 오라고 할까봐. 거기가 더 안전하니까. 넌 좀더 일찍 와…… 그럼, 전화할게."

나는 내 방으로 들어가 화장대 앞에 앉았다. 그리고 거울에 비친 내 얼굴을 자세히 살피면서 열여섯 살 소녀였을 적의 흔적을 찾아보았다. 미소를 지을 때 깊어지는 눈가의 주름도 눈여겨보았다. 코 주변에서 입술까지는 굵은 팔자주름이 새겨져 있었다. 파르빈이 늘, 내가 웃을 때 삼 센티미터는 더 깊어진다고 감탄한 아름다운 보조개는 움푹 파인 홈이 되어 입술 양 옆으로 나란히 지나가는 평행선을 만들어내고 있었다. 부드럽고 빛나던 피부는 늘어졌고 양 볼 위로는 희미한 검은 반점이 돋아나 있었다. 눈꺼풀도 늘어졌고 눈 밑의 검은 그림자 때문에 눈동자 색도 흐려 보였다. 폭포처럼 흘러내려 허리까지 닿았던 풍성한 붉은 갈색의 머리카락은 짧게 자른 지 오래였다. 물론 숱도 반으로 줄었고 꼬박꼬박 염색을 하는데도 흰 머리뿌리가 눈에 띄었다. 이제 나는 더 이상 사이드가 사랑했던 아름다운 소녀가 아니었다. 당황한 채로 거울 속의 나를 쳐다보고 있는데, 쉬린의 목소리가 들려왔다.

"엄마, 왜 그러세요? 한 시간이나 얼굴을 보고 계시네요! 엄마가 거울을 이렇게 좋아하시는지는 몰랐는걸요."

"좋아하다니? 거울을 깨뜨리고 싶은 심정인데."

"왜요? 너 자신을 깨뜨려라, 거울을 깨는 건 옳지 않다는 속담도 있는데. 거울에서 뭘 보고 계신 거예요?"

"내 얼굴. 그리고 내 나이."

"나이 때문에 속상해하신 적은 한 번도 없었잖아요. 다른 여자들과 달리, 누구에게든 나이를 스스럼없이 밝히시던 분이, 대체 왜 그러세요?"

"그래. 그런데 가끔씩은 말이야, 물건 하나, 사진 한 장에 과거를 떠올리게 되는 경우가 있거든. 그리고 거울을 보면 내가 가지고 있던 이미지와 실제의 내 모습이 얼마나 다른지 깨닫게 되지. 그게 참 잔인한 거거든. 아주 높은 데서 하염없이 떨어지는 것 같아."

"하지만 엄마는 늘 각각의 나이에 맞는 아름다움이 있다고 하셨잖아요."

"그랬지. 그렇지만 젊은 나이의 아름다움은 전혀 다른 거야."

"제 친구들은 모두 엄마가 점잖고 우아하다고 칭찬을 해요."

"쉬린, 엄마의 외할머니는 마음이 너무 예쁜 분이어서 여자

아이에게 못생겼다는 표현을 쓰지 못하셨어. 대신 귀엽다고 하셨지. 네 친구들은, 차마 나에게 늙었다는 소리를 할 수가 없어서 우아하다고 말하는 것뿐이란다."

"그런 말씀을 하시다니, 엄마답지 않아요. 저에게 엄마는 언제나 가장 아름다운 여자였어요. 어렸을 때 나는 엄마같이 예뻤으면 좋겠다는 생각을 하면서 엄마를 질투했어요. 몇 년 전까지도, 사람들이 나보다 엄마를 더 많이 쳐다봤잖아요. 엄마의 눈색깔과 고운 피부를 물려받지 못해서 얼마나 속상해한 줄 아세요?"

"그게 무슨 소리니! 네가 훨씬 예쁜데. 나는 너무 창백해서 사람들이 늘 아프냐고 했었어. 그런데 넌 생기 넘치는 눈과 구릿빛 피부를 타고났잖아. 그 보조개는 또 얼마나 예쁜데."

"뭣 때문에 젊은 시절을 떠올리게 되신 거예요?"

"내 나이 때문이지. 이런 게 나이의 기능이야. 내 나이가 되면, 과거의 색깔이 달라진단다. 힘들었던 나날들도 좋아 보이지. 젊었을 땐, 미래를 꿈꾸고 다음 해엔 무슨 일이 일어날까 궁금해하고 오 년 후의 자기 모습을 그려보기도 하고 시간이 빨리 흘렀으면 좋겠다고 생각하지만 내 나이가 되면 산 정상에서 내려오듯이 미래 대신 과거로 눈을 돌리게 되는 거야."

오후 늦게 파르바네가 전화로 다음 날 오후 여섯 시로 약속을 잡았다고 알려주었다. 나는 밤새 열병 같은 흥분 때문에 잠을 이루지 못했다. 사이드를 위해서나 나를 위해서나 다시 만나지 말고 젊고 아름다운 모습으로 서로를 기억하는 것이 낫다는 생각이 들었다. 지난 세월 동안 예쁜 옷을 입고 거울을 볼 때마다 파티나 결혼식장이나 거리에서 그를 우연히 만나기를 얼마나 바랐는지 몰랐다. 내가 제일 예쁠 때, 그를 다시 보게 되기를 간절히 소망했었다.

아침 일찍, 파르바네가 전화를 걸어왔다. "기분이 어때? 난 어젯밤에 한숨도 못 잤어."

"어쩜 우리는 이렇게 똑같니." 내가 웃음을 터뜨렸다.

파르바네가 나에게 지시사항을 알려주기 시작했다.

"우선, 머리를 염색해."

"염색한 지 얼마 안 되는데."

"상관없어. 다시 해. 뿌리 부분에 물이 잘 들지 않았어. 그다음, 욕조에 뜨거운 물을 받아놓고 목욕을 해. 목욕을 다 하면 대야에 차가운 물을 담고 얼음을 많이 띄운 다음 얼굴을 집어넣어."

"물에 빠져 죽으면 어떻게 해."

"바보야! 안 죽어. 얼굴을 몇 번 담갔다 뺀 다음에 내가 독일에서 사다준 크림들을 발라. 초록색 크림은 오이 마스크야. 얼굴에 펴 바른 다음에 이십 분간 누워 있다가 물로 씻어내고 노란색 크림을 듬뿍 발라. 준비가 다 되면 다섯 시까지 우리 집으로 와. 내가 단장을 해주고 화장을 해줄 테니까."

"단장? 신부도 아닌데 무슨 단장이야!"

"신부가 될 수도 있지. 그걸 누가 알아?"

"그런 소리를 하다니 부끄럽지도 않니? 내 나이에?"

"또 나이 타령이야? 한 번만 더 나이 얘길 하면, 널 때려줄 거야. 정말이야."

"뭘 입어야 하지?"

"독일에서 나랑 같이 산 회색 드레스를 입어."

"안 돼. 그건 이브닝드레스잖아. 너무 과해."

"하긴, 네 말이 맞다. 베이지색 투피스를 입어. 아니다! 연핑크 레이스 칼라가 달린 장미색 블라우스가 좋겠다."

"내가 알아서 입을게. 아무튼 고마워."

호들갑 떠는 것을 싫어하는 나이지만, 그날만큼은 파르바네의 지시를 모두 따랐다. 초록색 마스크를 얼굴에 바르고 내 방에 누워 있는데 쉬린이 들어오더니 깜짝 놀란 표정을 지었다.

"어쩐 일이세요? 피부 관리를 다 하시고."

"아무 일도 아니야. 파르바네 아줌마가 이 마스크를 써봐야 한다고 난리를 치기에 한번 써본 것뿐이야."

쉬린은 어깨를 으쓱해 보이고 방을 나갔다.

세 시 삼십 분부터 준비를 하기 시작했다. 미리 클립을 말아 둔 머리를 정성껏 드라이하고 조심스럽게 옷들을 입어보았다. 그리고 전신 거울에 내 모습을 비추어보며 생각했다. 옛날보다 몸무게가 10킬로그램 정도 불어난 것 같구나…… 깡말랐을 때엔 그렇게 포동포동하던 두 뺨이 몸이 불어난 지금은 푹 꺼져 얼굴이 반쪽이 되었다는 것이 정말 이상했다.

입어보는 옷마다 마음에 들지 않아서 침대 위에는 곧 블라우스와 스커트와 원피스가 수북하게 쌓였다. 쉬린이 문틀에 기대어 서서 다시 물었다.

"엄마, 어디에 가시는 거예요?"

"파르바네 아줌마네."

"파르바네 아줌마네 집에 가시려고 이렇게 난리법석을 피우시는 거라고요?"

"아줌마가 옛 친구 몇 명을 찾아내서 집으로 초대했거든. 그 사람들에게 추하게 보이고 싶지 않아서."

"아하! 젊은 시절의 경쟁이 아직 계속되고 있는 거네요."

"경쟁심 때문이 아니야. 좀 묘한 감정이 든다. 삼십여 년 만에 옛 친구를 만나는 것은 거울을 들여다보는 것과 같아. 난 그때처럼 보였으면 좋겠는데. 아니면 영 낯선 사람이나 마찬가지니까."

"모두 몇 명인데요?"

"누구 말이니?"

"파르바네 아줌마네로 오시는 손님들이요."

거짓말에 서툰 나는 허둥거리며 우물쭈물 대답을 했다. "한 사람을 우연히 만났는데, 그 친구가 또 누굴 데려올 수도 있대. 그래서 한 명이 올지 열 명이 올지 아직 몰라."

"엄마는 옛 친구에 대해서는 한 번도 얘기한 적이 없으셨잖아요. 그 친구분 이름이 뭐예요?"

"파르바네만큼 친하지는 않았지만 나에게도 동창이며 친구가 있었지."

"정말 재미있어요. 삼십 년 후에 저와 제 친구들이 어떻게 변해 있을까요? 우리가 굼뜬 노인들이 되어 한데 모여 있는 장면을 한번 상상해보세요!"

나는 쉬린의 말을 건성으로 들으며 만약에 딸아이가 같이 가겠다고 할 때 델 핑계를 궁리했다. 그러나 언제나 그랬듯 쉬린은 '굼뜬 노인들'과 함께 있는 것보다는 또래와 함께 있는 것을 좋아했고 차라리 집에 혼자 있는 것이 낫다고 생각하는 모양이었다. 결국, 나는 초콜릿색의 린넨 원피스를 입고 폭이 넓은 벨트를 맨 다음 굽이 높은 샌들을 신었다.

다섯 시 삼십 분이 되어서야 파르바네의 집에 도착했다. 그녀는 나를 머리끝부터 발끝까지 훑어보았다.

"괜찮네. 자, 들어와. 내가 단장을 해줄게."

"괜히 야하게 만들려고 하지 마. 나는 나야. 이제까지 한평생을 이렇게 살았잖아…… 그것도 험난한 일생을."

"넌 아름다워. 초콜릿색 아이섀도를 살짝 바르고 아이라인을 그리고 마스카라를 칠하려는 것뿐이야. 그런 다음에 립스틱을 좀 발라. 다른 건 필요 없겠는데. 신의 축복이지. 네 피부는 아직 도자기 같아."

"그래, 깨진 도자기라 문제지."

"뭐, 그 깨진 자리가 별로 눈에 띄지 않아. 게다가 그 사람은 눈도 나빠. 어두워질 때까지 안에 앉아 있으면 잘 보이지 않을 거야."

"됐어! 조잡한 물건을 팔아넘기려는 사람 같잖아! 정원에 나가 앉자."

여섯 시 정각, 우리는 초인종 소리에 화들짝 놀랐다.

"우리 어머니의 목숨을 걸고 장담하는데 저 사람, 밖에서 십 분 넘게 기다리다가 정각에 초인종을 눌렀을 거야. 우리보다 상태가 더 심각해."

파르바네는 이렇게 말을 하고 인터폰에 달린 문열림 버튼을 누른 다음 정원으로 나갔다. 정원 중앙에 다다른 그녀가 뒤를 돌아보더니 꼼짝 없이 서 있는 나에게 따라오라는 손짓을 했다. 하지만 몸이 움직여지지 않았다. 나는 창문을 통해 파르바네가 사이드를 정원 테이블로 안내하는 모습을 지켜보았다. 그는 회색 양복 차림이었다. 몸이 좀 불은 것 같았고 머리는 희끗희끗했다. 얼굴은 보이지 않았다. 잠시 후, 파르바네가 안으로 들어와 통을 놓았다. "왜 아직 이러고 있어? 예비신부처럼 차쟁반을 들고 나오려는 거니?"

"그만 좀 해! 심장이 터지려고 한단 말이야. 다리가 얼어붙어서 따라 나갈 수가 없었어."

"어머나, 불쌍한 우리 아기! 이제 왕림하시어 자리를 빛내주시겠나이까?"

"잠깐만…… 정신 좀 차리고."

"얘 좀 봐! 사이드에게 뭐라고 하라는 거야? 네가 기절했다고 할까? 혼자 앉아 있게 하는 건 실례야."

"어머님과 같이 있다고, 금방 나온다고 말해줘. 맙소사! 어머님께 인사도 안 했네!" 나는 황급하게 파르바네의 어머니가 누워 계신 방으로 달려갔다……

내 나이에 그렇게 당황하게 될 줄은 꿈에도 생각하지 못했다. 나는 늘 내가 사리 있고 차분하며 인생의 굴곡을 다 경험한 사람이라고 생각했다. 지금까지 나에게 관심을 표했던 남자들도 많았다. 그러나 이렇게 긴장하고 당황하는 것은 십대 소녀 시절 이후로 처음이었다.

"마숨, 누가 왔니?" 아흐마디 부인이 물었다.

"파르바네의 친구가 왔어요."

"너도 아는 사람이니?"

"네, 독일에서 만나봤어요."

그때, 파르바네가 외치는 소리가 들려왔다. "마숨, 어서 나와. 사이드가 기다려."

나는 거울을 보며 손가락으로 머리를 빗었다. 아흐마디 부인이 내가 방을 나오는 순간에 무슨 말을 했던 것 같다. 나 스스로에게 생각할 틈을 주지 말아야 했다. 나는 서둘러 정원으로 나가 목소리가 떨리지 않도록 애를 쓰며 겨우 인사를 했다. "안녕하세요!"

사이드가 의자에서 벌떡 일어나 나를 바라보았다. 잠시 후, 제정신을 차린 그가 부드럽게 말했다. "안녕하세요."

간단히 인사말을 나누고 안부를 묻다 보니 긴장이 풀리는 것 같았다. 파르바네는 차를 가지러 안으로 들어갔고 사이드와 나는 마주보며 앉아 있었다. 둘 다 선뜻 이야기를 꺼내지 못했다. 얼굴은 늙었지만 그의 멋진 갈색 눈은 몇십 년 동안 나의 기억 속에 남아 있던 예전의 그 눈 그대로였다. 전체적으로 그는 좀 더 안정되어 보였고 더욱 매력적으로 보였다. 나도 그에게 그렇게 보였으면 하는 마음이 들었다. 파르바네가 돌아왔고 우리는 관례적인 대화를 나누었다. 분위기가 무르익자 우리는 그에게 그동안 어디서 뭘 하고 지냈느냐고 물었다.

"두 분도 이야기를 하신다면, 저도 제 이야기를 하겠습니다……."

"저는 별로 할 이야기가 없어요." 파르바네가 말했다. "제 인생은 평범했거든요. 학교를 졸업하고, 결혼을 하고, 자식들을 낳고, 독일로 갔죠. 딸 둘에 아들 하나를 두었어요. 집은 아직 독일인데, 어머니가 편찮으셔서 여기에 주로 와 있어요. 어머니가 회복하시면, 독일로 모셔갈 생각이에요. 이게 다예요. 그리 재미있거나 신나는 인생을 살지는 못했어요." 파르바네가 나를 가리키며 한마디 덧붙였다. "마숨의 인생은 달랐어요."

나는 애원하는 눈길로 파르바네를 바라보았다.

"제발 가만히 있어! 마숨의 인생 이야기로 책 한 권을 쓸 수 있을 거예요. 지금 이야기를 시작하면 자정이 지나도록 계속해야 할 거예요. 게다가 제가 이미 알고 있는 이야기라 다시 들으면 지루할 것 같네요. 그러니까 당신 이야기를 해주세요."

"생각했던 것보다 좀 늦게 대학을 졸업했습니다." 사이드가 이야기를 시작했다. "아버지가 돌아가셨고 제가 외아들인 데다가 가장 역할을 해야 했기 때문에 군대는 면제를 받았죠. 졸업을 한 다음에 레자이에로 돌아가 삼촌들의 도움을 받아 약국을 열었습니다. 아버지가 남겨주신 땅 값도 오르고 이래저래 사정이 좋아져서, 여동생들을 결혼시킬 수 있었어요. 동생들이 결혼을 한 다음에는 약국을 팔고 어머니를 모시고 테헤란으로 이사를 왔죠. 동창 몇 명이 약품 수입회사를 세우겠다고 해서 저도 사업 파트너로 참여를 했습니다. 사업이 잘되자 우리는 화장품과 건강식품을 제조하기 시작했어요. 어머니가 결혼을 하라고 성화를 하시더군요. 하는 수 없이 사업 파트너들 중 한 친구의 여동생인 나지와 결혼을 했어요. 나지는 그때 고등학교를 갓 졸업했었죠. 그리고 아들 쌍둥이를 낳았습니다. 아이들이 얼마나 극성스러운지 기르기가 너무 힘들어서 아이를 더 낳지 않기로 결심했지요. 혁명이 일어나자 혼란한 정세 때문에 회사의 미래가 불투명해 보였어요. 나지의 가족들이 전부 이란을 떠났기 때문에, 그녀는 우리도 다른 곳으로 가야 한다며 조바심을 냈습니다. 국경이 폐쇄되자, 불법적으로라도 떠나야 한다고 우겼죠. 그래도 전 이 년을 더 버티며 상황이 나아지기를 기다렸죠. 그때, 어머니가 많이 편찮으셨어요. 그리고 결국 돌아가셨지요. 제가 이란을 떠나겠다고 말씀드려서 어머니의 명을 재촉한 것 같아 마음이 너무 아팠습니다. 우울한 심정으로 가진 것을 다 팔았어요. 회사 주식만 남겨두었는데, 그게 제가 했던 일 중 유일하게 잘한 일이었던 것 같습니다. 처음에는 오스트리아로 갔지요. 나지의 동생이 거기에 살고 있었습니다. 필요한 서류가 준비되자, 우리는 미국으로 갔습니다.

아무것도 없는 상태에서 시작을 하려니, 정말 힘들었어요. 그래도 포기하지 않고 정착을 했지요. 아이들은 행복해했습니다. 겨우 이삼 년 만에 두 아이는 완벽한 미국인이 되었어요. 나지가 영어 실력을 키워야 한다고 집에서 페르시아어를 못 쓰게 했거든요. 그 결과, 아이들은 모국어를 완전히 잊어버렸습니다. 저는 아침부터 밤까지 일을 했어요. 가족들은 큰 불편함 없이 살 수 있었죠. 다 가진 것 같았습니다. 행복만 빼고요. 여동생들, 친구들, 테헤란, 레자이에가 그리웠습니다. 나지는 가까이에 가족과 친구들이 있었고 아이들도 학교 친구, 동네 친구들과 잘 어울렸지요. 하지만 그들은 제가 한 번도 경험하지 못했고 알지도 못하는 세계에서 살고 있었습니다. 외로웠죠. 가족과도 서먹해졌고요.

전쟁이 끝났고 나라 사정도 나아져서 돌아가는 사람들이 많다는 소식이 들려오더군요. 그래서 저도 돌아왔지요. 회사는 계속 돌아갔고 시장도 그리 나쁘지 않았습니다. 다시 일을 하기 시작했어요. 마음도 한결 안정되고 힘도 났습니다. 곧 저는 아파트를 한 채 사놓고 나지를 데리러 미국으로 갔어요. 그런데 나지가 돌아오려 하지 않더군요. 아이들 때문이라는 완벽한 핑계를 대면서…… 사실, 그녀의 말이 옳았습니다. 오래전에 섞여 들어간 문화로부터 아이들을 떼어내기란 불가능했지요. 제가 이란에서 돈을 더 잘 벌 수 있었기 때문에, 결국 우리는 저혼자 들어오고 나지는 아이들이 성인이 된 이후에 들어오기로 결정을 내렸어요. 그렇게 육칠 년을 살았죠. 그런데 아들들이 성인이 되어 다른 주로 독립해 나갔는데도 나지는 이란에 돌아오려 하지 않고 있습니다. 일 년에 한 번씩, 제가 미국으로 가 몇 달 머물고 오지요…… 나머지 시간에는 외로움과 싸우며 일을 하고요. 그리 바람직한 삶이 아니라는 건 알지만, 달리 방법이 없네요."

파르바네가 테이블 아래로 내 다리를 살짝 찬 후 내게는 너무나 익숙한, 웃음이 섞인 장난기 어린 눈으로 사이드를 쳐다보았다. 하지만 나는 그의 이야기가 슬펐다. 그만이라도 행복하게 살기를 바랐는데, 오히려 그가 나보다 더 외로워 보였다.

"자, 이제 당신 차례예요." 그가 나를 보며 말했다.

나는 쫓기듯이 하미드에게 시집을 간 이야기와, 그의 착한 심성과 정치 활동, 옥살이, 처형에 대한 이야기를 했다. 그리고 내 일과 대학에 다녔던 것과 아이들을 키우며 고생한 이야기도 들려주었다. 요즘 생활과, 사회에 자리를 잡은 아이들과 드디어 조용해진 나의 삶에 관한 이야기도 덧붙였다.

우리 셋은 시간을 잊고서 오랜만에 만난 친한 친구들처럼 이야기를 했다.

전화벨 소리에 우리는 화들짝 놀랐다. 파르바네가 전화를 받으러 갔다. 잠시 후, 그녀가 나를 불렀다. "쉬린이야. 지금 열 시래!"

"엄마, 어디예요?" 전화기 너머로 쉬린의 화난 목소리가 들려왔다. "좋은 시간을 보내시고 계신가 보네요. 걱정했잖아요."

"한 번쯤은 걱정하는 사람이 너여도 괜찮지 않니? 이야기를 하고 못 만난 세월을 따라잡느라 시간 가는 줄을 몰랐구나."

대문을 나서며 사이드가 내게 말했다. "차로 바래다줄게요."

"아니에요. 마숨도 차가 있어요." 파르바네가 평소처럼 호들갑을 떨었다. "나 없이 둘이서만 얘기하는 건 허락할 수 없어요."

사이드는 큰 소리로 웃었고 나는 파르바네를 쏘아보았다.

"왜? 왜 날 쏘아보는 거야? 둘이서 무슨 얘기를 할지 궁금해서 그러는 건데…… 보셨죠, 사이드? 마숨은 하나도 변하지 않았어요. 우리가 어렸을 때, 마숨은 늘 그렇게 말하지 마, 무례한 말이야, 그러지 마, 적절한 행동이 아니야, 이렇게 말을 하곤 했죠. 오십이 넘었는데도, 그 버릇은 여전하다니까요."

"그만해, 파르바네! 말도 안 되는 소리 좀 그만하라고."

"진심을 얘기한 건데 뭐. 신께 맹세하지만, 둘이 나 몰래 만났다는 게 들통나면, 내가 벌을 줄 거야. 나도 꼭 끼워줘야 해."

사이드는 웃음을 그치지 못했다. 나는 입술을 깨물며 말했다.

"물론 같이 만나지……."

"그럼 다음 약속을 잡을까요? 다시 만나기 싫다는 말은 설마 하지 않겠죠?"

대화를 마무리 지으려고 내가 말했다. "다음번에는 우리 집에서 만나자."

"아, 그게 좋겠다. 언제?"

"수요일 아침에. 쉬린이 열 시에 등교를 해서 오후 늦게까지 돌아오지 않아. 점심을 같이 먹자."

파르바네가 신이 나 손뼉을 쳤다 "좋아! 파르자네에게 어머니를 봐달라고 부탁할게. 사이드, 수요일에 시간이 괜찮겠어요?"

"폐를 끼치고 싶지는 않은데요."

"폐라뇨, 절대 아니에요. 와주신다면 기쁘겠어요."

그가 우리 집 주소와 전화번호를 재빨리 받아쓰고 나서 우리는 이틀 후 다시 만나자고 인사를 하며 헤어졌다.

집에 와서 옷도 채 갈아입지 않았는데 전화벨이 울렸다. 파르바네가 흥분한 목소리로 웃으며 말했다. "축하해! 아내가 없다잖아!"

"아내가 왜 없어. 그 긴 이야기를 잊었니?"

"결혼에 대한 얘기가 아니라 별거에 대한 이야기였어. 이해를 못했구나!"

"불쌍한 사람…… 넌 너무 못됐어. 제발 그의 아내가 돌아와서 다시 행복하게 살았으면 좋겠다."

"마숨! 그 세월을 같이 지내놓고도 난 아직 네가 진짜 바보인지 바보 같은 척을 하는지 모르겠어."

"파르바네, 그들은 공식 부부야. 법적으로 이혼을 한 것도 아니고 이혼이라는 말도 나오지 않았어. 다른 사람들의 관계를 어떻게 그렇게 성급하게 판단할 수 있니?"

"헤어진다는 정확한 의미가 뭔데?" 파르바네는 한 발도 물러서지 않았다. "종이에 사인을 해야만 헤어지는 거니? 아니, 그렇지 않아. 감정이나 좋아하는 것이나 생활방식 면에 있어서, 또 시간적으로나 공간적으로도 그들은 칠 년이나 따로 살았어. 생각해봐, 미국같이 개방된 나라에서, 그 여자가 남편을 기다리면서 혼자 울고 있을 것 같아? 이 가까운 이란에 와서 보고 싶다는 마음도 들지 않는 남편을 위해서? 그리고 사이드가 성인처럼 순수하게 사랑하는 아내만 생각하면서 칠 년이라는 세월을 보냈을 것 같니?"

"그렇다면 왜 이혼을 안 했을까?"

"이혼을 왜 하겠니? 보아하니 굉장히 영리한 여자 같던데. 노새처럼 일해서 돈을 많이 부쳐주는 남편과 왜 이혼을 해? 귀찮지도 않은 노새잖니, 밥을 줄 필요도 없고 옷을 빨아 다림질해줄 필요도 없는. 바보가 아닌 이상 황금알을 낳는 닭을 포기하겠느냐고. 사이드는 따로 결혼하고 싶은 사람이 있거나 해외에 엄청난 자산이 있어서 그 여자에게 반을 뚝 떼어줄 수 있지 않는 한, 이혼을 하지 못할 거야. 그리고 지금까지는 굳이 이혼을 할 필요를 못 느꼈겠지."

"세상에, 어떻게 그런 생각을 했어?"

"비슷한 경우를 천 번쯤 봤거든. 사이드와 그의 아내는 환경이 많이 달랐을 거야. 딱 한 가지만 빼고. 이런 경우, 부부 사이가 회복될 수 없다는 거 말이야. 두고 봐, 내 말이 맞을 테니까."

*

오래전에 잃었다고 생각했던 젊은 열기를 가지고 수요일의 손님맞이 준비를 했다. 집안 청소와 정리정돈을 하고 요리를 하고 몸단장을 했다. 셋이서 얼마나 멋진 하루를 보냈는지 모른다. 우리의 모임은 계속되었고 내 생활의 가장 중요한 부분이 되었다.

다시 젊어진 느낌이었다. 외모에 신경을 쓰고 화장을 하고 새 옷도 샀다. 가끔씩 쉬린의 옷장에서 옷을 슬쩍 꺼내 빌려 입기도 했다. 세상이 다른 색깔로 보였다. 삶에 새로운 목표가 생겼다. 나는 열정을 가지고 신나게 모든 일을 해나갔다. 더 이상은 외롭지 않았고 늙었다는 기분도 들지 않았으며 쓸모없거나 잊힌 사람이라는 느낌도 들지 않았다. 겉으로 보기에도 확실히 젊어 보였다. 눈가의 주름도 눈에 덜 띄었고 입가 주름도 깊어 보이지 않았다. 피부도 생생하게 빛났다. 가슴속에는 달콤한 기대감이 넘쳤다. 전화벨 소리에는 새로운 의미가 담겼다. 전화벨이 울리면 본능적으로 목소리를 깔고 모호한 말로 대답을 했다. 쉬린은 나의 변화를 눈치챘지만 무엇 때문인지는 알지 못했다. 나는 딸아이의 캐묻는 듯한 눈길을 슬그머니 피하곤 했다.

우리의 모임이 시작된 지 일주일 만에 쉬린이 말했다.

"엄마, 옛 친구들을 다시 만나기 시작하시면서부터 기분이 훨씬 좋아 보이시는데요."

또 어느 날엔가는 슬쩍 농담을 던졌다. "엄마, 엄마 행동에 뭔가 수상쩍은 데가 있어요."

"수상쩍다니, 그게 무슨 뜻이야? 엄마가 뭘 어쨌다고?"

"전에 안 하시던 행동을 하시잖아요. 몸단장도 하시고 외출도 부쩍 늘었고 노래도 부르시고 어딘가 명랑해지시고. 아무튼, 뭔가가 달라졌어요."

"어떻게 달라졌는데?"

"사랑에 빠진 사람 같아요. 사랑에 빠진 소녀."

파르바네와 의논 끝에 사이드를 쉬린에게 소개하기로 했다. 누군가를 몰래 만나고 그와 함께 있는 장면을 들킬까봐 쩔쩔매는 것은 내 나이에 어울리지 않았다. 그러나 그가 우리 집에 찾아올 만한 구실을 생각해내는 것이 문제였다. 이런저런 궁리를 하다가, 결국 우리는 그가 파르바네의 가족들과 잘 아는 친구인데 외국생활을 하다가 최근에 귀국해 일 때문에 가끔 우리와 만난다고 둘러대기로 했다. 거짓말이 아닌 것이, 사이드가 논문 몇 편을 페르시아어로 번역해 나에게 편집을 부탁했었다.

쉬린이 사이드를 몇 번 보았다. 딸아이가 그에 대해 어떻게 생각하는지 궁금했지만, 의심을 사고 싶지는 않았다. 그런데 쉬린이 먼저 그의 이야기를 꺼냈다.

"파르바네 아줌마는 그분을 어떻게 만났대요?"

"말했잖니. 가족들을 잘 아는 친구라고. 그런데 왜?"

"아무것도 아니에요…… 아무튼 그분, 잘생긴 노신사던데요."

"노신사?"

"네. 그리고 굉장히 세련되고 품위 있어요. 파르바네 아줌마와 어울릴 것 같지 않은 분이에요."

"너무 무례하구나! 파르바네의 친구들과 친척들은 모두 품위 있는 사람들이야."

"그런데 아줌마는 왜 그래요?"

"파르바네가 어때서?"

"약간 정상이 아니잖아요."

"그런 말을 하다니, 부끄럽지도 않니?" 나는 딸아이를 꾸짖었다.

"이모나 다름없는 분에게 그런 말을 하면 못써. 쾌활하고 재미있고, 다른 사람들이 젊어진 것 같은 느낌을 받게 해주는 게 뭐가 나쁜 거냐?"

"치! 하긴, 아줌마랑 같이 있으면 엄마는 생기발랄해지니까. 두 분이서 만날 귓속말이나 하고."

"너, 아줌마를 질투하는 거니? 엄마에게도 친구 한 명쯤은 있어야 할 것 아냐."

"그런 말 한 적 없어요! 엄마가 힘이 넘치고 기분 좋으신 것, 저도 좋아요. 다만 아줌마가 나이 값을 못 하는 것 같다는 거죠."

여름 내내 우리 셋은 이틀에 한 번 꼴로 만났다. 사이드가 매입해둔 테헤란 북쪽, 다마반드 산 근처에 위치한 정원이 아름다운 별장으로 우리를 초대한 때는 9월 초였다. 정말로 아름답고 잊을 수 없는 하루였다. 높은 산은 하늘까지 닿을 것 같았고 산들바람은 눈 덮인 산정상의 차가운 기운을 실어다주었다. 공기는 맑고 향기로웠다. 별장을 빙 둘러싼 흰 포플러의 얇은 가지에 매달린 작은 이파리들이 스팽글처럼 달랑거리며 밝은 햇빛 아래에서 시시각각 색깔을 바꾸어 보여주었다. 바람이 강해지자 나뭇잎 부딪히는 소리는 마치 수천 명의 사람들이 나와 내가 살아온 인생과 자연의 아름다움에 박수갈채를 보내는 소리같이 들렸다. 실개천 가에는 페튜니아 꽃들이 나른하게 누워 달콤한 향기를 풍겼다. 과실수 가지들은 과일 무게로 축 처져 있었다. 사과, 배, 노란 자두, 솜털이 보송보송한 복숭아들이 햇살 아래 반짝거렸다. 살면서, 시간이 멈추었으면 하고 바란 날이 손가락에 꼽을 정도였는데 그날이 바로 그런 날이었다.

우리 셋은 정말로 행복했고 함께 있는 것이 편안했다. 조심스럽고 어색한 느낌을 떨쳐버린 우리는 자유롭게 이야기를 나눴다. 나의 반쪽인 파르바네는 내가 못하는 이야기들을 대신 해주었다. 그녀는 특유의 솔직하고도 자유분방한 입담으로 우리를 웃게 해주었다. 나는 웃음을 참을 수 없었다. 나의 웃음은 내 존재의 가장 깊은 입자에서부터 싹터 내 입술에서 꽃을 피우는 것 같은 웃음이었다. 때로 의문이 들기도 했다. 이렇게 웃고 있는 사람이 정말 내가 맞을까?

오후 늦게 오랫동안 산책을 한 우리는 상쾌한 기분으로 빌라 꼭대기의 테라스에 앉아 장엄한 일몰을 지켜보았다. 차를 마시며 패스트리를 먹고 있는데, 파르바네가 이야기를 시작했다.

"사이드, 물어볼 것이 있어요. 지난 세월 동안 마숨과 나는 그날 밤 이후 당신이 사라진 이유를 궁금해해왔어요. 왜 돌아오지 않았어요? 왜 당신 어머니께 마숨네 집을 찾아가 청혼을 해달라고 부탁하지 않았어요? 그랬다면 마숨이나 당신이나 평생 동안 겪은 고생을 피할 수 있었을 텐데."

깜짝 놀랐다. 그 순간까지 우리는 그날 밤을 화제에 올리지 않았다. 나도 당혹스러울 것이고 사이드도 불편해질 것이 분명했기 때문이었다. 숨이 턱 막힌 나는 그녀를 쳐다보며 말했다.

"파르바네!"

"왜? 난 우리가 모든 이야기를 다 할 수 있을 만큼 가까워졌다고 생각해. 두 사람의 운명을 바꾼 그 중요한 일을 꼭 짚고 넘어가야겠어. 사이드, 대답하고 싶지 않으면 하지 않아도 좋아요."

"아니에요, 설명을 해야죠." 그가 말했다. "사실, 나도 그날 밤의 일을 비롯한 모든 일들에 대해 이야기하고 싶었지만, 마숨을 불편하게 하고 싶지 않았어요."

"마숨, 불편하니?" 파르바네가 물었다.

"사실은…… 나도 좀 알고 싶긴 한데……."

"그날 밤, 내가 약국에서 일을 하고 있는데 아흐매드가 문을 벌컥 열고 들어와 고함을 지르며 욕을 퍼부었어요. 약사 선생님은 나를 다른 데로 피신시키려고 했지만, 그가 내게 달려들어 마구 패기 시작했죠. 동네 사람들이 전부 뛰어나왔어요. 충격도 컸지만 창피했습니다. 그 시절에 나는 너무 수줍음이 많아 사람들이 보는 앞에서는 담배도 피우지 못했어요. 그런데 아흐매드가 나에게 여동생을 나쁜 길에 들게 했다고 욕을 하는 거예요. 그가 갑자기 칼을 뽑아들자, 사람들이 달려와 그의 밑에 깔려 있던 나를 끌어냈죠. 아흐매드는 내가 다시 그의 눈에

띠면 나를 죽이겠다고 협박을 하고 돌아갔습니다. 아타이 선생님이 내게 분위기가 잠잠해질 때까지 출근을 하지 않는 것이 좋겠다고 하셨죠. 다치기도 많이 다쳤으니까 출근을 할 수도 없었습니다. 거의 움직일 수도 없었고 한쪽 눈이 심하게 부어 앞을 볼 수도 없었어요. 그런 상처는 심각한 것도 아니었어요. 팔을 몇 바늘 꿰매야 했으니까요. 며칠 후, 아타이 선생님이 나를 보러 오셨어요. 매일 밤 아흐매드가 완전히 술에 취해 약국에 와서는 난동을 부린다고 하시더군요. 사람들 때문에 나를 죽일 수 없지만, 집에서는 마음대로 할 수 있다고, 파렴치한 여동생을 죽여서 나를 평생 고통 속에 살도록 만들겠다고 했다는 말도 전해주셨죠. 한편, 당신 집에 왕진을 다녀온 타바타바이 선생님이 아타이 선생님께 당신이 심하게 매를 맞아 심각한 상태에 놓여 있다고 알려주셨습니다. 아타이 선생님이 나를 보고 불쌍한 당신을 위해서라도 몇 달간 멀리 가 있으라고 조언하셨어요. 선생님이 당신 아버지에게 이야기를 해놓을 테니, 나중에 제 어머니에게 부탁해 청혼을 하라고요. 나는 창문 너머로나마 당신을 보고 싶어서 몇 번 밤늦게 당신의 집을 찾아가 밖에 서 있곤 했습니다. 그러다 결국 학교를 휴학하고 레자이에의 집으로 돌아가 아타이 선생님의 소식을 기다렸어요. 우리가 결혼을 하고, 어머니 집에 들어가 살면서 공부를 끝낸다는 것이 제 계획이었죠. 계속 기다렸지만, 아타이 선생님으로부터는 아무런 소식이 오지 않았습니다. 기다리다 못해 테헤란으로 돌아와 선생님을 뵈러 갔는데, 공부를 계속하고 내 인생을 꾸려가다 보면 지난 일을 다 잊을 수 있을 거라고 말씀하시는 거예요. 처음에는 당신이 죽은 줄 알았습니다. 아타이 선생님 말씀이 가족들이 당신을 서둘러 시집보냈다고 하시더군요. 나는 엄청난 충격을 받았습니다. 육 개월이 지나고 나서야 겨우 정신을 차리고 내 삶을 살기 시작했죠."

9월 중순의 선선한 날씨가 가을이 다가오고 있음을 알렸다. 파르바네가 독일로 돌아갈 준비를 하고 있었다. 어머니의 건강이 많이 좋아져서 의사로부터 여행을 해도 좋다는 허락을 받은 것이었다. 우리 셋은 파르바네의 집 정원에 앉아 이야기를 나누었다. 나는 얇은 숄을 두르며 말했다.

"파르바네, 네가 가는 것이 그 어느 때보다 슬퍼. 못 견딜 정도로 외로울 것 같아."

"네 마음속에 있는 말에 귀를 기울여봐! 두 사람이 나를 멀리 보내달라고 신께 애원하며 기도했지? 이제부터, 너는 두 사람이 주고받은 말을 하나도 빠짐없이 편지에 적어 보내야 돼. 아니다, 차라리 녹음기로 녹음을 해서 테이프를 보내는 게 낫겠다."

이번엔 사이드도 웃지 않았다. 그가 고개를 가로저으며 말했다.

"걱정 말아요. 나도 떠나야 하니까."

파르바네와 나는 자리에서 벌떡 일어났다. 나는 숨이 턱 막혔다.

"어디로 떠나는데요?"

"미국에 가야 합니다. 매년 초여름에 가서 석 달을 가족과 함께 보내곤 했는데 올해엔 계속 미루었지요. 솔직히, 나도 가고 싶지 않아요……."

나는 의자에 도로 앉았다. 우리 셋 다 말을 잃었다.

파르바네가 차를 더 가지러 안으로 들어갔다. 사이드가 그 틈을 타 테이블 위에 올려놓은 내 손 위에 자기 손을 얹고 말했다.

"떠나기 전에 꼭 할 말이 있습니다. 당신에게만. 내일 점심때 지난주에 갔던 레스토랑으로 와주세요. 한 시에 가 있겠습니다. 꼭 와야 해요."

그가 하고 싶은 말이 무엇인지는 짐작이 갔다. 몇십 년 전에 서로에게 느꼈던 사랑이 우리 안에서 다시 깨어나 있었다. 나는 긴장되고 불안한 마음을 안고 레스토랑 안으로 들어갔다. 그는 홀의 끝에 놓인 작은 테이블에 앉아 창밖을 내다보고 있었다. 우리는 인사를 나누고 음식을 주문했다. 우리 둘 다 깊은 생각에 잠긴 채 침묵을 지켰다. 음식이 넘어가지 않았다.

마침내 그가 담배에 불을 붙이고 말을 꺼냈다.

"마숨, 평생 동안 내가 사랑한 유일한 여자는 당신뿐이었다는 걸 알아줘요. 운명이 우리 앞에 수많은 장애물을 놓았고 우리 둘 다 큰 고통을 받았어요. 하지만 어쩌면 운명이 그 모든 것을 보상해주기로 결심했는지도 몰라요. 다른 얼굴을 보여주기로. 미국에 가서 나지와의 관계를 정리하고 올게요. 이 년 전에, 나지에게 이란으로 와서 나와 살든지 이혼을 하든지 선택을 하라고 했어요. 여태까지 아무 결정도 나지 않았지만 요즘 나지가 레스토랑을 열었는데 영업이 잘 되는지 미국에서 사는게 더 낫다고 하더군요. 어쨌거나 이제는 결정을 내려야 해요. 나는 불확실하고 안정감 없는 생활이 지긋지긋해요. 당신에 대한 확신이 서고, 당신이 나와 결혼해주기로 마음을 굳혀주면, 많은 것들이 확실해질 것 같네요. 마음 편하게 결정을 하고 절차를 밟을 수 있을 것 같아요…… 당신 생각은 어때요? 나와 결혼해주겠어요?"

이미 예상을 했고, 그를 처음 본 날부터 언젠가는 이 질문을 받을 것이라 생각해왔지만, 가슴이 철렁 내려앉아 아무 말도 할 수가 없었다. 머릿속으로조차 무슨 대답을 해야 할지 알 수 없었다.

"모르겠어요."

"어떻게 모를 수가 있어요? 삼십 몇 년이 흘렀는데, 아직도 스스로 결정을 못한다는 건가요?"

"사이드, 자식들은…… 내 아이들은 어떻게 하고요?"

"아이들이라고요? 어떤 아이들 말이죠? 다 장성해서 자기 삶을 살고 있는 그들요? 그들에게는 이제 당신이 필요 없어요."

"하지만 그 아이들은 나에 관한 모든 것에 굉장히 민감해요. 아이들이 화를 낼까봐 두려워요. 이 나이를 먹은 엄마가……."

"제발 평생 단 한 번만이라도 우리만 생각하자고요. 사람들에게는 각자의 운명이 있어요. 안 그래요?"

"아이들에게 이야기를 해봐야 해요."

"좋아요, 그렇게 해요. 하지만 최대한 빨리 대답을 해줘요. 토요일에 떠나서 일주일 후에 돌아올 거예요. 더 이상은 미루지 못해요. 사업 때문에 독일에도 들러야 해서."

나는 곧장 파르바네의 집으로 가 모든 이야기를 털어놓았다. 그녀가 펄쩍 뛰며 비명을 질렀다. "이 배신자들! 결국 해내고 말았구나. 날 쏙 빼놓고, 둘이서 그런 중요한 얘기를 했어?
그가 청혼할 때 네 반응을 보려고 삼십 년 넘게 기다렸는데, 날
배신하다니!"

"파르바네, 하지만……."

"됐어, 용서해줄게. 용서해줄 테니까 제발 며칠 안에 결혼해.
내가 떠나기 전에. 내가 꼭 참석해야 해. 두 사람이 결혼하는 게
내 소원이었단 말이야."

"파르바네, 제발 그만해!" 내가 소리를 질렀다. "결혼? 내 나
이에? 자식들이 뭐라고 하겠니?"

"뭐라고 하다니? 넌 자식들에게 네 젊음을 바쳤어. 그들을
위해 뭐든 다 했잖아. 이제 네 생각을 해야지. 너에게는 함께 늙
어갈 누군가의 곁에 있을 권리가 있어. 자식들도 좋아할 거야."

"넌 몰라. 나는 내 아이들이 며느리들과 사윗감 앞에서 고개
를 못 들까봐 걱정이 된다고. 그 애들의 명예와 자존심을 더럽
힐 수는 없어."

"그만 좀 할 수 없니? 또 명예니 자존심 타령이야? 정말 신물
이 나! 처음에는 아버지의 명예를 걱정하고, 다음으로는 오빠
들의 명예를 걱정하고, 또 그다음으로는 남편의 명예를 걱정하
더니 이젠 자식들까지…… 한 번만 명예니 자존심이니, 하기만
해봐, 널 창밖으로 던져버릴 테니까."

"응? 무슨 창문? 이 집은 단층집인데."

"그럼 에펠탑 위에서 던져줄까? 그럼 대사님의 명예가 걱정
될 것 아냐! 넌 명예롭지 못한 일을 하려는 게 아니야. 여러 번
결혼하는 사람도 많아. 너 스스로에게 여생을 평화롭고 행복하

게 보낼 수 있는 기회를 줘봐. 너도 사람이야. 네 삶을 누릴 권리가 있는 인간이라고."

　나는 자식들에게 어떻게 이야기를 해야 할지를 걱정하며 뜬눈으로 밤을 새웠다. 세 아이가 각각 어떻게 반응을 할지, 어떤 말을 할지, 최악과 최선의 경우 양쪽을 모두 상상해보았다. 부모님 앞에서 발을 구르며, 이 남자와 결혼을 하고 싶다고 고집을 부리는 십대 소녀가 된 것 같았다. 몇 번이나 다 포기하고, 사이드에 대해 눈을 질끈 감은 채 전처럼 살자는 결심을 했다. 그러나 그의 다정한 얼굴과, 외로움에 대한 두려움과 가슴속에 다시 살아난 옛사랑의 감정이 나의 결심을 막았다. 그로부터 등을 돌릴 수는 없을 것 같았다. 밤새 이리 뒤척 저리 뒤척 하며 고민을 했으나 결론은 나지 않았다.

　아침 일찍, 파르바네가 전화를 걸어왔다.

　"애들한테 얘기했니?"

　"아니! 한밤중에 어떻게 얘기를 해? 게다가 나조차도 내 마음을 모르겠는데."

　"뭐야, 그 애들이 남이니? 넌 자식들과 늘 대화를 해왔잖아. 설마 그런 간단한 얘기를 어떻게 해야 할지 모르겠다는 건 아니지?"

　"간단해? 뭐가 간단해?"

　"우선 쉬린에게 말해. 쉬린은 여자니까 제 오빠들보다 더 잘 이해할 거야. 쉬린이 엄마를 좋아하는 남자에게 질투를 느끼는 바보 같은 다혈질은 아니잖아."

"못 하겠어! 너무 어려워."

"내가 얘기할까?"

"네가? 안 돼! 내가 용기를 내서 얘기를 하든지, 아니면 포기할 거야."

"뭘 포기한다는 거야? 정신이 나갔니? 그 세월을 보내고 이제야 네 사랑을 찾았는데, 그를 포기해? 아무것도 아닌 이유로? 내가 갈 테니까, 쉬린에게 같이 이야기를 하자. 그럼 더 쉬울 거야. 2대1이니까…… 쉬린을 다루기 훨씬 편하겠지. 필요하면 때려줘도 되니까. 정오쯤에 갈게."

점심을 먹고 나서 쉬린은 외출 준비를 했다. "제 친구 샤나즈를 만나야 해요. 금방 올게요."

"하지만 쉬린, 아줌마는 널 보러 온 건데. 어딜 가려고?" 파르바네가 말했다.

"죄송해요, 아줌마. 나가봐야 해요. 여름 학기 과제 때문이에요. 여름 학기를 잘 끝내면, 다음 학기가 졸업 전 마지막 학기가 되거든요…… 두 분이 낮잠에서 깨어나실 때쯤엔 돌아올 거예요."

"아줌마가 널 보러 오셨다는데, 그렇게 가버리면 어떻게 하니? 며칠 후면 독일로 가셔야 하는데."

"아줌마가 남인가요? 꼭 필요하지 않으면, 저도 안 나가요. 잠깐 낮잠을 주무시고 차를 끓여놓으세요. 돌아오는 길에 아줌마가 좋아하시는 케이크를 사올게요. 이따가 발코니에서 같이 먹어요."

파르바네와 나는 침대 위에 누웠다.

"네 이야기는 한 편의 영화 같아." 그녀가 말했다.

"그래, 맞아. 인도 영화 같지."

"인도 영화가 어디가 어때서? 인도인들도 사람이고, 그들에게도 뭔가 일이 일어나잖니."

"물론. 하지만 이상한 일들이야. 현실에서는 절대 일어나지 않을 것 같은 일들."

"다른 나라에서는 더 현실성 없는 영화를 만들어내는데, 뭘. 그 미국 남자 이름이 뭐더라? ……맞다, 아놀드. 그 사람 혼자서 군 전체를 쓸어버리잖니. 또 누군가는 발차기 한 번으로 육백 명을 물리치고 비행기에서 기차 위로 뛰어내리고 차에 뛰어들었다가 몸을 날려 배에 떨어지고. 그 와중에 삼백 명을 두들겨패는데도 자기는 하나도 안 다치고……."

"하고 싶은 말이 대체 뭐야?"

"내가 하고 싶은 말은, 신이, 혹은 운명이, 아니면 무엇인가가 너에게 귀한 기회를 허락했다는 거야. 그 기회를 잘 쓰지 않으면, 그건 배은망덕한 짓이지."

우리가 발코니에서 이야기를 나누고 있는데, 쉬린이 케이크를 가지고 들어오더니 숨을 헐떡이며 말했다.

"휴, 날이 다시 더워졌어요. 우선 옷을 갈아입고 올게요."

내가 절망적인 눈길로 파르바네를 쳐다보자, 그녀가 진정하고 가만히 앉아 있으라는 신호를 보내왔다. 잠시 후, 쉬린이 나왔다. 내가 따라준 차를 마시면서 쉬린은 우리와 이야기를 하기 시작했다. 파르바네가 적당한 기회를 살피다가 드디어 이야기를 꺼냈다.

"쉬린, 결혼식에 같이 가지 않을래?"

"신난다!" 쉬린이 비명을 질렀다. "멋진 결혼식에 가보고 싶어 미칠 지경이었거든요. 마흐무드 외삼촌이나 알리 외삼촌네 집안에서 여는 결혼식 같은 것 말고, 음악과 춤으로 가득한 결혼식에요. 그런데, 누가 결혼을 하는 거예요? 신랑 신부는 예쁘고 멋있어요? 저는 못난 신랑 신부가 싫거든요. 쿨해요?"

"쉬린, 말을 바르게 해야지. '쿨'이라니, 그게 무슨 뜻이니?"

"유행의 첨단을 걷는다는 뜻이에요. 멋진 단어잖아요? 젊은 사람들이 쓰는 표현이라는 이유로 거부반응을 보이지는 마세요." 쉬린이 파르바네에게 가까이 다가가며 다시 말했다.

"엄마가 페르시아 문학 선생님이 아닌 게 얼마나 다행인지 몰라요. 아니면 늘 우아하게 얘기를 해야 했을 거예요."

"얘 말버릇 없는 것 좀 봐라. 내가 한마디를 하면 열 마디로 되갚아준단다."

"쓸데없는 말싸움은 그만해." 파르바네가 말했다. "늦었네. 난 가봐야겠다."

"아줌마, 제가 오자마자 가시면 어떻게 해요!"

"그야 네 잘못이지. 내가 나가지 말랬잖아."

"누구 결혼식인지, 아직 말씀하지 않으셨어요."

"누구 결혼식이면 좋겠니?"

쉬린이 의자 등받이에 등을 대고 차를 한 모금 마시며 말했다.

"글쎄요."

"그럼, 엄마의 결혼식이면 어떨 것 같아?"

쉬린이 차를 뿜더니 배꼽을 잡고 웃었다. 파르바네와 나는 서로의 얼굴을 힐끔거리며 미소를 지으려고 애썼다.

"왜 그래?" 파르바네가 쉬린을 나무랐다. "웃을 만한 얘기가 아니잖아!"

"웃긴 얘기가 아니라고요? 웨딩드레스를 입은 엄마가 베일을 쓰고 지팡이를 짚은 허리 굽은 노인과 함께 결혼식장으로 걸어 들어가는 상상을 해보세요! 제가 신부를 부축해야 할 거라고요. 비틀거리는 신랑이 떨리는 손으로 신부의 주름진 손에 결혼반지를 끼워주는 장면을 떠올려보세요. 상상만 해도 웃기지 않아요?"

굴욕스럽고 화가 나, 나는 고개를 숙이고 두 손을 꽉 맞잡았다.

"그만해라!" 파르바네가 화난 목소리로 말했다. "네 엄마가 백 살은 먹은 것처럼 이야기하는구나. 요즘 젊은애들은 너무 버릇이 없고 배려심이 없어. 그리고 걱정할 것 없다. 신랑이 비틀거리거나 하지는 않으니까. 사실, 파라마르즈보다 훨씬 잘생겼지."

쉬린이 입을 딱 벌리고 우리를 쳐다보았다. "엄마를 무시해서 한 말이 아니에요! 영화에서 본 장면이 떠올랐을 뿐이에요. 그런데, 요점이 정확히 뭐예요?"

"네 엄마가 결혼을 결심한다면, 훌륭한 남자들이 줄을 선다는 뜻이지."

"아줌마, 제발 그만하세요. 엄마는 점잖은 부인이에요. 며느리 둘에 손주 둘을 두었고 곧 사랑하는 외동딸을 시집보내야 하는 사람이라고요." 쉬린이 나를 돌아보며 말했다.

"참, 엄마. 파라마르즈가 제 캐나다 거주권이 거의 다 준비되었대요. 1월 휴가 때 이란에 와서 결혼 축하잔치를 하고 함께 떠나자고 했어요."

딸아이의 결혼에 관한 이야기였다. 최소한의 관심을 보여야 했다. 하지만 내가 할 수 있었던 것은 고개를 흔들고 몇 마디를 하는 것뿐이었다. "나중에 이야기하자."

"왜 그러세요? 엄마가 늙었다고 해서 화나셨어요? 죄송해요. 이게 다 아줌마 때문이에요. 아줌마가 너무 웃기는 얘기를 하셔서 그런 거라고요."

"그 얘기가 왜 웃겨?" 파르바네가 벌컥 화를 냈다. "서양에는 여든 몇 살에 결혼을 하는 사람들도 있어. 그래도 아무도 웃지 않지. 웃기는커녕 자식들이며 손자들이 다들 좋아하면서 축하를 한다고. 그리고 네 엄마는 아직 젊어."

"아줌마, 아줌마가 독일에서 너무 오래 사신 것 같네요. 서양 사람이 다 되셨어요. 여긴 달라요. 저만 해도 당황스러운걸요. 그리고 엄마에게는 부족한 게 하나도 없으니까 결혼을 하고 싶은 마음도 없을 거라고요."

"정말 그렇게 생각하니?"

"당연하죠! 예쁜 집도 있고 할 일도 있고 여행도 다니시고, 마수드가 애를 쓴 덕분에 연금도 타시고, 아들 둘이 각자 돈을 보내주고 있잖아요. 제가 결혼을 하면 캐나다에 오셔서 제 아이들을 돌봐주실 거고요."

"그것 참 굉장한 영광이로구나." 파르바네가 파르르 떨며 대꾸했다.

더 이상은 들을 수가 없었다. 나는 자리에서 일어나 그릇을 거두어 집안으로 들어갔다. 파르바네가 뭔가를 이야기하자 쉬린이 그녀를 쏘아보는 모습이 보였다. 잠시 후, 파르바네는 핸드백을 챙겨들고 안으로 들어와 선글라스와 스카프를 쓰며 나에게 속삭였다.

"인생에 필요한 것이 물질이 다는 아니라고 말했어. 감정적, 정신적인 것도 중요하다고 말했지. 너희 집에 몇 번 왔던 신사분이 너에게 청혼을 했다는 얘기도 했어."

쉬린은 발코니 테이블 위에 팔꿈치를 괴고 양손으로 머리를 붙잡은 채 앉아 있었다. 파르바네가 돌아간 후, 나는 발코니로 나갔다. 쉬린이 눈물이 그렁그렁한 눈으로 나를 바라보았다.

"엄마, 파르바네 아줌마가 거짓말을 한 거죠? 사실이 아니라고 얘기해주세요."

"뭐가? 사이드가 나에게 청혼했다는 것? 아니, 사실이야. 하지만 아직 대답을 하지 않았어."

쉬린이 안도의 한숨을 쉬었다. "휴, 파르바네 아줌마가 하도 이상하게 이야기를 하셔서 저는 벌써 결정이 난 줄 알았어요. 엄마, 청혼을 받아들이지 않으실 거죠, 네?"

"잘 모르겠구나. 받아들일 수도 있어."

"엄마, 우리 생각을 하셔야죠! 파라마르즈가 엄마를 얼마나 존경하는지 아시잖아요. 그는 늘 엄마가 도덕적이고 점잖고 희생정신이 뛰어난 분이라고 말한다고요. 우리가 무릎을 꿇고 존경을 바쳐야 하는 어머니 상이라고요. 그런 사람한테, 어떻게 엄마가 결혼을 못 해서 안달이 났다는 얘기를 해요? 엄마가 결혼을 하면, 우리가 그토록 오랫동안 간직해온 엄마의 이미지가 산산조각날 거예요."

"나는 범죄를 저지르거나 내 인성을 의심하게 할 죄를 저지르려는 게 아니야." 나의 목소리는 단호했다.

쉬린이 의자를 밀치며 벌떡 일어나 제 방으로 뛰어가버렸다. 곧 전화번호를 누르는 소리가 들려왔다. 마수드에게 전화를 하는 것이 분명했다. 나는 혼잣말을 했다. 폭풍이 시작되었군.

한 시간 후, 마수드가 심란한 표정으로 들어왔다. 나는 발코니 테이블에 앉아 신문을 읽는 척했다. 쉬린이 마수드를 붙잡고 낮은 목소리로 빠르게 이야기를 했다. 마수드가 밖으로 나와 내 앞에 앉았다. 미간을 찌푸린 채로.

"왔니? 반갑구나. 이렇게 찾아와주다니 고맙네."

"죄송해요, 엄마. 일이 얼마나 바쁜지 밤낮도 구별 못 하고 있었어요."

"마수드, 쓸데없는 행정 일에 너 스스로를 묶어두는 이유가 뭐지? 회사를 차려서 건축 일을 하고 예술을 하기로 했었잖아? 정부 일은 네 성격에 전혀 맞지 않아. 그동안 많이 늙은 것 같구나. 오랫동안 네 웃음소리도 못 들었고."

"이제 전 그 일에 너무 깊숙하게 관여되었어요. 그리고 장인 어른께서 도움을 베푸는 것이 우리의 종교적인 임무라고 하셨어요."

"누구를 돕는다는 말이니? 국민들? 건축 분야에서 일을 하면 국민들에게 도움을 덜 주게 될 것 같니? 솔직히 말해서, 너는 그 사람들이 제공한 관리자 업무에 관한 경험이 없잖아. 왜 그런 제안을 받아들였는지 모르겠구나."

"그 얘기는 나중에 하기로 하죠." 마수드가 조급하게 말했다.

"쉬린이 말하는 저 말도 안 되는 얘기가 대체 뭐예요?"

"쉬린이 말도 안 되는 이야기를 워낙 많이 해야 말이지. 어떤 얘기를 말하는 거니?"

그때 쉬린이 차 쟁반을 가지고 들어와 전선에 나선 군인 같은 표정으로 마수드의 옆에 앉았다. "엄마, 오빠는 지금 어떤 남자가 엄마에게 청혼을 한 그 일을 얘기하고 있는 거예요."

그 말에 두 아이는 터져 나오려는 웃음을 참으며 곁눈질로 서로를 흘끔거렸다. 화가 치밀었지만, 당황한 모습을 보이고 싶지 않아 마음을 다스렸다.

"너희 아버지가 돌아가신 이후로, 여러 남자들에게서 청혼을 받았단다."

"저도 알아요." 마수드가 말했다. "믿기 어려울 정도로 집요한 사람들도 있었죠. 엄마는 아름답고 완벽했어요. 그 사람들이 간절한 표정을 하고서 엄마를 따라다닌 것을 제가 몰랐을 것 같으세요? 그런 상황에 놓인 다른 아이들처럼, 저도 엄마가 낯선 남자와 결혼하는 악몽을 꾸곤 했어요. 제가 침대에 누워 자가르 씨를 죽이는 상상을 하면서 보낸 밤이 얼마나 많은지, 엄마는 모르실 거예요. 엄마에 대한 믿음이 없었다면 저는 저 자신을 지킬 수 없었을 거예요. 저는 엄마가 우리를 버리고 자기 감정을 쫓아갈 분이 아니라 걸 믿었어요. 엄마가 세상에서 가장 훌륭하고 헌신적인 어머니이고 우리를 그 어느 것과도 바꾸지 않으리라는 것을 믿었고, 모든 것을 다 준대도 우리를 선택할 것을 믿었어요. 그런데 요즘 무슨 일이 있었는지 도무지 알수가 없네요. 그분이 얼마나 엄마에게 큰 영향을 미쳤기에 우리를 잊으신 건지 알 수가 없어요."

"너희를 잊은 적은 없다. 앞으로도 그럴 것이고. 넌 성인이야, 오이디푸스 콤플렉스가 있는 애처럼 이야기하지 마라. 너희들이 어리고 나를 필요로 할 때에는 너희를 위해 내 삶을 희생하는 게 내 의무였어. 어디까지 희생해야 하는지는 몰랐지만, 너나 시아막 같은 남자아이들이 새아버지를 쉽게 받아들일 것 같진 않았지. 너희에게 훌륭한 조언을 해주고 내 생활고를 해결해준대도, 그건 쉽지 않았을 거야. 그때, 나에게 가장 중요했던 건 너희가 행복하고 편하게 사는 것이었어. 하지만 이제는 상황이 달라졌지. 너희들은 다 컸고 나는 내 의무를 다했어. 너희에게는 더 이상 내가 필요하지 않아. 이제는 나도 내 인생을 생각하고 내 미래를 결정할 수 있다고 생각하지는 않니? 내가 행복할 수 있는 방법을 찾아야 한다고 생각하지 않아? 사실 엄마가 결혼하면 너희들도 부담을 덜 수 있어. 해가 갈수록 요구가 많아지는 늙고 외로운 엄마 때문에 골치 아파하지 않아도 되니까."

"엄마, 그런 말씀은 하지 마세요." 마수드가 말했다. "엄마는 우리의 자랑이고 명예예요. 제게는 아직도 엄마가 세상에서 가장 소중한 분이에요. 죽을 때까지 그 사실에는 변함이 없을 거고요. 엄마의 노예가 되어 엄마가 필요하시다는 것, 원하시는 것들을 다 해드릴게요. 요즘 며칠간 일이 너무 바빠서 엄마를 뵈러 오지 못했지만, 머릿속에는 온통 엄마 생각뿐이었어요."

"내가 말하려는 것이 바로 그거란다. 넌 결혼한 몸이고 자식이 있는 아버지일뿐더러 산더미 같은 문제와 책임을 안고 있는 사람이야. 그런데 왜 엄마 생각만 하는 거지? 너희 셋 다 너희들 삶을 생각해야 해. 나는 걱정거리나 의무를 다해야 하는 대상이나 짐이 되고 싶지 않아. 나는 너희들에게 내가 외롭지 않고 행복하니까, 걱정할 필요 없다는 것을 보여주고 싶어."

"그러실 필요 없어요." 마수드는 물러서지 않았다. "엄마를 혼자 두지 않을 거예요. 사랑과 존경으로, 우리는 엄마를 잘 모실 거예요. 그리고 엄마가 우리를 위해 해주신 모든 것에 조금이나마 보답을 하기 위해 노력할 거예요."

"마수드, 엄마는 그런 게 싫어! 너희들이 나에게 빚진 건 하나도 없어. 난 그저, 내가 늘 꿈꾸어왔던 평화와 안정을 줄 수 있는 누군가와 여생을 보내고 싶은 것뿐이야."

"전 엄마한테 놀랐어요. 이 일이 우리에게 지독한 시련이 될 거라는 사실을 왜 이해하지 못하세요?"

"지독한 시련? 내가 부도덕하고 신의 뜻에 어긋나는 일을 하기라도 한다는 거니?"

"엄마, 재혼은 전통에 위배되는 일이에요. 그만큼 나쁘다는 거죠. 엄마가 결혼한다는 소식이 폭탄 터지듯 퍼져나갈 거예요. 그 추문이 우리를 얼마나 당혹하게 만들겠어요? 친구들이며 동료들이며 직원들이 뭐라고 할까요? 제가 처가 식구들 앞에서 고개를 들 수 있을 것 같으세요?" 마수드는 쉬린을 휙 돌아보며 주의를 주었다. "쉬린, 아테페 앞에서는 이 이야기를 꺼내지도 마. 알겠지?"

"아테페가 알면 어떻게 되는데?" 내가 물었다.

"어떻게 되느냐고요? 어머니에 대한 존경심이 와르르 무너지겠죠. 아테페의 마음에 간직되어 있던 어머니의 이미지가 산산조각날 거라고요. 곧 장인 장모님께 이야기를 할 테고, 그럼 전 부처 직원들이 모두 알아버리게 될 거예요."

"그럼 어때서?"

"제 등 뒤에서 뭐라고들 수군거리겠어요? 그걸 정말 모르신다는 거예요?"

"그래, 몰라. 뭐라고 수군거릴까?"

"저 나이에 부장님에게 새아버지가 생긴다고, 어젯밤에 부장님이 어머니를 식충이 같은 얼간이와 결혼시켰다고. 그런 굴욕을 어떻게 견디라는 말씀이에요?"

목구멍으로 뜨거운 것이 치밀어 올랐다. 더 이상 말을 할 수가 없었다. 나의 순수하고 아름다운 사랑을 저런 식으로 말하는 것을 더 이상은 참을 수 없었다. 머리가 지끈거렸다. 나는 안으로 들어가 진통제를 몇 알 삼키고 불도 켜지 않은 채 소파에 앉아 등받이에 머리를 기댔다.

마수드와 쉬린은 발코니에서 이야기를 좀더 나누었다. 마수드가 안으로 들어와 집에 가보겠다고 했다. 그를 배웅하고 있는데, 쉬린이 불쑥 말했다. "이게 다 파르바네 아줌마 때문이에요. 아줌마가 옆에서 부추긴 거예요. 불쌍한 엄마는 그런 생각을 해보신 적도 없는데, 아줌마의 꾐에 빠진 거라고요."

"파르바네 아줌마는 처음부터 마음에 들지 않았어요." 마수드도 거들었다. "저는 늘 그 아줌마가 천박하다고 생각했어요. 예의도 지킬 줄 모르고. 그날 밤, 우리 집에서 장인어른과 악수를 하려고 하더라니까요! 장인이 얼마나 당황하시던지. 파르바네 아줌마가 엄마 입장이었다면, 아마 백 번쯤 결혼을 했을걸요."

나는 소파에서 일어나 작은 스탠드를 켜며 말했다. "파르바네와는 상관없는 일이다. 모든 인간에게는 어떻게 살지 결정할 권리가 있어."

"그래요, 엄마. 엄마에게도 권리가 있어요." 마수드가 말했다. "하지만 자식들의 명예와 이름을 더럽히면서까지 그 권리를 행사하고 싶으시진 않겠죠?"

"머리가 아파서 누워야겠다. 늦었구나. 어서 집에 가라. 아테페와 아이가 기다리고 있잖니."

진정제를 먹었는데도 밤새 불안과 초조함에 시달려야 했다. 여러 가지 생각이 앞다투어 떠올랐다. 한편으로는 자식들에게 상처를 준 것에 대한 죄책감이 들었다. 마수드의 피곤하고 걱정스러운 얼굴과 쉬린의 눈물이 눈앞에 아른거렸다. 다른 한편으로는 자유에 대한 환상이 나를 손짓해 불렀다. 아아, 평생 한 번만이라도 모든 책임에서 놓여나 큰 세상으로 떠나보았으면. 사이드에 대한 사랑과 그를 다시 잃을지도 모른다는 두려움이 내 가슴을 후벼팠다.

아침이 되었지만 침대에서 일어날 힘이 없었다. 전화벨이 여러 번 울렸다. 쉬린이 전화를 받았으나 상대방이 전화를 끊어버렸다. 사이드가 걱정이 되어 전화를 했다가 쉬린과는 이야기를 하고 싶지 않아 끊어버린 것 같았다. 전화벨이 다시 울렸다. 이번에는 쉬린이 차갑게 인사를 하고 나에게 소리를 질렀다.

"엄마, 엄마 친구예요. 전화 받으세요."

파르바네였다.

"이제 내가 '엄마 친구'로구나. 쉬린이 나한테 거의 욕을 하려고 하더라."

"미안해. 마음에 담지 마."

"괜찮으니까 신경 쓰지 마. 넌 어때?"

"엉망이야. 두통이 낫질 않아."

"마수드도 알았니? 쉬린만큼 나쁘게 받아들여?"

"훨씬 더해."

"이기적인 것들! 그 애들이 신경 쓰지 않는 단 하나가 있다면, 그건 바로 네 행복이야. 어쩜 그렇게 이해를 못할까…… 이게 다 네 잘못이야. 언제나 애들을 위해 희생을 하고 다 내주어서 이렇게 된 거라고. 버릇이 없다 못해 너에게도 권리가 있다는 사실은 아예 염두에도 두지 않는구나. 이제 어떻게 할래?"

"모르겠어. 우선 정신을 좀 차려야 할 것 같아."

"불쌍한 사이드는 걱정이 되어 죽으려고 해. 이틀째 너에게서 소식이 없다고. 너희 집에 전화를 걸 때마다 쉬린이 받더래. 상황을 모르니까 쉬린에게 이야기를 해야 할지, 거리를 두어야 할지 모르겠다고 하더라."

"전화하지 말라고 얘기해줘. 내가 나중에 전화한다고."

"오늘 오후에 셋이서 공원에 산책하러 갈까?"

"아니. 그럴 기분이 아니야."

"내가 여기 있을 날이 며칠 남지 않았고 사이드도 곧 떠나."

"못 나가겠어. 몸이 너무 좋지 않아. 서 있기도 힘들어. 내가 인사하더라고 전해줘. 너한테도 나중에 전화할게."

쉬린이 사나운 표정으로 문에 비스듬히 기대어 서서 우리의 대화를 들었다. 전화를 끊으며 내가 말했다.

"뭐 필요한 것이 있니?"

"아뇨……."

"그런데 왜 지옥의 문지기처럼 거기에 버티고 서 있는 거지?"

"파르바네 아줌마가 계속 밀고 나가라고 하던가요? 차라리 도망을 가라고?"

"입조심하지 못해? 이모 같은 파르바네를 두고 그런 식으로 말을 하다니, 부끄러운 줄 알아."

"이모요? 저에게 이모는 파티 이모, 한 사람뿐이에요."

"그만해라! 한 번만 더 파르바네에 대해 그런 말을 하면, 안 좋은 일을 당하게 될 테니 알아서 해. 알겠니?"

"죄송하네요." 쉬린이 빈정거렸다. "엄마가 파르바네 아줌마를 그렇게 고귀하게 보시는지는 몰랐어요."

"그래. 그러니까 이만 나가줘. 잠을 자야겠다."

정오경에 시아막으로부터 전화가 걸려왔다. 이상했다. 시아막이 그 시간에 전화를 한 적은 한 번도 없었다. 마수드와 쉬린이 급한 마음에 시아막이 퇴근을 해서 집에 돌아갈 때까지 기다리지 못한 것이 틀림없었다. 냉랭한 목소리로 인사를 한 시아막이 말했다.

"동생들을 두고 제가 여기에 와야 했던 이유가 이거였어요?"

"무슨 소리니?"

"엄마가 시집을 가시려고 수를 쓰신 거냐고요."

아들의 그런 말투를 듣고 있자니 고문을 당하는 것만 같았다. 그러나 나는 단호하게 말했다.

"엄마가 결혼하는 데에 무슨 문제가 있니?"

"물론이죠. 아버지 같은 남편과 사셨던 분이 어떻게 다른 남자의 이름을 입에 올리실 수 있어요? 엄마는 아버지의 추억에 대해 바람을 피우고 계신 거예요. 마수드나 쉬린과는 달리, 저는 제 명예 때문에 이러는 게 아니에요. 어머니 나이에 결혼을 하는 것도 이상하게 생각되지 않고요. 다만 순교하신 아버지에 대한 기억이 진흙탕에 빠지는 것을 용납할 수 없다는 거예요. 아버지의 추종자들은 우리를 통해 아버지를 추억하고 있어요. 그런데 아버지 자리에 웬 부랑자를 데려다 앉히시려는 거예요?"

"시아막, 네가 무슨 말을 하고 있는지 알고나 있니? 무슨 추종자? 아버지가 예언자라도 되는 것처럼 말하고 있구나! 아버지의 이름을 한 번도 들어보지 못한 사람들이 대부분이야. 왜 늘 과장을 하려고 드니? 주변의 사람들이 단순하고 귀가 얇은 너를 부추겨 영웅의 아들 노릇을 하게 만든다는 것은 알고 있지만, 시아막, 눈을 떠. 사람들은 영웅을 만들어내고 싶어 한단다. 누군가를 크게 만들어서 그 사람 뒤에 숨고 싶어 하지. 대신 말을 하게 만들고, 위험한 경우에 방패로 쓰고 벌도 대신 받고 도망갈 시간을 벌게 만든단다. 저들이 네 아버지에게 한 짓이 바로 그런 거야. 아버지를 앞에 세우고 잔뜩 치켜세웠지만, 아버지가 감옥에 들어가자 모두 도망을 갔어. 그리고 아버지가 처형되니까 아버지와는 아무 관계도 없었다고 발뺌을 했지. 그 다음에는 어떻게 한 줄 아니? 비판을 하고 실수한 것을 줄줄이 언급했다. 그리고 네 아버지의 영웅주의 때문에 우리는 어떻게 되었지? 영웅의 가족들이 어떻게 먹고사는지, 들여다보는 사람 하나 있었니? 제일 용감하다고 하던 사람들조차 거리에서 만나면 어물어물 겨우 인사를 했지. 아니, 시아막. 너에게는 영웅이 필요 없어. 네가 어렸을 적에는 나도 너의 그 강박관념을 이해해주었지만 이제 넌 성인이고 영웅이 될 필요도, 영웅을 따를 필요도 없어. 너 스스로 일어서서 네 지성과 지식에만 의존해 네가 지지하고 싶은 지도자들을 선택해. 그리고 그들이 잘못된 방향으로 가고 있다고 판단되는 순간, 손을 떼. 맹목적으로 모든 것을 받아들이라고 요구하는 사람이나 이념을 따라서는 안 돼. 신화는 필요 없어. 네 자식들이 너를 강한 의지를 가지고 자기들을 보호하는 한 사람의 남자라고 생각하게 해줘. 아직도 보호를 필요로 하는 사람으로 보여서는 안 돼."

"엄마! 엄마는 아버지의 위대함과 그분이 한 투쟁의 중요성을 아직도 모르고 계신 거예요."

하미드를 거인으로 만들고 싶을 때마다, 시아막은 '그분'이라는 칭호를 썼다. 마치 아버지라는 말이 너무 작아 그 거인에게 어울리지 않는다는 듯이.

"그리고 넌 아버지 때문에 내가 겪어야 했던 고통을 절대 모르지. 시아막, 눈을 떠. 현실적이 되어라. 네 아버지는 좋은 분이었지만 가족에 관한 한은 약하고 실패한 사람이었어. 완벽한 사람은 없단다."

"아버지가 하신 일은 모두 우리 국민을 위한 일이었어요. 평등과 정의와 자유가 있는 사회주의 국가를 세우려 하셨던 거라고요."

"그래, 맞아. 70년 만에 붕괴한 소련 같은 나라를 만들려고 했었지. 자유가 없어 사람들이 병들고 아픈 나라. 소련이 붕괴하던 날, 나는 며칠 동안 눈물을 흘렸고 몇 달 동안 네 아버지가 무엇을 위해 죽었는지 생각했어. 그 초강대국의 남쪽에 속해 있던 나라 사람들이 이란에 와서 얼마나 절실하게 일자리를 찾았는지, 넌 몰라. 그렇다고 종교를 위해 목숨을 바친 것도 아니었어. 나는 네 아버지가 꿈꾸던 이상의 결과를 못 보고 죽은 게 천만다행이라고 생각해."

"엄마가 정치나 정치적 이슈에 대해 뭘 그리 많이 아신다고 그러세요? 아무튼 정치 이야기를 하려고 전화를 한 게 아니에요. 문제는 엄마가 하려고 하시는 그 일이라고요. 누군가가 아버지의 자리를 대신하는 것, 저는 못 참아요. 못 참는다고요."

시아막은 전화를 끊었다.

그와 논쟁을 벌이는 것은 쓸데없는 일이었다. 그의 문제는 내가 아니라 아버지였고, 나는 그 우상을 위해 희생을 해야 하는 존재였으니까.

그날 오후 늦게 마수드와 아테페와 늘 마수드의 어린 시절을 떠올리게 하는 그들의 사랑스러운 아들이 우리 집에 왔다. 나는 아테페로부터 손자를 건네받으며 말했다. "아테페, 어서 오렴. 한동안 이 예쁜 금발머리 아이를 못 봤구나."

"마수드의 일이 너무 바빠서 뵈러 오지 못했어요. 오늘은 웬일로 회의까지 취소하고 일찍 퇴근을 했네요. 저도 어머님을 한동안 못 뵈었고 집에 있는 것이 따분하기도 해서 저도 데려가달라고 졸랐어요."

"잘했다. 너도 보고 싶고 손자도 보고 싶었단다."

"몸이 좋지 않으시다면서요? 좀 어떠세요?"

"별것 아니야. 두통이 심했는데 마수드가 과장을 했나 보구나. 너희들을 귀찮게 만들고 싶지는 않았는데."

"엄마, 귀찮지 않아요. 엄마를 걱정하는 건 우리가 당연히 해야 할 의무예요. 제가 요즘 너무 바빠서 엄마를 챙기지 못한 점, 용서해주세요."

"난 네가 챙겨야 하는 어린애가 아니다. 아직 혼자 뭐든 해낼수 있어. 너에게는 돌봐야 할 아내와 자식이 있잖니. 네가 의무를 다 하겠다고 일을 젖혀두고 여기에 오는 것은 원치 않는다. 그럼 내가 훨씬 더 불편해져."

아테페가 놀란 표정으로 울기 시작한 아기를 받아 안아 기저귀를 바꾸러 갔다. 나는 자리에서 일어나 나의 피난처인 부엌으로 갔다. 그리고 과일을 씻으면서 쉬린이 마수드에게 최근 소식을 알리고 둘이서 다음 행보를 계획할 시간을 주었다. 아테페가 재빨리 거실로 돌아가 그들이 소리 죽여 나누는 수수께끼 같은 대화의 내용을 파악하려고 애썼다. 마침내, 들을 만큼 들은 그녀가 큰 소리로 물었다.

"누가요? 누가 결혼을 하려는 거예요?"

당황한 마수드가 퉁명스럽게 대꾸했다. "아무도 아니야!"

쉬린이 마수드를 구원하기 위해 나섰다. "몇 년 전에 남편을 여읜 엄마의 옛 친구 얘기예요. 아들, 며느리, 손자들까지 있는데 재혼을 하려고 한대요."

"뭐라고요?" 아테페가 소리를 질렀다. "저는 그런 여자들을 이해할 수가 없어요! 선행을 하고 기도와 금식을 지키는 것이 더 어울리는 나이라는 것을 누가 좀 알려줬으면 좋겠어요. 신께 의지하면서 내세에 대해 생각을 해야죠. 그 나이에 아직도 기분이나 감정에 휘둘리다니…… 정말 이해할 수가 없네요!"

나는 과일 그릇을 들고 아테페의 유창한 설교를 들으며 가만히 서 있었다. 마수드는 내 눈길을 피해 쉬린을 쳐다보았다. 나는 과일 그릇을 테이블 위에 내려놓으며 한마디 던졌다. "차라리 그 여자에게 묘지를 사서 그 안에 드러누우라고 하지 그러니?"

"엄마, 그게 무슨 말씀이세요?" 마수드가 나무라는 말투로 말했다. "영적인 삶을 산 사람은 물질적인 삶을 산 사람보다 훨씬 더 큰 보상을 받게 되어 있어요. 어느 정도 나이가 들면, 사람은 그런 삶을 경험해야 해요."

나의 나이와 내 나이의 여자들에 대한 아이들의 태도를 보고 왜 여자가 나이를 밝혀서는 안 되는지, 봉인된 비밀처럼 나이를 숨겨야 하는지를 깨닫게 되었다.

다음 날, 파르바네의 집에 갈 채비를 하는데 쉬린이 옷을 차려입고 내 방으로 들어왔다.

"저도 갈래요."

"그럴 필요 없어."

"제가 같이 가는 게 싫으세요?"

"아니! 나에게는 언제나 감시자가 따라붙었었지. 난 감시자라면 지긋지긋하다. 그런 식으로 행동하지 마라. 그렇지 않으면 너희들이 절대 찾지 못할 산이나 사막으로 가버릴 테니."

파르바네가 짐을 싸는 동안 나는 그동안 있었던 일들을 모두 이야기했다.

"아이들이 그렇게 서둘러 우리를 저세상으로 보내려고 하는 게 믿어지지 않아. 시아막에게도 놀랐어. 왜 이해를 못 하지? 네 팔자는 왜 이러니!"

"우리 어머니가 늘 하시던 말씀이 있어. '각자의 운명은 태어나는 날 이마에 새겨지는 것이다. 각자의 몫은 따로 정해져 있어서 하늘과 땅이 뒤집힌대도 바뀌지 않는다.' 가끔 나는 이런 생각을 했지. 이생에서 나에게 마련해놓은 운명은 무엇일까? 나에게도 나만의 운명이라는 게 있을까? 아니면 난 내 인생의 남자들, 나를 자신들의 신념과 목적의 제물로 삼은 남자들의 삶을 지배하는 운명의 일부인 걸까? 아버지와 오빠들, 남동생은 자신들의 명예를 위해, 남편은 자기의 이념과 목표를 위해 나를 제물로 바쳤어. 그리고 아들들의 영웅적인 행동과 애국심에 다시 희생양이 되었지. 결국, 나는 누구일까? 반역자의 아내? 아니면 자유를 위해 투쟁한 영웅의 아내? 반체제를 꿈꾸는 아들의 어머니? 자유를 사랑하는 투쟁가의 희생정신 투철한 부모? 그들이 나를 꼭대기에 올려놨다가 끌어내린 게 대체 몇 번이지? 아무 자격이 없는 나를. 그들은 나의 능력이나 업적 때문에 나를 추앙한 것도 아니었고 내 실수 때문에 나를 내던진 것도 아니었어. 마치 나라는 존재는 있지도 않은 것 같아. 나에게는 아무 권리도 없어. 내가 나를 위해 살아본 적이 있나?

나를 위해 일을 한 적이 있어? 선택을 하거나 결정을 할 권리가 있은 적이 있었어? 누군가가 나에게 뭘 원하느냐고 물은 적이 있었냐고?"

"너에 대한 믿음을 완전히 잃었구나." 파르바네가 조용히 말했다. "네가 이렇게 불평을 한 적은 한 번도 없었어. 너답지 않아. 아이들과 맞서서 네 인생을 살아야 해."

"그러고 싶지 않아. 내가 그러지 못하겠다는 게 아니야. 물론 할 수 있어. 그런데 이제 그렇게 해도 기쁠 것 같지가 않아. 난 지쳤어. 지난 삼십 년 동안 아무것도 바뀌지 않은 것 같아. 그렇게 고생을 했는데, 나는 우리 가족조차 변화시키지 못했어. 자식들에게 바란 건 최소한의 이해와 연민이었는데, 그 애들은 나를 권리를 가진 인간으로도 취급하지 않아. 그 아이들에게 나는 자기들에게 헌신할 때에나 가치가 있는, 어머니일 뿐이야. '우리 자신을 위해 우리를 원하는 사람은 없다. 자기 자신을 위해 우리를 원할 뿐이다'라는 옛말도 있잖아. 자식들에게 나의 행복과 내가 원하는 것은 아무 의미가 없어. 이제 결혼에 쏟을 열정도, 에너지도 남아 있지 않아. 이런 식으로 희망을 잃었구나. 자식들이 나와 사이드의 관계를 흐려버렸어. 나와 가장 가깝다고 생각했던 그 애들이, 나를 사랑한다고 믿었던 아이들이, 내 손으로 기른 내 자식들이 사이드와 나에 대해 별별 말을 다 했어. 그럼 다른 사람들은 뭐라고 하겠니. 우리를 어떤 진흙탕에 빠뜨리겠느냐고."

"마음대로 하라고 해!" 파르바네가 말했다. "마음대로 지껄이게 내버려둬. 귀담아 들을 필요 없어. 마음 단단히 먹고 네 인생을 살아. 체념은 너에게 어울리지 않아. 가서 사이드를 만나. 그래야 해결이 돼. 일어나서 그 불쌍한 사람에게 전화를 걸어. 걱정이 되어서 미치려고 하고 있어."

그날 오후, 사이드가 파르바네의 집으로 왔다. 우리의 대화에 끼어들고 싶지 않았던 파르바네는 할 일이 있다며 방을 나갔다.

"사이드, 정말 미안해요. 우리가 결혼하는 것은 불가능한 일이에요. 나는 행복하고 평온한 삶을 경험하지 못하게 운명 지어진 사람이에요."

사이드가 엄청난 충격을 받은 표정으로 말했다.

"내 젊은 시절은 이 운명적인 사랑으로 전부 파괴되었어요. 좋은 시절에도 내 안의 깊은 곳에는 슬픔과 외로움이 남아 있었죠. 다른 여자에게 한 번도 관심을 주지 않았다는 건 아닙니다. 나지를 전혀 사랑하지 않았다는 뜻도 아닙니다. 당신을 다시 만나고서, 나는 신께서 마침내 나에게 축복을 내리시고 앞으로 남은 반평생 동안 기쁨을 맛보게 허락하셨다고 생각했어요. 나에게는 우리가 함께 보낸 지난 두 달이 가장 평온하고 행복한 나날들이었죠. 이제 당신 없이는 살 수가 없어요. 전보다 더 외로워질 겁니다. 이제 전보다 당신이 더 필요해요. 제발 다시 한 번 생각해줘요. 당신은 어린애가 아닙니다. 아버지의 허락을 받아야 하는 열여섯 살 소녀가 아니라고요. 당신 스스로 결정을 할 수 있어요. 나를 다시 나락으로 떨어뜨리지 말아요."

눈물 때문에 눈이 불에 타는 것 같았다.

"자식들은 어떻게 하고요?"

"그들의 말에 동의하는 겁니까?"

"그렇지는 않아요. 아이들의 논리는 나에게 아무 가치도 없어요. 이기심과 자기 이익을 바탕으로 한 거니까. 하지만 그런 마음가짐을 가지고 있으니 나를 나쁜 엄마로 규정하고 고통스러워할 거예요. 혼란스러워하고 낙심할 거라고요. 자식들이 가슴아파하는 건 견딜 수 없어요. 그 아이들이 부끄럽고 굴욕적이라고 여기는 일을, 그들이 슬퍼할 일을 내가 어떻게 할 수 있겠어요? 나 때문에 자식들이 아내나 남편, 동료, 친구들로부터 멸시를 당하게 할 수는 없어요. 그런 죄책감을 견딜 자신이 없어요."

"잠시 그러다가 곧 잊을 거예요."

"그렇지 않다면요? 평생 가슴에 상처로 남는다면? 나에 대해 간직한 이미지가 손상된다면, 그럼 어떻게 하죠?"

"다 예전처럼 돌아갈 거예요."

"돌아가지 못한다면 어떻게 하죠?"

"우리가 어떻게 할 수 있겠어요? 어쩌면 그것이 우리 둘의 행복을 위해 우리가 치러야 할 대가인지도 몰라요."

"자식들에게 그 대가를 치르게 해야 하는 건가요? 나는 못해요."

"마숨, 평생 한 번만이라도 당신의 가슴이 시키는 대로 해요. 제발 당신을 자유롭게 놔주라고요."

"사이드, 난 그렇게 못해요…… 그런 일을 할 수 있는 사람이 아니에요."

"자식들을 핑계로 내세우는 것 같군요."

"그럴지도 몰라요. 어쩌면 겁이 나서 그러는지도 몰라요. 너무 심한 모욕을 당했어요. 아이들이 환영하지 않으리라는 것은 예상했지만 이렇게 심하게 반대할 줄은 몰랐어요. 너무나 지치고 힘들어서 큰 결정을 할 수가 없어요. 백 살 먹은 할머니가 된 것 같아요. 자식들의 반대를 뿌리치고 내 힘을 증명하겠다고 뭔가를 하고 싶지는 않아요. 미안해요. 하지만 이런 상황에서 당신이 원하는 답을 줄 수는 없어요."

"마슘, 우리는 다시 서로를 잃게 될 거예요."

"나도 알아요. 지금 자살을 하고 있는 것 같아요. 사실 처음은 아니지만…… 가장 가슴 아픈 게 뭔지 알겠어요?"

"모릅니다!"

"두 번 다 내가 사랑하는 사람들 때문에 자살을 결심하게 되었다는 거예요."

파르바네가 떠났다.

나는 사이드를 몇 번 더 만나 그로부터 아내와의 관계를 회복하고 가족과 함께 미국에 남겠다는 약속을 받아냈다. 어쨌거나 그저 그런 관계의 가족과 함께 있는 것이 가족이 없는 것보다는 훨씬 나은 것이니까…….

사이드와 작별인사를 하고 집을 향해 걷기 시작했다. 차가운 가을바람이 한바탕 불었다. 피곤했다. 짊어진 외로움이 더 무겁게 느껴졌다. 발걸음을 떼기 위해 있는 힘을 다 짜내야 했다. 나는 검은 카디건의 앞자락을 여미고 회색빛 하늘을 올려다보았다. 아…… 무섭도록 추운 겨울이 다가오고 있었다.

여성들이 마땅히 받아야 할 삶의 몫

번역하기에 결코 만만치 않은 작품이었습니다. 한 여인의 반세기 삶을 고스란히 담은 소설이었으니까요. 게다가 이란이 사회적·정치적으로 커다란 지각변동을 겪던 시기가 배경인 까닭에 주인공 마수메의 삶이 평탄치 않았고, 감정적·정신적으로 충격을 받는 사건들이 많아 그 내적 변화의 선을 따라가다 보니 저도 같이 힘들고 진이 빠졌지요.

여자로 태어났다는 죄밖에 없는 마수메는 가장 가까운 가족들에 의해 학교에 다닐 권리와 사랑할 권리를 빼앗기고, 강제 결혼을 했습니다. 얼굴 한번 본 적 없이 결혼한 남편은 반체제 인사였기에 늘 쫓기는 입장이었고요. 1979년, 팔라비 왕조가 무너지고 호메이니가 집권한 이란 혁명이라는 대변화를 겪자마자 이란-이라크 전쟁이 발발합니다. 마수메는 공산주의자인 남편에 이어 아들들까지 잃게 될 위기를 겪게 됩니다. 연약하고 어리기만 하던 마수메는 가족들을 지켜야 한다는 생각 하나로 사회적·종교적·성적 압박을 딛고 일어나 위대한 어머니로 성장해나갑니다.

주인공 외에도 다양한 모습의 여인들이 등장하는데, 한 사람

한 사람이 이란의 각 계층을 대변하고 있습니다. 전통적인 사고를 버리지 못하고 같은 여자임에도 딸에게 무조건적인 희생을 강요하는 어머니, 남자 동지들과 함께 자신이 추구하는 이데올로기를 위해 투쟁하는 샤흐자드, 개방적인 집안에서 태어나 현대식 사고를 하는 명랑한 친구 파르바네 등등…….

작가인 파리누쉬 사니이는 사회학자이자 심리학자로서 이란 정부 부처에서 오랜 세월 동안 연구를 진행해온 여성입니다. 작가는 자신이 가진 지식과 방대한 양의 자료를 이란 여성들을 위해 활용할 방법을 고민하다가 소설을 통해 그녀들을 대신해 목소리를 높이기로 결정했습니다.

종교의 이름으로 여전히 억압받고 있는 무슬림 여인들의 문제 해결 방법이 이슬람 사회의 개방이나 여자들의 사회적 지위가 개선되는 외부적인 요소에 전적으로 달려 있지는 않다는 생각에, 작가의 결정이 참 현명했다는 생각이 들었습니다. 외부적인 것보다 그녀들의 섬세한 감정이 존중받는 것이 우선시되어야 할 것 같기 때문입니다. 전통은 물론 소중합니다. 특히 이란 문명의 근간인 페르시아 문화는 섬세하고 아름답기가 이루 말할 수 없지요. 하지만 전통의 이름으로, 종교의 이름으로 여성들의 인권이 묵살되는 일은 더 이상 없었으면 좋겠습니다. 먼 나라라면 먼 나라의 상황일 수도 있으나, 마수메의 이야기가 이슬람에 대한 편견을 깨는 데에, 그리고 어떤 형태로든 부당한 처우를 받는 여성들에게 도움이 되기를 소망해봅니다.

허지은

옮긴이 허지은 연세대학교 졸업 후 프랑스 파리 라빌레트 건축학교에서 공부하였으며 현재 영불 전문번역가로 활동하고 있다. 옮긴 책으로는 다비드 카라의 프로젝트 3부작 『블레이베르크 프로젝트』, 『시로 프로젝트』, 『모르겐스테른 프로젝트』, 장 자크 상뻬의 『뉴욕의 상뻬』, 아멜리 노통브의 『생명의 한 형태』, 『왕자의 특권』, 『겨울 여행』, 안나 가발다의 『아름다운 하루』, 『위로』 등이 있다.

나의 몫

초판 1쇄 발행 · 2017년 8월 23일
초판 3쇄 발행 · 2023년 9월 15일

지은이 · 파리누쉬 사니이
옮긴이 · 허지은
펴낸이 · 김요안
편집 · 강희진
디자인 · 주수현

펴낸곳 · 북레시피
주소 · 서울시 마포구 신수로 59-1, 2층
전화 · 02-716-1228
팩스 · 02-6442-9684
이메일 · bookrecipe2015@naver.com | esop98@hanmail.net
홈페이지 · https://bookrecipe.modoo.at
등록 · 2015년 4월 24일(제2015-000141호)
창립 · 2015년 9월 9일

종이 · 화인페이퍼 | 인쇄 · 삼신문화사 | 후가공 · 금성LSM | 제본 · 대흥제책

ISBN 979-11-88140-10-7 03890

이 도서의 국립중앙도서관 출판예정도서목록(CIP)은 서지정보유통지원시스템
홈페이지(http://seoji.nl.go.kr)와 국가자료공동목록시스템(http://www.nl.go.kr/kolisnet)에서
이용하실 수 있습니다. (CIP제어번호: CIP2017019107)